HEYNE BÜCHER

Fantasy

Herausgegeben von Friedel Wahren

Von **Storm Constantine** erschienen in der Reihe
HEYNE SCIENCE FICTION & FANTASY:

Hermetech · 06/5008
Schattengräber · 06/5336

DIE WRAETHTHU-TRILOGIE:

Der Zauber von Fleisch und Geist · 06/5456
Im Bann von Liebe und Haß · 06/5457
Die Erfüllung von Schicksal und Begehren · 06/5458 (in Vorb.)

Storm Constantine

WRAETHTHU

IM BANN
VON LIEBE UND HASS

Zweiter Roman der
WRAETHTHU-TRILOGIE

Aus dem Englischen übersetzt
von
BIGGY WINTER

Deutsche Erstausgabe

WILHELM HEYNE VERLAG
MÜNCHEN

HEYNE SCIENCE FICTION & FANTASY
Band 06/5457

Titel der Originalausgabe
THE BEWITCHMENT OF LOVE AND HATE
Aus dem Englischen übersetzt von
BIGGY WINTER
Das Umschlagbild malte ROWENA MORRILL

Umwelthinweis:
Dieses Buch wurde auf
chlor- und säurefreiem Papier gedruckt.

Redaktion: E: Senftbauer

Erstausgabe bei Macdonald & Co (Publishers) Ltd, London & Sydney

Printed in Germany 1996
Umschlaggestaltung: Atelier Ingrid Schütz, München
Technische Betreuung: M. Spinola
Satz: Schaber Satz- und Datentechnik, Wels
Druck und Bindung: Elsnerdruck, Berlin

ISBN 3-453-10957-0

INHALT

Dieses Buch ist meinen geduldigen
Kolleginnen in der Bibliothek
gewidmet – im besonderen Lynda, Claire,
Karen, Michelle, Sheila und Gwyn.
(Siehst Du, auch Du kannst Deinen Namen
gedruckt sehen!)

Mein Dank geht an Jag, daß er mich
im Arbeitszimmer eingesperrt hat, damit ich
dies hier zu Ende bringe;
an Sarah Wood bei Macdonald für ihr Verständnis;
an Rhoda King, weil sie an mich
geglaubt hat; an Nick Green für das prompte
Beschaffen von Hardware und Software;
an Sue Eley für ihre unschätzbare Hilfe;
und an alle anderen, die mir ihre Unterstützung
und ihren Beistand angeboten haben,
die aber zu zahlreich sind, um sie einzeln
zu erwähnen.

Energie ist Ekstase. Wenn die Barrieren fallen und wir die Kraft einsickern lassen, durchflutet sie den Körper, pulsiert in jedem Nerv, weckt jede Ader und durchströmt uns wie ein Fluß, der uns mit seiner Bewegung reinigt. Im Auge des Sturmes erheben wir uns auf dem Wind, der durch Körper und Geist tost, während wir unter Wellen goldenen Lichts erschauern, die uns sanft pochend durchfließen und uns nach ihrem Verebben tiefen Frieden hinterlassen. Kein Rausch kann uns so hoch erheben, kein Entzücken so tief bewegen, weil wir die Quintessenz aller Wonnen bereits gefühlt haben, das Herz der Freuden, das Ende der Begierde. Energie ist Liebe, und Liebe ist Zauberei.

STARHAWK
(›Der Spiralentanz‹, Harper and Row, 1979)

WRAETHTHU

TEIL EINS

Kapitel 1

Die Formung zum Har.
Eine Lüge von den Lippen
eines Trägers
fließt über von Spott
und ringt nach dem Atem
vollkommener Weisheit, während
sie die Überreste ausspeit.

Unser Haus hatte keinen Namen, bis ich fast fünf Jahre alt war. Da ordnete mein Träger Cobweb an (derjenige, der mich in diese Welt getragen hatte), daß ein Brett an der Umzäunung des parkähnlichen Gartens befestigt werden sollte. Darauf stand geschrieben: ›Wir leben in Immerdar.‹

Cobweb hat Angst vor Träumen und erblickt in allem und jedem ein Omen. Sein Leben wird beherrscht von einer Kette aus Amuletten, Zaubersprüchen und rätselhaften Vorsichtsmaßnahmen, die ihn von einem Tag zum nächsten führen, und vielleicht fürchtete er damals die Vergänglichkeit; für mich jedenfalls wurde das Haus einfach zu ›Immerdar‹. In jener Zeit veränderten sich für mich viele Dinge; ich war nun alt genug, um Unterricht zu erhalten, obwohl Cobweb mir bereits seit geraumer Zeit seine eigene, ganz besondere Erziehung hatte zuteil werden lassen, so daß ich nun gewohnheitsmäßig die Finger kreuzte und einen kurzen Bannspruch sagte, wenn mir schwarze Vögel von rechts nach links über den Weg flogen; niemals wünschte ich jemandem mit lauter Stimme Böses, denn die Geister hätten es hören und mich dafür bestrafen können.

»Jeder Tag hat seinen ureigensten Charakter«, pflegte Cobweb mir zu erklären. »Heute zum Beispiel ist er von kristallklarer Schärfe; du mußt lernen, den Geruch, die *Atmosphäre* zu erkennen.« Es war richtig, der Himmel wirkte an jenem Tag ganz besonders spröde (konnte er eigentlich zerbrechen?), und alles sah hart und glänzend aus. An einem metallenen Tag tat mir für gewöhnlich alles weh, und der Geschmack, den ich im Mund hatte, brachte mir den Zahnschmelz zum Klirren. Doch zu der Zeit, als mein Unterricht beginnen sollte, beschäftigte ich mich in meiner Vorstellungskraft vornehmlich mit anderen Dingen, ohne dies jedoch Cobweb zu gestehen, und daß Tage ihren eigenen Charakter hatten, daran erinnerte ich mich nur an extrem sommerlichen oder extrem winterlichen Tagen.

Immerdar thronte auf einer Erhebung im nördlichen Teil der Stadt Galhea, der Hochburg meines Vaters. Wir besaßen auch Farmen im Westen und in den Tälern, verborgen hinter dem Hügel von Immerdar. Im Sommer sah ich von meinem Schlafzimmerfenster aus die Rinderherden auf den üppigen Weiden und die gekräuselten, grünlich-silbernen Wogen aus Getreide, die niemals ohne Bewegung waren. Im Herbst erfüllte der Geruch des eingebrachten Heus das Haus meines Vaters, und aus dem Osten trafen Wagenladungen an Gütern von Stämmen ein, die Mais, Fleisch und Getreide von uns benötigten. Einmal durfte ich einen Herbstmarkt in Galhea besuchen, wo ich mich, verängstigt vom lärmenden Treiben, an die Beine meines Trägers drückte. Daraufhin gab Cobweb mir eine aus dem hohen Norden stammende nagelneue Münze, und ich kaufte mir damit Bonbons, die in einem Dorf auf der anderen Seite des großen Waldes hergestellt wurden. Stammesführer aus weitem Umkreis brachten meinem Vater Geschenke, um ihn sich gewogen zu machen, und für gewöhnlich füllte sich unser Weinkeller auf diese Art für spätere Festlichkeiten. In ähnlicher Weise bogen sich die Regale der

Speisekammer dermaßen von Eingemachtem, Süßigkeiten, Käse und anderen Delikatessen, daß die Gefäße auf dem Boden darunter gestapelt werden mußten. Bei den Einwohnern von Galhea war es Brauch, nach den Markttagen bei Einbruch der Dunkelheit zusammenzukommen und zum Dank für die Ernte aus der Stadt hinauszutanzen. Das war eine fröhliche, laternengesäumte Prozession aus Wagen und Ochsen und hüpfenden Füßen. Blutrote Blüten ließen ihre Blätter unter die Räder fallen, und die Luft war voll Musik, während sich in Galhea selbst die großen Tore der Getreidespeicher schlossen, wobei letztere nun zwar halbleer standen, aber immer noch mehr als genug für unsere eigenen Bedürfnisse enthielten.

Obwohl mein Träger mir das Lesen und Schreiben beibringen konnte (zusammen mit anderen geheimnisvolleren Kenntnissen, mit deren Übermittlung Terzian gewiß nicht einverstanden gewesen wäre), stellte dies nicht genügend Bildung für den Sohn eines Hars der höheren Kasten dar. Es war mir nicht erlaubt, zusammen mit anderen Harlingen meines Alters die Schule in Galhea zu besuchen. Terzian, mein Vater, zog es vor, Privatlehrer für mich zu finden, denen er vertrauen konnte, deren Klugheit er anerkannte, und die glücklich darüber waren, mein vermeintlich wißbegieriges kleines Hirn zu Hause mit Weisheit füllen zu dürfen. Doch ich war nicht so klug, wie mein Vater annahm. Es dauerte zwar nicht lange, bis meine Lehrer dies merkten, aber sie waren allesamt weise genug, den süßen Wahn meines Vaters auch weiterhin zu nähren, indem sie regelmäßig meine Fortschritte priesen. Ich glaube, ich war ein Spätentwickler. Terzian lebte nach logischen und strategischen Gesichtspunkten; ich lebte selig in einer Welt völlig unlogischer Phantasien, die ich zweifellos von Cobweb geerbt hatte. Ich bin sicher, mein erlauchter Erzeuger hörte nie auf, sich darüber zu grämen, daß Cobweb irgend etwas mit meiner Hervorbringung zu tun gehabt haben mußte, und hätte er einen Weg gefunden, den Vorgang der Fortpflanzung ganz allein zu meistern, dann hätte er dies ganz gewiß getan. Er verdächtigte jeden Har – sich selbst natürlich ausgenommen – der Dummheit und focht einen unermüdlichen Kampf gegen Cobwebs abergläubische Natur. Die Gespräche bei Tisch waren daher für gewöhnlich von Terzians ungeduldigen Temperamentsausbrüchen geprägt. »Eine Wolke ist eine Wolke, Cobweb! Das ist kein Racheengel und auch kein böser Geist, der sich in meinem Haus nach frischen Seelen umsieht! Um Himmels willen, hör auf damit!« Und so weiter und so fort.

Immerdar ist ein großes Haus, und nur so wenige wohnten darin; dennoch, einsam war ich nie. Cobweb erzählte mir einmal, daß er sich anfangs davor gefürchtet hatte. »Dieses Haus wird schon seit so langer Zeit bewohnt«, sagte er.

»Wer lebte früher darin?« fragte ich.

»Oh, die *anderen*«, antwortete Cobweb düster und wollte mir nicht verraten, was er damit meinte. »Du bist noch zu klein; es könnte deiner Unschuld schaden, davon zu erfahren«, sagte er. Doch ich war an die undurchsichtigen Bemerkungen meines Trägers gewöhnt und hatte bereits in zartem Alter begriffen, daß manche meiner Fragen nicht beantwortet wurden – zumindest nicht von ihm.

Einmal spielte ich im Gewächshaus, das sich seitlich am Hauptgebäude befand; ich war ein großes, schwarzes Tier.

Zwar wurde jemand dafür bezahlt, der sich um die Pflanzen dort kümmern sollte, doch diese schienen sich dessen nicht bewußt zu sein, denn sie wucherten in ungezähmter Wildheit über alle Fenster, und selbst die Tür zum Garten konnte nicht geöffnet werden, weil die Ranken durch das Schloß wuchsen. Das Gewächshaus war einer meiner Lieblingsplätze, ein Ort, an dem Cobweb und ich, als ich noch sehr klein war, viel Zeit miteinander verbrachten. Die Pflanzen mußten viele Geheimnisse in sich aufgenommen haben … Terzian kam kaum je hierher. Doch an jenem Tag stieß er die Glastür auf und blieb in der Dunkelheit des Raumes dahinter stehen.

»Swift!« rief er. »Komm … Swift, was *tust* du denn da?«

Schuldbewußt gestand ich ihm die Wahrheit, weil ich zu überrascht war, um mir rasch eine passende Lüge auszudenken. »Ich bin ein großes schwarzes Tier«, erklärte ich unsicher. Ich hörte, wie Vater mit den Zähnen knirschte.

»Aha. Nun gut, die Zeit der Spiele ist vorbei!« erklärte er. Wie immer strahlte er einschüchternde Autorität aus. »Wirklich, Swift, in deinem Alter mußt du langsam aufhören, dich wie ein kleines Kind zu benehmen!«

Ich stand vom Boden auf, strich mir die Kleider glatt und starrte ihm ins Gesicht. Ich höre des öfteren, daß die Leute sein Aussehen mit ›wilder Schönheit‹ beschreiben, doch wie kann man in einem Antlitz Wildheit sehen, das für gewöhnlich so kalt bleibt?

Obwohl mir immer bewußt war, daß ich ihm in mancherlei Hinsicht mißfiel, habe ich meinen Vater stets angebetet. Zumeist schenkte er mir wenig Aufmerksamkeit, doch wenn er es tat, erhellte sich meine ganze Welt unter dem ganz besonderen Licht, das er ausstrahlte. Er war ganz anders als ich, und das auf eine Art, die ich nicht verstand; er hatte etwas an sich, das ihm den Anschein gab, weit, weit weg zu sein, doch für mich war er einfach die fleischgewordene Herrlichkeit. Ich wünschte mir, er hätte mich lieb, und zumeist war ich überzeugt davon, daß es sich so verhielt. Schließlich unterliefen auch Cobweb jeden Tag hundert Mißgriffe, über die Terzian sich ärgerte, und dennoch hegte ich keinen Zweifel, daß Vater ihn sehr gern hatte. Ich war gescheit genug, um aus Cobwebs Fehlern zu lernen. Mich würde Terzian nie dabei ertappen, wie ich die geheimen Handbewegungen machte oder zu mir selbst sprach, oder die Wolken beobachtete; ich spürte seine Gegenwart stets über einige Räume hinweg.

»Swift, ich habe zwei Hara ausgewählt, die sich deiner Ausbildung widmen werden«, sagte Terzian, wobei er mich zu sich in den dunklen Raum zog und die Tür zum Gewächshaus hinter mir schloß. »Es ist hoch an der Zeit, daß du mit dem ernsthaften Lernen beginnst, so wie es sich für einen Har aus guter Kinderstube gehört.«

»Jawohl, Tiahaar«, sagte ich unterwürfig. Wir sprachen selten miteinander. Die Fragen erstarben mir unverzüglich auf den Lippen, wenn er den Blick auf mich richtete.

Er führte mich in ein anderes Zimmer, das an der Vorderfront des Hauses lag und somit vormittags Sonne hatte; von seinen Fenstern aus konnte man die Dächer von Galhea überblicken.

In dem Zimmer standen zwei Hara mit dem Rücken zum Licht, aber ich erkannte ihre Gesichter dennoch. Einer von ihnen lächelte mir entgegen, der andere sah nur meinen Vater an. Derjenige mit dem Lächeln wird der freundlichere sein, dachte ich und rückte unbewußt an meinen Vater heran, ohne ihn jedoch zu berühren.

»Moswell, Swithe, ich möchte euch meinen Sohn Swift vorstellen«, verkündete Terzian würdevoll.

Ich wußte, daß ich schon mal sauberer gewesen war, und spürte, wie sich mein Gesicht unwillkürlich zu einem einfältigen Grinsen verzog. Ich wollte zu Cobweb.

Swithe sah mich zum erstenmal an; er lächelte immer noch nicht.

»Der Unterricht beginnt morgen«, sagte mein Vater.

Hinterher rannte ich auf direktem Weg zu Cobweb. Ich fand ihn in seinem Zimmer im ersten Stock, wo das

Licht so angenehm einfiel und wo alles so behaglich war. Er saß an einem Tisch am Fenster und malte mit schwarzer Tinte seltsame Gesichter auf poröses Papier. Ich lief zu ihm hin und warf ihm die Arme um den Nacken.

»Gib acht, Swift!« sagte er, aber er wandte sich sogleich zu mir und nahm mein Gesicht in die tintenbekleckten Hände. Mir war elend zumute, und ich wußte nicht warum. Ich hatte die dumpfe Vermutung, mein Vater wollte mir etwas wegnehmen, mein Leben verändern, doch ich wußte nicht, inwiefern. Aber vor Cobweb gibt es keine Geheimnisse; bei ihm bedarf es keiner Worte.

»Er möchte, daß du etwas lernst«, sagte er mit sanfter Stimme. »Mehr ist es nicht.«

»Wird sich irgend etwas ändern?«

»Ändern?« Er nahm meine Ängste in sich auf und überdachte sie. »Manchmal, Swift, ist es besser, daß Terzian nicht genau weiß, wie wir denken und fühlen. Er hat Lehrer für dich bestimmt; hör zu, was sie sagen. Sie sind vermutlich auf ihre eigene Weise sehr klug, aber nimm ihre Worte nicht für die endgültige Wahrheit, nur weil sie älter und gebildeter sind als du. Aber hör ihnen zu. Das ist alles.«

Ich kletterte auf seinen Schoß, obwohl ich eigentlich schon zu groß dafür war. »Es wird sich etwas verändern; ich kann es *riechen!*« rief ich.

»Alles verändert sich früher oder später«, sagte Cobweb. »Das ist der Lauf der Welt. Doch nicht alles verändert sich zum Schlechteren.«

Nicht alles, aber mehr als die Hälfte. Das vergaß Cobweb zu erwähnen.

»Mein Vater herrscht über Galhea«, sagte ich zu Moswell. Es war mein erster offizieller Unterrichtstag, und man hatte mich früher als sonst aus dem Bett geholt. Moswell und Swithe hatten zusammen mit mir und

Cobweb im Speisezimmer zu Mittag gegessen. Vater war nicht zugegen gewesen.

»Terzian ist ein großer Har«, erwiderte Moswell steif. »Und dadurch, daß du ihn zum Vater hast, bist du ein ganz besonders privilegierter kleiner Harling.«

Moswell fürchtete Terzian. Erst viel später erfuhr ich vom Ruf meines Vaters als enthusiastischer und harter Kriegsführer. Ich wußte zwar, daß er kämpfte, wenn er nicht bei uns zu Hause war, aber ich wußte eigentlich nicht, was das bedeutete. Es betraf mich nicht, also dachte ich nicht weiter darüber nach. Fragen, wie ›Gegen wen kämpft er denn?‹ und ›Bringt er dabei *wirklich* jemanden um?‹ kamen mir nie in den Sinn. Terzian verschwand einfach monatelang aus dem Haus; es fühlte sich dann anders an, irgendwie entspannter, und überließ sich ein wenig der Schlamperei. Doch dann, eines Tages, war er wieder da. Die große doppelte Eingangstür wurde geöffnet, und er kam herein, umgeben von kalter Luft und einem Dutzend anderer Hara, die alle in schwarzes Leder gekleidet waren und mit barschen Erwachsenenstimmen sprachen. Manchmal brachte er eine neue Narbe mit, einmal über dem linken Auge, was Cobweb übellaunig und kurz angebunden Terzian gegenüber zur Kenntnis nahm. In dieser ersten Zeit nach seiner Rückkehr von einem Kampf schien das Verhältnis zwischen ihm und Cobweb am engsten zu sein. Ich verstand nichts von den Bedürfnissen der Erwachsenen, mich faszinierten nur die kurzen Zärtlichkeiten, die sie austauschten, die fast übertriebene Grazie ihrer Körper und der veränderte Tonfall ihrer Stimmen. Cobweb war nur selten in seinem eigenen Zimmer zu finden, wenn Terzian zurückkehrte.

Moswells Aufgabe war es, mich in der Geschichte der Wraeththu zu unterweisen. Ich hörte zum erstenmal von Menschen.

»Vor dem Erscheinen der Wraeththu wurde die Erde

von einer anderen Rasse beherrscht«, sagte er. »Der Menschheit. So wie die Wraeththu Hara genannt werden, nannten sie sich Menschen.« Mit größter Sorgfalt wurde mir das Wissen um die grundlegende Schlechtigkeit des Menschen, um seine sinn- und zwecklosen Aggressionen (die Aggressionen der Wraeththu waren selbstverständlich nie sinn- und zwecklos), seine kurzsichtige Ausplünderung der Welt und darüber hinaus (Schrecken aller Schrecken!) seine beiden unterschiedlichen *Formen* eingeflößt. Moswell strebte verbissen nach dem notwendigen Feingefühl, welches das Übermitteln dieser Information erforderte – keine leichte Aufgabe, da ich, meinem Alter entsprechend, klarerweise keinerlei Ahnung von Sexualität hatte, noch nicht einmal jener der Wraeththu. Bei den Menschen gab es den männlichen und den weiblichen Typus, ihre Körper waren sozusagen *gespalten*. Das verursachte mir Gänsehaut. Wie konnten sich die Menschen je als Ganzes gefühlt haben? Eine Hälfte ihrer Natur existierte für sie einfach nicht! Ich war mir nicht sicher, ob ich Moswells Erzählungen auch wirklich glauben sollte. Es war ein so unvorstellbarer Gedanke.

Die erste Lektion bestand also aus kaum mehr als aus einer romantischen Verherrlichung der wundervollen Wraeththu – im Gegensatz zu den vulgären, abstoßenden Menschen. Nichts davon erschien mir real oder auch nur wichtig. Ich war in Galhea geboren, lebte ein behütetes Leben im Haus meiner Vaters; die Welt draußen war ein Mysterium, das ich nicht zu ergründen beabsichtigte. »Du bist noch sehr jung«, dozierte Moswell, als er meine Ungeduld und schwankende Aufmerksamkeit bemerkte, »aber dein Vater möchte, daß du diese Dinge weißt, also mußt du darauf achten, sie im Gedächtnis zu behalten, so bedeutungslos sie dir auch erscheinen.«

Moswell lächelte viel, doch das war nur ein Versuch, seine lähmende Langweiligkeit zu übertünchen. Was er mir da erzählte, hätte ich spannend finden sollen, denn die Wraeththu waren schließlich eine vergleichsweise neue Rasse, und ihr Aufstieg war eine aufregende Sache gewesen, die Grundlage für Legenden.

Nach der ersten Lektion machte ich mich auf die Suche nach Cobweb und fand ihn im Park. Es war jene Zeit im Jahr, wenn der Frühling allmählich richtig warm wird.

»Was sind Menschen?« fragte ich ihn.

Er war in blassestes Grün gekleidet, in irgendein weich fließendes Gewand, und das Haar fiel ihm in Zöpfen bis an die Hüften. Seine Haut sah sehr durchsichtig aus an diesem Tag. »Ich war auch einmal ein Mensch«, sagte er.

»Du warst einmal ein Mensch?« wiederholte ich langsam, im Zweifel, ob es sich nicht wieder einmal um einen hintergründigen Scherz meines Trägers handelte. Er seufzte und berührte mich mit der Hand an der Schulter.

»Ach, Swift, ich würde dich gern vor alldem bewahren, wenn ich könnte. Ich sehe überhaupt keinen Sinn darin, daß du das alles jetzt schon erfahren sollst, aber Terzian …«

Eine vielsagende Pause. Er führte mich in den grünsten Teil des Gartens, wo nur wenige Blumen wachsen und die Schatten lebendig scheinen. Manchmal sieht man dort Eidechsen. Die Steinplatten unter unseren Füßen waren überzogen von giftgrünem Moos.

»Du entwickelst dich so rasch«, sagte Cobweb, als wir uns auf eine Holzbank setzten, was unvermeidlich Moderflecken auf unseren Kleidern zurücklassen würde. »Als ich so alt war wie du, Swift … Nun ja, da war ich noch fast ein Kleinkind.«

Ich schmiegte mich an ihn. Auf diese Weise verschwanden zwar die meisten meiner Ängste, doch diesmal verspürte ich eine unsagbare Traurigkeit in seinem Innern, und unsere Ängste verschmolzen. »Ich war ein Mensch …«, sagte er.

»Wann? Wann? War ich schon auf der Welt?«

Er lachte und drückte meine Schulter. »Du? Nein, nein. Wenn ich noch ein Mensch gewesen wäre, hätte ich ja nicht dein Träger sein können, oder?«

»Warum nicht?«

Er hob mich auf seinen Schoß und strich mir das Haar aus der Stirn. »Warum nicht? Nun, weil ich vor langer Zeit, bevor ich zum Wraeththu wurde, jener Hälfte der Menschheit angehörte, die keine Kinder, keine Harlinge tragen kann... He, weißt du überhaupt, wovon ich rede?«

»Nein... ich dachte... ich weiß nicht. Wovon redest du?«

»Es ist so schwer zu erklären.« Wieder seufzte er, und ich preßte den Kopf fest an seine Brust, wo ich spürte, wie sein Herz klopfte. »Swift«, sagte er, »als die Wraeththu entstanden, wurden wir nicht schon als Hara geboren, so wie du. Wir waren menschlicher Abkunft, mutierten aus der menschlichen Rasse. Ich hatte keinen Träger, so wie du, sondern eine Mutter. Das ist etwas anderes. Als ich sechzehn Jahre alt war, wurde ich zum Har. Wurde ich zum Har *gemacht*. Damals hörte ich auf, etwas Halbes zu sein und wurde zu etwas Ganzem...«

»Ich glaube dir nicht«, sagte ich. Eine Zeit, in der es mich noch nicht gegeben hatte, existierte einfach nicht für mich, und ich konnte mir nicht vorstellen, daß Cobweb je etwas anderes gewesen war als der Gefährte meines Vaters, dessen Schönheit Immerdar schmückte und zu dem ich mich flüchten konnte, wenn ich Trost brauchte.

»Wäre ich ein Mensch und du ein Menschenkind«, erklärte er, »dann wäre ich deine Mutter, und damit genug. Aber weil ich ein Har bin, hätte ich auch dein Vater sein können und Terzian dein Träger.«

»So ist es aber nicht!«

»Nein, aber es hätte so sein können. Meine Güte, Swift, jetzt ist nicht der Zeitpunkt dafür. Eines Tages wirst du das alles verstehen. Betrachte es einfach so ... nun ja, wie eigentlich?« Er lachte. »Später vielleicht.«

»Was heißt ›mutieren‹?« fragte ich.

»Sich ändern«, antwortete er, und ich geriet in Alarmstimmung.

»Sich ändern? Heißt das, daß man zu etwas anderem wird?«

»Manchmal, aber mach dir keine Gedanken deswegen, du wirst dich körperlich nie so ändern wie ich. Das ist jetzt alles Vergangenheit.« Wieder seufzte er. »Ich kann die Dinge nicht gut erklären, wie?«

»Eigentlich nicht«, stimmte ich zu.

»Schau die Tiere an«, sagte er und zeigte unbestimmt auf die Vögel, die unsichtbar in den Zweigen über unseren Köpfen zwitscherten. »Terzians Hunde, dein Hündchen Limba ...« Er sah mich sonderbar an. »So sind die Menschen auch.«

»Wie Tiere?«

»In vielerlei Hinsicht.«

»Hatten sie auch Barthaare, Schwänze und ein Fell?« Mein geistiges Bild vom Menschen formte diesen zu einem schnurrenden, anheimelnd-weichen Ding.

Cobweb lachte. »Du bist noch zu klein«, sagte er geheimnisvoll, doch meine Frage beantwortete er nicht.

Danach hielt mich das Konzept von weiblich und männlich tagelang in seinem Bann. Unser Koch Yarrow hatte eine Tigerkatze namens Mareta, die anscheinend weiblicher Natur war. Von weiblichen Wesen spricht man zwar per ›sie‹, aber für uns war Mareta ›er‹. Ich trieb mich in der Küche herum, ging der Belegschaft auf die Nerven und sagte: »*Sie* hat *seine* Kinder bekommen!« und hielt mich für weltgewandt und klug. (Mareta betrachtete mich herablassend von ihrem Kissen neben dem Herd.) Ithiel, der Stallmeister meines Vaters, stand am Küchenfenster; er lehnte am Fensterbrett, einen Bierkrug in der Hand, und sagte: »*Sie* hat *ihre* Kinder bekommen, Swift, du kleines Mondkalb!« Und alle lachten mich aus. Danach sagte ich nichts mehr, sondern suchte sofort mein Geheimversteck unter den Sträuchern auf der anderen Seite der grauen Gartenmauer auf, wo ich eine halbe Stunde lang über den Begriff ›ihr‹ nachgrübelte. ›Ihr‹ klang in meinen Ohren verdächtig nach ›Har‹; gab es da einen Zusammenhang?

Etwa zur gleichen Zeit begann ich (eine natürliche Folge dessen, was ich erfahren hatte) mich zu fragen, woher Harlinge eigentlich kamen. Cobweb erklärte mir, daß Terzian und er mich einfach gemacht hatten – eine faszinierende Vorstellung. Hatten sie mich aus nasser Erde und Zweigen aus dem Park geformt und mit einem von Cobwebs geheimnisvollen Zaubersprüchen vollendet? Eigentlich bevorzugte ich den Gedanken, daß Terzian auf den höchsten Baum geklettert war und mich als Ei in einem Vogelnest entdeckt hatte. Ich stellte mir vor, wie die beiden das Ei vorsichtig ins Haus trugen (es hatte sich selbstverständlich in einer mondlosen, windigen Nacht zugetragen) und es behutsam auf das Bärenfell vor dem lodernden Feuer im offenen Kamin des Salons legten; wie Terzian dann, die Brust gefühlsgeschwellt von väterlicher Liebe, den Arm um Cobwebs Schultern schlang und vielleicht sogar Cobwebs Gesicht mit den Lippen berührte, was er manchmal tat. Und draußen waren pelzige Männchen aus der Finsternis herangeschlichen und hatten sich die Nasen am Fenster plattgedrückt, um einen Blick auf das Kleine zu werfen, das im Licht der Flammen aus dem Ei schlüpfte, während sie mich schweigend und feierlich zu ihrem König erklärten, den sie eines späteren Tages heimholen wollten in ihr mystisches Land.

Eines Abends, als wir hinter geschlossenen Vorhängen in seinem Zimmer saßen, erzählte ich Cobweb das alles.

»Terzian würde nie auf einen Baum klettern!« rief er und wühlte in Stößen von unterschiedlich gefärbten Papierblättern. »Hier ist ein Bild von dir, als du noch sehr klein warst.« Er hielt es mir hin, und ich legte den Kopf schief und kniff die Augen zusammen.

»Das gefällt mir gar nicht!« sagte ich.

Cobweb zuckte die Achseln. »Du bist eitel, Swift.«

»Was ist das?«

»Das bist du!«

»O Cobweb!« Ich rannte zu ihm hin und preßte mich ganz fest an ihn, so voller Liebe, daß es mich ganz traurig machte.

Moswell langweilte mich zu Tode; jeden Vormittag das endlose Geleier über Wraeththu dies und Wraeththu jenes. Eigentlich hörte ich ihm nie richtig zu. Es war weitaus interessanter zuzusehen, wie das Licht, das zum Fenster hereinkam, die Farbe veränderte und wie die Staubpünktchen insektengleich auf den Strahlen tanzten, während mein staksiger Jagdhund Limba an meine Beine gelehnt dalag und gähnte, die gelben Augen nachdenklich abschätzend auf Moswell gerichtet. Leider hatte mein Vater ihn zu gut erzogen, als daß seine Instinkte je die Oberhand gewannen, und so hätte er Moswell nie gebissen, was er, davon war ich überzeugt, furchtbar gern getan hätte.

Mein Lehrer erzählte mir, daß die Welt einst von Leuten bevölkert gewesen war, die nichts anderes im Sinn gehabt hatten, als einander alles und jedes wegzunehmen. Und das sollte stimmen?! Die Menschen waren *so* böse, sagte er, aber mir taten sie heimlich leid: Ich konnte mir lebhaft die langen Kolonnen müde dahinschleichender, verzagter kleiner Fellwesen vorstellen, die mit traurigen letzten Blicken zurück ihre Heimat verließen, um sich auf den Weg in den kalten, öden Norden zu machen. Dann brachte Moswell mir Bücher aus der Bibliothek meines Vaters und zeigte mir Bilder von Menschen. »Oh«, rief ich enttäuscht, »die sehen ja genauso aus wie wir!«

»Nein«, beharrte Moswell geduldig, »Menschen sind rohe, meist häßliche Wesen. Nach denen auf dem Foto hier kann man nicht urteilen. Die meisten von ihnen sehen nicht halb so ansprechend aus.«

Körperliche Häßlichkeit war auch einer von diesen neuen Begriffen, über die es nachzusinnen galt. Natürlich hätte ich auch die Häßlichkeit gern gesehen, aber es war ein weiter Weg zur Bibliothek meines Vaters, und Moswell wollte nicht gehen. »Ein andermal«, sagte er.

»Aber was *ist* häßlich?« wollte ich wissen.

»Deine Fragen sind ermüdend und in höchstem Maß unwichtig«, stellte Moswell fest.

Nachmittags übernahm Swithe den Unterricht. Er war scheu und in sich gekehrt und fühlte sich nicht wohl in meiner Gegenwart, aber sein Kopf war wie der meine voller Träume. Ich merkte das, wie sehr er sich auch bemühte, es zu verbergen. Als wir das erstemal zusammentrafen, fragte er mich mit einem zuckenden Lächeln: »Was weißt du alles, Swift?«

»Oh, ganz viel!« antwortete ich hochtrabend. »Ich kenne die Namen von allen Pflanzen hier – das heißt, ihre Geheimnamen –, und ich weiß, wo im See der Geist wohnt (und zwar in der Nähe des überhängenden Baumes) und wie man ihn anrufen muß, damit er unsere Wünsche erfüllt. Ich habe es noch nicht probiert, aber Cobweb hat mir verraten, wie man es macht.«

Swithe hatte Mühe, sein Lächeln beizubehalten. Er sah immer so aus, als wäre gerade jemand hinter ihm her, und manchmal fragte ich mich, ob er möglicherweise einmal irgendwo irgend etwas Gräßliches verbrochen hatte. Vielleicht würden eines Tages Hara oder sogar (mit einem Wonneschauer bei dem Gedanken) *Menschen* kommen, um ihn zu holen! Vielleicht war er ein Hexer. Seine Augen waren Hexeraugen, sie veränderten ihre Farbe je nach dem Wetter, und Cobweb behauptete, das sei stets ein untrügliches Zeichen. Ich weiß nicht, was er mir hätte beibringen sollen, denn zumeist verbrachten wir unsere Zeit damit, die gewichtigen Behauptungen zu diskutieren, welche Moswell am Vormittag von sich gegeben hatte. Auf diese Weise mußte ich mir alles merken, was Moswell mich lehrte, denn ich wollte es Swithe ja später weitererzählen. Swithe kritisierte Moswell zwar nie offen, aber es war mir klar, daß er seinen Kollegen nicht mochte.

»Du und alle deines Alters, ihr seid die ersten echten Wraeththu«, sagte er zu mir, und ich fragte ihn, was er damit meinte.

»Nun, vor einiger Zeit, das liegt noch gar nicht so weit zurück, lebten nur Menschen auf der Erde. Sie existierten schon lange, lange Zeit, und über die Jahre veränderten sie sich; aber nicht *alle* waren schlecht.«

»Das freut mich«, sagte ich. »Sind sie jetzt alle verschwunden?«

Swithe gab einen belustigten Laut von sich. »Also, manche Hara, wie etwa dein Vater, würden das gern glauben, aber es stimmt nicht, sie sind nicht alle verschwunden.«

»Was ist mit ihnen geschehen?«

»Um ehrlich zu sein, Swift, ich weiß es nicht genau. Als das alles anfing und ich zum Wraeththu wurde, war ich zu jung und zu versessen auf das neue Gefühl, ein Har zu sein, als daß ich besondere Notiz davon genommen hätte, was um mich her vorging. Wie wichtig das gewesen wäre, das sehe ich jetzt. Jedenfalls lebten wir in den Städten, verbargen uns vor den Menschen und töteten sie, wenn wir konnten, und plötzlich, im nächsten Moment… kam es mir zu Bewußtsein: Es gab mehr Hara als Menschen. Rund um uns her waren die Städte ausgestorben. Es geschah… lautlos.«

»Dann warst du früher einmal ein Mensch, wie Cobweb?«

Swithe nickte. »Wie alle. Alle, außer unseren Kindern.«

Mit der Zeit lernte ich rascher, mehr aus Interesse am Wissen als aus angeborener Neigung zum Studieren. Wie allen varrischen Harlingen hatte man auch mir bereits in frühem Alter das Lesen und Schreiben beigebracht. Es überraschte mich, als ich hörte, daß Menschenkinder sich so langsam entwickelten, daß sie erst viel, viel später – beinahe schon im Erwachsenenalter, dachte ich – in der Lage waren, sich diese Fähigkeiten anzueignen. Doch dann kam die nächste Überraschung: Menschen wurden erst mit achtzehn Jahren als Erwachsene betrachtet! Welche Schneckengehirne sie wohl gehabt haben mußten! Kein Wunder, daß die Wraeththu ihnen ihre Welt weggenommen hatten!

Ich hatte bis dahin nur sehr wenig Kontakt mit anderen Harlingen meines Alters gehabt. Einmal, in einem Augenblick außergewöhnlicher Kühnheit, wies ich meinen Vater auf diesen Umstand hin, und er murmelte verschämt, er hoffe, eines Tages würde ich Brüder haben. Doch wann, das konnte er nicht sagen. Ich wäre gern in die Stadt gegangen, denn zu den seltenen Gelegenheiten, wenn Cobweb ging und mich mitnahm, hatte ich dort stets andere Harlinge gesehen, die in der Sonne spielten, lachten und barfuß im Gras herumliefen. Sie wirkten so frei, und ich durfte nie zu ihnen.

»Swift«, sagte Terzian, »die Harlinge in der Stadt… nun, sie sind nicht so vornehmer Herkunft wie du. Du hättest nichts davon, wenn du dich mit ihnen abgäbst.« Frohsinn, Gelächter – diese Dinge galten in den Augen meines Vaters offenbar nichts. »Dafür«, lächelte er und zauste mir das Haar, »hast du Limba zum Spielen.«

Das war natürlich richtig. Limba war mir ein guter Kamerad und immer zu Späßen aufgelegt, aber ich konnte ja nicht mit ihm reden, oder? Wenn ich es doch tat, lachte er mich bloß mit heraushängender Zunge an, aber ich glaube nicht, daß er verstand, was ich sagte.

»Die Hara gehören verschiedenen Stämmen an«, dozierte Moswell und ging daran, mir zu erklären, was ein Stamm war. »Dein Stamm sind die Varrs. Daher bist du ein Varr, Swift.«

Natürlich hatte ich das Wort vorher schon gehört, aber nun nahm es eine neue Bedeutung für mich an: Ich gehörte zu etwas, zu etwas Großem. Ich war einer von vielen. Später holte dann Swithe zu diesem Thema weiter aus.

»Die Stämme haben unterschiedliche Lebensweisen«, erklärte er. »Sie haben unterschiedliche *Kulturen*. (Notier dir das.) Manche leben in den Wüsten im Süden, und natürlich betrachten sie die Dinge anders als wir, denn sie werden von der Wüste beeinflußt. Sie sind irgendwie herb, *trocken*, wie Schlangen, so schnell und tödlich. Manche Stämme legen großes Augenmerk auf die Magie (wie es zum Beispiel Cobweb tut), und dazu gehören die Varrs nun leider nicht. Die Varrs haben keine Religion, sie scheuen die Gaben, die in uns erblüht sind, und folgen den Wegen der Menschen, sie gehen den Weg des Kampfes und der Habsucht.« Im letzten Moment besann er sich, wo er war und zu wem er sprach, und dämpfte die Glut des leidenschaftlichen Eifers in seinen Augen.

Swithes gelegentlich abfällige Bemerkungen über meinen Stamm und meinen Vater entgingen mir nicht gänzlich. Hätte Terzian davon gewußt, wäre er wohl außer sich vor Zorn gewesen. Ich sagte zu Swithe: »Du findest die Varrs wohl nicht sonderlich sympathisch, wie?«

Aus seinem Gesichtsausdruck schloß ich, daß er mir die Gründe hiefür liebend gern auseinandergesetzt hätte, und ich hätte sie auch liebend gern gehört, aber alles, was er sagte, war: »Ich habe nicht das Recht, mit dir über deinen Vater zu sprechen, Swift.«

Das erschreckte mich weniger, als es hätte sollen. Es trug nur zu Terzians Mythos bei. Ich erzählte Cobweb nie, was Swithe gesagt hatte.

Natürlich war ich neugierig, was Swithes Herkunft betraf, woher er und Moswell kamen. Swithe schien darüber nicht reden zu wollen, aber ich konnte doch in Erfahrung bringen, daß er und sein Kollege einer Untergruppe der Unneahs entstammten (die sich, wie ich später erfuhr, nur aus Vorsicht – oder Angst – mit den Varrs verbündet hatten). Terzian hatte seine Ohren überall. Der gute Ruf meiner Lehrer war an die seinen gedrungen, und so hatte er die beiden ihrem Stammesführer, dessen Söhne dafür zweifellos mit einer minderwertigeren Ausbildung zu bezahlen hätten, unter der Nase weggeschnappt.

Den ganzen langen, dunstig-heißen Sommer hindurch deckte ich mich also mit Wissen von Moswell ein und ließ mir dann von Swithe erklären, was es zu bedeuten hatte. Moswell säuberte meine Handschrift von Unebenheiten und frischte meine Lesekunst auf. Ich merkte, daß er die Schulung, die ich von Cobweb in diesen Fächern zuvor erhalten hatte, für schludrig und dilettantisch hielt. Swithe behauptete darüber hinaus, daß meine krakelige, unleserliche Handschrift Moswell heiter stimmte, weil er damit endlich etwas hatte, worüber er jammern konnte. Nachmittags saßen wir zumeist im Garten, und Swithe sagte mir, was ich in meinem Heft notieren sollte. Einmal sagte er ein Gedicht auf, das er selbst verfaßt hatte, und ich lernte es auswendig und schrieb es nieder.

Aus der Asche, bedeckt vom Staub geborst'ner Steine,
aus Menschheitsängsten und Geschrei
erheben sich Wraeththu und greifen nach dem Schwert.

Mit blutigroten Händen,
noch keuchend von der Jagd,
sagen wir: »Nicht Rache ist's, nur Recht,
wir fühlen weder Scham noch Stolz.«

Wo bleibt die Finsternis nur,
wo Schatten uns als Licht erscheinen?
Muß sie nicht begraben werden unter Schutt,
den die Erde niedergetrampelt hat
in ihrem Triumph?

Unbeachtet auch der Zapfen aus schwarzer Glut,
verdrängt unter ein Siegesgrinsen,
doch stets pulsierend in seinem Versteck:
die Lichter im Grab,
nur denen erkennbar, die vorbeigehen
an seinem Tor aus Granit, in der Dämmerung, allein.

Was auf Cobweb keinen großen Eindruck machte. Ich sagte es ihm abends auf, und als ich geendet hatte, schleuderte er sein Buch zu Boden und knipste das Licht an. »Swift, um Gottes willen, das ist ja schrecklich!« rief er. »Sag mir das nie wieder auf, und ganz besonders nicht im Finstern!« Am nächsten Morgen, beim Frühstück, war er nicht besonders freundlich zu Swithe. Ich behauptete, daß das Gedicht nur aufgrund meines Vortrags so schrecklich geklungen hätte.

»Es ist abstoßend und unschicklich für die Ohren von Harlingen, basta!« erklärte mein Träger hitzig.

Danach saß Cobweb des öfteren bei uns im Park und strahlte eisige Anwesenheit aus – etwas sehr Ungewöhnliches bei ihm. Dann starrte Swithe ihn an, und er warf den Kopf zurück und starrte hochmütig zurück, um den Blick sogleich wieder in sein Buch zu versenken, ohne je umzublättern. Noch wußte ich nicht, was dieses Betragen zu bedeuten hatte; es war Teil eines Rituals, das ich erst noch entdecken mußte.

Gegen Ende des Sommers mußte mein Vater für einige Wochen verreisen, und Immerdar stieß einen Seufzer der Erleichterung aus und sackte fröhlich in seinen Fundamenten zusammen. Selbst Moswell wurde liebenswerter. Wir vier, meine Lehrer, Cobweb und ich, machten es uns zur Gewohnheit, die Abende zusammen im Erdgeschoß des Hauses zu verbringen. Wir spielten Karten oder würfelten und plauderten. Moswell liebte es, die Konversation in ›erwachsenere‹ Richtungen zu lenken. Einmal sagte er: »Zweifellos hat Terzian schon von den Umtrieben der Gelaminger im Süden gehört.« Offenbar wollte er vor Cobweb klug und politisch interessiert klingen.

Mein Träger hatte beiläufig mit ein paar Würfeln in seiner Hand gespielt. Nun schleuderte er sie gegen die Wand.

»In diesem Haus«, stellte er düster fest, »sind die Gelaminger kein Gesprächsthema!«

Ich begriff nicht, weshalb sich die Atmosphäre danach so abkühlte. Ich wußte zwar, daß die Gelaminger ein Wraeththustamm sind, weil ich Ithiel in der Küche von ihnen hatte reden hören, weshalb aber ihre bloße Erwähnung Cobweb so in Wut versetzte, das wußte ich nicht. Moswell murmelte eine Entschuldigung, um früh zu Bett gehen zu können, und verließ das Zimmer. Cobweb seufzte und rieb sich die Augen. Swithe kauerte in gefährlicher Nähe der Divankante. Cobweb saß neben seinen Füßen auf dem Boden.

»Tut mir leid«, sagte Cobweb zum Kamin.

Ich hatte so ein Gefühl, daß sich einer jener Augenblicke näherte, da man mich daran erinnern würde, daß es höchste Zeit für mich sei, nach oben zu gehen. So bemühte ich mich also, möglichst unsichtbar in einem Winkel des Zimmers zu verschwinden. Swithe streckte die Hand aus und legte sie sacht auf Cobwebs Schulter, weil er das, was er zu spüren glaubte, für Kummer hielt. Ich allein wußte, daß es sich um Wut handelte. Cobweb legte die Wange auf Swithes Hand und sagte: »Terzian ist mein Leben.«

»Aber Terzian ist nicht hier«, stellte Swithe vieldeutig fest, und Cobweb lächelte. Natürlich bemerkten sie mich in genau diesem Augenblick.

»Geh jetzt zu Bett, Swift«, verlangte Cobweb.

Als die Blätter auf den Bäumen die Farben änderten und mein Vater zurückkehrte, wurde Swithes Benehmen geradezu wunderlich, und ich mußte ihn des öfteren tadeln. »Swithe, du hörst mir gar nicht zu!« Worauf er ein wehmütiges Lächeln aufsetzte. Einmal kam ich in sein Zimmer, und es war übersät mit zerknüllten Papierfetzen, auf denen Dinge geschrieben standen, die er mich nicht lesen ließ. Ich verstand überhaupt nichts mehr, denn noch war ich nicht imstande, den Zusammenhang zwischen der Rückkehr meines Vaters und Swithes Benehmen herzustellen; genausowenig wie ich imstande war, die Parallele zwischen den achtlos fallengelassenen, mißhandelten Papierkugeln und Swithe selbst zu erkennen. Für Cobweb war der Zwischenfall vorbei; sein Herr und Meister war nach Hause gekommen.

Terzian hatte eine böse Wunde an seinem Oberschenkel davongetragen und mußte viel liegen. Cobweb wich nicht von seiner Seite, und Moswell und Swithe unterließen es eine Zeitlang, abends mit uns zusammenzusitzen. Eines Nachts, als ich noch über meinem heißen Gutenachtgetränk trödelte, hörte ich Terzian mit einer leisen, gedankenverlorenen Stimme sagen: »Cobweb, erinnerst du dich ...?«, worauf Cobweb ihn augenblicklich unterbrach: »Bitte, nicht ...!«

Vater seufzte und deutete auf seinen Schenkel. »Es ist das Bein ... die Wunde, wie die deine ...«

»Ich weiß.« Cobweb ging hinüber zum Divan, auf dem Terzian lag, und strich ihm über die Stirn. »Wenn es dir ein Trost ist: Die meine war weitaus schlimmer als das hier.«

Ich hätte am liebsten geschrien: ›Was? Was?!‹, denn ich spürte hinter alldem etwas höllisch Interessantes.

»Du hast dich so verändert, seit damals«, sagte Terzian und nahm eine Haarlocke meines Trägers in seine Finger.

»Wir haben uns vielleicht beide verändert.«

»Gibst du mir die Schuld dafür, was damals geschehen ist?«

Cobweb schüttelte den Kopf. »Du dachtest ja, ich sei tot.«

»Nicht bloß das ... die andere Sache. Das macht dich immer noch wütend.«

»Eigentlich nicht. Ich glaube, ich war eher um deinetwillen wütend als um meinetwillen.« Ich erkannte augenblicklich, daß es sich um eine glatte Lüge seitens meines Trägers handelte.

Ein kurzes Schweigen folgte, das immer und mehr zu einem gespannten Schweigen wurde.

»Cobweb, du weißt so vieles. Weißt du auch, ob ...?«

»Es steht dir nicht zu, diese Frage zu stellen!« entgegnete Cobweb mit schneidender Stimme, und mein Vater seufzte und nickte dazu.

Am nächsten Tag mußte ich Cobweb einfach fragen, was es mit diesem Gespräch auf sich gehabt hatte. Er verzog das Gesicht und sah mich scharf an, während er überlegte, ob er mir antworten sollte oder nicht.

»Du wirst dich nicht daran erinnern, du warst noch so klein«, sagte er.

»Erinnern? Woran?« fragte ich begierig.

»An die beiden Fremden, die zu uns gekommen waren. Sie wohnten hier im Haus. Pellaz und ... *der andere.*«

Das war eine meiner ersten Erinnerungen überhaupt. Auf mich wirkten die Leute damals entweder heiß oder kalt, und ich entsann mich dunkel des schwarzhaarigen Pellaz und der Wärme, die er ausstrahlte. Ich entsann mich auch seines Reisegefährten, der blondes Haar hatte und Eiseskälte verströmte und der mich nicht mochte.

»Ich erinnere mich«, sagte ich, und Cobweb nickte.

»In gewisser Hinsicht sprachen wir gestern abend über die beiden«, erklärte er.

»Und jetzt wirst du es mir wahrscheinlich nicht weiter erzählen«, sagte ich hoffnungslos. Ich war es überdrüssig, ewig zu klein für nähere Erklärungen zu sein.

»Der eine, der mit dem gelben Haar (ich bringe seinen Namen nicht über die Lippen), hat deinem Vater Kummer bereitet«, sagte Cobweb und machte das Kreuzzeichen der Kraft auf seiner Stirn, seinen Lippen, über seinem Herzen.

»Hatte er den bösen Blick?« fragte ich fachmännisch.

Cobweb rümpfte die Nase. »Das *nicht* gerade. Er ist einfach ein Störenfried – Unruhe und Ärger auf zwei Beinen.« Wir befanden uns im Salon. Cobweb trat zu den hohen Fenstern und riß sie auf. Die Luft, die hereinströmte, roch nach Rauch und Reife, und draußen auf der Terrasse flatterten erschreckte Vögel hoch. »Manchmal habe ich solche Angst«, sagte Cobweb mit leiser, trauriger Stimme.

»Wovor?« Ich rannte zu ihm.

Er beugte sich zu mir herab und legte mir die Arme auf die Schultern. »Wie groß du schon bist«, sagte er. »Ich glaube, ich denke immer noch an Menschenkinder, wenn ich dich ansehe. Fünf Jahre – und du wirkst doppelt so alt!«

Ich seufzte. »Angst *wovor*, Cobweb?«

»Setzen wir uns hin.« Wir kuschelten uns auf der Couch aneinander.

»Sie haben mich nach Hause zurückgebracht, als ich verletzt war, diese beiden Fremden«, begann er.

»Wie hast du dich verletzt?« drängte ich. »Wo war Terzian?«

Cobweb verzog das Gesicht; seine Miene drückte Bitterkeit, Sarkasmus und Abscheu aus. »Ja, wo eigentlich? Nun, sagen wir einfach, ich war allein, und die beiden haben mich gerettet.«

»Pellaz war nett. Er hat manchmal mit mir geredet«, sagte ich.

»Ich weiß... Es war der andere.« Er runzelte die Stirn, und aus seinen Augen blitzte jene Art von abgrundtiefem Haß auf, der zersetzt und zerstört. Ich schwieg und wartete, daß er weitersprach.

»Es widerstrebt mir, dir das zu sagen, Swift, aber ich tue es dennoch: Dein Vater fing an, ihn zu lieben.«

Ich fand das nicht so schrecklich, nur verständlich, denn für mich traf der Begriff ›Liebe‹ einfach auf all das zu, was hübsch anzusehen war – im Unterschied zu allem übrigen. Die *Gefühle* gingen über mein Verstehen hinaus. Der blonde Har war schön gewesen, auf eine gewisse grausame, träge Art. Für mich war damit klar ersichtlich, weshalb mein Vater ihn geliebt hatte.

»War das schlimm?« fragte ich schüchtern.

»Schlimm?!« Cobweb kniff die Augen zusammen und fauchte: »Es hätte für uns beide sehr schlimm werden können, wenn *er* hiergeblieben wäre.«

»Warum?«

Cobweb sah mich an. »Du liebst deinen Vater sehr«, sagte er, »so wie es sein soll. Aber du bist noch nicht alt genug, um ihn zu verstehen.«

»Wahrscheinlich gibt es zur Zeit nichts, wofür ich alt genug wäre!« erwiderte ich hitzig; ich hatte diese Feststellung bereits gehörig satt.

»Also gut«, sagte Cobweb. »Also gut! Wenn *er* hiergeblieben wäre und Terzian Söhne geschenkt hätte, wäre für uns beide hier möglicherweise kein Platz mehr gewesen. Terzian betete C... betete *ihn* geradezu an!«

»Du irrst dich!« rief ich und rückte ab von ihm. Ich sah einem Cobweb ins Gesicht, den ich nicht mehr zu kennen schien. Mein Träger war einfach zu klug, zu gelassen für solche Ausbrüche!

»Ach, Swift, du weißt so wenig vom Leben. Eines Tages wirst du das alles verstehen.« Er stand auf und trat wieder zum Fenster. »Terzian brauchte mich sehr, nachdem die beiden wieder abgereist waren. Sein Herz war gebrochen. Ich nehme an, daß er mich nach all den Jahren doch noch recht gern mag, aber ich gebe mich keiner Täuschung hin. Und deshalb habe ich Angst.«

»Aber warum?« bedrängte ich ihn flehentlich. Ich spürte, wie mir die Tränen hochstiegen. Noch nie zuvor hatte Cobweb so mit mir gesprochen, er hatte mich immer vor Dingen beschützt, von denen er fürchtete, sie könnten mich aufwühlen.

»Er ... er ... könnte *zurückkommen!*« Cobweb preßte sich eine schlanke weiße Hand über die Augen und lehnte sich ans Fenster. Ich sah, wie seine Schultern bebten – ganz leicht. Ich rannte zu ihm hin, schluchzend und ängstlich, und wir setzten uns auf den Boden und schlangen die Arme umeinander.

»Sprich seinen Namen nie aus, *niemals!*« warnte mich Cobweb. »Und pfeif nicht im Dunkeln, denn das lockt das Böse an, und er wird es hören! Die Gefiederten oben in den Bäumen werden es wissen. Achte auf sie, Swift, achte auf die Vögel!«

In jener Nacht hatte ich einen gräßlichen Traum, in dem der blonde Har inmitten eines Kranzes aus dunklen Flammen stand. Seine Schönheit hatte sich zu Häßlichkeit gewandelt. Er erblickte mich, und ich war gefangen in meinem eigenen Entsetzen. »Ruf mich!« flüsterte er und streckte zitternde Hände aus, von denen es rot herabtroff. Ich wollte weglaufen, nur weg, aber ich konnte mich nicht von der Stelle rühren. Seine Augen starrten mich an. »Ruf mich!« Ein furchtbares Geheul entrang sich meiner Kehle, ein Geräusch, über das ich keine Kontrolle hatte. Als ich aufwachte, kreischte ich: »Cal! Cal!«, worauf draußen auf dem Korridor vor meinem Zimmer hastig das Licht eingeschaltet wurde und ich Stimmen und eilige Schritte hörte.

Am folgenden Morgen stieg ich allein zu der langen offenen Galerie hinauf, die an der Innenseite des ersten Stockwerks entlanglief; ich fühlte mich elend und ruhelos. Das, was in der Nacht vorgefallen war, hatte Cobweb völlig aus der Fassung gebracht und Terzian sehr böse gemacht. Einer gab dem anderen die Schuld. Ich hatte gehört, was mein Vater schrie, als sie wieder aus meinem Zimmer gegangen waren, denn seine Stimme war durch die Wände gedrungen. Er hatte gebrüllt: »Bist du denn von allen guten Geistern verlassen, ihm das zu erzählen? Hast du den Verstand verloren?«

Und darauf der Antwortschrei meines Trägers: »Schämst du dich deswegen vor ihm?«

Ich erinnerte mich, daß sich vieles veränderte, nachdem Pellaz und Cal Galhea verlassen hatten. Natürlich wußte ich damals noch nicht den Grund dafür. Anfangs schien das Haus den Atem anzuhalten, seine Bewohner sprachen mit halblauter Stimme und blickten andauernd hinter sich. Ithiel schlich verlegen umher, war aber zur Stelle für den Fall, daß mein Vater ihn brauchte; er hätte sich den beiden gern an die Fersen geheftet, glaube ich. Er wollte Blut sehen; Cobweb auch. Er und Ithiel führten viele leise erregte Gespräche, wenn sie dachten, niemand sei in der Nähe. Mein Vater blieb drei Tage lang allein in seinem Zimmer, weigerte sich zu essen und nahm nur Wein und heißen starken Sheh zu sich. Hinterher war er wieder im Erdgeschoß aufgetaucht, ganz grau im Gesicht wie nach einer überstandenen Krankheit. Daran im besonderen erinnere ich mich genau: Cobweb und ich saßen gemeinsam beim

Frühstück, als mein Vater ins Zimmer kam. Er blieb in der Tür stehen, und niemand sprach ein Wort. Dann erhob sich Cobweb von seinem Stuhl, ging auf ihn zu, und sie umarmten sich.

Seit damals spürte ich, daß sie sich um so enger zueinander hingezogen fühlten, je mehr die Erinnerung an den liederlichen Cal nachließ. So hatten wir uns innerhalb der Mauern von Immerdar einen emotionalen Zufluchtsort errichtet: Vater, Träger, Sohn. Doch dann war Terzian krank und müde vom Kampf nach Hause gekommen und hatte zuviel Zeit zum Nachdenken über die Vergangenheit, während er den ganzen Tag lang im Haus herumlag. Und dann mußte ich diesen Traum haben und Cals Namen rufen. Und nun fürchtete ich, das Tor aufgestoßen zu haben, das ihm wiederum Zutritt gewährte in Immerdar. Fünf Jahre lang hatten wir nicht an ihn gedacht!

Swithe näherte sich, auf der Suche nach mir. »Sie haben vermutet, du seist hier«, lächelte er und hockte sich neben mich auf die Fersen. Er ist mein einziger Freund, dachte ich, ich kann ihm alles sagen. Und so erzählte ich ihm von dem Traum und dann, nach einer Sekunde des Zögerns, von dem häßlichen Intermezzo mit Cal und wie er meinen Vater abgewiesen hatte. Ich nehme an, ich hätte auf das respektvolle Aufleuchten gefaßt sein müssen, das in seinen Augen erschien, als ich erzählte, wie Cal sich geweigert hatte, das Leben mit Terzian zu teilen, doch dazu war ich immer noch zu erbost. »Terzian hätte mich und Cobweb aus dem Haus gejagt!« fügte ich gehässig hinzu, wobei ich völlig vergaß, daß ich mich noch am Vortag geweigert hatte, so etwas je für möglich zu halten.

»Komm nach unten«, sagte Swithe. »Moswell macht sich sonst Sorgen.«

Später versuchte ich dann, mich bei meinem Träger für das zu entschuldigen, was ich getan hatte, nämlich den verbotenen Namen auszusprechen, doch er wischte meine Entschuldigung nur mit einer raschen Handbewegung beiseite. »Ich hätte dir das nie erzählen dürfen«, sagte er. »Kein Wunder, daß du Alpträume hattest.«

»Aber sind wir *sicher* hier?« jammerte ich.

»Ja, natürlich«, antwortete Cobweb kurz angebunden.

Kapitel 2

Das Erwachsenwerden.
Strahlender Engel; herrliches
schwarzes Haar.
Demut zu seinen Füßen
überwältigt vom lieblichsten Har
unter der Wölbung des Firmaments.

Einige Wochen vergingen, und dann erhielt mein Vater Nachrichten aus dem Norden. Dort lagen Städte, die die Varrs einst den Menschen entrissen hatten. Sie wurden regiert von Varrs hohen Kasten (höherer jedenfalls als jener Kaste, der mein Vater angehörte), die ihre Augen gelegentlich Richtung Galhea schweifen ließen, indem sie ihre Gesandten zu uns herunterschickten, um zu erfahren, wie die Dinge bei uns standen. Terzians Freude darüber hielt sich stets in Grenzen.

Eines Vormittags erschienen drei glänzendschwarze Pferde aus dem Morgendunst, trotteten an den Springbrunnen im Park von Immerdar vorbei und den breiten Weg bis an die breite weiße Freitreppe heran, wo die Hunde meines Vaters an ihnen hoch und um ihre Beine herum sprangen und zu jaulen begannen. Die drei Reiter waren die Nacht durchgeritten, und auf ihren Anzügen aus dickem schwarzen Leder und Metall glitzerte der Tau. Cobweb hatte mir erklärt, daß die Varrs aus dem nördlichen Teil des Landes sich in einer Weise abzuhärten pflegten, daß es beinahe schon an Masochismus grenzte.

Ich stand in der Halle, als Ithiel von draußen hereinkam und geradewegs und ohne Anklopfen in Terzians

Arbeitszimmer eilte. Die Tür blieb offen, und ich hörte den verärgerten Laut, den mein Vater ausstieß, als Ithiel sagte: »Sie sind zu dritt. Ponclast schickt sie.« Ponclast war ein Nahir-Nuri, der höchste Rang, den Hara erreichen können. Ich kannte seinen Namen fast ausschließlich im Zusammenhang mit Verwünschungen; mein Vater verübelte ihm, daß er sich sosehr um seine – Terzians – Angelegenheiten kümmerte.

Die drei wurden im roten Zimmer empfangen, von dem aus man die Rasenfläche an der Rückseite des Hauses überblickte. Es war der unbehaglichste Raum in ganz Immerdar. Ich trieb mich an der Tür herum, und einer der Besucher tätschelte mir den Kopf, als er vorbeiging. Man rief nach Essen, nach Bier und Sheh. Ich ging in die Küche, wo alle mit gequältem Gesichtsausdruck durcheinanderrannten. Limba war bei mir und warf Yarrow fast um, als er ihm zwischen die Füße kam, worauf Yarrow mir eine hinters Ohr gab und brüllte, ich solle mich, in Dreiteufelsnamen, sofort aus seiner Küche scheren. In diesem Moment steckte Moswell die Nase um die Ecke. Ich hatte schon gehofft, der Unterricht sei für diesen Tag vergessen, aber Moswell schleppte mich zum Schulzimmer, und ich sah unsere Besucher erst am späten Nachmittag wieder.

Und beim Abendessen machte mein Vater – der ungemein erleichtert und deshalb geradezu fröhlich aussah – eine Ankündigung. Im Hinblick auf die Anwesenheit unserer Gäste aus dem Norden aßen wir von unserem besten Tafelsilber. »Swift«, sagte also mein Vater, »ich weiß, daß du dich jetzt sehr freuen wirst. Gahrazel, der Sohn von Tiahaar Ponclast, wird nach Galhea kommen und in unserem Haus Aufnahme finden, um gemeinsam mit dir Unterricht zu erhalten.« Er wandte sich an seine Gäste. »Mein Sohn hat schon oft den Wunsch nach gleichaltriger Gesellschaft geäußert.« (*Einmal* habe ich das erwähnt, dachte ich wütend, ein einziges Mal!). Wären die Leute aus dem Norden nicht dagewesen, hätte ich gefragt: ›Und aus welchem Grund?‹ Doch so war ich wie gelähmt von der Aufmerksamkeit, die man mir plötzlich zollte, und zu schüchtern, um etwas zu sagen. Es hatte nichts mit guter Erziehung zu tun.

Cobweb verströmte stählerne Härte; er strich langsam über den Silbergriff seiner Gabel (vermutlich hielt er sie für ein Messer) und fragte mit glasklarer, kalter Stimme: »Und aus welchem Grund?«

Einer von den dreien – er hatte glattes schwarzes Haar und ein Gesicht wie ein Habicht, ich glaube, er hieß Mawn – antwortete: »Der Norden ist kein geeigneter Ort für Harlinge, besonders verglichen mit eurem Leben hier. Ponclast hat das Gefühl, die Lage dort oben könnte Gahrazels Entwicklung negativ beeinflussen. Er hat Immerdar stets bewundert und ist sich durchaus bewußt, daß Terzian eine ausgezeichnete Hand bei der Wahl von Lehrern besitzt.« Wenn Mawn sich seinerseits hingegen der kaum verschleierten Feindseligkeit in Cobwebs Benehmen bewußt geworden war, so hatte er ihm offenbar bereits vergeben; Cobweb mit seiner bezaubernden Schönheit konnte sich einfach alles erlauben. Hoffnungslos in seinen Bann geschlagen, schenkte Mawn ihm ein zähnefletschendes Lächeln.

»Swifts Lehrer sind die besten«, bestätigte mein Vater einigermaßen überraschend. Cobweb sah mich an, und ich wußte, daß wir denselben Gedanken hatten: Ponclasts Auge hier in Galhea, in Immerdar, das uns aus dem Gesicht seines Sohnes beobachtet …

Cobweb lächelte zufrieden, denn aus meinem Erkennen dieser Gefahr schloß er auf eine rasche Entwicklung meiner Reife.

Später hörte ich sie sprechen, Cobweb und Vater. Ich lag im Bett, und ihre Stimmen drangen durch die offene Tür, denn seit jenem Alptraum hatte ich Angst, sie nachts zu schließen. Cobweb sprach mit ziemlich sarkastischem Tonfall: »Du hast beinahe *dankbar* gewirkt, und so *liebenswürdig!*«

»Ich muß liebenswürdig sein, verdammt noch mal!« antwortete mein Vater gereizt. »Wir müssen alle liebenswürdig sein, zum Geier!«

»Er hat Schwierigkeiten mit diesem Gahrazel, denke ich«, sagte Cobweb.

»Wer? Ponclast? Hm, vielleicht.«

»Weshalb sonst würde er ihn von zu Hause wegschicken? Du nimmst doch diesen blühenden Unsinn vom vielbewunderten Immerdar nicht ernst, oder?«

»Aber so wird Swift wenigstens Gesellschaft haben. Das Kind ist ohnedies zuviel allein.«

Ich lag da, hörte zu und konnte mich nicht entscheiden, ob ich mich nun freuen sollte oder nicht. Neue Leute bedeuteten immer Veränderungen; darüber würde ich mit Cobweb reden müssen.

Am nächsten Tag wollte mein Träger nicht mehr sagen als: »Es wird dir ganz guttun, einen Gleichaltrigen hierzuhaben. Terzian hat recht, du lebst zuviel in deiner eigenen Gedankenwelt.«

Ich fühlte mich hintergangen, und so suchte ich Swithe auf, der sagte: »Cobweb hat ganz recht. Außerdem werden die Unterrichtsstunden dadurch viel abwechslungsreicher, glaubst du nicht?«

»Hm«, räumte ich mürrisch ein. »Was haben sie eigentlich gemeint, als sie sagten, der Norden sei nicht der geeignete Ort für Harlinge?«

Swithe sah verlegen drein; ich spürte, wie er behutsam eine Antwort für mich überlegte. »Dieses Land … ist kein … kein *friedliches* Land, Swift.«

Ich sah ihn wohl völlig verständnislos an, schließlich war Galhea eine äußerst friedliche Stadt.

»Es gibt zwei Arten von Finsternis«, fuhr Swithe fort, immer noch nach den rechten Worten ringend, »merk es dir, auch wenn du noch nicht ganz verstehst, was ich meine. Die eine Finsternis ist die natürliche, wenn also die Sonne untergeht oder wenn du in einen tiefen Schrank blickst oder im dichten Wald stehst. Die andere Art, nun das ist die Finsternis *im Innern einer Person,* und diese Finsternis kann die Leute auffressen! Sie kann ganze Städte auffressen, bis nur mehr Staub und Schatten übrig sind. Es ist das, was die Menschen ›das Böse‹ nannten. Die Finsternis im Norden kann etwas ganz ähnliches sein.«

Wie hätte ich seine Worte verstehen sollen? Ich konnte es nicht. Nicht damals. Doch die Gefühle dahinter hatten mich tief getroffen. Ich habe sie nie vergessen und auch die Eiseskälte nicht, die das Zimmer zu erfüllen schien, während er sprach; selbst der Sonnenschein vor den Fenstern verdunkelte sich für kurze Zeit.

Gahrazel war etwa eineinhalb Jahre älter als ich, aber er konnte nicht so schön schreiben wie ich und war immer furchtbar unruhig. Eines Morgens wurde er ohne viel Umstände vor den Toren von Immerdar abgeladen, und Cobweb und ich sahen zu, wie er gebückt und müde über den breiten Schotterweg zum Haus herauftrottete, eine einzige, fast aus den Nähten platzende Tasche in der Hand. »Es sieht so aus, als wären sie ganz froh, ihn los zu sein«, bemerkte Cobweb trocken. Diesen Eindruck hatte ich auch.

Gahrazel hatte schon Kämpfe gesehen, wirkliche Kämpfe. Er hatte gesehen, wie Hara starben, und sogar den Körper eines toten Menschen berührt. »Ich hab ihm ein bißchen Haar abgeschnitten«, gestand er mir unter dem Siegel der Verschwiegenheit. Ich zeigte ihm alle Geheimplätze im Park, einschließlich des Winkels im See, wo der Geist wohnte, den zu beschwören er überhaupt nicht erwarten konnte.

»Wenn ich hierbleiben muß, dann sollten wir eigentlich Freunde sein«, sagte er widerwillig und ging umgehend daran, mir genauestens auseinanderzusetzen, wie sehr er die Hara daheim vermissen werde.

Für diesen Tag war der Unterricht vorbei. Im Park wurde es schon früh dunkel; auf den Bäumen hingen fast keine Blätter mehr, und wir mußten Mäntel anziehen, wenn wir ins Freie wollten. »Hier ist es *wirklich* schön«, sagte Gahrazel. »Dort, wo ich herkomme, gibt es nichts annähernd so Schönes.«

Wir kannten uns zwar erst seit etwa einer Woche, unterhielten uns jedoch bereits völlig unbefangen miteinander. Das war in erster Linie Gahrazels Verdienst, denn er war temperamentvoll, selbstsicher und – in meinen Augen – verblüffend erwachsen. Es hatte ihn niedergeschlagen gemacht, sich in einer unerquicklichen Lage zu befinden, aber er war entschlossen, das Beste daraus zu machen.

»Warum hat dein Vater dich weggeschickt?« versuchte ich es vorsichtig, und er schnaubte ärgerlich.

»Warum?! Du weißt doch, wie Väter sind!« antwortete er ätzend.

Ich wollte nicht als Dummkopf dastehen, und so sagte ich: »Also ich weiß, wie *meiner* ist«, und wir lachten beide.

»Für mich ist es bald soweit«, erklärte Gahrazel bedeutsam. Es handelte sich offenbar um etwas von großer Tragweite.

»Ach?« sagte ich.

»Du weißt schon, Feybraiha, wenn man mündig wird.«

»O ja ...«

»Du weißt es *nicht*, oder?«

Ich hob ratlos die Schultern.

»Es hat da jemanden gegeben ... jemanden, der viel älter war als ich. Darum hat Ponclast beschlossen, mich irgendwo auf dem Land zu versenken. Er war nicht einverstanden mit meiner Wahl, und ich wußte, ich wäre mit seiner nicht einverstanden. Sein Geschmack und der meine haben sich noch nie gedeckt. Wir hatten einen Streit, und« – er warf die Arme hoch – »jetzt bin ich hier!«

Feybraiha: schon wieder ein Wort, über das es nachzugrübeln galt. Handelte es sich dabei wieder um irgendeine Veränderung? Und wenn ja, um welch eine? Mein Stolz hinderte mich daran, meine Unwissenheit einzugestehen, doch etwas daran beunruhigte mich zutiefst. Ein Gefühl von Vibrationen; ein Stachel. Eine Vorahnung vielleicht?

In den allerersten Tagen war Gahrazel verdrießlich und unwillig. Ich versuchte mir vorzustellen, wie ich mich wohl fühlen würde, wenn Terzian mich jemals zu Fremden schickte, und bemühte mich sehr um Nachsichtigkeit. Erst wollte ihm sein Zimmer nicht gefallen (eines der schönsten im Haus), er beschwerte sich über das Essen, das anders schmeckte als daheim, und behandelte Cobweb mit spöttischer Herablassung. Es machte ihn rasend, als Cobweb darauf nicht einging. Am dritten Tag kam er zum Unterricht und widersprach Moswell unentwegt – zu meinem größten Entzücken natürlich. »Dieser Har hat keine Ahnung von irgend etwas! Er ist ein Dummkopf!« flüsterte Gahrazel mir zu. Von diesem Tag an kamen die entscheidenden Aspekte meiner Ausbildung von ihm.

Terzian schenkte Gahrazel ein Pony, das so kräftig und schnell war wie mein eigenes, und ab da ritten wir oft zusammen aus, über die weiten Felder außerhalb der Stadt und in die dunklen Wälder. Mein Vater sah es nicht gern, wenn junge Harlinge allein die Wälder durchstreiften; herumstreunende Menschen oder Hara von anderen, uns nicht freundlich gesinnten Stämmen konnten dort lauern. Daher begleitete uns entweder Moswell oder Swithe. Gahrazel beschwerte sich deswegen bitter, einmal sogar Terzian gegenüber. »Daheim bleibe ich manchmal tagelang weg, ganz allein!« sagte er.

Mein Vater lächelte nachsichtig. »Ich habe nicht unbedingt den Wunsch, Gahrazel, dich deinem Vater stückweise zurückzuschicken, auch wenn dir diese Möglichkeit noch so absurd erscheinen mag.«

Ich war in Immerdar aufgewachsen, ohne mich je von irgendeiner Gefahr bedroht zu fühlen. Und so war ich nicht mutig wie Gahrazel, sondern einfach nur unwissend. Mein Vater wußte, was jenseits der Felder von Galhea lag; ich wußte es nicht. Bis zu einem gewissen Grad wußte es auch Gahrazel, aber er hatte keine Angst davor. Eigentlich hatte er vor gar nichts Angst.

Eines Nachts, als alle schliefen, kam Gahrazel in mein Zimmer, und wir stiegen aus meinem Fenster und über die Kletterpflanzen hinunter in den Park. Draußen, im Licht des bleichen runden Mondes, sah alles weiß und geisterhaft aus. Ich fürchtete mich vor den dunklen Stellen, wo Schatten raschelten, die vielleicht nicht nur Schatten waren, aber es war eine prickelnde, köstliche Furcht. Unter den Bäumen blickten wir zurück zum Haus, das ausladend, schweigend und grau in der Nacht stand, während der Mond die Fensterscheiben zum Glänzen brachte. Gahrazel fragte: »Kennst du eigentlich das *ganze* Haus?«

Ich überlegte. »Also, ich glaube nicht ...«, antwortete ich, was mich seltsam anmutete – schließlich und endlich war es mein Zuhause.

Gahrazel legte den Arm um mich. »Wir werden bald das ganze Haus kennenlernen«, sagte er.

Oh, und wie Gahrazel soviel eher als ich den Geist des Hauses meines Vaters kennenlernte und das, was in den dunklen Winkeln lauerte!

Zur Wintersonnenwende gibt es ein großes Fest, bei dem es in erster Linie das neue Jahr zu feiern und zu begrüßen gilt, aber Gahrazel behauptete, es sei bloß wieder einmal etwas, das die Wraeththu den Menschen gestohlen hätten. »Es war früher nämlich ein religiöses

Fest für sie«, erklärte er. Wir saßen zusammen mit Swithe im Schulzimmer, und wie immer hörte Swithe Gahrazel geduldig zu.

»Ich denke, in gewisser Weise ist es das auch für uns«, sagte er. »Die Ankunft eines neuen Jahres hat etwas Magisches an sich. Wir sind zwar noch hier, in der Gegenwart, doch für die Zukunft ist alles möglich. Die Feiern bringen uns zusammen, und es tut gut, eine Zeit zu haben, in der wir uns in Gesellschaft anderer Hara entspannen und auf bessere Zeiten hoffen können.«

Gahrazel warf unserem Lehrer einen spöttischen Blick zu. »Ich würde sagen, es ist bloß ein Vorwand für zuviel Essen und Trinken. Im Haus meines Vaters kann man die Zukunft nur als Brummschädel am nächsten Morgen sehen.«

»Dann wirst du herausfinden, daß es hier anders ist«, sagte Swithe geduldig; amüsiert bemerkte ich sein Mitleid mit Gahrazel.

Gahrazel wandte sich mir zu. »Ich habe einmal gehört, daß Hara aus dem Stamm der Uigennas beim Neujahrsfest einen Menschen brieten und aßen«, sagte er mit glitzernden Augen.

Es wurde langsam kälter, die Tage wurden kürzer, und eines Morgens, als ich aufwachte, war draußen der Boden mit Schnee bedeckt. Bis zum großen Fest mußten nur noch zwei Wochen vergehen, und all die emsigen Vorbereitungen brachten das Haus schier zum Vibrieren. Hochstehende Bürger aus Galhea hatten bereits ihre Einladung erhalten, am Festtag mit uns in Immerdar zu Abend zu essen; dann wäre das Haus mit immergrünen Zweigen aus dem Garten dekoriert. Cobweb überwachte in kühler, erfahrener Art und Weise das Füllen der Speisekammer, und Moswell und Swithe nahmen Urlaub, um das Neujahrsfest bei ihrem eigenen Stamm weiter unten im Süden zu verbringen. Sie wurden von einer Eskorte varrischer Krieger begleitet für den Fall, daß sich ungeachtet des Wetters feindliche Stämme oder vagabundierende Menschen in dieser Gegend herumtrieben.

Gahrazel und ich hatten nun endlich Zeit, die oberen Regionen von Immerdar zu erforschen, einen Teil des Hauses, wo ich noch nie zuvor gewesen war – eine Tatsache, die Gahrazel verblüffte, doch ich erklärte ihm, ich hätte es stets vorgezogen, im Freien herumzustreifen. Dann hatte Immerdar das wärmende Nest für mich dargestellt, in das ich zurückkehren konnte, wenn ich hungrig oder müde wurde. Im oberen Teil des Hauses jedoch war es weder warm noch einladend. Wir fanden einen Weg in die Mansarden, und dort schien es uns, als befänden wir uns an einem anderen Ort – in einem Gebäude, das zwar denselben Platz einnahm wie Immerdar, aber in einer anderen Dimension existierte, wo es vergessen und eigensinnig zu zerbröckeln anfing. Eines Tages nahmen wir uns reichlich Proviant mit und drangen weiter in die spinnwebenverhangenen Räume und Korridore ein, als wir uns je vorgewagt hatten. Ich hatte auch Limba mitgenommen, denn so fühlte ich mich sicherer. Gahrazel hingegen fürchtete sich nie. »Muß ein Verrückter gewesen sein, der die Bude hier gebaut hat!« rief er aufgeregt.

»Glaubst du, hier haben jemals Menschen gelebt?« fragte ich in heiliger Scheu.

»Na klar«, antwortete Gahrazel herablassend. »Das Haus ist alt; die Wraeththu sind es nicht. Immerdar ist bloß eines von den Dingen, die die Hara den Menschen weggenommen haben. Und Galhea auch. Es hat nicht immer so geheißen. Es war einmal eine Menschenstadt.«

(Das hätte ich mir auch selber zusammenreimen können, dachte ich.)

»Stell dir vor«, flüsterte Gahrazel, »stell dir vor, wir stoßen hier oben irgendwo auf Menschen, die immer noch da leben, die schon seit vielen Jahren hier sind und Ratten essen und warten…«

Ich stieß einen Schrei aus und packte ihn am Arm. »Am Ende würden sie uns umbringen wollen!«

»Am Ende würden sie uns fressen wollen!« ergänzte Gahrazel wonnevoll.

Aber wir fanden keine Menschen vor. Die Mansarden waren angefüllt mit Plunder und kostbaren Schätzen; da gab es einen Tisch mit Beinen in Gestalt von Windhunden, ein Kästchen voll unechten Schmucks, dessen Straßsteine zur Hälfte fehlten, Deckelkörbe mit Kleidern, die zu Staub zerfielen, wenn man sie anrührte, Stöße von Papieren und mit blinden Spiegeln versehene dunkle Möbel, bei denen ich mir nicht vorstellen konnte, daß sie je unten gestanden hatten – und vor allem nicht, wie irgend jemand sie hier heraufgeschleppt haben mochte.

Wir stießen auf ein schmutzstarrendes Fenster, das auf ein flaches Dach hinausging, und Gahrazel zerrte so lange daran herum, bis er es geöffnet hatte. Limba sprang voraus, und dann kletterten auch wir hinaus in die frostige Luft, setzten uns hin, den Rücken gegen die überhängende schräge Dachkante gelehnt, und packten Brot, Käse und Äpfel aus, während wir den Blick über die Schornsteine gleiten ließen.

»Swift, wie alt bist du jetzt?« fragte Gahrazel.

»Fast sechs Jahre«, antwortete ich selbstbewußt.

»Dann dauert es noch eine Weile bis zu deiner Feybraiha«, erklärte er. »Haben sie schon jemanden für dich ausgewählt?«

»Ausgewählt? Was meinst du damit?« fragte ich zurück; es machte mich nicht mehr verlegen, wenn Gahrazel etwas wußte und ich nicht.

»Jemanden für den Aruna. Für das *erste Mal,* weißt du.«

»Nein, was ist das?«

Gahrazel sah mich merkwürdig an und lachte. »Du bist fast sechs. Nur noch ein Jahr, dann bist du mündig, und du weißt nicht, was Aruna ist?«

»Nein«, bekannte ich schüchtern. Verglichen mit Gahrazel schien ich nahezu überhaupt nichts zu wissen!

»Dann werd ich's dir sagen!« frohlockte er.

Ich konnte es nicht glauben; ich hatte keine Ahnung gehabt von geschlechtlichen Dingen. Und plötzlich wurde mir nur allzu klar, was zwischen Terzian und Cobweb vorgefallen war, das mein Erscheinen auf dieser Welt bewirkt hatte. Gahrazel fragte mich, ob ich mich nie selbst berührte, und als ich verständnislos dreinsah, ging er daran, mir zu erklären, auf welche Art und Weise. »Nein!« rief ich entsetzt. War es möglich, daß unsere Körper dieses seltsame Eigenleben führten, dieses seltsame Verlangen in sich trugen, über das wir keine Herrschaft besaßen?

»Alle Wraeththu brauchen den Aruna«, sagte Gahrazel. »Er ist ein Teil von uns; und wir gehören alle einander. Das hat man mir schon vor langem erklärt.«

Die Vorstellung allein war mir schon ein Greuel. Ich hatte in meinem jungen Leben soviel Zeit allein verbracht, daß ich vielleicht zuviel Schamgefühl hatte, und so erschien mir der Gedanke an diesen Aruna als etwas Unsauberes, Unerquickliches. Zwei Hara, die zusammenkamen, um ohne Wahrung jeglicher Intimsphäre an den heikelsten Stellen des Körpers in den anderen einzudringen! Es erinnerte mich sonderbarerweise an das Schneiden von Fleisch: Ich sah riesige Klumpen rohes Fleisch vor mir, die auf den Küchentisch geklatscht wurden, wo dann das große scharfe Messer des Kochs tief hineinstieß.

»Es soll angeblich eine großartige Sache sein«, verriet Gahrazel mir ernsthaft, als einer, der mit diesen Dingen aufgewachsen war, aber ich ließ mich nicht so leicht überzeugen. Ich versuchte mir vorzustellen, mit Ithiel oder Swithe nackt zusammenzusein, und schon der Gedanke trieb mir die Röte ins Gesicht; ich mußte ein Geräusch wie ein Knurren von mir geben, um die Vorstellung zu verscheuchen.

»Wie weiß man, wenn man mündig wird?« fragte ich, und Gahrazel zog die Nase kraus.

»Ich weiß nicht genau, aber es wird wohl irgendeine Veränderung sein, meine ich.«

»Das hätte ich mir denken können! Eine Veränderung!« rief ich.

»Dein Vater oder dein Träger werden jemanden auswählen für dich«, sagte Gahrazel. »Irgend jemand muß dir ja diese Sachen beibringen. Üblicherweise einen ihrer engsten Freunde.«

»Ithiel?« quäkte ich entsetzt. Es konnte sich um niemand anderen handeln, denn niemand stand meinem Vater näher!

»Vielleicht. Würde es dir etwas ausmachen? Er ist sehr schlank. Mir gefallen seine Arme, und sein Haar ist dicht wie Pelz«, sagte Gahrazel versonnen.

Ich erschauerte, weit davon entfernt, seine Gefühle zu teilen. »Allerdings würde mir das etwas ausmachen!« entgegnete ich.

Wir suchten uns unseren Weg durch die Mansarden zurück nach unten. Gahrazel merkte glücklicherweise nichts von meiner Verwirrung, aber ich wollte nichts lieber, als in mein Zimmer zu kommen, mich auf dem Bett einzurollen und über all das nachzudenken, was Gahrazel mir berichtet hatte. Ich hatte vor, mich erst einmal mit meinem neuen Wissen vertraut zu machen, vielleicht würde das seine Schärfe etwas mildern. Dennoch fragte ich mich unentwegt, ob Cobweb und Terzian mir solch eine Sache aufzwingen würden, wenn es soweit wäre.

Niesend stolperten wir von den Mansarden in einen leerstehenden Raum, wo kein Teppich auf dem Boden lag und die Fenster ohne Vorhänge waren. »Hier waren wir noch nie«, stellte Gahrazel fest und schnüffelte an den Wänden entlang herum. Er sah aus, als wüßte er, wonach er Ausschau hielt.

»Wonach suchst du denn?« fragte ich ungeduldig; ich

stand in der Tür, hielt Limba am Nackenfell fest und lugte in den Korridor.

»Das weiß man nie«, antwortete er geheimnisvoll. Er ging in die Hocke. »Ah, das Zimmer deines Vaters ist da unten.«

»Ich darf nicht hinein«, sagte ich überflüssigerweise.

»Schau mal, hier!«

Ich trat zu ihm. Limba winselte und steckte die feuchte Nase zwischen uns. In den Bodenbrettern war ein ausgezacktes kleines Loch. Die Hände auf dem Boden aufgestützt, beugte Gahrazel sich darüber.

»Nicht!« rief ich und versuchte ihn wegzureißen.

»Warum nicht?« fragte er mit einiger Berechtigung; mir fiel keine passende Antwort ein. »Ich sehe seine Sachen! Dort liegt sein Mantel aus Wolfsfell mit den Schwänzchen dran! Man kann ziemlich viel sehen, guck mal!« Er wollte mich näher ziehen.

»Ich will nicht!« zischte ich und dachte: Er wird davon erfahren! Terzian wird davon erfahren!

Gahrazel zog die Brauen zusammen; er vermutete wohl, ich hätte Angst vor meinem Vater… »Eines Tages«, sagte er, »wenn du hierherkommst und da hinunterblickst, könntest du eine Menge lernen.« Dann lachte er auf, und ich lächelte gequält zurück und dachte: Niemals!

Klarerweise hatte ich in jener Nacht wiederum schlechte Träume, diesmal von Gewalttaten, unter denen mein Körper zerbrach. Ich wachte verschwitzt auf, vergraben in den Laken, und obwohl mein Atem in der kalten Luft meines Zimmers kleine Wölkchen bildete, war mir heiß. Wir hatten zwar Zentralheizung im ganzen Haus, aber nachts blieb sie stets abgestellt.

Ich verspürte das dringende Bedürfnis, mit Cobweb zu reden. Ich wollte ihn fragen, weshalb er mir nie etwas von Aruna gesagt hatte. Er hatte mich in so vielen Dingen unterwiesen, die ich nirgendwo sonst hätte lernen können, und doch hatte er diese intimste, unendlich wichtige Information für sich behalten. Blickte er mich manchmal verstohlen und nachdenklich an? Hatten er und Terzian bereits besprochen, wen sie für mich erwählen würden, wenn es an der Zeit war? Ganz sicher findet er, ich wäre zu klein für dieses Thema! dachte ich wütend, und doch war ich sicher, er hätte eine vernünftige Erklärung bereit, wenn ich ihn zur Rede stellte. (Ach *das*, Swift! Ich wollte dich *damit* nicht belasten! Oder so ähnlich.)

Ich ging zu Cobwebs Zimmer, aber es war kalt und finster, das Bett schien unberührt und die Vorhänge waren nicht vorgezogen. Eine Sekunde lang stand ich da und überlegte, ehe ich leise den Korridor hinunterschlich und vor der Tür zu Vaters Zimmer stehenblieb. Ein boshafter Kobold flüsterte mir ins Ohr: ›Das Loch oben …‹, aber vor meinem geistigen Auge erschien ein gewaltiges NEIN! und verhinderte den Gedanken, noch ehe er sich richtig formen konnte. Ich drückte das Ohr an die Tür, doch es war nichts zu hören; dann öffnete sie sich plötzlich unter dem Druck meiner Hand, und ich tat einen Satz zurück.

Der Raum war so finster und kalt wie Cobwebs Zimmer. Wo sind sie bloß? dachte ich entsetzt; plötzlich war ich mir der lautlosen Dunkelheit allzusehr bewußt. Ich rannte zur Treppe und beugte mich über das Geländer. Auch in der Halle unten brannte kein Licht. Die Treppe wirkte wie ein Abgrund, die Halle unten war voller Schatten. Über mir klirrte das Glas des Kronleuchters in einem Luftzug, den ich nicht spürte. Ich kam auf den Gedanken, daß Vater wohl noch in seinem Arbeitszimmer sein könnte; er blieb manchmal bis spät in die Nacht hinein auf. Vom Salon her kam ein schwacher Lichtschein. Zweifellos saß Cobweb dort drinnen am Feuer und las, Katzen und Hunde friedlich neben sich auf dem Boden ausgestreckt. Ich wollte nur seine starken schlanken Arme um mich spüren und seine weiche leise Stimme hören, um meine nächtlichen Schrecken zu verscheuchen. Der Marmorboden unter meinen Füßen war so kalt, daß es schmerzte.

Die Tür zum Salon stand angelehnt. Ich hatte bereits beschlossen, ganz leise hineinzuschlüpfen, auf Zehenspitzen zu Cobweb zu schleichen und mich dicht an ihn zu kuscheln; ich würde nichts sagen müssen, er würde alles *wissen*. Er würde seufzen und fragen: ›Wiederum solche Träume, meine kleine Perle?‹ Und er würde mir über das Haar streichen. Dann konnte ich es ihm sagen. Ich steckte den Kopf durch die Tür, einen Fuß auf der Schwelle.

Sie waren zusammen, dicht am Feuer. Mein erster Gedanke war: Nein, nicht jetzt! Warum jetzt, in genau diesem Moment? Und mein zweiter Gedanke war: Ich träume immer noch. Ich wollte nicht hinsehen, aber ich mußte, ganz einfach um sicherzugehen. Ich erinnere mich, bemerkt zu haben, daß die beiden wahrhaftig wie ein einziges Wesen wirkten; es gab keinen Zwischenraum zwischen ihren Leibern. Es war eine langsame, geschmeidige Bewegung, wie die zweier Schlangen, die im Sommer auf den flachen grauen Felsen am See übereinanderglitten. Cobwebs Finger verloren sich in Vaters Haar. Terzians Lippen lagen wie festgesaugt auf dem weißen Hals meines Trägers. Sie bemerkten mich nicht. Ich weiß nicht, wie lange ich dort stand, eine Sekunde, eine Stunde lang – jedenfalls bemerkten sie mich nicht. Vielleicht *war* es ein Traum. Als ich am nächsten Morgen durchwärmt und ausgeschlafen in meinem eigenen Bett aufwachte, schien es mir ganz so, doch auf dem Weg zum Frühstück sah ich Cobweb aus Terzians Zimmer kommen; er hob die Hände zum Nacken und warf das Haar zurück, und da bemerkte ich die roten Flecken an seinem Hals. Jetzt kann ich mit Cobweb nicht mehr darüber reden, dachte ich. Er gehört auch dazu.

Gahrazel tröstete mich zwar voller Mitgefühl, als ich

ihm davon berichtete, bedrängte mich jedoch um ausführliche Einzelheiten, und die wollte ich ihm nicht geben. »Anfangs«, sagte ich und fühlte mich gewichtig und würdevoll, »habe ich es widerlich gefunden, jawohl, widerlich! Aber jetzt... Nun ja, ich bin mir nicht mehr sicher.«

»Dein Träger ist bestimmt der allerschönste Har, den ich je zu Gesicht bekommen habe«, träumte Gahrazel vor sich hin, offenbar in seine ureigensten Gedanken versunken.

Ich nickte, immer noch schwermütig unter dem ganzen Gewicht meines Wissens. »Ja. Vielleicht habe ich ihn noch nie so richtig betrachtet, nicht als Ganzes, als eigenständiges Lebewesen. Jetzt weiß ich, daß die Leute auch dann etwas tun, wenn ich nicht dabei bin. Früher schien es mir immer so, als würden sie nur existieren, wenn ich sie ansehe. Außerdem dachte ich, ich wüßte alles von Cobweb, aber das stimmt nicht, wie man sieht.«

An diesem Morgen hatte ich das Gefühl, als wären viele Fragen beantwortet worden, von denen mir nicht bewußt gewesen war, daß ich sie gestellt hatte. Es war ein Tag voll dünner Wolken, die der Wind vor sich hertrieb.

»Wie unheimlich, daß du die beiden so gesehen hast«, bemerkte Gahrazel, »nach allem, worüber wir auf dem Dach gesprochen haben!«

»Nein«, antwortete ich. »In Wirklichkeit ist das nicht im mindesten unheimlich.«

KAPITEL 3

Das Fleisch.
Verschmilzt mit Fleisch; ein Glanz
vorübergehend verdunkelt
von den Wundern des Geistes.

Am Vorabend des Neujahrsfestes erhitzten wir gewürzten Wein über dem Feuer im Salon. Ithiel und einige der höherrangigen Offiziere meines Vaters kamen herauf zum Haus, klopften sich in der Halle den Schnee von den Stiefeln und schnappten sich die Mitglieder unseres Haushalts, wenn sie sie zu fassen bekamen, um mit ihnen die zum Fest gehörenden Zärtlichkeiten auszutauschen.

Gahrazel trank zu schnell zwei Becher heißen Wein und saß dann mit glasigem, träumerisch auf Ithiel geheftetem Blick am Kamin. Ithiel merkte nichts davon. Cobweb, der ansonsten stets helle Farben bevorzugte, trug unerwarteterweise dunkle, weich fließende Hosen, ein tiefrotes Hemd und darüber eine goldene Schärpe. Ithiel sagte zu mir: »Erinnerst du dich an das letzte Neujahrsfest? Damals warst du noch solch ein kleines Kind! Du solltest deine Kindheit genießen, solange sie währt. Ich habe das Gefühl, sie wird ohnedies sehr kurz sein.« Es war das erstemal, daß Ithiel mich unmittelbar angesprochen hatte, aber ich wußte keine vernünftige Antwort darauf. Wenn ich ihn ansah, konnte ich nur die Fäuste hinter meinem Rücken ballen und den knurrenden Laut von mir geben, der alles Unerwünschte von mir fernhalten würde. Ithiel lachte, seltsamerweise gar nicht überrascht, und strich mir mit der Hand über die

Wange. Ich flüchtete mich zu Gahrazel ans Feuer, aber wie erwartet redete er nicht mit mir.

Um Mitternacht rief Vater quer durchs Zimmer nach Cobweb. Ich hörte, wie er ihn aufforderte: »Teil den Atem mit mir«, als sie dann umgeben von Leuten einander gegenüberstanden. Cobweb sagte: »Das ist ein alter Brauch, Terzian!«, und ihre Lippen berührten sich. Ich mußte wegschauen. Würde ich von nun an ohne Unterlaß dieser Art von Intimität begegnen? Aber vielleicht hatte ich bisher bloß keine Notiz davon genommen.

Ein Fest bedeutet pausenloses Essen, und genau damit verbrachten wir den Tag. Dieses Jahr schienen die Hara aus der Stadt mich zum erstenmal wirklich zu bemerken, und sie waren ausnehmend höflich zu Gahrazel, der am Abend zuvor schlechtgelaunt zu Bett gegangen war, jetzt aber wieder besserer Stimmung zu sein schien. Wir nahmen die Hauptmahlzeit des Tages an dem riesigen hochglanzpolierten Tisch im größten Raum des Hauses ein, der nur zu offiziellen Veranstaltungen verwendet und daher nur einige Male im Jahr geöffnet wurde. Terzian gab selten große Einladungen.

Ich saß neben Gahrazel und fragte ihn: »Vermißt du dein Zuhause?«

Er hob die Schultern. »Sehr lange bin ich ja noch nicht da, und hier ist doch vieles anders. Aber mein Zuhause ist jetzt Immerdar.«

An diesem Abend nach dem Essen ließ Terzian Gahrazel in sein Arbeitszimmer rufen. Meiner unstillbaren Neugier ausgeliefert, bat ich Gahrazel, hinterher in mein Zimmer zu kommen und mir zu berichten, worum es sich gehandelt hatte. Hatte Gahrazel etwas Unrechtes getan? Würde man ihn nach Hause schicken? Ich hatte mich an seine Gesellschaft gewöhnt; wir stritten nur selten, und ich wollte ihn nicht verlieren. So saß ich also in meinem finsteren Zimmer am Fenster und starrte hinaus in den weißen Park. Es ist wahr, wenn ein neues Jahr beginnt, erscheint uns alles geheimnisvoll und irgendwie traurig. Man hat das Gefühl, jeder von uns erhält eine neue Gelegenheit, ein zusätzliches Jahr, um alles in Ordnung zu bringen, reinen Tisch zu machen. Einen neuen Anfang. Ich seufzte schwer, und die Fensterscheibe beschlug sich. Schon spürte ich, wie mir diese unbewußte kindliche Unschuld entglitt. Die grauen Schemen draußen wurden zu Geistern, die einem Kind zum Abschied winken, das dabei ist, sich in sich selbst zu festigen, das in der Zukunft an andere Dinge zu denken hat, bis sein Kokon von ihm abfällt und ein anderes Wesen ans Licht tritt. Ich hatte Schmetterlingspuppen an entlegenen Stellen im Garten hängen sehen, und genauso fühlte ich mich jetzt. Insekt! Insekt! dachte ich wütend.

Etwa eine Stunde später stürzte Gahrazel in mein Zimmer. Sein Gesicht war ganz rot vor Aufregung. Da wußte ich, es konnte sich nicht um schlechte Nachrichten handeln.

»Nun?« fragte ich, und er warf sich neben mich auf das Sofa, packte mich an den Schultern und schüttelte den Kopf, unfähig zu sprechen. »Gahrazel, was ist es?« Seine Erregung wirkte so ansteckend, daß ich lächeln mußte. Er war zum Licht in meinem Zimmer geworden, ich konnte nicht mehr nach draußen sehen.

»Dein Vater«, sagte er.

»Mein Vater, was ist mit ihm?«

»Wir haben miteinander geredet«, sagte Gahrazel etwas ruhiger und ließ mich los.

»Geredet, ja … und worüber?«

»Also, er fragte mich, wie es so läuft bei mir, ein paar Freundlichkeiten eben, war ein bißchen peinlich. Als würde ihn das ehrlich interessieren! Dann gab er mir einen Brief von Ponclast zu lesen. Ziemlich langweilig, du verstehst. ›Benimmst du dich auch gut?‹ Solche Sachen. Offenbar hat er jemand anderen beauftragt, den Brief für ihn zu schreiben. Aber auch Terzian muß eine Nachricht erhalten haben, denn als ich fertiggelesen hatte, sagte er: ›Nun also, Gahrazel, dein Vater findet, es ist an der Zeit, daß ich mit dir spreche.‹ (Er konnte Terzian herrlich nachahmen!) Ich wußte natürlich sofort, worum es sich handelt: meine Feybraiha. Ich habe mich so sehr bemüht, nicht verlegen zu werden, aber es war schwer.«

Ich nickte äußerst teilnahmsvoll, denn ich konnte mir nur allzugut vorstellen, wie er sich gefühlt haben mochte. Ich fürchtete mich schon vor dem Tag, da Vater mich in sein Arbeitszimmer rufen würde, um mit *mir* über diese Dinge zu sprechen.

»Und was sagte er?« fragte ich.

»Also, nachdem er eine Weile um den heißen Brei herumgeredet hatte, erklärte er mir, daß ich sehr bald Veränderungen an mir bemerken würde, und zwar sowohl in körperlicher als auch in stimmungsmäßiger Hinsicht. Er riet mir, gleich zu ihm zu kommen, wenn mich irgend etwas bedrückt. Als ob ich das je tun würde! Er fragte mich auch, ob ich überhaupt wisse, was es mit der Feybraiha eigentlich auf sich habe. Gott sei Dank wußte ich es. Ich hätte es nicht ertragen, dort zu sitzen und es mir von ihm erklären zu lassen. Da wäre ich lieber gestorben! Also sagte ich, das alles sei mir schon lange bekannt, und er antwortete: ›Dann weißt du, Gahrazel, daß ich jemanden für dich auswählen muß. Du bist noch nicht lange bei uns, und so fürchte ich, es gibt niemanden hier, für den du eine Vorliebe haben könntest. Es ist mir bewußt, daß es nicht leicht für dich sein wird, deinen ersten Aruna mit jemandem zu vollziehen, der dir fremd ist, aber ich werde meine Wahl sorgfältig treffen. Außerdem wirst du natürlich geraume Zeit in seiner Gesellschaft verbringen, sobald augenscheinlich ist, daß du erwachsen wirst, sobald sich die entsprechenden Symptome zeigen. Das macht es vielleicht angenehmer für dich.‹ Ach, Swift, ich konnte nicht anders, vielleicht hätte ich nicht fragen sollen, aber ich mußte einfach! Ich sagte: ›Und wer ist es? Weißt du es schon?‹ Dein Vater hob die Augenbrauen und warf mir einen, wie man so sagt, vernichtenden Blick zu. Er lächelte, aber nicht in meine Richtung. Er sagte: ›Es ist offenbar von Wichtigkeit für dich. Aus einem bestimmten Grund?‹ Ich konnte nicht antworten. Er ließ mich ein paar Minuten lang schmoren und sah mich bloß an dabei. Dann sagte er: ›Ich bin nicht blind, mein junger Har. Es entgehen mir nicht viele Vorgänge in diesem Haus. Daher bin ich sicher, es wird deine Billigung finden, wenn mein Stallmeister Ithiel jener Har ist, dem ich am meisten zutraue, dieser Verantwortung gerecht zu werden.‹ Am liebsten wäre ich aufgesprungen und hätte ihn umarmt!«

Ich zuckte zusammen. »Hoffentlich hast du es nicht getan!«

»Nein… weil er sagte: ›Lauf jetzt und erzähl es Swift!‹ Und dann lachte er.«

»Er weiß also, daß ich es weiß?« fragte ich atemlos.

»Was meinst du?«

»Er weiß, daß ich weiß, was Aruna ist, was… oh, er weiß es eben, das ist alles.« Plötzlich kam ich mir entblößt vor und reizbar.

»Swift, es dauert noch lange, bis… also, bis du davon betroffen bist! Du wirst überrascht sein, wie anders du dich fühlst, wenn es soweit ist«, sagte Gahrazel und streckte die Hand nach mir aus. Ich schüttelte sie ab und starrte hinaus in den Park. Wir schwiegen eine Weile.

»Es wird wieder schneien«, bemerkte ich.

Gahrazel rückte näher an mich heran und legte die Arme um mich. Ich blieb ruhig sitzen.

»Du bist ein komischer kleiner Kerl!« sagte er. Ich sah ihn an, sah in sein offenes, freudestrahlendes, ziemlich dreistes Gesicht, das umrahmt war von langem, dunklem, lockigem Haar. Gahrazel war fast erwachsen. Kaum war das neue Jahr ein paar Stunden alt, spürte ich schon, wie er sich von mir entfernte.

»Vergiß mich nicht«, dachte ich laut.

»Dich vergessen? Meinst du das ernst?« Er legte seine warmen Lippen an meine Wange.

»Warum muß sich immer alles verändern?« fragte ich Gahrazel, während wir durch den Schnee stapften. Das Neujahrsfest war längst vorbei, und nun wartete der Rest des öden, sonnenlosen Winters auf uns, ehe der Frühling kam.

»Swift, in letzter Zeit bist du so melancholisch«, sagte er.

»Du hingegen blühst ja richtig auf, wenn es Veränderungen gibt!« bemerkte ich.

Gahrazel dachte nach. »Ich bemerke das gar nicht. Ich glaube, das kommt daher, daß ich mich leicht langweile, also *muß* mir Abwechslung einfach willkommen sein. Du hast bisher ein schönes Leben hier gehabt, weshalb also solltest du wollen, daß sich irgend etwas daran ändert? Es ist doch ideal für dich, oder? Du bist Cobwebs Kind, du wirst verhätschelt, du brauchst keine Entscheidungen zu treffen …«

»Hör mal, Gahrazel!« protestierte ich zwar, war aber nicht zu verbohrt, um die Wahrheit anzuerkennen.

Wir kamen zu den hohen Bäumen, in denen die Krähen wohnten. Cobweb hatte mir erklärt, daß es Tiere sind, die Unglück bringen, und als ich noch sehr klein gewesen war, hatte mich ihr heiseres, zänkisches Geschrei immer erschreckt.

Gahrazel blickte hinauf zum Himmel. »Winter!« jammerte er. »Alles ist so still, findest du nicht? Alles schläft.«

»Oder es ist tot«, fügte ich hinzu. Wir standen zwischen den hageren schwarzen Baumstämmen und sahen hinauf zu den zerfledderten Nestern, als plötzlich der Himmel aufzublitzen schien und mir übel wurde, ganz übel. »Gahrazel!« schrie ich auf und sank in die Knie.

»Was hast du? Was ist denn?« fragte er erschrocken. »Swift!«

»Schau! Schau nur!« krächzte ich und fuchtelte mit den Armen.

»Was? Was denn?«

»Die *Vögel!*«

»Welche Vögel?«

»Das ist es ja!« Halb von Sinnen streckte ich die Hand nach ihm aus. »Es sind keine Vögel da!«

»Keine Vögel?«

»Gahrazel, das ist etwas, was *ich* geschehen ließ! *Ich* habe das gemacht! O Gott!« Ich preßte mir die Hände vors Gesicht; plötzlich erschien mir die Welt viel zu groß.

Gahrazel versuchte mich hochzuziehen. »Komm zurück zum Haus«, sagte er sanft.

Ich erzählte ihm alles. Vielleicht hätte ich das schon früher tun sollen. »Die Vögel sind weg«, stöhnte ich, »und nun wird *er* zurückkommen! Cobweb hat es mir vorausgesagt!«

»Ach, komm, das kann auch nur ein Zufall sein«, stellte Gahrazel realistisch fest. »Es gibt hundert Gründe, weshalb die Krähen verschwunden sein könnten. Vielleicht hat irgend etwas sie alle umgebracht, alles mögliche kann geschehen sein. Aber für den Fall, daß sie tatsächlich Unglück bringen, kann es doch nicht so schlimm sein, wenn sie sich plötzlich aus dem Staub machen.«

»Du verstehst das nicht«, sagte ich verdrießlich. »Sie versuchen, uns etwas zu sagen. *Sie wissen es!* Es sind Zaubervögel, und der Har mit dem blonden Haar bringt Unheil über uns! Deshalb sind sie verschwunden!«

»Ja, ja, ist schon gut! Ich weiß auch Bescheid über diese Dinge!«

»Glaubst du, ich sollte Cobweb davon berichten?« fragte ich unruhig.

Gahrazel schüttelte den Kopf. »Nein, es ist ganz klar, was wir tun müssen.«

»Ach ja?«

»Ja, wir müssen das Haus schützen.« Er lächelte selbstgefällig. »Es überrascht mich, daß du nicht selbst auf die Idee gekommen bist.«

»Aber wie?«

Nach dem Mittagessen ging Gahrazel in die Küche und bat den Koch um einen Beutel Salz. Er hatte sich wohl eine phantastische Erklärung dafür einfallen lassen, wozu er es benötigte, denn Yarrow gab es ihm ohne Einwand. Für jemanden, dessen Stamm angeblich die angewandte Magie ablehnte, verfügte Gahrazel über beachtliches Wissen auf okkultem Gebiet. Vielleicht hatte auch er eine Art Cobweb in seinen Entwicklungsjahren gehabt. In seinem Zimmer stellten wir Amulette aus Kräutern her, die wir mit Pferdehaar umwickelten und mit Tropfen unseres eigenen Blutes weihten. Dann sprach Gahrazel ein Gebet über dem Salz, und wir waren bereit.

Draußen fuhr uns die Nachmittagskälte ins Gesicht, und der Schnee unter unseren Füßen wurde richtig tief, sobald wir die unmittelbare Umgebung des Hauses verließen. Meine Hosen trieften vor Nässe, und ich empfand die beißende Kälte am ganzen Körper, aber wir trotteten verbissen bis an die Grenze des Landes, das zu Immerdar gehörte, und erreichten das große Tor. Limba, auf dessen Begleitung ich bestanden hatte, sprang vor uns her, völlig unbeeindruckt von der Kälte. Gahrazel nagelte einen unserer Talismane an den Torpfosten, was insofern schwierig war, als letzterer aus Sandstein bestand. »Wir dürfen nur verbogene Nägel aus Eisen verwenden«, erklärte Gahrazel, und ehrfürchtig beugte ich mich seinem Wissen. Dann zogen wir eine Spur aus Salz (sehr dünn, um sparsam mit unserem Vorrat umzugehen) von den Toren die hohe Mauer entlang, die den Besitz umgab. In regelmäßigen Abständen nagelten wir unsere Amulette an die Mauer.

Als wir wieder am Tor anlangten, war es völlig dunkel und lang nach dem Abendbrot. Wir hörten den Hufschlag eines Pferdes auf dem Weg, und dann erschien Ithiel aus der Dunkelheit der überhängenden Eiben und rief: »Was, um Himmels willen, habt ihr beiden bloß getrieben? Terzian hat schon Leute ausgeschickt, um nach euch zu suchen.«

Klarerweise überraschte es weder Gahrazel noch mich, als wir tüchtige Schelte erhielten, erst von Terzian und dann, um das Maß voll zu machen, von Cobweb. »Weißt du nicht, wie verwundbar du bist?« schnauzte Cobweb mich an.

Nein, das wußte ich nicht. Ich konnte mir nicht vorstellen, was uns innerhalb der Mauern von Immerdar hätte zustoßen sollen. Es kam mir nicht in den Sinn, daß angesichts des kalten Wetters Fremde, ja Feinde in die Stadt kommen mochten, um hier irgendwo Unterschlupf zu finden.

»Terzian sorgt sich sehr um dich, Swift«, fuhr Cobweb fort. »Du bist sein einziger Erbe … gegenwärtig. Außerdem ist er auch für Gahrazels Sicherheit verantwortlich. Siehst du denn nicht ein, daß praktisch jeder von den Feldern hereinkommen und sich zwischen den Bäumen verstecken konnte?« Er erschauerte nachdrücklich.

Terzian ordnete an, daß Gahrazel und ich uns nicht sehen durften, bis die Unterrichtsstunden in ein paar Tagen wieder begannen. Das empfand ich zwar als Erniedrigung, aber in meinem Innersten war ich wieder beruhigt: Niemand und nichts, was Böses gegen uns im Sinn hatte, konnte die magische Schwelle übertreten, die wir angelegt hatten. Ich hätte furchtbar gern Cobweb davon erzählt, wußte aber instinktiv, daß in diesem Fall Geheimhaltung ein Teil des Zaubers war.

Es fiel noch mehr Schnee. Wiederum kamen Boten aus dem Norden. Jetzt betrachtete mich mein Vater als alt genug, um an den Gesprächen teilzunehmen, die den Mahlzeiten folgten. Er sagte: »Es scheint, als hätten sich die Uigennas schon wieder eines ihrer Führer entledigt. Manchmal frage ich mich, ob diese Leute wirklich noch normal sind.«

»Und wir? Sind *wir* es?« fragte Cobweb trocken. »Wissen wir denn ohne jeden Schatten eines Zweifels, ob wir auch nur Realität sind? Hältst du es für ausgeschlossen, daß wir eines Tages in unseren Betten aufwachen und entdecken, daß die ganze Wraeththu-Sache bloß ein Traum gewesen ist?«

»Also *ich* halte das sehr wohl für ausgeschlossen!« rief ich angriffslustig dazwischen, und Terzian lachte und deutete auf mich.

»Da hast du die Antwort!« sagte er zu Cobweb. »War es bloß ein Traum, daß du die Perle getragen hast, die uns Swift geschenkt hat?«

Cobweb lächelte. »Nein, zumindest hoffe ich das. Andernfalls würde ich wohl nicht in meinem eigenen Bett aufwachen, sondern in irgendeinem Irrenhaus!«

»Oben im Norden sind sie alle irgendwie übergeschnappt«, bemerkte Gahrazel nachdenklich; er hatte fast während des ganzen Mittagessens geschwiegen. »Meinem Vater macht es Freude zu töten. Wißt ihr eigentlich, daß es öffentliches Spektakel ist, wenn Gefangene zur Zitadelle gebracht werden? Wenn es Menschen sind, so werden sie entweder der Initiation unterworfen und zu Wraeththu gemacht, oder sie werden einfach niedergemetzelt. Ich habe es gesehen, schon oft. Von meinem Zimmer im Turm aus habe ich es noch öfter gehört als gesehen.«

Verlegen sah Vater Gahrazel an. »Aber du mußt doch auch wissen, daß es darum geht, mit den Menschen auf schnellstem Weg fertigzuwerden. Die Wraeththu können sie einfach nicht alle am Leben lassen!«

»O ja, das weiß ich schon, und ich habe es schon oft genug gehört. Und ich weiß auch, daß die Menschen uns alle umbrächten, wenn sie bloß könnten. Vielleicht gibt es keinen anderen Weg, als sie alle zu töten. Das kann ich nicht beurteilen, ich weiß es nicht. Was ich aber nicht verstehe: weshalb sie so leiden müssen, weshalb ihr Schreien Musik ist in meines Vaters Ohren. Sie mögen zwar unsere Feinde sein, aber sie sind doch keine Tiere!«

Worte können das verblüffte, wie betäubte Schweigen nicht beschreiben, das diesem kleinen Vortrag folgte. Ich war wie vom Donner gerührt und wußte nicht, ob ich glauben sollte, was ich gehört hatte. Welch ein Glück wir doch hatten, daß Terzian solche Vorgänge in Galhea nie zuließ!

Nach einer Weile schob Cobweb seinen Stuhl zurück und stand auf. »Swift«, sagte er beschwingt, »du solltest vielleicht Swithe fragen, ob wir nicht alle miteinander heute nachmittag ausreiten könnten. Schau die Sonne draußen, den Schnee! Wir sollten das Wetter ausnützen, bald wird es tauen und regnen und unfreundlich sein.«

»Gern«, sagte ich und wandte die Augen nicht von Terzian, der Gahrazel sinnend von der Seite betrachtete.

Bald darauf galoppierten wir zum Ufer des Sees, eingepackt in dicke Pelze. Unter den Hufen der Pferde spritzte der Schnee hoch. Ich sah meinen Träger an und dachte: Gahrazel hat recht, er ist tatsächlich der allerschönste Har der Welt.

Swithe brachte sein Pferd zum Stehen und sagte: »Seht euch nur dieses Plätzchen an! Ist es nicht schwer, sich hier vor Augen zu halten, daß wir in einer Zeit des Kampfes und der Unsicherheit leben?«

»Oh, tun wir das denn?« fragte Cobweb hintergründig.

»Terzian hält Galhea sehr... sicher«, antwortete Swithe unwirsch.

Cobweb stieg vom Pferd und ging langsam zum eisbedeckten See. Spröde, tote Schilfgräser ratterten im Windhauch wie trockne Knöchelchen. Ich bemerkte den Ausdruck auf Swithes Gesicht, und mir war klar: Natürlich, die beiden …

Plötzlich fiel es mir wie Schuppen von den Augen – nicht vollständig, doch alles, was folgte, war nichts als eine weitere Öffnung der Knospe dieser ersten Erkenntnis. Ich hatte mich im Innern der Blüte befunden, und nun sah ich den Himmel.

»Swift, komm her!« rief Gahrazel. Ich sprang vom Rücken meines Ponys und lief zu ihm, obwohl es mir widerstrebte, Swithe und Cobweb alleinzulassen.

»Was ist denn?«

»Schau mal!« Er stieß mit seinem Stock an etwas, das auf dem Boden lag. An etwas Totes. Den Schnabel weit aufgerissen in einer letzten obszönen Verleugnung des Todes, ragte der nasse Kopf eines schwarzen Vogels aus dem Eis. Mir wurde ganz kalt.

»Glaubst du, er hat es bemerkt?« murmelte ich wie betäubt.

»Wer? Was bemerkt?«

»Cobweb … daß die Krähen weg sind …«

Gahrazel warf einen Blick hinüber, wo Cobweb das Eis anstarrte und Swithe mit verschränkten Armen ein Stück von ihm entfernt stand. »Keine Ahnung«, sagte er dann.

Gahrazel und ich kehrten zu den beiden zurück. Aus irgendeinem unerfindlichen Grund war ich kribbelig, unruhig und fahrig. In meinem Kopf hörte ich ein Pfeifen; ich fühlte mich beobachtet.

»Reiten wir zurück«, sagte ich; meine Stimme klang gedehnt, wie ein Echo. Cobweb drehte sich langsam zu mir um, sein Haar vom Wind erhoben wie Flügel, das schöne blasse Gesicht ein einziges Lächeln, ein Widerschein der wilden vereisten Landschaft. Er hob an zu sprechen, doch plötzlich trat Verwirrung in seine Augen, und er zuckte zusammen.

»Cobweb?« sagte ich zaghaft, und rund um uns echote es: »Cobweb! Cobweb!«

Er schüttelte heftig den Kopf, wie um etwas aus seinem Haar zu schütteln. »Nein …!« flüsterte er.

»Was gibt es?« fragte Swithe kurz angebunden; Cobweb sollte wissen, daß er immer noch verstimmt war.

»Nichts.« Cobweb richtete sich kerzengerade auf und schritt zu den Pferden zurück. Ich wollte zu ihm laufen, aber meine Gliedmaßen waren wie gelähmt. Über mir kroch bleifarbene Dunkelheit vom Süden her über den Himmel. Gahrazel starrte mich an. Ein paar Schritte von uns entfernt fiel Cobweb auf die Knie. Ich konnte mich immer noch nicht bewegen.

Cobweb schrie auf, und Swithe wandte ihm das Gesicht zu. *»Nein!«* Cobweb hieb die Fäuste in den Schnee, und winzige Eiskristalle stoben hoch. Als Swithe sich über ihn beugte, schlug Cobweb ihm die Hände ins Gesicht.

Wir riefen: »Cobweb!«, ich leiser, Swithe entrüstet, Gahrazel entsetzt. Cobweb sprang auf die Füße und rannte zu den Pferden. Er beachtete die Steigbügel nicht, warf sich auf den Rücken seines Hengstes und trieb ihn in ungestümer Wildheit zurück zum Haus.

Ich konnte mich immer noch nicht rühren. Gahrazel beschattete die zusammengekniffenen Augen mit der Hand und blickte hinüber zu Immerdar. Swithe rieb sich nachdenklich das Kinn, steckte den Fuß in den Steigbügel und schwang sich auf sein Pferd. »Irgend etwas tut sich drüben beim Haus«, stellte Gahrazel fest.

Hinter Cobweb war ich der nächste, der ankam. Ich sprang vom Pony und rannte stolpernd und rutschend ins Haus. Augenblicklich spürte ich die merkwürdige Atmosphäre darin. Immerdar befand sich in einer Art Schockzustand; das ganze Haus hielt den Atem an. Ich lief in die Halle und dachte: Es ist kalt hier; sie haben die Kälte eindringen lassen. Alles schien leer, ich hörte keinen Laut. Der Salon, das Arbeitszimmer meines Vaters, nirgendwo eine Seele zu sehen. Das Feuer im Kamin brannte nur noch niedrig. Ich ging in die Küche. Dort hatten sich alle Hausangestellten versammelt und sprachen mit leisen Stimmen; als sie mich in der Tür erblickten, verstummten sie. »Was geht hier vor?« fragte ich. »Was ist geschehen?«

Yarrow sagte: »Im Zimmer deines Vaters.«

Ich drehte mich um und rannte die Treppe hinauf. Natürlich war die Tür geschlossen. Von drinnen hörte ich Stimmen, die in raschem Tonfall miteinander sprachen. Ich konnte nicht eintreten.

Cobweb und ich waren wohl vom gleichen instinktiven Gefühl getrieben worden, denn ich fand ihn im Gewächshaus. Es war kalt drinnen, viel kälter, als es hätte sein dürfen, und ich fürchtete, die Pflanzen würden absterben. Doch dann legte ich meine Hand auf den Heizkörper, und er war heiß. Ich rieb mir die Hände und erschauerte. Cobweb saß zusammengesunken an einem der schmiedeeisernen Tische, die im Gewächshaus standen, die Ellbogen aufgestützt, das Gesicht in den Händen vergraben. Ich trat zu ihm, legte die Arme um ihn und bohrte das Kinn in seinen Nacken.

»Küß mich nicht«, sagte er. »Nicht von hinten. Das bringt Unglück.«

»Cobweb …«, begann ich.

»Nein«, sagte er nachdrücklich. »Nein.«

»Sag es mir, du mußt es mir sagen!« Meine Stimme klang fremd in meinen Ohren, kräftiger, älter.

Offenbar als Folge dieses Befehlstones hob Cobweb den Kopf. »Errätst du es nicht?«

Ich hockte mich auf die Fersen und blickte ihm in die Augen. Eine einzelne Träne lief ihm übers Gesicht und fiel auf meine Hände, die die seinen umklammerten. Da war es mir klar; da war es mir endlich klar.

»O Cobweb!« rief ich. Doch plötzlich schien es nicht mehr so schlimm wie zuvor, als es sich nur um eine Bedrohung gehandelt hatte. Jetzt war es Realität; dagegen konnten wir ankämpfen. »Sprich.« Meine Stimme klang ruhig.

»Sie haben ihn *gefunden,* irgendwo... was weiß ich. Was weiß ich! Er ist hier! Ist doch scheißegal, wie er herkam!« Noch nie zuvor hatte ich meinen Träger fluchen hören.

»Aber das ist nicht möglich«, widersprach ich. »Gahrazel und ich, wir haben doch das Haus vor ihm geschützt...«

»Soll das ein Witz sein, Swift?« stieß Cobweb höhnisch hervor. Er schob mich weg, sprang auf und lachte bitter auf. »Es ist Bestimmung!« fauchte er.

Später hörte ich von Ithiel, wie es dazu gekommen war. Lange nach dem Abendbrot (niemand hatte etwas gegessen) nahm ich ihn in der Küche beiseite, wohin ich gegangen war, um Yarrow um Kaffee und etwas zu essen anzubetteln. Limba war auch da und lag melancholisch neben dem Herd. Als Ithiel mich erblickte, zuckte er schuldbewußt zusammen und sagte: »Ach, Swift!« Eine kurze Welle der Schamhaftigkeit schwappte über mich, denn die Entdeckung der Existenz von Aruna ließ mir immer noch keine Ruhe, aber ich bemühte mich, sie nicht zu beachten.

»Sag mir, was geschehen ist.« Es war einer jener seltenen magischen Momente, in dem ich mich doppelt so alt fühlte, wie ich tatsächlich war, und die anderen mich auch entsprechend behandelten. Ithiel setzte sich an den Tisch, ein heißes Getränk in den Händen. Ich trat zum Fenster, zog die Jalousie herab und knipste eine zweite Lampe an. Überall waren die Anzeichen der allgemeinen Bestürzung zu erkennen – ungewaschenes Geschirr türmte sich in der Spüle, und der Tisch lag voller Brotkrümel. Der Koch hockte neben dem Herd, ein großes Glas Sheh in der Hand, und kraulte Limba geistesabwesend mit dem Fuß am Rücken.

»Yarrow?« fragte Ithiel, eine Aufforderung in der

Stimme, und Yarrow antwortete: »Das hier ist meine Küche. Wenn ihr unter vier Augen reden wollt, dann geht anderswohin.«

Ithiel neigte leicht den Kopf und drängte mich hinaus in die Halle.

»Mein Zimmer«, schlug ich vor. »Dort wird uns niemand stören.«

Es war ein merkwürdiges Gefühl, so vor Ithiel die Treppe hochzugehen und ihn groß und viel älter hinter mir zu wissen. Wir gingen sehr rasch an der geschlossenen Tür zum Zimmer meines Vaters vorbei, ehe wir mein eigenes betraten.

»Cobweb wird dich jetzt brauchen«, war das erste, was er sagte. Er setzte sich auf das Bett, und ich ließ mich auf dem Sessel am Fenster nieder.

»Nicht nur mich«, sagte ich nachdrücklich, und Ithiel senkte den Blick auf die Hände und schüttelte den Kopf.

»Niemand kann voraussehen, was jetzt geschehen wird«, sagte er.

»Wer hat ihn gefunden?«

»Eine Patrouille. Drei Hara, südlich von Galhea. Er lag im Schnee, und erst hielten ihn die drei für tot. Mein Gott, fünf oder zehn Minuten später, und er wäre tot gewesen!« Ithiel sah auf zu mir. »Sie hätten ihn wohl dort liegengelassen oder ihm sogar den Rest gegeben, aber nein, einer von ihnen mußte ihn wiedererkennen. Daraufhin sandten sie nach mir.«

»Ithiel«, sagte ich, »du hättest ihn nicht hierherbringen dürfen. Niemand hätte es erfahren.«

Er lachte auf. »Das kann doch nicht dein Ernst sein! Drei Hara wußten bereits von ihm – und gibt es auch nur einen einzigen in ganz Galhea, der nicht wüßte, was dieser Teufel war, was er ist? Die Patrouille wußte es jedenfalls, und ich hatte keine Garantie, daß die drei schweigen würden. Und wenn Terzian es dann herausgefunden hätte...« Er schüttelte den Kopf, und wir brüteten beide über den fürchterlichen Konsequenzen, die dieser Fall nach sich gezogen hätte.

»In welchem Zustand ist er denn?« fragte ich. »Und warum ist er nach dieser langen Zeit zurückgekommen?«

»Sein Zustand ist schlecht«, antwortete Ithiel mit einem freudlosen Lächeln. »Aber ich will dir keine allzugroßen Hoffnungen machen. Wie du weißt, sind wir eine widerstandsfähige Rasse und kaum umzubringen. Und weshalb er zurückgekommen ist, nun, darüber können wir im Moment nur Vermutungen anstellen. Ich denke jedenfalls, es bedeutet Ärger. Terzian war immer schon verrückt nach ihm, und das macht mir Sorgen. Es ist unnatürlich.« Er stand auf und starrte die Tür an.

»Und wie steht es mit meinem Vater?« fragte ich.

Ithiel rieb sich den Nacken mit der flachen Hand und streckte den Rücken. »Ach, er benimmt sich so kühl und beherrscht wie immer, aber ...«

»Vielleicht sollten wir ihn töten«, unterbrach ich ihn, »den Teufel töten, der sich Cal nennt!«

Ithiel knurrte abfällig. »Ein Gedanke, der sicher nicht nur dir durch den Kopf geht. Jedenfalls muß ich jetzt gehen. Ich habe einiges zu tun. Unser Wehrwille darf niemals erlahmen, nicht wahr?«

An der Tür blieb er stehen, runzelte die Stirn und grub mit der Hand in einer Tasche seiner Jacke. »Ach ja, Swift, das hier wollte ich dir noch zeigen«, sagte er. »Zwei davon habe ich heute morgen am großen Tor gefunden. Glaubst du, da will uns jemand mit einem bösen Zauber belegen? Ich dachte, ich nehme sie besser ab.«

Er warf sie auf mein Bett. Zwei unserer Amulette, umwunden mit Pferdehaar, geweiht mit unserem Blut.

Nachdem Ithiel gegangen war, saß ich da, betrachtete meine Hände und hatte Angst, die Amulette anzusehen. Schließlich schleuderte ich sie zu Boden, ohne den Kopf zu wenden. Eine plötzliche Woge des Zorns brannte mir in den Augen; ich dachte: »Ich werde mich nicht in irgendeine Ecke drücken, wie alle anderen! Dieser Cal ist auch bloß ein Har! Wie kann er es überhaupt wagen, wiederum in unser Leben zu treten und die Eintracht in diesem Haus zu zerstören?« Ich erhob mich. So jung ich auch war, ich hatte nicht vor, mich von dieser Sache aus dem Gleichgewicht bringen zu lassen. Ich bin Terzians Sohn, dachte ich, und ich werde dieser Bestie entgegentreten, wie stark sie auch sein mag!

Ein Zögern vor Terzians Tür hätte es allzu schwierig gemacht, und so klopfte ich einmal fest und trat ein. Mein Vater saß an seinem Tisch und schrieb. Zwei Hara flatterten aufgeregt um das Bett herum – und um das, was darin lag. Bei meinem Eintreten hatte Terzian sich umgewandt; es war, soweit ich mich erinnern konnte, das erste Mal, daß er wirklich erfreut schien, mich zu sehen. Vielleicht war ich deshalb etwas selbstsicherer als sonst in seiner Gegenwart.

»Swift!« rief er. »Ich dachte schon, ich würde zu einem Paria in meinem eigenen Haus! Hat Cobweb dich geschickt?«

Ich schüttelte den Kopf.

»Komm her«, sagte er, und ich trat zu ihm hin. »Du bist in letzter Zeit so erwachsen geworden«, fuhr er fort. »Vielleicht behandeln wir dich noch zu sehr als Kind.«

Du meine Güte, dachte ich, nur keine großen Gefühle! Das hielte ich nicht aus! »Was hat das zu bedeuten?« fragte ich mit klarer Stimme. »Für Cobweb und mich? Was hat es zu bedeuten?«

Mein Vater biß sich auf die Unterlippe – kein gewohnter Anblick. »Cobweb ist natürlich wütend«, sagte er.

»Wir möchten wissen, woran wir sind«, erklärte ich steif.

Terzian lachte. »Oh, ich *verstehe!* Cobweb hat dir gesagt, jetzt, da Cal wieder da ist, werdet ihr beide beiseite geschoben, ja vielleicht sogar aus dem Haus geworfen! So ist es doch, oder?«

Ich konnte nicht antworten. Als ich in Vaters Gesicht sah, wurde mir klar, daß ihm nichts ferner auf der Welt lag, als uns zu vertreiben.

Terzian legte mir die Hand auf die Schulter. »Du bist mein Erstgeborener«, sagte er, und das war Beruhigung genug. »Swift, vor langer Zeit, als Cal hier war… und auch danach habe ich Cobweb erklärt, wie die Dinge stehen. Cobweb ist dein Träger und mein Gefährte, und aus diesem Grund mögen ihn meine Leute. Er gehört hierher, aber wäre Cal nicht gewesen, hätte ich möglicherweise andere Hara im Haus, die mir weitere Söhne schenken sollten. Cobweb hat es leicht gehabt; ich habe ihn verwöhnt. Es gibt keinen Grund, weshalb sich sein Leben plötzlich ändern sollte, nur wird er lernen müssen, sein Zuhause mit jemandem zu teilen.«

»Und dich«, erinnerte ich ihn.

»Ja, das auch«, nickte Terzian.

Vater, dachte ich, du hast kein Herz.

»Komm, sieh ihn dir an, Swift.« Terzian stand auf, umklammerte meinen Nacken mit festem Griff und drängte mich hinüber zum Bett. Ich dachte, wie gut für Cal, daß er stark gebaut ist; der Hunger und die Kälte haben ihm kaum zugesetzt.

»Bist du sicher, daß er es ist?« fragte ich. »Ich habe ihn anders in Erinnerung.«

»Er ist es«, sagte Vater kurz angebunden.

Cal hatte die Augen geschlossen und den Kopf zur Seite gedreht. Wie deutlich ich die langen Konturen seines Halses sehen konnte, die zärtliche Berührung des Haares an seiner Wange, die Stirn, die dunklen Ringe um die Augen! Ich konnte seine Arme sehen, die auf der Decke lagen, so glatt wie die einer Marmorstatue, die langen sensiblen Hände… Mein erster Eindruck war unverschämterweise dieser: Er ist zum Anfassen gemacht! Ich haßte ihn.

Ich entsann mich eines Märchens, das mir Swithe einst aus einem alten, alten Buch vorgelesen hatte – einem Menschenbuch. Es handelte von einem Zauberspiegel, den die böse Königin fragte: ›Spieglein, Spieglein an der Wand, wer ist die Schönste im ganzen Land?‹ Und der Spiegel antwortete stets: ›Du bist es, o Königin.‹ Bis er eines Tages jemanden erblickte, der noch schöner war. Und als ihn die Königin dann fragte: ›Wer ist die Schönste im Reich meines Gemahls?‹, da antwortete er nicht so wie sonst, und schwarzes Gift floß in ihr Herz. Jemand anderer war schöner, und hier lag er, auf dem Bett meines Vaters, und ja, er war noch schöner. Ein Wraeththukind aus Schnee und Dornen, das wir nicht töten konnten, denn Märchen enden nicht auf diese Weise.

Am nächsten Morgen wurde Cal aus dem Zimmer meines Vaters gebracht, ironischerweise in genau jene Suite, die er bereits einmal, mit Pellaz damals, bewohnt hatte. Ein Kreis, der sich schloß; wir begannen von neuem.

Cobweb sprach nicht mit Terzian, außer mit den Augen, die Verachtung und wilden Zorn ausstrahlten, verkleidet als Schmerz. Alle Zusammenkünfte der Mitglieder des Haushalts wurden zu bedeutungsschwangeren Angelegenheiten, bei denen man das Schweigen mit dem Messer hätte schneiden können und jedes Messer unheilvoll glitzerte.

Gahrazel und ich philosophierten endlos über die Zusammenhänge, über die komplizierte Beschaffenheit von Beziehungen, die Vielfalt der Gefühle.

»Ist Cal *ehrlich* böse?« fragte mich Gahrazel.

»Das weiß ich nicht«, mußte ich zugeben. »Wir hassen ihn alle, weil er meinem Vater das Herz gebrochen hat, als er ihn verließ, und dennoch war sein Bleiben hier das letzte, was Cobweb gewollt hätte.«

»Der arme Cal«, bemerkte Gahrazel spöttisch, »gleichgültig, was er tut, er tut das Falsche.«

»Wir müssen abwarten«, sagte ich. »Sobald er wieder bei Bewußtsein ist, werden wir ihn sehen, so, wie er wirklich ist. Vielleicht versucht er dann, alle die schrecklichen Dinge zu bewirken, vor denen Cobweb sich fürchtet.«

»Aber Swift«, sagte Gahrazel, »weiß irgend jemand mit Sicherheit, daß Cal überhaupt nach Immerdar zurückwollte?«

Ich hob die Schultern. »Es sieht eigentlich eher wie ein Zufall aus … und die Amulette … Ithiel hat ja den Zauberkreis unterbrochen …«

An diesem Tag ging Gahrazel früh zu Bett, weil er starkes Kopfweh hatte, und ich war mehr oder weniger gezwungen, den Abend mit Cobweb im Salon zu verbringen. Zu diesem Zeitpunkt begann mir sein wortloses Märtyrergehabe bereits auf die Nerven zu gehen. Hatte man uns hinausgeworfen in die Wildnis? Nein. Es schien mir, als triebe Cobweb meinen Vater nur noch weiter von sich weg. Seine Taktik war völlig falsch, sie langweilte Vater, was vielleicht das schlimmste war. Dazu war mein Träger unzufrieden mit mir, weil Terzian bei den Mahlzeiten mit mir sprach, was er jedoch nur deshalb tat, weil er es mit Cobweb nicht konnte. Im tiefsten Innern hatte ich den Eindruck, daß Terzian Cobweb mehr brauchte als je zuvor.

Als ich in jener Nacht über die Treppe nach oben ging, hörte ich Terzian und Ithiel im Arbeitszimmer miteinander reden; es war ein leises Gemurmel, unterbrochen vom Klingeln der Gläser. Alle Lampen im Haus schienen zu brennen, es gab keine Schatten, nirgendwo. Die Gänge oben waren hell erleuchtet und still. Ich spürte immer, wenn das Haus den Atem anhielt. Nun würde ich zu Cals Zimmer gehen, diesem verhexten Ort – gab es Geheimnisse dort, ein Orakel …? Vor der Tür prüfte ich die Atmosphäre (wäre es kalt drinnen? Ein Geisterhauch?) Er lag so da wie zuvor, reglos und wunderbar, aus Eis gehauen, im hundertjährigen Schlaf.

Ich wurde zum kühnen Prinzen, der gekommen war, die schlafende Schöne mit einem Kuß zu wecken, und überraschte mich plötzlich dabei, daß ich vor mich hin sang: »Dies ist das Gemach, das Gemach des Todes!« In diesem Moment war ich nicht ganz bei Sinnen. Ich lief an seine Seite und sagte: »Und was bist du, weiße Bestie?«

Er öffnete die Augen, seine Finger schossen an mein Handgelenk. Das war nicht der schwache Griff der Kränklichkeit! Unergründliche Kraft und ein Gefühl der Zeitlosigkeit brannten sich in mich hinein, aber das konnte er nicht wissen. Seine Stimme klang heiser, als hätte er sie seit langem nicht benutzt, als er sagte: »Komm näher, Pell. Ich muß dir … ich muß dir etwas gestehen …« Und dann fiel er wieder zurück auf die Kissen, seufzte, und die Augäpfel rollten nach oben.

Ich rannte in mein Zimmer, setzte mich auf das Bett, sprang wieder auf und trat zum Fenster. »Mußt du immer im Finstern sitzen, Swift?« fragte ich mich selbst, aber ich schaltete das Licht nicht ein. Schließlich ließ ich mich auf das Bett fallen, seltsam erregt. In einem Monat habe ich Geburtstag, dachte ich und fragte mich, woher der Gedanke so plötzlich kam. Ich entsann mich, daß Moswell mir erklärt hatte, in der Zeit des Heranwachsens entspräche eines unserer Jahre zweien der Menschen. Ich bin ein zwölfjähriger Mensch, dachte ich, ein sechsjähriger Har. Mit sieben würde ich wie vierzehn sein …

Gahrazel mußte die ganze Woche in seinem Zimmer bleiben, weil ihn sonderbare Schmerzen heimsuchten. Einmal hörte ich ihn nachts wimmern, denn sein Zimmer lag nicht weit von meinem entfernt. Swithe erklärte mir, das Erwachsenwerden mache Gahrazel arg zu schaffen, was sich äußerst unerfreulich anhörte. »Männern wachsen Haare im Gesicht und am ganzen Körper; wir sind nicht ganz so«, sagte er. »Deine Haut bedeckt sich mit Flaum, sobald du älter wirst, in den Achselhöhlen und zwischen den Beinen wird es dichter wachsen – ein seidiges Vlies, das dich als erwachsen kennzeichnet. Du brauchst dich nicht so zu winden und rot zu werden, Swift! Ich bin schließlich nicht dein Vater!«

Verwundert fragte ich mich, was Gahrazel solche Schmerzen bereitete. Swithe erklärte, daß gewisse innere Organe (Soume-Lam genannt) zum Leben erwachen, sich biegen und strecken, um sich auf Aruna und das Tragen der Perle vorzubereiten. »Der Ouana-Lim, der Phallus der Wraeththu, ist ein kompliziertes und wunderbares Ding, Swift«, sagte Swithe, dankenswerterweise mit dem Rücken zu mir. »Behandle ihn mit Respekt.« (Gott behüte, nie werde ich etwas anderes tun! dachte ich.) »Selbstverständlich wirst du in einiger Zeit genaue Instruktionen erhalten, betreffend Aruna und Fortpflanzung«, fuhr Swithe unbekümmert fort, »doch wenn du vorher etwas wissen willst, kannst du mich alles fragen. Aber sicher wird dir dann dein Freund Gahrazel bereits alle Fragen beantwortet haben!«

Ich besuchte Gahrazel in seinem Zimmer, und sein Verhalten war ruheloser als je zuvor, teilweise geradezu tobsüchtig. Er sagte, er verspüre ein unerträgliches Jucken am ganzen Körper, und ich kratzte ihm nachsichtig den Rücken. Die Haut fühlte sich gespannt und heiß an.

»Wie ist sie denn, diese Veränderung?« fragte ich.

»Gräßlich!« schrie Gahrazel auf, rieb sich die Arme, erschauerte und begann zu schwitzen. »Gräßlich!«

Er erzählte von Träumen, die ihn erschreckten und seinen Schlaf zunichte machten – Träume von seinem Vater. Damals dachte ich mir nichts dabei. Wir haben alle gelegentlich sonderbare Träume; nicht jeder davon ist prophetisch.

Cobweb, endlich aus seinem trübsinnigen Sichgehenlassen gerissen, bereitete dampfende Elixiere für Gahrazel zu, die er trinken sollte, um zu schlafen. »Wie lange das wohl noch dauert?« fragte ich.

»Ach, nicht lange«, antwortete Cobweb vage, und daraus schloß ich, daß er selbst keine Ahnung hatte.

Doch bald fühlte Gahrazel sich besser und berichtete mir, daß Terzian ihn aufgesucht habe, um mit ihm die bevorstehende Feier anläßlich seiner – Gahrazels – Großjährigkeit zu besprechen. »Das wird mir vermutlich meinen Geburtstag verderben«, greinte ich, »zum einen wirst du mündig, und zum anderen hast du noch deinen Ithiel, der sich um dich bemüht.«

Sein Gesichtsausdruck veränderte sich ein wenig, als ich das sagte, und ich merkte, daß er seiner Feybraiha nicht ganz so zuversichtlich entgegenblickte, wie er mich glauben machen wollte.

»Wird das auch gutgehen, was glaubst du?« fragte er. »Ich denke oft darüber nach. Es ist ein Eindringen, und ich fürchte mich vor einer Unterwerfung ...«

»Hoffentlich bringt es dich um!« sagte ich, und einen Moment lang starrten wir uns schweigend an.

»Gibt es ein Schicksal, schlimmer als der Tod?« fragte Gahrazel, und wir lachten.

Der Schnee war geschmolzen, das Erdreich draußen sah dunkel aus und fett, und grün sproß es unter den Bäumen hervor. Doch keine einzige Krähe kam zu den verwahrlosten Nestern hoch oben in den Ästen zurück. Nachmittags wurde Cal heruntergebracht, wo er im Gewächshaus saß und damit den empörten Cobweb und mich davon abhielt, es zu betreten. Jeden Tag verbrachte Terzian eine Stunde mit ihm. Einmal schlich ich mich an die Tür und lauschte. Cal sagte: »Was tue ich eigentlich hier?« Mit einer Stimme, die kaum mehr als ein Flüstern war, und Vater antwortete: »Mußt du mich das jeden Tag fragen?«

Ich lugte durch den Türspalt, verborgen von den Vorhängen, und sah, wie mein Vater nach Cals Hand griff, die jedoch augenblicklich weggezogen wurde.

»Tu das nicht!« krächzte Cal heiser. »Niemals!«

»Ist schon gut«, beschwichtigte ihn Vater. Diese Reaktion hätte ich nicht erwartet!

Der Gedanke an Cal faszinierte mich. Er war so ein geheimnisvolles Wesen! Wir nahmen alle an, daß nur Terzian wußte, wohin Cal unterwegs gewesen war und woher er kam, als die varrische Patrouille ihn gefunden hatte. Und wenn Terzian es wußte, dann verriet er es niemandem. Nicht einmal Ithiel. Gahrazel hatte nun die Erlaubnis, unter Moswells wachsamem Auge einige Stunden pro Woche in Ithiels Gesellschaft zuzubringen, und so drängte ich ihn, bei diesen Gelegenheiten Ithiel ein wenig auszuquetschen. Im Hinblick auf Moswells Anwesenheit muß das schwierig gewesen sein, doch wir erfuhren nichts, was wir nicht schon wußten, obwohl Ithiel wahrlich nicht zu jenen gehörte, die mit ihrem Wissen hinter dem Berg hielten. Eines Abends, als der Geist der Rebellion in uns aufflammte, eigneten wir beide, Gahrazel und ich, uns eine Karaffe Sheh aus dem Eßzimmer an und tranken sie in der Ungestörtheit von Gahrazels Zimmer lustvoll leer.

»Ich möchte wirklich gern wissen, was da vorgeht!« rief ich. »Er läßt sich von Terzian nicht einmal berühren! Ich habe es gesehen!«

Gahrazel war bereits ziemlich betrunken. »Wozu machst du dir die Mühe, alle möglichen Leute nach nutzlosen Auskünften auszuhorchen?« fragte er. »Warum gehst du nicht direkt zur Quelle, zu jener Person, die es genau weiß? Frag doch Cal, frag ihn offen und ohne Umschweife! Es ist doch auch dein Zuhause!«

»Ja, du hast recht. Also gleich morgen …«

»Wie?« schnaubte Gahrazel verächtlich. »Morgen haben wir keinen Sheh, morgen sind wir wieder vernünftig und zurückhaltend. Erledige es jetzt!«

Angespornt von einer Welle trunkenen Mutes, rief ich: »Na gut, ich tu's!« und rollte vom Sofa auf den Boden.

Ich ließ Gahrazel wie irre kichernd auf seinem Bett zurück und machte mich auf die Suche nach Cal. Natürlich war er in seinem Zimmer eingeschlossen; dort verbrachte er stets die Nächte. Man hatte sogar die Tür versperrt. Ich drehte den Schlüssel im Schloß um, öffnete die Tür und trat ohne Zögern ein.

Er lag auf dem Bett, gekleidet in einen schweren wollenen Morgenmantel. Die Vorhänge waren zugezogen, das Licht war gedämpft. Um ihn herum lagen Bücher. Wir starrten uns eine Zeitlang an, ehe ich sprach. »Was willst du hier?«

Er lächelte schwach, denn meine Worte klangen undeutlich. »Und was willst *du* hier?« entgegnete er.

»Es ist mein Haus«, brauste ich auf. »Es ist das Haus meines Vaters.«

»Ah, du bist Swift«, sagte er. »Ich erinnere mich an dich.« Eine trockene Bemerkung, die mir Unbehagen verursachte.

»Du konntest mich nicht leiden«, erinnerte ich ihn vorwurfsvoll.

Sein Lächeln war das Beständige – die Worte bewegten sich nur um dieses Lächeln herum. »Ich hatte Angst vor dir.«

»Angst!« lachte ich auf und setzte mich neben ihn. »Was liest du da?«

»Nachtgeschichten«, antwortete er.

»Weshalb bist du zurückgekommen?«

»Bin ich gar nicht. Sie haben mich hergebracht.«

»Das glaube ich dir nicht.« Ehe ich ihm nicht direkt in die Augen gesehen hatte, hatte ich mich immer noch stark gefühlt; doch nun war ich wieder ein Kind. Er roch nach Rauch und Blumen.

»Wo ist Pellaz?« fragte ich, und er hob die Schultern, sanft wie ein Kätzchen.

»Das weiß ich nicht mehr.«

»Wo bist du gewesen? Warum bist du krank?«

»Wer kann das schon sagen? Wen kümmert das

schon? Gib mir das stärkste Licht, und ich werde dir eine Axt schnitzen.«

»Wie?«

»Das stand im Buch.«

»Ach so.« Etwas Bemerkenswertes an Cal war, daß man leicht mit ihm reden konnte. Er schien keine Wände zu besitzen, und man trat mit ihm so mühelos in Verbindung wie Wasser, das über Steine läuft. Andere Leute konnten ihn nicht in Verlegenheit bringen, außerdem war ihm damals alles gleichgültig.

Er sagte: »Ich habe dich wieder nüchtern gemacht!« und lachte.

»Vaters Sheh«, informierte ich ihn. »Mein Freund Gahrazel ist schon fast erwachsen, und wir hatten eine kleine Feier.«

»A*ha!*« Er setzte sich auf und strich sich über das Gesicht. »Sei auch mein Freund, kleines Ungeheuer, und bring mir etwas von deinem gestohlenen Sheh.«

»Na gut.« Ich schwang die Beine vom Bett.

»Sie schließen mich ein«, sagte Cal, »also sperr die Tür hinter dir ab. Die Treppe ist sehr steil, und im Moment wäre das ewige Vergessen der Himmel für mich.«

Seltsam, daß er das sagte; wir wußten beide, daß er sich nie umbringen würde. Ich lächelte schief und blieb an der Tür stehen. »Cal«, fragte ich, und sein Name fühlte sich sonderbar an in meinem Mund, »warum hattest du Angst vor mir?«

»Sagte ich dir doch«, antwortete er. »Du bist ein Monster, du solltest eigentlich gar nicht existieren. Männer können keine Kinder bekommen, das ist einfach nicht möglich!«

»Aber wir sind doch keine Männer!« protestierte ich.

»Nein? Manchmal bin ich mir dessen nicht so sicher«, meinte er.

Ich ging, um den Sheh und Gahrazel zu holen. Da ich sicher war, daß Cal uns nicht angreifen würde, bestand ich darauf, daß er diesmal mitkam. Dennoch fürchtete ich, das alles würde Terzian zu Ohren kommen und ihn furchtbar wütend machen. Gahrazel und ich saßen auf Cals Bett und sahen zu, wie er den Sheh in großen Schlucken in sich hineinschüttete. Die Hände, die das Glas hielten, zitterten.

»Ist dir nicht langweilig?« fragte Gahrazel.

Cal machte ein verkniffenes Gesicht. »Langweilig? Ich habe überhaupt keine Gefühle. Eigentlich geben mir nur meine Augen Kunde davon, daß ich Arme und Beine besitze.« Er hielt mir das Glas hin, und ich füllte es pflichtschuldigst auf. »Davon werde ich schlafen«, sagte er. »Der kleine Tod.«

»Cal hält uns für Monster«, erklärte ich Gahrazel.

»Mein Vater auch«, nickte er. »Er hat oft ›kleines Monster‹ zu mir gesagt.«

»Varrische Rotznasen«, bemerkte Cal gutmütig.

Als er schläfrig wurde, kehrten Gahrazel und ich in sein Zimmer zurück. »So böse ist er gar nicht«, sagte mein Freund nachdenklich. »Bloß ziemlich bemitleidenswert, ziemlich hoffnungslos.« Ich konnte nichts darauf antworten, denn ich war mir nicht mehr länger sicher, was ich von Cal halten sollte.

Der große Tag für Gahrazel war nur noch eine Woche entfernt, mein Geburtstag bloß zwei Tage. Terzian trug Gahrazel auf, sich das Haar zu schneiden, welcher mir gegenüber jedoch äußerte, daß er keineswegs vorhatte, irgend etwas in dieser Richtung zu tun. Bei den Varrs tragen nur jene Hara sehr langes Haar, die dazu bestimmt sind, als Träger zu fungieren. Später erfuhr ich, daß langes Haar überdies als Zeichen von Femininität angesehen wurde. Wie die Menschen möchten auch die Wraeththu, daß die Körper, die ihre Kinder tragen, dem Auge wohlgefällig sind. Was ich jedoch damals noch nicht wußte: daß bei anderen Stämmen alle Hara sowohl als maskulin wie als feminin betrachtet werden, infolgedessen jeder von ihnen eine Perle tragen kann –

gleichgültig, wie lang er sein Haar trägt, wie er sich kleidet oder ob er Soldat ist oder Kleidermacher. Für einen Mann könnte jemand wie Cobweb oberflächlich betrachtet äußerst weiblich wirken, einfach deshalb, weil diese Seite seiner Natur ungewöhnlich stark begünstigt wurde. Und Terzian sorgte sich offenbar, daß auch Ponclasts Sohn zu weiblich wirken könnte. Ponclast wollte Krieger zeugen, keine Träger. Gahrazel und ich diskutierten darüber, und natürlich verlangte seine Mißachtung jeglicher Autorität, daß sein Haar lang zu bleiben hatte.

Jetzt kamen häufig Boten aus dem Norden, und manchmal brachten sie Briefe für Gahrazel von seinem Vater. Ich begann, etwas Gewaltiges, große Aktivität, einen Aufstand in der Welt außerhalb von Galhea zu fühlen. Zu den Mahlzeiten trug Terzian zumeist eine gerunzelte Stirn zur Schau und stocherte mit der Gabel in seinem Teller herum. Ich hatte den Eindruck, als sei Cobweb beinahe enttäuscht, daß durch Cals Erscheinen keine dramatische Veränderung in unserem Leben vor sich gegangen war. Jetzt gab es nichts, worüber er jammern konnte. Natürlich erzählte ich ihm, was ich im Gewächshaus beobachtet hatte, und das entlockte ihm ein Lächeln.

Eines Tages fragte ich Vater: »Was passiert eigentlich gerade draußen in der Welt?«

Wir befanden uns in den Stallungen; eines von Terzians Pferden lahmte, und er überwachte das Auflegen von Breiumschlägen. »Gerüchte, nichts als Gerüchte!« erwiderte er vage, und ich wußte, er wollte darüber nicht reden.

»Welche Gerüchte?« beharrte ich dennoch.

»Gerüchte, daß Thiede aktiv wird«, sagte er.

»Was ist Thiede?«

»Nicht ein Was, sondern ein Jemand«, erklärte er. »Und ein äußerst gefährlicher Jemand dazu. Von einem anderen Stamm. Ein Gelaminger.«

»Ah, ein Gelaminger!« rief ich aus, weil der Name mich an den Vorfall mit Moswell und Cobweb ein Jahr zuvor erinnerte. »Werden sie kommen und gegen dich kämpfen?«

Vater lachte. »Angeblich haben sie ein Auge auf dieses Land geworfen. Möglicherweise müssen wir darum kämpfen.«

»Aha«, sagte ich. Ich war daran gewöhnt, daß mein Vater gelegentlich von zu Hause verschwand, und ich hatte auch eine undeutliche Vorstellung davon, was er bei diesen Gelegenheiten trieb, und so erschreckten mich seine Worte nicht übermäßig. Für mich war er allmächtig; der Gedanke, er könnte je besiegt werden, erschien mir grotesk.

»Wie ich höre, hast du Cal besucht«, sagte Terzian mit gleichmütiger Stimme, aber ich hörte die leichte Unruhe aus seinem Tonfall heraus.

»Manchmal«, räumte ich ein, »ist er wirklich sehr seltsam.« Terzian gab keinen Kommentar dazu ab.

»Ich denke, er ist jetzt soweit wieder hergestellt, daß er seine Mahlzeiten mit uns zusammen einnehmen kann«, sagte er nach einer Weile bedächtig. »Vielleicht wäre es gut, wenn du Cobweb davon in Kenntnis setzt.«

Je älter ich wurde, desto bewußter wurde mir, daß mir im Leben eine ganz besondere Rolle zugedacht war, nämlich die des Vermittlers zwischen meinen Eltern. Ich merkte, daß Terzian ganz leise Angst vor Cobweb empfand, obwohl er diesen als sein persönliches Eigentum betrachtete. Cobweb lebte in einer fremdartigen Zauberwelt, und weil er daran glaubte, wurde die Fremdartigkeit zu Macht. Und wenn Cobweb wütend wurde, dann mußte man sich davor in acht nehmen, denn seine Macht war unsichtbar. Als ich ihm erzählte, was Terzian gesagt hatte, lächelte er grimmig und fauchte: »Aha.« Das war alles. Ich wagte nicht, ihm zu gestehen, daß ich manchmal Cal in seinem Zimmer besuchte, aber es war mehr als wahrscheinlich, daß Cobweb ohnedies bereits davon wußte. Angesichts seiner okkulten Künste war es praktisch unmöglich, etwas vor ihm geheimzuhalten. Und so wurde ich hin und her gezogen: Neugier und Ergebenheit meinem Vater gegenüber zogen mich in eine Richtung, Zuneigung zu meinem Träger in die andere. An wessen Seite ich mich auch stellen mochte, es würde unerfreulich enden. Cobweb und ich hatten immer sehr aneinander gehangen, und nun war er reserviert mir gegenüber. Außerdem hegte ich den Verdacht, daß die Freundschaft zu Swithe wieder aufgeflammt war, aber eine Bestätigung dafür hatte ich nicht.

Die erste Mahlzeit, an der Cal teilnahm, war ein Alptraum. Wenn ich die Atmosphäre je zuvor für unerträglich gehalten hatte, so wurde ich jetzt eines besseren – oder schlechteren – belehrt. In eindeutig feststellbarem Selbsterhaltungstrieb begegnete Cal Cobwebs Feindseligkeit mit leichter Belustigung. Ich krümmte mich innerlich, als er den Nerv hatte zu sagen: »Also, Cobweb, du hast dich wahrlich verändert, seit wir uns das letzte Mal sahen! Du siehst phantastisch aus! Welch ein Glück, daß dir von deiner Beinverletzung kein Hinken zurückgeblieben ist. Hat sie eine Narbe hinterlassen? Irgendwie entsinne ich mich der letzten Worte, die du damals sagtest: ›Du wirst eines Tages wiederkommen‹, oder etwas in der Art. Ich hätte nie gedacht, daß du recht haben könntest. Auf deine Intuitionsgabe!« Und er hob sein Glas und nahm ein geziertes Schlückchen. Wäre Cobweb eine Katze gewesen, hätte sich sein Fell wohl auf den doppelten Umfang gesträubt, aber er war ein Har, und so kochte er nur innerlich vor Wut. Aus Furcht, unbeherrscht loszukichern, wagten es Gahrazel und ich nicht, einander anzusehen. Vater hatte einen verkniffenen, unangenehm berührten Ausdruck auf dem Gesicht und starrte auf seinen Teller.

Das war, denke ich, das einzige Mal, daß Cal auf die Vergangenheit Bezug nahm. Ich bemerkte, daß seine

Hände immer noch zitterten, obwohl er sich bemühte, es zu verbergen, und um seine Augen lagen tiefe Schatten. Doch sein Zimmer wurde nachts nicht mehr von außen versperrt. Ich fragte mich, was wohl zwischen Cal und Terzian vorgefallen war, das meinem Vater die Furcht genommen hatte, Cal könnte versuchen, wieder fortzugehen; es war schon schwierig sich vorzustellen, daß die beiden überhaupt miteinander redeten.

Ich hatte mir angewöhnt, praktisch jeden Tag Cals Gesellschaft zu suchen. Er faszinierte mich derart, daß ich mich einfach nicht von ihm fernhalten konnte. Ich hatte zwar keine Sekunde den Eindruck, daß er mich nicht in seiner Nähe haben wollte, zugleich aber fiel mir auf, daß er nie irgend etwas *Wichtiges* zu mir sagte. Er erkundigte sich nach Dingen, die mich und meine Familie betrafen, und sein Sinn für beißenden Humor brachte mich stets zum Lachen, aber er sprach nie über sich selbst. Nicht, daß er aus irgend etwas ein Geheimnis gemacht hätte, es wirkte eher so, als hätte sein Leben an sich erst begonnen, als er in Immerdar aus seiner Bewußtlosigkeit erwacht war. Es schien, als würde ihn das, was ihm vorher widerfahren war, nicht mehr interessieren. Niemals starrte er mit geistesabwesender Miene aus dem Fenster oder hielt mitten im Satz inne, als wäre ihm eine Erinnerung durch den Kopf gegangen. Seine ganze Existenz war einfach ›jetzt‹. Das störte mich gehörig, denn meine Neugier, was seine Vergangenheit betraf, war einfach unbezähmbar. Ich wollte wissen, weshalb er damals Terzian verlassen hatte, was mit Pellaz geschehen war und, mehr als alle diese Dinge, weshalb er zurückgekommen war. Er hatte schon einmal versucht, dieser Frage auszuweichen, und die Antwort, die er mir damals gegeben hatte, glaubte ich nicht. War das Böse in ihm? Manchmal beunruhigte es mich zutiefst, daß er mich so faszinierte, und wenn ich nachts allein war, machte er mir angst. Aber es zog mich immer wieder zu ihm hin, denn noch nie zuvor hatte ich jemanden kennengelernt, der so war wie er. Jedesmal, wenn wir zusammentrafen, schien es mir, als erführe ich etwas Neues über die Welt, etwas, das man nicht in Worte kleiden konnte. Es war, als würde ich seine Geheimnisse lüften, nicht durch konkrete Gedanken, sondern einfach durch Gefühle, die beinahe wie Duft waren, wie Klang und Geschmack. Gelegentlich, nachdem ich ihn verlassen hatte, zuckten flüchtige Bilder vor meinem inneren Auge auf wie Erinnerungen, aber es waren Erinnerungen an Orte und Leute, die ich noch nie gesehen hatte.

Einmal machte ich eine Bemerkung, die sich auf Cobwebs Feindseligkeit ihm gegenüber bezog, und Cal lachte und sagte: »Er ist jetzt so wunderhübsch. Wer hätte das je gedacht?«

»Er wird dich nie mögen«, warnte ich rasch.

Cal überhörte diesen Satz. »Ich würde ihn gern nackt«, sagte er versonnen, »mit glänzenden grünen Efeuranken umwinden und mit Küssen bedecken.«

Ich wurde zu Eis; es war ein seltsam taubes Gefühl. »Lieber als die Hand meines Vaters berühren?« fuhr ich ihn an. Die Frage war mir entschlüpft, noch ehe ich mich eines besseren besinnen konnte.

Cal sah mich eine Sekunde lang verblüfft an und gab dann einen amüsierten Ton von sich, wie über einen kleinen Scherz zwischen uns beiden. »Im Traum mögen Terzian und ich zusammen sein. Ist es das, was du wissen wolltest?«

Heiß überlief es meine Wangen. Ich konnte ihn nicht ansehen.

»Wenn du eine weitere Erklärung möchtest«, fuhr er fort, »dann laß mich dir sagen, daß die Realität mich zum Leben erwecken könnte, und ich fürchte das Leben. Kannst du das verstehen?«

Es war das erste Mal, daß er so zu mir gesprochen hatte, und ich mißtraute seinen Motiven. »Meinst du damit, daß Aruna deine Erinnerungen wecken könnte?«

fragte ich zögernd; das Gefühl, das dieses Wort auf meiner Zunge hinterließ, war mir widerlich. Würde er mir antworten?

Cal runzelte die Stirn und verzog den Mund, als er nach einer Antwort suchte. Er schien keineswegs verlegen und entschloß sich, mir nicht zu zeigen, daß er um meine Verlegenheit wußte. »Aruna wird alle die blockierten Leitungen in meinem Kopf öffnen, da bin ich ganz sicher«, sagte er. »Es handelt sich ja schließlich um eine elektrische Angelegenheit.«

»Aber kannst du ewig so dahinleben, ohne das Wissen?«

Er zuckte die Achseln. »Ich denke nie darüber nach.«

Ich bezweifelte, daß dies die Wahrheit war.

Zu meinem Geburtstag bekam ich Geschenke, nette Kleinigkeiten, und Cobweb und ich feierten zusammen mit Swithe, Moswell und Gahrazel. Vater war den ganzen Tag weg, und Cal blieb in seinem Zimmer. Ich wußte, daß er angefangen hatte zu schreiben, aber er behielt das Thema für sich. Er verbrachte nun die meiste Zeit mit Schreiben.

Später, als es dunkel wurde, stieß Ithiel zu uns, und Cobweb mixte Drinks aus Sheh, Kräutern und würzigen Essenzen, bis wir alle glückselig beschwipst waren. In einem seltenen Anfall von Selbstvergessenheit stand Moswell auf, machte Späße und sang. Wir lachten alle, bis es weh tat. Ich war sicher, daß Cal uns in seinem Zimmer hören konnte. Warf er ärgerlich die Feder hin, oder dachte er sehnsüchtig: Wenn ich doch auch dabei sein könnte?

Der Tag, an dem Gahrazels Feybraiha stattfinden sollte, war gekommen: ein sonniger Morgen, an dem die gelben Blüten unter den Bäumen heller erstrahlten als je zuvor und giftgrüne junge Blätter das Licht filterten und den Park geheimnisvoll und aufregend machten. Da die Varrs nicht viel von Religion und Zeremoniell halten, mußte Gahrazel weder fasten noch beten. Von Swithe hatte ich gehört, daß bei anderen Stämmen die Feybraiha von Ritualen umgeben war und weitaus mehr bedeutete, als einfach nur seine Unberührtheit zu verlieren. Cobweb flocht Blüten in Gahrazels Haar, und Terzian lud Freunde und Offiziere seiner Garde zum Mittagessen ein. Der Tisch war geschmückt mit grünen Zweigen; gelegentlich murmelten die Hara ein paar Worte in Ithiels Ohr und lachten dazu. Heller Sonnenschein strömte von draußen herein, machte die Ränder der Vorhänge durchsichtig und zauberte Gold in Cals prachtvolles Haar, denn er saß mit dem Rücken zum Licht. Cobweb vergaß auf seinen Ärger wegen Cals Anwesenheit, und ich sah, wie Terzian Cobwebs Hand ergriff und die beiden sich in die Augen sahen, lächelnd und etwas verschämt. Cal sah zu, aber seine Gedanken waren unergründlich. Auch auf seinem Gesicht lag ein leichtes Lächeln, und er trank Wein – in gleichmäßiger, anhaltender Schnelligkeit. Terzian hielt eine kleine Rede und gratulierte Gahrazel zum Erreichen des erhabenen Zustands des Erwachsenseins. »Ab heute bist du kein Harling mehr. Ab heute gehörst du einer Kaste an. Ich erkläre dich hiermit als der Kaste Kaimana zugehörig. Du hast den ersten Rang dieser Kaste: Ara. Ab nun bist du Aralid, Gahrazel.«

Abends traf zur allgemeinen Überraschung (und, dessen bin ich sicher, zu Gahrazels Entsetzen) Ponclast aus dem Norden ein. Terzian und er umarmten sich und schlugen sich auf den Rücken.

»Mein kleiner Gahrazel, es gibt ihn nicht mehr!« polterte Ponclast. Er war ein großer starker Har, doch nicht dick. Er hatte kurzes, dichtes schwarzes Haar, das aussah wie Fell. Seine Nase war die kühnste, die ich je gesehen hatte, und sein Blick schien Stahl zu durchdringen. Ganz offensichtlich machte auch er, wie mein Vater, der femininen Seite seiner Natur keinerlei Zugeständnisse. »Also *du* bist derjenige, welcher!« dröhnte er dem kreidebleichen Ithiel ins Gesicht. »Gib acht auf ihn!« Als Terzian mich ihm vorstellte, hob er mich hoch in die Luft und schüttelte mich wie ein Hund eine soeben gefangene Ratte. »Makellos das Antlitz, wie das seiner Eltern!« brüllte er mir ins Ohr.

Es gab Musik und Tanz im großen Saal. Vater brachte Cal dazu, mit ihm zu tanzen (was ich ausnehmend peinlich fand), und am Schluß umarmten sie sich. Cobweb zischelte neben mir.

Dann kam der Zeitpunkt, als Gahrazel und Ithiel uns verließen und sich in das Zimmer zurückzogen, das Cobweb und die Haushara mit Gräsern und Blüten bestreut hatten. Mein Herz klopfte so laut, daß es mir fast so vorkam, als wäre ich derjenige, der zusammen mit Ithiel die Treppe hochgehen müßte, und nicht Gahrazel. Doch vorher kam er noch zu mir, und wir preßten unsere Wangen aneinander. Ich roch Sandelholz und Furcht.

»Es ist fast wie ein Abschied«, sagte ich, überrascht, als ich entdecken mußte, daß meine Stimme bebte. »Du verläßt mich.«

»Nein«, sagte Gahrazel, »nein, Swift!«

Ich konnte mir nicht vorstellen, daß eines Tages eine Feier wie diese anläßlich meiner eigenen Feybraiha abgehalten werden sollte. An diesem Tag würde mein Körper zum Leben erweckt werden. Ein anderer Har würde mich berühren, und nichts an mir würde mehr mir allein gehören. Ich wußte bereits, daß Aruna mehr war als eine bloße Vereinigung der Körper; zusammen mit meinem Fleisch würde ich auch meinen Geist preisgeben.

Müssen wir das wirklich tun? dachte ich. Können wir nie allein sein?

Nachdem Gahrazel und Ithiel, begleitet von saftigen Ermunterungen und Gebrüll (was ich ekelhaft fand), nach oben gegangen waren, vergaß man erst einmal auf die beiden, und die Musik schien lauter zu werden, der

Lichtschein heller. Cal schlenderte herüber, dorthin, wo Cobweb und ich saßen, wobei er den Blick in alle Richtungen schweifen ließ wie eine Katze. Ich wartete fast darauf, daß er sich hinsetzte und sich selbstvergessen das Fell zu lecken begann, als er sagte: »Cobweb, ich möchte so gern, daß du tanzt.«

»Nur über meine Leiche!« lautete die voraussagbare Antwort.

Cal sah nachdenklich drein. »Über deiner Leiche tanzen, hm... Möglicherweise eine reizvolle Sache, aber unpraktisch; zu holprig. Aber vielleicht bist du schon zu betrunken, um gerade zu stehen?«

»Ich habe mich verändert, seit wir uns das letztemal gesehen haben«, fauchte Cobweb mit eisiger Stimme. »Damals hätte ich dir gesagt, scher dich zum Teufel; jetzt hingegen bin ich beherrscht und höflich und schüttle nur herablassend lächelnd den Kopf. Du löst dich ohnedies in Luft auf, sobald ich mich abwende.«

Er legte das Kinn auf die aufgestützte Hand und starrte mit glasigem Blick die Tänzer an. Cal lächelte, wie er immer lächelt; er genoß jeglichen Kontakt mit meinem Träger.

Nachdem er gegangen war, fragte ich: »Warum haßt du ihn so, Cobweb?«

Und mein Träger antwortete: »Die Bäume draußen, sie sind voll Leben. Ich sehe, wie sie sich bewegen, obwohl es dunkel ist draußen. Jeder Baum hat seinen Geist...«

Es ist ein Wunder, daß ich mit gesundem Verstand geboren wurde.

Kapitel 4

Das Rätsel der Bestie.
Fleischgewordener Krieg,
Wehgeschrei der Gefangenen,
immer wieder Gedanken
an trojanische Standhaftigkeit.
Doch nie das Erdulden kalter Demütigung
menschlicher Knechtschaft.

Unser Haus mag wohl, durch all die langen Jahre, stets ein Hort von Geheimnissen gewesen sein – zwischen den Vorhängen, in den langen Gängen, wo alles raschelt und flüstert mit der Vertraulichkeit unsichtbarer Lippen. Doch wir, die wir dort wohnten, erfuhren früher oder später alles. Wir standen einander sehr nahe, und damals war Immerdar unsere einzige Welt.

Nach Gahrazels Feybraiha verbrachten Ponclast und mein Vater etliche Tage eingeschlossen in Terzians Arbeitszimmer, tief in Gesprächen versunken. Also hatte der mächtige Ponclast nicht allein wegen der Feybraiha seines Sohnes sein Reich im Norden verlassen. Ich dachte oft darüber nach, wie es wohl im Norden aussah, wie es wäre, dort leben zu müssen, und meine Phantasie lieferte mir dunkle Visionen der Hölle: Rauch, fahle Flammen, eingestürzte Gebäude, herumschleichende Gestalten, Geheul in der Ferne. Ich konnte mir einen solchen Ort einfach nicht im hellen Tageslicht vorstellen. (Später dann erfuhr ich, daß diese meine Visionen gar nicht so weit hergeholt waren…) Gahrazel hatte sich zwar stets gesträubt, seine frühere Heimat im einzelnen zu schildern, dennoch konnte ich mit Bestimmtheit sagen, daß er dort nie wirklich unglücklich gewesen war. Ich kannte die Namen seiner Freunde, wußte, daß er im Palast seines Vaters zwei Zimmer zu seiner eigenen Verfügung hatte, daß sein Verhältnis zu Ponclast nicht so schlecht war, wie er manchmal glaubhaft machte, und daß er den Har nicht kannte, der sein Träger gewesen war. Das alles wußte ich, doch darüber hinaus sehr wenig.

Von Ithiel, über die Hausangestellten und schließlich von Cobweb erfuhr ich das meiste von dem, was Vater und Ponclast besprochen hatten. Begründet durch meine Unwissenheit oder auch durch die Sicherheit, die mich umgab, verursachte mir das, was ich hörte, weder Entsetzen noch Besorgnis; diese Dinge waren unwirklich für mich, bloße Worte, die uns nicht berührten. Ich lebte in dem Gefühl, daß wir weit weg waren von allem, daß Galhea in seinem eigenen Universum existierte. Bis zu einem gewissen Grad, denke ich, bestätigte sich das in geradezu unheimlicher Weise, denn meine Heimat stand nie im Zeichen echter Konflikte, aber ich irrte mich, wenn ich annahm, daß ich mich dem Geschehen jenseits unserer Felder nie würde stellen müssen. Unser Land, welches die Gelaminger (und schließlich alle Wraeththu) Megalithika nannten, wurde zum größten Teil von den Varrs und den Uigennas beherrscht. Den Süden regierten andere Stämme, mit denen die nördlichen Wraeththu kaum in Berührung kamen, denn sie waren Hexenmeister und – obwohl weiteren Landgewinnen gegenüber gleichgültig – Leute, vor denen man sich in acht nehmen mußte, denn sie handelten, wie man so hörte, mit Seelen. Swithe erklärte, daß die Stämme im Süden keine Eroberungen auf dieser Welt suchten und daß selbst die Gelaminger ihnen aus dem Weg gingen. Ich wußte, daß Cobwebs Stamm nach Süden unterwegs gewesen war, damals, vor Jahren, als Cobweb sich von ihnen abgewandt hatte und in Galhea geblieben war. Ich fragte ihn, ob er wisse, was eine Seele wert sei, doch er lachte nur und zauste mir das Haar. »Und wie viele Seelen kostet es wohl, soviel Fleisch zu kaufen, daß mein Kind einen vollen Bauch hat?« fragte er, aber ich erkannte, daß er es wußte. Cobweb wußte so vieles, und über einiges davon würde er nie sprechen. Er seufzte: »Swift, die Gerüchte sind wahr.« Und diese Tatsache war ihm seit langem bekannt gewesen.

Seit fast einem Jahr waren bruchstückhaft Nachrichten über die Gelaminger in Galhea eingesickert. Terzian hegte keinen Zweifel, daß sie eines Tages über Megalithika hereinbrechen würden. »Sie sind einfach zu mächtig, um es nicht zu tun«, sagte er. Und nun war es geschehen: sie waren hier, zwar weit unten im Süden, am Nordrand der Wüste, aber zu nahe, um uns kalt zu lassen. Manche Hara behaupteten, sie wären in langen spitzen Booten gekommen, die, angetrieben von der Stille, gegen den Wind über das Meer gesegelt waren, und andere wieder behaupteten, sie seien mittels Zauberkraft durch die Luft gereist.

Terzian hatte für solche Ideen nur Hohn und Spott. »Wie, zum Teufel, sie auch hergekommen sein mögen, eines ist jedenfalls sicher«, sagte er, »sie haben vor, Megalithika den Varrs zu entreißen! Friedensmission? Pah! Das ist Quatsch, und der erste, der daran glaubt, ist der erste, der dran glauben wird! Wenn sie die Macht ergreifen, werden uns ihre ekelhaften Anschauungen infizieren wie die Pest; die unterdrückte Männlichkeit, dieses ganze Gerede von Frieden und Eintracht ... Wir werden restlos fertig sein, wenn sie wieder gehen, ein Haufen hilflos bibbernder Weiber, die nach Männlichkeit gieren, bis der nächste Stamm aus dem Osten über das Meer kommt und Sklaven aus uns macht! Können wir das zulassen? Es wird geschehen, wenn wir nicht kämpfen, und ich werde kämpfen bis zum letzten Atemzug!«

Er sagte das, als er in der Stadt war, und die kleine Rede ist seither ziemlich berühmt geworden. Alle Leute jubelten ihm zu, als er so hochgewachsen und blendend aussehend vor ihnen stand, ein Feuer aus Tapferkeit und Kampfeslust in den Augen.

Cobweb stand neben ihm wie eine Königin, gekleidet in ein wallendes grünes Gewand. Nachher kamen die Hara, sanken auf ein Knie und küßten den Ring mit dem Tigerauge an Cobwebs linker Hand, der ihm Glück bringen sollte. Sie überhäuften ihn mit Blumen, Cobweb, den Hexer, und flehten ihn an, um den Sieg zu beten. Es schien, als warte die Saat der Religion immer noch in jedem Varr darauf, aufgehen zu können; Terzians Sarkasmus mochte zwar bewirken, daß die Varrs sich abwandten vom Licht, aber das Licht war geduldig. Es konnte warten.

Die Gelaminger ließen nicht erkennen, was sie als nächstes vorhatten. Sie hatten sich im Süden festgesetzt und bisher keinen Schritt in Richtung Norden getan oder auch nur versucht, mit irgend jemandem Verbindung aufzunehmen. Die Anführer der Varrs lehnten es ab, sich dadurch in Unruhe versetzen zu lassen, und betrachteten es als ziemlich offensichtliche Kriegslist, die einzig der Panikmache dienen sollte. Ich fragte Cobweb, weshalb die Varrs und ihre Verbündeten nicht den ersten Schritt taten und die Eindringlinge zurücktrieben über das Meer.

»Weshalb nicht?« erwiderte er geheimnisvoll. »Weshalb wohl nicht! Es kommt von der Angst, kleine Perle, von nichts anderem. Jetzt werden Terzian und seine Freunde möglicherweise bedauern, vom rechten Pfad abgekommen zu sein.«

»Vom rechten Pfad?«

Cobweb lächelte. Er hob eine Hand und kreuzte die Finger. Mitten aus dem Nichts kamen drei Farben, vermischten sich und tanzten eine halbe Minuten lang auf seinen Fingern, ehe sie verblaßten.

»Stell dir so etwas ähnliches vor, Swift, nur tausendmal so stark. Stark genug, um dir den Kopf abzureißen! Verstehst du jetzt, warum sie Angst haben?«

Eine Zeitlang fürchtete ich mich auch davor, doch dann, als die Tage dahingingen und sich nichts veränderte im Haus, schwand meine Besorgnis. Terzian war allmächtig. Die Varrs konnten jede Bedrohung abwehren. Wir waren in Sicherheit.

Nachdem Ponclast in den Norden zurückgekehrt war, schloß Immerdar seine Pforten und drehte den Ereignissen, die jenseits seiner Mauern stattfanden, wieder den Rücken zu. Wie zuvor kümmerten wir, seine Bewohner, uns wieder mehr um die Wirrnisse des täglichen Lebens. Terzian war zumeist abwesend, aber es fiel mir nie ein, nach dem Grund zu fragen. Mich bewegte viel mehr die Entfaltung von Gahrazel, und ich stellte ihm endlose Fragen über die Praktiken des Aruna. Er jedoch ärgerte mich, indem er sich weigerte zu antworten. »Wenn ich es dir sage, verderbe ich dir alles!« erklärte er. Es machte ihm Spaß, mich in Wut zu bringen, und wenn ich die Beherrschung verlor, lachte er bloß. Manchmal blieb Ithiel im Zimmer bei Gahrazel, und weil ich mich ausgeschlossen fühlte, langweilte ich mich und war verstimmt. Dann piesackte ich Swithe und Cobweb, mit mir nach Galhea zu gehen, und manchmal ließen sie sich erweichen, und wir gingen in die Stadt, entweder um im besten Restaurant zu essen, wo man uns wie Könige bewirtete, oder um durch den Markt zu spazieren, wo die Händler uns respektvoll einluden, ihre Waren in Augenschein zu nehmen. Dort sah ich andere Harlinge, die mich neugierig betrachteten und miteinander flüsterten. Doch ich hatte bereits gelernt, arrogant zu sein, und trug die Nase hoch in der Luft.

Wie vorherzusehen, freundete Swithe sich mit Cal an, und die beiden führten endlose Gespräche über unser Volk, wovon mir das meiste nichts sagte und der Rest mich langweilte. Cal liebte Diskussionen, und ich bemerkte, daß er seine Meinungen oft von Tag zu Tag änderte. Das verwirrte Swithe, der manchmal entdecken mußte, daß er einen Standpunkt verteidigte, gegen den er die längste Zeit über temperamentvoll argumentiert hatte. Dann suchte Cal meinen Blick mit dem seinen und zwinkerte mir zu, während Swithe stammelnd nach Worten rang. Ich war froh, daß Cal jemanden gefunden hatte, mit dem er sich unterhalten konnte, denn ich machte mir bereits Sorgen, weil er soviel allein war. Er *schien* sich zwar von seiner Krankheit erholt zu haben, aber ich spürte, daß er noch nicht ganz gesund war, hingegen eine Menge Kraft aufwandte, um einen gesunden Eindruck zu machen. Die Maske mag zwar überzeugend gewesen sein, war aber brüchig, und einmal brach sie fast: einmal sahen wir ihn so, wie er wirklich war. Seit langem schon ist mir bewußt, daß sich in unserem Haus eine ganze Menge wichtiger Dinge während der Mahlzeiten abspielten. Eine gedankenlose Bemerkung, ein scheinbar harmloser Vorfall. So auch diesmal.

Terzian war soeben nach Hause gekommen, und Ithiel hatte sich uns zum Abendbrot angeschlossen. Draußen war es schon dunkel, obwohl die Tage bereits länger wurden. Alle redeten durcheinander, als Cobweb plötzlich fragte: »Cal, du hast uns nie erzählt, was mit Pellaz geschehen ist. Habt ihr euch entzweit?«

Niemand hielt in der Konversation inne, und vermutlich hatte nur ich es gehört. Ich sah Cal an. Seine Fäuste lagen geballt auf dem Tisch. Er starrte Cobweb an, der zurückstarrte, wobei ein sanftes Lächeln die Herausforderung etwas vernebelte. Es geschah so rasch. Cobweb sagte: »Ich sehe den Tod in deinen Augen.«

Vater, der mit Ithiel gesprochen hatte, unterbrach sich mitten im Satz und sah die beiden an. Cal gab einen sonderbaren Ton von sich. Cobweb sagte: »Nun?«

Cal schrie: »Hör auf! Du bist... du bist...!« Er hatte keine Worte; er konnte nicht reden. Terzian, der erkannte, daß Schlimmes auf uns zukam, reagierte rasch und griff nach Cals starrer Hand. Cal zuckte kaum; sein Gesicht schien sich zu kräuseln wie Wasser im Wind, und er packte den nächstliegenden Gegenstand, die nächstliegende Waffe, eine silberne Gabel, nachdem er wie ein Blinder danach getastet hatte. Seine Miene war ausdruckslos. Vater rief ihn beim Namen, und im nächsten Moment stieß Cal die spitzen Zinken in Terzians Hand, die über seiner eigenen auf dem weißen Tischtuch lag. Ithiel sprang auf, stieß ein Krächzen aus und zeigte wortlos auf die Gabel. Mein Träger lachte auf, und Cal rannte aus dem Zimmer, nachdem er seinen Stuhl nach hinten gestoßen und umgeworfen hatte. Vater starrte verblüfft auf die Gabel, die immer noch leicht schwankend in seinem Handrücken steckte.

Alles geschah so schnell; natürlich wollte Ithiel Cal sofort nachlaufen, denn niemand darf einen körperlichen Angriff gegen den Herrscher von Galhea wagen und glauben, ungestraft davonzukommen. Aber Vater schüttelte den Kopf. »Es ist nicht so schlimm, wie es aussieht«, sagte er und zog vorsichtig die scharfen Spitzen aus seinem Fleisch. Anfangs blutete es gar nicht. Terzian sah Cobweb scharf an, der ihm mit fröhlicher Miene seine Serviette hinhielt. Terzian nahm sie und wickelte sie sich um die Hand.

Danach war uns eigentlich nicht mehr nach Essen zumute. Am Ende der Mahlzeit wandte Vater sich an Cobweb: »Sag nie wieder so etwas zu Cal. Wir wissen nicht, was er durchlitten hat, um so zu werden, wie er ist.« Cobweb lächelte nur. Genau wie mir war auch ihm aufgefallen, daß Terzian keine Anstalten gemacht hatte, Cal in seinem Kummer zu trösten.

Und so war natürlich ich es, der ihn schließlich als erster aufsuchte. Er war in seinem Zimmer und las in den Notizen auf dem Schreibtisch, den Vater für ihn ins Haus hatte schaffen lassen. Als ich ihn fragte, ob alles in Ordnung sei, lachte er: »Na, sicher!«

Plötzlich kam mir der Gedanke, er könnte den ganzen

Vorfall einfach vergessen haben, und ich sagte: »Du hast meinem Vater eine Gabel in die Hand gestoßen!«

»Ja«, nickte er.

Es war zum Verzweifeln, so, als würde man versuchen, sich im dichten Nebel mit Handzeichen zu verständigen. »Warum?« schrie ich. »Warum? Was ist dir zugestoßen? Wo ist denn Pellaz wirklich?«

Cal drehte mir den Rücken zu, schob sich die Lampe zurecht und las weiter.

»Du *bist* verrückt!« schrie ich.

»Vermutlich«, sagte er ruhig. »Und jetzt raus mit dir, Swift, ich habe zu arbeiten.«

Aber ich war noch nicht fertig. »Cobweb weiß alles! Er *weiß* es, Cal! Er hat es in deinem Kopf ausfindig gemacht, und er wird es dazu benutzen, dich zu vernichten! Siehst du das denn nicht?« Der Gedanke muß schon die längste Zeit in meinem Hirn geschlummert haben; und nun erschien er geradezu schmerzhaft augenfällig.

»Ich möchte darüber nicht sprechen«, erwiderte Cal. »Cobweb weiß gar nichts von mir.«

Ich stürzte auf ihn zu, versuchte, ihn an den Schultern zu packen und ihn herumzudrehen, aber sein Körper fühlte sich ganz steif an. Seine Augen waren eine Handbreit von den meinen entfernt und kalt wie der Tod. Ich konnte nichts sagen. Er lächelte.

»Und du? Siehst du es auch?« fragte er.

Hinterher sagte ich zu Gahrazel: »Wie Cal wohl schlafen mag, was denkst du? Ob er von Alpträumen heimgesucht wird?«

Gahrazel und ich verbrachten viel Zeit damit, über Cal zu reden. »Ich nehme an, er schläft recht gut«, antwortete Gahrazel. »Vermutlich entsinnt er sich seiner Träume gar nicht.«

Mißtrauisch beobachtete ich Cobweb; daß er Cals Anwesenheit in unserem Haushalt so leicht, so rasch hingenommen hatte, wollte mir nicht gefallen. Was hatte er vor? Ich hatte keinen Zweifel, daß er eine ganze Menge davon wußte, was Cal widerfahren war, und es auch benutzen würde, aber sehr vorsichtig. Es müßte in einer Art geschehen, daß Terzian nichts bemerkte, ja nicht einmal etwas argwöhnte.

Eines Tages im Spätfrühling hob eine der stets wachsamen Patrouillen eine Gruppe Menschen ein paar Meilen südlich von Galhea aus. Niemand wußte, weshalb sie sich dort aufgehalten hatten, wohin sie unterwegs gewesen waren und weshalb sie ihre Deckung verlassen hatten. Nachdem Ithiels Truppe sie zusammengetrieben hatte, rief man meinen Vater hinunter in die Stadt. Zwangsläufig waren einige Menschen getötet worden, und nun würde Terzian über das Schicksal der Überlebenden entscheiden und ihre Einvernahme leiten. Gahrazel und ich waren ganz aus dem Häuschen. Menschen! Endlich! Und noch dazu in Galhea! Gahrazel hatte natürlich schon Menschen zu Gesicht bekommen, aber nur als davonhuschende Gestalten in der Finsternis oder als leblose Körper, und so warteten wir beide höchst begierig darauf, lebende Menschen zu sehen. Sie waren für uns so etwas wie seltene Tiere. Ich wußte zwar, daß es vor Jahren in Galhea menschliche Sklaven gegeben hatte, aber sie waren nicht mehr da, und ich konnte nur vermuten, was mit ihnen geschehen war.

Erst ich und dann auch Gahrazel baten meinen Vater darum, die Gefangenen sehen zu dürften, aber er schüttelte den Kopf. Er wollte sich jetzt nicht mit Harlingen abgeben, und unser Ansinnen war ihm lästig. Doch einen echten Grund für seine Ablehnung nannte er uns nicht.

Gahrazel behauptete, mein Vater habe beinahe schuldbewußt dreingesehen, als er uns unsere Bitte abschlug. Doch Gahrazel war sehr wütend darüber, daß jemand ihm nein gesagt hatte, und fand daher einen Ausweg. »Wir müssen in der Nacht aus dem Haus schleichen«, erklärte er, »und allein nach Galhea gehen.«

Erst protestierte ich heftig. Es wäre zu gefährlich, mein Vater könnte es herausfinden, wir könnten ertappt und bestraft werden. Doch Gahrazel hatte nur ein höhnisches Grinsen für meine Einwände und argumentierte mit mir, bis ich nachgab. Er war so unruhig und begierig nach Abenteuern, und eigentlich wollte auch ich unbedingt einen Menschen sehen. Ich versuchte mir vorzustellen, wie es wohl wäre, mit einem zu sprechen – würde ihn meine Klugheit in Erstaunen versetzen?

Gahrazel bekam heraus, daß die ganze Menschengruppe in einem umzäunten Gehege in der Nähe der Soldatenunterkünfte gehalten wurde, wo ich noch nie gewesen war. Doch es war nicht weit von Immerdar entfernt, etwa eine Viertelstunde zu gehen. Gahrazel plante unser Unternehmen bis in die kleinste Einzelheit. Er überredete, bestach oder bedrohte die Wachen, die Dienst haben würden, damit sie uns in die Nähe des Geheges ließen und wir ganz dicht herankommen konnten.

Als es Nacht wurde, wuchs meine Aufregung. Gahrazel wartete, bis er sicher war, daß das ganze Haus in tiefem Schlaf lag, ehe er in mein Zimmer kam. Wir zogen dunkle Kleidung an und kletterten die Ranken vor meinem Fenster hinab, wie schon so oft, doch diesmal hatte ich erstmals Angst, erwischt zu werden. Und ich war mir nicht sicher, wie mein Vater reagieren würde; er konnte ebensogut wütend sein wie leicht amüsiert. Seine Reaktion war unvorhersehbar.

Als wir durch die Dunkelheit rannten, hielt ich Gahrazels Hand fest; zu unseren Füßen erglühte sanft die Stadt.

Die Wachen wußten nicht, wer wir waren. Ich trat ein wenig zurück, während Gahrazel mit ihnen sprach. Es war keine kalte Nacht, dennoch sah ich, daß die Menschen sich ein Feuer gemacht hatten. Sie hockten kläglich im Kreis darum herum und gaben keinen Laut von sich – zusammengekauerte Gestalten im Lichtschein der Flammen. Das Erdreich war noch frisch an den Stellen, wo man die Pfähle für den Zaun hineingetrieben hatte. Auf der anderen Seite des Geheges sah ich die Silhouette der Soldatenquartiere gegen den Himmel; aus den offenen Fenstern drangen fröhlicher Lärm und Musik.

Gahrazel winkte mich näher. Er sprach mit zwei hochgewachsenen Hara, die in mattes tiefschwarzes Leder gekleidet waren. Gahrazels Stimme klang leise und selbstsicher. »Schaffst du es, daß einer von ihnen näher kommt? Ich habe noch nie einen Menschen aus der Nähe gesehen.«

Wir traten an den Zaun. Warum ich mich nur so klein und ängstlich fühlte! Eine Stimme hinter mir, die einem der Wächter gehörte, sagte: »Einen von ihnen an den Zaun zu bekommen? Glaubst du, sie haben es gern, wenn wir sie anstarren? Wie, glaubst du, sollte man das anstellen?« Er lachte über uns.

»Kannst du ihnen nicht etwas dafür anbieten?« fragte Gahrazel aufgebracht. Er haßte es, ausgelacht zu werden.

»Du meinst, so als würfe man einem Pferd ein Stück Zucker hin?« scherzte der zweite Har. »Vielleicht wären ihnen ein paar Handvoll Heu lieber! Haben wir Heu da?«

Ich dachte nichts als: Sie wissen nicht, wer wir sind. Ich darf keine Angst haben. Ich konnte mich nicht umdrehen und die beiden ansehen, aber ich spürte sie hinter mir, ein bißchen bedrohlich, ein bißchen wild. Der Har, der als erster mit uns gesprochen hatte, trat einen Schritt vor und legte die Hand auf Gahrazels Haar. Gahrazel blieb reglos stehen; ich tat einen Satz an seine Seite. »Teil den Atem mit mir, und ich gebe ihnen den Rest meines Shehs. Angeblich sind sie ganz verrückt nach Alkohol.«

Er rechnete sichtlich nicht damit, daß Gahrazel ja sagen könnte, aber da kannte er Gahrazel schlecht. Mein

Freund, dem ich vertraute, verschränkte die Arme, zog die Nase kraus und sagte: »Na gut.«

»Gahrazel!« quiekte ich entsetzt.

Er sah mich an wie einen Fremden. »Keine Panik, Swift«, sagte er und wandte sich wieder an den Wachposten. »Nachher, in Ordnung?«

Ah, ein Trick, dachte ich erleichtert.

Vergnügt brüllte der Wachposten den Menschen am Feuer ein paar Beschimpfungen zu und bot ihnen den Sheh an. Einer von ihnen schrie zurück: »Was ist das?«

Ich hatte erwartet, daß Menschenstimmen völlig anders klängen als die unseren, wie Tierstimmen etwa, aber so klangen sie nicht. Es hätte genausogut ein Har sein können, der da herüberschrie.

»Wer zum Zaun kommt, kriegt den Sheh! Zwei unserer Bürger wollen einen Blick auf euch werfen!«

»Wir sind keine Tiere!« dröhnte eine zornige Stimme zurück, aber zwei der Gestalten erhoben sich und kamen zum Zaun. Ich war beinahe zu verängstigt, um hinzusehen. Ich fürchtete mich vor ihrer Andersartigkeit, aber einer der Wächter lachte und sagte: »Kinder!«

Ihr Aussehen war schrecklich, aber nicht fremdartig. Wären wir halbverhungert und schmutzig gewesen, gekleidet in Lumpen und ohne Hoffnung, hätten wir genauso ausgesehen. Ich konnte sie riechen – ihren Gestank nach ungewaschenen Körpern und Elend. Sie waren jung, aber ihr Alter konnte ich nicht einmal erahnen, ebensowenig, ob es männliche oder weibliche Menschen waren. (Konnte man den Unterschied, oberflächlich betrachtet, überhaupt erkennen?) Ihre Arme waren so dünn wie hautüberzogene Holzstöcke, ihre Hände lagen schwer wie Pranken auf dem Zaun. Nur die Augen zeigten Anzeichen von Leben, und in ihnen sah ich die Stärke der Menschheit, den Instinkt zu kämpfen, bis Schwäche oder Tod den Kampf beendet. Einer der beiden streckte die Finger zwischen den Latten hindurch und sagte: »Sheh!«

Der Wachposten sah Gahrazel an. »Es sind beinahe noch Kinder«, sagte er, »aber wahrscheinlich zehn Jahre älter als du. Das da ist eine Frau.« Er stieß den Lauf seiner Waffe zwischen die Latten. Die Frau rührte sich nicht, starrte uns nur mit ihrem Blick an. Vielleicht konnte der Sheh ihr Elend mildern, vielleicht sehnte sie sich mehr nach Betäubung als nach irgend etwas sonst. Dafür nähme sie auch in Kauf, daß wir uns über sie lustig machten – wir in unseren feinen Kleidern, die wir unsere sauberen, wohlgenährten Körper vor ihrer Armseligkeit zur Schau stellten. Eine Sekunde lang blickte sie mir in die Augen, und mir wurde fast schlecht; zum allerersten Mal in meinem Leben schämte ich mich zutiefst. Wir sollten nicht hier sein! Ich spielte fast mit dem Gedanken, den Zaun niederzureißen; er nahm Gestalt an vor meinem geistigen Auge, doch ich senkte lediglich den Blick.

»Woher kommt ihr?« fragte Gahrazel.

»Von nirgendwo«, antwortete sie mit klarer hoher Stimme. »Wir haben nichts, das wißt ihr. Für die Varrs sind wir gar nichts!«

»Die Gelaminger!« sagte der andere Mensch, ein Mann, plötzlich. Die Frau drehte sich zu ihm um und bearbeitete ihn mit ihren Fäusten.

»Halt den Mund!« rief sie. Keuchend rückte der Mann von ihr ab.

»Sie werden uns umbringen«, sagte er und zeigte mit zitternder Hand durch den Zaun auf uns.

»Werdet ihr das tun?« fragte das Mädchen und preßte das Gesicht an die Latten.

»Möglich!« Die Wachen lachten laut.

»Ach, wir sind überhaupt nichts!« schrie sie und rüttelte am Zaun.

»Die Bestie wird kommen! Die Bestie wird kommen!« kreischte ihr Gefährte wie verrückt.

»Genug jetzt!« Einer der Wachposten schlug mit seiner Waffe gegen den Zaun. Die Menschen zischten wie Tiere und zogen sich ein paar Schritte zurück.

Eine Flasche Sheh landete auf der Erde zu ihren Füßen. Es überraschte mich, daß der Wachposten Wort gehalten hatte. Die Frau bückte sich, hob die Flasche auf und wischte sie sorgfältig an ihrem zerfetzten Kleid ab. Mit offenem Mund stand ich an den Zaun gedrückt. Ich sagte: »Frau.« Sie sah mich an. »Wie heißt du?« fragte ich.

Sie nickte kaum merkbar und lächelte. »Bryony.« Sie und ihr Gefährte gingen wieder zum Feuer.

»Wartet!« rief ich. Ihre bleichen Gesichter starrten mich aus der Dunkelheit an, aber sie kamen nicht zurück zum Zaun. Ich hätte sie gern gefragt: Wie sehr haßt ihr uns? Wie sehr? Irgend etwas Dummes in dieser Art. Ich wollte, daß sie etwas Böses zu mir sagen, ich wollte ihnen erklären: ›Ich bin anders als ihr!‹ Aber sie gingen weiter.

Gahrazel legte mir die Hand auf die Schulter. »Die Wächter heißen Leef und Chelone«, sagte er. »Sie haben noch Sheh in ihren Zimmern, und sie werden gleich abgelöst. Dann haben sie dienstfrei. Komm mit.«

»Nein, ich glaube, wir sollten jetzt heimgehen«, entgegnete ich unsicher.

Gahrazel lachte. »Soll das ein Scherz sein? Dann geh allein zurück! Mein Abend ist noch nicht zu Ende!«

Er wußte, ich würde nicht allein zurückgehen.

Ihre Zimmer befanden sich in einem Haus, das sie mit anderen Hara teilten. Ein prachtvolles Wesen, gekleidet in Blau und Gold, öffnete uns die Tür. Sein Gesicht war stark geschminkt, und um den Hals und an den Ohren trug es schwere Schmuckstücke. »Der Schlag, aus dem Träger gemacht sind!« flüsterte Gahrazel mir zu. »Nur das Allerbeste für die Soldaten deines Vaters!«

Wir bekamen Sheh in Kristallgläsern angeboten. Der

wildbemalte Har servierte die Drinks und verließ dann den Raum. Es war ein kostbar und mit jedem nur erdenklichen Luxus ausgestatteter Salon. Ich wollte um jeden Preis nach Hause gehen, war aber zu verängstigt, um irgend etwas ohne Gahrazel zu tun. Chelone schnürte seine Ledersachen auf und schüttelte die Knitterfalten aus dem Leinenhemd, das er darunter trug. »Mir ist heiß«, sagte er, »später dann muß ich das hier auch ausziehen.« Er strich sich über die schwarzledernen Schenkel, und Gahrazel lachte. Leef hieß mich setzen, und ich balancierte auf der Kante eines Stuhles. Ich hatte das Gefühl, Eindringling zu sein in diesem Raum. Ich war hier fehl am Platz, und der Raum wußte es, bloß die Wächter wußten es nicht. Leef fragte mich nach meinem Alter, und ich sagte es ihm. Über die Schulter warf er Gahrazel, der neben Chelone auf dem Sofa saß, einen Blick zu und wandte sich wieder an mich: »Wo wohnt ihr denn?«

»Ich … irgendwo …« Hilflos zuckte ich die Achseln. Zu diesem Zeitpunkt hatte ich bereits viel mehr Angst vor Terzians Zorn als davor, was die Soldaten mir antun könnten. Ich konnte an nichts anderes denken, als daß diese Fremden Terzian alles berichten würden, was wir getan hatten. Zitternd vor einer Kälte, die ich nicht spürte, trank ich etwas Sheh. Er war schärfer als der, an den ich gewöhnt war. Als ich mich leicht zusammenkrümmte, nahm Leef mir das Glas aus der Hand.

»Ich glaube, du bist zu jung, um mit fremden Hara Sheh zu trinken«, sagte er.

Warum müssen sie uns immer auslachen? dachte ich wütend.

Leef lehnte sich an die Wand und starrte auf mich. Meine Gliedmaßen fühlten sich riesengroß an. Ich kenne doch den Weg zurück, dachte ich, es gibt keinen Grund, weshalb ich hier bleiben sollte. Ich kenne den Weg. Ich lasse Gahrazel allein. Doch die Tür schien hundert Meilen weit entfernt.. Als ich aufstand, legte Leef mir die Hand auf den Arm, und in meinem Herzen wurde die Besorgnis zu Entsetzen. Ich war noch so jung, aber würde er diesem Umstand Beachtung schenken? Fleisch, das zerschnitten wurde... Verzweifelt sah ich zu Gahrazel hinüber, aber er bemerkte es nicht, denn er hatte die Arme um Chelones Hals geschlungen und ihm die Lippen auf den Mund gepreßt. Mir wurde fast übel, wenn ich die beiden ansah. Leefs Finger glitten unter mein Haar. Ich erstarrte.

»Du fürchtest dich«, stellte er fest. »Das brauchst du nicht.« Er versuchte, mich an sich zu ziehen, und ich konnte ihm keinen Widerstand leisten, denn er war viel stärker als ich. Meine Wange an seiner Brust, mein Körper zitternd unter seinen Händen, die mir über den Rücken strichen, sagte ich die einzigen Worte, die mich retten konnten: »Ich bin Swift. Ich bin Terzians Sohn.«

Leef zögerte einen Moment lang, ehe er mich im wahrsten Sinn des Wortes von sich stieß. »Terzians Sohn!« Er verdrehte die Augen nach oben. »Wissen sie daheim, wo du bist?«

»Nein«, sagte ich kläglich, den Tränen nahe. »Nein!« Ich hätte gern wild geknurrt und mich eiligst davongemacht, doch gefangen in meiner eigenen Scham, schaffte ich es nur, mich langsam zur Tür zurückzuziehen.

Leef sah mir abwägend dabei zu. Dann schüttelte er den Kopf und griff nach der Shehflasche. Meine Finger glitten über die glatte Oberfläche der Tür, und im nächsten Moment stand ich in der Halle. Ich lief zum Ausgang und hinaus ins Freie, schnappte nach der frischen Luft und rannte davon, als wären mir Höllenhunde an den Fersen. Jemand schrie etwas aus dem Gehege der Menschen, als ich daran vorbeihastete, und ich denke, einer der Wachposten sprang auf, doch dann hörte ich nichts mehr als grausames Gelächter und blickte in den dunklen Tunnel der Allee, die nach Immerdar zurückführte. In meinem Hirn kreiste der Gedanke: Was wäre gewesen, wenn… Was wäre gewesen…?

Nach einer halben Meile schmerzte mir die Brust, und ich wechselte zu einer langsameren Gangart über. Verdammter Gahrazel! grollte ich vor mich hin. Nie wieder rede ich ein Wort mit ihm! Niemals wieder! Kurz darauf hörte ich das Klappern von Hufen hinter mir auf dem Schotter und huschte zwischen die Bäume, die die Straße säumten. »Keiner kann mich hier sehen!« sagte ich mir leise vor. »Keiner kann mich hier sehen!« An einem Baum lehnend blickte ich nach oben durch das schwankende Geäst zu den Sternen und zum dunklen Himmel. Da oben sind Augen, dachte ich und spürte, wie mir eine warme Träne aus dem Augenwinkel rollte. Bin ich in Sicherheit? dachte ich. Bin ich wirklich sicher hier? Wie weit ist es noch nach Immerdar? Werde ich irgend jemandem begegnen? Als das Pferd den Schritt verlangsamte und leise schnaubte, ließ ich mich auf die Knie fallen und preßte das Gesicht an den Baumstamm. Werde ich sterben? dachte ich. Jemand ergriff meine Schulter, und ich fuhr herum, fauchte wütend und schlug mit den Fäusten um mich.

»He!« schnauzte mich die Gestalt an, und da wußte ich, daß es Leef war, daß er mir gefolgt war, und – Terzians Sohn oder nicht – da, wo ich mich befand, herrschte stockdunkle Finsternis, ich war allein und hilflos, und wenn ich erst einmal tot wäre, könnte ich nicht mehr reden.

»Greif mich nicht an!« kreischte ich.

»Dann hör auf, mich zu prügeln!« lachte Leef. »Hör auf! Wenn du wirklich derjenige bist, der du zu sein behauptest, dann hast du doch nichts zu befürchten, oder?« Seine Stimme klang überhaupt nicht bedrohlich, also hörte ich auf, nach ihm zu schlagen.

»So ist es besser«, sagte er. »Ich nehme an, Terzian, mein Herr, wüßte es mir nicht zu danken, wenn ich seinen Sohn ganz allein durch die Straßen von Galhea streifen ließe, stimmt's?« Er nahm meine Hände in die seinen. »Komm, ich begleite dich nach Hause.«

»Sag es ihm nicht!« schrie ich auf und zog die Hände weg. »Bitte nicht!«

Wieder lachte er. »Es könnte mir gefährlich werden, wenn ich es nicht tue«, meinte er realistisch. »Wenn das jemals ans Tageslicht kommt... nun ja!«

»Das wird es nicht!« jammerte ich verzweifelt. »Bitte, es wird nicht herauskommen! Laß mich nur einfach in Ruhe! Geh weg! Vergiß, daß du mich gesehen hast! Bitte!«

Er überlegte kurz und sagte dann mit scharfer Stimme: »Sei nicht dumm, steig aufs Pferd.« Als ich mich nicht rührte, seufzte er. »Also gut – gut! Ich werde niemandem etwas sagen. Kein Sterbenswörtchen. Aber komm jetzt mit. *Bitte!*«

Er setzte mich vor sich auf den Sattel, und wir galoppierten die Straße entlang, während die Bäume nur so an uns vorbeisausten. An den Toren von Immerdar sagte er: »Welcher Teufel hat dich denn da geritten, daß du auf diese Idee kamst?«

»Ich wollte nur die Menschen sehen«, antwortete ich. »Vater wollte es mir nicht erlauben.«

Seine Hand legte sich ein wenig fester um meine Mitte. »Menschen, ja? Na, dein Freund interessierte sich nicht sehr für sie. Er interessierte sich viel mehr für Chelone.«

»Ja«, nickte ich.

»An deiner Stelle würde ich nicht nachts mit ihm herumstreifen«, meinte er. »Zumindest in nächster Zeit nicht... Du meine Güte, Terzians Sohn! Du hast wirklich Mut!«

»Nein«, murmelte ich. »Kann ich jetzt absteigen?«

Er zögerte kurz und sagte dann: »Wie schade. Also, runter mit dir!« Als ich wieder auf dem Boden stand, fügte er hinzu: »Ich bleibe noch ein bißchen hier und passe auf, okay?«

Ich nickte, und weil ich mich wieder auf sicherem Grund befand, erinnerte ich mich an eine Frage, die mich beschäftigte: »Die Menschen – werden sie umgebracht?«

»Umgebracht? Das bezweifle ich. Zumindest jetzt noch nicht. Wir brauchen die Arbeitskraft.«

»Die Arbeitskraft?«

»Eine nette Umschreibung für Sklaverei«, sagte er. »Aber denk nicht daran. Geh jetzt hinein. Los.«

Ich bedachte ihn mit einem schiefen Lächeln. »Danke, Leef«, sagte ich und schlüpfte durch das Gartentor von Immerdar. Bald verschwand er hinter den dunklen Ästen der Bäume. Zweimal sah ich zurück. Ich hörte zwar das Pferd schnauben und stampfen, aber Leef konnte ich nicht mehr sehen.

Am nächsten Morgen ging ich sehr früh in die Küche. Yarrow war überrascht, mich vor dem Frühstück zu sehen, das schon vorbereitet war und nur darauf wartete, im Eßzimmer aufgetragen zu werden. Yarrow selbst beschäftigte sich bereits mit dem Mittagessen. »Yarrow«, begann ich und ging um den riesigen abgenutzten Tisch herum, »ich habe dich schon so oft klagen hören, daß du nicht genügend Hilfe in der Küche hast! Immer jammerst du, daß das Haus nicht so gut in Schuß gehalten wird wie nötig.« Yarrow sah mich mißtrauisch an, ohne beim Schneiden von Gemüse innezuhalten, was ihm mit Lichtgeschwindigkeit von der Hand ging.

»Und was geht dich das an?« fragte er.

Ich zuckte gleichgültig die Achseln und beobachtete ihn genau. »Oh, eigentlich gar nichts. Es ist mir nur so eingefallen. Ich sorge mich eben um dich.« Ich holte mir ein Stück rohe Kartoffel von seinem Brett und knabberte nachdenklich daran herum. »Yarrow?«

»Was denn schon wieder?« Er hörte auf zu schneiden und strich sich das Haar zurück, das er immer hinten festzubinden versuchte, ausnahmslos ohne Erfolg.

»Ich möchte, daß du etwas für mich tust.«

»Etwas tue ...?« echote Yarrow argwöhnisch.

»Was hältst du von Menschen?« Ein Privileg unseres Kochs war, daß er praktisch jedem Mitglied des Haushalts, Terzian bis zu einem gewissen Ausmaß inbegriffen, seine Meinung sagen durfte. Cobweb meinte, das komme daher, weil Yarrow ein Künstler war und der beste Koch, den wir uns je erhoffen konnten. Er war jung und betrank sich manchmal sehr, doch selbst wenn er unsere Geduld gelegentlich arg beanspruchte, hörte unser Magen nie auf, ihn zu lieben. Jetzt wurden seine grünen Augen zu schmalen Schlitzen und er fragte: »Warum?«

»Falls sich die Gelegenheit ergäbe, ließest du sie für dich arbeiten?« erkundigte ich mich vorsichtig.

Yarrow seufzte und widmete sich wieder dem Gemüseschneiden. »Gefällt mir diese Fragerei? Ich denke, nein.«

»Aber *tätest* du es?« beharrte ich.

»Was meinst du damit? Speisen zubereiten?« Er verzog die Nase. »Nein, das glaube ich nicht. Äßest du es dann? Sie sind anders als wir. Bei der Hausarbeit – ich weiß nicht. Angeblich sind sie nicht sehr vertrauenswürdig, und auch die Tatsache, daß sie uns Wraeththu verabscheuen, muß man in Betracht ziehen. Weshalb, Swift? Was soll das alles?«

Ich ließ ihn erst hoch und heilig schwören, niemandem etwas davon zu sagen, damit ich mich auf ihn verlassen konnte, und dann erzählte ich ihm von den Menschen in der Stadt, daß man sie möglicherweise töten würde und daß er meinen Vater dazu bringen sollte, zwei von ihnen ins Haus holen zu lassen. »Es gibt nur eine Person, die in einer Sache wie dieser seinen Willen bei Terzian durchsetzen kann, und das bist du«, stellte ich fest.

Yarrow fühlte sich geschmeichelt. »Mmm, schon möglich. Bist du sicher, daß du nicht lieber noch ein Kuscheltier haben möchtest? Mareta wird bald wieder Junge haben. Wären nicht ein zweites Kätzchen oder noch ein Hund problemloser als Menschen?«

»Ich will sie nicht als Kuscheltiere haben«, erklärte ich. »Sie tun mir bloß leid.«

»Tatsächlich? Das ist beunruhigend, Swift. Wieso hast du sie überhaupt zu Gesicht bekommen? Woher weißt du von ihnen?.«

Ich lächelte und schüttelte den Kopf. »Ich weiß es einfach, basta. Wirst du es tun?«

»Es sind Kinder?«

»Ja… na ja, nicht besonders alt jedenfalls.« Ich ging wieder um den Tisch herum und legte die Arme um ihn. »Yarrow, wenn du das tust, werde ich dich ewig lieben, das verspreche ich!«

»Ha! Mich lieben, ja?« Er lachte, und da wußte ich, er war einverstanden.

»Eines von ihnen heißt Bryony«, sagte ich. »Der Wachposten wird wissen, wer es ist. Der Name des Wächters ist Leef.«

»Leef!« brach es aus Yarrow hervor; offensichtlich war ihm Leefs Ruf besser bekannt als mir. »Swift, was hast du angestellt?«

»Pst«, machte ich. »Nichts! Such meinen Vater nach dem Frühstück auf, Yarrow. Ich werde ganz besonders wohlerzogen sein, das macht ihn weich.«

Es war ein Beweis für Yarrows Überzeugungskunst und für meines Vaters Sorge, ihn zu verstimmen, daß zwei Tages später Yarrow und zwei seiner Leute sich in die Stadt begaben, um dort menschliche Sklaven auszusuchen, die in Immerdar arbeiten sollten. Mich bedrückte der Gedanke, daß Leef möglicherweise nicht behilflich sein würde; schließlich könnte er fürchten, mein Vater würde entdecken, daß er in finsterer Nacht mit mir geredet und mich für älter gehalten hatte, als ich war, ehe er während unseres gemeinsamen Rittes nach Hause seine warmen Hände um meine verbotene Mitte gelegt hatte. Vielleicht hatte er zu Yarrow gesagt: ›Terzians Sohn? Worüber redest du eigentlich?‹ Und hatte dazu gelacht. Ich hielt das für einigermaßen wahrscheinlich, und dann brächte Yarrow vermutlich die falschen Menschen mit. Obwohl es nicht von Wichtigkeit war – ein Akt der Barmherzigkeit war ein Akt der Barmherzigkeit, wer auch immer daraus Vorteile zog, aber ich war eben besonders interessiert an diesen beiden.

An den vergangenen Tagen hatte ich Gahrazel vollkommen ignoriert, und Moswell und Swithe konnten sich keinen Reim darauf machen. Am Morgen nach unserem nächtlichen Abenteuer hatte Gahrazel gesagt: »Hör mal, Swift, tut mir ehrlich leid, daß…« Aber ich hatte ihn nicht ausreden lassen und war mit hocherhobenem Haupt davongegangen.

Cobweb fragte: »Hast du mit Gahrazel gestritten, Swift?«

Ich zuckte nur die Achseln und sagte: »Er hat sich verändert.«

Cobweb lächelte und legte mir die Hand auf das Haar. »Mein armer kleiner Swift«, sagte er und kehrte zu seiner Malerei zurück.

Eines Abends besuchte ich Cal in seinem Zimmer und erzählte ihm die ganze Geschichte, obwohl er noch abgespannter als sonst aussah. Er lachte: »O Swift, welche Umstände! Welche Geheimnistuerei! Hättest du mir gesagt, daß du Menschen sehen willst, dann wäre ich mit dir hingegangen, und zwar am hellichten Tag!« Und ich dachte, natürlich, warum bin ich nicht selbst darauf gekommen?

»Cal, magst du meinen Vater?« fragte ich. Ich wußte, er wäre mit mir nach Galhea gegangen, weil es ihm völlig gleichgültig war, was Terzian darüber dachte.

»Dein Vater ist ein sehr komplizierter Har«, antwortete Cal ausweichend.

»Aber magst du ihn?«

»Mögen… mögen…« Cal tippte sich mit dem Ende eines Bleistiftes an die Lippen und überlegte mit Augen, die wie Kohlen in den zerfurchten dunklen Höhlen glommen. »Ich denke schon, daß ich ihn mag. Jedenfalls ist er mir nicht zuwider. Reich mir doch bitte diesen grünen Stift dort, Swift.«

»Kann ich lesen, was du geschrieben hast, Cal?«

»Nein«, sagte er.

Yarrow sprach mit mir über die Menschen. »Ich habe ihnen gesagt, wenn sie versuchen wegzulaufen oder nicht fleißig arbeiten, dann schneidet Ithiel ihnen den Hals durch«, erklärte er. »Sie heißen Peter und Bryony, und sie sind Bruder und Schwester.« Er erzählte mir auch, daß die Hausangestellten samt und sonders sehr angetan waren von den Neuankömmlingen, denn das bedeutete, daß diesen von nun an die unangenehmsten und schwersten Arbeiten zufallen würden.

Ich fragte mich, ob die Menschen sich wohl freuten, daß man sie vor dem Tod errettet oder ihnen erspart hatte, für jemand Erbarmungsloseren als Yarrow arbeiten zu müssen, der zwar von seiner Brigade vollen Einsatz verlangte, jedoch nie absichtlich grausam war. Aber natürlich konnte ich mir vorstellen, daß er Menschen anders behandeln würde. Als sie ankamen, setzte Terzian beim Abendessen alle davon in Kenntnis. »Yarrow benimmt sich merkwürdig«, sagte er. »Er hat mich um menschliche Sklaven gebeten! Cobweb, hältst du es für möglich, daß die letzte Lieferung Sheh nicht in Ordnung war?«

Gahrazel sah mich mit einem wissenden Blick an, während alle übrigen artig über Terzians Scherz lachten. Cal merkte, wie ich rot wurde, und sagte: »Also, Terzian, das zerstört mir eine Illusion! Da dachte ich wirklich, daß das einzige menschliche Wesen, das du in deiner erlauchten Gegenwart dulden würdest, ein totes menschliches Wesen sei!«

Terzians Auflachen nach Cals Worten klang irgendwie gezwungen, und Cobweb gönnte ihm nicht einmal ein Lächeln.

»Ach, du weißt ja, wie Yarrow ist«, sagte Terzian. »Wir lassen ihm seine Launen. Zweifellos wird er es bald satt haben, die beiden mühsam auszubilden, und sie umgehend hinauswerfen.«

»Demnach müssen wir in Zukunft alles Fleisch, das uns serviert wird, sorgfältig prüfen«, stellte Cobweb ungerührt fest, und ich bemerkte, daß Cal ihn ansah. Sprach Cal wohl je das aus, was er wirklich dachte? fragte ich mich.

Einige Tage später wurde Vater von Ponclast nach Norden berufen, und wir alle freuten uns über die ruhigen Wochen, die vor uns lagen. Ich fand heraus, daß die Menschen ganz ansehnlich aussahen, sobald sie gesäubert waren. Gutes Essen und ein geregeltes Leben würden den Rest tun. Ich war froh, daß sie mich nicht wiederzuerkennen schienen, und Yarrow fand mit einemmal Aufgaben für sie, die schon seit Ewigkeiten erledigt werden sollten. Da gab es einen Schrank voll Tisch- und Bettwäsche, die geflickt werden mußte, und sämtliche Silbersachen warteten seit langem auf jemanden, der sie sorgfältig polierte. Die Regale mit den getrockneten Kräutern mußten beschriftet werden; die Liste war endlos. Manchmal hörten wir Bryony bei der Arbeit singen – diesen sonderbaren, hohen, weiblichen Tonfall. Vielleicht waren die beiden gar nicht so unglücklich. Einmal, als ich in die Küche kam, hatte sie Mareta auf dem Schoß und schälte Kartoffeln dabei (also hatte Yarrow eingelenkt, was die Zubereitung der Speisen betraf). Sie blickte auf und sagte: »Du bist einer von den reinblütigen Wraeththu, das sieht man deutlich.« Nach einem Moment fügte sie hinzu: »Die Varrs leben ganz anders, als wir dachten.«

Ich war verblüfft, daß sie es wagte, mit mir zu sprechen – noch dazu ohne jede Scheu. »Und wie, dachtest du, leben wir?«

»Na, wir haben gedacht, wenn Mord und Totschlag euer einziges Metier ist, dann würdet ihr leben wie die Schweine.«

»Du hast keine Angst vor uns, nicht wahr?«

»Nein«, antwortete sie, »ich habe vor nichts und niemandem mehr Angst. Aber dieses Haus ist ohnedies ein Palast, und ihr kommt mir vor wie Märchengestalten. Peter und ich hielten Cobweb anfangs für eine Frau. Was glaubst du – werden sie auch meinen Bruder der Initiation unterwerfen?« Sie warf mir ein strahlendes Lächeln zu.

»Weiß ich nicht.« Ich hatte keine Ahnung, wovon sie sprach. »Dir scheint es nichts auszumachen, hier zu sein, oder?«

»Nein, es macht mir nichts aus. Ist es nicht komisch? Unsere Peiniger erweisen sich jetzt als unsere Retter. Trotzdem war es dumm von uns, uns einfangen zu lassen. Der Winter macht Dummköpfe aus uns.«

»Wohin wart ihr denn unterwegs?«

Sie zögerte mit der Antwort. »Oh, Richtung Süden«, sagte sie schließlich.

»Gibt es noch Menschen im Süden?«

»Nicht viele.« Sie war fertig mit den Kartoffeln und trug sie hinüber zur Spüle. Es sah so natürlich aus, wie die Sonnenstrahlen durch das Fenster auf ihr Gesicht fielen und im Wasser aufblitzten, das ihr über die Hände rann – als hätte sie schon immer hier, in diesem Menschenhaus gelebt, das die Wraeththu sich angeeignet hatten. Ihr Gesicht glänzte, und sie schüttelte das Haar zurück. »Du siehst deinem Vater gar nicht ähnlich«, sagte sie. (Dann hatten sich die beiden also schon erkundigt, wer ich war.)

»Alle sagen, ich sehe meinem Träger ähnlich«, antwortete ich, ohne zu wissen, worauf sie hinauswollte.

»Träger«, sagte sie und lachte auf. »Ich kann mich gar nicht mehr an meine Mutter erinnern. Es muß seltsam sein, zwei Väter zu haben.«

»Habe ich gar nicht. Ich habe einen Vater und einen Träger.«

»Ja, ich weiß. Es ist nur so, daß für uns die Wraeththu eher wie Männer aussehen. Sonderbare Männer, wie eine Mischung aus Engeln, Teufeln und Kobolden. Manche sind Engel, manche sind Teufel. Im Norden jedenfalls gibt es mehr Teufel als Engel, das ist einmal sicher!« Sie trug die gewaschenen Kartoffeln zurück zum Herd und ließ sie in eine große Pfanne kollern.

»Das hier war einmal ein Menschenhaus«, sagte ich.

»Das hier war einmal eine Menschenwelt«, entgegnete sie. Ich konnte mir vorstellen, daß Cobweb das sagte.

»Ich glaube nicht, daß wir so verschieden sind von euch«, stellte ich fest.

»Vielleicht nicht, aber das solltet ihr wohl sein. Unser Vater – er hieß Steven – meinte, die Wraeththu wären nur deshalb entstanden, weil Männer und Frauen verlernt hätten, die Augen ordentlich offenzuhalten. Ich war damals noch klein und verstand den Sinn nicht. Er sagte das in der Kirche, und hinterher waren alle böse auf ihn, und dann kamen die Wraeththu und nahmen uns allen unsere Häuser weg. Sie brachten nur die um, die Widerstand leisteten; sie gehörten keinem sehr kriegerischen Stamm an. Mein Vater hat mit den Wraeththu gesprochen, er wollte Antworten haben, und deshalb bewarfen uns die Leute gelegentlich mit Steinen. Doch es war alles nicht so schlimm, bis die Varrs auf ihren schwarzen Pferden kamen und die Wraeththu untereinander zu kämpfen begannen. Dann geschah so viel… und da wußten wir, daß wir uns aus dem Staub machen mußten.«

»Die Wraeththu bekämpften *einander?*« fragte ich ungläubig.

Sie sah mich sonderbar an. »Ja. Ja, gewiß! Die Varrs bringen doch nahezu alles um, oder?«

»Nicht hier.«

»Nun, hier seid ihr ja auch alle Varrs, nicht wahr? Und ich nehme an, du bist eine Art Prinz und hast noch überhaupt niemanden umgebracht, stimmt's?«

»Cobweb hat gesagt...«, begann ich und konnte nicht weiterreden. Ich hatte sagen wollen, daß Cobweb das Töten für eine von extrem bösem Zauber umgebene Handlung hielt, für die ich teuer zu bezahlen hätte, falls ich mich jemals dazu hinreißen ließe. Schon sich zu wünschen, jemand sei tot, war eine schlimme Sache. Aber ich konnte das nicht sagen, weil Bryony gesehen hatte, wie Wraeththu Wraeththu töten und Wraeththu Menschen töten, und daher erübrigte sich jedes weitere Wort. Bryony hatte das alles mit eigenen Augen gesehen, und dennoch konnte sie singen und glücklich sein. Sie hatte kein wirkliches Zuhause und den Großteil ihrer Familie verloren, und dennoch lächelte sie. Sie mußte eine sehr starke Person sein.

»Swift«, fragte sie, »können wir Freunde sein?«

Überrascht sah ich hoch. »Kennst du denn deine Stellung nicht?« fragte ich mit scharfem Tonfall, jedoch nicht wirklich ungehalten, nur verblüfft.

Sie nickte. »Ja, ich kenne meine Stellung, aber ich weiß auch, daß ich dir mein Leben verdanke. Und deshalb kann ich dir diesen Vorschlag machen.«

»Du hast mich also wiedererkannt?«

Sie lächelte. »Wie nicht? Als ich dich zum erstenmal erblickte, sah ich ein Mädchen und einen Jungen, deren Bilder sich überlagerten, mit den schönsten Augen, in die ich je geschaut hatte. Ich habe deine Scham gespürt. Als du mich nach meinem Namen fragtest, da wußte ich es. Ich mußte nur warten. Und dann kam Yarrow. Dafür möchte ich dir danken. Wir hätten nie gedacht, so weit im Norden jemanden wie dich zu finden.«

Ich war zu verlegen, um zu sprechen.

»Freunde?« fragte sie.

Ich nickte. »Bryony, was ist die Bestie?«

Ihre Miene umwölkte sich. »Was meinst du damit?«

»Dein Bruder hat von der Bestie gesprochen, als wir uns zum erstenmal sahen. Er sagte: ›Die Bestie wird kommen!‹ Was wollte er damit sagen?«

Sie sah mich scharf an, und ich merkte, daß sie nicht antworten wollte. »Es ist einfach das Böse«, sagte sie.

Aber es war viel mehr als das, und erst viel später lernte ich die volle Bedeutung kennen.

Eines Tages kam Ithiel zusammen mit einigen Hara nach Hause, von denen einer Leef war. Wir hatten Frühsommer, und das Wetter war schon recht warm. Ich wußte nicht, woher sie kamen oder was sie in Immerdar wollten, jedenfalls waren sie alle ziemlich staubbedeckt. Leef wusch sich mit nacktem Oberkörper an der Pumpe bei den Stallungen, als Gahrazel und ich, gefolgt von Swithe, nach beendetem Unterricht auf dem Weg zum Tee ins Haus waren. Ich blieb stehen und sah Leef an, fasziniert von seinem sonnengebräunten schlanken Körper. Er spurte, daß er beobachtet wurde, und hob den Kopf. »Ah, du bist es!« rief er. »Hast du dich in letzter Zeit wieder einmal unters gemeine Volk gemischt?«

Ich sah mich nervös um, aber die anderen waren schon ins Haus gegangen, und niemand hörte uns. Ich hätte so gern mit ihm gesprochen, aber mir fiel überhaupt nichts ein, was ich ihm hätte sagen können; es war sehr merkwürdig.

»Habt ihr immer noch diese Menschen hier?« fragte er, und ich nickte.

»Ja. Ich verstehe das nicht, sie scheinen mir recht glücklich zu sein.«

Leef lachte auf nicht sehr angenehme Art. »Warte nur, bis du die Welt draußen zu Gesicht bekommst, Sohn des Terzian. Vielleicht wirst du es dann nur zu gut verstehen!«

Ich wünschte mir, es wäre nicht immer derart offensichtlich, daß ich so wenig von der Welt wußte. Kaum fühlte ich mich stark, geschah es schon, daß jemand mich zum Narren machte, und das hielt mich in einem kindlichen Stadium fest. Ich wollte Erfahrung. Auch ich wollte aufstehen und zu irgend jemandem sagen können: »Oh, eines Tages wirst du es schon verstehen.« Selbstgefällig und überzeugt von meinem ganz persönlichen Wissensschatz. Ich war die einzige mir bekannte Person, die das nie konnte.

Leef zog sich das Hemd wieder an, ließ es aber offen. Zu dieser Zeit war es Mode bei Terzians Garde, das Haar im Nacken lang und oben auf dem Kopf kurz zu tragen. Mit einer Grimasse zog Leef das Band aus dem Haar und schüttelte es aus. Ich fragte mich, ob es wohl ein Zeichen meines Heranwachsens war, daß er mich so faszinierte. Doch wenn ich meinen Phantasien freien Lauf ließ, dann war ich jedenfalls zu jung, um sie auszuleben, und zu dem Zeitpunkt, da ich alt genug dafür sein würde, würde er entweder nicht mehr da sein oder mich weiterhin als spindeldürren Harling sehen... In jenen Tagen schienen mir beunruhigende Gedanken wie dieser mit unkontrollierbarer Regelmäßigkeit durch den Kopf zu schießen.

Leef beachtete mich nicht weiter. Ich sagte: »Einer von den Menschen hat mir erzählt, daß oben im Norden Wraeththu gegen Wraeththu kämpfen. Ist das wahr?«

»Warum fragst du nicht deinen Vater?« erwiderte er, und plötzlich war ich von einer mir unverständlich tiefen Scham erfüllt, so daß ich mich auf der Stelle umdrehte und zum Haus rannte.

An jenem Abend kam Cal nicht zum gemeinsamen Abendessen. Nach der Mahlzeit ging ich zu ihm ins Zimmer und fand ihn auf dem Bett liegend und zur Decke starrend vor. »Was ist denn los mit dir?« erkundigte ich mich. »Willst du nichts essen?« Er wandte mir das Gesicht auf seine träge Cal-Art zu und sah mich mit seinem trägen Cal-Blick an.

»Ich glaube, mir geht es nicht besonders gut«, räumte er ein. Ich setzte mich neben ihn auf das Bett und legte ihm die Hand auf die Wange. Er zuckte so leicht zusammen, daß ich es kaum merkte.

»Tut dir etwas weh?«

»In meinem Kopf ist es schwarz«, sagte er.

»Ich könnte dir vorlesen«, machte ich mich schonungsvoll erbötig.

Er seufzte. »Nein ...«

Ich wollte nicht weg von ihm. Für mich war er eine Art verletztes wildes Tier, das man ins Haus gebracht hatte. Ich verstand ihn nicht, es schien unwahrscheinlich, daß wir ihn erfolgreich behandeln konnten, er gehörte nicht wirklich hierher, und dennoch wollte ich nicht die Tür öffnen und ihn hinauslassen. Irgendwo in meinem Inneren war ich der Überzeugung, daß nur das, was draußen ist, ihm Heilung bringen konnte: doch ich hatte nicht ganz recht.

Inspiriert von einer Erinnerung an eine Kinderkrankheit sagte ich: »Dreh dich um.«

»Wozu?«

»Wirst du schon sehen. Cobweb hat das immer getan, wenn ich mich nicht wohl fühlte.«

Widerstrebend und mit einem weiteren Seufzer drehte er sich auf den Bauch, und ich zog sein Hemd aus dem Hosenbund und schob es ihm bis über die Schultern hoch. Er lachte und sagte: »Swift?«

»Schsch, hör z! Ich erzähle dir ein Märchen.« Seine Haut war heiß unter meinen Fingern, als ich anfing, ihm eine Geschichte von geheimnisvollen Wesen zu erzählen, die im Finstern lebten und sich von Holz und Erde ernährten.

»Hassen sie das Licht?« fragte Cal schläfrig.

»Aber sicher!« antwortete ich. »Hier ist der große Stein, mit dem sie den Eingang zu ihrem Tunnel blockieren.«

»Dann ist es meine Geschichte, die du erzählst!«

»Nein, es sind häßliche Wesen. Sie haben keinen Sinn für Humor, und sie können nicht schreiben.«

»Wonach beurteilst du eigentlich Häßlichkeit?« fragte Cal, drehte sich halb herum und sah mich an.

Ich zuckte die Achseln. »Weiß ich nicht. Wenn man es nicht leiden kann, etwas anzusehen, denke ich. Oder noch schlimmer.«

Cal schüttelte den Kopf. »Nein. Wahre Häßlichkeit kann man nicht sehen«, murmelte er, und seine Augen sahen durch mich hindurch. »Sie liegt im Inneren. Sie liegt immer im verborgenen.« Unsere Augen trafen sich. »Immer.«

»Cal ...«, sagte ich leise, und er antwortete: »Nein, nein«, ebenso leise. Was wollte er leugnen? Er sah benommen drein, fast fiebrig, und drehte den Kopf unentwegt von einer Seite zur anderen.

»Was kann ich für dich tun?«

»Ich werde angegriffen.«

»Wieso angegriffen? Es ist doch niemand hier!«

»Es ist niemand hier. Schau! Schau!«

Ich dachte daran, Swithe, ja selbst Gahrazel zu holen, weil ich plötzlich Angst hatte. »Was ist denn, Cal? Was ist los?« Ich schüttelte ihn, und seine Hand kroch unter das Kissen.

»Ich werde angegriffen«, sagte er und zog etwas hervor, um es mir zu zeigen. Eine Karte. Auf der Karte ist jemand zu sehen, der mit dem Gesicht nach unten im Schlamm liegt und von zehn Dolchen durchbohrt wird. Eine Zauberkarte und ein Unheilbringer. Nur eine Person hätte diese Karte dorthin getan. Ich nahm sie Cal aus der Hand und zerriß sie. Er sah mir teilnahmslos dabei zu. Wir sprachen nichts. Sein Gesicht begann zu zucken, und er preßte es in das Kissen. Seine Stimme klang undeutlich, als er murmelte: »Erzähl mir noch ein Märchen, bis ich einschlafe.«

Tags darauf hatten wir keinen Unterricht, denn es war das Wochenende, und so gingen Gahrazel und ich in den Park, um zu plaudern. Ich hatte ihm schließlich den

Vorfall in Galhea verziehen, obwohl ich ihm sein Benehmen immer noch in einer Art prüdem Mißfallen nachtrug. Doch wir sprachen nie darüber. Es war ein seltsamer Tag, heiß und bedrückend. Einer jener Tage, die einen unruhig machen, und ich schmeckte ihn ganz genau: er schmeckte salzig und sauer. »Wir werden bald ein Gewitter bekommen«, sagte ich.

Gahrazel rollte sich im Gras auf den Rücken, und er sah herrlich und wild aus und so, als hätte er eine Menge Heimlichkeiten. Manchmal konnte ich meine Eifersucht auf ihn nicht beherrschen, obwohl unser Verhältnis seit seiner Feybraiha kaum verändert schien.

»Ich möchte mich strecken und strecken und strecken!« rief er.

»Du!« prustete ich ärgerlich. »Du hast wohl alle Geheimnisse dieser Welt gepachtet!«

Er lachte und setzte sich auf. »Wenn du erwachsen bist, wirst du ein zweiter Cobweb sein!« stellte er fest.

»Ach so? Weil aus mir ein prachtvolles dunkles Geschöpf wird oder weil ich leicht verrückt sein werde?«

»Na beides, denke ich. Eindeutig.«

Wir sahen Peter aus dem Haus kommen und in den Blumenbeeten zu graben beginnen. Gahrazel rief ihn herbei und schickte ihn um Erfrischungen, weil es so heiß war. Ich wußte, daß Peter nicht gern mit Hara sprach, ja nicht einmal gern in ihrer Nähe war. Und Gahrazel machte es natürlich Spaß, ihm Unbehagen zu verursachen.

»Aus Peter könnte ein Har werden«, meinte Gahrazel.

»Ja? Und wie?« Ich hoffte, Gahrazel machte sich nicht lustig über mich.

»Wie unsere Väter, wie Cobweb, wie alle anderen«, erwiderte Gahrazel mit sachlicher Stimme, die nicht im geringsten spöttisch klang. »Glaubst du, die Wraeththu kamen aus dem Nichts? Die meisten von ihnen waren einmal Menschen.«

»Oh, das weiß ich!« sagte ich verächtlich. »Aber wie? Wie machen sie es?«

»Es ist unser Blut«, erklärte Gahrazel und strich sich über die blaue Ader an der Innenseite seines Armes. »Das macht die Menschen wie uns. Männliche Menschen entwickeln auch weibliche Körperteile. Andersherum funktioniert es nicht, das habe ich einmal zu Hause gesehen.«

»Aber wie verändern sie sich? Ist es wirklich möglich?«

Gahrazel lachte. »Gib Peter ein Schälchen deines Blutes, dann werden wir ja sehen!«

Mir schauderte. »Brrr, nein. Gahrazel, du bist unappetitlich!«

Als Peter uns die Drinks brachte, lachte Gahrazel, weil er uns nicht ansah dabei. Mir war das unangenehm, denn ich wollte nicht, daß uns die Menschen hassen.

»Es könnte bald blitzen«, sagte ich und blinzelte zu dem trügerischen Himmel hoch.

»Und schwere, wild grollende Donnerschläge könnten folgen«, fügte Gahrazel begeistert hinzu. Als wir zum Abendbrot gingen, war der Himmel zu einer brodelnden grünen Wolkenmasse geworden.

Rückblickend betrachtet kann ich nicht feststellen, ob es die Spannung des bevorstehenden Gewitters oder eine Art Vorahnung war, die mich so fahrig machte. Ich konnte kaum essen. Mein Kopf war voll seltsamer schriller Töne, die ich jedoch nicht richtig vernehmen konnte, und geisterhafte Lichtblitze schossen durch mein Gesichtsfeld. Cobweb aß so geziert wie immer, aber ich spürte die Kraft in seinem Inneren, und das erschreckte mich. Ich mußte immerzu an die Kreuzzehn denken. Ein schwarzer Himmel, Blut und Verzweiflung. Gahrazel schnatterte mit unseren Lehrern; ihm schwante nichts.

Nach dem Essen ging ich in mein Zimmer und setzte mich ans Fenster. Vom Osten her echote undeutliches Grollen tief in den Wolken, und die Luft war sehr still, so als hielte die Welt den Atem an. Das irre grüne Licht draußen machte den Park dunkler und zu einem fühlenden, ungezähmten Wesen. Ich drückte die Nase an das kühle Glas und spürte, wie mir das Herz in der Kehle flatterte. In meinen Ohren rauschte das Blut und hinterließ einen dumpfen Schmerz. Irgend etwas steht bevor, dachte ich, und zugleich mit dieser Erkenntnis entließ mich etwas anderes, etwas Formloses, Wildes aus seinen schrecklichen Klauen. Ich öffnete mich und ließ es in mich einfließen – die Macht des aufkommenden Sturmes und noch etwas: etwas Beherrschteres und noch Unbegreiflicheres. Ich zitterte am ganzen Körper, und mein Mund war trocken.

Draußen flatterte ein weißer Schemen durch die Düsternis, glitt unter der Decke immergrüner Pflanzen hindurch und in die Dunkelheit auf der anderen Seite, hinüber zum See, zum Sommerhaus, in die mit Leben erfüllte Luft. Meine Haut begann zu kribbeln. War das jemand? Oder irrte ich mich? Während meine Sinne sich immer noch am Fenster aufhielten, stürzte mein Körper quer durchs Zimmer, zur Tür hinaus, über den stillen dunklen Korridor, die Treppe hinab und hinaus ins Freie. Die Luft draußen war immer noch heiß, aber feucht und duftend. Mit sicherem Schritt und ohne zurückzublicken rannte ich zwischen die Bäume, und da sah ich den weißen Schemen vor mir. Weder rannte er davon, noch schien er es auch nur eilig zu haben, und als er das Sommerhaus erreicht und ich meine Schritte soweit verlangsamt hatte, daß ich in einiger Entfernung hinter ihm blieb, sah ich, daß es Cal war.

Ein verkrümmter Lichtfinger zuckte über den Himmel, blitzte über Glasscheiben, über Cals Haar und über das Wasser zwischen den Bäumen. Der Boden unter meinen Füßen bestand aus Moos. Ich schlich auf das

Sommerhaus zu, als Cal die Tür öffnete. Bewegte ich mich so lautlos, daß er mich nicht hörte? Im Inneren des Sommerhauses war es ungewohnt finster; in seiner Mitte befand sich ein flaches Becken aus Stein, in dem sich Goldfische zwischen den Wasserlilien tummelten. Ein Steintier, Tarnung für einen nicht angestellten Springbrunnen, reckte sich in eleganter Starre aus dem Wasser. Am Rand des Beckens saß, schöner, blasser, undurchdringlicher und tödlicher, als ich ihn je zuvor gesehen hatte, Cobweb und hielt etwas auf seinem Schoß mit den Händen fest.

Ich stand in der Tür und sah zu, wie Cal auf ihn zuging; er hob die Füße kaum vom Boden und hielt den Kopf gesenkt. Cobweb blickte nur Cal an; falls er gemerkt hatte, daß ich da war, so maß er diesem Umstand keinerlei Bedeutung zu, es war kein Hemmnis für ihn. Cal blieb stehen, und Cobweb stand auf. Cal sah sich um, als wäre er plötzlich im Zweifel, wo er sich befand oder wie er hierhergekommen war. Mein Träger, der Hexenmeister, lächelte. »Es freut mich, daß du gekommen bist«, sagte er.

Cal sah verwirrt drein; er schwieg.

»Ich wußte, daß du eines Tages zurückkämst«, fuhr Cobweb im Konversationston fort und begann, das Wasserbecken zu umrunden. »Ich wußte es, so wie ich vieles weiß. Ich kenne auch *dich*, Cal, vielleicht besser, als du selbst dich kennst. Und es hat mir nie gefallen, was ich sah.« Er unterbrach sich und preßte das, was er in Händen hielt, fester an sich. »Manchmal, wenn ich dich ansehe, Cal, wenn du an meinem Tisch sitzt und aus meinen Kristallkelchen trinkst, meine silbernen Messer und Gabeln benutzt und das Herz meines Terzian vor dir auf dem Teller liegt, dann denke ich bei mir: ›An seinen Händen ist Blut‹, und dann erkenne ich es sogar. Es ist dickes dunkles Blut. Blut, das aus der Tiefe kommt; das Blut des Lebens. Und ich muß mich ganz einfach fragen, wie es dahinkam. Kannst du es mir sagen?«

Ich blickte hinüber zu Cal. Sein Gesicht war grau, sein Körper bis zum äußersten angespannt und starr wie Draht, der erzittert, ehe er reißt. Cobweb würde ihn weiter verwinden, immer stärker und dann… würde ein einziger Ruck… Ich glaube, Cal versuchte zu sprechen. Er gab einen Ton von sich, und Cobweb lachte.

»Mir scheint, du bist nicht mehr schön, Cal. Schau ins Wasser. Schau, wie ich die abscheuliche Häßlichkeit, die in dir wohnt, an die Oberfläche gebracht habe! Schau…!« Sein schlanker blasser Arm wies auf das Wasser im Becken. Sein offenes Haar wirkte wie Efeuranken. Ich dachte, ich sollte dem allen ein Ende bereiten – sollte ich doch, oder? Aber wie? Aus meiner Hand, mit der ich den Türstock umklammerte, war bereits jedes Gefühl gewichen.

Cobweb fuhr fort zu sprechen, so leise, daß ich es kaum hören konnte. Es war die Stimme eines Liebenden, zärtlich und lind. »Ich bringe dir die Erinnerung zurück, Cal«, sagte er. »Ob du mir wohl dafür dankbar sein wirst?« Er hielt inne und tippte sich nachdenklich an die Lippen. »Die Vergangenheit, die Spinnweben, die Bruchstücke, es ist alles da. Wie ein verschlossenes Schatzkästlein.«

Cal bemühte sich sichtlich um ein Kopfschütteln. »Nein«, krächzte er, aber er regte sich nicht.

Und nun offenbarte sich, was Cobweb an die Brust gepreßt in den Händen hielt. Er hielt es hoch, und in dem grünlichen Licht sah ich, daß es Flüssigkeit war, die sich in einem Glas langsam bewegte, wie schwere Wellen auf einem winzigen Meer. Ich sah auch einen Fleck auf dem Arm meines Trägers, ein dünner verschmierter Strich aus getrocknetem Blut. Cobwebs Augen flackerten: Blitze draußen; Blitze hier. Seinen Lippen entströmten Worte, die mich in den Ohren schmerzten, die ich vernehmen konnte und die dennoch ohne Ton waren. Er hob den Arm, höher, immer höher. Der Strich auf seinem Arm barst, als hätte eine Urgewalt von innen ihr Siegel aufgebrochen. Ein einzelner roter Tropfen sickerte aus der Blässe und rann zaghaft Cobwebs Arm entlang. Ich wollte vorwärtsstürmen, aber alles geschah zu langsam, als wäre die ganze Welt plötzlich zu langsam geworden: hundert Visionen des Armes meines Trägers, der zum Rand des Beckens hinunterzuckte, ein Geräusch, wie von einer armen Seele im Fegefeuer, ein Splittern, Gelächter; Lichtscherben, die auseinanderbarsten. Meine langsame Hand hatte sich um Cals Arm geklammert, der kalt war und zitterte. Cobweb sah mich, und für den Bruchteil einer Sekunde riß dieses Erkennen den Triumph von seinem Gesicht und ersetzte ihn durch Wut. Er kreischte und hob den Arm noch höher. Ich wollte Cal wegziehen, aber es war zu spät. Rote Blitze verschmolzen zu Lichtbögen und klatschten auf Cals Gesicht, auf seine Kleider und den Boden, auf dem er stand.

Eine Sekunde, eine Stunde lang umgaben uns nur Stille und das Phantom eines Donnerns, das den Himmel draußen erfüllte. Dann folgte das erste Prasseln von Regentropfen. Ich glaube, ich sagte: »Cal ...«, oder aber dachte ich es auch nur. Cobweb starrte ihn an, die dunklen Augen riesengroß, die weißen Augäpfel hervortretend.

Cal hob die Hand und betrachtete sie fast neugierig. Er berührte die rote Vorderseite seines Hemdes und rieb den Stoff zwischen Daumen und Zeigefinger; er roch daran, leckte daran. Dann sah er Cobweb verblüfft an – nur einen Moment lang. Wieder wanderte sein Blick zurück zu seiner Hand, die naß war und scharlachrot und wieder zu zittern begann. Cobweb und ich standen da wie erstarrt, während das Entsetzliche geschah, während Donner in Cals Kopf fuhr und ihm Blitze aus den Augen spritzten. Er warf den Kopf zurück, und sein Aufheulen sträubte mir die Haare zu Berge. Er fuhr sich mit den Händen ins Gesicht. *Sie krallten sich darin fest.*

Ich weinte, ich konnte nicht anders und schrie: »Cobweb! Cobweb!« Hilflos, machtlos.

Mein Träger sah mich nicht einmal an. Sein Haar, seine Kleider schienen zu wogen, zu schwellen, und er stieß hervor: »Lern dich kennen, Cal! Lern dich kennen! Du bist das Böse und der Tod, der Herr der Lügen!«

Cal wand sich und zuckte, als hätte sich der Blitz in seinem Inneren gefangen; sein Gesicht war das Gesicht eines Dämons, verzerrt, starr. Durch das Glas über uns sah ich das Gewirr von Licht am Himmel.

»Zu den Elementen mit dir!« schrie Cobweb, und Cal flog an mir vorbei, ein Fetzen Fleisch, so leicht wie Luft, hinaus in den Regen, in den Donner, und mein Träger lachte. »Nicht einmal die himmlischen Heerscharen können ihn vor sich selbst retten!«

Ich hörte es in meinem Kopf, während ich hinausrannte in den Regen. Ob Cobweb die Worte tatsächlich gesprochen hatte, wußte ich nicht.

Ein Blitzschlag hatte einen tiefen bleichen Riß in einer der knorrigen Eiben am See hinterlassen. Vielleicht hatte sich Cals verschlossener Geist im selben Moment geöffnet, als der Blitz herabgefahren war. Ich ging zum Wasser und sah mich immer noch schluchzend um, Tränen und Regentropfen auf dem Gesicht. Ich fühlte mich benommen und unsicher, was nun eigentlich geschehen war; ich wußte nur, daß Cobwebs wahnsinnige Eifersucht nun ein Ende hatte. Ich rief Cals Namen, doch ich erwartete eigentlich keine Antwort. Und Donner war auch die einzige Reaktion, die ich erhielt. Ich war durchnäßt bis auf die Haut, und das Haar klebte mir auf dem Kopf. Cobweb würde im Sommerhaus das Ende des Regens abwarten.

Ich kniete mich in das weiche feuchte Erdreich am Rand des Wassers. Die abgestorbenen Schilfgräser des letzten Jahres waren noch nicht entfernt, und sie vibrierten zwischen den starken, jungen, grünen Stielen wie unter den Kugeln eines Exekutionskommandos. Ich blickte über das Wasser hinüber zu dem halbzerfallenen Tempel, der sich unter die Bäume auf der anderen Seite des Sees duckte, und entdeckte einen weißen Fleck. Bevor mir noch zu Bewußtsein kam, was ich tat, war ich schon im Wasser und watete durch Schilf und Schlingpflanzen, die sich um meine Füße wanden. Doch dann schlug ich plötzlich von Panik erfaßt um mich, kehrte um und watete das schlammige Ufer entlang hinüber zu den Steinen.

Er lag zwischen den moosbewachsenen grauen Felsen, als hätte ihn eine mächtige Hand dorthin geschleudert, das Hemd zerrissen, die Haut verschmiert von modrigen Blättern und Erdreich, zerkratzt und blutig. Ich stürzte auf ihn zu, wobei ich mir den Knöchel verrenkte und ein heftiger Schmerz wie ein Pfeil mein Bein heraufschoß. »Cal!« Es war ein schrilles Kreischen.

Er bewegte sich schwach, drehte sich weg von mir, rollte sich zusammen und legte die Arme über den Kopf. Ich war so erleichtert, ihn am Leben zu finden, daß ich versuchte, seine Hände zur Seite zu schieben, doch er stieß mich weg und schlug mir ins Gesicht. »Hau ab, Varrbastard!« knurrte er wütend, aber ich bin sicher, er erkannte mich nicht wirklich.

Ich war der Meinung, ich würde echten Wahnsinn erkennen, wenn ich ihn vor mir sah, aber die Augen, in die ich blickte, waren weit entfernt von Wahnsinn: Wut, Qual, Verzweiflung standen darin geschrieben, jedoch auch beängstigende geistige Klarheit. »Es tut mir leid«, sagte ich lendenlahm.

Höhnisch betrachtete er meine Tränen. »Verschwinde!« Er wollte sich hochstemmen, und sein Gesicht verzog sich vor Schmerz. Er hieb mit der Faust auf den Felsen. »Verschwinde von hier!«

Ich schlang die Arme um die Knie und heulte. Cal sagte nichts mehr. Ich wußte nicht einmal, ob er mich noch ansah, jedenfalls hob ich nach einer Weile den

Kopf, und da saß er vor mir, die Knie angezogen, die Ellbogen darauf gestützt, die Handballen in die Augenhöhlen gepreßt. »Cal«, sagte ich wieder, mutlos.

Nach einer Minute ließ er die Hände hinabfallen und sah mich an. Mir schien fast, als würde er sagen: ›Los, sieh mich nur an! Das ist Kummer! Ich weine echte Tränen, und nur ich habe das Recht dazu!‹

»Du bist ganz schmutzig«, sagte ich mit schüchterner, heiserer Stimme.

Cal schluckte und blinzelte. »Swift.« Es war nur ein Flüstern.

»Ja?« Nichts regte sich, nur die Blätter fielen rundum zu Boden, lange, spitze, glänzende Blätter. Es war noch sehr dunkel, aber der Regen hörte auf. Cals Gesicht war ein blasses Schimmern. Er war verdreckt und mager, geschwächt, möglicherweise das Böse an sich, und doch ... Kann das sein? fragte ich mich.

»Swift«, sagte er wieder, und wieder antwortete ich: »Ja?«

»Ich habe nie wirklich alles vergessen, weißt du ... zumindest glaube ich das.« Er streckte eine Hand aus und sah auf das Wasser. »Kleines Monster, kleiner Freund, komm her, setz dich neben den Herrn der Lügen. Ich werde dir so unglaubliche Geschichten erzählen ...« Ich rührte mich nicht, und er wandte mir das Gesicht zu und lächelte. »Bitte fürchte dich nicht vor mir. Das wäre absurd.«

Ich kroch unsicher über das Geröll zu ihm hin und lehnte mich an seine kalte Schulter. Er legte den Arm um mich. »Cobweb ...«, begann ich, aber er legte die andere Hand über meinen Mund, und ich roch den vollen, dumpfen Duft von Erde.

»Nein«, sagte er, »bemüh dich nicht, ihn zu entschuldigen. Er hat nur getan, was er für richtig hielt, und vielleicht *ist* es das Richtige ...« Was auch immer mein Träger zu erreichen versucht hatte, ich glaubte nicht, daß es dies war. Vielleicht dachte Cobweb, Cal sei nicht mehr am Leben, getötet vom Zauber oder von eigener Hand.

»Swift, du mußt das verstehen. Ich halte mich nicht für wissentlich schlecht, aber ich habe schlechte Dinge getan. Von manchen weiß niemand, doch andere haben mich durch das ganze Land getrieben, einmal hierhin, einmal dorthin, immer auf der Flucht …« Er seufzte und schloß die Augen. »Was hat mich nur hierher zurückgeführt? Was?« Seine Finger gruben sich in meinen Arm. »Ich gebe zu, meine Reisen haben mich manchmal an schöne Orte geführt, wo einem Schönes widerfahren kann, Dinge, die einen … berühren können. Aber hier bin ich aus einem ganz bestimmten Grund. Aus welchem? Ach, Swift, ich denke, du bist das Besondere hier.«

»Ich?« Ich konnte seinem unzusammenhängenden Redefluß nicht folgen. Was wollte er damit ausdrücken?

»Du erinnerst mich an jemanden, den ich einst gekannt habe«, fuhr er fort. »Ganz gewiß nicht im Aussehen, denn dazu ist zuviel Cobweb an dir. Aber diese verrückte, völlig irregeleitete, idealistische, kindliche Betrachtensweise der Dinge, *das* ist mir sehr geläufig. Sehr.« Er seufzte und sah mich an, und ein Teil meiner Seele schien auf der Stelle aus mir hinauszuschmelzen und einzusickern in den Boden. »Und das, nehme ich an, ist jener Teil der Geschichte, wo ich meine Beichte auf deine Haut schreibe.«

»Das mußt du ja nicht!« warf ich rasch ein, denn ich hatte Angst, sie zu hören.

»Aber es *gibt* ja nur dich!« sagte er. »Wem gegenüber könnte ich sie sonst ablegen? Und ich muß es ja bei irgend jemandem tun, oder? So funktioniert das doch, nicht wahr? Jetzt, da ich die Last meiner verlorenen Erinnerungen wiedergefunden habe, muß ich sie mit jemandem teilen!«

»Terzian wird bald zurückkommen«, sagte ich.

Cal lachte auf. »Ach ja, Terzian!« Er lehnte den Kopf

zurück gegen den Felsen, und ich starrte seinen Hals an, weil er so lang aussah. »Terzian«, fuhr Cal in nachdenklichem Tonfall fort. »Meine Beichte würde ihn nur langweilen. Er ist nicht da, um mir die Absolution zu erteilen, nein, keineswegs. Ich war außer mir – geistig und körperlich –, und nun bin ich wieder zurückgekehrt. Wenn ich bloß seinetwegen nach Galhea zurückgekommen bin ...« Er verstummte und lächelte geheimnisvoll.

»Mir ist kalt«, murmelte ich. Cal lachte in sich hinein, und ich fragte mich, ob er wie Cobweb in meinen Kopf hineinsehen konnte. Seine freie Hand legte sich um meinen Nacken. »Kleiner Swift«, sagte er.

»Gehen wir zum Haus zurück«, drängte ich, voller Angst, er könnte mich insgeheim auslachen.

»Eine Sekunde noch«, erwiderte Cal und hielt mich im nächsten Augenblick fest in den Armen; sein Mund war auf meinem, und in meinem Kopf war alles rot und schwarz und wirbelig. Es war wie in einem Traum. Ich sah Flammen, doch hinter den Flammen befand sich ein goldenes Kornfeld, über das zärtlich Sonnenstrahlen strichen; durch das Feuer hindurch roch ich es. Ich hatte keine Angst. Im nächsten Moment war alles wieder zu Fleisch auf Fleisch geworden und zum Nachgeschmack seiner Zunge, der mich an frische Äpfel erinnerte. Er legte die Lippen auf meine geschlossenen Lider und drückte mich an sich.

»Einmal habe ich von dir geträumt«, sagte ich. »In dem Traum hast du mich dazu gezwungen, deinen Namen auszusprechen.«

Cal legte das Kinn auf meinen Kopf. »Tatsächlich?«

Wir sprachen nicht mehr über das, was im Sommerhaus geschehen war. Ich wußte nicht, wie sehr ihn das getroffen hatte, aber ich hatte bereits bemerkt, daß seine Kraft unermeßlich war, und zwar in geistiger Hinsicht mehr noch als in körperlicher. Er war zerschunden und blaugeschlagen, aber seine Verletzungen schienen nur oberflächlicher Natur – ein aufgescheuerter Ellbogen, zerkratzte Schultern. Ich wollte an seinem Blut lecken, ich wollte sein wie er. Wir gingen zum Haus zurück.

Ich fürchtete ein Zusammentreffen mit Cobweb, im Gegensatz zu Cal, den dieser Gedanke überhaupt nicht berührte. »Soll er mich doch sehen. Was kann er mir denn jetzt noch antun?« Als er draußen am See vom Boden aufgestanden war, hatte er über Schwindelgefühle geklagt, doch als wir durch die Hintertür von Immerdar ins Haus traten, war er wieder ganz der alte. Im ganze Gebäude roch es nach eingemachtem Obst, und ich hörte Gahrazels Lachen aus dem Salon. Sonnenschein durchflutete die Halle; der Sturm war vorübergezogen. Ich folgte Cal in sein Zimmer. »Warte hier, ich nehme inzwischen ein Bad«, sagte er.

Nach einer Weile nahm ich meinen ganzen Mut zusammen und trat an den Schreibtisch, um einen Blick auf die Papiere zu werfen, die dort herumlagen. Wenn ich gedacht hatte, darin Antworten auf meine Fragen zu finden, dann hatte ich mich getäuscht. Ich verstand kein Wort von dem, was da geschrieben stand, es erschien mir als kompletter Unsinn, jedoch düster und beunruhigend. Natürlich war es unausbleiblich, daß Cal unerwartet zurückkam ins Zimmer, ein Handtuch um die Hüften, ein zweites in den Händen, mit dem er sich das Haar rubbelte, und mich auf frischer Tat ertappte. Doch es schien ihm nichts auszumachen.

»Wärst du älter«, sagte er, »hätten wir dieses Bad gemeinsam genommen.«

Ich wandte den Blick ab. »Bin ich aber nicht.«

»Nein. Manchmal vergesse ich, wie jung du tatsächlich bist, du siehst soviel älter aus. Tut mir leid, das muß verwirrend für dich gewesen sein.« Er setzte sich auf das Bett.

»Du meinst, was am See geschehen ist?« fragte ich zögernd.

»Ja, das legendäre Teilen des Atems zwischen uns

Wraeththu. Sag deinem Vater nichts davon. Es war sehr impulsiv von mir – und zweifellos zutiefst verwerflich.«

(Sag deinem Vater nichts! trägt er mir auf. Natürlich nicht! Nein. Dieser Teil von Cal – die Hände, die Lippen, die Augen –, das war alles für Terzian reserviert. Ich habe nicht genügend zu bieten; ich bin leer.) Ich bemühte mich zu lächeln und sah zu, wie er aufstand und sich streckte. Prachtvoll, und mir für ewige Zeiten versagt. Ich sah zum Fenster hinaus.

»Ich verstehe das nicht, Cal. Wie stellst du es an, daß du immer wieder hochkommst wie ein Stehaufmännchen? Nichts, was dir widerfährt, scheint dir etwas anhaben zu können.«

Er hob die Schultern. »Oh, das würde ich nicht sagen. Aber ich lasse mich nicht gehen, wenn es das ist, was du meinst. Jedenfalls glaube ich, wie gesagt, nicht, daß ich wirklich mein Gedächtnis verloren habe. Cobweb zwang mich nur dazu, den Dingen ins Auge zu sehen, und das war das beste für mich. Jetzt bin ich froh darüber.«

Das entlockte mir ein Lächeln. »Cobweb wird außer sich sein vor Wut. Es ist dir doch klar, daß nichts davon auch nur im entferntesten dazu bestimmt war, dir zu helfen!«

»Aber es hat mir dennoch geholfen.« Er blickte über die Schulter in den Spiegel und betrachtete seinen Rücken.

»Du bist einfach unglaublich!«

»Jahre harter Arbeit waren nötig, um diese Wirkung zu erzielen!« sagte er und zwinkerte mir zu.

Er kehrte ins Badezimmer zurück, um sich anzukleiden, und ich setzte mich an den Schreibtisch. Unmittelbar darauf mußte ich laut herauslachen. Vielleicht waren wir immer noch am See; vielleicht war dies hier bloß Illusion, und wir standen immer noch Mund an Mund da, lebendig gewordene Träume. (Und wenn ich mich voll darauf konzentriere – kann ich sie Wirklichkeit werden lassen?) Cal trat hinter mich, ohne mich jedoch zu berühren. Ich hatte das absurde Gefühl, daß er dies auch nie wieder tun würde, doch in dem Moment fühlte ich mich zu berauscht, um mir etwas daraus zu machen.

»Worüber lachst du?« fragte er.

Ich zuckte hilflos die Achseln; ich konnte es nicht erklären.

»Pellaz ist tot«, sagte er.

Ich drehte mich auf dem Stuhl um und sah ihn an. »Tot?« Cal merkte, was ich dachte, runzelte die Stirn und schüttelte heftig den Kopf.

»Nein, nein, ich habe ihn nicht getötet! Das ist nicht jener Tod, den der unvergleichliche Cobweb in mir gesehen hat! Setzen wir uns hin, Swift, ich möchte mit dir reden.

Du bist unberührt in jeder nur vorstellbaren Hinsicht«, sagte er sinnend. »Unbefleckt, makellos. Unglaublich eigentlich, wenn man bedenkt, daß du ein Varr bist und noch dazu Terzians Sohn, aber schließlich hat er immer schon auf die Seinen geschaut. Pell und ich haben das bemerkt, als wir beide hier waren. Die Varrs sind eine Herde Kühe, und Terzian ist der große schwarze Stier.« Cal erzählte mir ein bißchen davon, wie er auf Pellaz gestoßen war, der zu jener Zeit noch unhar gewesen war, ein echter Mensch. »Damals schien er etwa in deinem Alter, in Wirklichkeit war er aber natürlich acht oder neun Jahre älter.« Ich hörte von dem Nahir-Nuri namens Thiede, dessen Blut Pellaz zum Har gemacht hatte. Ich spürte ein Kribbeln auf der Haut, als ich mich erinnerte, daß mein Vater schon von ihm gesprochen hatte. Cals Augen schienen ganz schwarz zu werden, wenn er von Thiede sprach. »Er war es, der Pell ermordet hat!«

»Du hast es *gesehen?*«

Cal schüttelte den Kopf. »Du verstehst nicht. Ich sah, wie Pell starb, und denjenigen, der es getan hat. Aber es war nicht Thiede, der die Kugel abfeuerte. Dazu ist er zu gerissen. Aber ich *weiß*, daß er die Schuld daran hat.«

»Weshalb hätte er Pell töten wollen?« fragte ich.

Cal lachte voll Bitterkeit auf. »Weshalb? Wer kann schon Thiedes Beweggründe durchschauen? Eines Tages werde ich den Grund erfahren. Unglücklicherweise – und jetzt kommt es, Swift – habe ich denjenigen umgebracht, der es mir hätte sagen können. Und das ist das Blut, das dein bezaubernder Träger von meinen Händen auf den Eßtisch tropfen sieht.«

Ich sah seine Hände an, aber ich konnte den Tod daran nicht erkennen; wenn überhaupt, dann waren es Hände der Liebe. »Wunderbar, nicht wahr?« Er hob sie mir entgegen. Das wußte ich, ich hatte sie auf mir gespürt.

»Hast du Pell geliebt?« fragte ich. Vielleicht war das bedeutungslos, aber ich mußte es wissen. Cal zögerte keine Sekunde lang.

»Wenn man Leute sagen hört, sie wären wahnsinnig ineinander verliebt, dann gibt es wohl keine bessere Beschreibung dafür. Wahnsinn, ja. Diese Liebe zu verlieren, ist schlimmer als der Tod. Es ist, als zöge man dir die Gehirnwindungen aus dem Kopf und würde sie verkehrt wieder hineinstopfen. Ich habe ihn geliebt, sehr geliebt, und ich tue es immer noch.« Er hieb mit der flachen Hand auf das Bett, lächelte und seufzte. »Natürlich ist da draußen, in unserer herrlichen Welt, das Konzept der Liebe verfemt. Pell hatte vor langer Zeit einmal einen Lehrer; er hieß Orien, er war mein Freund, und ich habe ihn getötet. Ich habe lange gebraucht, um Pell die ganzen frommen Dinge wieder auszutreiben, die Orien ihn über die Liebe gelehrt hatte.«

»Das verstehe ich nicht«, warf ich ein.

»Nein, klarerweise verstehst du das nicht. Laß es mich erklären. Dein Träger liebt Terzian; dann komme plötzlich ich daher, und Cobweb bekommt solche

Angst, Terzian zu verlieren, daß er mich töten oder zumindest in den Wahnsinn treiben will. Nun, die Wraeththu mögen so etwas nicht, es ist eine unsaubere Sache. Die echten Wraeththu, wohlgemerkt. Wir haben auf gehobene Art und Weise miteinander zu existieren, leidenschaftliche Gefühle wie zum Beispiel Eifersucht abzulehnen und den Aruna als spirituelle Übung anzustreben, während wir unsere heitere Gelassenheit gleichmäßig über unsere Nächsten ausbreiten. Eine entsetzliche Vorstellung! So langweilig!«

»Sind alle Wraeththu außer uns so?«

»Die meisten. Ich nehme an, sie haben Angst, den Menschen sonst zu ähnlich zu werden. Andererseits bist du bereits als Wraeththu geboren und dennoch fähig zu lieben. Das beweist, daß sie im Unrecht sind, oder? Gut, mein Herz fließt nicht gerade über vor positiven Gefühlen, aber ich weiß wirklich, wovon ich rede!«

»Ich nicht«, gestand ich.

Er lachte. »Klingt unsinnig, nicht wahr? Wie kann ich es dir erklären ...?« Sinnend verzog er den Mund. »Ach ja. Du mußt dir etwas vorstellen. Stell dir vor, wir wären Gelaminger, und dies ist Immanion, nicht Galhea. Immanion ist die wichtigste Stadt von Almagabra, die Hauptstadt der Gelaminger, wenn du so willst. Also, erst einmal hätte Cobweb mich mit offenen Armen empfangen, entzückt, daß er endlich jemanden hat, den er mit Fürsorge und Anteilnahme ersticken kann, und jetzt, zu diesem Zeitpunkt, wäre er bereits äußerst beunruhigt, daß ich mit Terzian immer noch nicht den Aruna praktiziert habe. Er würde es sich wünschen. Im Endeffekt schliefe ich jetzt vermutlich bereits mit beiden. Das ist der Unterschied.«

»Und das ist schlecht?«

»Du verstehst nicht. Ich sage nicht, daß es schlecht ist. Ich erkläre dir bloß den Unterschied zu uns. Und das, was ich an den Gelamingern und ähnlichen Leuten am meisten hasse, ist ihre Scheinheiligkeit. Sie können doch einfach nicht so ideal sein! Es ist nicht möglich! Und so dreht sich mir bei dieser ganzen kriecherischen Nettigkeit der Magen um.«

»Heißt das, du ziehst die Bösen vor?« fragte ich kleinlaut.

»Wie?! Oh!« Er seufzte und schloß die Augen. »Was, zum Geier, rede ich bloß daher? Es ist so kompliziert. Heute habe ich mich daran erinnert. Mein Liebstes auf der Welt und einer meiner besten Freunde sind tot. Bei einem Mord mußte ich hilflos zusehen, und der andere geschah durch meine eigene Hand. Weißt du, was ich getan habe? Wir hatten einen Streit, ich schlug ihn, und er ging weg. Nun, ein Har, der seiner fünf Sinne mächtig ist, beruhigt sich der nach einem Streit, sucht seinen Gegner auf, entschuldigt sich, vollzieht Aruna mit ihm und ermordet ihn dann kaltblütig? Tut das jemand, der richtig im Kopf ist? Weiß Gott – ich weiß es nicht. Die anderen sind gute Leute, sie sind auf der Suche nach der Weisheit, und ich bin bloß ein gefährlicher Irrer.«

»Weswegen habt ihr gestritten?« fragte ich.

Er sah um sich; er erinnerte sich.

»Cal?«

»Ich glaube«, sagte er langsam, »ich glaube, daß Orien tatenlos zusah, wie Pell in irgendeine Falle tappte, weil er überzeugt war, Thiede als Nahir-Nuri könne nur das Richtige tun, und wenn Pell zu sterben hatte, dann war das wohl auch richtig. Aber ich finde, Orien hätte uns warnen können, und zwar schon lange bevor Pell in Gefahr war.«

Und deshalb hatte Cal ihn zum Tod verurteilt.

Es wurde dunkel. Wir streckten uns auf dem Bett aus und schwiegen ein Weilchen. Eine Frage brannte mir noch auf der Zunge; ich wartete, bis alles ganz ruhig war.

»Erzähl mir von meinem Vater, Cal.«

Er hielt die Augen geschlossen. »Das kann ich nicht, Swift.« Der Tonfall seiner Stimme ließ mich frösteln.

»Warum nicht?«

Er schüttelte den Kopf. »Ich kann es ganz einfach nicht. Entscheidungen wurden getroffen. Meine Entscheidung ist es, hierzubleiben.«

»Eine Menge Hara hassen ihn, nicht wahr? Selbst hier, wie Swithe, zum Beispiel.« Ich versuchte, ein wenig nachzuhelfen, aber er ging nicht darauf ein.

»Die Varrs sind überall verhaßt. Ich werde dir etwas von den Varrs erzählen.«

»Gibt es denn einen Unterschied zwischen den Stämmen?«

»In diesem Fall ja.«

Ich wußte bereits, es wäre die ewiggültige Formel: wir gegen die anderen. Cal erklärte mir, daß die Gelaminger die Friedensbringer sind, deren einziges Ziel es ist, wieder Ordnung und Eintracht in die Welt zu bringen (hat es je Ordnung und Eintracht auf dieser Welt gegeben? fragte ich mich), wogegen mein eigener Stamm, die Varrs, diese bloß besitzen wollen. Varrs töten alles, was ihren Weg kreuzt, und was noch schlimmer ist: Sie haben Freude daran. Offenbar wäre es nicht so schlimm gewesen, hätten sie ungern getötet. Cal war noch nie dort gewesen, aber er hatte gehört, daß der nördlichste Teil von Megalithika (Ponclasts Hochburg) nur noch eine verbrannte Öde war, einzig unterbrochen von Ruinenstädten und abweisenden Festungen. Offenbar waren die Gelaminger in Sorge, daß die Varrs, sobald sie Megalithika restlos ausgebeutet hatten, ihr Augenmerk auf den Osten richten könnten, auf die Länder jenseits des Meeres, und Almagabra im besonderen. Doch ich hatte den Verdacht, daß es den Gelamingern mehr um die Abwendung einer möglichen Invasion ihrer Territorien ging als um das Schicksal der unterdrückten Minderheiten in unserem Land. Das erklärte eine ganze Menge.

Indessen übte Cal erbarmungslose Kritik an meinem

Lehrer. »Swithe ist ein Intellektueller. Er nimmt das Geld deines Vaters, obwohl er innerlich seine zwanghaften Vorstellungen mißbilligt. Ich verachte ihn.«

»Und trotzdem redest du oft mit ihm.«

»Ja«, räumte er ein, »was mich aber nicht daran hindert, der Meinung zu sein, er sollte von hier weg und zu den Gelamingern gehen. Wenn er es nicht tut, dann lebt er eine Lüge.«

»Und wie ist das mit dir, Cal?« fragte ich. »Was sind deine Anschauungen?«

»Es ist mir alles gleichgültig«, antwortete er, »ich hoffe bloß, ich stehe auf seiten des Siegers, wenn alles vorbei ist.«

Ich legte mich wieder flach hin, während die Dämmerung ins Zimmer kroch, ließ das Schweigen um uns Form annehmen und dachte – dort draußen ...? Nicht mehr als das. Warum konnte ich das alles nicht verstehen? Warum konnte es nicht Realität werden für mich? Ich hatte keine Angst, und doch wußte ich, daß die Gelaminger bereits da waren, nur weiter im Süden, und daß sie gekommen waren, um uns unsere Länder wegzunehmen. So nahe waren sie, und sie hatten magische Kräfte ... Im Namen des Friedens. Würde es bald geschehen? Nein, das konnte ich mir nicht vorstellen. Die Morgendämmerung würde kommen und nach gestern duften, bis das Morgen zum Gestern wurde, und so weiter. Nichts ändert sich je in Immerdar, nichts. Etwas war mir widerfahren; anscheinend hatte Cobwebs Sturmzauber meine Gedankenwelt ebensosehr geöffnet wie jene von Cal, nur in anderer Hinsicht. Ich starrte in die Dunkelheit, ich fühlte mich mächtig, und mein Körper war übervoll mit einer namenlosen Glückseligkeit, die von einem Quentchen Trauer gewürzt wurde. In jener Nacht hatte ich den ersten Traum.

Vor dem Abendessen ging ich zu Cobweb; ich ließ Cal schlafen und machte mich langsam auf zum Zimmer meines Trägers. In meinem Hirn summte es immer noch, es fühlte sich an, als hätte ich Angst vor etwas, das ich längst schon vergessen hatte, das jedoch jeden Moment zurückkehren konnte. Cobweb öffnete mir die Tür, und wir sahen uns an. Er streckte die Hand aus und berührte ganz leicht mein Gesicht, meinen Arm, meine Brust. Ich wußte, woran er dachte.

»Ich fürchtete, ich hätte dich verloren«, sagte er. Ich schüttelte den Kopf und trat an ihm vorbei ins Zimmer. Genau verfolgte er alle meine Bewegungen, hielt Ausschau nach der geringsten Veränderung.

»Swift, laß dich nicht reinlegen«, sagte er. Also war er in hochherziger Stimmung; vermutlich würden die Vorwürfe später folgen.

»Dann sag mir die Wahrheit!«

»Worüber?«

»Weiß ich doch nicht!«

Er sah mir zu, wie ich mich verzagt auf das Fußende seines Bettes setzte. Wußte er alles über meinen Vater und seine Geheimnisse? Ganz sicher. Und welche Geheimnisse?

»Du hättest das heute nachmittag nicht sehen sollen«, sagte er schließlich, unfähig, die Kälte zu unterdrücken, die in seine Stimme kroch.

»Das mußte ich doch.«

»Cal ist stärker, als ich dachte«, räumte er schließlich widerstrebend ein.

»Vielleicht ist er nur *anders*, als du dachtest.«

»Ich gebe mich noch nicht geschlagen«, sagte mein Träger.

Der erste Traum:

Ich ertrinke. Wasser ist in meinem Mund, aber ich bin ruhig. Kein Schmerz. Durch das Wasser sehe ich etwas strahlen. Weit weg. Zwei Lichter. Das ist alles.

Ich erwachte lachend.

Kapitel 5

Das Zurücksinken in sich selbst.
Der Glaube an die Magie
einer Macht an allerhöchster Stelle
und die Ohnmacht kleiner Zaubertricks.

Zwei Tage später kehrte Terzian mit einer Miene und einer Stimmung wie Donnerwetter aus dem Norden zurück. Ich lungerte auffällig in der Halle herum, doch seine einzige Begrüßung war ein verdrießliches Knurren. Er schritt vor einer Horde verwirrter Hara in staubigen Uniformen ins Haus und bellte nach Cobweb, ehe er ohne Umweg in seinem Zimmer verschwand und die Tür hinter sich zuknallte. Sekunden später rannte mein Träger durch die Halle und zwei Stufen auf einmal nehmend die Treppe hoch. Wir sahen keinen von beiden vor dem nächsten Morgen.

Von Ithiel erfuhren Gahrazel und ich den Grund für die schlechte Laune meines Vaters. Die Gespräche mit Ponclast waren nicht gut verlaufen. Wie es schien, hatte Ponclast den anderen varrischen Anführern wegen ihres Mangels an weiser Voraussicht heftige Vorwürfe gemacht. Er war voll Spott und Hohn über den Umstand gewesen, daß sie sich von den magischen Kräften gelöst hatten, die unserer Rasse innewohnen; er selbst hingegen pflegte und verbesserte seit geraumer Zeit seine okkulten Fähigkeiten, und nun war der Zeitpunkt gekommen, da man Feuer mit Feuer bekämpfen mußte. Das Feuer der Gelaminger war die Zauberei, die Macht des Geistes, der Wille, der sich mit einem anderen Willen maß. Dann begann Ponclast, von den Kakkahaaren zu sprechen, einem Stamm, der in der südlichen Wüste lebte. Die Berichte über ihre Tücke und Verschlagenheit waren in aller Munde, und angeblich hatten sie wenig Sympathie für die Gelaminger. Ponclast sprach mit wohlgesetzten Worten, von denen jedes so gewählt war, daß es in den Herzen seiner Generäle Furcht hervorrief. So, wie es momentan mit den Varrs stand, könnten die Gelaminger sie mühelos besiegen, denn die Varrs hatten ihre übernatürlichen Kräfte brachliegen lassen. Doch mit den Kakkahaaren als Verbündete an ihrer Seite würden die Varrs keine so leichte Beute für die Gelaminger sein. »Ich schlage vor«, hatte Ponclast gedröhnt, »augenblicklich Abgesandte nach Süden zu schicken, die mit den Kakkahaaren Kontakt aufnehmen sollen – in der Absicht, unsere Kräfte zu vereinigen!« Genußvoll gab er dieses Schlußwort ab und setzte sich wieder.

In den unmittelbar darauffolgenden Sekunden rührte sich keiner der anwesenden Varrs, die nur untereinander flüsterten. Terzian war es, der schließlich aufstand, und ich konnte mir lebhaft ausmalen, wie alle Augen sich ihm zuwandten. Die Wertschätzung Ponclasts für Terzian war kein Geheimnis, und die meisten Hara erwarteten, daß Terzians Meinung die Abstimmung stark beeinflussen werde. Es muß ein atemloser Moment gewesen sein, als Terzian seine Unterlagen zurechtrückte und zu sprechen begann. Wie würde der hellste Stern der Varrs auf Ponclasts Vorschlag reagieren?

Von dem Augenblick an, als er den Mund auftat, zögerte Terzian nicht, sofort vehement gegen Ponclasts Idee zu protestieren. Noch beredter als sonst räumte er ein, daß gegen die Gelaminger althergebrachte Methoden der Kriegsführung nicht ausreichen würden, was möglicherweise sogar zu einer Neubeurteilung des Stellenwertes führen könne, den der Einsatz von Magie hier haben könne (der Sarkasmus war sicherlich nicht zu überhören gewesen!), doch er selbst wolle eindringlich darauf hinweisen, daß sich seiner Meinung nach jegliches Bündnis mit den Kakkahaaren letztendlich als eine Katastrophe erweisen mußte. Mein Vater und seine Anhänger hatten die Kakkahaaren immer schon mit höchstem Argwohn betrachtet, und so erinnerte er Ponclast daran, daß nicht zum erstenmal eine Verbindung mit ihnen zur Debatte stand; er wiederholte dringend sein Ersuchen, den Vorschlag fallenzulassen. Den Kakkahaaren durfte man nicht trauen, und es war durchaus vorstellbar, daß sie bereits mit Thiede Vereinbarungen getroffen hatten. »Beide Stämme bedienen sich der Zauberei«, stellte Terzian fest. »Wie naiv wäre es von uns, die Kakkahaaren voll Vertrauen in unsere Pläne einzuweihen, um uns mitten in einer Schlacht wiederzufinden, in der unsere Kräfte uns verlassen und die Gelaminger den Kakkahaaren triumphierend in die Arme fallen! Ich kann ein so törichtes Vorhaben nicht unterstützen.«

Ponclast mußte jedoch mit Terzians Widerstand gerechnet haben. Er wartete, bis der Aufruhr sich gelegt hatte, bevor er sich erhob. Mein Vater hatte sich wieder gesetzt und starrte vor sich hin auf den Tisch. Ponclast argumentierte durchaus vernünftig, daß die Gelaminger sich die Kakkahaaren niemals als Verbündete wählen würden, aus dem einfachen Grund, weil letztere für all das standen, was die Gelaminger ablehnten. Zugegeben, beide Stämme waren Meister des Okkulten, ihre jeweiligen Einstellungen dazu unterschieden sich jedoch gewaltig voneinander. Die Kakkahaaren waren kein umfangreicher Stamm, und Ponclast dachte, sie würden ein Bündnis mit den Varrs begrüßen. »Auf sich allein gestellt, sind beide Stämme zu schwach, um sich Thiedes Vormarsch entgegenzustemmen, miteinander hingegen vereinigen wir die körperliche Macht der Varrs mit den okkulten Kräften der Kakkahaaren. Alle, die einen Funken Klugheit besitzen, müssen das erkennen! Es ist unsere einzige Chance!«

Unter aufbrandendem Jubel hatte Ponclast sich wieder gesetzt. Er hatte den Varrs Hoffnung gegeben. Terzian konnte ihnen nichts Besseres anbieten. Zweifellos war das Gesicht meines Vaters finster gewesen vor ohnmächtigem Zorn. Vermutlich war er sogar aus dem Saal gestürmt, denn es geschah nicht oft, daß selbst von einem Ebenbürtigen seine Meinung in Frage gestellt wurde. Ponclast hingegen hatte sogar seine Klugheit geschmäht. Ponclast hatte gewonnen. Abgesandte der Varrs würden nach Süden reiten und mit den Kakkahaaren Verbindung aufnehmen. Schon das allein wäre ein gefährliches Unterfangen. Niemand konnte mit Sicherheit sagen, wie weit sich die Gelaminger im Süden bereits ausgebreitet hatten. Viele der varrischen Spitzel, ausgesandt, die Lage zu erkunden, waren nicht zurückgekehrt, und man konnte annehmen, daß die Gelaminger sie abgefangen hatten.

Ithiel sagte, nach der Sitzung habe ein stundenlanges Vieraugengespräch zwischen Ponclast und Terzian stattgefunden, und Ponclast muß sehr überzeugend argumentiert haben, denn als die Stunde der Abreise zurück nach Galhea gekommen war, hatte mein Vater widerwillig seine Zustimmung zu Ponclasts Vorhaben gegeben. Dennoch war es ein äußerst frostiger Abschied gewesen.

»Die Kakkahaaren sind dunkle Gestalten«, sagte Ithiel mit unheilschwangerer Stimme. »Ich zum Beispiel würde ihnen nie über den Weg trauen. Ihnen liegt nichts am Wohlergehen eines anderen, nur an ihrem eigenen.«

»Etwas, das dem Charakter der Varrs ohne Zweifel zutiefst zuwiderläuft«, warf Gahrazel bissig ein.

»Möglicherweise sind sie schon stark genug, um sich ohne Hilfe von außen vor einem Angriff schützen zu können«, fuhr Ithiel fort, ohne auf Gahrazels Bemerkung einzugehen. »Wozu brauchen sie dann uns?«

Nicht lange danach ließ Terzian Gahrazel wissen, daß es höchste Zeit war für letzteren, die notwendigen Unterweisungen für einen Aufstieg in die nächsthöhere Stufe seiner Kaste zu erhalten. Vielleicht hatten Ponclast und Terzian auch dies besprochen. Bei anderen Stämmen, besonders jenen im Süden, hätte dies eine strenge und langwierige spirituelle Schulung bedeutet; für einen Varr hingegen hieß das einfach, sich mit den Insignien des Kriegshandwerks vertraut zu machen, mit der Schußwaffe, der Klinge und einem guten Magen, der Voraussetzung war für den Akt des Tötens. Ich wußte, daß Gahrazel keineswegs glücklich darüber war, und er hatte mein tiefstes Mitgefühl. Um den nächsten Rang seiner Kaste zu erreichen, mußte er nicht nur kämpfen lernen, sondern auch lernen, wie man in der Wildnis überlebt; dazu – und das war das Schlimmste – mußte er lernen, Schmerz zu ertragen. Jeder weitere Aufstieg würde eine Vervollkommnung dieser Dinge voraussetzen, und um die nächsthöhere Kaste – Ulani – zu erreichen, müßte Gahrazel töten. Und so brachte man ihn dreimal in der Woche zum Ausbildungslager der Soldaten in Galhea, und ich erhielt währenddessen allein Unterricht. Swithe gab ein oder zwei abschätzige Kommentare ab, die Varrs betreffend, während Moswell das unmittelbar bevorstehende echte Erwachsenwerden Gahrazels in höchsten Tönen besang; daß er dann in der Lage wäre, nach Belieben den Aruna zu praktizieren, hatte damit natürlich überhaupt nichts zu tun.

Da mir Gahrazels Gesellschaft an den Tagen fehlte, an denen er außer Haus war, verlegte ich mich darauf, mehr Zeit mit Bryony in der Küche zu verbringen. Ich fürchtete zwar Terzians Mißbilligung deswegen, aber im Augenblick hatte er dringlichere Dinge im Kopf. Die beiden Menschen waren von allen Mitgliedern des Haushalts freundlich aufgenommen worden, in erster Linie, denke ich, in Anbetracht ihrer Jugend, aber auch weil sich herausstellte, daß sie willige Arbeitskräfte waren; außerdem ließen sie ihren Charme mit großem Geschick spielen. Immer wieder überraschte es mich, wie ähnlich doch unsere beiden Rassen waren (manchmal vergaß ich ganz, daß Bryony nicht har war); unsere Denkprozesse schienen ganz ähnlich abzulaufen. Darüber hatte man mich völlig anders informiert. Soweit ich sehen konnte, war der einzige Unterschied zwischen uns der biologische – die Unterscheidung zwischen Männern und Frauen bei den Menschen. Doch Bryony erklärte mir, daß es mehr war als das. »Wraeththu werden nicht alt, so wie wir«, sagte sie und erläuterte mir das näher, doch es fiel mir schwer, ihr zu glauben. Wenn ich sie so ansah, mit ihrer gebräunten glatten Haut, konnte ich mir einfach nicht vorstellen, daß sie eines Tages verwelken und verschrumpeln würde, bis sie schließlich starb. »Außerdem seid ihr viel stärker als wir«, fuhr sie fort. »Nicht nur körperlich, sondern auch in eurer Widerstandskraft gegen Krankheiten und in der Art, wie ihr eure Gefühle beherrscht. Weniger Furcht, mehr Selbstvertrauen. Die Menschheit war immer schon von Selbstzweifeln geplagt.«

Peter mischte sich nie in unsere Gespräche ein. Er war ein Einzelgänger und vermied den Kontakt mit allen, ausgenommen Bryony. Er war sechzehn Jahre alt und fürchtete, mein Vater könnte ihn zwingen, har zu werden. Wohlinformiert über diese merkwürdigen Runzelprozesse bei den Menschen, verstand ich seine Ängste nicht. »Früher einmal wurde jeder Junge unter achtzehn, den die Wraeththu schnappten, gewaltsam in ihre Gemeinschaft aufgenommen«, klärte Bryony mich auf. »Jetzt scheinen sie das nicht mehr so wichtig zu nehmen. Vermutlich seit reinblütige Hara wie du geboren werden. Da brauchen sie keine Menschenkinder mehr zu stehlen.«

Ihre Einstellung verwirrte mich einigermaßen. Menschen, die zu Hara wurden, hatten Glück, das war klar. Wieso wollte ihr Bruder dann ein Sklave bleiben, wenn er die Möglichkeit hatte, ein Har zu werden – alterslos und schön? Bryony wußte darauf keine Antwort. Nach einer Weile erwiderte sie: »Ich will nicht sagen, daß ich mit Peter einer Meinung bin, aber es ist doch sein Leben, oder? Vielleicht ist es bei ihm nur die Furcht vor dem Unbekannten... Unsere Zeit ist vorbei, das wissen wir. Wraeththu heißt die einzige Zukunft. Wenn ich vor der Wahl stünde, wüßte ich, was ich täte, aber klarerweise habe ich diese Wahl nicht.«

Eines erfuhr ich von Bryony, ohne daß sie es mir direkt sagen mußte: In Wirklichkeit gibt es drei Rassen auf der Welt – Wraeththu, Männer und Frauen. Und ich denke, von den dreien sind die Männer die Überzähligen. Die Männlichkeit ist jene Seite in uns, die uns die meisten Schwierigkeiten bereitet. Sie stellt das Feuerprinzip dar, wogegen die Weiblichkeit vom Wasserprinzip symbolisiert wird. Das Wasser ist Magie, Mysterium und Passivität. Feuer ist Krieg, Aggression und Aktivität. Eine Verbindung von beidem sollte theoretisch ein makelloses, vernünftiges Wesen hervorbringen: den Wraeththu. Doch ideale Theorien bleiben selten ideal, wenn man sie in die Realität umsetzt, dachte ich spöttisch.

Es wurde Hochsommer rundum. Terzian verließ uns wieder, um andere Varrsiedlungen weiter im Osten zu besuchen, und ich machte Bryony und Cobweb zu Freunden, weil ich fand, das wäre gut für beide. Mein Träger hatte nie Abneigung gegen Menschen gehegt; er erkannte alle Geschöpfe als Einzelwesen an, und ich hatte das Gefühl, das Mädchen war ihm in vielerlei Hinsicht sehr ähnlich. Cobweb machte es Spaß, sie an seinem Wissen teilhaben zu lassen, denn sie war sehr lernbegierig; außerdem fand er in ihr eine Verbündete, als alle anderen im Haus es leid waren, Cal wie einen Feind zu behandeln. Bryony hatte Angst vor ihm. Und so wurden unsere abendlichen Zusammenkünfte im Salon nun umfangreicher und schlossen sie beide ein, was eine heitere Atmosphäre schuf. Cobweb tat so, als wäre

Cal nicht anwesend – was an sich eine Kunstform war, so wie Cobweb das zelebrierte. Einmal hörte ich zufällig, wie Cal zu ihm sagte: »Ich habe dir zu danken. Du hast mich wieder gesund gemacht.« Cobweb zuckte mit keiner Wimper, sondern wandte sich an Moswell und sprach ihn lächelnd an. Cal warf mir einen trübseligen Blick zu. Es gefiel mir nicht, wie Cal meinen Träger ansah. Und noch weniger gefiel es mir, daß Cal ihn einfach nicht hassen wollte; das verstand ich nicht, hatte aber zugleich das Gefühl, ich sollte es verstehen.

Eines Tages forderte Gahrazel mich auf, mit ihm im Park spazierenzugehen, etwas, das wir seit längerer Zeit nicht getan hatten. Er schien besorgt oder beunruhigt, aber wir hatten keine so enge Beziehung mehr zueinander, und so konnte er nicht so unbekümmert sprechen wie einst. »Peter wird aufgenommen«, sagte er.

Ich sah ihn entgeistert an. »Was hat ihn denn umgestimmt?« fragte ich. Wir kannten beide Peters Einstellung zu diesem Thema.

»Ich habe mit ihm geredet«, antwortete Gahrazel ziemlich kühl.

»Das habe ich gar nicht bemerkt.«

»Du weißt ja nicht alles über mich, Swift!« sagte er.

Danach bemühte ich mich, sorgfältiger darauf zu achten, was zwischen meinem Freund und Bryonys Bruder vorging. Wieso hatte ich vorher nichts gemerkt? Beide hegten sehr starke Gefühle gegen die Varrs, aus unterschiedlichen Gründen, aber es gab ihnen eine gemeinsame Basis. Gahrazel interessierte es nicht, was mit der Menschheit geschah; ihn interessierte nur, was mit Gahrazel geschah. Peter hingegen war verbittert und unruhig, doch seit er in Immerdar lebte, hatte er möglicherweise ein größeres Verständnis für die Wraeththu entwickelt. Vielleicht fand er es bereits absurd, nicht har werden zu wollen. Wie auch immer, ich hielt den Umstand, daß Gahrazel und Peter ihren Haß gegenseitig förderten, für gefährlich. Schließlich lebten sie doch in Terzians Haus!

Als ich mit Bryony darüber sprach, berichtete sie mir, daß ihr Bruder sich nach und nach von ihr zurückgezogen habe. »Er brennt lichterloh, und es ist ein sonderbares Feuer, an dem ich keinen Anteil haben kann«, sagte sie. »Er ist wie das Bild, das Cobweb mir auf einer seiner Wahrsagekarten gezeigt hat. Die Speere fallen vom Himmel, und sie werden immer schneller dabei. Peter ist auf der Suche nach einem Ziel, aber ich habe Angst um ihn.«

»Ich habe gar nicht bemerkt, daß er mit Gahrazel Freundschaft geschlossen hat«, sagte ich.

»Nein, wirklich«, stimmte sie mir zu. »Diese Heimlichtuerei ist beunruhigend.«

»Du machst dir Sorgen um ihn«, stellte ich fest.

Ein trauriges kleines Lächeln erschien auf ihrem Gesicht. »Wie ich schon sagte, er muß sein eigenes Leben leben. Er fliegt mir davon. Und ich kann nichts dagegen tun.«

So viele Bewohner von Immerdar schienen Terzian gegenüber nicht ergeben zu sein: Swithe mit seinen wortgewaltigen, gestenreichen Vorträgen, Gahrazel und Peter, glühendheiß in ihrer Inbrunst, und Cal, dem alles gleichgültig war. Und dabei hatten wir gar keinen großen Haushalt. Eines Tages jedoch, davon war ich überzeugt, würde Terzian lange genug stillstehen, um es zu merken, und dann würde es hoch hergehen.

Als Terzian wieder nach Hause kam, war er mit Peters Initiation einverstanden, ohne jedoch besonderes Interesse daran zu zeigen. Swithe, der sich der Vorbereitungen angenommen hatte, bat Cal um eine Spende seines Blutes. Cal lachte zwar, als er mir davon erzählte, aber, so mokierte ich mich innerlich, ja gesagt hatte er trotzdem. An Swithes Stelle hätte ich meine Wahl anders getroffen. Für mich war Cal ein endloses Wunder, aber ich hätte mich schwer gehütet, seine Lebenssäfte einem anderen einzugeben: Zuviel von ihm lag unsichtbar unter der Oberfläche verborgen. Ich bin sicher, das war der Grund dafür, daß es Peter viel schlechter erging als sonst üblich. Er fastete einen ganzen Tag lang, bevor Swithe die Initiationszeremonie im Park, unter dem Blätterdach der Bäume, vornahm. Ich fand, Cal sah aus wie ein schimmernder weißer Geist. Seine Adern waren bläulich und leuchteten, und das Leben, das darin floß, war dunkel und giftig. Noch tagelang hallten Peters grausige Schreie durch das Haus.

Er brauchte zwei Wochen, statt der üblichen drei Tage, um wieder völlig auf den Damm zu kommen, dann war seine Mutation erfolgreich abgeschlossen. Danach besaß er zur Ergänzung seiner revolutionären Begeisterung eine Prise von Cals unheimlichem Zauber. Gahrazel führte ihn in die Geheimnisse des Aruna ein, und als ich die beiden hinterher zum erstenmal sah, waren Peters Augen so voller Verheißung, daß es mir kalte Schauer über den Rücken jagte. Hier sah ich das personifizierte Schicksal, das ein scharfes Messer an den Faden des Lebens hielt. Nie wieder, soviel ich weiß, besuchte Peter seine Schwester in der Küche.

Gegen Sommerende erfuhren wir, daß sich die Kakkahaaren nach anfänglicher Zurückhaltung bereit erklärt hatten, ihre Stärke mit jener der Varrs zu verbinden. Hochrangige Kakkahaaren würden zu Gesprächen mit Ponclast und seinen Nahir-Nuris nach Norden reisen. Wegen seiner günstigen Lage hatte man dafür Galhea als Tagungsort gewählt, und Immerdar war ein ideales Konferenzzentrum. Plötzlich war das Haus voll von hochgestellten fremden Hara, und es galt, zusätzliches Personal einzustellen, um der Situation Herr zu werden. Terzian überraschte alle, indem er Bryony die Stellung als Haushälterin übertrug; sie behauptete, er wolle damit sein schlechtes Gewissen beruhigen, ich hingegen war der

Meinung, er tat es ausschließlich deshalb, weil er erkannt hatte, daß nur das Mädchen die Fähigkeiten besaß, den Haushalt so zu organisieren, daß er, Terzian, sich in möglichst günstigem Licht zeigen konnte. Alle unsere Besucher hielten die Neueinführung für eine ziemlich exotische Sache, so als hätten wir einen sprechenden Hund, der auf den Hinterbeinen geht, die Schlüssel des Hauses in den Vorderpfoten, und dem restlichen Personal sagt, was es zu tun hat. Ich weiß, daß viele von den Leuten aus dem Norden ihr kleine Geschenke in Form von Trinkgeld oder wertlosen Schmuckstücken machten, was deshalb ganz besonders merkwürdig war, weil die Nordleute den Menschen gegenüber noch weniger tolerant waren als die meisten anderen von uns. Bryony trug eine Art tatkräftiger Überlegenheit zur Schau, und wenn dies unter dem übrigen Personal irgendwelche Eifersüchteleien zur Folge hatte, dann wurde sie damit diskret und unauffällig fertig.

Die Kakkahaaren ritten Araberhengste. Cobweb und ich verfolgten ihre Ankunft vom meinem Schlafzimmerfenster aus. Ich war fasziniert von ihren fremdartigen wehenden Gewändern und ihren reizvollen dunklen Gesichtern. »Welch langes Haar sie haben!« rief Cobweb aus und berührte das eigene mit unruhiger Hand.

Für die Mahlzeiten wurde jetzt stets in der großen Halle gedeckt, aber Cobweb und ich aßen häufig mit dem Personal in der Küche. Wir mochten Förmlichkeit nicht, und außerdem standen wir den Kakkahaaren argwöhnisch gegenüber. Anfangs war ich begierig danach, sie kennenzulernen, aber als Lianvis, ihr Anführer, seine steinharten Wüstenaugen auf mich richtete, fuhr mir plötzlich die Kälte bis in die Knochen. Ich verstand jetzt, weshalb Terzian gegen die Verbindung mit ihnen war. Ich wußte nicht, wie ich die Finsternis, die aus den Augen dieses Volkes kam, nennen sollte, aber ich spürte, wie sie mich streifte, und die Berührung war eisig.

Die Kakkahaaren behaupteten, bisher keinen Kontakt zu den Gelamingern gehabt zu haben. Sie hätten zwar beobachtet, wie die Invasoren ihr Hauptquartier errichteten, sich aber jeglicher Annäherungsversuche enthalten, sowohl freundlicher als auch feindlicher Natur. Niemand schien genau zu wissen, was die Gelaminger wirklich planten, aber ihre Ankunft hatte zweifellos Unruhe verursacht, und zwar in mehr als einer Hinsicht. Berichte erreichten uns, in denen es hieß, daß andere, schwächere Stämme und sogar umherstreifende Menschengruppen sich auf den Weg zu dem Gelaminger-stützpunkt gemacht hatten. Viele Leute, Menschen wie auch Hara, hatten gute Gründe, die Varrs in Megalithika zu hassen, und es war nur natürlich, daß sie den Schutz der Gelaminger suchten. Dennoch waren sich die Anführer der Varrs darüber im klaren, daß aus vielen kleinen Landstreichergruppen früher oder später eine große Schar von Individuen werden mußte, die sich alle im Recht fühlten und denen der Sinn nach Rache an den Varrs stand. Die Sicherheitsvorkehrungen auf den varrischen Territorien wurden verstärkt, und alles, was sich auf dem Weg nach Süden befand, wurde erbarmungslos getötet.

Bryony erzählte mir, auch ihre eigenen Leute seien auf der Flucht zu den Gelamingern gewesen, als Ithiels Patrouille sie aufgespürt habe. Nur ein paar Monate später hätte man sie auf der Stelle erschossen.

Ithiel sagte mir, er glaube nicht, daß vor dem neuen Jahr irgend etwas passieren werde. Einen Feldzug vorzubereiten, kostet Zeit. In jenen Tagen befanden sich stets Fremde in unserem Haus. Gelegentlich traf ich in den Gängen auf einen unbekannten Har, der sich verlaufen hatte. Wenn es sich um einen Kakkahaaren handelte, drehte ich mich um und rannte davon.

Ich glaube nicht, daß irgend jemand allzu erfreut war, als sich herausstellte, daß wir zum Neujahrsfest Kakkahaaren im Haus haben würden. Die meisten von ihnen (einschließlich ihres schauerlichen Anführers) waren nach Süden zurückgekehrt, als es kälter wurde, doch zwei Angehörige des Stammes hatte man zurückgelassen. Sie taten mir einigermaßen leid, weil sie so unter der Kälte litten, dennoch fühlte ich mich nie wohl in ihrer Gegenwart. Ich hatte immer das Gefühl, sie könnten einen mit Haut und Haaren fressen, wenn ihnen danach zumute wäre. Egal, nichts konnte wirklich die wachsende Freude auf die Festlichkeiten dämpfen. Der Schnee fiel, und der Park verwandelte sich wie immer im Winter in ein Märchenland aus weißem Marmor. Das Haus duftete nach Gewürzen und Gebackenem; die Borde in der Speisekammer waren gefüllt mit Yarrows Schöpfungen.

Eines Tages erblickte ich aus einem Fenster im Oberstock Leef unten vor den Stallungen, wo er mit anderen Hara lachte; ihr Atem hing wie Rauch in der Luft. Ich zog mir den Mantel an und ging hinaus, um mit ihm zu reden. Daß er mich nicht gleich wiedererkannte, fand ich äußerst erfreulich, denn das hieß, ich hatte mich seit unserem letzten Zusammentreffen stark verändert. »Du bist gewachsen«, stellte er fest. Ich fragte, ob er im Frühjahr auch nach Süden gehen müsse, und er antwortete: »Vermutlich ja. Aber im Moment weiß offenbar niemand, was geschieht.«

»Ich hoffe, du kommst zurück«, sagte ich und erkannte augenblicklich die Taktlosigkeit meiner Bemerkung. Leef lächelte, und es gefiel mir, wie sich seine Züge veränderten, wenn er das tat.

»Zum Fest werde ich hier im Haus sein«, verriet er mir. »Ich bin befördert worden, und das bedeutet folglich eine Einladung zu den Feiern deines Vaters.«

»Gratuliere«, sagte ich. »Es würde mich sehr freuen, wenn wir uns dann sehen.«

Leef bekam einen unsicheren, leicht amüsierten Ausdruck in den Augen. »Mich auch«, sagte er.

Doch zuvor nahmen die Ereignisse einen ziemlich dramatischen Verlauf. Eine Woche vor dem Fest knisterten die Nächte vor erwartungsvoller Spannung, und in jedem Vorhang und in jedem Korridor schienen Lieder und Frohsinn aus vergangenen Wintern nachzuhallen und erneut zum Leben zu erwachen. Mein Vater hatte Freunde ins Haus geladen; es war ein geselliger Abend, an dem Hara aus der Stadt zum erstenmal mit den Kakkahaaren zusammentrafen, und gemeinsam probierte man den Sheh, der für das Fest bestimmt war. Alle waren in Hochstimmung; laut trampelten die Hara durch die Eingangstür, hinter sich die in Pelze gehüllten Gefährten. Cobweb kräuselte mein Haar und reichte mir neue Kleider. »Ganz der elegante junge Har«, sagte er und tupfte sich Parfüm an die Kehle. Er schien nervös an diesem Abend, und sein Lächeln wirkte gezwungen.

Unten dann, inmitten der Lichter und Gerüche, waren wir alle wie berauscht vor wildem Glück, denn tief in unserem Inneren wußten wir, daß sich demnächst bereits unser ganzes Leben verändern konnte, und so hatte unsere Fröhlichkeit einen leichten Stich ins Hysterische. Ich hatte nicht erwartet, Leef zu sehen, denn die meisten Gäste waren alte Freunde von Terzian, aber als ich ihn erblickte, wie er sich so überhaupt nicht wohl zu fühlen schien in unserem großen Salon, da kam mir seine Anwesenheit richtig und geradezu schicksalhaft vor; jedenfalls paßte sie ausgezeichnet zu meiner euphorischen Stimmung. Ich glaube, ich versuchte gerade, Gahrazel und den Narren, den er an Ithiel gefressen hatte, zu imitieren, und vielleicht erriet Leef einiges von dem, was mir im Kopf herumspukte; dennoch war er nicht so dumm, es genauer herausfinden zu wollen.

Ich forderte ihn auf, mit mir hinauszugehen in die Halle, und er warf einen raschen Blick auf meinen Vater, ehe er mir durch die Tür folgte. Ich sagte: »Er hat ganz sicher nichts dagegen.«

»Wer? Was?« fragte Leef, und ich antwortete: »Terzian; daß du mit mir zusammen bist. Mach dir keine Gedanken deswegen. Er ist nicht ganz so grimmig und auch nicht immer so in Sorge, was ich gerade tue.«

»Wenn du das wirklich glaubst, was ich bezweifle, dann irrst du dich«, bemerkte Leef, aber er wirkte gleich etwas gelöster.

Wir setzten uns auf die Treppe, aber wir waren nicht allein. An diesem Abend schien es überall im Haus von Hara zu wimmeln. Leef sagte: »Ich fühle mich so unbehaglich. Die Atmosphäre ist recht sonderbar.«

Ich überlegte. »Vielleicht hast du recht«, nickte ich dann. »Ich fühle mich schon den ganzen Tag ziemlich eigenartig, aber ich dachte, es liege an mir.«

Wir sahen einander an, und Leef sagte: »Nun?«

Ich merkte, wie sehr ich mich seit dem Tag, als wir uns kennengelernt hatten, verändert haben mußte, denn nun schien er in meiner Gegenwart ziemlich nervös zu sein. Doch sicher hatte seine Zurückhaltung ihren Ursprung hauptsächlich in dem Umstand, daß Terzian mein Vater war.

»Im Frühling ...«, begann ich.

»Ja, im Frühling«, unterbrach Leef mich in scharfem Tonfall. »Nicht einer von uns ist frei von Furcht! Thiede hat, scheint es, schon gewonnen, noch ehe wir dem ersten Gelaminger gegenüberstehen! Seit Jahren kultiviert er seinen Ruf für diesen einen Moment!«

»Wie? Für uns beide hier auf den Stufen?«

Aber Leef lächelte nicht. »Für alles«, erwiderte er. Er sah minutenlang meine Hände an, die ich, weil ich nicht wußte, was ich mit ihnen tun sollte, auf die Knie gelegt hatte, bevor er wagte, eine davon in die seine zu nehmen. »Luxushände«, sagte er. »Hast du keine Angst, daß Thiede kommen und dich zwingen könnte, dir deinen Unterhalt mit Arbeit zu verdienen?«

»Nein«, antwortete ich. »Denken alle so wie du?«

Leef schüttelte den Kopf. »Das weiß ich nicht. Ich sollte nicht so mit dir reden.«

»Im Hinblick auf meinen Vater, nehme ich an. Meinst du tatsächlich, ich würde je echte Gespräche mit ihm führen?«

»Tust du das denn nicht?«

»Nein. Nicht über das wirkliche Leben. Wir unterhalten uns über das Fleisch, das auf den Tisch kommt, über das Wetter, die Pferde und sonst nicht viel. Ich glaube, er betrachtet mich einfach als Besitz, wie dieses Haus, wie meinen Träger. Und können Häuser oder Huren denn Meinungen haben?«

»Swift!« rief Leef aus und ließ den Blick eilig durch die Halle wandern, um herauszufinden, ob jemand mich gehört hatte.

»Du kannst doch nicht bestreiten, daß ich recht habe!«

»Hör auf mit diesem Gerede, hör auf damit!« sagte er mit leiser, aber heftiger Stimme. »Wir sollen heute doch froh und glücklich sein!«

»Na gut.« Es muß Cal sein, dachte ich, der mich angesteckt hat. Vielleicht wurde ich ihm immer ähnlicher und redete schon so wie er. Hatte eigentlich ich dieses Gespräch begonnen? »Ich will herausfinden, was mein Vater von dir hält«, sagte ich, und Leef blickte zu Boden und lächelte. Er wußte, was ich damit meinte.

Jemand rief meinen Namen, und dann stand Gahrazel atemlos auf den Stufen neben mir. »Swift!« keuchte er aufgeregt. »Komm zurück in den Salon! Gleich!«

»Warum?«

»Ich glaube, heute abend wird es passieren!« antwortete er geheimnisvoll.

Das war eine Art Kodewort zwischen uns. Seit Cals Erinnerungsvermögen zurückgekehrt war, warteten Gahrazel und ich auf den Tag, da Cal sich einen Ruck geben und die Abwehrhaltung aufgeben würde, die er bisher meinem Vater gegenüber eingenommen hatte. Uns beiden war es die ganze Zeit über als unvermeidlich erschienen, daß es früher oder später geschehen mußte. Wir spürten, daß Cal von Natur aus ein sinnliches Geschöpf war, und so würde er – obwohl er, das wußte ich, begehrlich, wenngleich aussichtslos nach Cobweb schielte – eines Tages auf die Annäherungsversuche meines Vaters reagieren. Ich konnte nicht verstehen, was ihn immer noch zurückhielt. Terzian hatte nie aufgegeben, und manchmal wirkte seine typische versteckte Art von Liebeswerben allzu offenkundig und aufdringlich – aus reiner Verzweiflung, denke ich. Jeder merkte es, aber mein Vater geriet nicht in Wut. Ein weiteres Rätsel. Sich zum Narren machen zu lassen, war kein Zustand, den Terzian normalerweise freudig hinnahm.

Widerstrebend folgte Leef mir zurück in den Salon, während Gahrazel voranging. Plötzlich jedoch ärgerte mich Gahrazels ungeduldige Neugier und daß er das alles so unterhaltsam fand. In Wahrheit handelte es sich um einen todernsten Reigen, der in Auflösung begriffen war. Es war kein Scherz.

Vater stand an das Kaminsims gelehnt am Feuer und liebkoste ein leeres Glas. Er sprach mit den beiden Kakkahaaren, während Cal am anderen Ende des Raumes Swithe zuhörte. Enttäuscht wandte ich mich an Gahrazel. »Du hast doch gesagt, daß ...«

»Schsch!« unterbrach mich Gahrazel und packte meinen Arm mit beiden Händen. »Beobachte sie doch! Laß die Atmosphäre auf dich einwirken. Du wirst schon sehen.« Lachend schlenderte er davon, zweifellos auf der Suche nach einem Platz mit guter Sicht auf das bevorstehende Geschehen.

»Was hast du vor?« fragte Leef und ließ den Blick wieder einmal nervös über die Köpfe gleiten.

»Oh, gleich findet die große Sache statt«, erklärte ich.

Leef schüttelte den Kopf. »Ach ja? Wird es großen Schaden geben?«

»Wer weiß das schon?«

Ich sah meinen Vater an. Er ist so biegsam, dachte ich,

und heute nacht sieht er so jung aus. Das schwere goldblonde Haar fiel ihm über die Augen; er hob die Hand, um es zurückzuschieben, und warf einen schnellen Blick hinüber, auf die andere Seite des Raumes. Ich spürte diesen Blick durch mich hindurchgehen wie einen Pfeil. Dazu brauchte ich meine Augen gar nicht auf Cal zu richten; ich fühlte es. Und nun war mein Vater plötzlich zu einem Fremden geworden. Nichts an ihm war mir mehr vertraut. Vor meinen Augen begann sich alles zu drehen, und ich erinnerte mich, daß ich zwei Gläser Sheh hinuntergestürzt hatte, ohne es so recht zu bemerken. Wird es so sein? fragte ich mich, diese Kraft, dieses verborgene Feuer? Wartete das eines Tages auf mich? Ich warf Leef einen verstohlenen Seitenblick zu. Wirst es wirklich du sein...?

»Ich habe zuviel getrunken«, sagte ich, und Leef sah mich scharf an. Er schien sich so unbehaglich zu fühlen, daß er mir leid tat.

»Swift...«, begann er; ich konnte nicht sein ganzes Gesicht sehen, nur seinen Mund, wenn er redete, oder seine grauen Augen, aber nicht alles gemeinsam.

»Ja?«

»Ich möchte...« Er legte die Finger leicht auf meine Lippen und schüttelte den Kopf. »Terzians Sohn!« sagte er und lächelte.

Jetzt lag es an mir, mich unbehaglich zu fühlen. »Ich möchte zusehen, was mein Vater tut«, sagte ich. Leef folgte mir zum Sofa, und wir setzten uns daneben auf den Boden.

»Siehst du deinem Vater oft zu?« fragte er und war sich offenbar nicht sicher, welchen Scherz auf seine Kosten ich ausheckte.

»Nie!« entgegnete ich. »Leef, hast du je Cobweb *begehrt?*«

»Hör auf damit!« zischte er.

»Er stellt doch auch etwas dar, das Terzian gehört... Er ist Rauch und Efeu.«

»Und du bist momentan zu drei Vierteln Sheh!«

»So leben wir nun mal. Wir sind alle ziemlich verrückt. Ärgere dich nicht über mich.«

Leef schüttelte den Kopf und verzog den Mund zu einem dünnen Strich.

Ich bemerkte, daß Cobweb mit Ithiel sprach; aus seinem wilden losen Haar stach sein Gesicht schneeweiß hervor, was stets bedeutete, daß er wünschte, seine eigene Macht um sich zu spüren. Und Ithiel sah aus, als wüßte er genau, daß es möglicherweise nicht allzulang dauern mochte, ehe er Cobweb mit Gewalt zurückhalten mußte. Hat es außer uns noch jemand bemerkt? fragte ich mich. Verlangen lag in der Luft, so stark, daß es wie verbrannt roch. Ich spürte es in der Lunge, in meinem Kopf, hinter den Augen. Wie können sie es aushalten? dachte ich; ihr Begehren füreinander ist wie ein lebendes Wesen hier drinnen, fast greifbar.

Schließlich konnte Terzian nicht mehr länger widerstehen. Er stellte das leere Glas langsam auf das Kaminsims, rieb sich das Kinn und warf wieder einen Blick auf Cal. Er entschuldigte sich höflich bei den Kakkahaaren und machte sich auf den Weg quer durch den Salon, wobei er immer wieder stehenblieb, um sich kurz mit anderen Hara zu unterhalten, freundlich lächelte und den Dienern bedeutete, frische Drinks zu bringen. Als er an mir vorbeiging, grinste er herab zu mir, und ich grinste zurück. Dennoch waren wir Fremde; ich hatte nichts mit den Vorgängen zu tun.

Cal stand nicht weit weg von der Stelle, wo Leef und ich auf dem Boden saßen, und ich hörte, wie mein Vater ohne jede Einleitung sagte: »Ich habe auf dich gewartet«, und Cal antwortete: »Ja, ich weiß.«

Es entstand eine Pause, und dann sagte Terzian: »Ich weiß, was vorgefallen ist, als ich weg war.«

»Selbstverständlich weißt du das, Terzian, du weißt ja alles«, entgegnete Cal ziemlich kühl. »Was mich überrascht: daß du nicht schon früher darauf zu sprechen gekommen bist.«

»Hmm.«

Sie waren so unbeholfen und hölzern miteinander, daß ich schon fast glaubte, Gahrazel habe sich geirrt. Leef fragte: »Was ist denn los?« Ich aber winkte ab, und er schwieg.

Vater sagte zu Cal: »Du hast immer noch Angst, nicht wahr?«

Vermutlich zuckte Cal jetzt die Achseln, aber ich wagte nicht hinzusehen. »Angst? Nicht unbedingt. Ich bin nur auf der Hut. Ich nehme an, deine Bedingungen haben sich nicht geändert.«

»Bedingungen?« Terzian hatte die Stimme erhoben, doch dann besann er sich, daß er sich in einem Raum voll mit anderen Leuten befand, von denen einige bereits die Köpfe nach ihm umwandten. »So gefühllos bin ich nicht«, sagte er leise.

»O doch. Du weißt es genau.«

»Und du weißt, wie sehr ich dich begehrt habe! Es ging nicht nur darum, mit dir Harlinge zu zeugen, so vollkommen diese auch sein mögen ...«

»Aber es gehört auch dazu, Terzian. Warum siehst du das nicht ein?«

»Es einsehen?« Die Stimme meines Vaters klang beinahe traurig. »Du bist der Richtige, um über Einsichten zu reden! Vielleicht solltest du selbst einsehen, daß du dazu gemacht bist, Söhne zu tragen, Söhne zu zeugen! Du bist ein Wraeththu! Sieh das doch ein, Cal!«

Kann denn niemand die beiden hören? dachte ich. Leef starrte auf den Teppich, während mein Blut in Wallung geriet. Cobweb war nichts als ein dünner Geist, weit entfernt und in Ketten.

Vater sagte: »Ich täte dir nie weh, Cal.«

»Das weiß ich.«

»Es liegt dir in den Adern. Du brauchst mich. Es ist schon zu lange her.«

»Das weiß ich auch… Aber da gibt es etwas, das mußt du tun.« Ich hörte den Stahl in seiner Stimme und wußte, wenn ich hinsähe, wäre sein Gesicht die Unschuld schlechthin.

Vater ahnte seinen Triumph voraus und sagte: »Ja, alles! Alles!«

Es folgte ein kurzes Schweigen, und ich wußte, Cal sah sich um und vergewisserte sich, daß die richtigen Leute zuhörten.

»Wenn du mich wirklich willst, dann mußt du das unter Beweis stellen. Ich verlange nichts Unlauteres. Ich denke nur, daß ich den Rang verdiene und verlange die Anerkennung meiner Stellung.«

»Cal, worüber redest du?«

»Lach nicht, Terzian. Ich weiß, was dein Volk denkt. Cobweb ist so etwas wie deine Königin. Er wird geachtet. Und mit weniger will ich mich auch nicht begnügen.«

Vielleicht gab es niemanden außer mir, der wußte, daß Cal an solchen Dingen überhaupt nichts lag. Es bedeutete für ihn bloß den nächsten Zug in diesem Spiel, und natürlich würde Terzian darauf hereinfallen, denn das war die Sprache, die er verstand. Cal sagte: »Terzian, ich möchte, daß du mich umarmst.«

»Hier?«

»Jetzt! Teile den Atem mit mir, hier! Alle sollen es sehen! Ich muß soviel wert sein wie Cobweb und keinen Deut weniger!«

»Und das ist alles?«

Alles! dachte ich. Ihre Umarmung wird zu einem Dolch werden, zu mehr als einem Dolch – zu zehn Dolchen. Und wer wird schließlich mit dem Gesicht nach unten auf dem blutgetränkten Boden liegen, durchbohrt von zehn Dolchen? Terzians Gefährte Cobweb würde es sein, mit Schmach bedeckt im Angesicht der gesamten Elite von Galhea!

Ich spürte, wie es rundum still wurde, und merkte,

daß ich die Augen geschlossen hatte. Ich hörte Leef murmeln: »Du guter Gott! Schau dir das an!« Doch seine Überraschung war durchsetzt mit Belustigung.

Das erste, was ich sah, war Ithiel, der dabei war, einen von ungezügelter Wildheit gepackten Cobweb in seinen Armen festzuhalten; Cobwebs Augen waren schwarze Schalen, in denen ein Obsidianfeuer loderte, und er gab keinen Laut von sich, während er sich gegen Ithiels Griff wehrte. Ich konnte nicht hinsehen. Ich stand auf, und Leef versuchte, mich zurückzuhalten; er wollte beruhigend auf mich einreden, aber ich hörte nicht zu, sondern ging geradewegs zur Tür, quer über den langen Teppich und vorbei an den Gesichtern, die hundert Meilen weit weg waren und mich nicht sahen.

Allein in meinem finsteren Zimmer, leckte ich mir die Tränen von den Lippen und lauschte den Geräuschen, die von unten heraufdrangen. Ich hörte immer noch Gelächter und das Gewirr von Stimmen, vielleicht noch stärker als zuvor. Die Anspannung war verflogen. Ich machte mir den Geist frei, ließ ihn zu einer großen stillen Schwärze werden, und in diese Leere hinein projizierte ich den Namen meines Trägers. Nicht lange danach hörte ich, wie sich hinter mir die Tür öffnete, und das Licht vom Korridor schien ins Zimmer.

»Ich mußte am Zimmer deines Vaters vorbeigehen«, sagte Cobweb.

»Schon?« fragte ich, und mein Träger nickte schweigend. Ich muß wohl länger so allein dagesessen haben, als ich dachte.

»Du hast das alles in Gang gebracht!« hielt ich ihm mitleidlos vor.

Cobweb schloß die Tür. Er lehnte sich dagegen und glitt dann daran entlang zu Boden. Ich wollte zu ihm hineilen, aber ich hatte keine Kraft. Ich konnte auch nicht mehr feststellen, welche Gefühle ich noch hatte. Zusammengekrümmt preßte Cobweb sich an die Wand, und sein Haar berührte den Boden; er war geschlagen, in vielerlei Hinsicht.

»Was geht vor?« fragte ich, ohne hinzusehen.

»Wenn es heute nacht geschieht, dann werden wir es fühlen. Wir werden die Seele spüren, wenn sie kommt ...« Cobwebs Stimme war ein Flüstern in meinem Kopf.

Ich zog die Beine unter mir hervor und berührte das Fenster mit einer Hand; es war kalt, viel kälter als das Zimmer.

Cobweb wehrte sich nicht, als ich zu ihm ging und ihm aufhalf. Er fühlte sich so leicht an, als wäre seine ganze Substanz dahingeschwunden. Sein Haar roch nach Moos. Ich geleitete ihn zu meinem Bett, und er legte sich hin. Als ich neben ihm stand und sein Gesicht betrachtete, das wie aus Holz geschnitzt wirkte, und die wilden dunklen Locken über mein Kissen kriechen sah, dachte ich: Wie viele Male hat Terzian wohl dagestanden wie ich jetzt und hat ihn so daliegen sehen? Und dann dachte ich: Mein Vater ist so unbescheiden! Und dann: Nein, er hat bloß sehr viel Glück im Leben.

»Ist der Frühling schon da, Swift?« fragte Cobweb. »Ist alles vorbei?«

»Nicht für dich«, antwortete ich.

Cobweb lachte, und es klang häßlich und bitter. »Die echte Zauberei kommt von innen«, sagte er. »Wir sind alle in ihrem Bann. Sie zerstört uns, aber wir brauchen sie ... Wir hätten zu allererst sie zerstören sollen. So sind wir alle hier in Galhea verstrickt. Wir greifen nicht nach draußen.«

Ich verstand nur zum Teil, wovon er sprach. »Ich habe gehört, wir verfangen uns in denselben Fallen, die einst die Menschen einander gestellt haben«, sagte ich, und Cobweb seufzte.

»Wir sind alle Spinnen; ohne Netz haben wir nichts zu essen.«

»Du hast versucht, ihn zu töten, stimmt's?«

Sehr langsam drehte Cobweb den Kopf herum, dunkel und wunderschön wie eine giftige Blüte. »Ich habe den Eindruck, mein Kind sucht nach Entschuldigungen dafür, was geschehen ist! Cal will Terzian gar nicht haben. Er will nur mich treffen. Ich brauche deine Unterstützung, Swift. Wo bleibt sie?«

Ich fiel neben dem Bett auf die Knie und nahm seine langen kühlen Hände in die meinen. »Cobweb, es geht hier nicht um Unterstützung! Du hast versucht, ihn zu töten! Du bist klug genug, um zu erkennen, daß diese Reaktion vorhersehbar war. Du hast sie selbst verursacht. Du hättest die Hände von ihm lassen sollen.«

Cobweb warf sich die Arme über die Augen. »Ich hasse ihn! Er bringt mich dazu, daß ich Finsternis in meine Seele einlasse! Ich will, daß er tot ist!« Mit loderndem Blick setzte er sich auf und grub mir die zu Klauen gekrümmten Finger in die Schultern. »Siehst du nicht, was er mir antut? Er macht mich nicht nur einsam, er löscht dazu noch das Licht in mir. Das ist eine Schlacht, für die ich manchmal zu müde bin, und so lasse ich es zu und lasse es mich überkommen, und dann hasse ich ihn und wünsche ihn mir tot und entdecke Dinge in meinen Händen, die ihn töten könnten. Er vernichtet mich!«

»Nein, das tust du selbst!« rief ich. »Du vernichtest dich selbst! Es ist nur in deinem Kopf!«

Cobweb stieß mich weg, als ob ich ihm Abscheu verursachte. »Ich gehe zu Swithe«, sagte er.

»Nein!« Ich hinderte ihn am Aufstehen. »Bleib bei mir!«

»Weshalb? Weshalb sollte ich? Wenn ich dich anschaue, sehe ich deinen Vater in deinen Augen; dieselbe Tollheit. Du bist genauso vernarrt in diese finstere Bestie wie dein Vater!«

Ich konnte nichts darauf antworten, nur in meinem Kopf bildete sich augenblicklich der Satz: Er hat recht!

Ich senkte den Kopf, und zwischen uns entstand eine Platte aus Eis.

»Ich wußte es!« knurrte Cobweb leise.

Und dann schossen die Gefühle hoch wie ein Strahl Blut, der mir ins Herz drang. Ich warf mich gegen Cobweb und umarmte ihn ganz fest und drückte ihn an mich.

»Ich hab dich lieb!« rief ich. Doch sein Körper war kalt und unnachgiebig. »Wirklich! Wirklich! Ich schwöre es! Ich werde dich nie hintergehen!«

Ich spürte seine Hände auf meinem Rücken und wie sie sich zu Fäusten ballten und wieder entspannten, ehe ich sein Seufzen durch mein Haar streichen fühlte.

»Du gehörst mir«, flüsterte mein Träger. »Mir … mir!«

Noch ein Traum:

Eine Stimme sagt zu mir: »Es ist nichts. Draußen ist die wahre Hölle! Das hier ist gar nichts.«

Ich muß geweint haben. Mein Kopf liegt auf den Knien. Als ich aufblicke, sind zwei Augen dicht vor mir. Das Gesicht kann ich nicht sehen. Ich sage: »Ach, ich werde nie hinausgehen!« Und selbst im Traum weiß ich, daß das nicht wahr ist. Ich hebe die Hände und schreie: »Ich kenne dich nicht! Ich kenne dich nicht!« Aber ich möchte immerzu in diese Augen schauen.

So sind Träume eben; niemals logisch.

Kapitel 6

Strohhalm im Wind.
Strohhalm im Wind,
der meine Träume durchweht.
Eine Geburt im Frühling
und Zurücksinken in die Kissen.

Und so sollte das Neujahrsfest diesmal für einige von uns ohne Festesfreude sein. Zugegeben, das Haus war voller Hara, denen die schrecklichen Regungen in Immerdars Herzen in dankenswerter Weise verborgen blieben; Essen und Trinken gab es im Überfluß, und alle trugen ein Lächeln auf den Lippen, doch da war unüberhörbar Cobwebs unheimliches, beklemmendes Schweigen, dem man täglich gegenüberstand. Terzian entschied sich, darüber hinwegzugehen. Aus verschiedenen Gründen, doch in erster Linie – so denke ich – aus Loyalität meinem Träger gegenüber beschloß ich, nicht mehr mit Cal zu sprechen. Wie zu erwarten, brachte ihn das nur zum Lachen. »Die Reihen fest geschlossen, Swift!« grinste er. »Der böse Verführer ist mitten unter uns!« Er wußte wie wir alle, daß Cobweb es gewesen war, der ihm seine Angst vor dem Aruna genommen hatte.

Beim festlichen Abendessen saß ich neben Leef. Er unternahm ein paar tapfere Vorstöße in Richtung Konversation und machte dann nur noch eine trockene Bemerkung, mein dumpfes Schweigen betreffend. Ich wollte nicht, daß er dachte, ich würde ihn nicht mehr mögen, aber es fehlte mir die Kraft zu sprechen. Wie gern hätte ich ihn hilflos angesehen, damit er mich einfach fragen *mußte,* was denn los sei, aber ich konnte nur auf meinen Teller starren. Ich verstand selbst nicht, weshalb ich mich in dieser merkwürdigen Depression verfangen hatte, und wünschte nichts sehnlicher, als daß irgend jemand sie bemerken und die richtigen befreienden Worte sagen würde, aber Leef seufzte nur und wandte sich ab, um mit seinem Nachbarn auf der anderen Seite zu reden.

So hatte das neue Jahr in schlechter Stimmung begonnen, und das war ein böses Omen. Die Atmosphäre verbesserte sich auch nicht, als Vater uns wissen ließ, daß er erwarte, von Gahrazel in den Süden begleitet zu werden, sobald das Wetter es erlaubte. Ich kannte Gahrazels Einstellung zu dem bevorstehenden Feldzug. Er wurde gar nicht zwischen Loyalität gegenüber seinem Stamm und Loyalität gegenüber seiner Überzeugung hin und her gerissen; er wollte bloß in Frieden gelassen werden, wünschte sich ein leichtes Leben mehr als alles andere. Grausamkeit machte ihn wütend, und Mord und Totschlag stießen ihn ab. Er wußte, daß Terzian daran lag, ihn in dieser Hinsicht umzuformen. Mein Vater sorgte auch dafür, daß Peter für Ithiel arbeitete, und wir wußten alle, daß Ithiel und seine Leute in Galhea bleiben würden, wenn die anderen Varrs sich aufmachten, den Gelamingern die Stirn zu bieten.

Ich haßte inzwischen jede Art von Betriebsamkeit und verließ nur selten das Haus. In jener Zeit störten oft beunruhigende Träume meinen Schlaf, deren Hauptmotiv aus jenen rätselhaften Augen zu bestehen schien, die ich schon früher gesehen hatte. In Kürze würde ich meinen Geburtstag feiern. In Kürze würde ich mündig werden. Und das war eine Aussicht, vor der mir graute. Seit dem Fest verbrachte ich immer mehr Zeit allein. Meine Liebe gehörte dem Wissen, nicht dem Fleisch. Swithe gab mir Bücher zu lesen, und ich verschlang die Seiten regelrecht, so begierig war ich auf meiner Jagd nach Informationen, nach Antworten. Ich erfuhr eine Menge über die Welt und ihre Vergangenheit, jedoch nur wenig über meinen eigenen Zustand. Die Wraeththu existierten noch nicht lange genug, als daß irgend jemand die Zeit gefunden hätte, ernsthafte Bücher über unsere einzigartige, erstaunliche Ära zu verfassen. Wenn ich älter würde, könnte vielleicht ich einer der ersten sein, die mit einer Analyse begännen …? Umgehend fing ich an, mir Notizen zu machen, meine Eindrücke von dem augenblicklichen Geschehen niederzuschreiben. Die heilige Geborgenheit meines Vaterhauses war beschmutzt, das Fundament meines Daseins ins Wanken geraten. Aus Cobweb war eine eisige, tragische Gestalt geworden, die durch die Gänge im oberen Stockwerk geisterte oder in seinem Zimmer mit Holzkohlenstücken gräßliche schwarze Zeichnungen produzierte. Die Gesichter, die er auf das Papier warf, drangen in meine Träume ein, und der Nachgeschmack ihrer Qualen verbitterte meine Tage. Selbst Gahrazel hatte sich zu einem unfreundlichen, immerzu fieberhaft erregten Wesen gewandelt. Die Reize, die Immerdar für ihn gehabt hatte, schienen ihn nicht mehr zu bewegen, und er hatte gelernt zu töten. Er gab Peter einen Wraeththunamen, Purah. Sie waren andauernd zusammen, denn ihre gemeinsamen Tage waren gezählt.

Über Cal kann ich nur sagen, daß ich ihn nur mit schmerzlichem Zorn ansehen konnte. Und er blickte mit wissenden, lächelnden Augen zurück. In den Nächten, in denen er zu meinem Vater ging, hörte ich ihn draußen auf dem Korridor vor meinem Zimmer pfeifen. Seine Anwesenheit brannte mir auf der Seele, und ich vermied es, mit ihm zusammenzutreffen. Ganz offensichtlich hatte er weder Gewissensbisse wegen des Leids, das er ins Haus gebracht hatte, noch wegen des Umstands, daß er mich als Freund verloren hatte. Ich konnte nicht glauben, daß er die Gefühle meines Vaters ebenso stark erwiderte; es war alles nur Spiel für ihn, ein Zeitvertreib, mit dem man der Langeweile zuvorkam. Immer wieder befahl ich mir, ihn zu hassen.

Als passende Strafe für unser engstirniges Verhalten sollten Cobweb und ich die letzten sein, die von der folgenschweren Neuigkeit erfuhren, als es soweit war. Es passierte nur ein paar Wochen nach dem Neujahrsfest, und es war Bryony, die es uns hinterbrachte. Cal würde Terzians Sohn tragen; Phlaar hatte es bestätigt. Als ich davon hörte, sah ich die beiden augenblicklich vor mir, zusammen auf dem Bett meines Vaters in dessen Zimmer. Irgendwie freute ich mich darüber, denn ich wußte, Cal würde jeden Moment davon verabscheuen. Er war nicht dazu gemacht, Träger zu sein, wie auch immer mein Vater darüber dachte.

Cobweb schrie nicht und wütete nicht, wie ich erwartet hatte. Er nahm die Nachricht ziemlich gefaßt auf, und ich stellte keine unnützen Fragen. Wir benahmen uns zutiefst würdevoll, Cobweb und ich, wie zwei Wesen aus dem Märchenbuch. Ich entsann mich, daß Cal Cobweb einmal mit einer Königin verglichen hatte, und genauso sah ich uns beide jetzt: als die gefangene Königin und ihren Sohn, die von der neuen Frau des Königs erfuhren; in Ungnade gefallen, vergessen. Cobweb und ich rückten enger zusammen. Ich hüllte mich in sein Schlangenhaar unter seinen Tintenaugen, und wir liebkosten unsere schwarzen Herzen mit beißendem Feuer und hintergründigen Flüsterworten. Wir fanden Trost in unseren dunklen Kräften und Befriedigung in mystischen Drohungen. »Wir werden auch eine Perle tragen«, sagte mein Träger. »Die schwärzeste Perle der Rache!« Das jedoch war eine Verheißung, die nie Wirklichkeit wurde.

Als die ersten Schößlinge ans Licht fanden und der Garten sich dem Frühling entgegenreckte und -streckte, sahen wir sie abreisen. Glänzende schwarze Pferde und die Elite varrischer Hara. Terzian beugte sich vom Pferd hinab und umarmte Cal zum letztenmal, ehe er aufsah und einen Blick hinüberwarf zur Treppe von Immerdar, auf der Cobweb mit ausdruckslosem Gesicht stand. Dann rief er meinen Namen und streckte mir die Hand hin. Ich ergriff sie. »Ich bringe dir einen wunderschönen Gelaminger als Sklaven!« sagte er mit einem Lächeln.

Ich grinste schief zurück. »Viel Glück.«

Terzian hob die Hand, und sie wendeten die Pferde und ritten den Weg hinab zum Tor. Cal stand neben mir, aber ich sah ihn nicht an. Ein einziges Mal wandte Terzian sich im Sattel um und winkte uns zu, dann beschleunigte er den Schritt des Pferdes zu einem leichten Galopp. Es war ein eindrucksvoller Anblick, doch der Hauptteil seines Heers wartete noch in der Stadt auf ihn.

Hinterher blieb ich auf den Stufen der Treppe stehen und blickte an den alten weißen Mauern von Immerdar hinauf. Sieht ganz so aus, als wäre meine Geschichte bereits zu Ende, dachte ich versonnen; alles Glück ist aus diesem Haus entschwunden. Jetzt wirkt es abweisend, und seine Geheimnisse sind schrecklich. Doch wie vor langer Zeit verwahrt eine Frau, eine Tochter aus Menschengeschlecht, die Schlüssel zu seinen Räumen. Vielleicht war Bryony tatsächlich die einzige, die sich noch wirklich um das Haus kümmerte. Für Cobweb war Immerdar nur noch die Geistererscheinung starr und kahl aufragender Sparren – eine Ruine, die verkohlten Überreste seines Heims. Der Stempel, den er einst den Räumen aufgedrückt hatte, war merklich geschwunden; jetzt beanspruchte er nur noch die finstersten Winkel des Parks und seine eigene Suite im Oberstock für sich.

Am Abend zuvor hatte ich in Gahrazels Zimmer gesessen und ihm beim Packen zugesehen, was er in einer Art erledigte, als werde er nie nach Immerdar zurückkehren. Er ist wirklich erwachsen, hatte ich gedacht; seine Begeisterung ist gezügelt, sein Feuer gedrosselt. Ich sah zu, wie er sich das Haar schnitt und die Schnipsel verbrannte. Nur selten kam es jetzt vor, daß wir gemeinsame Berührungspunkte hatten. Schließlich war ich immer noch ein Kind, und vielleicht langweilte ich diesen neuen weltklugen Gahrazel. Die Varrs – der Zustand des Varrseins war zwischen uns getreten.

Nicht lange nachdem Vater und sein Heer nach Süden gezogen waren, feierten Cobweb und ich zusammen meinen Geburtstag. Yarrow buk einen großen Ingwerkuchen, aber niemand kam, ihn mit uns gemeinsam zu essen. Wir saßen in meinem Zimmer, tranken Sheh, und Cobweb machte mit dem Messer einen Schnitt in meinen Arm, um mein Blut zu bekommen. Daraus machte er dann Talismane zu meinem Schutz, legte mir die Hand auf die Wange und sagte: »Sehr bald schon wird das Tier erwachen, das in dir schlummert.«

Ich entsinne mich, einen ärgerlichen Laut ausgestoßen zu haben. »Und was wird dann sein?« fragte ich gereizt. »Was wird geschehen, wenn mein Körper die Oberhand bekommt und niemand da ist, der ihm Halt gibt?«

Cobweb nahm mich in die Arme. »Ich ließe dich immer Kind bleiben, wenn ich könnte!« sagte er.

In der Nacht lag ich wach und dachte an Vater und an Gahrazel und daran, was sie wohl gerade taten und ob sie an Zuhause dachten. Dann kam langsam der Schlaf über mich, und der Traum besuchte mich wieder, die mysteriösen Augen, der Hauch eines fremden Atems. Am Morgen erwachte ich voller Angst, doch nachts, in der Dunkelheit, fühlte ich mich ganz ruhig.

Eines Morgens, als ich länger schlief, wurde ich vom Schrei einer weiblichen Stimme geweckt. Als ich halb angezogen aus dem Zimmer lief und mich über das Geländer nach unten beugte, sah Bryonys totenbleiches Gesicht aus der Halle zu mir herauf. »Swift, komm schnell!« rief sie.

Beim Frühstück war Cal zusammengebrochen. Als ich ihn erblickte, begann mein Herz wie wild zu schlagen. Konnte es sein, daß er tot war? Würden wir wiederum allein und frei sein? Aber er rührte sich in unseren Armen, als wir ihn hinauftrugen in sein Zimmer. Als wir ihn auf das Bett legten, stöhnte er und schlug um sich, krümmte sich und reckte sich, als hätte er Gift genommen. Cobweb? dachte ich. Irgend jemand lief, um Phlaar zu holen, und ich blieb allein mit Cal zurück, während alle im Haus herumrannten, als wäre das Ende der Welt gekommen. (Cal war bereits das Herz von Immerdar.) Er öffnete die Augen und erblickte mich neben sich. Ich starrte hochmütig in sein verzerrtes Gesicht. Jetzt kennen wir uns ja, dachte ich.

»Weißt du, was mit mir vorgeht?« krächzte er.

»Nein«, antwortete ich, »aber worum es sich auch handelt, du verdienst es.« Ich fühlte mich unbehaglich und dachte daran, daß ich ihn vor nicht allzulanger Zeit unter diesen Umständen beruhigt hätte, ihm über die Stirn gestrichen und nach Beachtung gebettelt hätte. Es wäre ganz natürlich gewesen, das auch jetzt zu tun, aber ich beherrschte mich. »Wie sich die Dinge doch ändern«, bemerkte ich kühl und trat hinüber zum Fenster, damit er mich nicht anrühren konnte. Ich hörte, wie er leise stöhnte. Als ich nicht mehr widerstehen konnte und mich umdrehte, hielt er sich den Bauch. Sein Gesicht war naß.

»Swift … haß mich nicht! Bitte, nicht jetzt!« Ich setzte zum Reden an, aber er warf sich herum und schrie: »Ich brauche dich! Ich brauche dich, Swift!«

Als ich zu ihm trat, dachte ich: Aber, aber, du bist doch gewiß stark genug, um das zu ertragen!

Sein Gesicht war heiß und feucht unter meinen Händen; er weinte. »Du nimmst an einem Wunder teil«, flüsterte er und legte den Kopf in meinen Schoß.

Ich berührte ihn am Arm, der immer noch über seinem Bauch lag. »Was ist es denn?« fragte ich.

»Leben, denke ich«, sagte er.

Zwei Tage lang lag Cal in Qualen, während sein Körper sich bemühte, die Perle auszustoßen, aus der Terzians Sohn werden sollte. Phlaar schien nicht besonders besorgt wegen Cals Zustand, und mich schauderte bei dem Gedanken, daß eine solche Marter natürlich sein sollte.

Einzig Cobweb kümmerte sich nicht um diese Geburt von so großer Tragweite, die jeden sonst im Haus in Bann zu schlagen schien. Stets mußte jemand bei Cal sein, denn er warf sich im Fieber herum und wurde manchmal wild und rastlos, und Phlaar wagte es nicht, ihn alleinzulassen, weil er fürchtete, er könne sich verletzen. Ganz besonders fasziniert von der Wraeththugeburt war jedoch Bryony, für die das Tragen von Leben stets ein weibliches Privileg bedeutet hatte. Kurz bevor es soweit war und alle Hausbewohner die Nacht durchwachten, um die Nachricht sogleich zu hören, wenn sie kam, nahm Bryony mich mit in die Küche. Wir hockten uns in der Finsternis neben den Herd, tranken starken süßen Kaffee und sprachen über die Geheimnisse des Lebens. Wie fesselnd sie die Mysterien der Wraeththuphysiologie fand (natürlich ohne es auszusprechen)! Ich wich ihren raffinierten Fragen aus, denn ich selbst zog es vor, nicht näher über die erwähnten Dinge nachzudenken. Ganz im Gegensatz zu Bryony. Mit großer Offenheit erklärte sie mir eine Menge über die Frauen und wie ihre Körper funktionierten. Und dann erfuhr ich von der menschlichen Fortpflanzungsmethode, die in gewisser Weise der unseren so ähnlich und doch so unterschiedlich in anderer Weise war.

»Wenigstens haben die Wraeththu diese ganze miserable Angelegenheit deutlich verbessert«, sagte sie. »Das ist ganz augenfällig. Und es dauert nur so kurze Zeit! Kaum zu merken. Frauen haben es nicht so leicht. O nein! Wir schleppen uns monatelang herum und werden dabei dicker und immer dicker. So etwas habe ich mir nie gewünscht ...«

Die Fortpflanzungsmethode der Menschheit schien mir tatsächlich recht widerwärtig – und wie lästig, sich so lange um solch ein hilfloses Wesen (keine Zähne, kein Haar!) kümmern zu müssen. Wie kleine Ratten, dachte ich. Ich hatte zwar zugesehen, wenn Maretas Katzenkinder bei ihr tranken, aber es schien mir unvorstellbar, daß intelligente Wesen auf dieselbe Art und Weise großgezogen werden sollten. Was geschah, wenn man sie von ihren Müttern trennte? Wie überlebten sie? Dann starben wohl viele Menschenkinder?

In den seltsamen grauen Stunden vor Sonnenaufgang war die Reihe an mir, bei Cal zu wachen. »Bald ist es soweit«, flüsterte er bei sich und krampfte die Hände an den Seiten zu Fäusten.

»Cobweb wird mich deswegen hassen«, sagte ich in der Hoffnung, ihm ein Lächeln zu entlocken.

Doch Cal erkannte mich kaum und nannte mich Pell. »Ich habe dich immer belogen!« sagte er. »Du kennst mich gar nicht, nicht wirklich, aber trotz allem, was ich getan habe, liebe ich dich ehrlich, Pell!«

Ich saß neben ihm. Er sah so schwach und hilflos aus. Sein Körper war unbarmherzig zu ihm; die Persönlichkeit war in diesem Fall belanglos. Nur sein entfesselter Geist wanderte ziellos umher. »Cal, du bist ein garstiger Kerl, ehrlich, aber ich finde dich trotzdem hinreißend!«

Doch er hörte mich nicht. »Pell, erinnerst du dich ... damals ... wann war es nur? Als ich dich fand. Ich wollte dir immer schon etwas sagen ... über die erste Lüge, und es ist so wichtig ... ich muß es dir sagen!«

Ich legte ihm die Hände auf das Gesicht. »Schsch, ich bin nicht Pell. Sei still!«

Er versuchte, mich abzuschütteln. »Du mußt mich anhören, du mußt!« wimmerte er beharrlich. »Es ist wichtig, weil ich dich nicht mehr anlügen will. Ich möchte, daß du alles erfährst über Zack.«

»Zack? Wer ist Zack?«

»Du weißt es doch ... oder hast du es vergessen?

Jahre … Jahre …« Er ließ sich wieder auf die Kissen zurücksinken, während seine Blicke in nervöser Hast über die Decke schossen. »Ich erzählte dir, daß er tot sei, nicht wahr? Das erzählte ich dir doch, oder? Also, das ist nicht ganz … die Wahrheit. Ich weiß es nicht. Jedenfalls war er nicht tot, als ich zurückkam zu ihm. Da lebte er …«

Ich ließ ihm seinen Willen. »Worüber redest du eigentlich? Wer ist nicht tot? Pellaz?«

»Nein!« keuchte er, ärgerlich ob meiner Begriffsstutzigkeit. »*Zack*, bevor ich dich traf. Ich rannte weg. Ich habe ihn verlassen … erzählte dir, er sei tot gewesen. Es war eine Lüge.« Er schloß die Augen.

Ich dachte: Nun wird er ein Weilchen ruhig sein. Und ich holte ein feuchtes Tuch, um ihm damit das Gesicht zu kühlen. Seine Lider flatterten, und er öffnete sie halb.

»Niemand auf der Welt ist so schön wie du«, sagte er, und seine heiße Hand wollte sich um mein Handgelenk klammern.

»Wer, Pellaz …?« Ich tupfte ihm die Schläfen ab.

»Nein, nein, Pell ist tot. Ich meine dich, jetzt, da er nicht mehr da ist … du bist es, auch wenn du mich haßt …« Er seufzte. Seine Stimme wurde ganz leise. »Binde dir das Haar auf, laß es über mich fallen. Hüll mich in dein Parfüm, laß mich kosten von dir …«

Mein Haar reichte nur bis an die Schultern, und ich band es nie zusammen. Erbost schmiß ich das Tuch in die Schüssel und stand auf, wobei ich mein Handgelenk heftig aus seiner Umklammerung riß.

»Warum siehst du nicht *mich*?« maulte ich. »Ich bin Swift, und ich bin lebendig, und ich hasse dich nicht, zumindest nicht im Moment.«

Er sah verwirrt drein. »Oh, Swift«, sagte er. »Ach ja … Swift. Ich dachte gerade an eine Zeit, es ist schon eine Weile her, bevor ich Pell kennenlernte. Ich war mit jemand anderem zusammen. Wir waren in Schwierigkeiten, und ich ließ ihn einfach zurück, als ob er schon tot wäre. Ich hätte ihm helfen können, aber dann wären wir vielleicht beide ums Leben gekommen. Ich mußte mich in Sicherheit bringen, verstehst du? Pell erzählte ich, ich hätte mir den Arm bei einem Sturz verletzt. Schau her…« Er nahm meine Hand und strich mit meinen Fingern über die lange weiße Narbe. »Das war auch eine Lüge. Es gab gar keinen Sturz, nein. Zacks Messer hat das angerichtet. Seine Verwünschung und das Messer, das er nach mir warf, als ich meine Haut rettete. Ach, was.«

Bei Tagesanbruch war er völlig klar, das Fieber war vergangen, nur sein Atem kam sehr rasch. »Hol Phlaar!« rief er plötzlich. Als ich an der Tür war, hörte ich seine Stimme hinter mir: »Und komm nicht mehr hier herein, Swift!!«

Die Perle, die man ihm entnahm, war schwarz und glänzte von den Säften seines Körpers. Ich sah zu, wie sie den Korridor entlanggetragen wurde, als würde es sich um eine Reliquie handeln. Man vergewisserte sich, daß sie Leben enthielt, und wusch sie. Ich hätte gern zugesehen, aber man gab mir zu verstehen, daß ich nur im Weg sei, und so wanderte ich zurück in Cals Schlafzimmer, wo er erschöpft und erleichtert in den Kissen lag.

»Nun ist es vorbei«, sagte ich.

»Allerdings.« Er lachte leise in sich hinein.

Ich wollte wissen, ob es sehr weh getan hatte.

»Ziemlich«, antwortete er. »Aber die Erinnerung an den Schmerz vergeht so schnell. Es war nicht so schlimm, wie ich befürchtet hatte…«

»Du freust dich«, stellte ich fest; ich verspürte ein leicht prickelndes unwirsches Gefühl in mir hochsteigen.

»Ich freue mich, daß es vorbei ist, das ist sicher«, erwiderte er, aber ich wußte, es war mehr als das. Seine Augen leuchteten.

Nicht lange danach brachte man ihm die Perle

zurück. Sie schien ihre Größe bereits verdoppelt zu haben, und die Oberfläche wirkte robuster. Nun mußte Cal sie mit seiner Körperwärme ausbrüten. Das ist ihm sicherlich zuwider, dachte ich; er haßt es, so herumliegen zu müssen. Doch er ringelte sich um die Perle herum wie eine große zufriedene Katze und schloß die Augen. Ich kam auch einmal aus einem *Ding* wie diesem hier! dachte ich. Es war aufwühlend, daran zu denken, also zitierte ich drei unerhört machtvolle Worte, die mir den Geist freimachen sollten, und ging hinaus in den Park, um an andere Dinge zu denken.

Von meinem Vater hörten wir nichts. Natürlich erreichten uns ab und zu Gerüchte, aber wir nahmen an, daß das meiste davon nicht stimmte. Aus einer Quelle wurde uns berichtet, daß die Varrs die Gelaminger erfolgreich und ohne viel Aufhebens vernichtet hatten, wobei die verbündeten Kakkahaaren den letzteren mit ihren okkulten Kräften übel mitgespielt hätten. Von anderer Seite kam uns zu Ohren, daß Terzian besiegt und in Gefangenschaft sei, daß Thiede ihn gegenwärtig in Phaonica eingekerkert und der Folter unterworfen habe und daß die Gelaminger auf Galhea zu marschierten. Angeblich besaßen sie Fahrzeuge, die ohne Treibstoff funktionierten, und spien dämonische Flammen, die in der Lage waren, ganze Städte in Schutt und Asche zu legen. Die Varrs besaßen keinen Treibstoff für ihre Fahrzeuge. Wir wußten zwar, daß oben im Norden Ponclast ein großes schwarzes Automobil besaß, das knurrte wie ein Tiger, daß aber auch seine Treibstoffreserven kostbar waren und der Wagen daher nur zu feierlichen Gelegenheiten benutzt wurde oder dazu, Ponclast zu besonders interessanten Exekutionen zu bringen. Swithe erklärte mir, daß nicht alle natürlichen Reserven der Welt völlig ausgebeutet seien, daß es jedoch Zeitverschwendung für uns sei, den Versuch zu machen, zur früheren Lebensweise zurückzukehren. »Jetzt ist der

Zeitpunkt gekommen, da die Wraeththu neue Wege suchen, neue Energiequellen erschließen müssen!« rief er erregt. »Vielleicht haben die Gelaminger sie schon entdeckt. Je weniger Zeit damit verbracht wird, zu kämpfen und um Land zu streiten, desto mehr bleibt uns für die Forschung, den Wiederaufbau!«

Ich lernte eifrig, wobei ich Bücher aus Terzians Bibliothek benutzte und verwundert die Photographien berührte, welche die glitzernden Metallstädte der Menschen zeigten, die von ihnen zurückgelassen worden waren. War sie für immer dahin, diese Welt aus Metall und Glas? Gahrazel hatte mir einmal erzählt, daß die Städte der Menschen bereits überwachsen seien von Gras und Gebüsch, daß Kletterpflanzen sich an den Türmen emporrankten, die einst an den Himmel gerührt hatten, und sie zum Einsturz brachten. Gelegentlich standen nur noch die Pflanzen da, mit Stämmen, so dick wie die von Eichen; im Inneren des Käfigs aus dichtem Blätterwerk waren die Gebäude längst eingestürzt und zerfallen.

»Innerhalb der letzten vierzig oder fünfzig Jahre menschlicher Herrschaft kam es zu äußerst drastischen Veränderungen«, deklamierte Moswell hochtrabend. »Vielleicht ging der Fortschritt zu rasch vor sich, und das tat ihnen nicht gut; der Verstand konnte mit der Technologie nicht mehr mithalten. Sie verloren die Kontrolle über sich selbst, so daß sie unbewußt ihren Untergang herbeisehnten und sich der Dekadenz hingaben. In Wahrheit hat die Langeweile den Menschen um den Verstand gebracht, die viele Freizeit in Verbindung mit wenig Geld hat ihn zermürbt und letztlich zu einem wilden Tier gemacht. Jahrhundertelang vernachlässigten die Menschen ihr Hirn, und ihr Geistesleben verkümmerte; sie waren nicht mehr in der Lage, mit ihren Gedanken etwas zu schaffen. Ist es ein Wunder, wenn sie ihre Aggressionen schließlich gegeneinander und gegen ihre Umgebung richteten?«

Diese Erklärung konnte ich nicht hinnehmen, ohne

sie wenigstens zaghaft in Frage zu stellen. Moswell machte es sich zu einfach, wenn er sich da vor uns hinstellte und das alles behauptete; es war mir nicht entgangen, daß er sehr viel ausgelassen hatte. Ich wollte wissen, wie es denn mit den Wraeththu angefangen hatte, was uns ins Leben rief. War es die Vorsehung Gottes oder bloß einer seiner zynischen Scherze oder gar nur ein profaner Zufall? Machten wir uns etwas vor, wenn wir dachten, wir seien dazu erschaffen, die Erde als unser Erbe zu übernehmen?

Bryony war nicht so wirr, und was sie sagte, ergab mehr Sinn als Moswells Vorträge. Da sie selbst ein Mensch war, schätzte ich ihre Meinung und wollte wissen, wie sie gefühlsmäßig dem allen gegenüberstand, was ihren Leuten widerfahren war. Hatte sie nach der Ursache dafür gesucht? Ihr Vater, ein zutiefst religiöser Mann, war der Auffassung gewesen, daß die meisten Menschen widerwärtig und egoistisch handelten und daß die Wraeththu von Gott gesandt waren, um sie für ihre Sünden zu bestrafen. Bryony sagte, sie teile diese Ansicht bis zu einem gewissen Grad, aber sie war sich nicht ganz so sicher, ob man die Geschehnisse einzig und allein unter dem religiösen Aspekt sehen sollte. Vielleicht hatte sich die Menschheit ganz einfach verbraucht. Ihre Leute waren auf die Suche nach den Gelamingern gegangen, weil man sie für die großen Heilbringer hielt, die gekommen waren, um alles zum Besseren zu wenden. Die Gelaminger wurden als die echten Wraeththu angesehen, die reine, ursprüngliche Rasse. Die Varrs und alle anderen Stämme betrachtete man als Abweichungen davon. Vielleicht war das richtig. Mir fehlte die Objektivität, das wußte ich, denn damals hatte ich noch keinen einzigen Gelaminger zu Gesicht bekommen, doch einer Sache war ich mir völlig sicher: Wenn jemand käme, uns unser Land wegzunehmen, dann hätte ich doch einiges dagegen, welche Gründe er auch immer hätte.

»Aber das ist doch gar nicht euer Land!« widersprach Bryony. »Es gehört allen! Siehst du denn nicht ein, wie unrecht es von deinen Leuten ist, jeden umzubringen, der sich als schwächer als sie herausstellt? Sie befinden sich durchaus in einer Lage, die es ihnen erlauben würde, Nächstenliebe zu üben. Aber nein! Es macht ihnen Freude, zu töten und andere leiden zu sehen. Sie wollen Sklaven und ihren Spaß und ... noch Schlimmeres.«

Es fiel mir gar nicht ein, mich auf eine Diskussion einzulassen. Ich hielt die Gelaminger immer noch für Heuchler und fand, sie mischten sich in Dinge ein, die sie nichts angingen.

»Du würdest nicht glauben, welche Dinge ich mit eigenen Augen gesehen habe«, fuhr Bryony mit leiser dunkler Stimme fort, »und doch arbeite ich jetzt für einen Anführer der Varrs, kümmere mich um sein Haus und koche für seine Familie. Ich sollte mich schämen.«

»Dann lauf doch weg!« schnauzte ich sie an. »Geh zurück in die Wildnis! Versuch dort dein Glück – mit reinem Gewissen!«

Bryony sah mich ratlos an. »Glaub nicht, daß ich das nicht schon in Betracht gezogen habe«, sagte sie mit bitterem Tonfall. »Aber die Wahrheit ist, daß es mir hier gefällt. Ich habe ein Zuhause gefunden. Ich mag euch alle. Ich werde gut behandelt, und man vertraut mir eine verantwortungsvolle Stellung an. Und was das schlimmste ist: Ich habe mir dieses Vertrauen wirklich verdient! Ich, eine Frau! Viele sähen in mir eine Verräterin meiner Rasse gegenüber.«

»Dann bist du genau wie wir«, stellte ich fest. »Wie Swithe, wie Gahrazel früher, wie ich. Wir philosophieren über den Zustand der Welt da draußen, und wir streiten und schwadronieren, doch nach wie vor ist Immerdar unser Zuhause, wo wir uns sicher fühlen. Wir wollen nicht hinaus in die Kälte und etwas *tun!*«

»Immerdar ist ein verwunschenes Schloß«, meinte Bryony ironisch.

Etwa eine Woche nachdem Cal die Perle entbunden hatte, wurde ihre Haut spröde und fast transparent, und dann barst sie, und ein quäkender kleiner Har krabbelte aus ihr hervor in diese Welt. So versäumte also Terzian das Schlüpfen seines neuen Sohns. Er hätte die Reise in den Süden verschieben können, um in diesem Moment bei Cal zu sein, aber für einen Varr kam der Krieg immer noch vor dem Leben.

Ich war mit Ithiel draußen gewesen, als das große Ereignis stattfand. Ithiel nahm mich immer mit, wenn er seinen Pflichten nachging, denn er wußte sehr wohl, daß ich alles über die Verwaltung von Galhea würde lernen müssen. Wir konnten jetzt über jedes Thema miteinander reden, und es wurde mir klar, weshalb mein Vater so großes Vertrauen in ihn setzte. Ithiel war sorgfältig, hatte einen Sinn fürs Praktische und war diplomatisch im Umgang mit anderen Hara. Er stellte mich stets als Tiahaar Swift vor, niemals als Terzians Sohn. An jenem Tag, als wir im Dunst eines frühen Abends, der alles rot und golden färbte, nach Immerdar zurückkehrten, erwartete uns Bryony auf den Stufen der Treppe und sah uns entgegen, als wir auf dem Schotterweg näher kamen. Sie trug immer noch die lange Schürze, in der man sie selten außerhalb der Küche zu Gesicht bekam. Sie ist reifer geworden, in letzter Zeit, dachte ich.

»Wo seid ihr gewesen?« fragte sie ärgerlich. (Wir hatten uns auf dem Heimweg in ein Gasthaus verirrt.) »Du hast jetzt einen Bruder, Swift!«

Einen Bruder. So hatte ich die Angelegenheit noch nie betrachtet.

Cal wartete im Salon auf mich. Sein Harling war nicht bei ihm. Der Raum war kalt; er schien nicht mehr zu dem Ort zu gehören, an dem ich aufgewachsen war.

»Ah, Swift«, sagte Cal, als er mich erblickte.

»Gratuliere.«

Er lächelte über meinen Sarkasmus. »Würdest du Cobweb sagen, daß ich mit ihm sprechen möchte?«

»Gibst du denn jetzt die Anordnungen hier?«

»Würdest du ihn darum *ersuchen?*«

»Du verschwendest deine Zeit.«

»Kann sein. Kann sein. Ersuch ihn nur darum.«

Wir sahen uns sekundenlang an. Seine Miene war unerforschlich.

»Na gut«, sagte ich. »Aber ich warne dich. Solch ein direkter Kontakt könnte ihn zu weiteren Unfreundlichkeiten provozieren.«

»Seine Unfreundlichkeiten sind äußerst amüsant.«

Cobweb bestrafte mich immer noch auf subtile Art und Weise dafür, daß ich meine Freundschaft zu Cal wieder hatte aufleben lassen. Ich hatte keine Ahnung, wie er die Nachricht aufnehmen würde. Als er von Cals Bitte hörte, erhob er sich aus dem Sessel am Fenster und trat zum Spiegel. »Und wozu?« fragte er; ich konnte nicht feststellen, ob Ärger oder Mißtrauen in seiner Stimme lag.

Ich zuckte die Achseln. »Das hat er mir nicht verraten, aber ich sagte ihm ohnehin, es sei reine Zeitverschwendung, dich darum zu ersuchen.«

Cobweb glitt hinüber zum Tisch und schob die Stapel von Papieren darauf ziellos hin und her. Er schwieg, doch sein Schweigen war uncharakteristisch.

»Was soll ich ihm sagen?« fragte ich. »Wie soll ich ihm sagen, daß er zum Teufel gehen soll?«

»Er wollte mich sprechen?«

»Ja. Daß er die Stirn dazu hatte, war eine Überraschung für mich. Es liegt auf der Hand, daß du ablehnst.«

»Ach, Swift«, tadelte mich mein Träger sanft, »maß dir nie an, meine Handlungsweise vorwegzunehmen.«

Und noch ehe es mir zu Bewußtsein kam, war er zur

Tür draußen. Ich rief: »Cobweb, warte!«, während ich sein Lachen vernahm. Doch er war schon unten angelangt, als ich am Geländer ankam und hinunterblickte.

Seit dem Zwischenfall im Sommerhaus hatten sie sich nicht wirklich gegenübergestanden, weil stets andere Hara in der Nähe waren. Jetzt waren sie praktisch allein. Ich war nicht ganz überzeugt, ob man mich für würdig erachtete, den Schiedsrichter bei dieser Begegnung zu spielen, und überlegte, ob die Zeit ausreichte, Ithiel zu holen, doch ich hatte Angst, die beiden sich selbst zu überlassen. An den hohen Fenstern stand Cal, im Sonnenuntergang versunken; sein Haar sah rot aus. Ich hörte ihn sagen: »Cobweb!«, sehr leise.

Ich blieb in der Tür stehen. Mein Träger sagte nichts darauf. Er hielt in einiger Entfernung von Cal inne und verschränkte die Arme. Seine Augen glitzerten.

»Danke, daß du gekommen bist.«

Cobweb sagte immer noch nichts, aber ich spürte seine Erregung.

»Ich möchte dich um etwas bitten«, sagte Cal mit zurückhaltender, sachlicher Stimme.

Cobweb stieß einen Laut aus, der wie ein verächtliches Prusten klang. »So will der Dieb, der mir mein Haus gestohlen hat, noch etwas von mir?« fragte er; es war nicht ganz das, was ich erwartet hatte.

Cal wandte sich ab, als könne er den Anblick dieser kalten Abneigung nicht ertragen. »Ja, der Dieb, der dein Haus gestohlen hat, bittet dich um einen Gefallen«, räumte Cal ein.

Schweigen. Ich hielt den Atem an. Cal setzte sich auf eine Stuhlkante. »Cobweb, wie du mir sicher beipflichten wirst, bin ich nicht der Richtige, um ein Kind aufzuziehen …«

Mein Träger blies verächtlich den Atem aus. »Es gibt aber jemanden, der dich offensichtlich durchaus für geeignet dazu hält …«

»Allerdings«, stimmte Cal erbittert zu. »Cobweb, ich

möchte, daß sich jemand um meinen Sohn kümmert, jemand, der ihn mit der richtigen Lebenseinstellung erzieht. Und ich möchte, daß du das bist.«

Cobweb lachte kalt auf. »Ich?«

»Du hast bei Swift so gute Arbeit geleistet«, betonte Cal leicht ironisch.

»Du bist verrückt! Kannst du mir wirklich so etwas Kostbares anvertrauen?«

»Ja«, antwortete Cal ohne Umschweife. »Du hast keinen Grund, den Harling zu hassen; er hat dir nichts getan.«

»Aber er stammt zur Hälfte von dir!«

»Und zur Hälfte von Terzian ...«

»Zur Hälfte von dir! Und ich hasse dich!«

»Ich weiß. Trotzdem möchte ich, daß du es tust.«

»Du bist der unmöglichste, verrückteste Kerl, dem ich je begegnet bin!« tobte Cobweb, im Augenblick außer sich vor Entrüstung. »Du wolltest das Kind, dann kümmere dich darum! Du hast mir Terzian weggenommen, um es zu bekommen! Ich will das Balg gar nicht sehen! Die Frechheit, die du an den Tag legst, ist wirklich unglaublich!« In einem Wirbel aus Bändern und Zöpfen drehte er sich um und schritt zur Tür.

»Cobweb!« rief Cal leise. Mein Träger hielt inne. Er hatte den Kopf hoch erhoben, und ich sah die geballten Fäuste an seinen Seiten. »Warum bist du gekommen?«

Mein Träger stand unbeweglich da. »Neugier«, sagte er schließlich.

»Lügner«, lächelte Cal, und Cobwebs Gesicht zuckte. Er gab ein unterdrücktes Knurren von sich und stürzte hinaus zur Treppe. »Du weißt doch ohnedies alles, oder, Cobweb?« rief Cal ihm nach.

Das war der Moment, in dem ich lernte, daß es möglich ist, über eine Sache zu streiten und eine völlig andere zu meinen. Worte sind flexibel. Der Tonfall sagt mehr aus als die Worte. Der nächste Zug im Spiel.

Ich ging mir das Kind ansehen, und es war so schön, wie ich erwartet hatte. Cal nahm es auf den Arm, was zugegebenermaßen etwas unnatürlich wirkte. »Wer könnte sich etwas Besseres wünschen?« staunte er.

»Und doch willst du nicht für ihn sorgen«, bemerkte ich. Cal reichte mir den Harling, doch er begann zu strampeln, als ich ihn festhielt; offenbar spürte er meine Aufregung. Was mich jedoch mehr beunruhigte, war der Umstand, daß – ungeachtet seines engelhaft blassen süßen Gesichts und der makellosen kleinen Gliedmaßen – sein Empfinden erst halb geformt war und in seinen Augen nicht mehr stand als eine Art tierhafter Intelligenz. »Wie wirst du ihn denn nennen?« fragte ich.

»Vielleicht sollte ich warten, bis Terzian wieder da ist, ehe ich mich entscheide.«

Wir sahen uns an, aber keiner von uns konnte die Ehrlichkeit aufbringen und das Augenfällige aussprechen. Schließlich sagte ich: »Aber das kann ja noch eine Ewigkeit dauern! Wie nennst du ihn bis dahin?«

»Darüber habe ich noch nicht nachgedacht.«

»Möchtest du wirklich, daß Cobweb sich um ihn kümmert?«

»Ich möchte, daß mein Sohn wird wie du«, sagte Cal und legte mir die Hand auf die Wange.

Der Harling griff nach seinen Fingern.

Bevor ich an jenem Abend zum Essen hinunterging, ein wenig später als sonst, kam Cobweb in mein Zimmer. »Sag ihm, ich bin einverstanden«, bemerkte er kurzangebunden.

Ich mußte mich abwenden, damit er mein Lächeln nicht sah. »Du bist ein Rätsel«, sagte ich.

»Ich weiß nicht, ob das ein Wort ist, das ich verwenden würde«, erwiderte er ätzend. »Ich weiß, daß du über mich lachst, Sohn meines Fleisches, mein einzig Getreuer.«

»Tut mir leid, es ist bloß ...«

»Ich wollte immer ein zweites Kind«, sagte Cobweb, ohne meinen Einwurf zu beachten. »Aber es war nie … der richtige Zeitpunkt, nie möglich. Ich pflichte Cal insofern bei, als ich nicht tatenlos zusehen kann, wie ein unschuldiges Wesen unter dem Einfluß *seiner* kranken Gedankengänge und Grausamkeiten aufwächst. Der Harling ist dein Bruder, er gehört zu diesem Haus und ist ein varrischer Erbe. Ich weiß, daß ich fähig bin, über persönliche Gefühle hinauszuwachsen. Dazu wurde ich einst erzogen, und nicht alles davon ist mir abhandengekommen …« Er sah mich mit funkelnden Augen an. Es gab noch mehr, wir wußten es beide, aber es blieb unausgesprochen.

Beim Abendbrot sagte Cal: »Ich bin sicher, jetzt ist Cobweb glücklicher, und außerdem braucht er kein schlechtes Gewissen mehr zu haben. Eine beachtliche Leistung meinerseits, würde ich sagen.«

Ich war entsetzt. »Du bist ein echtes Biest!« rief ich.

»Nein, bin ich nicht.«

»Du kannst nicht wiedergutmachen, was du angerichtet hast!«

»Will ich auch gar nicht … Noch Wein?«

»Du hast von vornherein gewußt, daß Cobweb einverstanden wäre, stimmt's?«

»Ich war nicht sicher, aber ich dachte, es wäre einen Versuch wert.«

»Ich durchschaue dich«, murmelte ich.

»Ach ja? Und du durchschaust auch meine Motive?«

»Völlig!« antwortete ich, aber er glaubte mir nicht.

Cobweb entschied, daß der Harling Tyson heißen sollte, und taufte ihn als Mitglied unseres Stammes, obwohl Swithe dies für einen sinnlosen Brauch hielt.

Sobald das Kind in Cobwebs Obhut übergegangen war, schien Cal jedes Interesse an ihm zu verlieren. Hin und wieder kam er - getrieben mehr von einem gelegentlichen zarten Wink seiner Umgebung als von seinem Gewissen – ins Kinderzimmer, das Generationen von Menschenkindern hatte aufwachsen sehen und auch die erste harische Kindheit miterlebt hatte, nämlich meine, und mimte Zuneigung. Tyson sah dabei stets argwöhnisch und verwirrt drein. In wenigen Wochen hatte er bereits gelernt, auf wackligen Beinchen zu laufen, wobei er sich an den Möbeln abstieß, »Obbeb« zu sagen und »Wift«, wie er meinen Träger und mich nannte. Es stimmt, er half die Wunden schließen, die die jüngsten Vorgänge unserem Haushalt geschlagen hatten (selbst meine Alpträume wurden seltener), denn er strahlte ein innerliches Glücksgefühl aus, das sich weder von Cals noch von Cobwebs üblen Launen beeinträchtigen ließ, sondern ganz im Gegenteil dazu beitrug, sie zu vertreiben. Ich sah, wie Cobweb ihn vom ersten Tag an offen und unverblümt vergötterte – vielleicht redete er sich ein, daß es wirklich sein eigenes Kind war. Nachmittags weckte ich Ty, hob ihn aus seinem Bettchen und atmete seinen angenehmen, sauberen Geruch ein. Ich hielt ihn im Arm, drückte ihn an mich, und er wisperte kindliches Gebrabbel in mein Ohr. In dieser Zeit sprach aus seinen braunen Augen eine unheimliche, wissende Klugheit, die in mir den Wunsch weckte, selbst Söhne zu haben. Kinder sind kleine Wunderwerke, der lebende Beweis für die Unendlichkeit. Von Cobweb hatte ich erfahren, daß nur eine ganz besondere, kraftvoll intensive Art von Aruna zu einer Empfängnis führt. »Es muß eine enge Verschmelzung der beiden Seelen vorausgehen, damit es soweit kommen kann«, hatte er gesagt und dann trocken hinzugefügt: »Und das ist Terzian noch nie leichtgefallen.«

Eines Tages kam ein Bote nach Galhea geritten, und einige Stunden später erreichte uns die Nachricht, die er gebracht hatte, im Haus. Die Varrs kehrten nach Hause zurück. Cobweb wurde ganz blaß, als Ithiel es uns sagte, und ich fing eine flüchtige Vision von Tod und entsetzlichen Wunden auf, die vor seinem geistigen

Auge aufflackerte. Doch Ithiel konnte seine Ängste verjagen.

Es schien, daß die Gelaminger raffinierter waren, als wir gedacht hatten, denn die Varrs konnten nicht einmal an sie herankommen. Dieser Umstand verlangte weitere Erläuterungen, und so sagte uns Ithiel, daß ein fremdartiger und äußerst wirksamer Bann über das ganze Land gelegt worden war. Vordem allgemein bekannte Landesteile waren zu einer unbekannten Wildnis geworden, die auf keiner Karte verzeichnet war, und so hatte sich die Armee im Kreis bewegt; Vorräte und Moral schwanden dahin. Es hatte zwar ein, zwei kleinere Gefechte mit Banden plündernder Menschen auf der Suche nach Waffen und Lebensmitteln gegeben und einige andere mit Hara feindlicher Stämme, aber das alles waren nichts als lästige Störungen auf der Suche nach dem Feind gewesen, dem damit geholfen wurde, einen Schleier über seinen Aufenthaltsort zu werfen. Schließlich hatte Terzian, da er die wachsende Reizbarkeit und Niedergeschlagenheit unter seinen Hara spürte, den Befehl zum Rückzug gegeben. Ponclast würde herbeigerufen werden, und weitere Debatten waren unausbleiblich. So etwas hatten die Varrs nicht erwartet.

»Die Gelaminger wollen nicht kämpfen«, behauptete Bryony. »Und zwar deshalb, weil sie wissen, daß die Varrs keine Chance gegen sie haben würden. Verstehst du, Swift?«

»Wir wissen nicht, was wirklich vorgefallen ist, bevor Terzian nicht zurück ist«, sagte ich eigensinnig.

Die Krieger kehrten am Nachmittag eines herrlichen warmen Tages heim. Terzian blieb jedoch noch eine ganze Weile in der Stadt, und so saß ich mit Ty auf dem Rasen und erzählte ihm von seinem Vater. Aber er wollte nicht zuhören, sondern kicherte bloß und langte mit Händen voll abgerissenem Löwenzahn nach meinem Haar.

Ganz Galhea seufzte erleichtert auf, daß die Armee vollzählig zurückgekehrt war, und am Abend gab es eine große Feier. Terzian sah müde aus, aber er schaffte ein Lächeln und nahm seinen neuen Sohn auf den Arm. Tyson fürchtete sich vor dem Lärm und den fremden Gesichtern und greinte, bis Cobweb kam und ihn wegbrachte. Terzian blickte den beiden sinnend nach. Leef kam, um mir guten Tag zu sagen; er sah dünner aus und erschöpft. Ich schlug einen Spaziergang im Park vor, denn ich wollte ihn umgehend ausfragen, aber ich beherrschte mich und wartete ab, bis er selbst zu berichten begann.

»Ich habe das Gefühl, jetzt gibt es jemanden, zu dem ich zurückkehren kann«, sagte er, als wir draußen waren.

»Ich habe auch manchmal an dich gedacht«, bemerkte ich wahrheitsgemäß, ohne jedoch zu erwähnen, daß diese Gedanken kein besonderes Gefühl enthalten hatten.

»Dieses ganze Unternehmen, diese fürchterlichen Entfernungen, und alles nur Zeitverschwendung«, sagte er mit bitterem Tonfall.

»So etwas ähnliches ist uns auch schon zu Ohren gekommen«, erwiderte ich vorsichtig.

Wir waren am See angelangt; es sah gespenstisch aus, wie das Wasser sich in der Dunkelheit bewegte, während die Insekten darüber hinwegschwirrten. Ich legte die Hand auf Leefs Arm und spürte seine Traurigkeit.

»Ich wollte wirklich kämpfen«, sagte er. »Ich brauchte es. Und wir wollten alle einfach etwas *tun*. Nachts fühlte ich, wie sie uns beobachteten, aber sie zeigten sich nie. Terzian schäumte vor Wut.«

»Das kann ich mir vorstellen«, sagte ich bissig.

»Es wurde schlimmer und immer schlimmer. Wir überquerten zwar den großen Sumpf Astigi, doch dann konnten wir nicht weiter. Einige von uns wurden krank, dazu kamen die ständigen zermürbenden Zusammenstöße mit Menschen und Hara kleinerer Stämme. Dauernd wurde uns irgend etwas gestohlen. Es war so *seltsam*. Wir brauchten ein paar Tage, ehe wir merkten, was geschah. Es begann damit, daß ich einen bestimmten Baum wiedererkannte, an dem wir Tag für Tag am späten Nachmittag vorbeikamen. Erst dachte ich, ich würde mich irren, aber nein, wir gingen tatsächlich im Kreis. Die Kompaßnadeln der Kundschafter drehten sich wie im Wind. Und bald darauf gab Terzian den Befehl zur Umkehr. Jeder einzelne von uns war erleichtert ...«

Er seufzte und fuhr sich mit den Händen durchs Haar. Dann lächelte er: »Du bist schon wieder gewachsen, Swift.«

Ich hatte in unbehaglichem Schweigen neben ihm gestanden. Jetzt hob ich die Schultern. »Nun, darüber habe ich keine Kontrolle.«

»Hier heraußen, an diesem gespenstischen Ort, siehst du geradeso aus wie Cobweb.« Er lachte. »Du siehst, ich fange schon an, mit dem Übersinnlichen zu leben!«

Ich fragte mich, wie lange es wohl dauern werde, bis Leef es endlich wagte, mich anzufassen. Er benahm sich so unschlüssig und zaudernd, als stünde Terzian immer wachsam hinter uns.

»Ich war kein besonders fröhlicher Gesprächspartner beim Fest, nicht wahr?« scherzte ich.

»Nein, wirklich nicht, aber ich weiß jetzt, weshalb. Es muß für dich sehr ... belastend gewesen sein.«

»Kein Vergleich mit den Realitäten, mit dem Geschehen da draußen.« Ich machte eine weitausholende Handbewegung, die den Rest der Welt einschloß.

»Vielleicht nicht, aber Sorgen sind immer etwas Relatives, nicht wahr?«

Ich setzte mich auf das schwammige Moos, das immer etwas feucht ist. Leef blieb neben mir stehen. »Setz dich!« kommandierte ich. »Was ist denn los mit dir?«

Er setzte sich. »Das weißt du doch, oder? In diesem Augenblick möchte ich wahre Ströme von Atem mit dir teilen, aber ich muß vorsichtig sein.«

»Nicht schon wieder Terzian!«

»Du hast leicht spotten! Du kennst ihn nicht so wie ich.«

»Du mußt doch bereits mit mindestens hundert Hara den Atem geteilt haben. Bin ich denn so anders?«

Er seufzte. »Möglicherweise hat er schon jemanden für dich ausgewählt.«

Ich erschauerte. Das war durchaus denkbar. Terzian würde vermutlich keinen Gedanken daran verschwenden, mich in dieser Sache in seine Entscheidung mit einzubeziehen. Ich stand wieder auf. »Wir sollten besser zurückgehen«, sagte ich.

Wir kamen an meiner Lieblingseibe vorbei; vor gar nicht allzu langer Zeit hatte ihr unterster Ast so unerreichbar geschienen, und nun konnte ich ihn ganz leicht erreichen. Ich turnte hoch und hängte mich kopfüber mit den Knien ein. Ich sah, daß Leef lächelte.

»Komm herunter«, sagte er.

»Ich hätte Lust, bis ganz nach oben zu klettern.«

»Komm sofort herunter!«

Er packte mich und beförderte mich zu Boden, wobei wir beide auf den dürren braunen Nadeln am Fuß des Stammes landeten und dort umherrollten. Ich wollte es mit ihm erleben, denn es war mir erst einmal widerfahren, und das war mit Cal gewesen. Ich wollte dieses eine Mal unbedingt mit jemand anderem vergleichen. Leefs Atem war wie zitternde schwarze Flügel und federleichte Dunkelheit. Er drang tief in mich hinein. Ich riß mich los und fragte: »Sag mir, wie ich schmecke!«

»Wie Gold«, sagte er heiser, suchte wieder nach meinem Mund und verschmolz mit mir. Mein Körper fühlte sich sonderbar an, es tat beinahe weh. Ich war noch nicht vertraut mit den Anfängen des Begehrens.

»Du bist bald soweit«, flüsterte Leef und ließ die Lippen über mein ganzes Gesicht und den Hals wandern.

»Wie wird es sein?« fragte ich.

»Wie im Paradies«, antwortete er.

Terzian hatte Sorgen, und es war unmöglich, sich ihnen zu entziehen. Ponclast war verständigt worden, und die Abgesandten der Kakkahaaren konnten jeden Tag eintreffen. Ich versuchte, die Situation objektiv zu betrachten, mir den Ernst der Lage, der uns erwarten und uns mit drastischen Veränderungen und Verdruß überfallen mochte, vor Augen zu halten, doch alles, was mir real erschien, war mein eigener seltsamer träumerischer Zustand, in dem nur eines von Bedeutung schien: mein Körper, der plötzlich so anmutig war und dessen ich mir plötzlich so bewußt wurde. Meine Bücher hingegen vernachlässigte ich sträflich.

»Also, deine Verfassung hat sich in letzter Zeit deutlich verändert«, bemerkte Swithe anzüglich, aber ich sah das Lächeln in seinen Augen.

Aihah und Shune, die beiden Kakkahaaren, brachten uns Geschenke aus dem Süden mit: pikante exotische Leckereien, die nach Honig und Bittermandeln dufteten; Glasperlen, die dem Licht entsprechend ihre Farbe wechselten, und getrocknete Kräuter mit geheimnisvollen, ganz besonderen Eigenschaften für Cobweb. Die Fremdartigkeit der beiden faszinierte mich, und ich war mir ihrer Gegenwart viel bewußter als zuvor, wenn andere Kakkahaaren uns besucht hatten. Ihr hüftlanges Haar war teilweise zu Zöpfen geflochten, teilweise gelockt, und ihre Lider waren an den Rändern tätowiert, so daß sie niemals Khol brauchten. Klarerweise müssen diese kundigen Meister der Zauberei uns wegen unserer fehlenden okkulten Kenntnisse zutiefst verachtet haben, aber sie zeigten es jedenfalls nie. Sie waren von geradezu unangenehmer Höflichkeit. Aihah erfreute mich mit seiner ganz besonderen Aufmerksamkeit, und von ihm erfuhr ich, daß er und sein Gefährte immer noch in Gedankenverbindung mit ihrem Stamm in der Wüste standen. Es mußte sich wohl um eine ähnliche Vorgangsweise handeln, wie ich und Cobweb sie manchmal praktizierten, wenn unsere Gedanken einander berührten – doch wieviel stärker waren wohl die Fähigkeiten der Kakkahaaren, wenn sie es schafften, so viele Meilen zu überbrücken! Aihah korrigierte mich: »Die Entfernung hat nichts damit zu tun«, sagte er. »Unsere Kommunikationen finden in einer *Seitwärtsbewegung* statt, nicht als Konfrontationen. Verstehst du das?«

»Ich bin nicht sicher.«

»Es funktioniert mehr oder weniger wie ein Bild, das man sich vorstellt. Es ist ein Ruf – und noch ein bißchen mehr.« Er lächelte mir zu. »Eines Tages wird es dir vielleicht möglich sein, zu uns nach Süden zu kommen und von uns zu lernen. Es gibt soviel, was wir dich lehren könnten.«

Das bezweifelte ich nicht, und so dankte ich ihm herzlich, aber ich konnte mir nicht vorstellen, daß es je so weit kommen könnte.

Kapitel 7

Jahreszeitlicher Kummer.
Tränen verspäteter Reue
tropfen von Wimpern,
huldigen Vorgängen in den Geschlechtsdrüsen,
die Meuchelmörder der Schönheit
in erogene Zonen katapultieren.

Ich war immer der Meinung gewesen, daß die Mehrzahl der Harlinge im Frühling erwachsen wird, wenn die Säfte steigen und neues Leben erblüht. Doch im Gegensatz dazu spürte ich allmählich, daß meine Feybraiha herannahte, als der Herbst kam. Seit der Rückkehr meines Vaters und dem kurzen Zusammentreffen mit Leef im Park war mir meine neue Körperlichkeit mehr als je zuvor bewußt geworden, aber das hatte etwas Aufregendes und Heimliches an sich gehabt. Doch nun fing mein fortschreitendes Erwachsenwerden an, mir unbehaglich zu werden. Cobweb bemerkte das früher als irgend jemand sonst; ich hatte nichts davon gesagt, denn ich hoffte, eines Tages werde es von allein vergehen, und ich könnte mein gewohntes Leben friedlich wiederaufnehmen. Doch momentan wütete die erwachende Sexualität in mir wie eine schnellwachsende Schlingpflanze, die mir die Luft nahm und mich zu ersticken drohte. Ich hatte keine Kontrolle darüber. Meine Stimmungen schwangen hin und her wie ein ekelhaftes großes Pendel; in einer Sekunde war ich glücklich bis hin zu einer irrsinnigen Hysterie, und in der nächsten verfiel ich in finsterste Depressionen, in denen mir nur der Gedanke an den Tod noch einen gewissen Trost spenden konnte. Wie von Swithe einst vorausgesagt, schien über Nacht an den unerwartetsten Stellen Haar zu sprießen – in den Achselhöhlen, zwischen den Beinen und überall dort, wo die Haut plötzlich heiß und wund wurde. Ich erinnerte mich daran, was Gahrazel vor einem Jahr durchgemacht hatte, und dachte daran, ihn deswegen zu befragen, doch seit er aus dem Süden zurückgekommen war, kam er mir vor wie ein Fremder und nicht mehr wie der schöne junge Gott, mit dem ich Geheimnisse und kindliche Träume ausgetauscht hatte; er war ein hochgewachsener, sonnengegerbter Eindringling, der entfernt wie jener Gahrazel aussah, den ich einst gekannt hatte. Er sah mich mit ganz anderen Augen an als früher und schien sich vom Haus fernzuhalten.

Cobweb bereitete eine Salbe für meine Haut zu, wobei er einige der Kräuter verwendete, die die Kakkahaaren mitgebracht hatten. Aihah drückte höfliches Interesse an meinem Erwachsenwerden aus und brachte mir einige Entspannungsübungen bei, die ich versuchen sollte, wenn ich mich allzu schwermütig fühlte. Ich glaube, Cobweb hätte es gern gesehen, wenn die Kakkahaaren mir einige Instruktionen – den Aruna und seine Praktiken betreffend – gegeben hätten, aber Vater war dagegen. Ich habe nie Gewißheit erhalten, ob Cobweb das tatsächlich vorgeschlagen hatte, doch empfindsam, wie ich damals war, ahnte ich einiges von dem Geschehen, das hinter meinem Rücken stattfand. Jedenfalls blieb es dabei, daß mein Unterricht weiterhin nur Moswell und Swithe anvertraut war. Cobweb hingegen wußte genau, daß die Kakkahaaren mich viel mehr hätten lehren können, als meine beiden Erzieher je wissen würden.

Swithe war damals der auskunftsfreudigere der beiden, was deshalb nicht überraschte, weil man Moswell noch nie als besonders sinnliches Geschöpf bezeichnen konnte. »Du mußt lernen, deinen Körper zu verstehen, wie es Erwachsene tun«, erklärte mir Swithe. »Er ist nicht mehr länger nur eine Angelegenheit, über die man im Finstern kichert. Du mußt deine Sexualität an erste Stelle setzen und sie sorgfältig studieren.«

Er sagte mir, daß bei den Menschen, bei denen es zwei verschiedene Arten von Geschlechtern gab, Männer und Frauen durch ihre Gegensätzlichkeit voneinander angezogen wurden: den positiven Aspekt des Männlichen und den negativen Aspekt des Weiblichen. »Und sie strebten danach, durch den Akt der Kopulation zu einem Ganzen zu werden«, erklärte Swithe. »Wir besitzen diese verwirrende, verzweifelte Sehnsucht nicht; unser Begehren richtet sich nach anderen Kriterien. Da wir alle sowohl negative als auch positive Elemente in unserem Körper tragen, können wir durch den Aruna eine Verschmelzung dieser Elemente zu vordem unerreichbarer Befriedigung herbeiführen. Den Menschen war nicht bekannt, daß man durch den Geschlechtsakt eine höhere Form des Bewußtseins erreichen kann. Für uns ist dies eine ganz alltägliche Sache. In dem einfachen Vorgang des Teilens des Atems kann sich der Geist zweier Hara vereinigen und erheben. Beim Aruna kann die Ekstase alles vollbringen. Er schafft eine lebendige Kraft, die man zähmen und sich nutzbar machen kann. Wenn solch eine Wirkung gewünscht wird, nennen wir den Aruna Grissecon; das ist dann Aruna zum Zweck der Zauberei. Doch unter den Varrs wird er nicht oft praktiziert.«

Nachts konnte ich kaum schlafen. Meine Haut brannte, der Mond rief mich mit weicher weißer Stimme, und ich flüchtete mich in die taunasse Kühle unter den Bäumen draußen. Eines Morgens beim Frühstück sagte Cal zu mir: »Meine Güte, du siehst ja schrecklich aus! Was ist denn los mit dir?«

Lodernde Wut trieb mich aus dem Zimmer; in Tränen aufgelöst rannte ich hinaus. Hinter mir hörte ich Cal sarkastisch seufzen: »O je.«

Nach einiger Zeit kam er in mein Zimmer. Swithe hatte ihm offenbar erklärt, was mit mir vorging, und seine Wißbegierde bestand zu einem Teil aus makabren Gelüsten, zum anderen aus echter Sorge. »Noch nie war die Pubertät so grausam!« rief er und verzog das Gesicht, was mich, denke ich, zum Lachen bringen sollte. »Das muß *ein* Preis dafür sein, daß wir so gottverdammt perfekt sind!«

»Und was sind die anderen Preise?« fragte ich.

»Ein anderer ist das Lernen, nehme ich an. Einiges daran soll nicht ungefährlich sein. Mein Gott, du bist ja ein völliges Wrack!«

Mein Gesicht war gerötet, die Haut schuppig, die Lider waren geschwollen und taten weh. Es schien mir körperlichen Schmerz zu verursachen, wenn jemand mich ansah. Cal interessierte sich für die Idee der Feybraiha und was sie mit sich brachte, aber ich schreckte vor einer Erklärung zurück.

»Also sucht dein erlauchter Vater einen der Sache würdigen Har zum Zweck deiner Entjungferung«, schwärmte Cal voll Enthusiasmus, während ich mich vor Scham krümmte. »Wer es wohl sein wird?«

»Vermutlich Leef«, sagte ich, wobei mich die seltsame Ärgerlichkeit überraschte, die sich in meine Stimme geschlichen hatte. Eigentlich konnte ich gar nicht wissen, wen mein Vater wählen würde.

»Und magst du ihn?«

»Er ist in Ordnung.«

»Das ist alles?« lachte Cal. »Wie enttäuschend! Ich hätte angenommen, das erstemal würdest du mit jemandem zusammensein wollen, der dir zumindest heiß und kalt macht!«

»Ich habe gehört, daß demnächst so ziemlich jeder dazu in der Lage ist«, sagte ich mißmutig. Ich verbrachte immer noch viel Zeit damit, mich darüber zu ärgern, wie mein Körper sich benahm, wenn er unbekümmert sein Eigenleben führte und es auch noch genoß.

Mein kleiner Bruder Tyson schien mehr als alle anderen zu spüren, was ich durchmachte. Er sah mich mit merkwürdig ängstlichen Augen an und brachte mir Geschenke in dem kindlich mitfühlenden Versuch, mich aufzuheitern. Ich besaß bereits zwei Streifchen einer Decke, einen pinkfarbenen Stein und einige von Cobwebs Ohrringen (ausschließlich Einzelstücke), die nebeneinander auf dem Fensterbrett in meinem Zimmer aufgereiht lagen. Wenn Tyson das Gefühl hatte, ich sei besonders niedergeschlagen, packte er mich am Ärmel, zog mich zum Fenster und brachte mich dazu, alle diese Schätze anzugreifen. Vielleicht ging er schon in Cobwebs Schule.

Eines Abends geschah das, wovor ich mich so gefürchtet hatte. Beim Essen sagte mein Vater: »Ich möchte, daß du später in mein Arbeitszimmer kommst, Swift.« Kälte durchlief mich vom Kopf bis zu den Füßen, und mein Herz begann so heftig zu klopfen, daß ich nichts mehr essen konnte.

Er bot mir ein mit süßem Likör vermischtes Glas Sheh an und lehnte sich an seinen Schreibtisch, mein Vater, der Herr von Galhea, schlank, imponierend und furchteinflößend. Ich selbst war völlig unbedeutend; ich saß nur da, umklammerte das Glas, sah zu ihm hoch und wartete auf die schicksalhafte Ankündigung. Terzian jedoch schien mein Unbehagen überhaupt nicht zu bemerken. »Wie dir bekannt ist, Swift«, begann er, »muß ich für deine Feybraiha jemanden auswählen, den ich der Ehre für würdig erachte, dich zu...« (hier besaß er den Takt, seine Stimme versagen zu lassen). »...Nun, du weißt ja, worum es geht, nicht wahr?« Er wartete mein Nicken ab. »Gut, gut. Ich habe mit Cobweb darüber gesprochen, und er stimmt meinem Entschluß zu; es scheint mir nächstliegend, daß der Krieger Leef derjenige sein sollte.« Mein Herz wurde schwer. Aber das hatte ich doch erwartet, oder? Wen gab es sonst? Vater sah mich seltsam an.

»Das war der Grund, weshalb ich ihn befördern ließ«, sagte er. »Ich hatte gehofft, du würdest dich darüber freuen, Swift.«

Ich zuckte unbeholfen mit den Achseln. Vater hob eine Augenbraue und strich mit dem Finger leicht die Tischkante entlang. »Nachdem ich von deiner kleinen Eskapade zusammen mit deinem Freund Gahrazel in Galhea gehört hatte, nahm ich selbstverständlich an, daß du an Leef Interesse hättest …« Jetzt wand ich mich nicht nur, sondern errötete auch heftig. »Nichts entgeht meiner Aufmerksamkeit, Swift.« Es war ein sanfter Tadel.

Ich erstickte fast an meinem eigenen Schweigen. Terzian sprach weiter.

»Ich glaube, beim Fest und vor einigen Wochen im Park hast du dich mit Leef in ein paar … harmlose Intimitäten eingelassen. Ist das so?« Er wurde allmählich ungeduldig ob meiner wortlosen Stumpfsinnigkeit. »Nun?«

Ich nickte. Ja, das war mit Leef gewesen. Es gab keinen anderen.

»Cobweb denkt, in einer oder zwei Wochen wärst du soweit. Sagen wir in zwei Wochen? Ich werde alles vorbereiten lassen.« Und das war es.

Ich spürte, daß ich entlassen war, und stand auf. Ich wollte ihn fragen: ›Siehst du denn nicht, daß das alles für mich nicht bloß eine Frage von *in ein, zwei Wochen soweit* ist, als mäße man mir neue Schuhe an? Es ist mein Körper, mein Leben!‹ Aber er hatte mir bereits den Rücken zugewandt und blätterte in den Papieren auf dem Tisch; doch ich war ohnedies zu eingeschüchtert, um zu sprechen.

»Ach, Swift, wenn du hinausgehst, könntest du die beiden Kakkahaaren suchen? Sag ihnen, wo sie mich finden.« Er zeigte grinsend die Zähne wie ein Wolf, doch als er den Blick zurück auf den Schreibtisch senkte, hatte er die Stirn bereits wieder in Falten gelegt.

Das Gewicht der Verzweiflung senkte sich wie eine schwarze Wolke über mich, sobald ich die Tür hinter mir geschlossen hatte. Weshalb hatte ich nichts gesagt? Was hätte ich sagen können? Ich wußte, Leef würde sich freuen, und das ärgerte mich zusätzlich. Ich fand ihn keineswegs unsympathisch, aber daß man mich ihm auf einem silbernen Teller servierte, erregte meinen Unmut. Es machte mich wütend. Ich wollte etwas anderes, ich wollte mehr – aber was?

Als ich den Kakkahaaren unten die Botschaft meines Vaters überbrachte, blieb Aihah im Vorbeigehen einen Moment lang stehen und hob mein Kinn mit seiner Hand. »Ich möchte später mit dir reden«, sagte er.

»Dann warte ich hier auf dich.«

Cobweb saß auf dem Boden am Feuer. »Es wäre gut für dich, wenn du auf Aihah hörst«, sagte er, und daraus schloß ich, daß sie über mich gesprochen hatten.

»Was wird passieren, Cobweb?« fragte ich und drängte mich in seine Arme. »Das dauert alles so lange!«

»Was dauert lange? Die Zeit bis zu deiner Feybraiha? Tut dir der Kopf wieder weh?« Er legte die Handfläche auf meine Stirn.

»Nein, nein! Das hat ja nichts mit mir zu tun, oder? Ich meine die Gelaminger.«

Cobweb seufzte. »Ach das! Ich weiß es nicht, ehrlich. Vielleicht spielen sie nur mit uns. Vielleicht sind sie wirklich auf der Hut vor den Kakkahaaren. Wir können nur abwarten.«

»Ich wünschte, das wäre vorbei! Einerseits diese Bedrohung, die über unseren Köpfen schwebt, und andererseits das, was mein Körper aufführt… Manchmal fühle ich mich… ich weiß nicht, als müßte ich davonrennen oder mein eigenes Grab schaufeln… Cobweb…« Ich hielt mich an ihm fest. »Wenn wir nur zurück könnten, in die Vergangenheit!«

»Ja, wenn wir das könnten«, nickte er.

Als Aihah zu uns zurückkam, pochten in meinem Kopf bereits die unvermeidlichen nächtlichen Schmerzen. Immer wenn ich mich so erschöpft fühlte, daß der Schlaf einfach kommen mußte, erwachte mein Körper mit einer Unzahl verschiedener qualvoller Symptome. Dann schmerzte mich mein Inneres, es juckte und siedete in mir. In dieser gewissen Nacht sehnte ich mich danach, zu weinen und mich blutig zu kratzen. Aihah berührte leicht meine Stirn. »Komm in mein Zimmer«, sagte er und reichte mir die Hand. Als ich sie ergriff, spürte ich, wie eine tröstliche Kühle in meinen Arm überfloß.

Sein Zimmer roch fremdartig, so als hätte er es mit seinem eigenen Duft und seinem Wesen erfüllt und es zu etwas Kakkahaarischem gemacht. Ich setzte mich auf die Bettkante, und er sagte: »Ich glaube, du solltest weinen. Du willst es doch. Die Tränen zu unterdrücken, bringt nichts.«

Nach diesen Worten konnte mich nichts mehr zurückhalten. Er machte sich im Zimmer zu schaffen, während ich auf seinem Bett lag und mich dem heulenden Elend hingab. Nach einer Weile schüttelte er mich sanft. »Hier, setz dich auf und trink das.«

»Ich fühle mich erbärmlich«, sagte ich und schluchzte in das Glas.

»Ist ganz natürlich«, nickte er leise. »Zu Hause geben wir dieses Getränk unseren eigenen Harlingen. Danach solltest du dich ein wenig besser fühlen.« Ich hatte noch nie etwas so Merkwürdiges gekostet. Später erfuhr ich, daß es ein Destillat der Putiripflanze war, deren Wirkungsweise noch eine dramatische Rolle in meinem zukünftigen Leben spielen sollte. Aihah mißbilligte die Art und Weise, wie man mich bisher behandelt hatte. »Hier im Norden scheinen die Hara so wenig über die Feybraiha zu wissen – oder sich dafür zu interessieren. Es überrascht mich keineswegs, daß du leidest. Du solltest mit dieser Situation nicht allein fertigwerden müssen. Es gibt eine ganze Menge, das man tun könnte, um deine Beschwerden zu lindern.«

»Ich habe schon vergessen, wie es ist, ohne sie zu sein«, bemerkte ich.

Aihah lachte leise. »Du bist so unglücklich«, sagte er, »das gefällt mir gar nicht. Es gefällt mir ganz und gar nicht.«

»Mein Vater hat schon für mich gewählt«, platzte es aus mir heraus. Ich war nicht fähig, die frischen Tränen in meinen Augen zurückzuhalten.

»Keine willkommene Wahl?« schloß Aihah daraus.

Ich schüttelte den Kopf. »Nicht wirklich. Ich kann es nicht sagen. Früher dachte ich ...« Ich sah ihn ratlos an, und er strich mir mit dem Daumen über die Wange.

»Wer ist es dann?«

»Es gibt niemanden.«

Aihah setzte sich neben mich. »Also, du darfst dich nie selbst belügen, Swift. Das ist vielleicht der schlimmste Fehler der Varrs. Sei ehrlich: Wer ist es? Dein Körper weiß es, und er wünscht sich dieses eine ganz besondere Feuer, das nur eine ganz bestimmte Person ihm geben kann. So ist es bei der Feybraiha. Wenn es nicht so wäre, dann könnte es jeder sein; es wäre wie bei den Tieren oder« – mit düsterer Stimme – »bei den Menschen. Es wird das erste Mal für dich sein, Swift, und ist daher sehr wichtig. Es ist etwas, das du für den Rest deines Lebens mit dir tragen wirst, und deshalb muß es vollkommen sein. Also komm schon und laß mich nicht hier sitzen und dir Vorträge halten.« Er schüttelte mich ein klein wenig. »Frag dein Herz und verrate es mir.«

»Ich kann nicht!« rief ich. »Mein Kopf ist zu voll! Ich kann niemanden sehen! Es gibt keinen!«

»Du hast Angst. Ist deine Wahl vielleicht eine zweifelhafte?«

»Es gibt keinen!« Ich heulte wieder, wobei sich mein Körper in schweren qualvollen Zuckungen wand. Ich verspürte einen solchen Kummer, und ich konnte mir nichts vorstellen, was ihn verjagen könnte.

»Swift, sieh mich an!« Ich dachte, ich hätte Aihahs Stimme vernommen, aber es war nur in meinem Kopf. Ich sah ihn an. »In die Augen … tief.« Er legte mir seine langfingrigen Hände aufs Gesicht und strich sanft über die schmerzenden Stellen über meinen Augen. »Öffne dich mir, Swift. Laß in deinem Kopf völlige Leere herrschen …«

Es fiel mir so leicht, mich gehenzulassen. Ich hatte meine fünf Sinne nur mit größter Anstrengung zusammengehalten, und nun konnte ich mich entspannen, und der Kakkahaar wäre da, um mich aufzufangen, wenn ich fiel. Ich nahm seine unaufdringliche Anwesenheit in meinen Geist auf. Er beruhigte mich, liebkoste meine Gedanken, und dann begann er mit sanften, schmerzlosen Vorstößen meine Gefühle zu erforschen. Jede sachte Sondierung brachte ein Bild vor meine Augen, und das war wie Träumen. Ich sah Immerdar, riesengroß und schwarz-weiß wie eine alte Photographie. Ein jüngeres Ich rannte durch den Schnee. Gahrazel lächelte. Talismane auf dem großen Tor. War das Ithiel, dort drüben? Ich rannte direkt an ihm vorbei, aber er sah in die andere Richtung. Dann Leef und ich, Mund an Mund, und wir waren große schwarze Vögel, die sich in Spiralen nach oben drehten, und die Bäume waren leblos und die Nester leer. Ich fuhr herum und griff nach dem weißen, weißen Himmel. Sein Gesicht war dort. Er sagte: »Du bist der Besondere hier, denke ich …«, und dann konnte ich einen kurzen, ganz raschen Blick auf einen schimmernden Baldachin werfen, der von Sternen erleuchtet wurde, und die Augen aus meinen Träumen, aus meinen Alpträumen waren da, rundum mit Haar umgeben. Doch es war Cal, der mich zurückriß.

Ich hörte einen echten Schrei durch das Zimmer hallen, und die Macht von Aihahs Gedanken strömte in mich ein und zwang mich, ruhig zu sein. »Schau der Wahrheit ins Gesicht!« befahl er, und ich spürte die furchtbare, ursprüngliche Kraft, die er in sich bändigte; wenn er gewollt hätte, so hätte er sie in mir loslassen können, vertrauensvoll, wie ich war, und mit ihm geistig verbunden, hätte sie in mir entfesseln und mich verschlingen können, aber er sagte nur: »Schau ihr ins Gesicht!«, und ich tat es.

»Das ist unmöglich!« schrie ich. »Mein Vater würde es nie erlauben!«

Aihah legte sittsam die Hände in den Schoß. »Terzian ist ein Wraeththu. Hätte er dir gegenüber immer seine Pflicht getan, wäre ihm das selbst aufgefallen. Es stellt sich hier nicht die Frage, ob seine Gefühle es erlauben oder nicht. Das ist etwas für Menschenwesen, diese Schwäche! Du mußt es ihm sagen, Swift!«

»Ich kann nicht!« Obwohl ich jetzt im Zimmer auf und ab lief und wild mit den Armen gestikulierte, wußte ich, daß mein tiefer Kummer vorbei war. Und ich wußte auch, warum. Einmal, damals am See, hatte ich Cal in meine Gedanken eingelassen, und seine Präsenz hatte sich dort eingenistet. Mein Körper hatte sich auf ihn fixiert. Kein anderer würde an ihn heranreichen.

»Wirst du es Terzian an meiner Stelle sagen, Aihah?« bettelte ich, aber er schüttelte den Kopf.

»Nein, das werde ich nicht tun. Du mußt schon selbst Farbe bekennen.«

»Und was, wenn er nein sagt?«

»Er wird nicht nein sagen. Er ist ein Wraeththu. Obwohl dein Vater gelegentlich unsere Unterschiede zu den Menschen eher als lästiges Übel zu betrachten scheint, wird er das verstehen, Swift, das verspreche ich dir.«

»Hmmm. Vielleicht frage ich ihn morgen.«

Der Kakkahaar lachte. »Weshalb so lange warten? Geh und sieh zu, daß du ihn sprechen kannst, bevor er weitere Vorbereitungen trifft. Sag ihm, daß du mit mir geredet hast.« (Ach ja, dachte ich, sie wissen, daß wir sie im Innersten fürchten.)

Gerade als ich mich wappnete, meinen Vater aufzusuchen, kam mir ein entsetzlicher Gedanke: Cobweb. Ich packte Aihah am Arm. Worte waren nicht nötig.

»Ah, dein Träger«, sagte der Kakkahaar. »Ich gebe zu, daß das zu gewissen Reibungen führen könnte. Also werde ich mit Cobweb sprechen. Zumindest das kann ich für dich tun.«

»Weshalb willst du mir helfen?« fragte ich und überlegte, welchen Vorteil er davon wohl haben könnte.

»Weshalb? Ganz einfach. Wir wissen alle nicht, was die Zukunft mit uns vorhat. Sollte ich sterben, dann hoffe ich, daß jemand das gleiche für meinen Sohn tut. Jede unserer Handlungen bringt gewisse Reaktionen mit sich.«

»Ich verstehe.«

»Nicht ganz, denn deine Erziehung wurde sträflich vernachlässigt. Du bist untypisch für einen Varr, Swift. Du bist es dir selbst schuldig, dieses Wissen zu entdecken. Warte nicht zu lange damit. Und jetzt geh zu deinem Vater.«

Terzian war überrascht, mich schon wieder zu sehen, und warf einen ungeduldigen Blick auf die Uhr an der Wand, als ich eintrat. Er arbeitete immer bis spät nachts, allein in seinem Zimmer, und mühte sich mit seinen Problemen ab. Die Papiere auf seinem Schreibtisch waren mit krakeligen Zeichnungen bedeckt, und hier und dort war ein einzelnes Wort geschrieben und dick unterstrichen. »Was gibt es, Swift?« fragte er kühl.

»Es kann nicht Leef sein«, antwortete ich. Er brauchte eine Sekunde, bis meine Worte Wirkung zeigten; vermutlich hatte er unser vorhergegangenes Gespräch bereits vergessen.

»Wie?«

Ich trat näher an ihn heran. »Ich habe mit Aihah gesprochen.«

Terzian verdrehte die Augen zur Decke. »Weiter.«

»Nun, es wird das erstemal für mich sein, und ich möchte, ich will ... Es muß Cal sein, Vater.« Ich nannte ihn kaum je Vater. Ich sprach ihn ja auch kaum je direkt an. Er starrte mich nachdenklich an, und ich bin der Meinung, daß er mich in diesem Augenblick zum ersten Mal wirklich sah.

»Du bist deinem Träger so ähnlich«, stellte er fest und verschränkte die Hände. »Vielleicht habe ich nie genug Zeit mit dir verbracht, Swift. Setz dich.«

Ich hatte einen Wutausbruch erwartet; und jetzt wußte ich nicht, was ich sagen sollte.

»Wie bist du zu dieser Entscheidung gekommen?« fragte er mit ruhiger Stimme, und ich dachte: Mein Gott, er hört mir zu! Er hat tatsächlich gehört, was ich gesagt habe!

Ich berichtete ihm von dem Gespräch mit dem Kakkahaaren, und er schürzte die Lippen. »Ich hatte keine Ahnung, daß du diese Gefühle hegst«, stellte er schließlich fest.

»Aihah sagte, du würdest es verstehen«, murmelte ich. Würde ihn das ärgerlich machen?

Terzian lachte. »Verstehen? Das möchte ich nicht diskutieren, Swift. Jedenfalls scheint Cal eine traumatische Wirkung auf alle diejenigen zu haben, mit denen er in Berührung kommt.«

»Bist du böse auf mich?« fragte ich vorsichtig.

Terzian lehnte sich zurück. »Warum sollte ich?«

»Ich weiß nicht ... Ich dachte ...«

Er beugte sich wieder zu mir vor. »Vielleicht hätte ich es bemerken sollen, aber ich hatte in letzter Zeit viel um die Ohren. Du hast eine gute Wahl getroffen, Swift, aber da gibt es eine Sache ... o verdammt, ich weiß nicht, wie ich es sagen soll! Cal ist eine sehr starke Persönlichkeit.

Sehr stark. Er könnte dich überwältigen, dich ersticken. Ich hoffe, du kannst damit fertigwerden.«

»Ich glaube schon«, erwiderte ich.

Terzian lächelte gedankenverloren. »Hmm. Es ist gut, daß du noch heute abend zu mir gekommen bist. Ich hätte sonst die Angelegenheit morgen früh mit Leef abgesprochen. Er wird enttäuscht sein, Swift. Ich dachte, du würdest ihn mögen.«

»Ich mag ihn auch«, sagte ich. »Aber, nun ja, er ist nicht der, den ich mir vorgestellt habe.«

»Ich verstehe«, nickte Terzian. »Du wirst es eben später mit ihm nachholen müssen.«

Wir lachten zusammen wie Erwachsene.

Cobweb wartete in meinem Zimmer auf mich. Aihah hatte keine Zeit verloren und ihm von meinem Entschluß berichtet. Ich hatte Angst, er werde mich schlagen, aber er begnügte sich damit, seine langen Krallen in meine Arme zu versenken, als er mich schüttelte.

»Bist du wahnsinnig?« tobte er.

Ich riß mich los. »Nein!«

»Er wird dich vergiften!«

»Nein!«

»Was hast du damals, in dieser Nacht vor so langer Zeit, zu mir gesagt? Waren das nicht in etwa die Worte: ›Ich werde dich nie hintergehen, Cobweb!‹?« Er gab einen zornigen, höhnischen Ton von sich. »Es hat nicht lange gedauert, bis du das vergessen hast, oder?«

»Ja, in Ordnung!« schrie ich. »Du bist im Recht, ich bin im Unrecht. Du hast recht, wenn du von mir willst, daß ich meinen Körper dem Falschen überlasse, und ich habe unrecht, wenn ich ihn dem Richtigen überlassen will!«

Cobweb unterdrückte ein Lächeln. »Er hat dich wirklich in seinen Bann gezogen, nicht wahr? Erst Terzian und jetzt du. Ich frage mich, wo das wohl enden wird!«

»Das frage ich mich auch.« Ich massierte mir die

Arme. Mein geliebter Träger hatte sie blutig gekratzt. Zerknirscht zog er mich an sich und küßte die Spuren seiner Nägel.

»Es fällt mir schwer, mir dich in Cals Armen vorzustellen«, sagte er mit unsicherer Stimme.

»Danke, Cobweb.«

Seine Augen blickten düster, und er wandte sie ab.

Ich war so aufgeregt, Cal zu begegnen, daß ich bis zum nächsten Abend in meinem Zimmer blieb. Ich hatte Kopfschmerzen und konnte nichts essen. Ich wollte nur schlafen, aber weil mich die Haut am ganzen Körper brannte, konnte ich mich nur von einer Seite auf die andere wälzen. Zur Abendbrotzeit klopfte es an meiner Tür, und das Herz schien mir in die Kehle zu hüpfen. »Komm rein!« rief ich, während mir der Schweiß ausbrach, aber es war nur Swithe.

»Wie geht es dir?« fragte er. Er hatte mir Milch und ein Brötchen mit Fleisch gebracht.

»Schlecht, natürlich!« antwortete ich gereizt. »Wie stehen die Dinge unten?«

Swithe lächelte. »Alles beim alten, denke ich. Und eine Invasion unserer Feinde hat auch noch nicht stattgefunden. Ponclast soll angeblich nächste Woche zu uns kommen. Vermutlich wird er zu deiner Feybraiha bleiben.«

»Was das Ereignis über meine kühnsten Träume hinaus bereichert!« stöhnte ich sarkastisch. »Wo ist mein Vater?« Die wirkliche Frage lautete anders, und das entging Swithe nicht.

»Er spricht mit Cal in seinem Arbeitszimmer. Sie haben sich seit Stunden eingeschlossen. Nahmen sogar das Mittagessen dort ein.«

»O Gott!« Ich legte den Arm über die Augen; jeder Muskel in meinem Körper spannte sich an vor Scham und Verlegenheit.

»Leef war heute da«, erwähnte Swithe beiläufig. »Ich

habe gehört, er war fürchterlich wütend, als er wieder ging.«

Erfüllt von einer Unruhe, die mir Höllenqualen bereitete, ging ich schließlich mit Swithe hinunter in den Salon. Aihah, Shune und Cobweb waren bereits da. Sie begrüßten mich so übertrieben freundlich wie einen Verrückten, den man um jeden Preis bei Laune halten muß. Es langweilte mich schon, dauernd gefragt zu werden, wie ich mich fühle. Cobweb bot mir Sheh an und massierte mir den Nacken. »Bald ist es ausgestanden, Swift«, sagte er leise. Aihah lächelte mir zu, und seine Stimme sagte in meinem Kopf: »Alles ist so, wie es sein soll.« In meinem Weltschmerz hatte ich Sehnsucht nach Gahrazel, aber zu dieser Zeit kam er nicht mehr zu uns, sondern wohnte mit den Soldaten in der Stadt, zweifellos zusammen mit Purah.

Als alle in ein Gespräch vertieft waren, winkte Cobweb mich zu sich. Ich war ohne Unterlaß im Zimmer umhergerannt und blieb nur gelegentlich am Fenster stehen, wo ich den Mond mit seinem ausdruckslosen Antlitz, seinem beruhigenden Licht betrachtete.

»Terzian redet mit Cal«, sagte mein Träger.

»Ich weiß.« Wir sahen uns an, und ich war dankbar, daß er mich nicht tadelte, wie erwartet.

»Du weißt auch, daß du von nun an nicht mit Cal alleinsein darfst, nicht wahr?«

»Ja«, nickte ich; ich umarmte ihn, und er fühlte sich hart und weich an, schlank und voll: meine geliebte Mutter des Geheimnisvollen.

»Du zitterst ja. Du solltest wieder ins Bett«, sagte Cobweb.

Ich hatte mich zu diesem Zeitpunkt schon oft gefragt, wie beim Aruna festgesetzt wurde, welcher von den beiden Hara Soume sein sollte und welcher Ouana oder ob sie beides zugleich sein konnten (eine faszinierende Vorstellung, deren Funktionsweise mich endlos beschäftigen konnte). Swithe erklärte mir, daß die Rollen zwar jederzeit austauschbar sind, daß aber, seines Wissens nach, noch nie jemand versucht hatte, beides zur gleichen Zeit zu sein. Also lachten wir über den Gedanken. Anscheinend unterschied sich die Entscheidung, wem welche Rolle zufallen sollte, von Stamm zu Stamm; für manche schloß sie okkulte Rituale ein: Soume war der Altar, Ouana das Opfermesser; für andere etwas, was ganz unbefangen gelöst wurde. Bei unserem Stamm, so erfuhr ich, lehnten viele Hara (unter ihnen auch mein Vater) den Gedanken, sich als Soume zu unterwerfen, strikt ab und praktizierten den Aruna ausnahmslos mit Partnern, denen es nichts ausmachte, wenn sie ihnen die dominante Rolle überlassen mußten. Wenn dies jedoch nicht von vornherein klar war, dann brachte das Vorspiel zum Aruna oft ein Kräftemessen mit sich, wer sich wem unterwerfen würde. (Varrs sind nie ganz glücklich mit dem weiblichen Aspekt ihrer Natur, und so benötigen sie Hara wie Cobweb.) Da ich so völlig unerfahren war, wurde es für gegeben angenommen, daß ich bei meiner Feybraiha erst einmal Soume sein würde. Swithe riet mir, nicht nervös zu werden, wenn sich bestimmte Körperteile in die Sicherheit des Beckens zurückziehen würden, während ich Soume war. »Das geschieht, um sie zu schützen«, erklärte er. »Manchmal kann der Aruna ziemlich temperamentvoll werden, und du weißt, welche deiner Körperteile besonders verletzlich sind.«

»Das macht mich ja fast völlig weiblich!« sagte ich unsicher.

»Nicht ganz unähnlich einer Frau«, räumte Swithe ein. »Obwohl unsere Geschlechtsteile viel komplizierter gebaut sind als die eines Mannes oder einer Frau. Unsere Ekstase ist um so vieles intensiver, weil sie auch dazu dienen kann, uns Macht zu verschaffen. Deshalb sind unsere Körper in dieser Hinsicht auch so hoch entwickelt.« Er lächelte. »Ich kann mich immer noch an meine Initiation erinnern und an den Har, der als erster zu mir kam.«

»Wie war er denn?« fragte ich. Swithe unterdrückte seinen verträumten, abwesenden Blick wieder, und ich dachte an Cobweb.

»Es ist schon lange her«, sagte er.

Moswell enthielt sich in dankenswerter Weise jeglicher plastischer Details (was schon bei Swithe schlimm genug gewesen war), sondern beschäftigte sich in erster Linie mit der Etikette. Ich hörte, daß es schicklich für mich sein würde, die Augen abzuwenden, außer wenn man es ausdrücklich anders von mir verlangen sollte, und das zu befolgen, was Cal mir auftrug. In diesem Moment fragte ich mich bereits, ob ich die richtige Entscheidung getroffen hatte, denn Cals Natur war mir so vertraut, daß ich fast unbewußt jede kritische Situation mit einer ätzenden Bemerkung kommentierte. Die in Anwesenheit Dritter stattfindenden Zusammenkünfte mit ihm waren ein Alptraum. Es war sehr schwierig, unter solch beengenden Umständen ein Gesprächsthema zu finden, denn wir kannten einander ja schon recht gut, und so schien es überaus lächerlich, wenn Moswell bei uns saß und uns mit Adleraugen beobachtete.

»Das kam als ein echter Schock für mich, Swift«, sagte Cal und lachte dann über mein heftiges Erröten. »Kein unerfreulicher Schock, zugegeben. Aber welch eine Verantwortung!«

»Es wird doch wohl nicht das erstemal für dich sein, oder?« Ich spielte auf Pellaz an.

»Nein. Ich muß ein außerordentliches Talent für den Einführungsunterricht unberührter Hara haben.«

»Cal, halt den Mund!«

»Nun, ich habe mich bisher ja nicht beklagt deswegen.«

Es war unmöglich, seine sorglose Einstellung zu bremsen, und er war entschlossen, nicht den Hauch von Ernsthaftigkeit in die Ereignisse einfließen zu lassen.

Am Tag vor meiner Feybraiha erhielten mein Vater und Ponclast eine bedeutsame Nachricht, die zuerst Sprachlosigkeit und dann ein aufgeregtes Geplapper durch das Haus jagte. Über Shune und Aihah teilten uns die Kakkahaaren mit, daß ihnen beim Problem der Überwindung der geheimnisvollen Barrieren, mit denen sich die Gelaminger umgeben hatten, ein gewaltiger Durchbruch gelungen sei, und demnächst werde eine Passage existieren, die den Heeren der Varrs einen Durchbruch erlauben sollte. Es war also soweit. Ganz Galhea wurde von aufgeregter Unruhe erfaßt wie von einer ansteckenden Krankheit. Innerhalb einer Woche würde Terzian seine Hara nach Süden führen, und diesmal, dessen war ich sicher, würde es mir leid tun, ihn ziehen zu sehen. Er war so überraschend verständnisvoll gewesen, was Cal betraf; darüber hinaus hatte ich das Gefühl, diesmal werde er nicht so rasch wieder zurück sein.

Terzian organisierte ein großes Fest für meine Feybraiha. Es sollte zugleich eine Abschiedsfeier für die varrischen Krieger werden. Im Park würde Yarrow einen ganzen Ochsen am Spieß braten, und er schaffte auch schäumenden Zheera herbei, eine äußerst starke Form von Sheh, der man eine erotisch anregende Wirkung nachsagt, was meinen Vater zum Lachen brachte, als er es hörte. Alle prominenten Bürger von Galhea waren eingeladen, und von Ponclast erhielt ich als Geschenk zum großen Tag einen edelsteinbesetzten Krummdolch. Er war sehr schön, würde aber zweifellos wie ein Zündholz zersplittern, sollte ich ihn zu meiner Verteidigung gebrauchen. Gahrazel hatte sich besser entwickelt als erwartet, und so war Ponclast meinem Vater, dem er das Verdienst hiefür zuschrieb, wohl sehr dankbar.

Am Morgen des großen Tages teilten Bryony und Cobweb sich die Aufgabe, meine Kleider zurechtzulegen, mein Haar zu bürsten und mich dezent zu schminken. »Obwohl du es wirklich nicht nötig hättest«, bemerkte Cobweb. »Aber es ist nett, sich für besondere Gelegenheiten schönzumachen.« Das Bild im Spiegel sah mich an wie ein Fremder. Cobweb hatte mir Hosen aus hellem weichen Material in Blaßgrün, seiner Lieblingsfarbe, geschneidert, die mit Ausnahme der Falten fast weiß aussahen. Er flocht mir kleine sternförmige Blüten ins Haar und betupfte mich mit teurem Parfüm, das ihm Terzian einst von einer weiten Reise mitgebracht hatte.

Bryony seufzte, als sie mich ansah, und sagte: »Du siehst so wunderhübsch aus, Swift, wie ein Mädchen, wie ein schöner Junge. Ich weiß nicht, ob ich mich in dich verlieben oder dich beneiden soll. Ich wünschte, ich könnte dich umarmen.«

»Aber das kannst du doch!« rief ich und öffnete die Arme. Sie fühlte sich klein und zart und hilflos an in meiner Umarmung, und als ich sie leicht auf die Lippen küßte, merkte ich, daß sie Tränen in den Augen hatte.

»Du hast so großes Glück«, flüsterte sie.

Auf unserem Weg nach unten sagte ich zu Cobweb: »Wir sind alle glücklich.«

»Für den Moment ja«, antwortete mein Träger. »Also genießen wir es.«

Alle Freunde meines Vaters warteten auf uns im großen Saal. Es war fast Mittag, und die Sonne schien in langen goldenen Strahlen durch die hohen Fenster. Alle trugen ihre besten Kleider und hatten ein Lächeln auf den Lippen. Draußen trieben rote Blätter über die Terrasse. »Swift, du siehst prachtvoll aus!« rief Ponclast, nahm meine Hand und machte eine übertriebene Verbeugung. Ich hatte das Gefühl, ich könnte nie genug bekommen von dieser Art freundlicher Aufmerksamkeit. Meine Kindheit war mir entrissen, nun war ich erwachsen, und alle Hara konnten ohne Gewissensbisse mit mir flirten.

Der Brauch wollte es, daß Terzian mir zu Ehren eine Art Zeremonie durchführte, doch so wie die Varrs nun einmal waren, gab es keinerlei festgelegte Richtlinien dafür. Ich glaube, er erledigte die Sache aus dem Stegreif. Ich entsinne mich, daß er die Hand auf meine Schulter legte und sagte: »Dieser Körper erblüht, diese Wraeththuknospe bricht auf«, und vor all unseren Gästen legte er Cals Hand auf die meine und fuhr zu ihm gewandt fort: »Bring die Knospe zum Erblühen.« Terzian ist ein begnadeter Redner. Selbst Cal unterließ das Grinsen, als mein Vater feierliche Worte über die Unschuld verlor, deren Verlust mir unmittelbar bevorstand. Ich war erleichtert, als es vorbei war.

Unsere Haushara mischten sich unter die Gäste und servierten Sheh und Wein, und viele Hara kamen und sprachen mit mir. Ich kann mich an nichts erinnern, was damals gesagt wurde. Einmal erblickte ich Leef, der mit Freunden am Fenster stand; als unsere Augen sich trafen, erstarrten wir beide und wandten uns rasch ab.

Der ganze Tag bestand aus Fröhlichkeit, Feiern und Tanz, und ich schwebte wie auf Wolken. Mein körperliches und seelisches Unbehagen war verschwunden. Geblieben war nur ein Prickeln auf der Haut, ein ungeduldiges Verlangen nach der Dämmerung und allem, was folgen würde. Als mein Vater mich beim Mittagessen zum Kaimana erklärte, griff Cal, der neben mir saß, nach meiner Hand und küßte mich auf die Wange. (Warum mußten meine Augen ausgerechnet Leefs Blick begegnen, der mir gegenüber saß?) Mein Körper barst fast vor unterdrückter Kraft. Ich fühlte mich zu allem fähig.

Am Nachmittag kam Gahrazel, um mit mir zu reden. »Es ist noch gar nicht so lange her, daß wir hier meine Feybraiha feierten«, sagte er. »Meine Güte, hast du dich seit damals verändert, Swift!«

»Es ist gar nicht so lange her, da hast du dich noch mehr verändert als ich«, entgegnete ich. »Wann hast du dich das letzte Mal hier gezeigt? Wir waren doch so gute Freunde!«

»Ich weiß…« Gahrazel seufzte schwer und sah zu Boden. Als er den Kopf wieder hob, hatte ich den Eindruck, er wolle mir etwas sagen.

»Gahrazel?«

Er schüttelte den Kopf und griff nach meiner Hand. »Es ist nichts. Hör mal, ich komme dich noch einmal besuchen, ehe wir nach Süden ziehen, das verspreche ich!«

»Immerdar war doch einmal dein Zuhause.«

Gahrazel blickte sich um, sah über die Gesichter der Anwesenden hinweg auf die Wände, und ich sah, wie er erschauerte.

»Und wie geht's Purah?« fragte ich, aber er lächelte nur.

»Wir sehen uns demnächst«, sagte er. »Und viel Glück für heute nacht!«

Am Abend, nach dem Essen, wurden alle Fenster im Saal geöffnet, denn die Herbstnacht war immer noch warm vom Ausklang des Sommers. Einige Hara schlenderten hinaus, um draußen im Mondschein zu tanzen, und von den Überresten von Yarrows Ochsen trieb der Duft nach gebratenem Fleisch ins Haus. Ich hatte mit so vielen Hara plaudern müssen, daß ich den ganzen Tag über kaum etwas von Cal gesehen hatte. Jetzt, in der Dämmerung, kam er zu mir und holte mich hinaus auf die Terrasse.

»Es ist kaum zu glauben, aber ich bin aufgeregt!« gestand er mir. »Es ist eine solche Verantwortung vor all diesen Hara hier. Ich hoffe, Terzian verlangt morgen keinen schriftlichen Bericht von dir. Was ist, wenn ich einschlafe?«

»Ich glaube, ich bin zu betrunken, um aufgeregt zu sein«, antwortete ich. »Noch scheint mir alles ganz unwirklich. Ich möchte dich umarmen, aber alle beobachten uns.«

»Die Feybraiha scheint ein Sport für Voyeure zu sein, das ist wahr. Vermutlich brächen sie alle in Jubelgeheul aus, wenn du es tätest.«

»Das vermute ich auch. Ach, was soll's.«

Wir umarmten uns. Sie brachen in Jubelgeheul aus.

Um Mitternacht rief uns Vater in die Mitte des Saales und setzte neuerlich zu einer Rede an, worauf die Anwesenden mit ohrenbetäubender Begeisterung applaudierten. Als er geendet hatte und alle anderen auf mein Glück und meine Gesundheit ihr Glas erhoben, kam Cobweb und nahm mich am Arm. »Ich glaube, es ist Zeit, Swift«, sagte er. »Komm mit. Es wird nicht so auffallen, wenn du und Cal getrennt verschwinden.«

Ich folgte meinem Träger die breite Treppe hinauf zu meinem Zimmer. Immerzu ziehen mir Erinnerungen durch den Sinn, wenn ich diese Treppe hochsteige, und damals war es nicht anders. Ich hatte das Gefühl, daß an der untersten Stufe meine Vergangenheit wie ein verlassenes Kind zu mir aufblickte, während mir oben, am Ende der Treppe, die Zukunft, die unbekannte Zukunft, entgegenglotzte.

Der Boden meines Zimmers war mit Farnen bedeckt, und es roch dumpf und geheimnisvoll darin. »Es ist wie im Wald hier«, bemerkte ich.

Cobweb drückte mich an sich. »Mein lieber, lieber Swift«, sagte er. »Wenn er dir weh tut, bringe ich ihn um.«

»Dann kann es also weh tun?« fragte ich erschrocken.

Cobweb schüttelte rasch den Kopf. »Nein, nein. Ich hätte das nicht sagen sollen. Wenn es weh tut, dann ist es ein süßer, ganz süßer Schmerz – und ein sehr kurzer.«

Er zog mir ein weißes Hemd über und zupfte die Blüten aus meinem Haar. Ich sagte: »Du lieber Gott, das ist doch alles wirklich wahr, oder?«

Cobweb lächelte. »So wirklich, wie es nur sein kann. Hab keine Angst.«

Er schlug das Laken zurück, und ich glitt ins Bett. Die Kissen dufteten nach Parfüm. Cobweb zündete ein Dutzend lange weiße Kerzen an und schaltete das Licht aus. Das Zimmer wurde zu einem verzauberten

Ort. Mein Herz schlug schnell, und ich befand mich tief im Wald.

»Es ist wie ein Traum«, flüsterte ich.

An der Tür wandte Cobweb sich um. »Gute Nacht, kleine Perle«, sagte er.

Ich lag stundenlang – so schien es mir wenigstens – still da, berauscht von meiner eigenen hitzigen Unruhe und dem intensiven Duft im Zimmer, und versuchte mich darauf vorzubereiten, was ich sagen würde, wenn Cal hereinkäme, aber keine meiner gedachten Konversationen erlangte irgendein vorstellbares Ende. Jetzt war alles Realität; erst jetzt. Vorher hatte ich mir nicht ausmalen können, diesen Moment zu erreichen, auch nicht am selben Tag. Ich erinnerte mich daran, wie ich einst zusammen mit Gahrazel auf dem Dach gesessen und er mich über den Aruna aufgeklärt hatte, erinnerte mich an meine damaligen Gefühle in dieser Hinsicht und daß ich an Ithiel gedacht hatte. Jetzt war ich ängstlich, und mich verlangte nach seinem Vollzug.

Cal klopfte an, ehe er die Tür öffnete; vermutlich wollte er mir Zeit geben, mich zu fassen. »Swift!« flüsterte er. »Bist du wach?«

Ich lachte nervös. »Ich fühle mich so lächerlich!«

Leise schlich Cal ins Zimmer, als fürchte er, daß sich draußen vor der Tür Lauscher befänden. »Ich weiß, was du meinst. Es ist ein bißchen wie Grissecon, mit all den Leuten rundum, die uns beobachten. Hoffentlich sind sie jetzt alle wieder genügend in Anspruch genommen vom Trinken und Tanzen.«

»Grissecon … hast du das schon einmal gemacht?«

Er zögerte und betrachtete sich im Spiegel. »Ja. Einmal in Saltrock. Das war der Ort, wo Pell und ich eine Weile wohnten.«

»Wozu hast du es getan?«

»Als Zauber natürlich. Es gab eine Art Epidemie dort, aber von Menschen verursacht. Der Aruna ist stärker als alles, was Menschen ersinnen können. Wir führten den Grissecon durch, um die Epidemie aufzuhalten.«

»Wer? Du und Pell?«

»Nein, es war jemand anderer.« Er lächelte. »Ich möchte jetzt nicht darüber reden. Du siehst wunderschön aus, Swift.«

»Das höre ich heute von jedem«, sagte ich. »Aber werde ich es auch morgen hören? Es ist bloß eine vorübergehende Sache.«

Cal schüttelte den Kopf. »Ich könnte jetzt fortfahren, deine Tugenden in den Himmel zu heben, aber das würde dich eingebildet machen. Wollen wir etwas trinken?«

Er goß uns Sheh ein und setzte sich neben mich. Von unten hörten wir die Musik; das Fenster stand offen.

»Was wohl geschieht, wenn Terzian nach Süden geht ...«, sagte ich.

»Es wäre besser, jetzt nicht daran zu denken. Du könntest früher als erwartet zum Herrscher von Galhea aufsteigen.«

»Mein Gott, Cal! Das ist ja furchtbar! Sag das nicht!« rief ich entsetzt. Den Gedanken, daß auch mein Vater nur sterblich war, fand ich schrecklich, aber Cal hatte vermutlich recht.

»Zumindest bist du da, falls irgend etwas passiert«, sagte ich.

»Was könnte ich schon tun?« fragte er lachend.

»Nichts *tun,* bloß hier sein. So würde ich mich irgendwie sicherer fühlen.«

Er nahm mir das Glas aus der Hand; es war leer. Ich bemühte mich zu lächeln.

»Hab keine Angst, Swift. Der Aruna ist das Normalste, Alltäglichste, Einfachste, was Wraeththu zustande bringen können. Ein Großteil unseres Lebens dreht sich um dieses Thema.«

Er stand auf und schlüpfte ohne viel Federlesens aus dem Hemd. Seine Haut war dunkel, das Haar fast weiß.

Ich blickte zur Seite, und nach einer Weile fragte er: »Ach, Swift, bringst du es nicht über dich, mich anzusehen?«

»Moswell sagte, es sei taktlos, den anderen anzustarren.«

»Unsinn, es erregt mich! Ich hab es gern, wenn du mich bewunderst!« Ich wandte ihm das Gesicht zu. Seine Haut war gelblichbraun und weich mit einem matten Glanz, der wirkte wie ein Fell aus feinsten Härchen. Er drehte sich dreimal um die eigene Achse. »Vorder- und Rückansicht«, sagte er. »Was hältst du davon?«

»Großartig... ein bißchen einschüchternd.«

»Findest du? Komm her!« Er streckte mir die Hand entgegen. Ich entwirrte den Knoten, den mein Nachthemd bildete, und stolperte aus dem Bett. »Das gefällt mir nicht«, sagte er, »zieh es aus.« Widerstrebend zog ich es mir über den Kopf. »Ich kann mir nicht vorstellen, daß jemand so etwas erotisch findet, aber das Verhüllen soll wohl verführerisch wirken.« Wir gingen zur Fensterbank und sahen hinaus über den Park; das Nacktsein hatte etwas Wildes, Magisches an sich. Jeder da unten hätte heraufschauen und uns sehen können. Cal legte den Arm um mich, strich mir über die Haut und starrte hinaus in die Dunkelheit. »Die Gelaminger haben vielleicht einen Preis auf meinen Kopf ausgesetzt«, sagte er.

»Wie? Wegen dieses Orien?« fragte ich.

»Dieser Orien!« entgegnete Cal spöttisch. »Er war ein hochangesehener Schamane, Swift! Ich habe so ein Gefühl, daß Seel ... daß Seel nicht ruhen wird, ehe ich nicht bezahle für das, was ich getan habe.«

»Wer ist Seel?« Es war mir, als hätte ich schon einmal von ihm gehört.

»Der Gründer von Saltrock«, erklärte Cal. »Wir waren einmal gute Freunde, aber ich bezweifle, daß unsere Freundschaft meinen Mord an Orien überstehen kann.«

»Aber du warst doch damals krank, nicht wahr?«

»Das ist keine Entschuldigung; ich wünschte, es wäre eine Entschuldigung.« Er zog mich enger an sich. »Du bist so heiß … Ich habe das Gefühl, ich weiß nicht … als ob Seel sich irgendwie an mich *heranmacht*. Manchmal ist es mir, als befände er sich hier, in diesem Haus. Manchmal wache ich auf und rieche ihn in meinem Zimmer, rieche sein Parfüm, seinen Körper. Ich habe seine Augen gesehen … Mein Gott, warum rede ich über all diese Dinge? Es ist doch deine Feybraiha!«

»Es macht nichts. Ich mag es, wenn du mir erzählst, ich liebe es!« sagte ich und preßte das Gesicht an seine Brust. »Ich hätte nur nie gedacht, daß es je dazu kommt.«

»Ich wünschte, ich könnte diese Sache bereuen, so wie es sich gehören würde, aber das kann ich nicht«, murmelte Cal.

»Das kommt vielleicht daher, daß du immer noch wütend bist«, meinte ich.

»Oh, ich werde immer wütend sein, aber ich weiß, daß ich das nicht hätte tun dürfen, niemals! Niemals! Aber in gewisser Weise läßt es mich kalt, daß ich es getan habe.«

»Und mich läßt es auch kalt!« sagte ich.

»Swift …« Seine Stimme war ein Flüstern, und sein Atem rief nach mir. Ich spürte mein Herz, und meine Augen brannten vor Hitze. Als sein Mund den meinen berührte, sah ich sein Leben vor mir ablaufen, ganz schnell, wie ein endloses Bild, das sich unter meinem Blick immer weiter entfaltete. Er vertraute mir. Er verbarg mir nichts. Alles war da. Ich durchlebte mit ihm die erste Zeit mit Pellaz; das war alles, woran er denken konnte. Ich wünschte, ich hätte Pellaz besser kennengelernt, aber ich war noch so klein gewesen, als sie beide hier bei uns gewohnt hatten.

»Nie wird irgend jemand so sein wie er«, sagte Cal.

»Sei nicht traurig.«

»Das bin ich nicht. Komm.«

Er geleitete mich zurück zum Bett, und wir zogen die Laken über uns.

»Ich hätte nie gedacht, daß ich je hierher zurückkäme«, sagte er.

»Ich bin froh, daß du es doch getan hast.«

»Mmmm. Ich auch.« Er legte mir die Hand auf den Rücken, und ich spürte, wie er zitterte. »Hast du immer noch Angst, Swift?«

»Nein, ich glaube nicht.«

»Gut.« Wir teilten wieder den Atem, und dann riß er sich plötzlich los und sagte: »Komm schon, Swift, lieg nicht bloß so da! Es funktioniert in beiden Richtungen, verstehst du? Hier bin ich, erforsche mich, du kannst tun, was du magst!«

»Aber ich weiß nicht, was ich tun soll!« klagte ich. »Zeig es mir!«

Er nahm meine Hände in die seinen, und seine Augen lachten. »Faß mich an.« Er warf das Laken zurück, damit ich ihn sehen konnte; sein Ouana-Lim war zu seinem Sekundanten aus Gold und Jade geworden, wobei die Farben ständig pulsierten. »Ganz schön kraftvoll, nicht wahr?« sagte er.

»Ein wahres Schwert! Es wird mich umbringen!« rief ich.

»Nein, wird es nicht. Dein Körper wird sich als überraschend anpassungsfähig herausstellen. Ich habe den Aruna noch nie mit einem Wraeththu durchgeführt, der bereits als solcher geboren wurde. Ich bin gespannt, ob es diesmal anders sein wird als sonst.«

Ich ergriff sein Ouana-Lim mit beiden Händen, und die Blütenblätter öffneten sich um meine Finger. Es war so schön, so geheimnisvoll, lebendig und schimmernd, ein Ding, geschaffen allein zum Zweck der Lust. Von innen her leuchtende blaugrüne Tröpfchen berührten meine Haut. Ich hatte noch nie etwas Vergleichbares gesehen.

»Sieh dich selbst an«, sagte Cal. Meine Farben waren

Bronze und ein metallisches Blau, zwischen denen ein feiner Hauch von Blutrot auftauchte und wieder verschwand. Als Cal mich berührte, schien hinter meinen Augen eine Sonne zu explodieren. Und dann verlor ich mich in einer berauschenden Brillanz, dem Vorgefühl unserer Vereinigung. Manchmal war mir, als befände ich mich außerhalb meines Körpers und sähe hinab auf uns, dann wieder war ich in Cals Kopf und betrachtete mich selbst. Und dann kam der Moment, als er mich in die Kissen drückte. »Sag ein Gebet, Swift«, flüsterte er und drang mit einer einzigen langen, gleitenden, heftigen Bewegung wie mit einem glühenden Eisen in mich ein. Es tat weh, aber ich gierte nach diesem Schmerz, warf mich ihm entgegen. Vor meinen Augen hatte ich Visionen, wundersame Visionen von fremden Ländern und fremden, schönen, seltsamen Leuten, die über azurblaue Dünen wanderten; mitten in dieser exotischen Landschaft spürte ich einen Nerv, der in mir erwachte, tief drinnen, wo er ihn nicht erreichen konnte, und der Nerv wünschte sosehr, berührt zu werden. Voll Verzweiflung rief ich seinen Namen, und gerade als ich dachte, diese Qual werde nie mehr aufhören, verspürte ich eine schlangenhafte Bewegung in mir, und etwas schoß hinaus und verband sich mit diesem vibrierenden Nerv. Ich hörte einen Schrei, der vielleicht nur in meinem Kopf existierte, doch ein Universum stürzte in meinem Inneren in sich zusammen. Meine Gliedmaßen erschauderten und verkrampften sich in namenloser Ekstase; eine heiße schimmernde Flüssigkeit ergoß sich auf die Laken, leuchtend wie Opal. Licht loderte auf hinter meinen Augäpfeln. Ich war erlöst.

Nachher hatte er wieder das Bedürfnis, mit mir zu reden. Ausschließlich über Orien, Saltrock und Pell. Sosehr er sich auch bemühte, es zu verbergen – er war besessen von dem Ganzen.

»Das war nicht ich«, sagte er, »und doch war ich es.

Ich erinnere mich an alles genau, und dennoch, es war ein anderes Gehirn, das diese Geschehnisse auslöste, nicht meines.«

Ich erfuhr, daß Cal und der, den er Seel nannte, einander schon lange Zeit gekannt hatten, daß ihre Beziehung schon in eine Zeit zurückreichte, als noch keiner von beiden har gewesen war. »Saltrock ist ein ganz besonderer Ort. Eine Zufluchtsstätte für uns Wraeththu, nur selten von Beunruhigungen heimgesucht«, erzählte mir Cal. »Irgendwann einmal mußt du dort hinreisen. Aber ich denke, das wirst du ohnedies tun. Ich kann mir nicht vorstellen, daß du immerdar hier lebst in Immerdar.«

Ich lachte und legte die Arme um ihn. »Aber vergiß nicht, ich bin ein Varr«, gab ich ihm zu bedenken. »Glaubst du, ich wäre dort willkommen?«

»Selbstverständlich, warum nicht? Du kannst doch nichts dafür, wer deine Eltern sind! Jedenfalls sind Seels Leute einzigartig. Ich glaube, du wärst überrascht von ihnen.«

»Ach, die Wraeththu, die sich selbst die Wissenssucher nennen«, sagte ich nicht ohne Sarkasmus.

Cal seufzte tief. »Und wieder habe ich ihr Vertrauen mißbraucht«, sagte er hintergründig.

»Wie ist es passiert?« fragte ich. »Ich meine, das mit Orien und alles andere. Ich möchte es gern wissen. Ich möchte alles wissen.«

»Was, alles über mich? Wie lieb. Nun gut, wenn du es wirklich willst. Aber es wird dich vermutlich langweilen.«

»Nein, bestimmt nicht. Sag mir alles!«

»Du lieber Himmel, das würde ewig dauern!« Er kuschelte sich an mich und sprach mit leiser Stimme. Die Kerzen brannten herab; bald würden wir uns einzig im Licht der Sterne sehen.

»Ich habe Pell am Ende der Welt gefunden; einen Jungen, überirdisch schön, so schön, daß ich meinen Augen kaum traute; eine verängstigte, anmutige Wildkatze. Ich hätte ihn entführt, um ihn har zu machen, wenn er nicht freiwillig mit mir gekommen wäre. Ich mußte ihn einfach haben. Es war fast krankhaft. Ich brachte ihn nach Saltrock, und Seel sorgte für seine Initiation. Das war erst der Anfang … Ich hätte merken müssen, daß da irgend etwas nicht richtig ablief. Schon damals. Es war Thiede, verstehst du? Es war Thiede, der Pell sein Wraeththublut gab. Du mußt wissen, Thiede ist … meine Güte, was ist er? Es ist so schwer zu erklären. Er ist mächtig, respektgebietend, furchteinflößend. Vielleicht steht er jenseits von Gut und Böse. Er wollte Pell für etwas ganz Bestimmtes haben (wer tat das nicht?), doch Thiedes Wünsche sind schwer zu durchschauen, nicht faßbar. Ich kenne seine Beweggründe immer noch nicht, aber ich bin sicher, Orien kannte sie. Orien … Er war vermutlich die gütigste, weiseste Persönlichkeit, der ich je begegnet bin. Er war Saltrocks Schamane, Hoherpriester, was auch immer …«

»Wenn er so wunderbar war«, wandte ich ein, »weshalb hast du ihn dann getötet?«

»Ja, weshalb?« seufzte Cal und preßte die Stirn an meinen Hals. »Weshalb … Da muß ich zurückgehen, Swift, zu jener Zeit, als Pell und ich damals hier in Galhea waren. Es ist nicht leicht. Als wir vor Jahren von hier weggingen, planten wir, nach Süden zu reisen. Ich wollte einen Weg nach Immanion finden, in die Hauptstadt der Gelaminger. Ich wußte, daß dies der Ort war, wo die wichtigen Dinge geschehen, wo die Wraeththu sich ursprünglich organisiert hatten, wo sie zu ihrer Gesellschaftsordnung gefunden hatten … Es erschien mir das Natürlichste auf der Welt, diesen Ort anzusteuern, aber ich hatte keine Ahnung, wo er liegt. Jetzt weiß ich, daß er weiter entfernt ist, als ich dachte, jenseits des Meeres, weit, weit weg. Jedenfalls waren wir erst kurze Zeit unterwegs, ein paar Wochen vielleicht, als …« Die Stimme versagte ihm; sein Schweigen tat mir im Herzen weh. Nach einer Weile schluckte er und fuhr fort: »Ich habe ihn sterben sehen, Swift. Das Leben floß aus ihm heraus. Ich konnte nichts tun, nur zusehen. Hinterher muß ich halb wahnsinnig herumgeirrt sein, ich kann mich nicht erinnern… Irgendwo kamen mir dann die Pferde abhanden. Es war wie, wie – das ist schwer zu erklären. Mein Körper bewegte sich, aß, schlief, kümmerte sich in gewisser Weise um sich selbst, aber mein Ich war tief in meinem Kopf begraben, ohne zu bemerken, was rundum vorging. Eines Tages wachte ich auf und war wieder in Saltrock. Ich weiß nicht, wie ich dorthin gekommen bin. Sie wußten nicht, was sie mit mir anfangen sollten. Ich war übergeschnappt, und in meinen lichten Momenten wünschte ich mir, ich wäre es. Alles, was ich in die Finger bekam und was mir half, der Realität zu entfliehen, schaufelte ich in mich hinein. Seel muß am Ende seiner Weisheit gewesen sein in dem Versuch, aus mir schlau zu werden. Das alles war auch wegen Zack, verstehst du. Ich dachte, ich würde bestraft für das, was ihm widerfahren war, dachte, der Verlust Pells sei die Strafe Gottes für meine Sünden. Ich konnte mich nicht abfinden mit mir selbst. Mein Leben bestand aus nichts als Lug und Trug und Eitelkeit. Ich war nicht existenzberechtigt, ein Stachel im Fleisch der Wraeththu. Es schien mir, daß jeder, dem ich zu nahe kam, auf irgendeine Weise zugrunde ging. Und die Frucht meines Selbsthasses war der Mord an Orien. Das war das Schlimmste, was ich tun konnte, und es zu tun bewies mir wohl erneut, wie unendlich verabscheuenswert ich war. Ich weiß es nicht. Jedenfalls gab ich ihm damals die Schuld an Pells Tod. Jetzt erkenne ich, daß ich… nicht dumm war, nur im Unrecht.«

»Ach, Cal«, sagte ich.

Er sah mich an, und seine Finger strichen mir über die Wange. »Nur keine Tränen um mich, Swift. Weißt du, das schlimmste ist, daß ich mich nicht geändert habe. Ich habe nichts aus all dem gelernt. Ich bin immer noch ein Egoist. Mein Weg führt steil nach oben. Ich bemühe mich nicht, ihn hochzuklettern, ich rutsche nicht aus und suche auch nach keinem bequemeren Pfad. Ich setze mich einfach hin und denke mir: ›Zum Teufel mit allem!‹ Ich bin noch zu menschlich; ich sollte kein Har sein. Sieh mal an, was ich hier in Immerdar angerichtet habe. Glaub nicht, daß es mir nicht bewußt ist, und glaub nicht, daß ich es nicht genieße.«

»Aber haßt du dich immer noch?« fragte ich.

»Tief drinnen… vielleicht.« Er drehte sich weg von mir und lag auf dem Rücken, die Hände über dem Kopf verschränkt. »Swift, ich habe zu niemandem je so geredet, nicht einmal zu Pell. Und ich bin überzeugt davon, daß ich es auch nie wieder tun werde…«

»Wahrscheinlich mußte es einmal sein«, tröstete ich ihn.

»Wahrscheinlich.« Er lächelte. »Es ist niederschmetternd, schon wieder gieße ich haufenweise widerliche Sündenbekenntnisse über dir aus! Schließlich bin ich doch zu einem bestimmten Zweck hier!«

Er beugte sich über mich, und ich schloß die Augen. Schon machte sich mein Körper bereit, ihn zu fühlen, ihn zu begehren.

»Nein«, sagte er leise und strich mir mit einer unendlich sanften Hand über den Bauch. Dann zog er mich an sich, und ich blickte in seine trägen violetten Augen. Das ist einfach unglaublich, dachte ich. Das ist zuviel, es ist ein Traum! So nahe! Seine Schönheit läßt mich fast verdorren! Vielleicht werde ich zu Stein erstarren…

»Swift«, sagte er, »ich möchte, daß du…«

»Schsch«, antwortete ich. »Ich weiß.«

Es war erschreckend, es war, als träte ich ein in einen finsteren Ort, vollgeräumt mit unbekannten Dingen. Ich spürte seine Kraft, die großen schlagenden Schwingen seines Geistes. Zuvor, als er mich genommen hatte, war ich den elementarsten Visionen begegnet, doch jetzt war ich Teil seiner Visionen. Er war ein Abgrund, in den ich fiel – ein Fall, der nie enden wollte, denn wenn ich das Ende erreichte, fiel ich weiter. Er hatte den Kopf zurückgeworfen, einen Arm über die Augen gepreßt, und murmelte wie in großem Schmerz. Dann schleuderte er seinen Arm zurück auf das Kissen. Seine Augen loderten, ich bäumte mich auf, um ihnen zu entgehen, aber er packte mich, stark, wie er war, und richtete sich auf. Sein Mund fand meinen Hals; es gelüstete ihn nach Blut. Einen flüchtigen Moment lang entsann ich mich der Worte meines Vaters: ›Er könnte dich ersticken.‹ Natürlich meinte Terzian dies hier – die allesverschlingende, wilde, weibliche Seite in ihm, die sich um mich winden und mich zerquetschen wollte wie eine Pythonschlange – und nicht Cal als Ouana. Einen Augenblick lang lagen wir still und starrten uns Auge in Auge an. Dann geschah es. Jener unbekannte Teil von mir stieß hinaus und entfachte seinen pulsierenden Nerv zum Leben. Er schrie nicht auf, sondern fauchte nur wie eine Katze und schlug um sich. Seine Finger rissen wie Klauen an meinen Schultern. Er versuchte mich zu beißen, knurrend und halb von Sinnen. Ich geriet in Panik, schlug ihm ins Gesicht, und er fiel zurück in die Kissen. Blut sickerte ihm von den Lippen.

»Cal?« flüsterte ich zaghaft; ich spürte, wie alle meine Muskeln zitterten. Dann vernahm ich sein leises Lachen, und er öffnete die Augen.

»Ein reinblütiger Wraeththu«, sinnierte er. »Es macht tatsächlich einen Unterschied!«

Am Morgen fühlte ich mich, als hätte ich die ganze Nacht um mein Leben gekämpft. Blut hatte das Laken an meinen Schultern festgeklebt. Cal holte ein Handtuch aus dem Badezimmer und wusch mir den Rücken. »Oh, verdammt, das tut mir leid«, sagte er. »Ich habe mich da wohl von den Geschehnissen ein wenig zu sehr mitreißen lassen. Aber es war toll, wie? Soviel stärker.

Meine Güte!« Er lachte und stand auf, wobei er das Handtuch in die Luft warf.

»Ich habe mich entschlossen, die Rolle des Trägers bei den Varrs zu übernehmen«, sagte ich. »Wenn Ouana zu sein heißt, jedesmal in Stücke gerissen zu werden, dann entscheide ich mich liebend gern für die Unterwerfung.«

»Ach, komm«, schmeichelte Cal. »Das bin ja nur ich! Du weißt doch, welch verrückter Kerl ich bin! Auch bei Terzian ist es nicht ganz ohne Narben abgegangen.«

»Du genießt es, verrückt zu sein«, knurrte ich und zuckte zusammen, als ich mich anschickte, aus dem Bett zu klettern.

»Da muß ich dir allerdings recht geben«, sagte er fröhlich. »Jetzt ist das Frühstück sicher schon vorbei. Und ich bin am Verhungern.«

Er hatte sich an meiner Lebenskraft vollgefressen. Und ich konnte mich kaum rühren.

Den Tag durchlebte ich in Benommenheit. Alle sahen mich mit äußerst seltsamen Blicken an, mit Ausnahme von Vater, der vermutlich vollstes Verständnis hatte. »Macht einen ganz fertig, nicht?« bemerkte er zu mir, und ich spürte, daß er froh war, endlich jemanden zu haben, zu dem er das sagen konnte.

Kapitel 8

Ein Betrug.
Großartige Täuschung.
Die Eigenständigkeit von Moskitoflügeln reist auf der Spur eines himmlischen Banditen.
Gelehrsamer Killer, dümmer noch als mürrische menschliche Monsterfreaks.

Ich hatte nicht wirklich erwartet, daß Gahrazel mich noch vor seiner Abreise besuchen würde, und war daher überrascht, als er mich am folgenden Morgen wachschüttelte. »Ich habe schon gedacht, du bist tot!« sagte er. »Früher hattest du einen so leichten Schlaf.«

Ich strich mir das Haar aus den Augen, noch immer nicht ganz wach. »Du kommst früh, Gahrazel.«

Er ging am Fußende meines Bettes auf und ab, und diese gleichförmige Bewegung machte mich ganz krank. »Setz dich doch hin, um Himmels willen!«

»So früh ist es auch wieder nicht«, sagte er. »Vergiß nicht, ich führe jetzt ein Soldatenleben. Der Luxus, den Morgen im Bett zu verbringen, ist dahin!« Seine Stimme klang bitter.

»Sind alle anderen auch schon auf?«

»Ja … Swift?«

»Was? Reich mir meine Kleider, ja?«

Er klaubte den Haufen auf dem Boden auseinander und warf mir die Dinge einzeln zu. »Swift, ich habe unsere Freundschaft vernachlässigt«, sagte er, ohne mich anzusehen.

»Was ist geschehen, daß du dich daran erinnerst?« fragte ich, während ich mir die Hose hochzog.

»Ach, nichts ... Du lieber Gott, was ist denn mit deinem Rücken passiert?«

Ich war nicht sicher, ob ich stolz sein oder mich schämen sollte, also hielt ich den Mund.

»Ah, ich *verstehe!*« fuhr Gahrazel fort; mit einemmal war er wieder der Har, den ich kannte. »Wenn Ithiel das mit mir angestellt hätte, wäre ihm ein blaues Auge sicher gewesen.«

»Ach ja?« spottete ich. »Denk einmal darüber nach, daß Ithiel es offenbar nicht für nötig hielt, seine Leidenschaft so nachdrücklich zu zeigen!«

»Mein kleiner Swift!« rief er. »Es scheint, du trittst ganz in die Fußstapfen deines Vaters und spielst deine Macht aus!«

»Ja, so scheint es.«

»Ich glaube, das Kind Swift wird mir fehlen«, meinte Gahrazel nachdenklich.

»Ich habe das Gefühl, du bist nicht grundlos gekommen«, sagte ich. »Du bist aufgeregt.«

»Nein, nein«, erwiderte Gahrazel rasch. »Nicht aufgeregt, aber ich bin wirklich aus einem bestimmten Grund hier. Ich muß mit dir reden.«

»Nach dem Frühstück«, entschied ich.

»Wenn du möchtest.«

Zusammen liefen wir die Treppe hinab, lachten, scherzten, stießen einander mit den Ellbogen an, genauso, wie wir es früher so oft getan hatten.

»Mir ist gerade zu Bewußtsein gekommen, wie sehr du mir gefehlt hast«, stellte ich fest.

»Dafür mußt du Terzian die Schuld geben«, sagte er bissig.

Als ihm ein Frühstück angeboten wurde, lehnte er ab und begnügte sich mit Kaffee. Er spielte nervös mit dem Besteck herum und sah immerfort zur Tür. Terzian hatte den Tisch bereits verlassen, und seltsamerweise verspürte ich deswegen Erleichterung. Nur Swithe saß noch am Tisch und brütete über einem Bericht, den ihm Vater zum Durchlesen gegeben hatte – eine Handlungsweise, die Terzians schwarzen Humor erkennen ließ. Doch Swithe hielt die Papiere bloß angeekelt in der Hand, weit entfernt davon, die Absicht meines Vaters zu durchschauen.

»Die Gelaminger werden sie vernichtend schlagen!« verkündete Swithe und knallte die Papiere auf den Tisch.

»Sehr wahrscheinlich«, nickte Gahrazel. »Aber wer kann das schon mit absoluter Sicherheit vorhersagen?«

»Und was denkst du?« fragte Swithe gespannt.

Aber Gahrazel wollte sich nicht festlegen. Er spreizte die Finger und schüttelte den Kopf. »Ich werde nicht fürs Denken bezahlt, sondern dafür, jedem Gelaminger, der mir über den Weg läuft, das Fell über die Ohren zu ziehen.«

»Früher hast du aus deinen Ansichten nie ein Hehl gemacht!« stellte ich trocken fest.

Gahrazel zuckte nur die Achseln.

Nach dem Frühstück führte ich ihn hinauf zur langen Galerie. Ich wußte, dort würden wir ungestört sein.

Er nahm ein schlankes Päckchen aus der Jackentasche. »Zigaretten«, sagte er. »Möchtest du eine?«

»Was ist das?« fragte ich und betrachtete interessiert das dünne weiße Stäbchen, das er sich zwischen die Lippen steckte.

»Rauch, um die Nerven zu beruhigen«, erklärte er und inhalierte tief.

»Ah, so was wie Haschisch«, bemerkte ich wissend.

»Nicht ganz«, sagte Gahrazel. »Magst du eine oder nicht?«

Ich schüttelte den Kopf. »Nein. Du weißt immer mehr als ich, Gahrazel, stimmt's?« Er gab mir das Gefühl, wieder ganz jung zu sein. Zu jung.

Er verzog das Gesicht. »Tatsächlich? Das soll keine Absicht sein.« Er lächelte mich an – nicht ganz ohne Herablassung.

»Also, Gahrazel, was ist los?«

Er setzte sich mit dem Rücken zum Fenster auf den Boden und tat wieder einen tiefen Zug aus seiner Zigarette. »Ich vertraue dir«, sagte er und blies Rauchringe zur Decke.

»Solltest du das überhaupt?«

»Ich glaube schon.« Er sah mich aufmerksam an. »Swift, ich hasse das, was dein Vater mir angetan hat.«

»Und was hat er dir angetan?«

Gahrazel starrte auf seine Hände. Er zögerte einen Moment, bevor er weitersprach. »Was er versucht hat, mir anzutun. Unter anderem hat er versucht, mich so zu machen, wie er ist, wie mein eigener Vater ist. Aber ich bin nicht so wie sie, das weißt du.« Sein Blick bohrte sich in meine Augen, übervoll von Worten, die er nicht aussprechen konnte.

»Das habe ich immer schon gewußt«, sagte ich und hockte mich neben ihn auf die Fersen. »Aber ich dachte, du hättest dich ganz gut eingelebt. Und weil wir so lange nichts von dir gehört haben …«

Gahrazel stieß einen gereizten Laut aus. »Sei doch nicht dumm!«

»Sprich nicht so mit mir!« brauste ich fassungslos auf.

Er seufzte und rieb sich mit den Händen über das Gesicht. »Tut mir leid, Swift.« In seiner Stimme klang Spott mit.

»Was ist es also?« fragte ich und erhob mich wieder.

Er blickte zu mir auf und kniff die Augen zusammen. »Ich kann nicht hierbleiben.«

»Das habe ich auch nicht angenommen. Ihr zieht wieder nach Süden, oder?«

»Das kann ich auch nicht.«

»Was meinst du damit?« fragte ich besorgt. Aber vermutlich wußte ich es bereits.

»Wenn ich es dir sage … müßtest du vielleicht später deinen Vater anlügen.«

Ich nickte. »Ist schon gut! Schon gut! Was ist es also, Gahrazel?«

Er holte tief Atem. »Ich gehe mit Terzian nicht nach Süden. Ich kann nicht! Es gibt so viele Gründe, Swift … Ich gehe zu den Gelamingern. Purah nehme ich mit.«

Ich schloß die Augen und wandte mich mit einem Seufzen von ihm ab. »O Gott!«

»Du wirst dir noch wünschen, ich hätte dir nichts davon gesagt.«

»Und dein Vater?«

»Ich weiß. Ich mußte es dir sagen, Swift.«

»Aber warum?« fragte ich eindringlich. »Warum bist du nicht einfach auf und davon?«

»Ich denke, du kennst die Antwort. Irgend jemand mußte es wissen. Die Chancen sind … Nun, vielleicht sollten wir auf die möglichen Konsequenzen nicht näher eingehen. Ich mußte es dir sagen, Swift. Es gibt außer dir niemanden, dem ich voll vertrauen kann.«

»Und wann?«

»Nun, ich finde, das ist etwas, das du besser nicht erfahren solltest. Was meinst du?«

»Ja, vermutlich hast du recht«, nickte ich. »Gahrazel, weißt du, was das bedeutet – falls man euch erwischt?«

»O ja«, sagte er leise. »Das weiß ich besser als jeder andere.«

Ich dachte an Leef. Gab es viele, die so dachten wie Gahrazel? Die wirklich echten Wraeththu vielleicht?

»Gahrazel«, sagte ich, »du bist doch nicht allein, oder?«

Er sah sich nervös um und erstarrte. »Was meinst du damit?«

»Daß du nicht allein bist. Daß es noch andere gibt, nicht wahr? Andere, denen im Augenblick noch der Mut fehlt …«

»Wenn es mir gelingt, Swift, könnte das anderen den Mut geben, es mir gleichzutun, ja.«

»O Gott!« Ich drückte die Stirn gegen das hohe Fenster. Gewiß war meinem Vater die Uneinigkeit unter seinen Hara nicht verborgen geblieben. Und jetzt hatte ich, Terzians Sohn, davon erfahren. Terzians Sohn. Immerdar, mein Heim. Ich blickte den Gang entlang, seine ganze warme, vertraute Länge entlang. »Du hättest es mir nicht sagen dürfen!« flüsterte ich. »Warum hast du es getan?«

»Swift!« Gahrazel stand auf und legte die Arme um mich. »Erinnere dich, ich habe dir einmal gesagt, eines Tages würden wir beide alles über dieses Haus wissen. Vielleicht habe ich darunter mehr verstanden als nur die Ziegel und den Stein ...«

»Laß mich los!« rief ich. Er zögerte, aber da ich mich nicht rührte, seufzte er schließlich, und seine Hände fielen von meinen Schultern. Mir war kalt.

»Es gibt so vieles, was du nicht weißt, Swift«, sagte er.

»Und ich will es auch nicht wissen! Geh weg, Gahrazel!« Ich konnte ihn nicht ansehen.

»Nicht einmal ›Auf Wiedersehen!‹, Swift?«

»Auf Wiedersehen, Gahrazel.«

»Wünschst du mir Glück?«

»Das kann ich nicht.«

Ich hörte ihn wieder seufzen. »Dann also Lebewohl, mein Freund.«

Ich hörte ihn weggehen von mir; mein Innerstes fühlte sich taub an. »Gahrazel!« flüsterte ich dem Fenster zu und beobachtete, wie es sich beschlug. »Gahrazel.«

Es war ein Wendepunkt in meinem Leben: Ich mußte entscheiden, wo meine Loyalitäten lagen. Hätte Gahrazel mir alles gesagt – was er hätte tun sollen –, dann wäre mein Entschluß möglicherweise anders ausgefallen; aber, wie er ganz richtig festgestellt hatte, ich wußte so wenig. Eines war jedenfalls gewiß: Falls es Ponclasts Sohn gelang, erfolgreich zu den Gelamingern überzulaufen, dann würde es viele geben, die willens, wenn nicht sogar ungeduldig waren, ihm zu folgen. Damals dachte ich, der Grund dafür sei in erster Linie die Angst vor den Gelamingern und nicht die Sympathie für ihre Ideale. Nachdem Gahrazel mich in der langen Galerie alleingelassen hatte, blieb ich noch eine Weile stehen und dachte über das nach, was er gesagt hatte. Ich wollte einen Rat von jemandem, dem ich meinerseits vertrauen konnte. Ich durfte nicht den Mund halten.

Ich fand Cal im Salon, wo er wie eine Katze dem süßen Müßiggang frönte. Faul kitzelte er Limba mit einem zusammengerollten Stück Papier (Limba ist zutraulich, aber dumm), als ich ihm die Nachricht mit angemessenem Grauen in der Stimme überbrachte. »Aha, dann wird Terzian die beiden umbringen«, war alles, was er dazu zu sagen hatte.

Ich gab einen ungeduldigen Ton von mir, ärgerlich, weil er meine Enthüllungen auf die leichte Schulter nahm. »Und falls er es erst herausfindet, wenn es schon zu spät ist?«

»Und was macht das schon aus?« fragte Cal mit matter Stimme.

»Was es ausmacht? Oh, gar nichts! Sollen die Hara meines Vaters doch alle davonrennen und kreischend zu den Gelamingern überlaufen! Sollen sie uns doch alle vernichten! Sollen sie dieses Haus zerstören!«

Mein Ausbruch kostete Cal nur ein mildes Lächeln. »Ach ja«, sagte er und streckte sich. »Und wie viele von Terzians Hara, denkst du, werden rennen?«

»Genügend«, antwortete ich steif.

»Wenn du es wirklich für eine solche Bedrohung hältst, brauchst du dir trotzdem keine Sorgen zu machen«, fuhr Cal fort und breitete die Arme aus.

»Wie?«

»Terzian wird Gahrazel umbringen, noch ehe er sich davonmachen kann.«

»Ach ja!« schrie ich zornerfüllt und drehte mich weg.

Cal stand auf, trat hinter mich und legte mir die Hände auf die Schultern. »Er wird es erfahren«, sagte er.

»Und wie?« fragte ich wütend.

»Wie? Das ist doch glasklar! Du wirst es ihm sagen.«

»Cal!« rief ich, fuhr herum und schüttelte seine Hände von meinen Schultern. Einen Augenblick lang sah er verblüfft drein. »Wie könnte ich das? Ich bin nicht einmal davon überzeugt, daß Gahrazel damit etwas Schlechtes tut!«

»Schlecht für dich, für uns …«

»Ich kann es nicht!«

Cal warf den Kopf zurück und lachte. »Ach ja, das graue Gespenst des Verrates!« spottete er.

Ich wollte nichts darauf sagen.

»In Zeiten wie diesen solltest du nur an eines denken«, fuhr er besänftigend fort, »an dich ganz allein. Letzten Endes gibt es nur dich; nichts sonst ist wichtig.«

»Cal …«

»Eines Tages vielleicht Herrscher von Galhea?« Er nahm mein Gesicht in seine Hände, und ich wehrte mich nicht dagegen. Ich blickte in seine violetten Augen und dachte an all die Dinge, die sie schon gesehen haben mochten. Waren diese Dinge für alle Zeiten irgendwo darin gefangen? Konnte ich sie auch sehen, wenn ich mich nur genügend darauf konzentrierte? »Mach deine Hausaufgaben in Selbsterhaltung, Swift, mach sie gut. Sei raffiniert, mein Süßes, sei so raffiniert, so subtil, daß du selbst nicht merkst, was du tust. Gahrazel …« Er holte tief Atem und schüttelte den Kopf.

»Aber es könnte doch völlig sinnlos sein!« protestierte ich. »Möglicherweise schiebt es das Unvermeidbare bloß hinaus!«

»Nichts ist unvermeidbar«, erwiderte Cal und lächelte nachsichtig. Ich war mir nicht sicher, ob wir beide nicht über ganz unterschiedliche Dinge redeten. »Deine kakkahaarischen Freunde hätten dir das sagen sollen«, fuhr er fort. »Der Pfad unseres Lebens verzweigt sich tausendmal. In unserer Macht liegt es nur zu entscheiden, welchen Weg wir einschlagen wollen, doch auch diese Straße könnte sich weiter teilen…« Durch die hohen Glastüren führte er mich hinaus in den Park und forderte mich auf, das Haus zu betrachten. »Dies ist der Platz, an den du gehörst«, sagte er, und ein flüchtiger Hauch seines Atems wehte über mein Gesicht.

»Gahrazel ist ein Narr!« sagte ich anklagend, immer noch hin- und hergerissen zwischen meinen Gefühlen, während ich hochblickte auf Immerdars strahlende Fassade.

»Schlimmer als ein Narr… Er hätte dir nie seine Geheimnisse anvertrauen sollen. So dumm! Er ist schwach, und ich denke, nur darauf ist es zurückzuführen, daß er sich ins Verderben stürzt.«

»Willst du damit sagen, daß er es verdient zu sterben?« fragte ich fröstelnd.

»Wir verdienen es alle zu sterben«, antwortete er.

Das reicht nicht! dachte ich.

Den ganzen Vormittag über quälte mich die Frage, was ich tun sollte. Ich ging allen aus dem Weg und setzte mich hinaus unter die Bäume, wo es kalt war, weil die Sonnenstrahlen nicht hinkamen. Mir blieb so wenig Zeit! Gahrazel hätte wohl nicht mit mir gesprochen, wenn er nicht plante, sich sehr bald abzusetzen, dachte ich.

Vater war beim Mittagessen nicht anwesend, und später sah ich, daß auch sein Arbeitszimmer leer war. An diesem friedlichen, sonnigen Nachmittag ging ich hinein und setzte mich in seinen abgeschabten Ledersessel. Eines Tages vielleicht Herrscher von Galhea? Mit meinem eigenen Gemahl und all diesen weiten Räumen, die mir gehörten? Ich schloß die Augen und schüttelte den Gedanken ab. Welcher ist der rechte Weg? Würde es das Blut meines Vaters in meinen Adern sein, das mich dazu brachte, einen Freund zu verraten? Raffiniert sein, subtil; das war der Schlüssel. Cal wußte alles darüber, und er wußte alles über Verrat. Falls die Gelaminger siegten ... Wir leben in Immerdar ... Ich lächelte. Auch mein Vater war einmal jung gewesen. Schwer vorstellbar, aber wahr. Hatte er jemals an sich selbst gezweifelt? »Ich möchte dich nicht verlieren«, sagte ich laut zu dem leeren Zimmer.

Es ist etwas Furchtbares, wenn man sein Herz kalt werden läßt; furchtbar deshalb, weil es so leicht geht.

Jeden Tag, etwa zwei Stunden vor dem Abendbrot, kommt ein Bote aus Galhea herauf zum Haus und bringt Papiere und Berichte für meinen Vater, die sich tagsüber in seinem Stadtbüro angehäuft haben. Der Bote hat die Angewohnheit, ein halbes Stündchen in der Küche zu verbringen, wo er einen Imbiß bekommt und mit den Haushara den neuesten Tratsch austauscht. Während dieser Zeit läßt er für gewöhnlich seine Ledertasche mit den Papieren auf dem Tisch in der Halle, und entweder Terzian oder Ithiel nehmen die Post heraus und stecken alles hinein, was hinunter nach Galhea soll.

In meinem Kopf entstand ein Plan.

In der Ungestörtheit meines Zimmers schrieb ich mit der linken Hand in Blockbuchstaben eine Nachricht. Sie lautete: PONCLASTS SOHN IST EIN VERRÄTER. ER GEHT ZU DEN GELAMINGERN. DAS HABE ICH ZUFÄLLIG ERFAHREN. Meine Finger waren feucht, als ich das schrieb, und mit bebenden Händen stopfte ich das Blatt in einen Umschlag. Dann schlich ich mich heimlich in die Halle, wobei ich jeden Moment damit rechnete, daß die Küchentür aufflog und jemand mich dabei ertappte, wie ich mir an der Tasche des Boten zu schaffen machte. Doch ich hatte Glück und brachte alles reibungslos hinter mich. Als ich in mein Zimmer zurückrannte, dachte ich: Jetzt bin ich ein echter Varr; jetzt habe ich gelernt zu töten. Doch der Entschluß war mir nicht leichtgefallen.

In der Nacht weckten mich Stimmen aus einem Alptraum, der aus nichts als anklagenden Augen bestanden hatte. Die Lichter aus dem Erdgeschoß warfen einen gespenstischen Schein auf den Park. Zwischen den halboffenen Vorhängen hindurch konnte ich die schwankenden Umrisse der Bäume sehen und hörte das böige Pfeifen des Windes. Jemand rannte über den Korridor auf mein Zimmer zu und riß die Tür auf. Eine Stimme rief meinen Namen, und diese Stimme klang zutiefst aufgewühlt.

Immer noch im Halbschlaf fröstelte mich. »Ithiel, bist du es?«

»Zieh dich an!« bellte er. »Schnell! Jetzt gleich! Komm schon! Terzian will dich sprechen!«

All mein Blut schien mir hinabzufallen in die Füße. Konnte er wissen, daß ich diese Nachricht geschrieben hatte? Ich wollte nicht, daß er erfuhr, daß ich es war! Niemand sollte je erfahren, daß Gahrazel mit mir über sein Vorhaben gesprochen hatte!

Vater war in der Halle; er trug immer noch seinen Mantel aus Wolfspelz. Er hielt seinen Zorn zwar mühsam im Zaum, aber ich spürte ihn ganz deutlich. Er sagte nichts, sondern zeigte nur mit dem Finger auf den Boden zu seinen Füßen. Ich rannte mit fliegendem Morgenmantel die Treppe hinab und wagte kaum zu sagen: »Was ist denn?«

Er kniff die Augen zu, drehte sich um und bedeutete mir, ihm zu folgen. In seinem Arbeitszimmer schloß er die Tür fest hinter mir. Wir waren allein.

»Mein Sohn«, sagte er leise. Ich bebte, grinste einfältig und wollte mich hinsetzen. »Steh auf!« schnauzte er mich an, und ich schoß beinahe wieder zur Tür hinaus.

»Was ist passiert?« fragte ich noch mal, die personifizierte Unschuld. Jetzt, so wurde mir blitzschnell klar, war es lebenswichtig für mich, unschuldig zu sein!

»Das weißt du nicht?« höhnte er.

Ich schüttelte den Kopf.

Er starrte mich an, bis ich den Blick senkte. »Nun, dann werde ich es dir sagen, Swift.« Er ging ein paarmal im Zimmer auf und ab. Es war deutlich zu erkennen, daß er den Wunsch hatte, sich einer unbeherrschten Wut zu überlassen, aber das war nicht seine Art. »Ich komme gerade aus Galhea«, sagte er. »Heute nacht habe ich entdeckt, daß uns unsere Feinde näher sind, als ich dachte. Viel näher. Nicht im Süden, noch nicht einmal jenseits der Felder von Galhea. Nein, noch weitaus näher!« Er schmetterte die Faust auf den Tisch. »Hier!« brüllte er. »In Galhea, ja vielleicht sogar in meinem eigenen Haus!«

Wenn er noch lauter schreit, dachte ich, fallen mir die Augen heraus. »Ich verstehe nicht«, sagte ich und bemühte mich, eine gewisse Entrüstung in meine Stimme zu legen.

»Nein? Du verstehst nicht?« tobte er und machte einen mächtigen Satz auf mich zu. Ich plumpste auf den Stuhl hinter mir. Sein Gesicht war keine Handbreit von meinem entfernt.

Ich dachte, o Gott, er wird mich auch umbringen! und in diesem Moment hätte ich gestanden, daß ich es gewesen war, der die Mitteilung geschrieben hatte, aber alles, was ich hervorbrachte, war ein gestammeltes: »Nein! Ich weiß nichts! Was es auch ist …«

Seine Finger faßten meine Kehle. Ich versuchte, mich seinem Griff zu entwinden, versuchte zu schlucken, und plötzlich ließ er mich mit einem lautlosen Fluch los und ging zu seinem Sessel. Er knallte die Füße auf den Tisch, wobei er so an den Papieren riß, die darauf lagen, daß sie auseinanderflogen. Dann rieb er sich mit zwei Fingern einer Hand die Augen, und ich fühlte mich, als würde mir Säure durch die Kehle rinnen. »Gahrazel«, sagte er, und dieses eine Wort ließ mein Fleisch erstarren.

»Wie …?« Es kam heraus wie ein Quäken.

»Gahrazel«, wiederholte Terzian. Er nahm die Füße vom Tisch, legte statt dessen die Hände darauf, faltete sie und sah mich unverwandt an. »Du erinnerst dich doch gewiß an Gahrazel, Swift. Ponclasts Sohn, der in *meiner* Obhut war? Du kennst ihn doch, oder?«

Ich starrte auf meine Hände. »Ja.«

»Nun, anscheinend hat er den Wunsch, uns zu verlassen«, fuhr Vater fort.

»Uns verlassen?« piepste ich. »Ich verstehe nicht … Was meinst du damit?«

»Das, was ich sagte. Vielleicht sollte ich hinzufügen, daß seine beabsichtigten Ziele der Süden und die Gelaminger waren!«

Daß er in der Vergangenheit sprach, entging mir nicht. Ich brachte ein klägliches Auflachen hervor. »Gahrazel? Nie und nimmer!«

Mein Vater sah mich mit einem Ausdruck an, der an Abscheu grenzte. »Nie und nimmer, Swift?«

Meine Gedanken rasten. Alles, was dabei herauskam, war: Ich muß jetzt klug sein …

Terzian seufzte tief. »Wir wollen keine Zeit verlieren, Swift. Ich weiß, daß du Gahrazels engster Freund warst. Er muß mit dir geredet haben! Und so kann ich nur annehmen, daß du etwas gewußt haben mußt von dem, was er plante. Sieh mal, ich selbst habe kaum je mit ihm gesprochen, doch selbst *ich* konnte sehen, wie gefährlich er wurde, welch sonderbare Neigungen er entwickelte! Sag bloß nicht, du hast nichts gewußt! Du bist doch kein Idiot!«

Ich senkte wiederum den Blick. »Ich …«

Terzian schnaubte ärgerlich und stand auf. Papierblätter flogen nach allen Seiten. Eines fiel neben meinen Füßen zu Boden, und ich bückte mich, um es aufzuheben. Plötzlich verschwamm alles vor meinen Augen, und ich starrte wie blind auf das Blatt in meiner Hand. Terzian entriß es mir, und ich schrie fast auf. Genoß er die Angst in meinen Augen? »Swift, mir entgeht nichts, was in diesem Haus geschieht. Nichts! Davon kannst du überzeugt sein! Ich kenne Immerdar von innen und außen. Ich kenne seine geheimsten Geheimnisse, aber ...« Er hockte sich vor mich hin und packte mich an den Schultern. Ich zitterte und bebte unkontrollierbar, doch nun fuhr er mit ruhigerer Stimme fort: »Aber ... es gibt zwei Dinge hier, zwei Dinge, die ich nie wirklich kennen und verstehen werde. Diese beiden sind Cobweb und du. Ihr seid verschlossene Türen für mich. Zuviel Sulhblut in euch, zuviel Zauberei. Doch ich bin auf der Hut, mein Sohn. Ich bin immer auf der Hut. Und wenn einer von euch beiden mich je verraten wollte ...«

»Terzian! Nein!« rief ich, und sein Name hatte plötzlich einen völlig fremden Klang. »Nie! Ich schwöre es, nie!«

Und es war die Wahrheit, in gewisser Weise. Ich denke, es war die Wahrheit.

»Swift«, sagte er; Schmerz stand in seinen Augen geschrieben. »Ich habe mit Gahrazel gesprochen. Heute nachmittag ließ mir jemand, ich weiß nicht wer, einen Hinweis zukommen, der andeutete, was Gahrazel vorhatte. Als ich ihn damit konfrontierte, versuchte er zuerst, alles abzustreiten, doch als daraufhin sein Quartier durchsucht wurde, fanden sich darin Vorräte, die er bereits gehortet hatte. Er wurde in Gewahrsam genommen und ... gestand nach einer Weile, daß alle Anschuldigungen der Wahrheit entsprechen. Ich fragte ihn nur eines: ›Warum?‹ Er lachte, und alles, was er darauf sagte, war: ›Frag deinen Sohn, Terzian!‹«

Ich wollte den Kopf zur Seite drehen, aber seine Hand faßte nach meinem Kinn. »Was hat er damit gemeint, Swift?«

»Ich ... Ich weiß es nicht!« stammelte ich und wand mich unter seinem Griff, wobei ich spürte, wie sich mein Gesicht verzerrte. In diesem Moment haßte ich Gahrazel mehr, als ich je für möglich gehalten hätte.

»Was weißt du überhaupt?« fragte Terzian.

»Ist schon gut!« preßte ich hervor, während ich mich immer noch zu befreien versuchte. »Laß mich los. Bitte!«

Er richtete sich auf und lehnte sich mit verschränkten Armen an den Schreibtisch.

»Ich wollte nie wissen, was in Gahrazel vorgeht und woran er glaubt, Vater«, plapperte ich unbeholfen. »Wir haben uns auseinandergelebt. Wir sind keine engen Freunde mehr. Ich *kenne* ihn nicht mehr. Nicht wirklich. Seit Purah kam… Einmal, irgendwann einmal versuchte er, die Sprache auf etwas zu bringen, aber ich wollte es nicht wissen. Das sagte ich ihm auch. Ich wollte nicht zuhören…«

»Wann?«

Ich hob die Schultern und unterdrückte das Bedürfnis, die Hände in meinem Schoß zu ringen. Beinahe gelang es, aber nicht ganz. »Ich… Ich erinnere mich nicht genau.«

»Swithe sagt, daß Gahrazel gestern hier im Haus war«, half Vater mir nach.

Ich spürte, wie mir ein Lachen, ein hemmungsloses, blödes Lachen in die Kehle steigen wollte. Swithe! Mit all seinen hehren und tugendhaften Grundsätzen! Das einzige, was für ihn wirklich Gültigkeit hat, ist seine eigene Haut! dachte ich. »Ja«, sagte ich und biß mich in die Wange, bis das Lachen verschwand. »Gahrazel war hier.« Ich sah meinen Vater mit Cobwebaugen – riesengroß und umschattet – an, in der Hoffnung, ihn zum Schmelzen zu bringen. »Er kam, um mir adieu zu sagen. Ich nahm an, weil er wieder nach Süden geht, mit dir…«

Vater seufzte und betrachtete die Decke.

»Und weshalb hast du ihn nach oben mitgenommen, in die lange Galerie?« Weshalb? Langsam geriet ich in

Panik. Wußte er bereits alles? Quälte er mich nur, um schließlich mein Geständnis zu hören? »Ihr wolltet ungestört sein, Swift, da gibt es keinen Zweifel. Worüber habt ihr gesprochen?«

»Über nichts! Über nichts Wichtiges!« beharrte ich. Ich hatte solche Angst, daß die Realität sich zu verlagern begann. In meinen Ohren summte es.

»Warum dort oben? Warum?«

»Weil ...«

»Warum? Weil ... warum, Swift?« Es muß im ganzen Haus zu hören gewesen sein. Ich stellte mir vor, wie Yarrow und Bryony in der Küche zitterten, bis alle Töpfe zu rattern begannen, aber selbstverständlich lagen sie in ihren Betten und schliefen fest.

»Weil, weil ...« Plötzlich hatte ich eine Eingebung, die meinen Geist wieder klar machte. »Weil wir ...« Ich senkte sittsam die Augen und sagte mit leiser Stimme: »Er wollte nicht, daß irgend jemand davon weiß ...« Ich sah ihn flehentlich an.

»Was?«

»Daß ...« Ich strich mir mit einer bebenden Hand über die Stirn. »Er wollte Aruna mit mir. Er sagte, vielleicht würde ich ihn nie wiedersehen ... Aber er wollte, daß niemand davon erfährt. Wegen Purah, wegen Bryony ... Ach, was weiß ich.«

»Wegen mir ...«, flüsterte Terzian zu sich selbst.

»Ich machte einfach mit. Es war wie ein Spiel ...« Ich seufzte tief. Mein Vater mußte die ganze Zeit über die Luft angehalten haben, denn nun blies er sie in einem langen, bebenden Stoß aus. Er rieb sich müde das Gesicht. »Also hat Gahrazel dir wirklich nichts davon erzählt, daß er daran dachte wegzulaufen, Swift? Oder von etwas anderem? Du wußtest nichts davon. Kannst du das beschwören?« Aus dem Klang seiner Stimme konnte ich schließen, wie wichtig ihm diese Sache war. Fürchtete er, daß Gahrazel mir noch etwas anderes erzählt haben könnte?

»Ich wußte nichts davon«, sagte ich leise. »Er sprach von nichts als seinen Erinnerungen an unsere Freundschaft. Nichts sonst … gar nichts.«

Terzian ging zu dem Schrank, in dem er seinen Schnaps aufbewahrte, und goß zwei Gläser Sheh ein. Seine Hände bebten immer noch ein wenig. Genau wie meine.

»Es tut mir leid«, sagte er, räusperte sich und reichte mir ein Glas. Wo seine Finger die meinen berührten, waren sie kalt. »Aber ich mußte dich fragen, Swift. Ich hoffe, du verstehst das.«

»Natürlich«, antwortete ich. »Ich hätte dir das gleich sagen sollen, aber … Was wird jetzt mit ihm geschehen?«

Terzian sog die Luft ein und blickte zu Boden. Er seufzte. »Ich fürchte, das kann ich noch nicht sagen. Ich weiß es nicht. Ponclast ist vor zwei Tagen zu einer Siedlung weit im Norden aufgebrochen. Er wird erst Ende der Woche zurückerwartet. Ich habe natürlich Boten ausgeschickt. Doch verständlicherweise kann ich hier keine Entscheidungen treffen. Es ist sein Problem, würde ich sagen. Was meinst du?« Er füllte sein Glas von neuem.

»Wer, glaubst du, hat dir die Information zukommen lassen?« fragte ich.

Er warf mir nicht einmal einen Seitenblick zu. »Keine Ahnung. Jemand, der Gahrazel gut kennt, würde ich sagen. Jemand, der seinem Stamm gegenüber loyal ist, der es aber vorzieht, anonym zu bleiben, weil er einem Freund gegenüber unloyal sein muß. Ich denke, es wäre am besten, es hierbei zu belassen.«

Ich nickte lebhaft.

»Swift, ich möchte, daß du mir einen Gefallen tust. Du stehst doch mit dem Mädchen auf freundschaftlichem Fuß, nicht wahr?«

»Mit wem? Mit Bryony?« (Für Terzian war Bryony immer nur ›das Mädchen‹.)

»Ja. Nun, ich mußte Gahrazels Komplizen erschießen lassen. Dazu brauchte ich nicht Ponclasts Erlaubnis. Ich glaube, er war mit dem Mädchen verwandt.«

»Bruder«, sagte ich.

»Ja, das dachte ich auch. Sie ist eine gute Arbeitskraft. An ihrer Arbeit gibt es nichts auszusetzen. Sie ist brav im Haus. Und Cobweb mag sie auch.«

»Und ich soll ihr sagen, daß Purah tot ist?«

»Ja. Es wäre besser, wenn sie es von dir erfährt.«

Ich stand auf und stellte mein leeres Glas hin. Terzian legte mir die Hand auf den Arm. »Swift, komm her.«

Ich befand mich plötzlich in der völlig unerwarteten Umarmung meines Vaters. »Ich bin sehr stolz auf dich«, sagte er und küßte mich aufs Haar. »Versuch nie …«

»Terzian«, unterbrach ich ihn sanft. War da eine Kraft in mir, über die er nicht verfügte?

»Du mußt … Du mußt auf deinen Träger und den kleinen Ty achtgeben, wenn ich nicht mehr hier bin«, preßte er mühsam hervor.

»Das werde ich tun, aber Cal wird auch da sein.«

Die Arme meines Vaters legten sich noch fester um mich. »Ja, ich weiß, aber … Cal ist nicht von unserem Blut, Swift. Für ihn ist das nicht das gleiche. Ich lege Immerdar in deine Hände, wenn ich demnächst, in ein paar Tagen … nicht mehr da bin. Du mußt rasch Fortschritte machen, Swift. Ithiel wird dir dabei helfen. Er weiß, wie. Erkenne, was von Bedeutung ist. Ich muß mich auf dich verlassen können. Du wirst über dein Alter hinaus klug und weise sein müssen.«

Da erst wurde mir klar, wie er sich ängstigte und daß er Zweifel hatte, ob er je zu uns zurückkehren würde. Dennoch mußte er das Begonnene fortführen. »Ich hasse sie!« rief ich. »Die Gelaminger! Ich hasse sie!«

»Ja, ja«, murmelte er. »Hasse sie, Swift, hasse sie aus ganzem Herzen! Das ist etwas, worüber sie keine Kontrolle haben - vielleicht das einzige.«

An jenem Tag lernte ich zwei wichtige Lektionen. Die erste bestand darin, daß ich, wie ich schon erwähnt habe, lernte zu töten. Die zweite war vielleicht noch tückischer: Ich lernte zu lügen. Für Gahrazel machte es keinen Unterschied, auf welche Weise ich ihn verriet, für mich jedoch sehr wohl. Ich hatte meinem Vater nicht berichtet, was Gahrazel gesagt hatte, nicht in Worten. Gahrazel hatte recht gehabt: Ich mußte meinen Vater tatsächlich anlügen, aber nicht in der Weise, an die er gedacht hatte.

Am Morgen, nachdem ich sie hatte rufen lassen, kam Bryony in den Salon, lächelnd und sorglos dahinschnatternd, bis ich mir die Ohren zuhalten und aufschreien wollte. Offensichtlich hatten sich die Ereignisse des vorangegangenen Tages noch nicht bis in die Küche herumgesprochen. Ich betrachtete meine Aufgabe als erste Handlung meiner Verantwortlichkeit als Terzians Sohn. Ich lehnte am Kaminsims, wie mein Vater es getan hätte, als ich zu sprechen begann und zusehen mußte, wie nach und nach alle Farbe und alle Fröhlichkeit aus ihrem Gesicht wichen und einem Ausdruck bestürzter Pein Platz machten.

»Wir können nur annehmen, daß er wußte, was er tat, Bryony«, sagte ich. »Er muß das Risiko gekannt haben ...« Sie schüttelte den Kopf, ohne ein Wort zu sagen. Ihre Augen waren trocken, aber ich sah, wie sich die Kiefer bewegten. »Es war Gahrazel!« rief ich. »Er hat das getan! Es war seine Idee!«

Da saß sie, klein und in sich zusammengesunken auf einer Stuhlkante, während ich sie davon zu überzeugen versuchte, daß eine furchtbare Tat nicht furchtbar war. Alles, was ich tun wollte, war, in ihren Augen die Schuld abzuwälzen, meinen Stamm reinzuwaschen und alle Schuld Gahrazel zuzuweisen, weil er nie in der Lage sein würde, für sich zu sprechen.

»Und ist Gahrazel auch tot?« fragte sie schließlich.

»Nein… Über sein Schicksal ist noch nicht entschieden worden«, antwortete ich.

»Nein, natürlich nicht«, sagte sie mit bitterer Stimme.

Und wieder einmal hielt Immerdar den Atem an. Terzian fuhr mit den Vorbereitungen für den Feldzug nach Süden fort, während er voll Grimm auf Ponclasts Rückkehr wartete. Ich erfuhr, daß Gahrazel nach mir gefragt hatte, aber ich wandte mich von ihm ab. Ich hatte das Gefühl, er wollte mich mit sich hinabziehen, und fragte mich, ob der Grund dafür sein Verdacht sein konnte, daß ich es war, der ihn verraten hatte. Niemand fand mehr ein gutes Wort für ihn, und auf einmal hatten alle seit ewigen Zeiten etwas wie dies hier kommen sehen, sogar Swithe. Cal nahm eines Abends Swithe seiner ziemlich abrupten Sinnesänderung wegen eher halbherzig unter Beschuß, war aber nicht interessiert genug an der Sache, um sie weiterzuverfolgen. Es war deutlich zu erkennen, daß die Geschehnisse Swithe zutiefst erschüttert hatten; es war eine Sache, hinter seinem Rücken über Terzian zu raunzen, eine völlig andere hingegen, mit hocherhobenem Kopf vor ihm zu stehen und Terzians Zorn die Stirn zu bieten.

Gahrazel wurde in Galhea gefangengehalten; er betrat Immerdar nie wieder.

Als Ponclast zurückkam, wurde bei uns im Haus umgehend eine Konferenz abgehalten. Ich sah Ponclast nur einmal in der Halle; sein Gesicht war grau, und er sah geradewegs durch mich hindurch. Er tat mir leid. Offenbar waren sowohl Terzian als auch Ponclast sich bewußt, wie abträglich es sich auf die Moral ihrer Soldaten ausgewirkt hätte, wäre Gahrazel mit seinem Treubruch durchgekommen. Die ganze Affäre wurde als Hochverrat angesehen, und die Bestrafung würde dem Verbrechen angemessen ausfallen müssen. Terzian fragte mich, ob ich an der Sitzung teilnehmen wolle. Das war zwar eine Ehre, aber ich lehnte ab. Terzian beließ es dabei. Er war immer noch der Überzeugung, daß ich meine letzten Minuten in Gahrazels Gesellschaft in der hochlodernden Ekstase des Aruna verbracht hatte. Es ist eine heilige Sache, selbst für die Varrs. »Das alles muß sehr hart für dich sein«, sagte er nur.

Ithiel war für irgendeine Erledigung einige Meilen nach Osten gesandt worden. Bevor er losritt, hörte ich, wie Vater zu ihm sagte: »Nimm das Mädchen mit.« Dieser Akt verständnisvoller Einfühlsamkeit überraschte mich, denn ich wußte, daß er Menschen mit etwa ebensoviel Respekt begegnete wie Hunden. Ich glaube nicht, daß Purah in seinen Augen je aufgehört hatte Mensch zu sein, doch weil Bryony Teil seines Haushaltes war und ihren Wert bereits unter Beweis gestellt hatte, war sie für ihn weniger Mensch sondern eher Har ehrenhalber. Für die Dinge, die er hochschätzte, trug Terzian stets Sorge, so dachte ich wenigstens.

Am Abend, nachdem die Konferenz stattgefunden hatte, kam Leef zum Haus, um sich bei meinem Vater zum Dienst zu melden. Nach einer neuerlichen Beförderung war er zu Ithiels Stellvertreter avanciert und erledigte dessen Pflichten, wenn Ithiel abwesend war. Vielleicht war diese zweite Beförderung ein Trost für den Verlust der Ehre gewesen, bei meiner Feybraiha eine aktive Rolle zu spielen. Unsere Pfade kreuzten sich in der Halle, als er zum Arbeitszimmer meines Vaters ging, und er entbot mir einen kurzen Gruß. Ich empfand plötzlich heftige Gewissensbisse, weil mir nur allzu bewußt war, wie ich ihn einst glauben gemacht hatte, ich würde ihn begehren. Immer noch etwas zerfahren wegen Gahrazel, entschloß ich mich zu versuchen, die Dinge zwischen uns beiden ins reine zu bringen. Selbstsicher in einem ganz neuen Empfinden von Macht rief ich einen Haushar und trug ihm auf, vor Terzians Arbeitszimmer zu warten, bis Leef herauskam. »Führe ihn in den roten Salon«, sagte ich, »und laß in der Zwischenzeit drinnen Feuer machen.«

Es war ein Raum, den wir kaum je benutzten, und die Möblierung darin wirkte ungemütlich. Es war ein Raum für offizielle Gelegenheiten, vielleicht nicht der beste, der mir zur Wahl gestanden hatte, aber ich wußte, nirgendwo sonst würden wir völlig ungestört sein, und Leef mit hinaufzunehmen, davor scheute ich doch zurück.

In der Küche stärkte ich mich mit einigen Gläsern Wein. Ich war mir nicht einmal ganz sicher, weshalb ich Leef sprechen wollte, und so ließ ich ihn zehn Minuten warten, ehe ich zu ihm hineinging. »Oh, habe ich dich warten lassen?« fragte ich und blieb an der Tür stehen in einer, wie ich hoffte, erhabenen Haltung. Leef lächelte unsicher. Er stand in der Mitte des Zimmers und fühlte sich offenbar so unbehaglich wie immer. Er war nie gern in Immerdar; er konnte sich nicht gelöst fühlen in seinen Mauern. Doch nun hatte auch ich ein wenig von jenem Terzian erblickt, den er kannte und fürchtete, und so war ich in dieser Hinsicht etwas mitfühlender.

Nach einigen Minuten verkrampfter Konversation sagte ich: »Nun, da du Ithiels Stellvertreter bist, wirst du nicht wieder mit meinem Vater nach Süden ziehen müssen, oder?«

»Nein«, nickte er argwöhnisch. »Das war eine ziemliche Überraschung für mich. Unerwartet. Ithiel hat mir nie besondere Aufmerksamkeit geschenkt.« Ich merkte deutlich, daß er sich fragte, was ich von ihm wollte, was seine Anwesenheit hier überhaupt sollte.

»In gewisser Hinsicht war es mein Verdienst, daß du befördert wurdest«, sagte ich in der Hoffnung, er würde weniger schlecht über mich denken.

»Ach ja?« Er überlegte offensichtlich, ob er mir danken sollte oder nicht. Sein Stolz behielt die Oberhand; er dankte mir nicht. Ich bot ihm Wein an, Yarrows beste Sorte, und so setzte er sich zögernd auf einen der steifen Stühle, wobei er sich prüfend im Zimmer umsah, zweifellos mit dem Hintergedanken, wie schrecklich unfreundlich es wirkte. »Weshalb wolltest du mich sehen?« fragte er.

»Ich weiß es nicht«, gestand ich wahrheitsgemäß. »Aber als wir uns in der Halle begegneten, dachte ich ... Du bist böse auf mich, stimmt's?«

»Böse auf dich? Warum sollte ich böse auf dich sein?« fragte er aufbrausend.

»Ich will dich nicht reizen«, sagte ich.

»Nein?«

»Nein. Meine Feybraiha ... Das war etwas, auf das ich keinen Einfluß hatte«, sagte ich.

»Hör mal!« Leef sprang auf. »Ich will nichts dergleichen mit dir diskutieren!«

»Geh nicht! Ich möchte mich doch nur entschuldigen ...«

»Entschuldigen?« Einen Augenblick lang ließ er sich soweit gehen, daß sein Ärger deutlich wurde. »Wofür? Vielleicht habe ich zuviel vorausgesetzt. Andeutungen von dir, Andeutungen von Ithiel. Und als nächstes höre ich, daß sich die Umstände geändert haben. Ich brauche wirklich keine weiteren Erklärungen! Und jetzt entschuldige mich bitte ...« Schwerfällig stellte er das Glas auf ein spindelbeiniges Tischchen, das daraufhin gefährlich zu schwanken begann.

»Ich wußte nicht, daß man dich schon gefragt hatte!« rief ich hilflos aus.

»Hat man auch nicht. Ich habe einen Narren aus mir gemacht, das ist alles!« Ich stellte mir vor, wie er es bereits allen seinen Freunden gesagt hatte, und wie unerträglich peinlich die Sache dann für ihn gewesen sein mußte – noch dazu, wo er gezwungen war, bei der Feier in unserem Haus anwesend zu sein.

»Das tut mir leid«, sagte ich ratlos.
»Ist das alles?« fragte er mit einem eiskalten Blick.
»Nein ...«
»Dann erlaube, daß ich gehe.«
Er machte einen Bogen um mich, als könnte ich jeden Moment auf ihn losstürzen und ihn beißen.

Später ließ Vater mich in sein Arbeitszimmer rufen. Ich war immer noch unglücklich über das Zusammentreffen mit Leef. Terzian sah sehr müde aus. Sein Gesicht war bleich, das Haar in Unordnung. Er schien mir nicht in der Verfassung, um eine Reise zu beginnen, denn er machte den Eindruck, als hätte er seit einer Woche nicht geschlafen.
»Es ist vorbei«, sagte er, sobald ich die Tür hinter mir geschlossen hatte.
Eine Sekunde lang sahen wir einander stumm an. Ich nahm an, die Vorstellung, ich wäre der Übeltäter und nicht Gahrazel, machte ihm zu schaffen. Ich streckte die Hand aus und berührte die seine.
»Was ist geschehen?« fragte ich.
Er schloß die Augen und umschloß mit den Fingern meine Hand. »Gift«, antwortete er, als hätte er selbst einen Becher voll davon abbekommen. »Sie ... Sie haben ihm Gift zu trinken gegeben.«
»Warst du dabei?«
Er nickte. Ich hatte ihn noch nie zuvor so bedrückt gesehen, doch andererseits war Gahrazels Tod wohl kein angenehmer Anblick gewesen.
Es gibt nur wenige Substanzen, die bei den Wraeththu eine letale Wirkung haben. Einzig der Stamm der Uigennas besitzt die Kunstfertigkeit, sie herzustellen, und diejenigen tödlichen Elixiere, die ihnen zur Verfügung stehen, bedeuten den Tod in seiner qualvollsten, entsetzlichsten Form. Ponclast hatte offenbar Kugel oder Klinge als zu kurz und schmerzlos für seinen verräterischen Sohn betrachtet.

Ich ging mit meinem Kummer zu Cal. »Das ist einer der schrecklichsten Tage meines Lebens«, sagte ich zu ihm.

»Es ist erst ein Anfang«, erwiderte er erbarmungslos. »Ein Vorgeschmack auf all die Schrecken, die noch kommen werden. Ich weiß es. So und nicht anders ist das Leben.«

Kapitel 9

Schicksal.
Abgestumpftheit glotzt durch
klaffende Risse
auf zarte Kindheitsträume
und kann die Frucht nicht mehr erkennen,
die entstellt an unwilligen Reben hängt.

Nun fing es an, mit meiner militärischen Ausbildung Ernst zu werden. Sobald die varrischen Armeen unter Pomp und Tränen erneut nach Süden gezogen waren, begann Ithiel damit, mir das Fechten beizubringen, die Selbstverteidigung und das Töten. Darüber hinaus widmete ich mich wieder meinen Studien. Aihah, der Kakkahaare, hatte mir einige Bücher dagelassen, die ich mir vornehmen sollte; sie waren zwar weit davon entfernt, mir irgendeinen Nutzen zu bringen, aber zumindest gab mir die Beschäftigung damit etwas, auf das ich aufbauen konnte.

Gelegentlich kam Cal nachts in mein Zimmer. Manchmal schliefen wir nur miteinander, weil uns einfach nach Gesellschaft zumute war, doch dann wieder stöhnten und rangen und rissen wir aneinander bis zum Morgengrauen. Er war unersättlich, und ich reagierte auf die kleinste Berührung mit auflodernder Ekstase. Ich wußte, daß es nicht unbedingt so sein mußte, aber irgendwie brauchten wir diese wilde Raserei. Wir besaßen beide soviel aufgestaute Energie, und noch hatten wir keine andere Möglichkeit, sie abzulassen. Einmal, als wir einander aussaugten wie die Vampire und dabei heulten wie Tiere, wachte Tyson im Nebenzimmer auf und begann verängstigt zu schreien. Einen Augenblick hielten wir still und starrten einander mit weitaufgerissenen Augen an, doch dann begannen wir zu lachen. Wie sehr ich mich verändert hatte! Es schien mir, als wäre die Sensibilität meiner Kindheit abgestumpft und eine bislang unbekannte Härte wüchse in mir heran.

Selten nur erreichten uns Nachrichten aus dem Süden. Der transzendentale Schleier der Gelaminger schien sich über die Varrs gelegt zu haben; sie hatten zwar einen Durchgang gefunden, doch niemand konnte ihnen folgen. Würde irgend etwas oder irgend jemand wieder herauskommen können? Einmal versuchte ich, mit den Kakkahaaren in geistige Verbindung zu treten, schaffte es aber nicht. Entweder war meine Technik zu kraftlos oder die Macht der Gelaminger zu wirksam. Sehr wahrscheinlich handelte es sich um eine Kombination aus beidem. Mit Cobwebs Hilfe konnte ich zwar die richtige Geistesverfassung erlangen, aber wo dann ein Licht folgen sollte, war nur eine graue, undurchdringliche Leere, und davor schreckte ich zurück.

Träume größerer Heftigkeit begannen wieder, sich meines schlafenden Hirnes zu bemächtigen. Erschreckt von meinen gedämpften Schreien mußte Cal mich des öfteren wachrütteln, doch jetzt erinnerte ich mich nur noch selten an den Inhalt der Träume, obwohl ich es mir sehr gewünscht hätte. Ich wußte, daß ich von einem Gesicht träumte, das mir einerseits Angst einjagte, mich andererseits aber erregte, doch nach dem Erwachen konnte ich mich nie entsinnen, wie es ausgesehen hatte. Wenn Cal mich aus dem Schlaf riß und rief: »Was ist es denn?« konnte ich nur antworten: »Augen! Augen!« Eine solche Heimsuchung! Sie bedrückte mich zutiefst.

Als das Neujahrsfest vor der Tür stand, bemühte sich der gesamte Haushalt, nicht von den bisherigen Gewohnheiten abzuweichen. Cobweb lud Ithiels Hara ins Haus ein, und Yarrow begann mit der Vorbereitung seiner üblichen aufwendigen Verpflegung. Das meiste, was dazu benötigt wurde, bekamen wir aus Galhea, doch andere Dinge, wie exotische Nahrungsmittel und Getränke, die wir früher aus ferneren Gebieten erhalten hatten, standen uns nicht mehr zur Verfügung. Zwei Tage vor dem großen Fest sammelten wir alle gemeinsam immergrüne Zweige aus dem Garten und schmückten das ganze Haus. Jetzt vermißten wir meinen Vater am meisten; es war das erste Mal seit meiner Geburt, daß er beim Fest nicht daheim sein würde.

Wir hatten eine klägliche kleine Party im Salon, bei der alle zuviel tranken und keiner richtig froh wurde. Leef war da, aber er sah mich kaum an. Bryony saß am Feuer und begann nach dem dritten Glas Sheh still zu weinen. Cobweb ging zu ihr, um sie zu trösten, und ich merkte, daß Cal ihn ansah.

»Denkst du noch an die Efeuranken?« fragte ich ihn.

»Fast jeden Tag«, gestand er.

Ich lachte laut auf, und alle Blicke wandten sich mir zu.

Als alle nach Hause oder zu Bett gegangen waren, lagen Cal und ich vor dem Feuer und tauschten unsere zynischen Betrachtungen aus. Doch irgendwie schien er mir merkwürdig zerstreut.

»Er hat in letzter Zeit nicht viel geschlafen, stimmt's?« sagte er unvermutet. »Hast du es nicht bemerkt?«

»Du sprichst von meinem Träger, nehme ich an«, entgegnete ich ironisch und fügte dann versöhnlicher hinzu: »Ja, er sieht müde aus. Vermutlich fehlt ihm Terzian, trotz allem.«

»Trotz meiner Person, meinst du wohl.«

»Ja, trotz deiner Person.«

»Glaubst du, er weiß etwas?«

»Er sagt mir alles«, erklärte ich. »Was kann er wissen, was wir nicht wissen?«

»Du kennst ihn besser als ich.«

»Dessen bin ich mir nicht so sicher. Mit deinem eingehenden, pausenlosen Studium, das du Cobweb angedeihen läßt ...«

»Bist du eifersüchtig?« stichelte er.

»Nein, natürlich nicht!« Ich drehte mich auf den Rücken.

»Er muß sehr einsam sein.«

»Cobweb ist immer einsam.«

Cal stand auf und betrachtete sich im Spiegel über dem Kaminsims. »Swift ...«, sagte er.

Ich setzte mich auf. »Ich würde dir davon abraten, Cal.« Mir war völlig klar, woran er dachte.

»Jetzt oder nie!« sagte er fröhlich und ging zur Tür.

»Sehe ich dich später?« rief ich ihm nach.

»Hoffentlich nicht!« antwortete er.

Ein Weilchen saß ich nur da und starrte auf die vielfältigen Gestalten der Flammen, auf die Schatten, die aus dem Kamin hüpften, und dachte: Was geht nur mit uns vor? Wir gleiten ab, wir gleiten ab ... Hatte Terzian je zu Cal gesagt: »Was mein ist, ist auch dein?« Hatte er?

Das Holz knackte im Feuer; ich warf noch ein Scheit darauf. Hinter mir lag das Haus schweigend da. Ich spitzte die Ohren, um durch die Stille hindurch etwas zu hören, aber nichts kam. Also ging ich hinaus in die Halle und blieb am Fuß der dunklen Treppe stehen, eine Hand auf dem Geländer, einen Fuß auf der untersten Stufe, und blickte hinauf.

Bryony kam aus dem Gang, der zur Küche führte. »Soll ich hier unten das Licht ausschalten?« fragte sie, und ich nickte. Ihre Schritte entfernten sich ins Hausinnere.

Die Halle war erfüllt vom Duft der grünen Zweige; Efeu hing von den Lampen und bewegte sich sanft mit dem Klingeln von Glas. Zertretene Blätter lagen auf dem roten Läufer, der die Treppe bedeckte.

Cobwebs Zimmer war leer, nur sein Stuhl war umgeworfen, und ein schwacher Nachhall von Frevel und Empörung lag in der Luft. Ich rannte über den Korridor und die wenigen Stufen hoch, die zu Cals Zimmer führten, weil ich dachte, Cal hätte Cobweb dorthin getrieben, aber die Tür stand weit offen, und das Zimmer lag in Finsternis. Plötzlich hatte ich ein starkes Gefühl von *déjà vu*. Das war schon einmal geschehen! Ich warf einen Blick hinein zu Ty, doch er schlief friedlich. Alle Türen wirkten feindselig und schweigend, wie versiegelte Münder. Hinter jeder von ihnen … Ein einziger flüchtiger, hallender Laut drang an mein Ohr und verursachte mir eine Gänsehaut. Ich schlich durch den unheimlich stillen Gang zurück und hielt vor der Tür zum Zimmer meines Vaters inne. War jemand da drinnen? Ich streckte die Hand aus, um zu klopfen, zögerte jedoch. Vielleicht wußte Cobweb tatsächlich etwas. Waren die beiden da drinnen? Das Zimmer meines Vaters … Plötzlich stand das lachende Gesicht Gahrazels vor meinem Auge. Ich sah ihn wieder vor mir, wie er jung war. Erneut drang ein kaum vernehmbarer, gedämpfter Laut aus dem Zimmer. Er konnte alles bedeuten – Angst, Wut, Schmerz oder Unterwerfung. Eines Tages werden wir alles von diesem Haus wissen …

Noch ehe mir zum Bewußtsein kam, was ich tat, eilte ich über den Gang zu der steilen, bedrohlich wirkenden Treppe, die zu den oberen Geschossen führte. Dort wohnte der Winter; mein Atem wurde zu Dampf, und die unheimliche, von mir entweihte Finsternis sträubte mir die Haare. Doch ich wurde vom Instinkt geleitet, und so konnte mich die Dunkelheit nicht schrecken. Fast hörte ich das Echo unserer Stimmen, jener Gahrazels und der meinen, als wir vor so langer Zeit, vor einem ganzen Lebensalter, durch diese vergessenen Räume getollt waren. Seine Stimme war so real für mich: »Weißt du denn überhaupt nichts, Swift?«

Ich fand das Zimmer nach kurzer Zeit. Etwas rieselte vom Türknauf, als ich ihn drehte, und im Inneren des Zimmers stach ein Zauberstab aus Licht vom Boden zur Decke. Ich ging darauf zu und beugte das Gesicht in den Strahl. Mein Blick wanderte den Lichtstab entlang nach unten und sah durch ein aufgesplittertes Loch, das hier die ganzen langen Jahre auf diesen einen Moment gewartet hatte, in das Zimmer meines Vaters. Blätter lagen überall, als wäre der Park durch die Fenster ins Innere des Zimmers gestürmt. Ich verspürte ein Gefühl der Kälte und dahinter die zündende Gegenwart von Cobweb und Cal, die einander gegenüberstanden wie zwei Elementargeister, aber ich konnte sie nicht sehen. Ich hörte nur, wie Cal jammerte: »Was wird mit uns geschehen?!«, und diesmal fehlte seiner Stimme das gewohnte Selbstvertrauen.

Mein Träger klang kalt und abwesend, als er antwortete: »Ich habe es gesehen …«

»Gesehen? Was gesehen?«

Cobwebs Stimme war kaum ein Flüstern. »Ich sah großen Rauch. Du gingst hinein. Swift war bei dir …« Es folgte eine kurze Pause, und dann sprach er weiter, so hastig, daß die Worte undeutlich kamen. »Dorthin mußt du gehen. Es ist dein Schicksal …«

Cal tauchte unten in meinem Gesichtsfeld auf. Er hielt Cobweb am Handgelenk fest, das völlig blutleer aussah; die Hand war zu einer Klaue gekrümmt. »Sprich nicht in Rätseln!« rief Cal ungeduldig.

»Das war es, was ich gesehen habe.«

Cobwebs ausdruckslose Stimme verursachte mir ein Schaudern. Doch ich faßte mich wieder und beugte mich noch tiefer hinab.

»Wann?« fragte Cal. Er bekam keine Antwort. »O ja, natürlich! Das ist es doch, worauf du gewartet hast, nicht wahr? Hast du dafür gesorgt, daß es geschieht? Wie froh du sein wirst, wenn ich weg sein werde! Ist das alles eine Lüge?«

»Nein, ich habe nicht gelogen.«

»Aber du haßt mich!«

»Ich spreche die Wahrheit!« Cobweb entwand sich Cals Händen und packte ihn mit klauenbewehrten Fingern an den Schultern, als wollte er ihn schütteln. »Ihr Tigron ist bei ihnen!« rief er; sein Gesicht war unglaublich weiß – das Weiß von Marmor, das Weiß des Todes. Er fiel in Cals Arme, sichtlich ohne jede Absicht, und mir schien, Cal war den Tränen nahe.

»Was meinst du damit? Sag es mir! Wer sind sie?«

»Die Gelaminger«, krächzte mein Träger. »Ich habe sie gesehen ... nicht hier ... im Rauch, in dem Dunst, der über dem See hängt. Ihr werdet zu ihnen gehen, ihr beide, durch den Wald der Angst hinein in den Rachen deiner Sünde, wo die Bestie spricht, wo die Bestie umgeht, und wo ihr Blut unser Blut ist. Oh! Es gibt kein Entkommen ...«

Auch ich wollte schreien: »Worüber redest du?« aber es war Cals Stimme, nicht die meine, die in meinen Ohren nachhallte.

»Bald ...« Cobweb richtete sich wieder auf, und seine Hände flatterten an sein Gesicht. »Du willst mich binden, aber ich bin bereits gebunden«, sagte er.

»Cobweb ...«

Sehr langsam rückte mein Träger von ihm ab. »Du mußt mich nehmen; Fleisch zu Fleisch, Seele zu Seele. Ich habe das ... zu oft gesehen.«

»Und ist es etwas, das du willst?«

Cobweb runzelte die Stirn und schüttelte den Kopf. »Es ist nur etwas, wovon ich geträumt habe.«

»Erzähl mir von den Träumen.«

»Noch nicht ...« Cobweb setzte sich auf den Rand des Bettes meines Vaters. »Ich werde allein gelassen werden, und die Zeit wird wie Glas sein, wie berstendes, splitterndes Licht, und die Vergangenheit wird zurückkehren als ein schimmernder Schleier. Ich werde allein sein, aber nicht lang. Cal?«

Cal bemühte sich gar nicht, die Angst in seinem Gesicht zu verbergen. Ich sah meist nur seinen Scheitel, aber sein Körper war angespannt, bereit zur Flucht, wie mir schien.

»Ich will dich jetzt«, sagte mein Träger mit klarer, vernünftiger Stimme und streckte die Arme aus. Doch ich weigerte mich, hier Vernunft zu sehen. Er ist verrückt, dachte ich, völlig verrückt.

»Ich erinnere mich, wie du früher warst«, sagte Cal zu ihm.

Cobweb zuckte die Achseln. »Gesichter aus der Vergangenheit sind immer bei uns. Sie verfolgen auch dich, Cal.«

»Ist es Seel?«

»Du bist besessen von dem Gedanken. Aber mir bleibt zuviel verborgen; ich kann es nicht sagen.«

Die Stille senkte sich auf die beiden wie Staub. Sie starrten tief in Gedanken versunken zu Boden, und dann fuhren sie hoch wie Schlangen, und ihre Blicke trafen sich.

»Es gefällt mir nicht in diesem Zimmer«, sagte Cal und rieb sich die Arme. »Es ist kalt hier.«

Cobweb wollte aufstehen und begann zu schwanken; er zitterte und bebte am ganzen Körper, und sein Atem kam unregelmäßig. Cal hob ihn hoch und versuchte, seine herabhängenden, zuckenden Gliedmaßen zu umfassen. Doch Cobweb schien wie in Trance. Sein Kopf rollte auf Cals Schulter hin und her; seine Augen waren offen, aber starr. Cal hielt ihn hoch auf seinen Armen und blickte ihm mit unverhüllter Zärtlichkeit ins Gesicht. Sie wußten nicht, daß sie beobachtet wurden.

Ich hörte, wie sie das Zimmer verließen. Das Licht ging aus, und ich blieb in tiefster Dunkelheit zurück; nur das Geräusch des Windes, der am Haus rüttelte und die Fenster zum Klirren brachte, drang in mein Bewußtsein. Gahrazel war bei mir, auf diesem Platz, vergiftet und voll Bitterkeit. Ich erschauerte und rannte zur Tür hinaus.

Ich hätte nicht gedacht, daß ich Schlaf finden würde. Was machten Cal und Cobweb jetzt? Waren sie verstrickt in Aruna oder in Wut und harte Worte? Es überraschte mich, als ich aufwachte und erkannte, daß die Hälfte meiner Gedanken Träume gewesen waren.

Bald darauf kam Cobweb in mein Zimmer. Noch nie zuvor hatte ich ihn so strahlend gesehen, doch das lag unter der Oberfläche. Auf den ersten Blick machte er einen nervösen, gehetzten Eindruck. Er wußte nicht, wie er es mir sagen sollte, und dennoch empfand er es als seine Pflicht. Ich machte es ihm leichter.

»Also, sag schon, was ist zwischen dir und Cal vorgefallen?«

Cobweb verzog das Gesicht zu einer Grimasse und setzte sich dann neben mich auf das Bett. Unruhig zupfte er an der Decke. Es war kaum zu glauben, daß wir nicht gleich alt waren, und noch schwerer zu glauben, daß er mein Träger war. Er schüttelte den Kopf und sagte: »Ach, Swift!«

Ich legte ihm die Hand auf die Wange. »Eifersucht und Verlangen sind nicht unbedingt die besten Freunde«, stellte ich fest.

Cobweb lächelte schuldbewußt. »Es muß offenbar die ganze Zeit über in mir gesteckt haben. Merkwürdig, es geschieht nicht oft, daß ich mich in mir selbst täusche. Ich täusche nur andere. Und jetzt entsinne ich mich der Tatsache, daß ich nicht nur Soume bin, sondern auch Ouana. Vielleicht bin ich aufgewacht; vielleicht wird ein Teil von mir sterben.«

»Wir haben schon genug vom Tod gesprochen!« warf ich in scharfem Tonfall ein.

Cobweb stand auf und schüttelte sich das Haar aus der Stirn. »Seltsam, daß mich überhaupt irgend jemand als Realität ansieht«, bemerkte er.

Später erzählte Cal mir von Cobwebs Visionen. Wie hoch er meinen Träger einschätzte, erkannte ich aus dem Umstand, daß er über nichts sprechen wollte, was sonst noch zwischen ihnen vorgefallen war. »Es scheint also, daß wir eines Tages gemeinsam nach Süden gehen werden«, sagte er und durchsetzte seine Verträumtheit mit Frohsinn. »Ich frage mich, wann.«

»Wir sollten dieses Fest genießen«, murmelte ich unsicher. »Es könnte unser letztes sein.«

Cal lachte, als ich das sagte. Es war ganz nach seinem Geschmack.

Dennoch vergingen einige Monate, bis etwas geschah. Das Frühjahr stand vor der Tür, und unser Leben hatte sich zaghaft auf einen routinemäßigen Rhythmus eingespielt. Ich war der Meinung, mein Bruder sollte weitaus früher mit dem Unterricht beginnen, als ich es getan hatte, und sprach mit Moswell darüber. Es konnte sein, daß Tyson keine wirkliche Kindheit beschieden sein mochte – ganz gewiß jedoch würde sie nicht die geringste Ähnlichkeit mit der meinen haben, was immer auch geschah. Ich war damals überzeugt davon, daß wir vollkommen glücklich hätten sein können, wären die Gelaminger nicht gewesen. Es gab keinen Haß mehr im Haus; alle zerstörerischen Geister hatten es verlassen. Doch es war uns bewußt, als wie vergänglich sich diese Zufriedenheit schließlich herausstellen mochte. Mein Vater war schon lange weg, und wir hatten keinerlei Nachricht von ihm; nicht einmal Gerüchte erreichten uns. Es schien fast, als hätten sich die Varrs im Nebel aufgelöst, als hätten sie nie existiert.

Alles schlich sich heimtückisch an uns heran. Sowohl ich als auch Ithiel hatten mit Boten gerechnet, die zerlumpt und mit Wunden übersät wie die Teufel aus Süden geritten kamen, um uns endlich Nachrichten zu überbringen. Keine Spur davon.

Eines Abends kam Ithiel zu mir, als ich im Arbeitszimmer meines Vaters saß. Ich verbrachte gern meine Zeit dort, denn in diesem Zimmer schien ich Terzian näher zu sein. Außerdem fand ich es interessant, in seinen Notizen und Büchern zu schmökern. Ich erfuhr viel von der Art, wie er Galhea regierte und wie er seine kriegsmüden Leute organisiert hatte, als sie damals in der Stadt angekommen waren. Die Tage wurden bereits länger, und das Haus war in diesem Moment erfüllt vom Sonnenuntergang, schläfrig und entspannt. Ich hatte die Füße auf dem Schreibtisch und trank Kaffee, den Blick nach draußen, in den Garten gerichtet.

Es gab eine von Terzians Regeln, die ich nach seiner Abreise geändert hatte: Eindringlinge wurden nun nicht mehr ohne Warnung erschossen, das hatte ich angeordnet mit der Ausrede, daß man mehr von ihnen erfahren konnte, wenn man sie verhörte, anstatt sie umzubringen; doch in Wahrheit fand ich das blinde Abschlachten abstoßend. Vielleicht kam das daher, daß ich mich immerzu selbst in diese Lage hineinversetzte. Außerdem hatten wir wirklich keine andere Möglichkeit, an Neuigkeiten heranzukommen.

Mir schien es, als müßte ich mich von Grund auf ändern, und das in so kurzer Zeit. Galhea brauchte meinen Vater, und er war nicht da. Das einzige, was die Leute haben konnten, war ich, sein Sohn. Ich ging täglich in das Verwaltungsbüro, das Vater in Galhea benutzte, und hörte mir die Probleme seiner Leute an. Doch ich war weder Händler noch Bauer und hatte mich schon bei Ithiel beschwert, daß er sicherlich weitaus geeigneter sei als ich, sich mit all den Fragen und Zwistigkeiten herumzuschlagen. Aber Ithiel lächelte nur und tätschelte meine Schulter. »Händler und Bauer bist du ganz gewiß nicht, Swift«, sagte er. »Aber du bist *fair,* und das ist es, was die Leute brauchen. Du bist Terzians Sohn, und ich werde dir helfen, soviel du nur willst, doch es muß dein Mund sein, aus dem sie die Worte hören, und nicht der meine.« Mir helfen, ja, das tat er allerdings. Kein Wunder, daß Terzian so große Stücke auf ihn hielt.

Ithiel kam ins Arbeitszimmer und lächelte angesichts

meiner unbefangenen Imitierung meines Vaters. »Im Wald wurden Eindringlinge entdeckt«, sagte er. »Sie waren auf dem Weg nach Galhea …«

»Menschen oder Hara?« unterbrach ich ihn.

»Sowohl als auch«, antwortete er. »Eine Horde Nomaden, ähnlich Zigeunern. Wie ich gehört habe, nennen sie sich Zigane. Heimatlose Leute eben, die sich zusammengeschlossen haben. Ihr Anführer ist eine Frau … Sie ist eine Pythia, eine Wahrsagerin, eine Hexe und Zauberin …« Er fühlte sich sichtlich nicht wohl in seiner Haut. »Swift, sie hat um ein Zusammentreffen mit dir gebeten.«

»Sie hat namentlich nach mir verlangt?«

Er nickte. »Sie heißt Tel-an-Kaa.«

»Merkwürdig«, sagte ich mehr zu mir selbst. »Du solltest in Erfahrung bringen, was sie von mir will und wer sie gesandt hat.«

Tel-an-Kaa, die Wahrsagerin, wollte mit niemandem sonst sprechen. Ithiel gegenüber wiederholte sie nur, daß ihre Botschaft einzig für Terzians Sohn bestimmt sei. Als ich Swithe zu ihr schickte, ignorierte sie seine Anwesenheit. Die Zigane hatten irgend etwas Respektgebietendes an sich; unter ihnen befanden sich auch Hara, und Ithiels Soldaten hegten eine tiefe Abneigung, ihnen gegenüber irgendeine Art von Gewalt anzuwenden – mehr oder weniger eine abergläubische Furcht. Drei Tage lang blieb ich standhaft, dann sandte ich Ithiel mit der Botschaft zur Pythia, daß ich sie zu Mittag besuchen würde.

Die Zigane waren tatsächlich Zigeuner – zumindest orientierten sie sich dem Äußeren nach an echten Zigeunern. Sie hatten inmitten der Stadt ihr Lager aufgeschlagen und verkauften Stoffe und verschiedenen Plunder an die Varrs. Sie wohnten in grellfarbigen, auffällig herausgeputzten Wohnwagen, denen ihre persönliche Aufmachung in nichts nachstand. Wir erfuhren, daß die Zigane Schlangen anbeteten und daß die Pythia in der Sprache der Reptilien wahrsagen konnte.

Es war nicht leicht, Menschen und Hara auseinanderzuhalten. Beide Rassen waren mager, drahtig und sonnengebräunt, ihre Kleider ganz ähnlich. Ithiel geleitete mich zu Tel-an-Kaas Wohnwagen, der nicht größer aussah als die übrigen; im Inneren jedoch war er weitaus geräumiger, als er von außen wirkte. Ich bückte mich durch die Tür in das parfümierte Halbdunkel und erblickte sie zum ersten Mal. Sie saß wie ein junges Mädchen auf der äußersten Kante eines Sofas, gekleidet in einen schäbigen Morgenmantel aus abgewetztem Samt; das lange helle Haar fiel ihr wie Lumpen über die Schultern, und dennoch konnte ich bereits im ersten Augenblick feststellen, daß ich einer Königin gegenüberstand. Ihr kleines Gesicht strahlte Heiterkeit und hellen Glanz aus, das leichte Lächeln war voller Geheimnisse. Der wahre Adel liegt wohl im Blut. Vielleicht erkannten wir dies in den Augen des anderen, als wir einander ansahen.

»Ich grüße dich, Sohn des Terzian«, sagte sie; ihre Stimme war tief und klar.

Ich bedeutete Ithiel, uns zu verlassen, und er schloß die Tür hinter sich. Nun befanden wir uns in einer anderen, einer in sich geschlossenen, stillen Welt. »Was ist es, das du mir mitteilen möchtest?« fragte ich.

Sie verzog das Gesicht. »Bitte setz dich. Wein?«

Ich setzte mich neben sie, und sie reichte mir ein hochstieliges Glas.

»Ich wurde ausgeschickt, um dich zu finden«, sagte sie.

»Von wem?«

Lächelnd schüttelte sie den Kopf. »Wir lieben dieses Land nicht, aber durch den Umstand, daß Terzian und seine Henker auswärts sind, haben wir uns dazu bewegen lassen…«

»Wer hat dich gesandt?«

»Ich bedauere, daß ich dir darauf nicht antworten kann. Ich bringe Nachrichten.«

»Von meinem Vater?« fragte ich rasch; ich merkte, wie die Klangfarbe meiner Stimme unbeherrscht nach oben glitt.

»Nachrichten, die vielleicht nicht willkommen sind ...«

»Nicht ... Ist er ...?«

Sie schüttelte den Kopf, noch ehe ich das Wort aussprechen konnte. »Das nicht. Aber er ist in den Nebel gegangen.«

»Das weiß ich schon!« (War das alles, was sie mir zu sagen hatte?)

»Natürlich. Und jetzt haben sie ihn möglicherweise, Swift. Ich weiß es nicht. Aber es wäre so leicht für sie, so unvorstellbar leicht. Er ist ganz einfach auf direktem Weg zu ihnen gegangen, nicht wahr?«

»Die Gelaminger!«

Sie streckte den Arm aus, um eine kleine, weiße, kindliche Hand auf meine Wange zu legen, und ich dachte, das muß alles ein Traum sein. In einer Minute werde ich aufwachen.

»Du darfst nicht hier auf sie warten, Swift«, sagte sie.

Ich sah ihr in die Augen, die zurückhaltend und ernst blickten. Sie war alt-jung, genauso wie Wraeththu alt-jung sind. Darüber hinaus war sie müde; und mächtig.

»Tel-an-Kaa, du mußt in mein Haus kommen.«

Tel-an-Kaa: ein Name, der nach Macht klang und nach Mysterien. Ich habe nie herausgefunden, wie alt sie war oder woher sie ursprünglich stammte oder auch nur, wie sie ihre Vagabundenschar um sich gesammelt hatte. Vielleicht hatte sie kein Interesse daran, es mir zu verraten, vielleicht wachte sie nur über den Schleier des geheimnisvollen Zaubers, der sie umgab. Selbstverständlich war sie argwöhnisch, mit uns allein nach Immerdar zu gehen, aber sie gab uns zu verstehen, daß sie zu wohlerzogen war, um eine Begleitung durch ihre eigenen Leute vorzuschlagen. Aus Höflichkeit lud ich daher fünf von ihnen ein, ihr Gesellschaft zu leisten. »Wir haben jetzt selten Gäste«, erklärte ich. »Aber unser Koch ist einer der besten des Landes, und er wird hocherfreut sein, wieder einmal mit seinen Künsten glänzen zu können.«

Ithiel und ich waren zu Pferde gekommen, und da es ungehörig gewirkt hätte, sie neben uns herlaufen zu lassen (keines der Ziganepferde stellte das dar, was man ›Reitpferd‹ hätte nennen können), schickte Ithiel einige seiner Hara, um einen Wagen zu holen. Und ich sann wiederum über die faszinierende Pythia nach, die solchen Respekt gebot. Selbst Ithiel spürte das, und er hatte noch nie große Liebe zu den Menschen gehegt.

Auf dem Weg zum Haus ließ ich mein Pferd neben ihr hertrotten. »Was ist nun der Grund, daß du mich aufgesucht hast?« fragte ich.

Sie lächelte auf ihre zurückhaltende Katzenart. »Aber ich sagte doch bereits, daß ich eine Nachricht habe!«

»Dann hat dich also jemand gut dafür bezahlt«, klopfte ich auf den Busch, aber sie antwortete nicht. Ithiels Blick kreuzte sich mit dem meinen, und ich konnte sehen, daß er meinen Argwohn teilte. Die Varrs sind die meistgefürchteten Wraeththu in Megalithika, und dennoch war diese exotische Zigeunerkönigin unbekümmert in unser Land gezogen, ohne jegliche Vorsichtsmaßnahme, ohne Schutz. Das war unheimlich. Und vielleicht noch unheimlicher war die Art und Weise, wie wir sie behandelten. War es bloß mein Einfluß? Bryony war der Grund, daß mich die Frauen mit ihrem lebhaften Geist und ihrer Neigung zum Sprunghaften faszinierten, aber nie hätte ich mir vorstellen können, daß ich ein Menschenwesen je mit solcher Hochachtung behandeln würde.

Tel-an-Kaa betrachtete mein Zuhause mit prüfenden Blicken. Sie verbeugte sich vor Cobweb und sagte:

»Dein Name ist uns bekannt«, was ihm, wie von ihr vorhergesehen, große Freude machte.

Yarrow bereitete uns ein aufwendiges Mahl, das die Zigane mit unverhüllter Begeisterung genossen. »Es ist schon eine Weile her, daß ich so gut gegessen habe«, vertraute Tel-an-Kaa Cobweb an. Sie widerstand allen Versuchen, etwas über die Botschaft zu verraten, die sie für mich hatte, und trotzte unbeschwert allen ernsthaften Fragen.

Cal beobachtete sie ohne Unterlaß, und ich merkte, daß sie sich seiner Ablehnung bewußt war. »Du hast Glück, daß unser edler Herr abwesend ist«, sagte er zu ihr. »Nur Swift ist gegen das Töten von Fremden. Vielleicht verdankst du ihm dein Leben.«

Erst als Cal das Wort an sie richtete, sah es so aus, als würde die Pythia sich unbehaglich fühlen. »Wäre Terzian hier, wären wir nicht gekommen«, sagte sie. »Seine Abwesenheit ist der einzige Grund, weshalb wir hier sind.«

»Ach ja?« entgegnete Cal mit schlauer Miene. »Dann solltest du vielleicht das, was du ›einzigen Grund‹ nennst, genauer ausführen ...?«

»Was ich zu sagen habe, ist nur für Terzians Sohn bestimmt«, erwiderte sie; doch in der Folge berührte sie ihr Essen nicht mehr.

Nach dem Mahl führte ich sie ins Gewächshaus, wo es warm war und uns niemand stören durfte. Bryony brachte uns Wein und Honigkuchen. Ich stellte fest, daß Tel-an-Kaa sie nicht besonders zu beeindrucken schien, doch das kam möglicherweise daher, daß Bryony auch eine Frau war und sich somit auf bekanntem Territorium befand.

»Ich bin überrascht, eine Frau in diesem Haus zu sehen«, bemerkte die Pythia. Ich entschied mich, darauf nicht zu antworten. Vielleicht war sie gekommen, um Informationen über uns einzuholen, und ich war entschlossen, so wenig wie möglich zu enthüllen.

»Ich glaube, es wäre besser, mir jetzt den wahren Grund für dein Kommen zu verraten«, sagte ich. »Du hast mir zu verstehen gegeben, daß die Gelaminger meinen Vater gefangen genommen haben könnten, aber ich bezweifle, daß du dafür Beweise hast. Du sprachst von Botschaften, ohne mir etwas zu berichten. Wenn du denkst, ich wäre in vielem meinem Vater nicht ähnlich, dann hast du recht, aber auch meine Geduld hat einmal ein Ende. Und sollte ich zu der Entscheidung gelangen, daß ihr eine Gefahr für uns darstellt, werde ich nicht zögern, eure Vernichtung anzuordnen.«

Sie neigte graziös den Kopf. »Aber natürlich! Ich respektiere deine Position, Swift. An deiner Stelle würde ich genauso denken. Ich gebe zu, ich habe dein Haus mit nichts als einer Handvoll vager und großsprecherischer Andeutungen betreten, aber auch ich muß vorsichtig sein. Man spricht gut über dich, und wir rechneten damit, uns gefahrlos hier aufhalten zu können, doch ganz sicher konnte ich dessen nicht sein. Du bist schließlich Terzians Sohn, und ich bin überzeugt, sein Blut ist dicker als das der meisten anderen.«

Ich lächelte, beruhigt genug, um mich zu setzen. »Nun, weshalb wolltest du mich wirklich sehen?«

»Weshalb?« Mit der Anmut eines Vogels im Flug wichen ihre Augen den meinen aus. »Du wirst vielleicht ärgerlich sein, wenn ich dich darauf hinweise, daß es gewisse Dinge gibt, die ich dir nicht sagen kann...«

Überrascht sah sie mich an, als ich auflachte. »Oh, ich bin mit diesem Satz aufgewachsen, ich hatte ihn dauernd in den Ohren!« erklärte ich. »Mein ganzes Leben lang mußte ich mit versteckten, geheimnisvollen Dingen fertigwerden. Daß du das jetzt sagst, erscheint mir nur natürlich.«

»Und es ist wahr. Ich kann dir nicht verraten, wer mich gesandt hat. Mein Herr möchte ungenannt bleiben«, sagte sie. Langsam zogen ihre Finger Muster über den schmiedeeisernen Tisch an ihrer Seite; die Honigkuchen waren unberührt. »Im Süden... Es geht viel Fremdartiges, Seltsames vor sich. Zauberkräfte, miteinander im Widerstreit stehende Zauberkräfte, wirken sich nachteilig auf das Land aus. Zeit und Raum sind davon betroffen. Es ist wahr, dein Vater zog geradewegs den Gelamingern entgegen. Doch obwohl es diesem Wüstenstamm, den Kakkahaaren, gelungen ist, die Verteidigungslinien der Gelaminger zu durchbrechen, besaßen diese immer noch die Kraft zu entscheiden, an welcher Stelle der Durchbruch erfolgen sollte... Über meinen Herrn, Swift, haben sie nach dir verlangt. Sie haben kein Verlangen nach Krieg, keinen Wunsch nach Leiden. Durch dich, reinblütig, wie du bist, hoffen sie, die Stämme des Nordens zu vereinen...«

»Warte!« unterbrach ich sie schnell. »Ich kann niemals für andere Völker als für mein eigenes sprechen! Es ist richtig, auch ich habe kein Verlangen nach Krieg, und ich würde mir wünschen, daß in unseren Ländern wieder Frieden herrscht, aber die Hara weiter oben im Norden haben mich noch nie zu Gesicht bekommen! Wahrscheinlich haben sie noch nicht einmal von mir gehört. Wie kann ich dann für sie sprechen? Es sind Varrs. Unsere Lebensart hier in Galhea hat uns vielleicht etwas verweichlicht, aber ich kann dir versichern, in Ponclasts Reich ist das nicht so! Ein Har, der kaltblütig den Mord an seinem eigenen Sohn befiehlt, wird nicht auf mich hören. Ich kann gar nichts tun.«

Nachdenklich nickte sie. »Du hast recht. Vielleicht ist das auch gar nicht unbedingt das, was ich gemeint habe...«

Ich stand auf. »Haben die Gelaminger dich gesandt, Pythia?« fragte ich. »Ist dies ihre Art, uns niederzuringen? Bist du hier, um dich in Galheas Herz zu schleichen und dort dein Gift auszulegen?«

»Nein«, erwiderte sie unerschütterlich. »Ich sagte es dir doch, mein Herr schickt mich, und wir wollen feststellen, daß er es in dieser Angelegenheit mit keiner der beiden Seiten hält. Was die Motive der Gelaminger betrifft, so bin ich nicht in der Lage zu sagen ...«

»Aber du mußt mir doch beipflichten«, unterbrach ich sie, »daß das alles höchst verdächtig klingt. Nur ein Narr würde dir trauen. Nur ein Narr würde nach Süden, ins absolut Unbekannte reiten, nur weil du es empfiehlst.«

Sie strich sich über die Stirn. »Ja, vermutlich hast du recht... Ich merke, daß ich dich überzeugen muß. Ich wäre der Verachtung preisgegeben, wenn ich keinen Erfolg vorzuweisen hätte.«

»Dann überzeuge mich.«

Mit müdem Gesichtsausdruck sah sie zu mir auf und stützte sich auf einen Arm. »Dich überzeugen? Wie? Alles, was ich dir zu sagen habe, ist, daß du nach Süden reiten und dem Schicksal vertrauen sollst. Vielleicht hängt das Leben deines Vaters davon ab... vielleicht. Tief in deinem Herzen mußt du doch wissen, daß es dich unwiderstehlich zu dem hinzieht, was auf dich wartet. Deine Träume müssen dich schon seit einiger Zeit darauf vorbereiten, denke ich. Entsinne dich ihrer! Kannst du irgendeine Gefahr spüren? Nein, das tust du nicht, habe ich recht? Du findest zwar, eigentlich solltest du, aber du kannst keine Gefahr spüren. Du bist stark, Swift, stark und gut, das sehe ich. Und es sieht so aus, als würde Galhea jetzt dir gehören. Es scheint unberührt von den Schrecken, die sich jenseits seiner Felder abspielen. Ich spreche aus Erfahrung; das Ausmaß meiner Erfahrung würde dich erstaunen.«

»Ich habe das Gefühl, du kennst mich«, sagte ich verwundert.

»Das Gefühl habe ich auch«, antwortete sie. »Gib mir deine Hand.«

Ihr weibliches Fleisch fühlte sich nicht anders an als mein eigenes, und dennoch lagen Welten zwischen uns.

»Schau her«, sagte sie und strich über meine Handfläche. »Dies hier ist die Schicksalslinie. Sie ist tief eingeschnitten. So gerade. So wahrhaftig. Herz und Hirn ohne Makel. Die Kopflinie hält einen Abstand zur Lebenslinie, das symbolisiert deinen Intellekt, deine frühe Entwicklung. Du bist leidenschaftlich, läßt dich aber nicht von deinen Leidenschaften beherrschen. Die einzige Schwierigkeit gibt es ... jetzt.«

»Jetzt!« rief ich aus.

»Eine Künstlerhand«, dachte sie laut.

»Ist das, woran die Gelaminger glauben, wirklich durchführbar?« fragte ich mit leiser Stimme. »Daß Menschen und Hara sich diese Welt teilen können. Das Konzept der Harmonie – ist es wirklich machbar?«

Die Pythia machte ein sarkastisches Gesicht. »Sie zweifeln jedenfalls nicht daran«, sagte sie. »Aber sollte es sich als durchführbar erweisen, wird es viel Blut kosten.«

»Der Kampf ist für mich wie ein Traum«, sagte ich. »Ich kenne ihn nur vom Hörensagen. Dem Tod bin ich noch nie begegnet.«

»Aber du wirst es bald«, versicherte sie mir. »Vor langer Zeit, in weniger verrückten, beschaulicheren Tagen, wollte es der Brauch, daß einem neu erbauten Tempel ein Menschenleben geopfert wurde. Vielleicht ist der Tempel, den die Gelaminger im Sinn haben, so großartig, so jenseits von jeglichem Vorstellungsvermögen, daß zu seinem Bestand tausend Leben nötig sind; ich weiß es nicht. Ich bin schließlich nur ein armes Madchen.«

Wir lachten beide, und ich ergriff ihre Hand. »Ich glaube dir«, sagte ich.

»Dein Instinkt täuscht dich nicht«, erwiderte sie.

Also würde mich das Schicksal letztendlich doch nach Süden und zu dem wilden Zauber führen, der dort existierte. Tief in meinem Herzen fürchtete ich, daß ich nie wirklich auf das vorbereitet sein könnte, was dort auf mich wartete. Dennoch folgte ich dem Ruf, wie mein Vater vor mir. Würde ich ihn dort finden? Er war schon so lange weg, ohne daß wir etwas von ihm gehört hatten, und so schien es fast, als befände er sich nicht mehr unter den Lebenden. Vielleicht war es so. Hätten wir es erfahren? War Cobwebs Intuition in der Lage, die Barriere zu durchdringen, die ihn von uns trennte?

Nach meinem Gespräch mit der Pythia im Gewächshaus war mein Entschluß gefaßt. Hatte mein Träger nicht gewußt, daß das geschehen würde? Es war Schicksal, es gab keinen anderen Weg. Dennoch hatte ich Angst, es irgend jemandem zu sagen. Ich rechnete mit Verwunderung, mit Zorn, mit Hohn.

Am Abend aßen wir draußen auf dem Rasen. Der rauchige Duft von brutzelndem Fleisch umwehte uns, und das Licht der Fackeln strahlte zum Himmel. Ich hatte einen Pelzmantel über die Schultern geworfen, obwohl ich den Frühling in der Luft riechen konnte; es war der Geruch nach etwas Lebendigem, das hereinrauschte, nach großer Erregung. Irgend etwas wartete auf mich. Und wenn ich mich ihm zuwandte, verstärkte sich seine Anziehungskraft. Ich konnte nichts essen.

Zwei Mitglieder von Tel-an-Kaas Gruppe waren Musikanten, und bald war die Dunkelheit erfüllt von der Elfenmusik ihrer seltsam hallenden Saiten und dem rhythmischen Schlag einer Trommel. Schatten wiegten sich im flackernden Schein der Fackeln, tropfendes Fett zischte in die Glut unter dem Fleisch, und ich hörte Gelächter. Es war, als befände ich mich irgendwo anders und blickte durch ein Fenster in den Park von Immerdar. Ich kämpfte an gegen eine wachsende Verwirrtheit, und so wollte ich für eine Weile hinübergehen zum See.

Nichts auf der ganzen Welt ist so unheimlich, so verzaubert und so schön wie dieser Platz im Park meines Vaters. Das Mondlicht strich über die gekräuselte Oberfläche des Wassers, rundum beugten die hohen Zypressen ihre stolzen Häupter in der leichten Brise, und zwischen den Ästen erblickte ich das Weiß des Sommerhauses. Ich war nicht mehr dagewesen seit dem Tag, an dem Cal und Cobweb dort aneinandergeraten waren. Als ich die Tür öffnen wollte, klemmte sie, doch schließlich gab sie unter meinem beharrlichen Druck nach und ging quietschend auf. Ich setzte mich auf den Rand des Lilienbeckens. Bleiches Licht fiel durch das Glas auf die Steinplatten des Fußbodens. Das Herz wurde mir schwer; ich war betrübt und froh zugleich. (Ist das überhaupt möglich?) Niemand konnte mir exakt vorhersagen, was die Vorsehung für mich bereithielt. Würde ich in den Tod gehen?

Ich griff unter den Rand des steinernen Beckens und suchte nach dem Hahn, mit dem man den Springbrunnen in Gang setzte. Spinnweben legten sich um meine Hand, und ich zuckte zusammen. Genau wie die Tür widerstand mir auch der Wasserhahn ein Weilchen, ehe er sich drehen ließ und den uralten Mechanismus zum Leben erweckte. Nach einem Rütteln und einigen kümmerlichen Spritzern schoß das Wasser schließlich aus dem Maul des steinernen Tieres, benetzte seine schuppigen Flanken und schwärzte sie. Alles war mit einemmal schwarz, weiß oder grau. Ich lauschte dem Geräusch des Wassers und sah ihm zu. Dann ließ ich die Finger in das Becken hängen.

Als ich hörte, wie sich die Tür mit einem kratzenden Geräusch öffnete, blickte ich auf; ich dachte, es sei Cal oder Cobweb. Nur die beiden kannten mich gut genug, um zu wissen, wo sie mich finden konnten; ein untrüglicher Spürsinn führte uns drei in Kreisen umeinander. Doch es war keiner von beiden. Als ich Leef dort stehen sah, wußte ich sofort, daß dies nichts anderes war als eine weitere wesentliche Facette der ganzen Situation. Leef und ich hatten in der Vergangenheit unsere Auseinandersetzungen gehabt, ganz recht, doch die Umstände, ja selbst die Rollen hatten sich in Galhea seither geändert. Das Aufrechterhalten einer ausgelaugten Atmosphäre des Grolls und der Bitterkeit war etwas, wofür wir beide keine Zeit mehr hatten. Und so lächelte ich und sagte: »Komm rein! Komm rein!«

»Was machst du denn hier, so ganz allein?« Sein Tonfall klang leicht lallend.

»Oh, ich denke bloß nach«, antwortete ich. »Bist du mir gefolgt?«

»Mmmm. Zweifellos zu meinem Schaden.«

»O weh, da spricht ein wundes Herz!« neckte ich ihn.

Leef verzog das Gesicht und lehnte sich an den Türrahmen. »Es ist doch keine Schande, wenn einem der Sinn nur nach dem Allerbesten steht, oder?«

Ich schüttelte den Kopf. »Nein, aber ich habe das Gefühl, was du sagst, ist nichts als Schmeichelei.«

»Es ist natürlich nur meine persönliche Meinung.«

Wir lachten beide. Das Plätschern des Wassers schien zu verebben, und er ging geradewegs auf mich zu.

»Was geht eigentlich vor, Swift?«

»Was meinst du? Bist du mir deswegen gefolgt?« fragte ich, um Zeit zu gewinnen.

»Unter anderem… Zigane! Eine Frau verlangt dich zu sprechen, und du läßt es nicht nur zu, sondern lädst darüber hinaus noch sie und ihre zerlumpten Gefolgsleute in dein Haus ein… Was hat sie dir gesagt, Swift?«

»Eine Botschaft, das ist alles. Komm her. Setz dich zu mir.«

Selbstverständlich berichtete ich ihm nicht alles, nur das, was notwendig war. Er gab ein paar indignierte Laute von sich, ohne mich jedoch zu unterbrechen. Nachdem ich geendet hatte, sagte er: »Und natürlich hast du dich jetzt dazu entschlossen, nach Süden zu reiten.«

»Ja.« Ich ignorierte seinen spitzen Tonfall. »Was kann ich sonst tun? Ewig hier warten… Oder zumindest, bis es zu spät ist? Ich bezweifle sehr, daß ich etwas zu verlieren habe. Ich bezweifle es sehr.«

Kopfschüttelnd blickte Leef zu Boden. »Wirst du allein gehen?«

»Das glaube ich nicht ...«

»Swift, es wird gefährlich werden!«

»Ja.« Ich stand auf und zog mir den Pelz enger um die Schultern. Eine Weile diskutierten wir halbherzig, wobei er die Gefahren hervorstrich und ich meine Gründe rechtfertigte. Ich erklärte ihm, daß Ithiel mich gelehrt hatte, mich zu verteidigen; ich war nicht völlig hilflos. Leef bemühte sich mir klarzumachen, daß ich den Kampf erst dann beherrschen würde, wenn ich mein theoretisches Wissen gezwungenermaßen in die Praxis umgesetzt hatte.

»Hör mal, ich werde es tun! Und es gibt nichts, was mich davon abbringen könnte!« rief ich.

»Ich will dich nicht davon abbringen, aber ich muß dich auf die Gefahren aufmerksam machen!«

»Cal kommt mit mir«, sagte ich leichthin, ganz und gar nicht sicher, ob das stimmen würde.

»Nur ihr beide?«

»Ja, ich denke schon.«

»Dann ist alles klar«, sagte er.

»Was ist klar?«

»Ich werde mit euch reiten müssen.«

»Du!« explodierte ich. »Das kannst du nicht! Du wirst hier gebraucht!«

»Gebraucht? Vielleicht. Doch mir scheint, das Schicksal von Galhea entscheidet sich im Süden. Ich bin ein Kämpfer, ich bin bestens durchtrainiert und darüber hinaus kenne ich den Weg.« Er unterbrach sich und lächelte. In dem matten Licht sah ich seine Zähne glänzen. »Aber vielleicht hältst du mich insgeheim für nicht ... *hur* genug, um mit dir und dem gefeierten Cal zu reisen!«

»Ich habe keinerlei Zweifel an deinen Fähigkeiten, Leef.«

»Dann verlaß dich auch auf mein Urteil. Du brauchst dir keine Sorgen zu machen. Was sein muß, muß sein. Die Blüte von Galhea reitet nach Süden;

dazu ist Begleitung vonnöten. Es steht so viel auf dem Spiel, Swift.«

»Nun, wenn du davon überzeugt bist... Ich danke dir, Leef.«

Er stand auf, trat hinter mich und umschlang mich mit den Armen.

»Du bist mutiger geworden«, bemerkte ich.

»Terzian ist nicht hier, und du bist kein Kind mehr.«

»Aber ich bin das Biest, das dich zurückgewiesen hat. Mag sein, daß es wieder vorkommt. Bist du jetzt so zuversichtlich, oder ist es bloß die enorme Menge Schnaps, den du in dir hast und dessen Bukett mich umweht?«

Ich spürte sein Lachen. »Flüssige Courage«, sagte er. »Ich möchte Aruna mit dir. Gehen wir nach Immerdar zurück oder reiten wir in die Stadt?«

»Du bist unverschämt!« fauchte ich ihn an. »Die Stadt ist besser, denke ich.«

Nach seiner Beförderung hatte Leef ein eigenes Haus bekommen und dazu das Personal, das sich um seine Bedürfnisse kümmerte. Es war kein großes Haus, aber behaglich und warm. Wir saßen unten am Kamin auf Hirschfellen und tranken Wein.

»Das klingt vielleicht ein wenig abgegriffen, aber ich habe lange Zeit auf diesen Moment gewartet«, sagte Leef mit einem Grinsen.

»Dein Haar ist länger geworden«, bemerkte ich und streckte die Hand aus, um es zu berühren. Ich konnte sein Verlangen riechen, etwas, das bei jedem anders und nicht zu beschreiben ist. Er ergriff meine Hände und küßte sie. »Und du siehst noch dünner aus als früher.«

Er schüttelte den Kopf. »Nein... Swift, war es wirklich schön?«

Ich dachte, er würde immer noch ein wenig sticheln, aber als ich ihm in die Augen sah, waren sie ganz ernst. »Ja, das war es. Ich werde jetzt nicht sagen, daß du es hättest sein sollen, denn das würde nicht stimmen. Aber ich will dich jetzt haben; reicht das?«

»Ob es reicht? Laß mich diese Frage angemessen beantworten. Komm her!«

Aruna mit Leef ähnelte in keiner Weise dem Zusammensein mit Cal. Er war sanft und träge und liebte es, in Erregung gebracht zu werden. Wenn ich ihn streichelte, schnurrte er wie eine Katze. Eine Weile begnügte er sich damit, dazuliegen und sich verwöhnen zu lassen, doch als ich begann, mehr Ouana als Soume zu sein, lachte er, warf mich auf den Rücken und legte sich so auf mich, daß ich mich nicht mehr rühren konnte. »Swift«, sagte er, »laß mir zumindest die Illusion, daß ich der Erste bin! Sei scheu und ängstlich und willfährig. Sei das Wasser, das meinen himmlischen Durst löscht!«

Seine Hand glitt meinen Rücken entlang, wissend und zärtlich.

Ich lächelte im Schein des Feuers. »Schau mich an! Ich gehöre dir bereits!«

Später gingen wir hinauf in sein Schlafzimmer und begannen leise Pläne zu machen.

»Morgen muß ich es ihnen sagen«, stellte ich verdrießlich fest.

»Ich werde dich begleiten«, entschied Leef. »Das macht es vielleicht einfacher.«

»Nein. Zumindest Cobweb muß ich es unter vier Augen sagen. Ich nehme zwar an, daß er es bereits weiß, aber ... Eine Hälfte von mir will immer noch nicht gehen, doch ich kann nicht mein Leben nutzlos hier vertrödeln.«

»Ach ja, der Süden ist es, wo alles wirklich Ausschlaggebende stattfindet, und du möchtest dabei sein, wenn es geschieht!«

»Wenn du so willst. Und neugierig bin ich auch. Wie sind die Leute dort? Ich weiß, daß ihre Kultur ganz anders ist als die unsere. Bryony sagt, daß die Varrs mehr wie Menschen sind. Vielleicht sehen die Gelaminger nicht mal so aus wie wir!«

Leef nahm mich in die Arme, und seine Lippen suchten nach meinem Nacken. Ich spürte seine Zunge auf meiner Haut. »Hast du Angst?« fragte er mit undeutlicher Stimme.

Ich überlegte einen Moment. »Angst ... Angst ... nicht wirklich, seltsamerweise. Wenn die Gelaminger tatsächlich nach mir gefragt haben ...«

»Wenn! Ist dir noch nicht der Gedanke gekommen, daß du in gewisser Hinsicht eine Bedrohung für sie darstellen könntest? Vielleicht ist es eine Falle.«

Der Gedanke war mir bereits gekommen. »Ich werde es bald herausfinden«, sagte ich.

Ich ging früh nach Hause und traf Cobweb und Cal im Salon an, wo sie in einem heimlichtuerischen Zwiegespräch versunken waren. Meine Abwesenheit war bereits bemerkt und eingehenden Deutungen unterworfen worden. Mit einem einzigen eisigen Blick nahm Cobweb meine mitgenommene Erscheinung zur Kenntnis.

»Nun, wann wirst du losziehen?« fragte er.

Ich sah zu Cal; er lächelte und nickte. »Das hängt von dir ab«, sagte ich zu ihm.

Er hob die Schultern. »So bald wie möglich, denke ich. Wir wollen uns den Fängen des Schicksals doch nicht unnötig lange vorenthalten, oder?«

»Leef kommt mit uns.«

»Wie traulich!«

Plötzlich schwiegen wir alle einen Moment lang. Ich wäre am liebsten zu den beiden hingelaufen und hätte sie an mich gedrückt.

Cobweb lehnte sich zurück. »Ich hoffe, du bist bereit«, sagte er vieldeutig.

»Es ist mehr als nur ein Traum«, erwiderte ich, und als unsere Augen sich trafen, konnte ich sehen, daß er wußte, was ich damit meinte.

WRAETHTHU

TEIL ZWEI

Kapitel 1

Phantom des Bösen.
Rüstung, Inbrunst, Ritual, Pein,
Gestank nach Tod; blutbesudelt,
kriegsbehext, musikerregt.
Müde Glieder, Liebe und Mord.

Der Tag, an dem wir losritten, war warm und wolkenlos. Die Bäume, die uns den Weg wiesen, hüllten sich in helles Grün. »Und wieder einmal geht's auf, hinein in den Rachen unserer Bestimmung!« rief Cal in gelangweiltem Tonfall. Doch er langweilte sich gern, und so durfte ich annehmen, daß ihm unsere Abreise nicht ganz ungelegen kam. Der Abschied am Vorabend war gefühlvoll und ermüdend gewesen. Die meisten Mitglieder des Haushaltes teilten die Vermutung, daß wir nicht zurückkommen würden, und verwünschten uns wahrscheinlich wegen unserer Torheit.

Ich hatte Tel-an-Kaa gebeten, noch eine Zeitlang in Galhea zu bleiben, weil ich annahm, daß ihre Anwesenheit für Cobweb ein gewisser Trost sein würde. Außerdem schien nicht wenigen der Zigane die Möglichkeit, eine Ruhepause einzulegen, durchaus willkommen zu sein, und ich hatte den Verdacht, als gehörte auch die Pythia dazu. Wie sie gesagt hatte: das Leben jenseits der Felder von Galhea würde mich in Schrecken versetzen.

Ich hatte mir drei der besten Pferde meines Vaters ausgesucht (seine Stallungen waren stets voll besetzt) und nahm ein Packpferd von Ithiel. Wir hatten Waffen im Überfluß und ein großes Zelt, so daß wir unsere Nächte verhältnismäßig angenehm verbringen würden.

Cobweb überhäufte mich mit Talismanen und Päckchen mit Heilkräutern. Tyson gab mir einen Stock zur Abwehr von Teufeln und warf Cal traurige Blicke zu, als wir unsere Pferde bestiegen.

Leef sagte uns eine mehrwöchige Reise voraus, bevor wir uns den Verteidigungsstellungen der Gelaminger nähern würden. Wir ritten in flottem Trab in westlicher Richtung über die abgeernteten Felder, um die Wälder zu umgehen. Rinderherden verließen schwerfällig unseren Pfad, wenn wir uns näherten, und Vögel kreischten ihre Warnrufe. Ich konnte mich nicht an den Gedanken gewöhnen, daß ich tatsächlich von daheim wegging; es fühlte sich gar nicht so an. Hinter mir, auf den baumbewachsenen Hügeln, glänzten die Fenster der Häuser von Galhea in der aufgehenden Sonne. Oben, auf dem steilsten Hang, war die Silhouette von Immerdar vor dem bleichen Himmel noch zu sehen. Bryony und Yarrow würden in der Küche sein; Tyson mochte gerade wieder erwachen. Das Leben würde weitergehen wie sonst auch.

Auf unserem Weg nach Süden kannte Leef einige Wraeththusiedlungen; wir hofften, dort unsere Vorräte nach Bedarf ergänzen zu können, wobei wir einhellig der Meinung waren, daß wir für diese Fremden nicht mehr als Varrs erkennbar sein würden, sondern lediglich drei Reisende keines bestimmten Stammes wären, die es zu den Gelamingern zog. Wir hatten uns bemüht, unsere Kleidung so nichtssagend wie möglich aussehen zu lassen, indem wir uns in graue Kapuzenmäntel hüllten, die unsere Waffen verbargen.

An den ersten drei Tagen unterbrachen wir unsere Reise nur zur Nachtruhe. Glücklicherweise waren Vaters Pferde in erstklassigem Zustand, und so konnten wir ein stetes flottes Tempo halten. Am ersten Abend hatten wir mit dem Aufstellen des Zeltes einige Schwierigkeiten. Leef fand heraus, daß ein wichtiger Teil fehlte, und so mußten wir improvisieren. Wir machten ein kleines Feuer und brieten etwas von dem Fleisch, das wir mitführten. Ich hatte mir bereits Gedanken gemacht wegen der Nächte, dieser Zeit des Sternenscheins und der Sinne. Weder Cal noch Leef waren körperlich Fremde für mich, und so fragte ich mich, was geschehen würde, sollte einer der beiden sich mir nähern. Schließlich hatten wir bloß dieses eine Zelt! Doch dies erwies sich als weiterer Aspekt meiner Unerfahrenheit. In den ersten beiden Nächten rollten wir uns jeder für sich in seine Decke ein, viel zu müde, um an den Balsam oder das Feuer von Aruna zu denken, und so begann ich anzunehmen, daß es für den Rest der Reise so bleiben würde – ein Gedanke, den ich seltsam beruhigend fand, denn auf diese Weise konnten keine Peinlichkeiten aufkommen.

Am dritten Abend lagerten wir am Rand eines dichten Föhrenwaldes, der in der Finsternis hinter uns rauschte. Ich mußte immerzu heimlich über die Schulter blicken. Leef schlich sich auf der Jagd nach dem Abendessen zwischen den Bäumen davon, während ich die Pferde abschirrte und ihnen Staub und Schweiß aus dem Fell bürstete. Cal sah mir eine Weile dabei zu; ich wußte, er wollte mir etwas sagen, also bürstete ich weiter und wartete ab. Schließlich sagte er: »Heut' nacht.«

»Heut' nacht was?«

»Ach, nichts als eine Sache der Übereinkunft«, erwiderte er. »Bis jetzt hat in dieser Hinsicht eher Zurückhaltung geherrscht, die in erster Linie von dir ausging, denke ich. Aber das ist die Welt der Erwachsenen, kleiner Swift! Von jetzt an wird sich das ändern. Das Lebenselixier aller Wraeththu, erinnerst du dich?«

»Oh«, sagte ich unbestimmt. Ich fuhr eifrig fort, das Pferd zu striegeln.

Cal streckte die Hand aus und legte sie auf die meine. »Du bist hier nicht in Galhea«, sagte er.

Ich versuchte ein Lächeln, aber seine Augen waren zu

düster. »Du mußt tun, was du für richtig hältst«, sagte ich.

Leef brachte ein großes Kaninchen mit, das er abhäutete, ausnahm und auf einen Spieß steckte. Cal teilte Brot und Käse aus unserem Proviant aus, und wir tranken Wein aus einer Flasche. Yarrow hatte uns nur ein halbes Dutzend mitgegeben, für mehr war kein Platz.

Nach dem Abendbrot streckte Cal sich auf dem federnden Rasen aus und sagte: »Das Paradies! Stellt euch vor, dies ist Eden, und wir haben noch alle unsere Rippen!«

Leef lachte. »Heil dir, Luzifer!« sagte er. »Gefallener Engel!«

»Engel haben Flügel«, bemerkte ich.

»Sechs!« Cal stützte sich auf die Ellbogen. »Meine müssen beim Sturz in die Hölle verbrannt sein. Wo sind deine, Swift?«

»Oh, in meinem Herzen!«

»Und deine, Leef?«

»Verborgen. Wie alle magischen Körperteile der Wraeththu. Wenn du keine Flügel hast, Cal, dann helfe ich dir beim Fliegen!«

All das war begleitet von Grinsen und Gelächter, aber das, was unterschwellig mitklang, war nicht zu überhören.

»Wir müssen alle fliegen«, erklärte Cal kühl. »Wir müssen gemeinsam fliegen.« Er stand auf und streifte im tiefroten Glutschein des Feuers seine Kleider ab wie etwas völlig Substanzloses. Dann streckte er sich zum Himmel und warf den Kopf zurück, eine schlanke weiße Flamme im Halbdunkel. Leefs Augen glänzten vor Hunger, aber das Festmahl stand dicht vor ihm. Cal schien nach dem Mond zu greifen, wiegte sich, summte leise und besann sich auf seine inneren Kräfte. »Strahlender Mond«, flüsterte er; seine Hände zuckten wie Motten im Licht. »Bleich gleitest du über den Himmel; im Namen der Elemente flehe ich dich an, unsere Verbindung zu heiligen. Dir bringe ich mein Feuer dar. Vor dir werde ich zu Wasser. Heil dir, Ofaniel, Engel des Mondes! Umhülle uns mit deinen Strahlen!«

Nur das Knistern des herabbrennenden Feuers unterbrach die samtene Stille. Gleichgültig schien der abnehmende Mond auf Cals Gebet herab. Leef saß vornübergebeugt im Gras. Cal erschauerte. In der Flasche befand sich nur noch ein Schluck Wein; Leef goß ihn ins Feuer und murmelte: »Ofaniel!«

Auch ich beugte mich zu den Flammen; sie kämpften gegen den Wein an. Ich blies sachte, und das rote Glosen wurde heller. »Ofaniel«, wiederholte ich.

Cal blickte uns über die Schulter hinweg an. »Außerhalb von Galhea«, sagte er, »müssen wir uns an die Regeln halten. Wir sind in einem fremden Land. Es ist sicherer.« Er streckte die Hände aus, und wir ergriffen sie. »Schließt den Kreis«, sagte er. »Fühlt das Strömen. Ich bin Soume. Ihr müßt das Feuer sein. Ich bin der Altar.«

Das war etwas, das ich noch nie erlebt hatte: Aruna, so wie er sein sollte – eine mystische Handlung. Leef und ich tauschten über Cals Körper den Atem, und als Leef wie ein Fisch in die Soumesee tauchte, bedeckte ich Cals Mund mit meinem und nahm sein Seufzen auf. Das Feuer des Begehrens brannte in mir, wenn ich ihnen zusah, und als Leef mich endlich sanft in die feuchten Tiefen führte, die naß waren von seinem Samen, war ich beinahe schon wahnsinnig vor Verlangen. Cals Körper glänzte unter mir, und sein Haar war naß. Dies war wahrer Soume, und er wehrte sich nicht dagegen.

Hinterher sammelte er unsere vermischten Essenzen in einer Tasse ein und bohrte mit einem Stock ein Loch in den Boden. »Was machst du da?« fragte ich, zu erschöpft, um mich zu bewegen.

Seine Augen glänzten im letzten Schein der Glut. »Wir müssen unser Opfer begraben«, sagte er.

Wir hatten uns bisher in südwestlicher Richtung fortbewegt; am folgenden Morgen zog Leef seinen Kompaß zu Rate, und wir wandten uns genau nach Süden. Dicke Wolkenbänke erfüllten den Himmel vor uns, unbestellte Felder und eigensinnige Baumgrüppchen zogen sich links von uns dahin, während auf der anderen Seite die Ausläufer eines dichten, großen Waldes bis an den Rand der desolaten Landstraße heranreichten, der wir folgten. An manchen Stellen hatten die Wurzeln der Bäume den Belag gesprengt; wir kamen an Lumpenbündeln vorbei, die zu schrecklich, zu vielsagend aussahen, um ihren Inhalt genauer zu erforschen, und manchmal auch an ausgebrannten Fahrzeugen, die, seit langem schon aufgegeben, am Straßenrand dahinrosteten. Ich fragte mich, warum man sie wohl gerade hier zurückgelassen hatte. Waren in den verrotteten Sitzen Menschen gestorben? War ihnen nur der Treibstoff ausgegangen? Ich ging daran, eine Tür zu öffnen, doch eine Wolke derart üblen Gestanks kam mir entgegen, daß ich weitere Nachforschungen unterließ.

Ich bemerkte, wie rasch die Erde das zurückforderte, was die Menschheit ihr genommen hatte. Inmitten von üppigem Wildwuchs aus Gras und Unkräutern konnte man Gebäude erkennen, die aussahen wie Totenköpfe; ein Kornfeld überwucherte ungehindert den verwahrlosten Gemüsegarten einer Farm. Wir passierten eine Straßengabelung, an der ein Gekreuzigter hing, um dessen Beine sich Kletterpflanzen rankten; weiße Sterne blühten auf den Lappen des zerfetzten Leibes. Cal war ziemlich beeindruckt von diesem Anblick. Wenn der Wind aus dem Süden kam, konnten wir die Zauberkraft riechen, die uns erwartete, und dann sträubten sich uns die Haare im Nacken, und wir waren erfüllt von Furcht und Freude. Doch ansonsten schien das Land rundum ausgestorben zu sein.

Eines Morgens, als wir, halb verborgen hinter struppigem Strauchwerk, unsere Sachen packten, donnerte ein

Trupp Hara auf großen, glänzenden Pferden an uns vorbei. Sie trugen lange Federn im Haar und ihre Gesichter waren so bemalt, daß sie aussahen wie Dämonen; sie beachteten uns nicht.

Cal sah Leef an und fragte: »Cheops?«

Leef nickte. »Wahrscheinlich.«

Jedenfalls hatten sie kein Interesse an uns.

Unerwarteterweise trafen wir auf eine bewohnte Stadt, und Leef hieß uns anhalten. »Wir machen besser einen Bogen darum. Unter die Bäume!« rief er, während jemand bereits ein, zwei Warnschüsse über unsere Köpfe hinweg abgab. Doch niemand folgte uns. Ob Menschen oder Hara die Stadt bewohnten, war nicht festzustellen. Leef trieb uns weitere zwei Stunden vorwärts, bis er die Situation für gefahrlos genug ansah, um unser Nachtlager aufzuschlagen. Ich hielt ihn für übervorsichtig und erwähnte das Cal gegenüber, der sich jedoch jeglichen Kommentars enthielt.

Wir stellten das Zelt zwischen spärlichen, weitauseinanderstehenden Bäumen auf. Über uns, in dem dunkler werdenden Blattwerk schnatterten laut die Vögel, und Federn fielen in unser Feuer. Leef teilte uns zur Nachtwache ein, um nach möglichen Feinden Ausschau zu halten. Als ich an der Reihe war (in diesen gräßlichen kalten Stunden vor der Morgendämmerung, die echte tiefste Nacht sind), wickelte ich mich in meine Decke und setzte mich zusammengekauert ans Feuer; gelegentlich warf ich kleine Zweige und trockene Blätter in die Glut und sah zu, wie die Funken sprühten und erloschen. Hinter mir konnte ich Cal leise schnarchen hören, und hin und wieder murmelte Leef zusammenhanglose Worte im Schlaf. Er hatte gewollt, daß wir das Feuer völlig auslöschten, denn, so meinte er, das Licht mochte ungebetene Gäste anlocken, doch ich hatte mich widersetzt, weil mir die Nacht zu kalt dafür schien: Wir waren meilenweit entfernt von allem und jedem und hatten seit zwei Stunden kein lebendes Wesen zu Gesicht bekommen. Schließlich – und vermutlich nur, um mein Gejammere nicht mehr hören zu müssen –, hatte Leef nachgegeben, und das Feuer blieb brennen.

Jetzt, auf Wache, legte ich das Kinn auf die Knie, strich über den langen Lauf des Gewehrs zwischen meinen Füßen und dachte lächelnd zurück an unsere Diskussion.

Ich mußte wohl eingenickt sein, denn selbst jetzt noch habe ich eine vage Erinnerung an einen Traum, in dem ich plötzlich mit übelkeiterregender Wucht nach rückwärts geschleudert wurde. Mein Hirn versuchte augenblicklich, rational zu denken: Was ist das? Ein herabgefallener Ast? Im selben Moment, als ich das dachte, hielten mir grobe Hände den Mund zu. Mir blieb keine Zeit zum Schreien. Eine Stimme sagte: »Mißgeburt!«, klar und deutlich, und dann trat mir etwas zwischen die Beine. Funken stoben aus mir hinaus, der Schmerz krümmte mein Rückgrat, und übelriechender Atem blies mir ins Gesicht wie der Pesthauch des Todes. Die Decke legte sich über meinen Kopf. Ich versuchte mich zu wehren, doch was auch immer mich in seiner Gewalt hatte, war zu kräftig. Der Geschmack von Erbrochenem stieg mir in der Kehle hoch; jemand trat immer noch nach mir. Ich sah dem Tod ins Auge. Ich war machtlos. Und dann hörte ich den Schrei hinter mir, einen Ton so hell und klar wie eine Glocke, gefolgt von melodischem Lachen. Hatten die Angreifer gedacht, daß ich allein war? Schüsse gellten durch die Nacht wie hallender Donnerschlag, gefolgt von einem Geräusch wie von einem zu Boden fallenden Sack. Gutturale Flüche. Plötzlich schienen mich nicht mehr so zahlreiche Hände niederzudrücken, und ich versuchte, mich unter ihnen hervorzuwinden, wobei ich meine liebe Not mit der Decke hatte, die mir andauernd in die Augen fiel. Ein neuerliches Krachen, und etwas Schweres fiel mir über die Beine. Ich schrie auf, denn meine Leistengegend erinnerte mich schmerzhaft an die Mißhandlungen, denen sie zuvor ausgesetzt gewesen war. Eine Sekunde später war die Luft erfüllt vom Lärm schwirrender Kugeln und Querschläger, vom Stampfen der Pferde und ihrem panischen Wiehern. Ich hörte Cal fluchen, und unmittelbar darauf Leef aufschreien: »Zu deiner Rechten, Cal!«

»O du süßer Duft des Blutes!« rief Cal leichthin. Ein weiterer dumpfer Fall. Dann befreite er mich aus meiner Decke und lachte mir ins Gesicht mit Augen, die strahlten wie Sterne. »Alles okay, Swift?« fragte er.

Es war eigentlich nicht viel zu sehen. Ein abstoßendes Wesen lag – unzweifelhaft tot – neben meinen Füßen und starrte in den Himmel. Zwei weitere lagen mit ausgestreckten Gliedmaßen über den Resten unseres Feuers. Cal stützte sich mit den Händen auf die Knie und ließ den Kopf nach vorn sinken. »Guter Gott, bin ich außer Übung!« seufzte er. So wirkte er gar nicht.

»Einer geht an dich, zwei an mich«, äußerte Leef fröhlich und deutete auf die Leichen.

»Du kämpfst wie der Teufel«, bemerkte Cal und bückte sich, um sein Messer aus einem der leblosen Körper zu ziehen.

»Ich bin schließlich ein Varr.« Leef sah mich an. »Swift, du hättest Wache halten sollen! Das nächste Mal gib besser acht, ja? Diesmal hatten wir Glück; es hätte sehr leicht schlecht für uns ausgehen können.«

Es waren Menschen, die uns überfallen hatten. Jetzt hatte ich die Gelegenheit, mit eigenen Augen zu sehen, was Moswell einst über Häßlichkeit doziert hatte. Die drei Leichen waren völlig verdreckt; in ihren aufgerissenen Mündern konnte ich die schwarzen Stummel abgebrochener Zähne sehen. Der Geruch war verheerend. Wir zerrten die Toten ein paar Schritte von unserem Lager weg und bedeckten sie mit Ästen und Blättern. Leef beschloß, die Gegend sofort zu verlassen für den Fall, daß sich noch weitere Menschen hier herumtrieben.

Fortan waren wir weitaus vorsichtiger, gingen jedem Gebäude, das bewohnt wirkte, aus dem Weg und wichen auch gelegentlichen Rauchwolken hinter den Bäumen großräumig aus.

»Ich glaube, die Amahasiedlung liegt in dieser Richtung«, sagte Leef, während unsere Pferde durch einen Platzregen trotteten.

»Das hoffe ich«, entgegnete Cal trocken, »sonst verhungern wir.«

Zwei Tage zuvor hatten wir die letzten Reste des Proviants verbraucht, den wir von Galhea mitgenommen hatten; seither ernährten wir uns schlecht und recht von dem, was wir unterwegs fanden. Der Jahreszeit entsprechend gab es kein Obst, aber wir plünderten ein Feld mit Wurzelgemüse (hart und fasrig, aber immerhin Nahrung) nicht weit von einer Stadt, an der wir vorbeikamen, und beluden auch unser Packpferd damit. Außerdem durfte ich mich über meinen ersten Jagderfolg freuen. Es war bloß ein kleines Tier, aber dennoch eine Mahlzeit.

Die Amaha sind zwar nur ein kleiner Stamm, aber obgleich keineswegs kriegerischer Natur verteidigen sie ihr Eigentum höchst energisch. Sie beteuerten, den Gelamingern keine Aufmerksamkeit zu schenken, in erster Linie, weil sie genug damit zu tun hatten, mit ihren eigenen Problemen fertigzuwerden, ihre Felder zu bestellen und für ihre Tiere zu sorgen. Ganz offensichtlich führten sie ein äußerst schlichtes Leben, aber ich beneidete sie dennoch um ihre zufriedene Genügsamkeit. Die Varrs trieben bereits seit Jahren Handel mit ihnen, denn amaharisches Trockenfleisch und Käse galten im Norden als Delikatessen. Der beständige Wohlstand, den solche Geschäfte mit sich brachten, bedeutete, daß die Amaha ihre tüchtigsten Hara mit Gold behängen und die Mauern ihrer Stadt mit Waffen verteidigen konnten, die weitaus wirksamer waren als Dolche und Speere. Dennoch wurde ihre Stadt Ahmouth nicht zur Gänze mit Elektrizität versorgt, denn sie besaßen nur einen einzigen Generator, der darüber hinaus – nach den Geräuschen, die er von sich gab – nicht einmal allzu verläßlich zu arbeiten schien. Die Gebäude waren samt und sonders einstöckig und sandfarben; viele davon hatten strohgedeckte Dächer und geschnitzte Tür- und Fensterstürze. Ich war beeindruckt von der Sauberkeit der wenigen kurzen Straßen, aus denen die Stadt bestand.

Leef war schon einige Male zuvor in Ahmouth gewesen und kannte Hiren, den Feuerbewahrer, den Herrscher von Ahmouth recht gut. Es überraschte Hiren, zu dieser Jahreszeit Varrs auf Reisen zu sehen, aber er stellte nicht allzu viele Fragen. Die Amaha hatten zwar von Terzians Feldzug nach Süden gehört, berichteten aber, daß ihnen nichts – nicht einmal Gerüchte – über die Geschicke der Varrs zu Ohren gekommen sei, da so gut wie keine Reisenden aus Süden mehr durch Ahmouth kamen. Doch die Amaha waren nicht wirklich in Sorge wegen der Geschehnisse, sondern interessierten sich mehr für Klatsch. Ich hörte Hiren laut darüber spekulieren, ob die Gelaminger sich für den Fall, daß sie Galhea übernahmen, wohl dafür erwärmen könnten, den Handel mit Ahmouth wieder aufzunehmen. Ich glaube, das ließ mich mehr als alles andere erkennen, daß die Varrs nicht der Mittelpunkt des Universums waren – eine Überzeugung, mit der ich aufgewachsen war.

Wir hatten Glück, daß wir mit Geld aus Galhea immer noch Proviant kaufen konnten. Hiren bot uns Gastfreundschaft in seinem Haus an und begann umgehend damit, uns den Preis für all die Dinge zu nennen, die wir benötigten. Er und sein Gemahl wirkten wie Zwillinge; sie waren beide hochgewachsen, schlank und hellhäutig. Sie hatten drei Harlinge, deren ältester etwa zwei Jahre jünger war als ich. Er hieß Throyne, und der Umstand, daß ich Terzians Sohn war, schien ihn zu faszinieren. Beim Essen an unserem ersten Abend in Ahmouth saß ich neben ihm und bemühte mich, seine Fragen zu beantworten, so gut ich konnte, obgleich es eine Menge gab, was ich über meinen eigenen Stamm nicht wußte. Throyne fragte mich nach meiner Kaste und Stufe. Das war keine Sache, mit der ich mich oft beschäftigte, doch nun mußte ich eher verschämt gestehen, daß ich bloß Kaimana untersten Ranges war. Throyne dachte, meine Schulung wäre unserer Probleme mit den Gelamingern wegen vernachlässigt worden und drückte mir herablassend sein Mitgefühl deswegen aus. Ich erinnere mich an mein dünnes Lächeln. »Mein Träger hat mich viele Dinge gelehrt«, sagte ich nur.

Spät nachts, als wir uns ausgeruht fühlten, kamen Cal, Leef und ich zum Aruna zusammen und tauschten unsere Kräfte aus. Ich war Soume, was mich so sehr berauschte, daß es schwer ist zu beschreiben, wie es war, als sie beide mich liebkosten und in mich eindrangen und mich mit der blauen Wolke ihres Feuers erfüllten. Cal lachte und sagte: »Swift ist unersättlich!«, und Leef fügte gut gelaunt hinzu: »Swift ist unvergleichlich!« Es waren glückliche Augenblicke.

Als ich nachher wachlag, während Leef und Cal gierig an den Zigaretten zogen, die Hiren ihnen verkauft hatte, fragte ich mich plötzlich, ob mein Vater auf dem Weg nach Süden Gesellschaft gesucht hatte, um seine körperlichen und seelischen Bedürfnisse zu stillen. Ich überlegte, ob Terzian, nachdem die Varrs am Lagerfeuer ihr Abendbrot beendet hatten, jemanden auserwählt und zu sich gewunken hatte; und ob dieser Jemand darüber erfreut war oder es vielmehr als lästig empfunden hatte, und ob ich ihn kannte. Ich verriet Leef meine Gedanken (wenn es irgend jemand wußte, dann er), und es folgte ein unbehagliches Schweigen. Mein Herzschlag beschleunigte sich. »Also«, fragte ich, »wer war es? Du mußt es mir jetzt sagen!«

Leef streckte die Hand an Cal vorbei und strich mir über den Arm. »Eigentlich weiß ich gar nicht, warum ich es dir nur ungern sage. Jetzt wird es dir doch nicht mehr weh tun.« (Das hieß, es würde.) »Es war Gahrazel. Auf diesem ersten Zug nach Süden war es immer Gahrazel. Manchmal hörten wir ihn aufschreien. Einmal sah ich Gahrazel morgens aus Terzians Zelt kommen, ein Messer nehmen und sich ins eigene Fleisch schneiden. Dann sah er zu, wie das Blut zu Boden tropfte. Das erklärt nichts, und doch erklärt es alles. Es hat mich nicht überrascht, was mit ihm geschehen ist.«

»Warum hast du mir das nicht früher gesagt?« fragte ich. Meine Haut war eiskalt geworden.

»Ich wollte nicht. Weshalb hätte ich es tun sollen? Gahrazel ist tot; ein weiterer Name auf der Verlustliste der Varrs. Er wurde am falschen Ort geboren, denke ich. Mit mir hat er kaum je gesprochen.«

Ich erinnerte mich an die lange Galerie in Immerdar und an den morgendlichen Sonnenschein, der Gahrazel über die Schulter gefallen war, als er dort auf dem Boden saß. »Ich hasse, was dein Vater mir angetan hat, Swift …« Mich fröstelte. Es war nur die Spitze des Eisberges.

Wir blieben zwei Tage in Ahmouth, und ich muß gestehen, es fiel mir schwer, die Stadt wieder zu verlassen. Unsere Suche war irreal geworden. So weit weg von Galhea war ich nicht mehr sicher, ob die Bedrohung durch die Gelaminger tatsächlich existierte oder je existiert hatte, und ich dachte an Heimkehr. Dunkle Wolken hingen immer noch über dem südlichen Himmel, und ich hatte keine Lust, mich dorthin zu begeben. Leef fragte mich nicht, was ich dachte, er sagte nur: »Wir müssen weiterziehen, Swift. Alle.« Cal hatte zuviel Geld für Tabak ausgegeben, und wir zankten uns in aller Freundschaft, während uns die Amaha nachblickten, als wir uns von ihren Häusern entfernten.

Wir kehrten zurück auf die alte Landstraße, und sobald sich meine Lunge mit der frischen, klaren Luft vollgesogen hatte und die Pferde leichtfüßig über das taufeuchte Gras trabten, begannen sich meine Lebensgeister wieder zu regen. Cal fing an zu singen, und Leef und ich stimmten ein. Gegen Mittag zog sich das graue Band der Landstraße immer noch durch die Landschaft, die vor uns lag.

»Wir kommen bald in die Stadt«, sagte Cal.

»Was für eine Stadt?« fragte ich.

»Eine tote.« Leefs Stimme klang bitter.

»Aber ein erstaunlicher Anblick«, bemerkte Cal.

»So würde ich es nicht unbedingt nennen«, sagte Leef kalt.

Die Straße wurde breiter, der Belag noch holpriger. Die verlassenen Fahrzeuge, an denen wir vorbeikamen, waren nicht mehr intakt, sondern lagen in ihre Bestandteile zerfallen wie Insektenpanzer auf der zerborstenen Straße. Gebäude wurden zu einem weniger seltenen Anblick, doch sie waren ausnahmslos schrecklich zugerichtet, als hätten riesige Hände sie wie tollwütig auseinandergerissen. Zu meiner Beunruhigung wirkten manche davon bewohnt. Wir behielten die Waffen in den Händen und trieben die Pferde an, was sich als schwierig erwies, weil es so viele Hindernisse gab, denen sie ausweichen mußten.

»Es gibt nur wenige Leute, die freiwillig hierherkommen«, sagte Leef. »Die Stadt ist ganz nahe. Wir werden einen Bogen um sie machen.«

»Ist es sicher hier?« fragte ich. »Ist sie verlassen?«

»Ja«, antwortete Leef, aber seine Augen waren ruhelos.

»Es war einmal eine Menschenstadt«, erklärte mir Cal. »Den Grund, weshalb sie sich in einem so erbärmlichen Zustand befindet, kann man auf eine einzige Ursache zurückführen: die Menschen selbst – Unruhen, Armut, Verbitterung; Verbitterung, die erst zu Wut wurde und dann zu Hysterie. Sie selbst haben die Stadt zugrunde gerichtet. Was für eine Verschwendung! Die Wraeththu halten die Stadt für einen glücklosen Ort und gehen ihr, wann immer möglich, aus dem Weg. Vor ein paar Jahren kam ich hier vorbei und sah mich ein bißchen um; damals hat es mir noch gefallen.«

Wir kamen zu einem steilen Hang, und die Straße führte in ein Tal, dessen Anblick atemberaubend war. Irgendwann einmal mußten Glastürme in den Himmel geragt haben, doch jetzt waren sie halb abgebrochen und nur noch seltsam glitzernde Finger aus Stahl, die sich durch Beton bohrten und sich in dicke Reben wie in Wolken hüllten. In unordentlichen Reihen standen schiefe Telegrafenmasten wie betrunken am Rand der Straße; die Straßenlampen waren unbeschädigt und betrachteten traurig den Schutt zu ihren Füßen. Ich konnte das Leben, das hier einst gebrodelt hatte, beinahe noch spüren, das Leben, das zu Tausenden die Gebäude der Stadt erfüllt hatte; es war ein Nachhall der Vergangenheit, von gestern oder von einem Jahrtausend zuvor. Ich starrte wie in Trance auf die Überreste der Stadt.

»Leben hier immer noch Menschen?« Meine Stimme war ein ehrfürchtiges Flüstern.

»Wenn ja, dann möchte ich es gar nicht herausfinden«, entgegnete Leef.

»Noch nie, wenn ich hier durchkam, habe ich irgend jemanden zu Gesicht bekommen«, sagte Cal.

Wir brauchten ein paar Stunden, um die Stadt zu umgehen. Ich hätte nie gedacht, daß eine Stadt so groß sein konnte. Es war ein schauriger Ort, aber von jener Schaurigkeit, die geradezu einlud zum Nachforschen. Cal und Leef wollten nichts davon wissen, und ich war im Innersten meines Herzens erleichtert, obwohl ich den Mutigen spielte. »Reine Zeitverschwendung«, sagten sie, »und sicher gefährlich. Völlig sinnlos, da hineinzugehen.«

Davor hätte ich nie angenommen, daß die Menschen

einst über eine echte Technologie verfügt hatten. Ich kannte nur Photographien, und die Dinge darauf wirkten wie aus einem Märchenbuch. In diesen verlassenen, weitläufigen Trümmerfeldern jedoch konnte ich die Spuren vergangener Größe erkennen. Aber der Verfall war bereits zu weit fortgeschritten, als daß die Wraeththu etwas davon hätten retten können. Cal sagte, die Wraeththu würden ohnehin besser daran tun, sich darauf zu konzentrieren, ihre eigenen Städte aufzubauen. Sie hatten schon genug von den Menschen gestohlen, damit machten sie es sich zu leicht. Daraus konnte man keinen Gewinn ziehen. Und dann begann er von Immanion zu sprechen, der Stadt der Gelaminger, die Thiede gebaut hatte. Cal sagte, dies sei eine wahre Wraeththustadt.

»Thiede muß sehr mächtig sein«, sagte ich.

»Allerdings«, nickte Cal und unterdrückte ein Schaudern, jedoch nicht ehe Leef und ich es bemerkt hatten. »Er ist mächtig, skrupellos, raffiniert ...«

»Wie sieht er aus?« fragte ich, und Leef wiederholte meine Frage. Cal hatte Thiede bereits persönlich kennengelernt; für Leef und mich war er nicht mehr als ein furchteinflößender Name.

»Er sieht aus wie Gott«, erklärte Cal großartig, doch das reichte uns nicht, und wir setzten ihm zu, mehr ins Detail zu gehen. »Nun ja, er ist sehr hochgewachsen«, fuhr Cal fort und blickte zum Himmel, um seiner Erinnerung auf die Sprünge zu verhelfen. »Er hat sehr langes rotes Haar, das sich über seinem Kopf auftürmt wie ein Heiligenschein aus Feuer. Seine Schönheit wirkt geradezu irritierend, und manchmal machen seine Augen den Eindruck, ganz gelb zu sein. Er sieht aus wie ein Kind und wie tausend Jahre alt. Seine Fingernägel sind lackierte Klauen, die einem mit Leichtigkeit die Augen auskratzen könnten. Er spricht wie ein Schauspieler und heuchelt Schwäche. Ich muß zugeben, in seiner Gegenwart machte ich mir vor Angst fast in die Hose.«

Wir schwiegen eine Zeitlang und dachten alle drei an den allgewaltigen Thiede. Voller Entsetzen zog ich die Möglichkeit in Betracht, daß er es sein könnte, der am Ende meiner Reise auf mich wartete, der darauf wartete, mir den Kopf meines Vaters vor die Füße zu werfen, ehe er auch mich tötete.

Die langen Tage auf dem Pferderücken, zusammen mit den unbequemen Nachtlagern, die dem Schlaf nicht unbedingt zuträglich waren, hatten mir anfangs körperlich sehr zugesetzt. Ich war überzeugt, ich würde mich nie daran gewöhnen. Am Ende des ersten Tages, nachdem wir Galhea verlassen hatten, waren meine Schenkel und die Haut zwischen meinen Fingern blutig gerieben. Mein Pferd war eine eigensinnige falbe Stute namens Tulga, der es Spaß machte, andauernd Kämpfe mit mir auszutragen; sie riß an den Zügeln, hielt niemals den Kopf still, und wenn es sie danach gelüstete, tänzelte sie seitwärts weg, ungeachtet jeglichen Befehls, der von mir kam. Abgesehen davon traf es mich hart, mich immerzu schmutzig fühlen zu müssen. Ich war an alle Annehmlichkeiten des Lebens gewöhnt, und nun schien es, als müßte ich alle Abträglichkeiten nachholen. Sowohl für Cal als auch für Leef war es selbstverständlich, lange unterwegs zu sein; sie fielen bald in eine gewisse Routine, die sie offenbar nicht als störend empfanden, geschweige denn verabscheuten. Ich mußte mich damit abfinden, halbgare Mahlzeiten zu mir zu nehmen, die mit Staub und Gras und Blattkrümeln gewürzt waren; ich mußte mich damit abfinden, immerzu müde zu sein. Doch nach einigen Wochen schienen diese Unannehmlichkeiten ihren Stachel zu verlieren; ich war abgehärtet dagegen. Zudem wurde es wärmer, je weiter wir nach Süden vordrangen, und die Nächte wurden erträglicher.

Gelegentlich trafen wir auf Feinde; es war unmöglich, ihnen allen aus dem Weg zu gehen. Einmal mußte ich um mein Leben kämpfen, und dabei tötete ich einen

Mann. Doch ich empfand es nicht als Erlebnis von großer Tragweite für mich, mir wurde nicht einmal übel. Entweder er oder ich – so einfach war es gewesen. Das Glück war auf meiner Seite, und warmes Blut rann mir über die Haut; ich nahm mir kaum die Zeit, es sorgfältig abzuwischen. Etwa zur gleichen Zeit verloren wir unser Packpferd. Wir haben nie entdeckt, was mit ihm geschehen war, denn es verschwand ganz einfach eines Nachts. Vielleicht hat es jemand gestohlen, oder der Strick, mit dem es festgebunden war, löste sich, und es machte sich ungehört aus dem Staub. Wir haben es nie herausgefunden. Natürlich verschwand zusammen mit dem Pferd ein Großteil unserer Verpflegung, und Leef tobte.

Ich begann wiederum von fließendem Haar und lockenden Augen zu träumen. Nach diesen Träumen wachte ich stets mit dem unstillbaren Drang nach Aruna und einem bitteren Geschmack im Mund auf.

Cal und Leef waren weit davon entfernt, mich zu verhätscheln. Ich lernte zu überleben, und jener Swift, der im nährenden Schoß von Immerdar gelebt hatte wie die Made im Speck, hörte auf zu existieren. Ich konnte fast spüren, wie ich heranreifte. Ich fühlte mich stärker und grausamer. Das Herumziehen wurde so sehr zu meinem Leben, daß mir schien, ich hätte kein anderes je gekannt. Anfangs war ich immerzu hungrig gewesen, doch ich gewöhnte mich auch daran und fing an, Cals dünne, stinkende Zigaretten zu rauchen. Das half mir, den Hunger zu überwinden.

Wir stahlen, wir erwehrten uns etlicher Feinde, und wir ritten. Aruna war unser einziger Luxus, er verband uns zu einer engen Gemeinschaft. Wir wurden zu einem einzigen Wesen, kamen den Gedanken des anderen zuvor und bewegten uns vorwärts wie eine gut geölte Maschine. Es schien, als könnte uns nichts wirklich berühren. Hin und wieder kamen uns Nachrichtenschnipsel über die Varrs zu Ohren, doch nie viel davon.

Die Leute hatten sie vorbeiziehen sehen; sie hatten niemanden zurückkehren sehen.

Eines Tages brach sich Leefs Pferd ein Bein, und wir mußten es töten. Gleichmütig schnitten wir uns einen Fleischvorrat davon ab und überließen den Rest irgendwelchen hungrigen Mäulern, die auf Futtersuche waren. Leef mußte zusammen mit mir auf Tulga reiten, bis wir zu einer kleinen Wraeththusiedlung kamen, wo wir ein Pferd kaufen konnten. Wir mußten weitaus mehr dafür bezahlen, als es wert war, und es war nicht annähernd so schnell und gut in Form wie unsere varrischen Tiere und behinderte unser Vorankommen. Je weiter wir nach Süden kamen, desto mehr fühlten wir, wie Fremdartigkeit und eine spannungsgeladene Atmosphäre nach uns griffen. In der Nacht spürten wir es am stärksten, und wir beachteten die Rituale noch genauer als zuvor. Einmal, als wir gerade beim Aruna waren, sahen wir eine Geistererscheinung in der Luft über uns. Cal sagte, wir müßten uns deswegen nicht beunruhigen, obwohl sie uns zwei Tage lang verfolgte. Oberhalb der Baumkronen schien die Luft unter elektrischen Strömungen zu erbeben, und haarsträubende Geräusche, die gerade noch hörbar waren, bohrten sich in die finstersten Winkel unserer Seelen. Wir konnten sie spüren. Eine Kraft, die nicht von dieser Erde war, verstärkte sich rund um uns und berührte uns gelegentlich zaghaft. Die Pflanzen entlang unseres Weges wucherten in unglaublicher Üppigkeit, und scheckige Tiere, die wir noch nie zuvor gesehen hatten, huschten durch das Blattwerk, ohne daß wir sie je ganz zu Gesicht bekamen. Wenn man lang genug in die Luft starrte, erschienen Gesichter mit offenstehenden Mündern und leeren Augen. Es war, als ob das Land verhext wäre. Die Siedlungen der Wraeththu wurden immer seltener, und wenn wir auf Städte oder Dörfer stießen, so sahen sie verlassen aus.

Eines Abends, als wir am Rand eines vor Feuchtigkeit triefenden Waldes nervös unser Lager aufschlugen, bemerkte Leef: »Morgen kommen wir zu den Sümpfen.«

»Wenn es sie überhaupt noch gibt«, fügte Cal trocken hinzu. Er nahm einen langen Schluck aus seiner Wasserflasche und verzog das Gesicht ob des schalen Geschmacks. Sein Pferd schlug nach den Mücken, die es in der Dunkelheit quälten.

Je mehr wir uns den Gelamingern näherten, desto deutlicher spürte ich, wie Cals Unruhe wuchs. Er hatte mir einmal verraten, daß die Gelaminger, in der Annahme, es würde einen Zusammenhang zwischen Thiede, Seel und Saltrock geben, einen Preis auf seinen Kopf ausgesetzt haben mochten. Doch das Land war in Aufruhr, niemand wußte, was wirklich vorging, und alle konzentrierten sich auf das eigene Überleben, was im allgemeinen bedeutete, die Gegend verlassen zu müssen. Nur Einzelgänger und Landstreicher schienen übrigzubleiben. Wenn tatsächlich einmal ein Har kam, um sich an unserem Feuer zu wärmen, so waren wir immer nervös und auf der Hut, denn wir hatten schon in zu viele irre Augen geblickt, in zu viele Gesichter, die den Tod in sich trugen. Was Cals Furcht vor einem Zusammentreffen mit den Gelamingern betraf, so hatte ich nach allem, was ich bisher gesehen hatte, das Gefühl, sein Mord an Orien war nicht mehr als bloß eine weitere unbedeutende Greueltat in einem Meer von Greueltaten. Ich wußte, wie sehr er sich ängstigte, und doch hatte er eingewilligt, mit mir zu reiten, ohne Frage, ohne Einwand. Ich kannte den Zweck meiner Suche, oder zumindest einen Teil davon. Auch Cal war auf der Suche, doch er hatte keine Ahnung, wonach.

In dieser Nacht hielt ich ihn an mich gedrückt, sein Kopf lag auf meiner Brust, und er sprach wieder von Pell. Nach einiger Zeit begann er auch von Seel zu erzählen, zwar unzusammenhängend und sprunghaft, aber dennoch erfuhr ich, wie tief ihre Beziehung einmal gewesen war.

»Seel war mir ein guter Freund, ich versuchte ihn zu lieben«, sagte er mit einem Seufzen. »Doch Seels Ideale sind höherer Natur. Ich sah zu, wie er sich veränderte, bis das Kind, das ich einmal gekannt hatte, für immer dahin war. Dieses Feuer, dieses Hochgefühl, das über uns schwebte beim Aruna und ihn zusammen mit uns genoß, das ist wie Seel. Bereitwillig, sinnlich, aber gerade dann, wenn du glaubst, daß du ihn für immer in den Armen hältst, ist nichts da als Dunstschleier. Er ist ein wahrer Adept, und ich habe Angst vor ihm. Ich fürchte, wir werden uns wiedersehen.«

Am Morgen wachten wir unter einer dichten Nebeldecke auf. Die Pferde waren nervös, und Leef sprach von heftiger Bewegung im Unterholz, wovon wir beide jedoch nichts bemerkten. Seit wir Galhea verlassen hatten, waren wir ausgezeichnet miteinander ausgekommen, doch an diesem Tag zankten wir und fuhren einander an. Ich bejammerte mein beschwerliches Leben, was Leef auf die Palme trieb, und Cal hatte die Nase voll von uns beiden. »Setzen wir uns in Bewegung!« sagte er. »Hier ist es naß und kalt; wir hätten hier nicht übernachten sollen.«

Zu Mittag versuchte die blasse Sonne noch immer, sich durch den Nebel zu kämpfen. Vor uns kündigten vereinzelte Büschel aus Schilfgras den Rand des Sumpfgebietes an.

»Das ist es«, erklärte Leef. »Der Astigi, die Heimat der Froia.« Die Froia waren ein Stamm, über den Cal sehr wenig wußte, im Gegensatz zu Leef, dem sie geradezu alte Bekannte zu sein schienen.

»Der gute Zauber sei mit uns, Swift«, sagte er unbeschwert. »Ich hoffe, sie sind uns freundlich gesinnt. Heutzutage sind die meisten Stämme in Unruhe und scheuen sich, Fremde willkommen zu heißen.«

Sehr bald stellte sich heraus, daß wir nicht länger reiten konnten. Ein Großteil des Landes war überflutet, und die Landstraßen waren dunkle Kanäle zwischen Ufern aus hochaufgeschossenen Schilfrohren. Leef sagte, am besten kämen wir mit einem Floß voran, und daß Hara des Froiastammes sicherlich vorbeikämen, wenn wir nur lange genug am richtigen Platz ausharrten, denn üblicherweise betätigten sie sich als Führer durch das Sumpfgebiet und stellten gegen entsprechende Bezahlung die geeigneten Transportmittel zur Verfügung. Leef hoffte nur, daß dieser Kundendienst noch funktionierte.

Nichts regte sich in den Sümpfen, alles war still, bis auf die leisen Lieder der Frösche, die unsichtbar an den Wurzeln des Schilfs hockten, und den gelegentlichen Aufschrei eines erschreckten Vogels. Ein paar Meilen weit bewegten wir uns am Rand des Wassers dahin, die Pferde am Zügel neben uns her führend, bis wir zu einem roh gefertigten Landungssteg kamen, der sich bedenklich weit in die Sumpflandschaft hinaus erstreckte. Hier würden wir warten.

Cal war ungeduldig; er konnte keine Minute lang ruhig halten und beharrte darauf, daß es gefährlich für uns sei, ganz ohne Deckung im freien Gelände herumzusitzen. Leef wies ihn unerschütterlich darauf hin, daß uns keine andere Wahl blieb. Als er das letzte Mal mit meinem Vater nach Süden geritten war, hatten die Froia noch ihre Flöße vermietet, und er glaubte nicht, daß sich die Situation inzwischen geändert hatte, aber... Cal schnaubte ärgerlich und warf Steine ins Wasser. Hinter uns wieherten und ächzten die Pferde; ich saß da, das Kinn auf die Knie gestützt, und versuchte an zu Hause zu denken, aber das alles lag wie ein Traum hinter mir. Ich glaubte nicht wirklich, daß wir wußten, wohin wir gingen; vielleicht war Tel-an-Kaas Botschaft falsch gewesen, und wir würden hier sterben, während wir auf die Froia warteten.

Leef kam herüber und setzte sich neben mich. »Sie

werden kommen, Swift, ich spüre es. Du wirst den Sumpf überqueren und auf der anderen Seite ankommen. Diese Wahrsagerin kannte dein Geschick. Wenn auch widerwillig, muß ich mich ihrer Meinung anschließen.«

Ich lächelte ihm halbherzig zu und dachte nach. Jetzt waren wir Vagabunden, wir waren schmutzig. Zumindest konnte uns niemand mehr für Varrs halten! Seit über zwei Wochen hatten wir keinen Aruna mehr miteinander gehabt; unsere Körper sahen jammervoll aus, unsere Stimmung war auf dem Tiefpunkt.

Leef lachte auf, denn er erriet meine Gedanken. »Ja, wir bieten allerdings einen erbarmungswürdigen Anblick«, sagte er. »Ich habe nur den Atem eines Lindwurms zu bieten, aber du kannst ihn haben, wenn du ihn magst.«

»Auch mein Lindwurm ist einsam«, sagte ich, und wir umarmten uns; in dem Versuch, die Wirklichkeit zu vergessen, hingen unsere Lippen wie zusammengeklebt aneinander.

Cal trat nach meinem Bein. »Hört auf damit, wir bekommen Gesellschaft.«

Wie eine Geistererscheinung glitt ein großes Floß durch den Dunst und die Schilfbüschel über dem Wasser. Zwei hochgewachsene Gestalten, eingehüllt in tarnende Gewänder, stakten es in unsere Richtung. Leef sprang auf und winkte ihnen, und einer der beiden hob bestätigend die Hand. Unsere Vorräte gingen zur neige, wir waren erschöpft und brauchten eine Rast. Also bat Leef die beiden, uns nach Orense, die Froiasiedlung im Herzen des Sumpfgebietes, zu bringen, und dann zogen, schoben und kommandierten wir unsere widerstrebenden Pferde auf das Floß. Tulga schien besessen von dem Wunsch, sich vom Floß in die schlingpflanzendurchwachsene Tiefe zu stürzen, und ich hatte alle Hände damit zu tun, sie davon abzuhalten.

Etwa eine Stunde lang glitten wir durch enge Kanäle,

die zwischen blühenden Sumpfgräsern und durch Schwärme von Mücken hindurch führten und in unerwarteten Lagunen endeten, wo sich Unmengen von weißen Vögeln drängten. Es war eine Gegend von durchdringendem Gestank, versteckten Gefahren und unheimlicher Schönheit. Schließlich erblickten wir geduckte Hütten hinter dem Schilf: die schwimmende Stadt Orense.

Mit der Aussicht auf Essen und Trinken in wohltuender Behaglichkeit war unsere gute Laune umgehend wiederhergestellt. Wir befanden uns bereits auf einer neuen Ebene des Lebens, auf einer, wo die Freuden einfacherer Natur und die Bedürfnisse leichter zu stillen waren. Tonnenförmige Bauwerke, die gänzlich aus Schilfrohr bestanden, leuchteten matt unter der wäßrigen Sonne. Einzig das elektrisierende Schimmern am Horizont erinnerte uns an die Realität. Orense war ein friedlicher Ort, eine Enklave der Ruhe innerhalb des kochenden Hexenkessels jenseits der Sümpfe.

Wie bei allen Besuchern üblich, führte man auch uns zunächst zum Braga, dem Anführer der Froia. Es handelte sich hierbei um mehr als nur Höflichkeit oder Respekt, denn sie waren von Natur aus auf der Hut vor allen Fremden. Der Schilfpalast des Braga war gedeckt mit Matten in gedämpftem Gold und Rosa, und sorgfältig miteinander verwobene Halme formten einen Zaun davor. Immerzu war ich mir der leichten Bewegung unter meinen Füßen bewußt, wenn die großen Platten sich auf der Wasseroberfläche verschoben. Der stechende Geruch von Kaffee hing in der Luft. Das leise Rufen von Stimmen erklang in der Ferne. Hinter mir stampfte Tulga, unruhig, weil sie keinen festen Boden unter den Hufen hatte. Ich spürte mein eigenes erleichtertes Lächeln, und Leef legte mir die Hand auf die Schulter.

Die Froia üben sich in äußerster Zurückhaltung, was das Entblößen ihres Körpers betrifft, und tragen Kleidung, die sie fast zur Gänze einhüllt. Nur ihre Hände, die Füße und das Gesicht sind üblicherweise zu sehen. Vor der Tür des Braga goß man uns Jasminwasser über die Handgelenke und steckte uns Aynahblüten hinters Ohr, um das Böse zu verscheuchen, das wir möglicherweise mit uns brachten. Das Innere des Hauses lag in goldenem Licht. Dünne Sonnenstrahlen drangen durch die Dachmatten. Rundum an den Wänden standen Froia und verfolgten unter ihren Kapuzen hervor unerbittlich jede unserer Bewegungen. Helle Musselinschleier hingen bis zum Boden herab, und inmitten des Raumes befand sich ein hölzerner Thron, auf dem die erlauchte Person des Braga zu erkennen war. Ich wußte nicht, was ich tun sollte. Erwartete man irgendeine bestimmte ehrerbietige Geste von uns? Glücklicherweise trat Leef in diesem Moment vor, machte eine elegante Verbeugung und bat höflich um die Erlaubnis, mit dem Braga sprechen zu dürfen. Der Braga hob gleichgültig die Hand: Leef durfte sprechen.

Ich sah Cal an; er lächelte und hob die Schultern. »Ich hoffe, dieser ganze zeremonielle Quatsch dauert nicht allzu lang«, sagte er leise. »Ich bin am Verhungern, alles juckt mich, und das einzige, woran ich denken kann, ist kühles Wasser und heißer Kaffee.«

»Dir fehlt es an Hochachtung für die Kultur anderer Völker«, bemerkte ich beiläufig.

»Ganz recht«, nickte er. »Was ist denn schon Kultur? So was wie Inzest oder Inzucht. Alles windet sich im Kreis drumherum, es wirkt beengend, einschnürend, einfach hirnrissig! Und mich langweilt es, um ehrlich zu sein.«

Nach wenigen Minuten geleiteten uns die Diener des Braga zu einem anderen Haus, wo wir lauwarmes Wasser zum Baden erhielten, außerdem saubere Kleider und etwas zu essen. Die Froia essen kein Fleisch und Fisch nur zu religiösen Anlässen. Die braune klebrige Masse, die man uns anbot, sah zwar ziemlich unappetitlich aus, schmeckte aber würzig und halbwegs erfreulich. Nachdem wir gegessen hatten, inspizierte Cal die Gewänder, die wir erhalten hatten, mit äußerster Akribie. »Das wird wohl nicht als Beleidigung aufgefaßt werden, oder?« fragte er.

»Die Kleider, die wir jetzt tragen«, erklärte Leef, »betrachtet man hier als erotisch aufreizend. Bei den Froia wird der Körper nur zum Zweck des Aruna entblößt. Und solange wir hier sind, werden wir uns wohl oder übel den hiesigen Bräuchen unterwerfen müssen. Stell dir vor, du würdest nackt unter Fremden herumspazieren; also zieh die Kutte endlich an, die man dir gegeben hat!«

Der Braga hatte uns gebeten, ihm am Abend Gesellschaft zu leisten. Wir waren jetzt zwar sauber, satt und ausgeruht, aber ich dachte, das würde im Hinblick auf unsere neuen Gewänder ohnedies niemand bemerken. Die Atmosphäre in seinem Schilfhaus war erfüllt von Weihrauch, der in Schwaden aufstieg, welche kaum von den Musselinvorhängen zu unterscheiden waren. Junge Hara saßen auf Kissen auf dem Boden und musizierten auf Instrumenten der sonderbarsten Formen. Für mich klangen ihre Melodien wie die Musik der Natur – das abrupte Trillern eines Vogels, das Klatschen von Regentropfen oder das Heulen eines Sturmes, der uns aus dem Schlaf reißt. Zahme Eidechsen starrten mit Augen wie funkelnde Edelsteine zwischen den Falten der Gewänder der Musiker hervor.

Der Braga saß, umgeben von seinem persönlichen Gefolge, auf dem reichgeschnitzten Thron und winkte uns mit einer gebieterischen Handbewegung an seine Seite. Ich sah, daß er dunkle Haut und sehr helle Augen hatte, sowie einen Mund, der gewohnt war zu lächeln. Auf seine Stirn waren feinverzweigte schwarze Linien tätowiert, und goldene Ketten fielen ihm von der Kopfbedeckung über Nacken und Gesicht. Die Ringe an seinen ausgestreckten Fingern wirkten wie ein Schwarm hellschimmernder Insekten. Einer seiner Zähne war aus Gold.

»Ich höre, ihr seid Varrs«, sagte er, »und daß einer von euch Terzians Sohn ist.« Er wartete darauf, daß ich mich vorstellte, weil er nicht direkt fragen wollte.

Ich machte einen Schritt vor. »Terzian ist mein Vater.«

»Er ist hier durchgezogen ... eine Persönlichkeit von Tapferkeit und großer Kraft.«

Ich nahm dies als Kompliment und neigte leicht den Kopf. Der Braga machte keinen Versuch, uns zu fragen, wohin wir wollten und weshalb. Er war daran gewöhnt, daß Fremde sein Gebiet durchquerten; vielleicht verdienten sich seine Leute damit sogar ihren Lebensunterhalt. Er verhielt sich wachsam, aber er wußte, wann Diskretion vonnöten war.

Man bot uns Kissen und ein Getränk an, das die Froia aus Honig destillierten und dessen Wirkung ohne jede Verzögerung ins Hirn schoß. Nach und nach schien der Lärm rundum noch lauter zu werden, die Musik klang schriller, die Luft war zum Schneiden. Leef und Cal begannen den Atem zu teilen, unerklärlicherweise ohne mich wie sonst einzubeziehen. Ich wandte mich ab, und der Braga legte mir seine juwelenbesetzte Hand auf die Wange. »Von königlichem Blut«, sagte er. Ich lächelte unsicher und fragte mich, ob es sich hierbei um eine Art Antrag handelte. »Dir zu Ehren«, fuhr er fort, »wird jetzt getanzt.«

Er klatschte einmal in die Hände, und das Getöse rundum erstarb. In die darauffolgende Stille schnippte der Braga mit den Fingern, einmal und noch einmal. Träge zog sich der Rauch durch die sanft wogenden Musselinschleier, und aus den dunkelsten Winkeln funkelten Edelsteine oder Glühwürmchen. Einer der Musikanten stand auf und ging in die Mitte des Raumes. Sein Instrument war aus Holz, geschwungen, doch ähnlich einer Flöte. Er hob es an die Lippen. Töne, die aus dem Morgengrauen der Erde stammten, erhoben sich und schnitten mit ihrer Reinheit durch die Weihrauchschwaden. Alle verstummten, als der junge Har sich vor uns wiegte. Seine Kapuze fiel zurück, und ich dachte, welche Schönheit! Und die verstecken sie! Hinter dem betörenden Ruf der Flöte hob und senkte sich ein zischendes Knattern, rhythmisch, pochend, lockend. Erst sah ich die Gestalt gar nicht, die aus den Rauchschwaden trat, doch plötzlich tauchte sie unmittelbar vor mir auf, und das Wirbeln der Trommeln ließ den Boden unter uns vibrieren. Transparente Schleier verhüllten den Körper darunter, aber ich erkannte undeutlich den Umriß der Gestalt, deren Bewegungen sich hinter den Falten verbargen. Selbst das Gesicht war verdeckt. Doch dann schossen zwei Arme, die von schwerem Gold, von Armbändern und Ringen glänzten, schlangengleich aus dem Gewand, und als das geschah, begannen alle Anwesenden, im Rhythmus der Musik leise in die Hände zu klatschen. Der Braga beugte sich vor und murmelte mir ins Ohr: »Findet das deinen Gefallen?« Ich nickte. Irgend etwas griff nach mir, ungesehen und beharrlich. Es war der Rhythmus der Trommeln, die Hitze im Raum, ein sich wiegendes, einladendes Trugbild. Plötzlich zuckte ein Blitz auf, gefolgt von Geräuschen wie Schüssen oder knatterndem Donner, und ich sah, wie sich die Schwaden in die Luft erhoben, als würde ein starker Luftzug sie absaugen. Eine Sekunde lang starrte ich nur in dieses… Wirbeln, dieses Wogen… und dann…

Die Hand des Braga schloß sich fest um meine Schulter. »In Anbetracht deines Blutes, in Anbetracht deines Vaters, in Anbetracht dessen, was kommen wird, sollst du der Erste sein«, sagte er mit keuchender Stimme. Ich fuhr beinahe herum, um ihm seiner verwirrenden Worte wegen ins Gesicht zu sehen, aber nun hatte der Tänzer fast alle Schleier fallen lassen. So konnte man es nennen, aber es war viel mehr als das. Diese Leute waren an Verhüllendes gewöhnt; für sie war es etwas Machtvolles,

Geheimnisvolles und Unstatthaftes, sich zu entkleiden. Es gibt ein Wort dafür, »Veyeila«, welches für alle Nicht-Froia unübersetzbar ist. Es bedeutet eine Mischung von tabu, verboten, begehrlich, und leidenschaftlicher Raserei; all das und noch mehr. Als ich zusah, wie sich dieser kaum bekleidete Har auf der Matte vor mir zuckend wand, wurde mir einen Augenblick lang bewußt, wie sehr die Froia durch diese strengen Bekleidungsvorschriften ihre innerliche Erregung zu steigern wußten. Die Haut des jungen Har war dunkel und ölig glänzend, sein schwarzes Haar ringelte sich über den Schultern, und er wußte, wie man tanzte. Alle Verlockung der Welt ruhte in seiner schlanken Gestalt. Er tanzte vor mir, er lächelte, während sein Körper ein paar Handbreit vor meinen Augen kreiste. Er roch nach Honig und Myrrhe.

Hinter mir erklang die Stimme des Braga. »Swift, Sohn des Terzian, dieser Har ist Soume. Sein Wasser muß dein Feuer löschen. Es muß jetzt sein!«

Ich begann zu lachen, zu protestieren: »Aber ich habe kein Feuer…« Doch noch während ich das dachte, schoß eine Flamme in mir hoch, so unvermutet wie ein Blitzstrahl, und entfachte mein Begehren. Ich hatte keine Wahl. Das ist die reinste Zauberei! dachte ich, und dann befand sich der Tänzer plötzlich auf meinem Schoß, umklammerte mich mit den Beinen und arrangierte mit geübten Fingern mein Gewand.

Es ging alles so schnell! Gerade noch hatte ich halb berauscht einem begehrenswerten Har zugesehen, der vor mir tanzte, und im nächsten Moment wurden meine Schultern schmerzlich in die Schnitzereien des Stuhls gepreßt, auf dem der Braga saß, und mein Ouana-Lim versank tief im Körper des Tänzers. Daß meine Schamhaftigkeit dennoch nicht verletzt wurde, lag an den sorgfältig gelegten Falten meines Gewandes. Einige willenlose Sekunden lang bewegte er sich über mir, spannte Muskeln in seinem Inneren an und brachte mich fachkundig zu einem raschen, alles in mir lähmenden Höhepunkt. Dann sprang er auf, wobei er die Enden meines Gewandes übereinanderwarf, und begann wieder zu tanzen. Eine ganze Weile war ich nicht fähig, mich zu rühren, aber ich spürte geradezu übermächtig die Überraschung, mit der Cal und Leef mich anstarrten. War es wirklich geschehen, oder war es bloß eine wunderliche Halluzination gewesen, hervorgerufen von dem starken Schnaps, den wir getrunken hatten? Dann sah ich, wie der Tänzer einen anderen Har aus der Menge der Zuseher auswählte, und da wußte ich, es war kein Traum gewesen. Wiederum spürte ich die Hand des Braga fest auf meiner Schulter.

»Er bringt dir Glück, Sohn des Terzian. Ein gütiges Schicksal wird dich vom Astigi wegführen. Sprich nachher mit Nepopis, er wird dir die Zukunft voraussagen. Du hast meine Erlaubnis.«

Vermutlich handelte es sich um eine Art Grissecon; der Tänzer war mit besonderen magischen Kräften ausgestattet, und ihn zu umarmen wirkte wie ein Glücksbringer. Ich hörte, daß Fremde nicht oft Zeuge dieses Vorgangs wurden, geschweige denn selbst an ihm teilnehmen durften. Der Tänzer Nepopis war ein ›Theruna‹, eine heilige Person, erfahren in der Kunst der sexuellen Magie und hochgeschätzt bei seinen Leuten. Er lebte am Rand von Orense in äußerster Zurückgezogenheit in einem Haus, das er nur zum Tanzen verließ, doch wenn er Lust hatte, gestattete er Besuchern den Zutritt und weissagte ihnen ihr Schicksal.

Natürlich amüsierten Cal und Leef sich hinterher damit, mich in Verlegenheit zu bringen, und als ich merkte, wie sinnlos es war, ihre Bemerkungen unterbinden zu wollen, wandte ich ihnen den Rücken zu. Aber es fiel mir schwer, meinen Ärger zu unterdrücken.

Um Mitternacht kam ein Har, um mich zu Nepopis zu führen, und ich stand auf und verließ das Haus ohne einen Blick zurück.

Nepopis wohnte inmitten hoher Schilfbüschel in einer kleinen Hütte, dennoch war es verblüffend geräumig darin. Jetzt hatte sich der Tänzer wieder züchtig in das übliche Gewand gehüllt, nur die Kapuze war zurückgeworfen. Er wies mir eine Sitzgelegenheit zu und bot mir Kaffee an. Es schien, als hätte der Vorfall im Haus des Braga nie stattgefunden. Nepopis wirkte unbefangen, aber zurückhaltend; sein Lächeln war ehrlich, aber reserviert. Während ich trank und in den Dampf blinzelte, der vom Kaffee aufstieg, starrte er mir ins Gesicht.

»Du trägst eine Last«, sagte er. Ich hob die Schultern, denn ich fragte mich, was er mir wohl würde sagen können. »Diese Last ist nicht für dich bestimmt«, fuhr er fort, »und du wärst gut beraten, sie abzuwerfen. Wir können die Vergangenheit nicht ändern. Deinem Vater kann niemand mehr helfen ...«, ich schrie auf, aber er hob die Hand, um mich wieder zum Schweigen zu bringen, »... du hingegen mußt deinen Weg suchen. Du hast deine Ausbildung vernachlässigt. Ah ...!« Er schloß die Augen und rieb sie mit Daumen und Zeigefinger, ehe er den Kopf zurückwarf, als würde er eine Botschaft empfangen, die nur er vernehmen konnte. »Hier ist etwas ... Ich sehe Blut, altes Blut. Es ist trocken. Und da ist ein Feuer – nicht das Feuer des Verlangens, sondern etwas anderes. Da ist eine Wolke, die ist ... gemacht aus Emotionen, und sie ist in Aufruhr. Sie sollte sich ... *auflösen*. Zwei von euch folgen einem festgefügten Schicksal. Der dritte ... er ist ... er ist ein Gefolgsmann – dein Gefolgsmann. Auf ihn ist Verlaß. Die Zeit wird kommen ... weit weg vom Astigi ... Zum ersten hüte dich vor dem Wald der Illusionen. Die Illusionen sind die Wahrheit, aber du wirst Kraft brauchen, ihnen ins Auge zu sehen. Du wirst den Charakter der Bestie verstehen lernen. Sie ist immer noch dort ... in dem Wald ... der Widerhall von ... nein! In ferner Zukunft wirst du ein Gesicht sehen, das du aus deinen Träumen kennst, und es wird sich dir einbrennen. Du wirst ihm nicht entrinnen, es gibt kein Entrinnen. Du mußt deinem vorgegebenen Schicksal folgen, du mußt dich darauf vorbereiten, denn das ist der einzige Weg… Sein Gesicht. Er hat mandelförmige Augen und er ist sehr weise. Er erfreut sich hohen Ansehens. Er trägt das Zeichen des Tigrons…«

Nepopis seufzte und beugte den Kopf; er schwieg kurz, bevor er wieder zu mir hochblickte. »Ich habe deine Saat in mir empfangen«, sagte er, »und ich spüre auch ihr Geschick. Es wird ein Kind königlichen Geblütes geben…« Er schüttelte den Kopf. »Es ist alles so unklar, für gewöhnlich finde ich es leichter, aber die Atmosphäre ist gestört…«

»Kannst du mir einen Namen nennen?« fragte ich hastig, denn ich spürte, wie der Zauber sich von mir hob und sich zurückzog in die Erde.

Nepopis schüttelte den Kopf. »Nein, ich glaube nicht. Er ist geschützt. Ich denke, sie fühlen mich.«

»Sie? Die Gelaminger? Werde ich ihn dort kennenlernen?«

Nepopis hob die Hand. »Genug! Genug. Ich habe dir gesagt, soviel ich kann.« Er lächelte. »Tut mir leid, ich wollte nicht so barsch sein, aber die Zeiten haben sich geändert. Was dort draußen vorgeht, beeinträchtigt meine Visionen; es stört mich, es läßt soviel im Verborgenen.« Er stand auf, ging zur Tür und blickte hinaus. »Swift, komm her!«

Ich konnte mich nicht erinnern, ihm meinen Namen genannt zu haben. An seiner Seite sah ich hinauf zu dem rosaroten und kobaltblauen Himmel, der dunstig in das schwankende Riedgras überging. Dunkle, geflügelte Schatten kreisten in der kühler werdenden Luft.

Nepopis griff nach meiner Hand und drückte sie leicht. »Ich habe dein Zuhause gesehen«, sagte er. »Ich habe deinen Träger gesehen und den weiten, dunklen Park. Dort ist alles in Ordnung. Er sehnt sich nach dir, aber…« Er wandte mir sein lächelndes Gesicht zu. »Ich spüre so viele Hara, die niedergedrückt von einem schrecklichen Schicksal über diese Erde wandeln! Die Zeit ist reif; wir leben in mythischen Tagen. Auch dem Menschen war diese Zeit gegeben, das weißt du. Ich hoffe, die unsere schwindet nicht dahin ...«

»Das wird sie nicht«, sagte ich.

»Du bist ein reinblütiger Har.«

»Ja. Ich hätte gedacht, daß auch du ...«

Er schüttelte den Kopf. »Nein ... es ist zwar schon sehr lange her, daß ich Mensch war, aber ich bin nicht als Har geboren. Mit dir ist es anders, ganz anders; in dir ist alles kraftvoller, stärker. Sie ist wie eine Waffe, diese Kraft. Deine Saat hat die Farbe der Morgenröte, wußtest du das?«

»Ja, das weiß ich.«

»Sie strahlt Kraft aus. Ich möchte einiges davon bewahren. Ich werde es nie gegen dich verwenden.«

Wenn dies eine Frage war, dann antwortete ich, indem ich ihn in die Arme nahm und mich hinabbeugte, um den Geschmack seines Atems nach dunklen Buchten und tiefen Wassern zu genießen.

Bei Tagesanbruch kam Leef an die Tür von Nepopis' Hütte und bat darum, eintreten zu dürfen. Er sagte, er und Cal wollten Orense im Lauf des Vormittags verlassen. Ich hatte nur eine Stunde geschlafen, und mich wieder auf Reisen zu begeben, war das letzte, wonach mir der Sinn stand. Nach minutenlangem Hin und Her erklärte sich Leef bitterböse damit einverstanden, die Abreise auf den nächsten Tag zu verschieben. Ich konnte mir nicht vorstellen, daß eine so kleine Verzögerung unser Vorwärtskommen beeinträchtigen würde, und daher blieb ich beim Tänzer der Träume. Cal und Leef konnten den Tag verbringen, wie sie wollten; ich brauchte diese Stunden, denn ich wußte, es war für lange Zeit die letzte Gelegenheit, mich zu entspannen.

»Wenn dies«, begann Nepopis, »bloß eine andere Zeit wäre, eine Zeit, da du nicht weg müßtest von hier!

Würde nur dieser Nebel nicht auf dich warten! Die Augen darin haben dich schon als einen der Ihren mit Beschlag belegt, auch wenn sie dich noch nicht erblickt haben, auch wenn sie dich noch nicht kennen ...«

Ich stellte fest, daß er sprach wie mein Träger: in Rätseln. »Das ist so unsere Art«, erwiderte er. »Wir müssen so sprechen, wie wir denken, und wir denken nie in geraden Linien.« Er hielt mich umschlungen, eine tanzende Schlange, geschmeidig und stark. »Hättest du nicht deine Talente vernachlässigt, dann wärst du jetzt Ulani, und ich würde dich bitten, mich deine Saat austragen zu lassen. Aber das sollte nicht sein. Und ich weiß, es wäre sinnlos, dich zu bitten, eines Tages zurückzukehren ...«

»Vielleicht werde ich es tun ... Keiner kann das wissen.«

Nepopis lachte und strich mir übers Gesicht. »Ich kann es, Swift, ich kann es!«

Am nächsten Tag bei Morgengrauen trieben wir unsere Pferde wiederum auf ein Floß und glitten fort von Orenses schwimmenden Fundamenten. Ich blickte zurück, solange ich konnte, bis die Schilfhütten im Dunst verschwanden. Cal und Leef waren nicht gut auf mich zu sprechen. Ich denke, das kam daher, daß wir für so lange Zeit zu dritt gewesen waren, und nun waren sie verstimmt, daß ich den Aruna mit einem Außenstehenden genossen hatte. Vermutlich wären meine Gefühle nicht anders gewesen, wenn Nepopis einen von ihnen gewählt hätte. Nicht nur, daß ich die beiden zwei ganze Nächte vernachlässigt hatte, ich war auch schuld daran, daß sich unsere Abreise um einen ganzen Tag verzögert hatte! Ich entschuldigte mich deswegen in einem äußerst ironischen Tonfall, der den Schatten eines Lächelns auf Cals Lippen zauberte.

Wir benötigten weitere zwei Tage, um den Astigi zu durchqueren. An beiden Abenden machten wir in einem der schwimmenden Dörfer halt, wo man uns mit Essen und Getränken, doch ohne exotischen Theruna empfing. Gelegentlich – zumeist bei Tagesanbruch oder in der Abenddämmerung – huschte etwas Seltsames über unseren Weg, worauf die Froiaführer mit wellenartigen Handbewegungen ausgeklügelte Schutzzeichen in die Luft setzten. Einmal waren wir nahezu gefangen in einer Zeitschlinge; wir fuhren immerzu im Kreis, was uns überdies Kopfschmerzen verursachte, aber die Froia fanden intuitiv den schwächsten Punkt, und es gelang uns durchzubrechen in die reale Zeit.

»Was mich am meisten deprimiert«, stellte Cal fest, »ist, daß all diese vertrackten Voodooscherze der Gelaminger noch viel schlimmer werden, sobald wir das Sumpfgebiet hinter uns haben.«

»Als ich zum erstenmal hier war, kamen wir nicht weit über den Astigi hinaus«, erklärte Leef, an mich gewandt. »Dann verfingen wir uns in unheimlichen Zeiterscheinungen. Ich hoffe nur, daß wir diesmal durchkommen.«

»Leider können wir dessen nicht sicher sein«, fügte Cal seufzend hinzu.

Die Froia halfen uns beim Ausladen der Pferde, als wir das Ende des Sumpfes erreicht hatten, und Cal gab ihnen alles Geld, das wir noch hatten. Wir hatten den Eindruck, es würde uns fortan nichts mehr nützen, also konnten sie genausogut alles haben. Vom Wasser weg ritten wir in einen lianenverhangenen Wald; merkwürdige Schreie klangen zwischen den dunstverhüllten Baumkronen hin und her.

»Wie lange es diese Gegend hier wohl schon gibt?« fragte Cal niemand Bestimmten, und weder Leef noch mir fiel eine passende Antwort ein. Wir folgten einfach der Fremdartigkeit, die uns an ihr Herz zog, und sie ließ uns passieren.

Kapitel 2

Mystische Zuckung, zärtliche
Liebkosung.
Verhaßte Schwächung des knochigen Leibes,
Augen suchen die Spuren von Wunden.
Das Universum befühlt mich, befällt mich,
Pergamenthaut erblüht zu welken Blumen.

Es war, als würde man in einen Traum eintreten. Sobald uns diese verzauberte Wildnis in ihre grünen Arme geschlossen hatte, verblaßte die Wirklichkeit, und das Absurde wurde zur einzigen Wahrheit. Anfangs ritten wir schweigend dahin; unsere Pferde mußten sich durch das schulterhohe, üppige Grün kämpfen. Kaum ein Laut war zu vernehmen, und wenn einer an unser Ohr drang, dann kam er von hoch oben. Ich war versunken in Tagträume, während meine Haut immer feuchter wurde von dem nebelhaften Dunst, der aus dem weichen Boden aufstieg. Wenn ich mich ausreichend darauf konzentrierte, konnte ich immer noch Nepopis' schlanke, dunkle Arme um meinen Körper fühlen. Jetzt, da ich ihn verlassen hatte, begann sein Bild meinen Kopf völlig auszufüllen. Ich wollte nicht zurück, sondern ich wollte ihn hier haben, hier und jetzt, vor mir im Sattel, wo er uns den Weg wies und den Schleier des Geheimnisses über der uralten Weisheit seiner Zauberkraft lüftete. Und plötzlich spürte ich Fleisch, das sich an meines preßte, Düfte umwehten mich, und Nepopis' leise Stimme war in meinem Ohr: »Die Augen; sie sind blind … noch!«

Ich dachte, ich würde einschlafen, und begann heftig zu blinzeln. Geräusche stürzten auf mich ein, kreischender, tosender mißtönender Lärm – und niemand saß vor mir im Sattel.

»Swift, ist alles in Ordnung?« Blaß und substanzlos schwamm Cals Gesicht durch den äußersten Rand meines Gesichtsfeldes.

»Ja, ja«, stammelte ich, immer noch blinzelnd, schluckend, würgend.

»Sei stark, Swift.« Leefs Stimme klang dunkel und behutsam hinter mir. Weitaus deutlicher als Cal oder ich hatte er eine Vorstellung davon, was uns in diesem Wald erwartete.

»Ich werde vor dem Einschlafen Angst haben«, sagte ich mit einem unsicheren Auflachen.

»Es wird nicht anders sein als sonst.« Cal schnalzte mit der Zunge und brachte die Pferde in Trab. Die flottere, unruhigere Gangart machte mir den Kopf ein wenig klarer, während die Zweige großblättriger Sträucher um uns raschelten.

Wir hatten keine Möglichkeit, die Zeit zu messen, und an jenem Ort dehnte sich die Zeit, um sich wieder zu komprimieren. War es denkbar, daß wir uns überhaupt nicht vorwärtsbewegten? Die Luft wurde heißer und feuchter um uns, starke Gerüche nach dunklem Erdreich und verfaulender Vegetation füllten unsere Nasen und fraßen sich in Haar und Kleider. Es schien, als wären wir einen halben Tag ohne Unterlaß geritten, und wir waren müde, aber zu ängstlich, um anzuhalten. Wir fürchteten, daß eine Rast es dem Wald ermöglichen würde, uns völlig zu verschlingen, und wir darin umherwandern würden bis an das Ende unserer Tage. Es war eine unausgesprochene Furcht, aber ich habe keinerlei Zweifel, daß wir alle sie teilten.

Farblose Schemen huschten durch mein Gesichtsfeld, halb vernommene Stimmen wisperten drängend in mein Ohr. Mit letzter Kraft meine fünf Sinne zusammennehmend rief ich: »Cal!«, und es klang tief und gedehnt und undeutlich lallend. Cal befand sich vor mir (wir ritten hintereinander); er drehte sich im Sattel um und hob eine Hand. Er sagte kein Wort.

»Swift!«

Ich riß die Augen auf. Wo war ich? Der Wald verbarg sich hinter Strahlen grünen Dampfes, die mit höllischem Gestank aus dem fauligen Untergrund schossen. Ich war auf den Knien. Meine Hände und Füße waren naß. Ich war allein und konnte mich nicht entsinnen, welche Namen ich rufen mußte. Wer waren sie? Hatte ich meine ganze Reise allein zurückgelegt?

»Swift!«

Lauter diesmal, zischend, hallend, wie ein Echo. Ich bemühte mich hineinzublicken in die tiefgrüne Düsternis, wo sich Schatten bewegten, die vielleicht bloß Blätter waren, und sich bebend zurückzogen in eine undurchdringliche Schwärze.

»Swift!«

Da sah ich ihn. Er hielt breite, große Blätter hoch, hinter denen er sich halb versteckte. Er wollte nicht, daß ich ihn sah. War er nackt? War das der Grund? Ich versuchte, die Hand nach ihm auszustrecken. Wo war ich? Ich wollte seinen Namen aussprechen, da fiel mir ein, daß er tot war. Er lächelte, warf den Kopf zurück und lachte auf. »Geliebter Freund! Erinnerst du dich an unser letztes Zusammentreffen? War ich wirklich so gut?«

»Gahrazel!«

Ich taumelte auf die Füße, und er machte zwei Schritte rückwärts zwischen die Bäume.

»Zurück!« zischte er. »Ich will dich nicht in meiner Nähe!«

Sein Haar war lang und gelockt. Er war acht Jahre alt und noch nicht gezeichnet von der Schulung meines Vaters.

»Du hast mich verraten!« Seine Stimme war ein dünner Schrei, bei dessen qualvoller Leere sich mir alle Haare sträubten.

»Nein! Ich habe nichts gesagt!«

»*Er* hat es dir aufgetragen! Cal, der Teufel! Cal, der Teufel...« Seine Stimme, ein eintöniger Singsang, verstummte. Er ließ den Unterkiefer hängen, und seine Augen waren zwei schwarze Steine.

»Ich habe nichts davon gesagt!« Auch ich hatte die Stimme erhoben, und sie klang wie das Kreischen des tückischsten aller Vögel, der schwarzen Krähe.

»Aber irgend etwas hast du gesagt!« Sein Tonfall klang jetzt listig und verschlagen. »Deinem Vater! Das weiß ich. Ich weiß, was du gesagt hast. *Jedes Wort.* Hast du dir gewünscht, daß es so kommt?«

»Ich habe mir gewünscht, daß du anders wärst! Ich konnte dir nicht helfen.«

»Vielleicht nicht, ohne dich selbst in Gefahr zu bringen!«

»Ich konnte dir nicht helfen!«

Gahrazel, der nicht Gahrazel war, hob eine bleiche Hand an seine Wange. Er weinte; die Tränen strömten wie Säure über seine Haut. »Ich bin gestorben... Sie haben mich umgebracht.«

»Gahrazel...« Wiederum streckte ich die Hand nach ihm aus.

»Nein! Nein!« Das Blattwerk, das ihn umgab, begann zu zittern. Mit bebenden Fingern zeigte er auf mich. »Du! Du mußt es hören!« Seine Worte kamen rasch und folgten immer schneller aufeinander. »Irgend jemand muß hören, daß es zusammen mit mir gestorben ist, lieber Himmel, irgend jemand muß die Wahrheit erfahren! Du! Du! Terzians Brut, sein Same, sein Blut, seine gottverdammten Augen! Seine Augen! Sie sind aus Stahl, sie kennen kein Lachen, kein Erbarmen! Als er mich tötete, als er mich umbrachte, mein Gott, da sah ich seine Augen! Ich sah in seine Augen!« Schluchzen hinderte ihn am Weitersprechen, und er drückte seine bebenden Fäuste fest auf die Augen.

»Mein Vater hat dich umgebracht?« Welch eine schicksalsträchtige Frage!

Gahrazel hörte auf zu schniefen und sah mich an. Seine Geistertränen waren bereits getrocknet. »Allerdings!« Blätter, die im Herbst über die Terrasse kratzen; so klang er. So tot. »Hast du das nicht gewußt, Swift? Hat er sich dessen nicht gebrüstet vor dir?« Er lachte grausam auf. »Ach ja, du weißt doch rein gar nichts, oder? Die Kinder Immerdars, beschützt von all den prächtigen Steinmauern! Gestohlenen Mauern!« Seine Hände flatterten vor meinen Augen. »Jetzt sage ich es dir! Jetzt werde ich es dir sagen! Terzian, dein Vater, ist die Bestie! Er hat Blut getrunken, Fleisch gegessen – das meine! Ponclast goß das Gift in eine Eisenschale. Sie muß aus Eisen sein, denn nur Eisen kann ihm widerstehen. Dann reichte er die Schale an Terzian weiter, küßte ihn und forderte ihn auf, die Schale mir zu geben. Ich nahm sie. Es war das einzige, was ich tun konnte. Ich hatte nur noch meinen Stolz; sie würden mich nicht um mein Leben betteln sehen. Außerdem wußte ich, daß es sinnlos gewesen wäre. Also trank ich die Schale aus. In einem Zug. Es schmeckte … nach Pfeffer, aber gar nicht schlecht. Erst als es in meinem Magen ankam, dann, verstehst du, fing es richtig an zu wirken, und auch die Nässe in meiner Kehle half mit. Eine Schale Gift, und es begann zu brennen; es brannte mich aus, von innen her. Ich fiel auf die Knie. Der Boden war kalt, denn wir waren tief unter der Erde. Ich hatte keine Angst vor dem Tod, aber ich hoffte, es würde rasch gehen. Wie seltsam das war, zu wissen, daß ich gerade starb. So unvermeidlich, daß gar keine Angst aufkam. So kniete ich auf dem Boden und wartete auf den Tod, ohne mich viel zu krümmen, denn das Brennen war kein richtiger Schmerz, und nur ich wußte, daß es mich umbrachte;

Taubheit fing an, sich in mir auszubreiten, als mein Vater sagte: »Jetzt, Terzian.« Hinter mir schnalzte er mit den Fingern, dann waren seine Hände auf mir und zogen mich nach hinten. Ich lag da, meine Beine schienen sich aufzulösen, und dein Vater, Swift, griff nach seinem Messer, schlitzte mir die Kleider auf und riß sie mir vom Leib. Todernst blickte er mir in die Augen ... Die Erregung der ganzen Welt war eingeschlossen in seinem Körper. Er öffnete seine Hose – nicht mehr, er war nicht einmal nackt – und nahm mein zerfließendes Fleisch; er hatte sich eingeölt, um sich zu schützen. Welch ein Glück, daß ich es nicht mehr spüren konnte. Selbst als er seinen Orgasmus hinausschrie und seine Hand in meine Brust stieß, selbst als er mir das zuckende Herz aus dem Leib riß, spürte ich es nicht. Natürlich war ich nicht mehr bei Verstand, das wirst du einsehen. Doch als ich starb, sah ich zu, wie dein Vater eine Hälfte meines Herzens aß und meinem eigenen Vater die andere reichte. Als meine Seele jenen Ort verließ, war das, was von meinem Körper noch übrig war, unkenntlich ...«

Ich lag keuchend auf den verfaulenden Blättern; ich hatte erbrochen, und mein ganzer Körper bebte. »Weine jetzt, Swift«, sagte Gahrazel.

Er sah mir dabei zu. Ich dachte, nein, das kann nicht wahr sein! Das ist Blendwerk! Diese Seite von Terzian kann es nicht geben, das würde ich wissen! Cobweb würde es wissen! Nein! Doch noch während ich es dachte, wußte mein Instinkt, daß es sinnlos war, an dem, was ich gehört hatte, zu zweifeln. Sinnlos.

Nach einer Weile kämpfte ich mich hoch. Gahrazel war immer noch ein farbloser, unwirklicher Schatten zwischen den großen Blättern. »Ich bin gestorben ... Sie haben mich umgebracht!«

»Gahrazel, kann ich zu dir kommen?«

»Nein!« Er zog sich noch weiter in das dichte Blattwerk zurück. Ich konnte ihn kaum noch sehen, nur sein

Gesicht, ein weißes Oval, nicht mehr. »Du darfst nicht zu mir kommen«, sagte er. »Das darf nicht sein. Swift?«

»Ja ... Gahrazel?« Die Augen schmerzten mich von der Suche nach ihm, und die Brust, die Kehle von der Trauer.

»Hast du mich geliebt?«

»Irgendwann einmal ... glaube ich.«

Er seufzte, ein leiser Hauch, der durch die Blätter strich. »Du bist nicht gekommen. Ich habe so oft nach dir verlangt. Ich bin allein gestorben ... ganz allein.« Seine Stimme war wie das Erschallen einer Glocke, die über kahle, düstere Hügel klang und nichts und niemanden zu einem Gebet rief, das all seinen Sinn verloren hatte.

»Es tut mir leid ...« Wie hatte ich das sagen können? Es bedeutete gar nichts. Ich stellte mir vor, wie er traurig dazu lächelte. »Niemand ist ohne Sünde«, sagte ich. »Keiner von uns. Meine Sünden sind Egoismus, Furchtsamkeit und Schwäche. Ich hatte Angst, Gahrazel, nicht nur vor der Verantwortung, der Schuld, sondern ich fürchtete um mein Zuhause, um mein Volk. Ja, ich habe dich verraten, das wissen wir beide. Ich kann dich nicht um Verzeihung bitten, weil die Folgen so ... so jenseits jeglichen Verzeihens waren.«

»Ich werde dir vergeben, dir vergeben, aber sag es jetzt, das einzige, was ich mitnehmen kann in die Ewigkeit. Weißt du, was du sagen sollst?«

Ich wußte, was ich sagen sollte. Ich schloß die Augen und bot alles auf, was ich in mir trug, diesen Wirbel aus Gefühlen, und ließ es überfließen aus meinem Mund. »Ich liebe dich, Gahrazel.«

»Vergibst du mir?«

»Wofür?«

»Vergibst du mir?«

»Ja, ja! Ich vergebe dir!«

Rundum flüsterte und zuckte die grüne Stille. Finsternis rundum. Ich sank auf die Knie.

»Swift!« Hände krallten sich in meine Schultern und rüttelten daran, rüttelten immer wieder daran. Ich öffnete die Augen. Unter mir Tulga, mein Pferd, über mir verschwommen der Himmel. Cals besorgtes Gesicht. Ich schüttelte den Kopf.

»Es war nichts. Ich habe nur vor mich hin geträumt.«

Wir kamen auf eine Lichtung, und Cal sagte: »Hier bin ich schon einmal gewesen.« Seine Stimme war voll schmerzlicher Traurigkeit. All die häßlichen, triefenden Bäume waren zu kerzengeraden Kiefern geworden. Vogelrufe. Inmitten der Lichtung die feuchten Überreste eines alten Lagerfeuers.

»Hier sind wir in Sicherheit«, sagte Leef, aber er klang nicht sehr überzeugt. Wir saßen ab, und die Pferde begannen, unbeeindruckt von der Atmosphäre, an den Halmen zu knabbern. Leef schichtete Holz für ein Feuer auf. Ich saß neben ihm, viel zu mitgenommen, um mich zu rühren. Cal hockte in einiger Entfernung von uns im Gras, das Gesicht in den Händen vergraben. Sobald die ersten schüchternen Flammen aus den feuchten Spänen schlugen, fiel die Spannung allmählich von uns ab. Das Feuer war etwas Behagliches, etwas Vertrautes. Leef packte den Proviant aus. »Sieh mal, wir haben Wein!« sagte er und hielt eine grüne Flasche hoch.

Cal setzte sich neben mich, und ich schlang die Arme um ihn. Er weinte still in mein Haar. Meine Augen blieben trocken, aber meine Brust fühlte sich an, als wäre sie mit Sägemehl ausgestopft. Nach einer Weile schniefte Cal und fragte: »Was war denn mit dir los?«

Ich wischte ihm mit der Hand übers Gesicht; ein paar Sekunden lang war ich nicht fähig, es ihm zu sagen. »Ich habe Gahrazel gesehen. Und mit ihm gesprochen.«

»Du auch?«

»Du hast auch Gahrazel gesehen?«

»Nein … nicht ihn.«

Ich hielt ihn fest an mich gedrückt, fürchtete, ihn loszulassen und fürchtete zugleich die Berührung. Ich erzählte ihm, was ich gesehen hatte, was ich gehört hatte. Cal sagte nichts darauf. Vielleicht wußte er es bereits, aber das wollte ich gar nicht herausfinden; einst hatte ich so viele Fragen über meinen Vater gestellt, und jetzt waren einige davon beantwortet worden. Natürlich war das etwas, was ich wissen mußte, obgleich ich mir wünschte, dem wäre nicht so. »Gahrazel hat nach mir verlangt«, sagte ich, »und ich habe ihm den Rücken zugekehrt. Wenn ich gewußt hätte, welches Schicksal ihm bevorsteht, hätte das meine Gefühle verändert? Ich hoffe es. Heute habe ich ihm die Dinge gesagt, die er hätte hören sollen, ehe er starb. Sein Tod war ein einsamer Tod; sicher, es befand sich jemand bei ihm, aber er starb trotzdem völlig allein, einsam, ungeliebt und ohne daß man ihm vergeben hätte. Jetzt habe ich es ausgesprochen. War das alles wirklich, Cal?«

»Eine Erscheinung«, flüsterte er, »oder eine Vorspiegelung deiner Sinne, oder eine Vorspiegelung der *ihren*. Ist das von Bedeutung? Wenn du den Schatten von Gahrazel nicht besänftigt hast, so hast du wenigstens dich selbst besänftigt.«

»War das alles nur in meinem Kopf? War es das schlechte Gewissen?«

»Bete darum, daß es nicht so ist.«

Andernfalls waren wir alle verloren. Ich flüsterte Cals Namen und hielt ihn fest und teilte seine Furcht. Dieser Ort war nicht nur ein Ort der Toten, nein, keineswegs.

Wir aßen, was Leef uns gab; er stand wie ein fester Turm in der Brandung. Auf ihn schien der Wald am wenigsten Einfluß zu haben. Seine Gedanken waren geordnet, und er verschloß die Augen vor allem, was nicht real war. »Es ist niemand da«, stellte er fest, nachdem ich ihm von meinem Erlebnis berichtet hatte, wobei ich die Einzelheiten ausließ, die meinen Vater betrafen. Das war etwas, worüber ich mit Leef nicht reden wollte. »Es war eine Halluzination, das ist alles.«

Cal sagte: »Diese Stelle, diese Lichtung hier … Ich erkenne sie wieder. Pell und ich waren einmal gemeinsam hier. Als wir zum letzten Mal zusammen waren.«

»Das ist nicht möglich!« erwiderte Leef entschieden.

»Es ist dieselbe Gegend!«

»Nein, dein Hirn spielt dir einen Streich!«

»Das hier war unser Feuer; die Überreste liegen immer noch da.«

»Nein!« Leef stand auf und strich sich mit den Fingern durchs Haar. »Verliert ihr beide den Verstand?« fragte er. Wir starrten ihn schweigend an. »Hört zu, das ist das Werk der Gelaminger. Ihr dürft die Kontrolle über euch selbst nicht verlieren! Sonst richten sie euch zugrunde!« Er hob warnend den Zeigefinger in unsere Richtung.

»Jede widerwärtige Blüte trägt sein Gesicht, jedes raschelnde Blatt spricht mit seiner Stimme«, murmelte Cal. Ich griff nach seiner Hand. Ich verstand ihn.

»Ihr werdet in diesem Wald sterben!« rief Leef aus. »Reißt euch zusammen, um Gottes willen!«

»Hier gibt es keinen Gott«, sagte ich.

»O doch«, widersprach Cal. »Er kämpft an der Seite der Gelaminger. Er ist hier, mehr als alles andere. Sie besitzen sein Licht, versteht ihr? Sie sind seine Engel!«

»Trink etwas, Cal«, sagte Leef unbeeindruckt und hielt ihm die Weinflasche hin.

Cal nahm einen langen Schluck. »Haben wir den von den Froia?«

»Nein«, antwortete Leef. »Ich weiß nicht, woher er stammt.«

Nacht und Tag schienen an jenem Ort nicht so wie sonst aufeinanderzufolgen. Wir wechselten uns beim Schlafen ab und waren hinterher gut ausgeruht; an unsere Träume konnten wir uns nicht erinnern.

Danach nahmen wir unsere Reise wieder auf und verließen die Lichtung. Erkaltende Holzreste und Asche knackten trostlos, während uns die aufsteigenden Rauchkringel einen Abschiedsgruß entboten.

Wir ritten in den Wald hinein und einen steilen Abhang hinab, der mit Föhrennadeln bedeckt war. Der Hang schien in eine undurchdringliche Finsternis zu führen. Kahle schwarze Äste, die von den Bäumen abgebrochen waren, lagen auf unserem Weg und zersplitterten krachend, wenn die Pferde darauftraten. Ich hatte das Gefühl, als hätten nicht lange vor uns andere diesen Pfad beschritten; ich ahnte Leben. Nach einer Stunde kamen wir zu einer Hausruine, die geradezu erstickte unter wunderschönen Kletterpflanzen. Die leeren Fensterhöhlen verfolgten unser Näherkommen. Es war Immerdar! Ich tat einen Schrei und zeigte auf die Ruine.

Leef wandte nicht einmal den Kopf. »Reite daran vorbei!« befahl er.

Ich mußte dennoch hinsehen. Sah so die Zukunft von Immerdar aus? War es dem Untergang geweiht? Das Dach fehlte bereits fast völlig. In einem der oberen Fenster erblickte ich eine Sekunde lang etwas Helles, das sofort wieder verschwand. War es Cobweb, der dort spukte und sich traurig an eine Erinnerung klammerte, die von der Realität zunichte gemacht wurde? Es herrschte lautlose Stille, doch ich hatte ohnedies Angst davor, etwas hören zu müssen – ich hatte Angst, Stimmen zu hören, die ich kannte.

Es fühlte sich an wie Nachmittag, mit all den goldenen Sonnenstrahlen, die durch die Blätter fielen. Aus der Ferne kam Gelächter. Vor uns trat mein Vater aus dem Haus. »Willkommen, Fremde«, sagte er mit seinem Raubtierlächeln, und da wußte ich, er hielt hinter seinem Rücken eine Waffe in der Hand. Ich wandte den Blick ab. Zwischen den Bäumen tollten in unschuldigem Spiel kreischende Menschenkinder, hüpften durch die Sonnenstrahlen, bis die Strahlen verschwunden waren und tintenschwarze Finsternis das Geschrei der Kinder in ein Wimmern des Entsetzens verwandelte. Jetzt rannten sie mit kalkweißen Gesichtern und aufgerissenen Mündern umher; der Schrecken hatte sie verstummen lassen. Ihre Gliedmaßen waren zerkratzt und die Kleider zerrissen. Hinter ihnen ritt mein Vater mit würdevoller Miene auf einem wuchtigen schwarzen Roß. Die Kinder rannten ängstlich vor ihm davon. Er und Ponclast versperrten uns plötzlich den Weg, verspeisten genußvoll Menschenfleisch und stießen mit Pokalen voll Menschenblut in ihren besudelten Fingern auf das Leben an. Sie hatten Wolfsgesichter, und ihre langen Schnauzen waren rot. »Die Bestie wird kommen…« Wolfsköpfe. Eine Horde Varrs mit Wolfsköpfen. Eine Stadt voll gellender Schreie, rot übergossen, und Leute, die durcheinanderrannten: Menschen, Hara. Die Varrs hatten Fackeln, sie setzten die Häuser in Brand, die Leute. Wolfsköpfe, ewig grinsende Wolfsköpfe. Unter den Lampen einer breiten Straße steigt mein Vater von dem schwarzen Pferd und hebt den Wolfshelm von seinem glänzenden Haar; er streicht es sich aus der Stirn, gibt den Helm einem Soldaten an seiner Seite und lächelt. Ponclast schreitet auf ihn zu und umarmt ihn. »Mein Stern«, sagt er zu Terzian. Sie küssen einander. Ponclast reicht Terzian ein menschliches Herz, und während er in Ponclasts Augen starrt, beißt mein Vater…

Ich sah weg. Etwas brannte mir in der Kehle, und ich würgte.

Dann schoß eine Gestalt unter den Bäumen hervor, Licht schraubte sich von oben herab, und ein Wohlklang aus Vogelstimmen folgte. Das brachte den Nachmittag zurück. Jemand griff nach Tulgas Zügeln, sah herauf zu mir und lächelte. »Ich wußte, du würdest kommen!« Seine Schönheit war wie Gold in meinen Augen. Er war, nach alldem, was ich soeben gesehen hatte, so schön, daß mir die Tränen kamen. Er trug einen Ring, der aussah wie ein Siegel; seine Ohren waren dreifach durchstochen und mit Gold geschmückt. Das Haar war eine schwarze Üppigkeit, durchzogen von Perlenschnüren, und hob sich wie Flügel bei jeder seiner Bewegungen. Sein Lächeln griff mir ans Herz. Ich wußte, wer es war: Pellaz.

»Hast du Angst?« Er lachte. Tulga schnüffelte an ihm, und er bedeckte ihre samtige Nase mit seiner Hand.

»Nein …«

Er berührte mich leicht am Bein, und meine Haut begann unter dem Stoff zu prickeln. »Was dein Freund Leef gesagt hat, ist wahr; es *ist* nur Illusion, aber die Illusion der Wahrheit. Sie wird bald vorbei sein. Gib auf ihn acht.«

»Auf wen?« Ich wußte es bereits.

Die Vision schüttelte den Kopf und lächelte traurig. »Auf meinen Liebsten, meinen Peiniger, meine süßeste Erinnerung, meinen Cal. Calanthe, Mörder und Geliebter. Es wird einige Zeit dauern …«

»Er hat dich gesehen.«

»Nicht so. Nur du hast mich wirklich gesehen, und auch das wird nicht wieder geschehen. Sei stark, Swift. Ich glaube an dich und werde dir Kostbarkeiten geben, die über deine Vorstellungskraft gehen … wenn du mein Volk findest.« Sein Bild verschwamm.

Ich streckte die Hand nach ihm aus. »Pell, was ist real?«

»Du bist real. Denk immer daran.« Er war verschwunden.

Cal gab seinem Pferd die Sporen und jagte es an meine Seite. »Du hast seinen Namen ausgesprochen!« schrie er; seine Augen waren so zornerfüllt, als hätte ich eine Gotteslästerung begangen.

»Er war hier«, sagte ich. »Cal, er war hier! Es war ganz anders! Cal, o Cal, ich weiß es! Er … Cal, Pellaz ist nicht tot!«

Leef mußte ihn von mir wegzerren. Er war hysterisch. Er kratzte mir die Lippe auf. Tulga wieherte vor Schreck. »Aber es ist die Wahrheit!« heulte ich. Leef hielt einen schluchzenden, völlig gebrochenen Cal in seinen Armen fest. Wie konnte er wissen, welche Visionen Cal an jenem Ort erlitten hatte?

»Swift, um Himmels willen, halt den Mund!« rief Leef ärgerlich.

»Was ist real, Pell?«

»Du; du bist real.«

Ein sandiger Pfad, die Farbe strohblonden Haars, windet sich durch einen Laubwald aus moosbewachsenen Bäumen. Grünes Licht allenthalben. Flötendes Vogelgezwitscher. »Du bist real. Du bist real. Du bist real.« Ich bin zu Pferde. Weil Cal sich vor mir befindet, erkenne ich bald, daß dies seine Illusion ist und nicht die meine. Ich bin hier nur Zeuge, das ist alles. Ich höre Wasser. Cals Pferd schnaubt und schüttelt die Mähne. Ich bemerke, daß Cals Kleider zerrissen sind. Er trägt ein weißes Hemd, und die Risse auf dem Rücken tragen Blutspuren. Hinterlassen von Klauen, dem scharfen Biß einer Peitsche oder dem letzten verzweifelten Sichfestkrallen eines Sterbenden. Er dreht sich um und sieht mich an; sein Gesicht wirkt grünlich, vermutlich ein Effekt des sonderbaren Lichts; er lächelt, Zahnfleisch und Zähne sind rot. »Du bist bei mir, Swift?« fragt er, und ich nicke.

»Ich bin bei dir.«

Ich werde auf ihn achtgeben, Pell; hab keine Angst.

Vor uns, mitten auf einer Lichtung, wächst eine weit ausladende Eiche, auf die der Sonnenschein fällt. Es gibt keine Vögel hier. Den Rücken an den Stamm gelehnt, starrt eine Gestalt nach oben in das Blattwerk. Sie ist weiß gekleidet, und langes braunes Haar fällt ihr weit über die Schultern hinab. Ich glaube nicht, daß sie uns gesehen hat, ich glaube, sie kann uns fühlen. Vor mir kommt Cals Pferd abrupt zum Stehen und senkt den Kopf, um zu grasen. Cal packt es am Hals und läßt sich seitwärts hinabgleiten, so geht es schneller. Auch Tulga möchte fressen, und ich lasse ihr ihren Willen. Ich sehe zu, wie Cal sein zerfetztes, fleckiges Hemd über den Kopf zieht; sein Rücken ist blau und überzogen mit langen, bösen Striemen. Er greift nach hinten, um darüberzustreichen, erreicht sie aber nicht. Ich möchte gern zu ihm gehen und bin unfähig dazu. Ich bin wie erstarrt. Ich bin stumm. Nur Beobachter, nichts sonst. Cal geht zu dem Baum, und die Gestalt wendet sich ihm zu. Sie lächelt wehmütig; schüttelt den Kopf; hebt die Hände, als wollte sie sagen: »Zurück! Geh zurück!« Doch Cal geht weiter. Die Gestalt sagt: »Du mußt das nicht ansehen, Cal. Du kannst umkehren.«

Cal schweigt.

Die Gestalt sagt: »Blicke in die Vergangenheit.«

»Habe ich je anderswohin geblickt?« fragt Cal. Die Gestalt lächelt und breitet die Arme aus. »Du strebst nach Absolution, Cal.«

»Niemals. Ich war mir stets bewußt, was ich tat.«

»Das weiß ich. Ich hatte gehofft ...«

»Du hast keinen Grund zu hoffen!« sagt Cal bitter. Die Gestalt lächelt immer noch traurig. Ihre Finger haken sich in den Halsausschnitt ihrer Kleidung. Cal hält die Hände gesenkt, jedoch zu Fäusten geballt. Ich kann es nicht sehen, aber ich weiß, daß er geradeaus starrt. Ich höre, wie Stoff reißt; ein träger, eleganter Laut. Ich denke: Es ist teurer Stoff, obwohl ich sehen kann, was sich darunter verbirgt: Es ist nicht mehr rot, nicht mehr glänzend; es ist die pure Verwüstung. Cal und die Gestalt sind nur noch zwei Handbreit voneinander entfernt. Cal hebt eine Hand.

»Rühre an mein Inneres; rühre an deine Sünde, Cal.«

Es war einmal Fleisch, und jetzt ist es gar nichts – eine Hülle, nichts weiter. Es ist hart und trocken. Ich erkenne die matten braunen Knochen eines zerschmetterten Brustkorbes, und ich sehe, wie Cals Hand hineinlangt. Sobald er etwas berührt, wird der Bann gebrochen sein; das weiß ich. Er greift nach dem Herzen, das nicht mehr schlägt. Er beugt sich vor. Das Gesicht; ein trockener Mund voll kleiner Krabbelwesen, die von den leeren Lungenflügeln nach oben huschen. Ihre Lippen berühren einander – die eines Lebenden mit denen eines anderen, der jenseits allen Lebens ist. Ich sehe, wie Cal zurückzuckt; welch eine schwache Reaktion. Das Verderben hält ihn in seinen Armen und läßt Fäulnis in ihn einsickern. Knarrend biegt sich ein Kopf zurück, und kein gottloses Lachen ertönt. Nur ein Gedanke: »Es ist getan.«

Als wäre ein Wasserhahn plötzlich aufgedreht, kommt das Leben mit einem Schwall Geräusche zurück und mit dem Schlagen von Flügeln in den Baumkronen. Cal ist allein und blutüberströmt. Blut ist in seinem Mund, seinen Augen, seinem Haar. Er schüttelt sich, und rote Tröpfchen fliegen durch die Luft wie schimmernde Insekten. Der Geschmack des Blutes verursacht ihm Übelkeit, aber seine Augen sind trocken, sein Rücken ist ungebeugt. Er kommt zurück zu mir, ein gefallener Engel, das fleischgewordene Böse, ein Gespenst der Liebe. Er sagt nur ein Wort, als er sein Pferd wieder besteigt. Während er sich am Hals des Pferdes hochzieht. Ein Wort. Das Wort ist: »Orien.«

In einem tiefgrünen Wechsel von Zeit und Raum ritten wir wieder durch einen Kiefernwald. Leef, der voranritt, trieb sein Pferd zu einem leichten Galopp. Vor uns bildeten Lichtbalken eine Allee in das Dickicht der Bäume; links und rechts davon war alles verschwommen. Cal befand sich hinter mir. Ich spürte ihn, aber ich wagte nicht, mich umzudrehen. Schneller. Die Pferde galoppierten dem Ende eines Zaubers entgegen; Farben flogen an uns vorbei, Stimmen riefen, wurden leiser, Vögel wirbelten mit Flügeln wie aus Metall himmelwärts. Ich wollte schreien: »Ich bin frei! Wir sind frei!« aber ich konnte nur lachen. Meine Haut brannte immer noch an der Stelle, wo eine goldene Hand sie berührt hatte. Ich sah sein Gesicht im Dunstschleier. »Auf dich wartet etwas, Swift!« Wir stürmten aus dem Wald hinaus wie eine aus der Erde hervorplatzende Blase, wie Geschosse, wie Ängste auf der Flucht. Das Geräusch von Wasser, Gelächter, grelles Licht. Hitze traf auf meine Haut. Vielleicht war mir bisher kalt gewesen. In meinem Kopf drehte sich alles. Ich mußte es glauben: ich bin real. Der Erdboden brauste an mir hoch wie eine grüne, weiß und amethystfarben aufblitzende Woge. Ich verschmolz mit ihr, mit der grünen Dunkelheit, dem Frieden ewigen Grüns.

Sie ließen mich schlafen. Als ich aufwachte, war es bereits Abend, und Leef hatte ein kleines Feuer entfacht. Das Tageslicht schwand rasch dahin. Ich bemerkte sofort, daß die Luft klar und rein war, makellos sauber. Wir hatten die Barriere überschritten. Leef trat zu mir und reichte mir einen Becher Wasser. Es war lauwarm, aber ich trank den Becher leer. »Nervöse Wracks, ihr beide«, sagte er. Leef hatte gar nichts gesehen, vorhin im Wald.

Nahe am Lager gab es einen Fluß, und Cal war hinuntergegangen, um zu baden. Er stand nackt am Ufer und war dabei, sich mit Händen voll Blättern den ganzen Körper sorgfältig abzuschrubben. Als er mich kommen hörte, drehte er sich um. Wir tauschten ein Lächeln aus.

»War es wirklich wahr, Swift?«

»Welcher Teil davon?« Ich setzte mich neben ihn hin.

»Der Teil über Pell. Alles andere ist bedeutungslos.«

»Du bist beharrlich in deiner Besessenheit.«

Er lachte und rieb sich über die Arme. »Es war echtes Blut, Swift. Es läßt sich schwer abwaschen.«

»Komm, ich helfe dir.« Ich riß Gras vom Ufer ab, machte seine Schulterblätter mit einer Handvoll Wasser naß und begann zu schrubben.

»Ich werde den ganzen Fluß rot machen.«

»Das ist nicht unser Problem. Das Wasser fließt von uns weg«, sagte ich. Seine Haut fühlte sich kalt an.

»Du hast mir noch nicht geantwortet…«

»Was Pell betrifft? Wie könnte ich das? Es war lediglich ein Gefühl. Leef hatte recht; ich hätte den Mund halten sollen.«

»Aber könntest du recht haben?«

Ich hob die Schultern. »Alles ist möglich. Das ist eines von den Dingen, die ich gelernt habe.«

Cal nahm mir das Grasbüschel aus der Hand, und ich umarmte ihn. Nur wir beide; es war so lange her…

Dann waren wir im Wasser, beide nackt. Rote Bänder strömten von uns weg. Unter der Oberfläche war es heller, dicht wogten die Schlingpflanzen um uns her, und dunkle Schatten schossen an uns vorbei. Ich hielt ihn fest an mich gedrückt wie einen Ertrinkenden, einen Ertrunkenen, und zog ihn in mich. Alles wurde zu silbernen Bläschen, sie waren in unserem Haar, auf unserer Haut und stiegen nach oben ohne Unterlaß. Kein Gebet. Gab es Engel unter Wasser? Ohne daran zu denken, wo wir waren, öffnete ich den Mund, und Cal mußte mich an die Oberfläche ziehen, ehe ich vollgesogen war mit Wasser. Als sich mein Inneres zu einer machtvollen Ekstase entzündete, sah ich flammende Sterne über den schwärzesten aller Himmel über uns jagen. Cals Atem schmeckte noch immer nach Blut, aber es lag nun hinter ihm. Die Gelaminger hatten sich ihr Teil geholt, so dachte ich zumindest.

»Wohin gehen wir jetzt?« fragte ich ihn, als wir zum Feuer zurückschlenderten. Der dunkle Abend war von einem schwach rosaroten Ring umgeben und gesaumt von Insekten und allerlei Schwingen. Wir gingen zwischen wogendem Pampasgras dahin.

Cal legte den Arm um mich. »Weg von diesem Wald, das ist doch offensichtlich! Geradeaus weiter«, sagte er.

»Du weißt es noch nicht, oder? Du hast Angst.«

»Sie werden uns entgegenkommen.«

»Kannst du denn so sicher sein? Wird es so einfach werden?«

Seine Hand fiel von mir ab, und er griff sich an die Augen. Rundum war nur diese farbbekränzte Dunkelheit und ein Gefühl unmittelbar bevorstehender Gefahr – unschlagbar und blitzend vor Kraft. Plötzlich fühlte ich mich sehr klein. Ich spürte die immense Weite der Welt rundum, jener, die ich sah, und jener, die ich nicht sah. Ich schoß hinauf in den Himmel, und der Körper von Swift wurde kleiner und kleiner, die Bäume wurden zu Stecknadeln, und Röte drang mir in die Seele. Ich mußte mich schütteln, um die Illusion loszuwerden, so sehr hatte sie mich gepackt.

Von dem Lichtstreifen über dem Wald hob sich unser Feuer kaum ab. Erst als sich das dichte Gras vor uns völlig auftat, konnten wir es sehen. Wir konnten es sehen … und noch etwas anderes. Wir hörten Stimmen, gedämpft wie von einem Echo stammend. Cal gab einen zischenden Laut von sich und zog mich zu Boden. Wir sahen einander an. Sein Atem hörte sich an wie Schluchzen. Ich versuchte mich loszureißen. Ich glaube, ich sagte: »Leef!«, denn ich dachte an ihn.

Cal schüttelte hastig den Kopf. »Nein, Swift, nein!« Seine Stimme war hoch und schrill vor Entsetzen, als ich mich losriß. Ich rannte zum Feuer, während ein Pferd irgendwo in der Nacht wieherte, auch seine Stimme hoch und schrill. Ich konnte Leef sehen; zwei Gestalten hielten ihn zu Boden gedrückt, während er um sich schlug und versuchte, sich unter ihnen hervorzuwinden.

Als er mich erblickte, rief er meinen Namen; er machte ein verzweifeltes Gesicht. »Swift, lauf weg! Lauf weg!« schrie er mir zu. Weglaufen? Cal war hinter mir. Ich spürte seine Hände auf meinen Schultern landen, und seine Finger bohrten sich in mein Fleisch. Ich hörte ihn atmen. Es war, als wären wir erstarrt. Wir konnten nicht weglaufen. Am Feuer durchsuchte etwa ein Dutzend weitere Gestalten unsere Habseligkeiten. Hinter ihnen standen Pferde, die glänzten wie aus poliertem

Marmor, und ein Geruch wie Jasmin, nur intensiver, lag in der Luft. Einer von ihnen kniete am Feuer, eine Hand zu den Flammen gestreckt, als hätte er noch nie ein Feuer gesehen. Er hob langsam den Kopf, wofür er eine Ewigkeit zu brauchen schien. Ich sah einen Vorhang aus lohfarbenem Haar und dahinter ein Gesicht, aus dem nur Neugier sprach, eine Sekunde lang nur Neugier, und dann brachte ihn etwas wie Schmerz oder Wut dazu, sich abzuwenden. Er stand auf und drehte uns den Rücken zu, während er einem der anderen etwas Unverständliches zurief, worauf dieser in unsere Richtung schritt. Cals Fingernägel gruben sich in mein Fleisch wie Stahl. Ich hätte gern aufgeschrien oder mich bewegt, aber ich konnte nichts dergleichen tun. Derjenige, der auf uns zugekommen war, begann zu sprechen.

»Sohn des Terzian?« Sein Tonfall war weich und flüssig, und er war sehr groß; seine Aufmachung ähnelte keiner anderen, die ich je gesehen hatte. Ich kann sie nur als spärlich und dennoch äußerst kompliziert beschreiben. Sein Hals war behängt mit Ketten und Talismanen und schwarzen Perlen, seine Ohren mit Silber. Auch sein Haar war silbrig und seitlich am Kopf geschoren, während es hinten lang über den Rücken hing. Er lächelte. Ich hatte wohl genickt oder gesprochen – oder einfach nur mit den Wimpern gezuckt. »Ich bin Arahal«, sagte er. »Wir sind Gelaminger.«

Sie hatten uns gefunden. Und so bald. Sie waren im Wald bei uns gewesen, sie hatten uns im Fluß beobachtet, sie hatten an unserem Feuer gewartet.

»Du bist naß!« lachte Arahal und schnippte mit dem Finger nach meinem Haar. Ich konnte seine Aura erkennen, all diese Farben ihrer Kräfte, und dennoch sprachen sie wie wir, lächelten wie wir. »Calanthe, du wurdest bereits erwartet«, sagte er zu Cal mit einem Hauch von Kühle. Cal krampfte sich immer noch in meine

Schultern, als würde sein Leben davon abhängen. Ich wußte, daß mich seine Nägel blutig gekrallt hatten.

»Er ist *anders!*« brach es aus ihm heraus. »Er ... sein Haar ist anders.«

Der Gelaminger sah eine Sekunde lang verblüfft drein. Ich hatte keine Ahnung, worüber Cal sprach.

»Oh, du meinst ... Das wüßte ich nicht«, sagte Arahal. Er schüttelte den Kopf und warf einen raschen Blick über seine Schulter. »Das muß vor ziemlich langer Zeit gewesen sein, Calanthe.«

»Ganz recht.«

Mit einem Seufzen zog Cal seine Nägel aus meinem Fleisch. Ich wäre am liebsten in mich zusammengesunken, und ich weiß nicht, wie es mir gelang, es zu verhindern. Meine Finger wanderten langsam zu meinen Schultern, wo sie auf lauwarme Nässe trafen. Es könnte auch Schweiß gewesen sein.

»Bitte bleibt noch einen Moment hier«, wandte Arahal sich an uns. »Wir möchten, daß ihr uns in unser Hauptquartier begleitet, wo Mitglieder der Hegemonie bereits voller Ungeduld darauf warten, euch kennenzulernen.« Es hörte sich an wie eine Bitte, aber es war klar, daß wir keine andere Wahl hatten. Ich konnte sehen, daß sie unsere Sachen zusammenpackten und das Feuer erstickten. Leef stand zwischen zwei Gelamingern und starrte zu Boden. Er wehrte sich nicht mehr.

»Wer war das, Cal?« fragte ich mit einer Stimme, die von weither zu kommen schien. »Derjenige beim Feuer. Wer war es? Pell?«

Cal lachte auf, aber es lag keinerlei Heiterkeit darin. »Sei nicht dumm, Swift. Schon wieder eine Geistererscheinung, sonst nichts. Eine, die mich schon seit Jahren verfolgt, eine, auf die ich gewartet habe ...«

Also etwas aus der Vergangenheit. Ich ließ mich auf die Knie nieder, die Hände auf den Schultern, und spürte, wie es auf mich einstürzte: das Unentrinnbare, das Unvermeidbare, ein Brennpunkt der Zeit. Es ist immer schon hiergewesen, dachte ich; jemand hat immer gewußt, daß dies geschehen wird, und dennoch, ich wußte es nicht. Wie war es möglich, daß ich nicht auf den Gedanken gekommen war, es mir nicht vorgestellt hatte? Offenbar war zuwenig Magie in mir, zuwenig Hoffnung …

Ich hielt nach ihm Ausschau; nach Cals Geist. Es wäre einfacher gewesen, wenn er keine Substanz besessen hätte. Es war schwierig, ihn direkt anzuschauen. Ich sah, daß er gehärtet worden war vom Feuer, von allen Elementen, bis die Klinge seines Verstandes messerscharf und tödlich war. Sein Haar schien glatter als das der anderen, und er war nicht so groß wie sie. Er mußte meinen prüfenden Blick gespürt haben, und ich sah ihn kurz innehalten, ärgerlich oder bedauernd, ehe er sich umwandte und mich ansah. Er hatte mandelförmige Augen, deren Farbe ich nicht erkennen konnte und nie erkennen würde. Etwas von Cobweb war an ihm, etwas von Cal, ja sogar etwas von Pellaz. Ich merkte, daß er mich nicht ansehen wollte, er hatte kein Lächeln für mich, und seine Stirn war gefurcht.

Voll Bitterkeit drang Cals Stimme an mein Ohr. »Nichts als Hexerei, Swift. Laß dich nicht davon beeindrucken. Er ist so aufrichtig, und seine sanfte Aufrichtigkeit trocknet dir das Blut in den Adern …«

»Aber wer?« fragte ich; meine Finger und Zehen waren gefühllos.

Er wandte sich von uns ab, und sein Haar schwang bei jeder Bewegung mit wie Seide. Es war mehr als nur Schönheit; es war wie ein Aufwachen und Erkennen, daß es Dinge auf dieser Welt gibt, die so weit weg sind von uns und nach denen wir uns dennoch so sehr sehnen, und wenn wir das Glück haben, sie je zu Gesicht zu bekommen, dann sind sie uns eine Qual, weil sie wie Rauch sind oder wie Trugbilder, und das schmerzt. Man ist unwillig, daß sie existieren, und dennoch sind sie unser Leben, so weit weg …

Hinter mir gab Cal einen Laut von sich, als würde er ersticken. »Immer wieder dieselbe alte Magie!«

»Sein Name?«

»Sein Name ist Seel«, sagte er.

Die Gelaminger hatten ihrem Lager einen Namen gegeben: Imbrilim. Es war nur eine Stunde vom Wald entfernt. Als wir dort ankamen, sahen wir, daß es mehr war als bloß ein Lager. Es war eine Stadt aus Baldachinen und Schleiern und weichem Licht. Wir vernahmen fröhliche Musik aus der Ferne, und die Luft war erfüllt von Blumenduft. Ein Stückchen Himmel, hier auf Erden.

Auf dem Weg dorthin ritt Arahal neben uns, wobei er etliche Anläufe machte, ein Gespräch in Gang zu bringen, offenbar von dem Wunsch beseelt, ein mögliches Unbehagen unsererseits zu vertreiben, während er instinktiv wußte, daß es ihm nicht gelingen konnte – noch nicht. Dennoch, von uns dreien sah nur Leef wirklich besorgt drein. Diese Leute waren seine Feinde, mehr als Cals oder meine. Er hatte bereits einmal zuvor, zusammen mit der varrischen Armee, nach ihnen gesucht, den Kopf heiß vor Wut und dürstend nach Blut. Und jetzt hatten sie ihn gefunden, und er fürchtete ihren Urteilsspruch. Seel ritt ein Stückchen vor uns, und Cal hielt den Blick unverwandt auf seinen Hinterkopf gerichtet. »Könnte ich ihn bloß in die Finger kriegen!« sagte er laut, und es war mir unmöglich zu erraten, was er damit meinte. Seel mußte ihn gehört haben, aber weder wandte er sich um, noch brachte er mehr Distanz zwischen sich und uns.

»Was wollt ihr von mir?« fragte ich Arahal in der Hoffnung, seine Aufmerksamkeit von Cal abzulenken.

»Du klingst müde«, antwortete er. »Nach der Reise durch den Wald mußt du dich ausruhen. Die echten Antworten können warten. Der Zeit kommt hier wenig Bedeutung zu.«

Wir ritten durch die Straßen aus wogender Seide, Schatten am Rand unseres Gesichtsfeldes glitten dahin. Ich sah Hara, die aussahen wie Götter; aus ihren Augen strahlte das Licht allen Ursprungs. So umfangen von Düften fühlte ich mich glücklich. Zumindest hatte ich diesen Eindruck, und es war eine Erleichterung: ich wollte lachen oder weinen oder schreien, und da spielte es keine Rolle, daß die Müdigkeit sich so schwer auf mich gelegt hatte, daß ich am Rande der Hysterie schwebte. Ich hatte die Gelaminger gefunden, und ich fand, sie waren genauso, wie ich sie mir vorgestellt hatte. Heil dir, Ofaniel, Engel des Mondes, der hier auf Erden direkt vor uns ein bleiches Pferd reitet!

Arahal berührte mich am Arm, und unsere Knie stießen gegeneinander, als er sein Pferd dicht neben das meine lenkte. Ich blickte auf. Obwohl sein Gesicht nur undeutlich zu erkennen war, wußte ich, daß er lächelte.

»Nicht mehr weit«, sagte er. »Du bist noch jung …«

Die Gelaminger reden immer auf diese Weise, wenn sie die Gelegenheit dazu erhalten.

Abends ging es in Imbrilim für gewöhnlich recht laut zu. Die Dunkelheit scheint die Gelaminger zum Leben zu erwecken. Ich hatte sie immer für ein ernstes, ja asketisches Volk gehalten, mit würdevollen Gesichtern und stets erfüllt von tiefschürfenden Gedankengängen. Und nun hörte ich Musik und Gelächter und Hara, die einander fröhliche Dinge zuriefen. Ich hatte zwar noch nie zuvor ein Armeelager gesehen, aber keinesfalls hätte ich es mir so vorgestellt! Selbst Galhea konnte da nicht mithalten. Wir kamen zu einem Pavillon, der umweht war von hauchdünnem Musselin; aus seinem Inneren drang ein sanftes Glühen. Der Großteil unserer Eskorte ritt weiter, nur ein halbes Dutzend Hara blieb bei Arahal und uns zurück, um uns von den Pferden zu helfen und unser Gepäck wegzutragen. In dem Augenblick, als ich wieder festen Boden unter den Füßen verspürte, begann ich mich mit einemmal ganz schwach zu fühlen.

Ich glaube, es waren eher die Nachwirkungen der Reise durch den Wald, die meine Erschöpfung verschlimmerten, als der Schock, auf die Gelaminger zu treffen. Arahal raunte einen Befehl, und zwei Hara eilten an meine Seite, um mich zu stützen. Unter dem seidenen Baldachin betraten wir den Pavillon und gelangten in einen großzügigen Raum, der hübsch eingerichtet war. Man führte uns direkt in das dahinterliegende Schlafzimmer.

Das Nächste, woran ich mich erinnere, ist der Moment, als ich die Augen aufschlug und entdeckte, daß ich auf einem niedrigen, weichen Sofa lag. Eine Hand hob sachte meinen Kopf und stützte ihn, während eine andere mir etwas Warmes aus einer Schale zu trinken gab. Es schmeckte nach Honigmilch und Alkohol. Ich weiß nicht, wie lange ich ohne Bewußtsein gewesen war, jedenfalls hatte man mich entkleidet und eine dünne Decke über mich gebreitet, die überraschend warm war.

Arahal kam ins Zimmer und sah mich an. »Es ist sehr wichtig, daß du dich jetzt ausruhst, Swift«, sagte er. Doch die Wirkung des Getränks, das man mir eingeflößt hatte, begann mir schon sanft ins Blut zu gehen, und ich konnte kaum noch die Augen offenhalten. Thiedes Leute. Ich dachte, Engel würden mir übers Gesicht streichen. Ich hörte Gebete in einer Sprache, die ich nie zuvor vernommen hatte und die ich trotzdem verstand. Während ich an den Grenzen des Schlafes dahintrieb, spürte ich, wie einige Hara von draußen eintraten und nächtliche Kühle mitbrachten. Einer von ihnen sagte: »Wird jetzt der Tigron herkommen?«

»Das glaube ich nicht«, antwortete ein anderer. »Ich habe gehört, er will den Tigrina schicken.«

»Ach, was für ein geschicktes Ausweichmanöver. Ich habe das Gefühl, unser Tigron schiebt das Unvermeidliche vor sich her!«

Ich erkannte die Stimme wieder. Sie hatte seit jeher zu mir gesprochen, in meinen Träumen, in meiner Seele.

»Vielleicht, Seel, vielleicht … obwohl eine nachsichtigere Natur denken könnte, daß der Tigron nur auf die Gefühle anderer Leute Rücksicht nimmt. Diese Hara haben viel mitgemacht. Du bist zu streng.«

»Zu streng! Ich kenne ihn. Ich kenne auch Cal. Sie sind beide viel zu stark, um eine solche Rücksichtnahme zu benötigen.«

»Seid still, ihr beiden!« wies eine weitere Stimme die beiden zurecht. »Der Reinblütige ist noch wach!«

Ich konnte die Augen nicht öffnen, weil ich von Wohlgerüchen benommen war, aber ich spürte, daß er sich über mich beugte, spürte fast sein Haar über mein Gesicht streichen. Der Engel mit den mandelförmigen Augen; eine Kraft wie ein Peitschenschlag, die nur erstickte Wut sein konnte – erstickt deshalb, weil ihm Wut fremd war. Er sprach nicht. Ich wünschte, Cobweb zu sein, mystisch, wunderschön und letal; ein Geschöpf, das Inspirationen erweckte. Doch ich war nur Swift, schmutzig, zerrauft und durchschnittlich. Als er sich aufrichtete, war es, als würden Wärme und Licht sich mit ihm zurückziehen. Eine Stimme sagte: »Du bist bereit zu kämpfen, das merke ich.«

»Arahal, ich wurde als Kämpfer geboren!«

Ich hörte sie weiterreden, als sie hinausgingen. Jemand löschte eine Lampe, und nun war nur noch Finsternis hinter meinen Lidern. Ich schlief ein. Als ich erwachte, erinnerte ich mich an jedes Wort dieses Gespräches und werde mich daran erinnern, so lange ich lebe.

Kapitel 3

Noch sollt ihr Glauben schenken …
Verwirrung erfasse den
Beobachter,
der Patriarch verschwindet
wie Futter in wäßrigem Gedärm.

Ist unser Schicksal von Anfang an festgeschrieben? Erschafft uns der übernatürliche Urheber unser aller Leben so, daß wir unseren Offenbarungen gewachsen sind? Leef hat mir einmal gesagt, alle Sorgen wären relativ. Und ich ging so weit, innere Stärke in derselben Weise zu betrachten. Es gibt immer etwas, das stärker ist als wir, egal, wie hell die Flamme aus Selbstvertrauen und Kraft brennt. Es gibt immer etwas Stärkeres, etwas, das darauf wartet, uns unserer Schwäche wegen zu vernichten. Hinter jedem Baum des Waldes lauert ein neues Monster auf uns; manchmal können wir lachen angesichts seiner Kraftlosigkeit. Es erscheint uns gräßlich, aber seine Substanz ist dünn wie Papier. Man kann es zerreißen. Die schlimmsten Monster, denen wir begegnen, haben Engelsgesichter und die Anmut von Teufeln, die zwischen den teilnahmslosen Flammen der Hölle herumflitzen. Sie können uns vernichten, schon allein dadurch, daß sie unsere Seele verbrennen. Steh einem solchen Geschöpf gegenüber, und die Vernunft rinnt aus dir hinaus wie Blut aus einer verletzten Ader. Ist es beschlossen, noch ehe wir geboren werden, wen wir lieben müssen?

Gefiltertes Licht, das durch die wogenden Schleier fiel, weckte mich mit der sanftesten aller Liebkosungen. Jenseits eines Vorhanges, den eine angenehme Morgenbrise gehoben hatte, konnte ich Cal und Leef zusammengerollt auf einem Sofa sehen, in der zeitweiligen kindlichen Unschuld des Schlafes. Man hatte Kleider für uns zurechtgelegt, neue Kleider nach der Art jener, die die Gelaminger trugen. Es gab parfümiertes Wasser und eine Waschschüssel; ein Spiegel mißbilligte mein Aussehen mit unbarmherziger Offenheit. Früher einmal hatte ich mich gekannt; jetzt erschien ich mir körperlich als Fremder. Meinen Augen, meinem Haar fehlte es an Glanz, und ich schien nicht mehr recht in meine Haut zu passen. Mich anzusehen, verursachte mir Pein. Ich warf ein Laken über den Spiegel und ging zwischen den Tüllgardinen und unter dem Baldachin hindurch hinaus ins Licht.

Sie waren als Fremdlinge gekommen, als Eroberer; unserem Land nicht vertraut, unverkennbar fremdartig in ihrer Körpergröße, ihrer Würde, ihrer Kleidung und der geschmeidigen Eleganz ihrer Bewegungen. Die Gelaminger: Gottes Kinder.

Bis dahin war die Menschheit Jahrtausende hindurch, fruchtlose Jahrtausende hindurch unter Todesqualen über das Antlitz der Erde getaumelt. Dies war das Ziel, dem sich alle Fäden des Überlebens entgegengestreckt hatten. Niemand hatte es gewußt. Jene, die es vermutet hatten, hatten als Verrückte gegolten, unbeachtet, verlacht. Dieses Fehlers wegen war die Menschheit zum Untergang verurteilt. Einem Außenstehenden, wie in jenen ersten Tagen auch ich einer war, erscheint die Perfektion der Gelaminger beinahe als Obszönität, als etwas, das es nicht geben kann, und doch mußte ich fasziniert meine Blicke darauf richten, bis ich das Gefühl hatte, davon zu erblinden. Es schien mir, als wäre bei ihnen jeglicher Makel an Charakter und Geist sorgfältig eliminiert worden. Schließlich fragte ich mich verwundert, wie sie sich wohl fühlen konnten, wo ihnen doch so gar nichts geblieben war, um das sie ringen mußten, wo es keine inneren Kämpfe gab, die sie mit sich selbst austragen mußten, wo es keinen Wettstreit unter ihnen gab. Ich hätte genauer hinsehen sollen, aber auf diesen Gedanken kam ich erst später. Wenn ich mich an diesem ersten Tag zwischen ihnen bewegte, verspürte ich keine Furcht, denn die Gelaminger finden kein Vergnügen daran, Angst und Schrecken zu verbreiten. Das ist für sie nur eine andere Art von Waffe, die einzig dann eingesetzt wird, wenn der Anlaß dazu gegeben ist. Sie beachteten mich kaum. Für sie war ich nichts als einer von vielen, der bei ihnen Zuflucht suchte und sich mit weitaufgerissenen Augen unter die Engel mischte.

Imbrilim hatte die Ausdehnung einer kleineren Stadt und war voller Leben. Tagsüber wurden die leise schwankenden Baldachine eingezogen, und während ich durch die Straßen wanderte, die von den Pavillons gebildet wurden, konnte ich in diese hineinsehen. Bald wurde mir klar, daß es eigens Lokale gab, die alle Einwohner von Imbrilim zu den Mahlzeiten aufsuchten und die den ganzen Tag über geöffnet hatten; so nahm nur selten jemand in seinem Pavillon ein Mahl ein. Für all das kam die Hegemonie von Immanion auf; und so waren die einzigen Dinge, für die die Hara hier selbst bezahlen mußten, Drogen und Alkohol. Die Zelte, wo man Getränke konsumieren konnte, waren getrennt von jenen, in denen gegessen wurde.

Überall flatterten träge die Fahnen und Wimpel von Immanion im leichten Wind. Die Symbole waren die Axt mit der Doppelklinge, der Skarabäus und die beiden Schlangen, die sich um ein Schwert winden. All das stand für das Prinzip des Zwei-in-einem, den Hermaphrodismus. Über einem riesigen Pavillon in Purpur und Gold (der, wie ich später erfuhr, der Hegemonie gehörte), wehte das schwarz-silberne Banner des Tigrons: ein schimmernder Löwe mit Fischschwanz vor dem dunklen Hintergrund.

Ich verlief mich rettungslos, trotzdem mußte ich einfach immer weitergehen. Arahal suchte nach mir und fand mich schließlich bei den Pferden, die in einem Gehege am Rand von Imbrilim untergebracht waren – schneeweiße Märchenwesen, deren tänzelnde Füße sich sichtlich danach sehnten, zu Flügeln zu werden. Ich streckte die Hand nach ihnen aus, und ein Dutzend blauschwarze Nüstern bliesen warme Luft auf meine Haut. Nachdem sie meinen Geruch aufgenommen hatten, hoben sie die Köpfe, um mich richtig in Augenschein zu nehmen. Eines von ihnen warf Kopf und Mähne zurück und wieherte leise.

»Ich habe nie aufgehört, ihre prachtvolle Schönheit zu bewundern«, sagte Arahal.

Ich war viel zu beeindruckt, um zu sprechen. Ich konnte nur lächeln auf eine Art und Weise, wie ich nicht mehr gelächelt hatte, seit ich ohne Mühe auf Cobwebs Schoß klettern konnte.

Arahal bestand darauf, mir Imbrilim zu zeigen; auf dem Rundgang kamen wir an etlichen Stellen vorbei, die ich bereits gesehen hatte, aber er erläuterte mir zudem eingehend den Alltag der Gelaminger. Dann machte er mich auf eine großartige Konstruktion aus funkelndem weißem Musselin aufmerksam. »Und hier gedenken wir des Aghama«, sagte er.

»Aghama?« erkundigte ich mich; es klang nach einem besonderen Ereignis.

»Der erste Wraeththu«, erklärte Arahal.

Ich hatte keine Ahnung, was er damit meinte. Wiederum ein Gebiet, das man bei meiner Erziehung sträflich vernachlässigt hatte. Dennoch war es sonderbar, daß ich darüber noch nie nachgedacht hatte. Schließlich mußten die Wraeththu von irgendwo hergekommen sein. Und nun erfuhr ich die Wahrheit über unseren wundersamen Ursprung. Wir stammten von einem einzigen Mutanten ab, den eine Menschenfrau geboren hatte. Einem Kind, das als Zwitter zur Welt kam, und dessen einzigartige Begabungen von seinen Eltern als verrückte Laune der Natur, als Abnormität angesehen wurden. Durch sein Blut hatte er die neue Rasse geschaffen: die Wraeththu. Für sie war er zum Aghama geworden, den sie wie einen Gott verehrten. Davon hatte ich nichts gewußt, nicht einmal Cobweb hatte je diese unwirkliche, legendäre Gestalt des Aghama erwähnt.

Arahal schien nicht überrascht. Er betrachtete die Varrs ohnedies nur als gottlose Barbaren. Doch er war willens, mein Wissen zu ergänzen, und führte mich hinein in das Fane des Aghama. Es war nahezu bar jeglicher Einrichtungsgegenstände, nur ein paar glatte Bänke standen vor einem Tisch, auf dem etwa ein Dutzend schlanke Wachskerzen brannten. Ich bemerkte keine Darstellung des ersten Wraeththu, weder als Gemälde, noch in Stein gehauen. »Wir kommen hierher, um nachzudenken, um uns zu entsinnen«, erklärte Arahal.

»Entsinnen – wessen?« fragte ich.

»Unserer Anfänge«, erwiderte er in so schwermütigem Tonfall, daß ich mich scheute, weiter in ihn zu dringen.

Ich erinnere mich, daß ich draußen im Sonnenschein laut zu denken anfing. »Was soll ich eigentlich hier?« fragte ich mich.

Arahal lächelte nur.

Mir fiel ein, daß Cal meinem Vater einst dieselbe Frage gestellt hatte, der darauf antwortete: »Mußt du mich das jeden Tag fragen?« Ich glaube nicht, daß Cal je die wirkliche Antwort darauf erhalten hatte, und nun hatte ich das Gefühl, meiner Frage würde das gleiche Schicksal beschieden sein.

Arahal sagte: »Megalithika... Das ist ein großer Name. Diejenigen Hara, die kommen werden, um hier zu herrschen, werden von entsprechendem Format sein, und ihre Söhne werden die Weisheit der Generationen in sich vereinen.«

Welcher Generationen? Während Arahal neben mir herging und vor Stolz von innen heraus glühte, dachte ich darüber nach, wie die Gelaminger ihre Kultur, ja selbst ihre Städte aus der Luft gegriffen und sie mit dem Glanz von Jahrhunderten erfüllt hatten. Eine Lüge. Ihre Kultur war immer noch feucht vom Geborenwerden, und dennoch redeten sie so, als gehörte ihnen die Welt seit tausend Jahren. Die Menschheit hatte so unendlich lange gebraucht, um sich von den Geschöpfen des Waldes und der Steppe zu entfernen – gar nicht zu reden von jenen im Schlamm – und Feuer und Behausung zu entdecken. Vielleicht waren sie zu weit gegangen, zu weit, um umkehren zu können, und die Isolation hatte sie verkümmern lassen… vielleicht. Die Wraeththu hingegen sind Tiere, sie sind keine Menschen und sie werden sich nie Menschen nennen. Ich könnte mir sagen: »Ich bin ein Tier«, und etwas Glänzendes in der Dunkelheit vor mir sehen, etwas Kraftvolles, Geschmeidig-Glattes, etwas, das der Erde nahe steht. Meine Augen konnten leuchten, und meine Zähne waren scharf genug zum Töten, doch jetzt, so schien es, mußte ich meine Fänge bedecken, meine Krallen einziehen und lernen, mich mit dem Lamm zu betten, dessen Fleisch eine solche Versuchung für mich darstellte. Die Gelaminger haben es mich gelehrt: Mord gibt es nicht, nur die negative Regung, eine Seele zu verwüsten und das dazugehörige Fleisch abzutöten. Doch die Seele wird immer wiederkehren. Letzten Endes läßt der Akt des Tötens nur den Mörder leiden. Ich fragte mich, weshalb sie den Wunsch hatten, mich weiterzubilden, welchen Nutzen ich für sie hatte, doch meine diesbezüglichen Fragen wurden umgangen. Arahal sagte zu mir: »Möchtest du nicht von Gefühlen erfüllt sein, die glatt sind und klar? Möchtest du nicht in der Lage sein, um Ecken schauen zu können? Wir können dir helfen, in Farben zu sprechen und ein Klangbild zu sehen, welches die Gedanken anderer Hara darstellt. Das ist die wahre Mutation!«

Mutation: Veränderung. Es schien, daß die Ängste meiner Kindheit wieder zum Vorschein kamen.

Wären sie je nach Galhea gekommen, hätten uns die Gelaminger niemals getötet oder auch nur aus unseren Häusern vertrieben, wie von uns befürchtet. Wir wären ohne viel Aufhebens eingelullt worden, man hätte uns beschwichtigt und uns den Dolch aus der Hand genommen. Ihre Eroberungskraft bestand nicht in Gewaltanwendung, doch sie war keinesfalls weniger wirksam. Wir hatten eine völlig falsche Vorstellung von ihnen gehabt, und mein Vater war dagegen angeritten, ohne das zu wissen. Wenn er auf die Gelaminger getroffen war, dann, dessen war ich sicher, mußte er tot sein. Wenn sein Körper noch Leben in sich trug, war jener Terzian, den ich gekannt hatte (und auch jener, den ich nicht gekannt hatte) des Feuers in seinen Augen beraubt. Was auch immer ich von ihm wußte, ich hatte genug Mitgefühl in mir, um zu hoffen, daß er *wirklich* gestorben war, und das auf die einzige Weise, derer er sich rühmen würde: im Kampf.

Zurück zu jenem ersten Tag, als ich im Sonnenschein mit Arahal umherzog, seine Hand auf meiner Schulter. Die Luft war erfüllt von Insekten mit großen, hauchdünnen Flügeln. Sie gerieten in unsere Haare und funkelten wie Edelsteine, während sie bis zur tödlichen Erschöpfung mit den Flügeln surrten. Ich fühlte mich desorientiert und war nicht sicher, ob ich nicht träumte. Nichts von alldem schien mir real.

Arahal lächelte mir wohlwollend zu. »Der unsere ist der einzig richtige Weg, Swift. Du wirst uns kennenlernen, und dann wirst du es einsehen.«

»Weshalb ich?« fragte ich. »Was wollt ihr von mir? Ich bin noch nicht reif dafür, was immer es auch ist. Meine Seele ist zu jung. Sie trachtet nicht nach all dem.« Ich wußte selbst nicht, was ich zu vermitteln versuchte.

Arahal lachte auf. »Du bist immer noch in diesem

Wald, Swift. Du mußt loslassen und unter den Bäumen hervorkommen.« Gelamingern scheint es ein Greuel zu sein, auf Fragen zu antworten. Nicht, daß sie Geheimniskrämer wären, nein, sie erwarten nur von den anderen, daß sie die Antworten selbst finden.

»Ich will zu Cobweb«, sagte ich unbeholfen. »Ich möchte zu meinem Träger!«

»Er ist stets bei dir.«

»Nein, nicht hier.« Ich erinnerte mich kaum noch an Cobwebs Gesicht.

Wir kamen an einem großen Pavillon mit blaßrosa und goldenen Markisen vorbei. Später fand ich heraus, daß es sich um einen Treffpunkt der Hochrangigen handelte, der Mitglieder der Hegemonie und ihrer engsten Mitarbeiter. Vor dem Eingang stand eine Gruppe Hara in ein Gespräch vertieft; ihre Hände fuhren durch die Luft, um die Worte zu begleiten. Ich bekam einen schmerzlich-bitteren Geschmack im Mund: Einer von ihnen war Seel.

Arahal rief seinen Namen und ein Grußwort hinüber; Seel wandte sich um, sah uns, schüttelte das Haar zurück und lächelte. So hatte ich ihn mir nicht vorgestellt; Cal hatte ihn anders beschrieben. Das sollte der Har sein, der aus nacktem, zerfallendem Gestein eine Stadt erbaut und sich die Hände an den Sodasenken des Südens blutig gerissen hatte? Jetzt war er bloß ein Gelaminger, hygienisch sauber, makellos. Dabei hätte sein Haar aus Schlangen bestehen sollen.

Er sah mich kein einziges Mal an.

Während der ersten drei Tage, in denen ich noch nicht vor die Hegemonie gebracht wurde, blieben Cal, Leef und ich in unserem baldachinbedeckten Heim und verließen es nur, um zu essen. Dann setzten wir uns im nächstbesten Pavillon, in dem es Mahlzeiten gab, in die stillste Ecke, die wir finden konnten. Ein-, zweimal kamen Fremde zu uns, um mit uns, den Flüchtlingen aus dem Norden, wie sie meinten, zu plaudern. Wir fürchteten, zuviel preiszugeben, was uns selbst betraf (alle Gespräche schienen unausweichlich auf die Varrs und ihre Greueltaten zuzusteuern), und so scheuten wir uns, auf irgendwelche freundlichen Annäherungsversuche zu reagieren. Wir vertrieben uns die Zeit mit den Spielkarten, die Arahal uns gebracht hatte, und tranken dazu Unmengen Wein.

Ich war weit davon entfernt, mich von der Entkräftung, die die Reise durch jenen Wald bewirkt hatte, zu erholen – ganz im Gegenteil, mein Zustand schien sich noch zu verschlimmern. Alles bedeutete Anstrengung für mich. Ich konnte nichts essen, aber ich war immer noch der einzige von uns, der gelegentlich einen Spaziergang unternahm. Dabei schätzte ich es, daß niemand mich je belästigte. Ich konnte inmitten all dieser Leute stundenlang friedlich und halbbetrunken umherwandern. Das war für mich das Beste an Imbrilim. Cal war die ganze Zeit über nervös; ihm graute vor jeder weiteren Berührung mit Seel, während Leef mürrisch und schweigsam blieb. Hin und wieder empfand ich es als Erleichterung, mich von den beiden abzusetzen.

»Warum kommt er nicht endlich?!« schrie Cal eines Abends unvermutet auf.

»Er wird nie kommen!« antwortete ich und wußte, dies war die unbarmherzige Wahrheit.

Cal setzte sich auf den Boden. »Er ist verändert«, murmelte er, mehr zu sich selbst als zu uns. »Früher wäre er hier hereingestürmt, hätte mich angebrüllt … Und jetzt, jetzt kommt er mir vor, als hätte man ihn verschnitten!«

»Ein anderes Feuer, ein anderes Feuer …«, grinste ich.

Cal vergrub das Gesicht in den Händen. »Ich *muß* ihn sehen!« beharrte er.

Seel kam nie.

Abends liebte ich es, am Eingang zu unserem Pavillon zu stehen und tiefe Atemzüge der wohlriechenden Luft zu nehmen, die mir stets Heimweh verursachte. Oft schlenderten Gruppen lachender Menschen oder Hara vorbei, versunken in ihre Gespräche, versunken in ihre Freundschaften, vielleicht auf dem Weg zu einem abendlichen Gläschen in einem der Bierzelte. Einmal trat Cal an meine Seite. »Widerlich«, sagte er. »Ich hasse sie.«

Manchmal hielt ich es nicht länger aus und mußte mich in Imbrilim umsehen, mußte nach *ihm* Ausschau halten. Für gewöhnlich fand ich ihn auch. Ich schien einen untrüglichen Instinkt dafür zu besitzen, ihn ausfindig zu machen. Bei einer dieser Gelegenheiten, der besten von allen, fand ich ihn allein auf einem Feld außerhalb des Lagers. Ich glaube nicht, daß er tanzte, er trainierte wohl nur seinen Körper, aber es war unglaublich anzusehen. Es gab keine Musik, und doch konnte ich erkennen, daß er welche hörte. Er war so schlank, es schien mir unmöglich, daß in seinem Körper alles vorhanden war, was hineingehörte. Allein den Gedanken daran fand ich unerhört: Solch ein perfektes Geschöpf konnte nicht aus Blut und Galle und Gedärmen gemacht sein! Womöglich bestand sein Inneres aus Glas oder Kristall oder gar aus Wölkchen. Vielleicht alles zusammen. Hingerissen sah ich ihm zu, voll schmerzlicher Gefühle. Einmal sah er zu mir herüber und schien sich noch ein bißchen höher zu strecken. Es ärgerte mich, daß er mich bemerkt hatte, aber es schien ihm nichts auszumachen, daß ich ihn beobachtete. Er war an ein Publikum gewöhnt.

Hinterher erzählte ich Cal davon. Unerwarteterweise lachte er mich nicht aus. »Was liegt alles noch vor uns?« fragte er mich. »Ich habe das Gefühl, jemand steht hinter mir und blickt mir über die Schulter. Draußen vor der Tür oder direkt über uns. Warum halten sie uns hin?«

Traurig nahm ich ihn in die Arme, und dann saßen

wir auf dem Boden, zwischen den Seidenkissen; wir schwiegen und tasteten nach den Gedanken des anderen, ohne einander zu berühren. Nach einer Weile sagte Cal: »Langsam bekomme ich den Eindruck, daß ich nicht mehr lange hier sein werde.«

Ich konnte ihm nicht antworten, denn ich wußte, daß dies die Wahrheit war.

Am Morgen kam Arahal, um mich zu holen. Die Sonnenstrahlen draußen, jenseits des schützenden Stoffdaches, waren hart und funkelnd, wie Arahals Silberhaar. Er trug hautenge schwarze Hosen, und eine Sammlung von Bändern und Silberketten schmückten Brust und Rücken. Schwarze Federn waren in sein Haar geflochten. Er sah prachtvoll aus, wie ein Märchenprinz. Ich fühlte mich benommen und ein bißchen närrisch, was wohl auf die kargen Mahlzeiten zurückzuführen war, die ich in den vergangenen Tagen zu mir genommen hatte. Doch Arahal schien meinen Zustand nicht wahrzunehmen, geschweige denn deswegen besorgt zu sein. Ich war sicher, falls ich hinfiel, würde er mich über seine Schulter werfen und weitermarschieren und freundlich über Dinge schwatzen, an die ich mich nie erinnern würde, ja denen ich nicht einmal recht folgen konnte.

Er führte mich zu dem purpur-goldenen Pavillon und setzte mich fröhlich davon in Kenntnis, daß mir eine Audienz bei den Mitgliedern der Hegemonie bevorstand. Ich war mir meines angeschlagenen, schwächlichen Zustandes jammervoll bewußt und auch der Tatsache, daß ich weit davon entfernt war, mich halbwegs vorteilhaft präsentieren zu können. »Muß das heute sein?« fragte ich.

»Ich dachte, du wolltest eine Antwort auf all deine Fragen«, entgegnete Arahal.

Ein hinreißend schöner Har mit platinblondem, hüftlangem Haar, gekleidet in fließende graue Schleier geleitete uns in einen Vorraum. »Ich bin Velaxis«, sagte er zu mir. Ich hatte den Eindruck, dies sollte mir etwas sagen. »Wenn ihr hier einen Moment warten wollt, Tiahaara …« Er schwebte zwischen den Vorhängen davon.

»Velaxis ist ein Geschöpf von hohem Ansehen«, erklärte Arahal trocken.

»Gehört er zur Hegemonie?« fragte ich.

Arahal schüttelte den Kopf und lächelte. »Nein, nein, aber er steht den Mitgliedern sehr nahe. Thiede hat ihn ihnen geschenkt.«

Das kam mir reichlich absurd vor, wenn nicht sogar unredlich: Wie konnten sie als Nation, die sich so leidenschaftlich zur Freiheit bekannte, etwas zulassen, das mehr als nur den Geruch von Sklaverei an sich hatte?

Arahal bemerkte meinen Gesichtsausdruck. »Velaxis wird für seine Dienste bezahlt«, sagte er. Jetzt sah ich wohl noch verblüffter drein. »Er stand einst als Assistent in Thiedes persönlichen Diensten«, fuhr er fort. »Zweifellos hat Thiede erkannt, daß die Hegemonie in Megalithika erstklassige Unterstützung benötigen würde.«

Velaxis kam zurück und führte uns in den Hauptraum des Pavillons. Wir hatten nicht lange warten müssen. Als unser Kommen angekündigt wurde, war ich nervös, denn ich erwartete ein Zeremoniell der allersteifsten Sorte.

In der Mitte des Raumes stand ein großer Tisch, auf dem ein halb angekleideter Har saß und eine Frucht schälte; seine Stiefel sahen abgenutzt aus, und langes, helles, unfrisiertes Haar hing aus einem schwarzen Band in seinem Nacken. Er hatte ein Gesicht, das unverkennbar gewohnt war zu lächeln, und sehr weiße Zähne. Neben ihm stand ein zweiter Har, der sein nasses Haar auskämmte und zusammen mit dem ersten über ein offenbar soeben gefallenes Scherzwort lachte.

»Sieh an, Arahal, der alte Gauner!« sagte derjenige, der auf dem Tisch saß. Daß irgend jemand auf den Gedanken kommen könnte, in Arahal einen Gauner zu sehen – geschweige denn, ihn einen zu heißen –, war eine überraschende Entdeckung.

»Ashmael«, sagte Arahal und verbeugte sich ironisch. Der Hellhaarige auf dem Tisch legte das Schälmesser sorgfältig neben sich hin. Er sah mich unverwandt an, und ich mußte den Blick senken. »Und dies hier ist wohl der Sprößling des mächtigen Terzian«, sagte er.

Man bot mir Wein an, der mir ohne Umwege zu Kopf stieg, und wir setzten uns auf warme Holzstühle am Tisch.

»Arahal, was hast du mit ihm angestellt?« fragte Ashmael und hob mein Kinn hoch. Seine Finger waren klebrig vom Saft der Frucht. Arahal antwortete nicht.

»Hat es dir die Sprache verschlagen?« wandte Ashmael sich an mich. »Können Varrs nicht reden?«

»Ich bin kurz vorm Sterben«, antwortete ich.

Ashmael sah Arahal an, und sie grinsten beide. »Ich denke, ich sollte allein mit ihm reden«, sagte Ashmael.

»Wie du meinst«, antwortete Arahal und stand auf. Er und der andere Har (der noch kein Wort von sich gegeben hatte) verschwanden durch die Vorhänge in einen anderen Teil des Pavillons. Ich schloß daraus, daß Ashmael einen höheren Rang innehatte als die anderen.

»Bist du hungrig?« fragte er mich. Ich begann den Kopf zu schütteln, besann mich dann eines Besseren und nickte, unsicher, angewidert und ausgehungert.

Der Gelaminger gab den Auftrag, etwas zu essen zu bringen, und setzte sich wieder auf den Tisch, wo er sich offenbar wohler fühlte. Er sah mich schweigend an, und ich erstickte fast unter seiner Ausstrahlung. Ich spürte seine Kraft und seinen Ruhm, und dennoch gab er sich beiläufig und zwanglos. Ich fühlte mich zwar schrecklich klein in seiner Gegenwart, doch selbst in meiner Hilflosigkeit wünschte ich inständigst, er möge mich respektieren, wenigstens ein bißchen.

»Ich möchte wissen ...«, begann ich, und dann versagte mir die Stimme, denn in meiner Verwirrung wußte ich nicht mehr, was ich fragen wollte.

»Du möchtest wissen, weshalb du hier bist«, half mir Ashmael freundlich weiter, während er immer noch direkt in mein Inneres starrte.

Ich nickte, und in meinem Kopf drehte sich alles. »Ich fühle mich so schwach«, sagte ich.

»Dann mußt du essen!« Er griff wieder nach meinem Kinn. »Du bist ja nur Haut und Knochen! Wenn es dir hilft, kann ich dir sagen, daß das nur die Auswirkungen der Reise durch den Wald sind; er ist unser kleines Fegefeuer. Deine Seele ist verwundet, und ich fürchte, du hast unter schrecklichen Offenbarungen gelitten. Vielleicht hätten wir dich nicht so lange schmoren lassen sollen, aber wir wollten dir ein paar Tage Ruhe gönnen, bevor wir dich zu einem Gespräch bitten. Es muß einschüchternd auf dich wirken...« Er lächelte, gab plötzlich einen ärgerlichen Laut von sich, glitt vom Tisch und schritt zum Eingang. »Velaxis!« rief er. »Ich glaube, ich habe schon vor einiger Zeit um etwas Eßbares gebeten!« Selbst sein Sarkasmus war bezaubernd.

»Bist du ihr Anführer?« fragte ich, sobald er sich wieder auf dem Tisch niedergelassen hatte.

Er lachte auf. »Nein. Unser Anführer, wie du es nennst, ist eine hochgestellte Persönlichkeit, bekannt unter der Bezeichnung Tigron. Er ist das wahre Wunder aller wahren Wunder – aber du hast ihn sicher bereits kennengelernt, oder?«

»Habe ich das?« fragte ich; ich dachte an Seel.

»Ja. Für die meisten ist er nur der mächtige Tigron, aber für seine Freunde und jene, die das Glück haben, sein Lager zu teilen, ist er Pellaz.«

Das hätte ich ahnen können, aber selbst so brauchte es seine Zeit, bis diese Neuigkeit in mein Hirn eindringen wollte. »Pellaz! Dann ist er also *nicht* tot!«

Ashmael verdrehte die Augen und seufzte. »Ganz im Gegenteil, würde ich sagen. Er brodelt geradezu vor

Leben! Auch wenn er Thiedes …« Er unterbrach sich und schüttelte den Kopf. »Nein, ich will meine Zunge im Zaum halten. Das sind Dinge, die nicht für deine Ohren bestimmt sind, Sohn des Terzian.«

Danach konnte ich an nichts anderes mehr denken, als zurückzurennen zu unserem Pavillon und Cal davon zu berichten. Ich wollte augenblicklich weg. Mit einemmal hatte ich einen völlig klaren Kopf und schien mich nicht mehr unter Fremden zu befinden.

Ich versuchte wohl aufzuspringen, denn Ashmael stieß mich lässig mit dem Fuß zurück auf meinen Stuhl. »Wo willst du hin? Du hast noch nichts gegessen, und ich habe noch nicht mit dir geredet.«

»Ich muß … Cal …«

Wieder schüttelte Ashmael den Kopf. »Nein, das mußt du nicht. Cal hat seinen eigenen Weg zu gehen, und ich wage vorauszusagen, daß es ein langer Weg sein wird. Noch gibt es kein leidenschaftliches Wiedersehen für ihn. Eure Pfade müssen sich für eine Weile trennen.«

»Ihr werdet versuchen, einen anderen aus ihm zu machen, nicht wahr?« Ich konnte nicht anders, ich mußte es sagen, aber Ashmael schien nicht beleidigt.

»Wir wollen niemanden zu einem anderen machen … nun, vielleicht … jedenfalls sicher nicht Cal. Er ist nichts als eine Schachfigur in einem gewaltigen Kampf, der keinen von uns etwas angeht. Vergiß ihn.«

Velaxis brachte das Essen. Es gab kaltes Brathuhn, grünen Salat, Nüsse und einen kräftig schmeckenden Käse mit blauen Adern. In dem Augenblick, als es unter meiner Nase duftete, konnte ich an nichts anderes denken als ans Essen. Ashmael holte sich ein paar Stückchen von meinem Teller, sichtlich nicht hungrig, nur zu eßlustig, um mir zuzusehen, wie ich alles allein aufaß. Er goß mir Wein nach.

»Also, das erste, was dir bevorsteht, wird ein intensiver Unterricht sein, ganz besonders, was die verschiedenen Kasten betrifft. Davon hast du keine Ahnung, nehme ich an?« Ich schüttelte den Kopf, und er fuhr lächelnd fort: »Danach, wenn du dich ein bißchen eingewöhnt hast, wirst du vielleicht den wahren Grund für dein Hiersein erfahren. In der nächsten Zeit mußt du dich damit begnügen zu lernen, ein Gelaminger zu sein.«

»Warum all diese Geheimniskrämerei? Warum bin ich so wichtig? Bis vor kurzem war der einzige Grund für meine Wichtigkeit der Umstand, daß ich Terzians Sohn bin! Ist das immer noch der Grund?«

Ashmael hob die Schultern. »In gewisser Hinsicht. Du mußt begreifen, daß die Pläne der Gelaminger sehr weitreichend sind, und daß du nur einen kleinen Teil davon darstellst, der dennoch sehr wichtig ist. Wir haben alle unsere Rollen zu spielen. Bald wirst du auch die deine kennen.«

»Du bist nicht wie Arahal und die anderen«, sagte ich; es war ein laut gedachter Gedanke, der mir plötzlich gekommen war.

»Nicht wie sie? Was meinst du damit?«

»Du bist ... Ich weiß nicht ... *so real*. Ich kann dich verstehen.«

»Oh, laß dich nicht täuschen von denen«, grinste er. »Das ist nur ihre Art, sich zu geben. Du wirst es bald durchschauen. Sie lieben es, sich in Szene zu setzen, alle miteinander. Denk bloß immer daran: auch *sie* müssen schwitzen, müssen kacken, und sie sind alle aus Fleisch und Blut und Knochen gemacht. Den Rest haben sie von Thiede gelernt, der geradezu ein Muster an kalter Förmlichkeit ist.«

»Ich glaube, es ist mehr als das«, sagte ich zweifelnd.

Er hob die Schultern. »Vielleicht. Aber ich habe Thiede geholfen, sein kleines Königreich zu schaffen, und er schätzt mich, daher ist es mir gestattet, so zu denken, wie ich will.«

Ich lachte mit ihm. Was er auch sagte, Ashmael war

nicht wie die anderen. Er hielt sich nicht auf mit Bagatellen, und Formalitäten machten ihn ungeduldig, doch er konnte zu einem unnachsichtigen Feind werden, wenn man ihn in Rage brachte.

Er erzählte mir von der Hegemonie und davon, daß sich gegenwärtig drei ihrer Mitglieder in Megalithika aufhielten: Cedony, der mit dem nassen Haar von vorhin, Ashmael und ein dritter, dessen Name Chrysm war. Er verriet mir, daß Thiede sie alle drei schon seit einiger Zeit zur Untätigkeit verurteilt hatte. Seit ihrer Ankunft in Megalithika hatten sie nichts weiter getan, als den Flüchtlingen aus dem Norden eine sichere Heimstatt zu schaffen und »Terzian und Ponclast ein wenig lästig zu fallen«. An dieser Stelle erkundigte ich mich nach meinem Vater. »Wo sind meine Leute geblieben?«

Ashmael sah mir in die Augen. »Ich weiß es nicht«, sagte er und spreizte die Finger, »ehrlich, ich weiß es nicht. Damit hatte ich überhaupt nichts zu tun. Das war ein Leckerbissen, den Thiede und Pell für sich behielten. Uns erreichen hier so wenige Nachrichten. Wir tun nichts als auf Befehle zu warten, die anscheinend nie gegeben werden. ›Eines Tages‹, so hat man uns erklärt, ›wird Terzians Sohn zu euch kommen; er muß unterwiesen werden.‹ Das war nicht unbedingt das welterschütternde Ereignis, das wir erhofft hatten. Ich weiß nicht, weshalb Thiede wollte, daß du zu uns kommst. Es wäre viel schneller gegangen, wären wir nach Galhea geritten und hätten dich hergeholt. Aber er wollte es nun einmal so, und da gab es keine Widerrede für uns. Thiede liebt es, nichtsahnende Hara zu unerwarteter Bedeutung zu befördern, so wie er es auch mit Pellaz gemacht hat. Ich könnte mir denken, daß er irgendwelche großartigen Pläne mit dir hat. Am besten, du lehnst dich zurück, läßt es auf dich zukommen und machst das Beste daraus. Es hätte wenig Sinn, sich auf einen Streit einzulassen, glaub mir.«

»Vielleicht hält sich mein Vater noch immer in diesem

Wald auf«, unterbrach ich ihn; ich wollte mich nicht von meiner ursprünglichen Frage ablenken lassen, obwohl das, was Ashmael soeben gesagt hatte, für hundert weitere gut war.

»Das bezweifle ich«, entgegnete er. »Wie ich vorhin sagte, die Auseinandersetzung mit der varrischen Armee war eine Angelegenheit, die Thiede und Pell allein abwickelten. Sie muß schon seit langem erledigt sein.«

»Wo ist dann …?«

»Wir wollen es dabei belassen, Swift!« rief Ashmael warnend aus, und der Tonfall seiner Stimme brachte mich augenblicklich zum Schweigen.

Nach einer Weile traf auch das dritte Mitglied der Hegemonie, das ich noch nicht kennengelernt hatte, bei uns ein; auf den ersten Blick dachte ich, es wäre Seel, und meine Haut begann zu kribbeln. Er hatte zwar ähnlich schräge Katzenaugen, aber sein Haar war dunkler, und er war größer als Seel.

»Ich halte das nicht mehr aus! Die Dusche spuckt mir Rost auf den Rücken, und in unserer Zisterne liegt ein toter Vogel!« schrie er uns beim Eintreten entgegen. Er riß die Arme hoch und verdrehte die Augen. »Ach, Immanion, wie ich dir nachweine!«

»Chrysm, das ist Swift«, verkündete Ashmael.

Chrysm fuhr sich mit den Händen durchs Haar. »Ach ja, der Varr! Endlich! Können wir jetzt wieder heimkehren?« fragte er.

Aus der Art, wie mich die Mitglieder der Hegemonie behandelten, schloß ich, daß meine Stellung mehr oder weniger jener von Arahal entsprechen mußte. Sie sprachen zu mir in einer Weise, wie Hochrangige mit jenen reden, deren Position zwar niedriger ist als ihre eigene, jedoch höher als die der meisten Außenstehenden – in einer Weise also, die Gleichrangigkeit vermitteln soll, während einem zu verstehen gegeben wird, daß es sich dabei um ein bewußtes Bemühen handelt. Ich hatte immer gedacht, den Gelamingern würde es an Humor fehlen und sie würden zumeist eine todernste Miene zur Schau tragen, doch wie bei den meisten meiner vorgefaßten Meinungen über dieses Volk lag ich auch hier falsch. Mit Ausnahme ihres überwältigenden Äußeren waren sie völlig anders, als ich sie mir vorgestellt hatte. Plötzlich entdeckte ich, daß ich ziemlich betrunken war, und erzählte Chrysm von dem Bild, das ich mir früher von ihm und seinesgleichen gemacht hatte.

»Es kostet natürlich Nerven, vollkommen zu sein, das stimmt«, sagte er und grinste. »Was mich persönlich betrifft, so lasse ich mich durchaus zu einer gelegentlichen Orgie von Gemeinheiten herab, was meinen Schutzgeist zweifellos jedesmal an den Rand eines Schlaganfalles bringt, dennoch... Bei diesem Thema fällt mir gerade ein – beruht dieses Gerücht, daß eine Ankunft des Tigrina drohend über uns schwebt, nun auf einem Körnchen Wahrheit oder auf reinen Mutmaßungen?«

Ashmael hob die Schultern. »Ich habe auch keine gesicherten Informationen. Du weißt, wie diese Dinge entstehen. Pell kommt jedenfalls nicht selbst, davon bin ich überzeugt. Davon sind alle überzeugt. Aber vielleicht langweilt sich der Tigrina in seinem Elfenbeinturm in Phaonica. Vielleicht schickt ihn Pell zu uns, damit er Ruhe gibt.«

»Oder um seine Neugier in bezug auf gewisse Leute zu befriedigen«, bemerkte Chrysm spöttisch.

»Mhm, das natürlich auch. Jedenfalls bin ich sicher, Thiede hat unserem huldvollen Tigrina bereits versichert, daß Cal keine Bedrohung für seine Position darstellt...« Ashmael bemerkte, daß ich Mühe hatte, dem Zwiegespräch zu folgen. »Ich sollte dir vielleicht erklären, Swift, wer der Tigrina ist. Er heißt Caeru, und er ist der Gemahl des Tigron. Es werden dir zweifellos Gerüchte zu Ohren kommen, daß das Verhältnis zwischen den beiden nicht ganz so ist, wie es sein sollte.

Doch es war Thiedes Idee, was sonst. Pell verrät seine Gefühle zwar nie, aber seine innige Beziehung zu Cal ist ein offenes Geheimnis in Immanion. Gleichfalls ein offenes Geheimnis ist es, daß Thiede alles tun würde, um zu verhindern, daß diese Beziehung wieder auflebt. Ich selbst halte es für unvermeidlich, daß Cal in Pells Leben zurückkehrt. Er hätte so leicht für immer verschwinden können. Schon der Umstand, daß er zusammen mit uns hier in Imbrilim ist, muß den Tigrina in kalten Schweiß ausbrechen lassen... Jedenfalls ist irgend etwas im Gange, aber niemand weiß, was.«

»Und am wenigsten Cal«, warf ich ein. »Er weiß nicht einmal, daß Pell noch am Leben ist.«

»Er tut mir leid, trotz seiner Verfehlungen«, sagte Chrysm, und wir verfielen in Schweigen.

Schließlich mußte ich doch auf Seel zu sprechen kommen und ein paar Fragen stellen. Ich bemerkte, daß meine beiden Gesprächspartner kurz zögerten und einander zugrinsten, ehe Ashmael mir antwortete.

»Seel?« sagte er. »Der geborene Organisator, finde ich. Es macht ihm Spaß, Ordnung ins Chaos zu bringen. Er ist ein naher Freund des Tigrons und somit unser engstes Bindeglied mit daheim. Wie man hört, stehen die beiden in regelmäßiger Gedankenverbindung.«

»Er ist wunderschön!« platzte ich heraus.

»Wir sind alle wunderschön!« lachte Chrysm laut auf, warf den Kopf zurück und starrte uns in Seels typischer Manier von oben herab verächtlich an.

»Natürlich verfügt Seel über innere Erleuchtung«, sagte Ashmael ätzend.

»Ist er euch nicht sympathisch?« fragte ich entsetzt.

»Natürlich ist er das«, antwortete Ashmael rasch und tätschelte mir die Wange. »Er ist lediglich erfüllt von Pells Geist und hat heutzutage Schwierigkeiten, mit beiden Beinen auf dem Boden zu bleiben. Nur wenige dürfen danach streben, ihn in die Arme zu schließen, denn seine Nächte verbringt er mit einsamer Meditation, wobei er sich ohne Zweifel der Berührung unseres Tigrons auf astraler Ebene erfreut.«

»Überhaupt kein Zweifel!« bestätigte Chrysm und hob sein Glas.

Bei Einbruch der Dämmerung wanderte ich zurück zu dem Pavillon, der zu meinem Zuhause geworden war, und dachte über die Ereignisse des Nachmittags nach. Der Besuch bei der Hegemonie hatte sich als rein gesellschaftliche Angelegenheit herausgestellt, soviel war mir klar. Sie hatten mir meine Befangenheit nehmen wollen, und das war ihnen mühelos gelungen. Die Frage, weshalb ich mich in Imbrilim aufhielt, machte mich nicht mehr so ängstlich, denn die Hegemonie schien ebenso im dunkeln zu tappen wie ich, und das fand ich auf merkwürdige Weise tröstend. Etwas von der Hochstimmung, die meine Ankunft in Imbrilim begleitet hatte, war zurückgekehrt. An diesem Morgen war ich von meinem Pavillon weggegangen, hatte mich gefürchtet vor dem, was auf mich wartete, und mich absolut minderwertig gefühlt, und nun kehrte ich zurück als Freund erlauchter Persönlichkeiten, denen ein klar umrissener Platz in einer festgefügten Ordnung zukam, selbst wenn keiner genau wußte, welcher Platz das war. Ich war randvoll mit Gelaminger Wein und hätte am liebsten getanzt. Zum erstenmal seit langem fühlte ich mich wieder wie der Sohn eines Stammesführers der Wraeththu. Ich ließ nicht länger die Schultern hängen, und das wirkte wie ein Zauber. Hara wünschten mir einen guten Abend, und eine Frau, die ein Kind auf dem Arm trug, blieb stehen und versicherte mir, sie freue sich, daß ich mich wieder besser fühle. »Ich bin Shara«, sagte sie. »Meine Leute kamen vor Monaten aus dem Norden hierher, und nach dem Tod meines Vaters liegt es nun an mir, die Verantwortung für sie zu übernehmen. Wir wurden von den Varrs aus unseren Häusern vertrieben.«

Ich war wohl erbleicht, denn Shara griff sofort nach meinem Arm, ganz verwirrt von der peinlichen Lage, in die sie sich gebracht hatte. »Entschuldige, bitte denk nicht, daß ich es böse gemeint habe. Wir hörten, daß du kommen würdest. Wir wissen, wer du bist. Hast du sehr gelitten unter deinem Vater?«

Wie sollte ich darauf antworten? Ein Ja wäre eine Lüge gewesen, und ein Nein hätte sich zu meinen Ungunsten ausgewirkt. »Viele haben unter meinem Vater gelitten«, sagte ich, und sie nickte voll Mitgefühl.

»Unsere Zelte stehen im Ostteil von Imbrilim. Meine Leute sind dort unter dem Namen Tyrells bekannt. Bitte komm uns doch einmal besuchen! Du bist stets willkommen bei uns.«

Ich dankte ihr, und sie ging weiter. Also schienen sich jetzt auch die Menschen zu Stämmen zu formen. Und wie mich die Hegemonie als einen ihr Gleichgestellten behandelt hatte, hatte es auch die Menschenfrau getan! So viele Dinge gab es, an die ich mich würde gewöhnen müssen. Außerdem fiel mir soeben auf, daß offenbar jeder Bewohner von Imbrilim über die Angelegenheiten eines jeden anderen genauestens Bescheid wußte. Ich war Shara noch nie zuvor begegnet, trotzdem hatte sie gewußt, wer ich war und daß ich mich nicht wohl gefühlt hatte. Abgeschieden, wie ich in Immerdar gelebt hatte, war mir nie klargeworden, daß Gemeinwesen viel, viel kleiner scheinen können, als sie wirklich sind, und daß Tratsch sich schneller verbreitet als Buschfeuer.

Leef wartete vor dem Pavillon auf mich und starrte mir besorgt entgegen. Als ich in sein unglückliches Gesicht sah, wurde ich ärgerlich, denn ich konnte spüren, wie meine angenehm gute Laune dahinschmolz. »Cal ist weg«, sagte er.

Er wußte nicht, wohin er gegangen war, nur, daß irgendwann am Nachmittag Arahal im Pavillon erschienen war und Cal aufgetragen hatte, seine Sachen zu packen. Es war nicht viel, was er besaß. »Sag deinem

Freund adieu«, hatte Arahal ihm befohlen, und Leef mußte hilflos zusehen, wie Cal weggeführt wurde.

»Er wußte, daß das geschehen würde«, sagte Leef kopfschüttelnd. »Was wird jetzt mit dir und mir passieren? Was haben sie mit uns vor?«

Ich legte meine Hand über die seine und sagte nichts.

Niemand wollte mir verraten, wohin man Cal gebracht hatte und welches Schicksal ihn erwartete. Aber ich mußte fragen, mußte ihnen die Stirn bieten und Antworten verlangen, das erwartete Leef von mir.

Also machte ich mich auf die Suche nach Arahal; ich fand ihn inmitten einer Gruppe von Freunden vor einem Pavillon, wo er an grünem Likör nippte, die Abendluft genoß und leise vor sich hin lachte. Nie zuvor hatte eine Szenerie einladender gewirkt. Höflich lauschte er meinen heftigen Worten und nickte schließlich. »Du mußt dir keine Sorgen machen«, sagte er und bot mir ein Glas Likör an. »Bitte setz dich, Swift. Gesell dich ein wenig zu uns.«

»Ich dachte, wir hätten genug mitgemacht, und unsere Leiden wären jetzt zu Ende«, sagte ich, während ich seiner Bitte nachkam und das kühle Kelchglas nahm, das er mir reichte.

»Und wie kommst du auf den Gedanken, daß Calanthe leidet?«

Ich wandte mich ab, wütend auf den Abend, weil er so friedlich und ruhig war, wütend auf mich selbst, weil ich wußte, daß mein Ärger nur oberflächlich war, daß ich das Thema einfach vom Tisch haben wollte, um mich dann unterhalten und mit Arahal über mein Gespräch mit Ashmael reden zu können. Es war keineswegs so, daß Cals Schicksal mich nicht mehr interessierte – ich hatte es nur akzeptiert. Schon bevor ich es von Ashmael hörte, hatte ich gewußt, daß Cals Pfad - sein zukünftiges Leben – von meinem abwich. Wenn das grausam klingt, so muß es wohl grausam gewesen sein, aber so lagen die Dinge nun einmal. Als ich mich wieder umdrehte, bemerkte ich, daß Seel an Arahals anderer Seite saß. Er hatte eine Hand in seinem Haar vergraben und blickte zu Boden. Als er meinen Blick spürte, stand er auf, entschuldigte sich bei den anderen und ging davon. Niemand machte eine Bemerkung deswegen.

»Und wo ist Cal?« fragte ich Arahal.

Er füllte mein Glas, das ich zu rasch geleert hatte, von neuem. »Ich bin in einer unangenehmen Lage, Swift«, sagte er. »Ich kann dir auf deine Frage nicht antworten, und du mußt aufhören, darüber nachzudenken. Es ist sinnlos. Das ist der Wille Thiedes oder des Tigrons, und du kannst nichts dagegen tun.«

»Aber kannst du mir einen Vorwurf daraus machen, daß ich mich um ihn sorge?«

»Absolut nicht!« Er lächelte und berührte meine Wange. »Wenn du dir Sorgen machst ... Sie besagten, du hättest etwas von deinem Träger an dir. Sie hatten recht.«

»Sie?«

Er hob die Schultern. »Die Gerüchte, selbstverständlich. Doch du hast auch etwas von Terzians Stahl. Wir wollen hoffen, daß du nicht auch seine Manien geerbt hast.«

Diese Vorstellung ließ mich erschauern. »Er war mir immer ein guter Vater«, sagte ich steif.

»Und Cobweb ganz ohne Zweifel ein rücksichtsvoller Freund.«

Ich wand mich. »Weißt du so viel über uns?«

»Nur das, was wir zwangsläufig erfahren mußten.«

Ich wandte den Blick ab und sah hinein in die Straße aus wogender Seide, durch die Seel verschwunden war. Ich hätte mich gern nach ihm erkundigt, brachte es aber nicht fertig. »Ist es wahr, daß die Gelaminger die Liebe ablehnen?« fragte ich statt dessen.

Arahal lehnte sich zurück. »Ach, die Liebe – was ist das? Können wir das je wissen? Sie entzieht sich jeder Analyse, davon bin ich überzeugt.«

»Du hast mir nicht geantwortet.«

»Nein. Vielleicht kann ich das gar nicht. Das ganze Konzept ist ein Gewirr von Spitzfindigkeiten. Wo liegt die Grenze zwischen einem engen Freund, dem an deinem Wohlergehen liegt, der die intimen Freuden deines Bettes mit dir teilt, und einem Geliebten? Gibt es denn eine?«

»Cal hat mir gesagt, daß die Gelaminger verachten, was sie ›die leidenschaftlichen Triebe der Menschheit‹ nennen.«

Nachdenklich sog Arahal an seiner Oberlippe. »Triebe jeglicher Art sind natürlich etwas Verächtliches«, antwortete er scheinheilig.

»Du weichst mir aus«, sagte ich.

»Eigentlich nicht. Ich will dir nur keinen falschen Eindruck vermitteln. Gelaminger zu sein ist eine Lebensart, ein Zustand des Geistes und des Gemütes. Das trifft nicht nur auf die Gelaminger zu, sondern auch auf viele andere Stämme, und ist schwierig in Worte zu fassen. Mit einer ordentlichen Ausbildung, mit der richtigen Geisteshaltung würdest du das verstehen, und ich müßte es dir nicht erklären.«

»Was aber, wenn ich diese Geisteshaltung nicht erlangen will?«

Arahal lächelte. »Dann bist du bis ins Mark hinein der Sohn des Terzian, und wir haben uns in dir geirrt.«

Arahal wurde mein Lehrer. Während der nächsten Wochen mußte ich die Schulung durchmachen, die Voraussetzung war für ein Vorrücken in meiner Einstufung. Diese Schulung hatte nichts mit dem Kriegshandwerk zu tun – im Gegensatz zum Aufstiegssystem bei den Kasten der Varrs –, war jedoch keineswegs weniger streng. Ich durchlitt zermürbende Sitzungen schmerzhafter Selbstbetrachtung, während Arahal leidenschaftslos in meinen innersten Gefühlen und Überzeugungen blätterte. Nur durch äußerste Konzentration gelang es mir, meine Gedanken über Seel für mich zu behalten. Mir graute davor, daß Arahal sie wahrnehmen könnte. Er wußte ganz offensichtlich, daß ich etwas zurückhielt, doch zugleich fühlte er die Verlegenheit, die diese Gedanken umgab, und so drängte er mich fürs erste nicht, sie zu offenbaren. Er sagte nur: »Schuldgefühle sind ein Werkzeug der Zerstörung, Swift, denk daran!«, und seine Stimme kündete warnend vor drohendem Unheil. Irgendein Teil von mir hatte auch den ehrlichen Wunsch zu beichten, aber ich fürchtete Arahals Mißfallen, noch dazu, wo ich annahm, er würde es mir nicht zeigen.

»Mußt du denn alles über mich wissen?« fragte ich.

Er lächelte. »Du siehst das völlig falsch, Swift. Nicht *ich* will alles über dich wissen, sondern es ist mein Wunsch, daß *du* es tust!«

Ich begann, abends eine Stunde zu meditieren. Danach schien alles viel klarer. Es war eine angenehme Überraschung, wie leicht es mir fiel, meine inneren Kräfte aufzubieten und zu kontrollieren, wenn meine Sinne ruhig und geordnet waren. Es war mir nun auch möglich, mir Dinge zu vergegenwärtigen, was zum Beispiel bedeutete, daß ich mich der besonderen Abschirmungen bedienen konnte, die die Gelaminger als Barriere vor dem Eingang zu ihrer Wohnung errichteten. Ich mußte mir nur vorstellen, daß das Kraftfeld da war, und schon konnte niemand mehr ohne mein Einverständnis eintreten.

Bereits nach wenigen Tagen verließ Leef unseren Pavillon und zog zu einer Gruppe Hara, mit denen er sich angefreundet hatte und die, so wie wir und viele andere Hara in Imbrilim, aus dem Norden stammten. Ich wußte, es ärgerte ihn, daß ich in die Elite der Gelaminger aufgenommen worden war, und er warf mir vor, ich hätte mein früheres Zuhause, Terzian und Cal bereits vergessen. Obwohl er es nicht unverblümt aussprach, so war ich doch überzeugt davon, daß er mich als ein Verräter betrachtete.

Vielleicht dachte ich tatsächlich nicht so oft an Cal und an meinen Vater, wie es meine Pflicht gewesen wäre, dafür war mein Inneres erfüllt von Cobweb. Ich wollte ihn so sehr bei mir haben, und er war so weit weg; unsere Gedanken konnten sich nicht berühren. Wir waren uns stets, seit meiner Geburt, nahe genug gewesen, um dazu in der Lage zu sein, doch erst jetzt erkannte und vermißte ich es. Oft fragte ich mich, was er wohl machte, und was Swithe, Moswell und Tyson machten. Dachte Bryony manchmal an mich? Im Park vielleicht, da konnte sie meine Nähe spüren. Des Nachts stellte ich mir gern vor, ich wäre heimgekehrt und läge auf dem feuchten Gras am See – dort, wo mir stets Dinge von Wichtigkeit widerfahren waren. Dann war ich niedergeschlagen, denn ich wußte, diese Zeiten würden nie wiederkommen. Ich hatte meine Unschuld verloren, und wenn ich daran dachte, überwältigte mich die Einsamkeit, weil ich wußte: Hier versteht es keiner, mich liebzuhaben.

Natürlich war Seel eine der Ursachen für diese Gedanken. Jeden Tag wurde mein Verlangen nach ihm stärker. Ich sagte mir, daß ich besessen sei, und daß diese Besessenheit gefährlich und voller Lügen sei, und daß ich ihr entsagen müsse. Dann öffnete ich die Augen und war innerlich ruhig und zuversichtlich, weil ich alle Dämonen für ausgetrieben hielt. Doch sobald ich ihn das nächstemal sah, riß eine sengende Flamme die Wunden wieder auf, und ich begehrte ihn wieder, ja mehr noch, ich wollte ihm schreckliche Dinge sagen, schreckliche, wundervolle Dinge. Immer wieder stellte ich es mir vor, und die Geschichte hatte zwei Enden: Beim ersten lächelte Seel und sagte: »Das Schicksal hat es so gewollt«; beim zweiten wich er mit einem Gesicht, das verzerrt war vor Abscheu, angeekelt vor mir zurück. Von den beiden Möglichkeiten erschien mir die zweite als die wahrscheinlichere.

Ich behielt meine Phantasien für mich.

Eines Tages sagte Arahal zu mir: »Swift, es wäre gut, wenn du von jetzt an keinen Aruna mehr mit deinem Freund Leef hättest.« Diese Worte überraschten mich, und so vergaß ich völlig zu erwähnen, daß wir bereits seit geraumer Zeit nicht mehr so eng zueinander standen.

Und so fragte ich nur: »Gibt es einen Grund dafür?«

»Ja«, erwiderte er, und mehr war nicht aus ihm herauszubekommen.

Ich entdeckte, daß ich, falls ich es wünschte, in Imbrilim ein schillerndes Gesellschaftsleben führen konnte, denn die Einladungen in die Pavillons anderer Hara nahmen kein Ende. Immer gab es irgendwo eine Party. Ich hatte bereits des öfteren Sharas Leute besucht, und obwohl es dort nie so extravagant zuging wie in der Gelaminger Gesellschaft, hatte ich doch jedesmal meinen Spaß daran. Aber an den meisten Abenden war ich zu müde um auszugehen, und so fiel ich meist – und oft ohne etwas zu essen oder mich auszuziehen – in einen erschöpften Schlaf, sobald Arahal den Unterricht für den Tag beendet hatte. Die gründliche Schulung war es dennoch wert, denn schon nach fünf Wochen wurde ich zum Neoma befördert.

Doch Arahal beeilte sich, all meine Hoffnungen auf ein Ausspannen im Keim zu ersticken. »Es ist unbedingt erforderlich, daß du zumindest in die Kaste Ulani aufsteigst«, sagte er. »Erst wenn du dieses Ziel erreicht hast, kannst du an dein Vergnügen denken.«

»Weshalb Ulani?« fragte ich.

»Weil ich es sage«, lautete die Antwort.

Ich war neugierig, welche Pläne die Gelaminger mit Megalithika hatten, jetzt, wo sie schon einmal da waren. Hatten sie vor, früher oder später nach Norden zu reiten und Ponclast für alle Zeiten zu erledigen?

»Früher oder später«, räumte Arahal in Beantwortung meiner diesbezüglichen Frage ein. »Doch jetzt noch nicht. Ponclast hat sich mit Schutzschilden umgeben, und wir möchten ihm eine Weile das Gefühl geben, sie wären wirksam.«

»Ich dachte immer, die Herzen der Gelaminger seien frei von jeglicher Bosheit!« scherzte ich.

Arahal zuckte die Achseln. »Die Zeit ist nicht reif dafür, das ist alles. Wenn wir nach Norden reiten, Swift, dann wirst du mit uns reiten. Wenn wir Ponclast die Zügel der Macht aus den Händen nehmen, so nur deshalb, um sie dir zu übergeben.«

Ich lachte laut auf.

Arahal lächelte. »Aber zumindest Ulani, klar …?«

Und auf so saloppe Art und Weise wurde mir erklärt, weshalb ich nach Imbrilim gerufen worden war. Einst hatte Thiede Pellaz darauf vorbereitet, das Reich der Wraeththu als ihr Tigron zu regieren, und nun ließ er mich darauf vorbereiten, eine von Pellaz' Provinzen zu verwalten. Swift, den Varr, welcher den Varrs gewiß akzeptabler erscheinen würde als ein völlig Fremder. Den Sohn des Terzian, der das Blut mit ihm teilte, nicht jedoch seine Ansichten. Wer sonst hatte eine größere Chance, die Loyalität der Varrs erfolgreich einzufordern, außer Terzian selbst? Der Stamm beherrschte faktisch den ganzen Norden von Megalithika, und ihr Einfluß reichte weit darüber hinaus. Selbst wenn man davon ausging, daß der durchschnittliche Varr sich kaum vom durchschnittlichen Gelaminger niedriger Kaste unterschied, würde es nicht leicht sein, Ponclast niederzuringen, denn sein Volk glaubte an seine Allmacht, und dieser Glaube machte daraus Realität. Plötzlich fragte ich mich, ob Thiede je daran gedacht hatte, den Versuch zu machen, Terzian selbst für sich zu gewinnen, indem er ihm die Oberherrschaft über alle Varrs verlieh. Hatte so vielleicht der ursprüngliche Plan ausgesehen? Terzian wurde von allen Varrs verehrt; er war Fürst und Kriegsherr, wohlgestalt, intelligent und temperamentvoll – der geborene Herrscher. Doch das Krebsgeschwür in seiner Seele hatte sich schon zu sehr ausgebreitet, und ich wußte, er hätte sich nie damit abgefunden, Thiede als seinen Herrn zu akzeptieren; niemals. Wohingegen ich jung und idealistisch war und zur Hälfte von Cobweb stammte. Der einzig denkbare Ersatz. Heute glaube ich, die Hauptsorge der Gelaminger bestand darin, daß ich Terzian nicht ähnlicher sah.

»Es könnte zu Gewalttätigkeiten kommen«, sagte Arahal.

»Anzunehmen«, nickte ich. »Ich weiß, wozu Ponclast fähig ist.«

»Wir hoffen, Konflikte soweit wie möglich zu vermeiden, aber ich bin sicher, du bist vertraut mit den Eigenheiten deines Volkes. Mit den unangenehmeren.«

»Arahal, ich bin einsam.«

»Du mußt Geduld haben, Swift.«

Manchmal sandte Ashmael nach mir, und dann saß ich in seinem Pavillon und hörte zu, wie er mit Cedony oder Chrysm oder mit Mitgliedern seines Stabes redete, das war die beste Art zu lernen. Oft schien er meine Anwesenheit zu vergessen, doch hin und wieder schickte er die anderen weg und sprach nur mit mir. Einmal klagte er über verspannte Schultermuskeln und bat mich, sie zu massieren, doch unter meinen Fingern fühlten sie sich so elastisch an wie die eines Pumas. Wohlig seufzte er und fragte mich: »Was hältst du von mir, Swift? Gefalle ich dir?«

Ich war so verblüfft und verwirrt, daß ich zurückzuckte. Meine Antwort kam als bebendes Gemurmel: »Du bist ein Gelaminger, Ashmael, mein Gebieter. Das sollte dir Antwort genug sein.«

Er lachte, hob die Schultern und wandte sich zu mir, um mich eingehend zu betrachten. »Swift, ich habe dir das schon so oft erklärt. Du solltest nicht dauernd zu uns aufsehen, als wären wir Götter oder etwas Ähnliches. Als ich dich gerade fragte, hättest du bloß ja sagen und mich verführen sollen. Ich habe mich schon darauf gefreut.«

Doch danach geschah gar nichts zwischen uns. Ich glaube, er hat mich nur aufgezogen.

Eines Abends war ich zu einer Zusammenkunft in Cedonys Pavillon eingeladen. Arahal begleitete mich hin. Es war ein ziemlich wichtiges Ereignis, und alles, was Rang und Namen hatte, war dort. Seit Wochen hatte ich Seel kaum gesehen, und so war ich überrascht, ihn dort anzutreffen. Ich hatte angenommen, er befände sich nicht in Imbrilim, denn gelegentlich begab er sich nach Immanion; diese Reisen fielen stets erstaunlich kurz aus; er blieb nie lange weg. Mich verlangte danach, ihn zu berühren oder auch nur mit ihm zu sprechen, doch seine fast unerträgliche Schönheit machte mich schüchtern. Es gab wohl Dutzende Hara, die ihn ohne Unterlaß mit Komplimenten überhäuften. Was auch immer ich ihm sagen konnte, es würde ihn bloß langweilen. Als er an uns vorbeiging, lächelte er und nickte Arahal zu, und dann sah er mich an. Ich spürte, wie mir Röte ins Gesicht stieg, und ich war heilfroh, daß er bereits weitergegangen war, ehe er es bemerken konnte. Arahal warf mir einen schlauen Seitenblick zu, sagte aber nichts.

Chrysm gesellte sich zu uns und fragte mich nach meinen Fortschritten im Unterricht. Arahal antwortete für mich und beschied ihm, daß es vorwärtsgehe; danke der Nachfrage.

»Dein Aussehen wird immer besser«, sagte Chrysm zu mir und berührte mich am Arm; Arahal konnte ihn nicht daran hindern.

»Nein, mein Aussehen ist wie früher«, erwiderte ich kühl. »Es war nur die Reise.«

»Du bist ärgerlich«, sagte Chrysm und lächelte reumütig. »Ich glaube, das war ungezogen von mir.«

»Eigentlich nicht.«

»Komm und erzähl mir was. Ist das in Ordnung, Arahal?«

»Du bist ein Dummkopf, Chrysm«, entgegnete Arahal und ging weg von uns.

»Darf er so mit dir reden?« fragte ich schockiert.

»Wir kennen einander sehr, sehr gut«, erwiderte er.

»Ich verstehe.«

»Ja, das tust du wohl, mein kleiner Swift. Ich vermute, es widert dich an, so genannt zu werden. Du bist nicht mehr so klein, oder? Es sind wohl diese riesigen Augen. Du siehst immer so abwehrend aus oder so wehrlos; eins von beiden.«

Wir gingen nach draußen und spazierten durch die kühle, duftend frische Luft. In der Dunkelheit und seines glänzenden Haares wegen fiel es mir leicht mir vorzustellen, er wäre Seel, aber ich bemühte mich, den Gedanken fallenzulassen. Er erschien mir irgendwie unanständig.

»Weshalb wohnt Cedony nicht im Pavillon der Hegemonie?« fragte ich statt dessen. »Versteht er sich nicht mit unserem exaltierten Velaxis?«

Chrysm lachte. »Nein, das ist es nicht. Er schätzt seine Ungestörtheit, denke ich. Wie ich sehe, beeindruckt dich Velaxis nicht besonders.«

»Er betrachtet mich von oben herab.«

»Nein, das tut er nicht! Bald wirst du ein machtvoller Herrscher sein, wie dein Vater! Weshalb sollte er dich von oben herab betrachten?«

»Ich bitte dich! Vielleicht werde ich weder machtvoll sein, noch Herrscher! Möglicherweise nimmt Ponclast das Recht in seine eigenen Hände und bringt mich einfach um!«

»Das würde Thiede nie zulassen! Egal! In jedem Fall mußt du deinen Verfolgungswahn ablegen! Um mit den Worten der Menschen zu sprechen: Velaxis ist bloß eine Hure. Wenn er dich tatsächlich von oben herab betrachtet, dann lach ihn einfach aus! Wenn du Ashmael bittest, dir Velaxis für eine Nacht zu überlassen, und Ashmael einverstanden ist, dann muß Velaxis einwilligen. Dann soll er doch versuchen, dich von oben herab zu betrachten!«

Ich lachte. »Ja, natürlich. Tut mir leid. Ich weiß, ich bin dumm.«

»Ach, Swift!« Chrysm tätschelte mir die Schulter, und ich griff nach seiner Hand und drückte sie.

Wir lehnten an einem Zaun, und ich merkte, daß ich auf das Feld starrte, wo ich Seel damals beim Turnen zugesehen hatte. Das schien so lange her zu sein.

»Hier habe ich Seel einmal gesehen«, sagte ich.

»Du erwähnst ihn nur selten, aber wieso kann ich das Gefühl nicht loswerden, daß du dauernd an ihn denkst?«

»Du bist sehr scharfsichtig, Chrysm, mein Gebieter«, stellte ich fest.

»Swift, ich bitte dich! Dies hier ist ein wüster Haufen von Zelten irgendwo im Nichts! Was sollen Rang und Würde an einem Ort wie diesem?«

»Imbrilim ist ein Teil des Himmels.«

»Aber eben bloß ein Teil, denke ich.«

»Du siehst aus wie er.«

»Ich weiß. Aber ich bin nicht so selbstgefällig anzunehmen, ich wäre so begehrenswert wie das Original. Nun, zumindest nicht in deinem Fall.«

»Bitte sag es niemandem!« drängte ich und sah ihn an.

»Weshalb schämst du dich?«

»Das tue ich nicht. Es ist bloß ...« Ratlos hob ich die Arme.

»Man kann gar nicht hoch genug streben.«

»Du weißt, daß das nicht stimmt!«

»Mmmm. Vielleicht.« Er lehnte sich mit dem Rücken an den Zaun und legte die Arme seitlich ausgestreckt darauf. Sein Haar fiel auf der anderen Seite herab.

»Wie alt bist du?« fragte ich.

Er hob den Kopf. »Keine Ahnung. Es ist nicht mehr wichtig.«

»Feierst du nicht gern Geburtstag?«

Er lachte. »Geburtstag? Was sind eigentlich deine Gedanken, Swift, daß du so banale Fragen stellst? Kannst du sagen, womit du dich in Gedanken wirklich beschäftigst?«

»Nein.«

Er beugte sich zu mir und löste meine Hände von meinem Nacken, wo ich sie ineinander verkrampft hatte. Er legte meine Arme um seine Mitte, und seine warmen Lippen fanden die meinen. Es schmeckte nach Licht und gekreuzten Klingen. Ich drückte mich an ihn und genoß die Berührung. Es war lange her, daß ich jemanden so gespürt hatte.

»Verrate mir, was du wirklich denkst«, sagte er in meinem Kopf, und ich öffnete meine Gedanken vor ihm und ließ ihn hineinsehen.

»Du wünschst dir, ich wäre Seel«, antwortete er, aber er war nicht ärgerlich, nur leicht amüsiert, und so vergrub ich die Hände in seinem Haar und träumte.

Kapitel 4

Verlorener Zauber.
Zornestränen strömten aus Poren,
das Vulgäre schlitterte roh
in die Sprache
eifersüchtiger Liebe.

Vor den Toren von Imbrilim wogt eine kühle Waldlandschaft Richtung Norden. Was dieses dichte Gewirr von Bäumen an Zauber beherbergt, ist von höchst natürlicher, unauffälliger Art. Am Morgen ging ich dort manchmal spazieren und blickte hinauf durch die sich sanft wiegenden Äste zu einem friedlichen Himmel.

Heimgesucht von rabenschwarzen Depressionen und einer lähmenden Verwirrtheit war ich an diesem gewissen Morgen erwacht. Am Vortag noch guter Laune war ich nun das Opfer meiner eigenen Emotionen. Während ich so dahinging, sprach ich laut zu meinem Vater und stellte ihn mir an meiner Seite vor. Zu meiner Überraschung zeigte er sich äußerst mitfühlend, und ich konnte beinahe seine Hand auf meiner Schulter spüren. »Was erwartest du von diesen Leuten, Swift?« fragte er. »Glaubst du wirklich, sie haben dich wahrhaftig akzeptiert? Betrachten sie dich als gleichrangig? Ich habe dich stets vor den Gelamingern gewarnt. Hast du denn alles vergessen, was ich dir gesagt habe? In ihren Augen bist du nichts als ein Varr; bestenfalls einmal etwas Neues, über das man beliebig verfügen kann. Schlechtestenfalls eine Zielscheibe des Spottes. Du solltest nicht hier sein, wirklich nicht. Weißt du das nicht im Innersten deines

Herzens? Selbst ihre Huren blicken auf dich herab!« Ich machte den Versuch, ihn zum Schweigen zu bringen, die schmerzhaften Worte abzublocken, aber sie wollten nicht aufhören.

»Terzian?« fragte ich. »Hast du je eine Lösung für deine Probleme gefunden?« Er antwortete nicht; ich hätte mir eine Antwort auch nicht vorstellen können.

Ich seufzte und starrte zum Himmel, stellte mir Flucht vor und Freiheit und hoffte, meine Laune würde sich dadurch bessern. Jetzt fing ich endlich an, meine wahre Natur zu verstehen, die Möglichkeiten zu erkennen, die in mir schlummerten, und doch quälten mich immer noch Zweifel und schwankende Zuversicht. Was mir von Arahal regelmäßig vorgehalten wurde. »Du mußt an dich glauben, Swift!« rief er dann, aber das fiel mir schwer. Ich redete mir ein, alles wäre so viel leichter, wenn ich nur daheim sein könnte, unter Freunden. Es war einfach zu viel, mit dem ich fertigwerden mußte – der neue Lebensstil, dem ich mich unterwerfen sollte, das Dasein unter Fremden und gleichzeitig der Versuch, mich selbst zu Ruhe und Gelassenheit zu erziehen. Es war eine allzu große seelische Belastung, und das, was ich für Seel empfand, machte es nur noch schlimmer. Oft wünschte ich mir, Cal wäre bei mir; ich brauchte seine klaren Ansichten über die Dinge, um mich davon leiten zu lassen. Manchmal sehnte ich mich auch nach einem Gespräch mit Leef, aber irgend etwas hielt mich davon ab, ihn aufzusuchen. Und so verurteilte ich mich selbst zur Einsamkeit.

Als ich nach Imbrilim zurückkehrte, spürte ich augenblicklich, daß etwas vorgefallen war. Die Atmosphäre war erfüllt von Geschäftigkeit und unterdrückter Erregung. Ich wandte mich an den erstbesten, dem ich begegnete, und fragte, was los sei. Der junge Har war nur allzu eifrig bestrebt, es mir zu berichten. »Der Tigrina ist hier!« sagte er.

Ein erwartungsvoller Schauer durchrann mich. Geradewegs aus Immanion. Pells Gemahl. Würde ich ihn zu Gesicht bekommen?

Ein Vorhaben, mit dem man seit meiner Ankunft begonnen hatte, war die Anlage einer befestigten Gelamingerstadt ein paar Meilen südlich des Lagers. Ashmaels bissige Meinung dazu lautete, Thiede habe den Bau nur deshalb angeordnet, weil er einen Grund brauchte, eine Gelaminger Besatzung in Megalithika zu belassen, die ihm nicht mit Klagen über ihre erzwungene Untätigkeit auf die Nerven fiel. Chrysm hielt realistisch dagegen, daß eine echte Stadt schon deshalb unumgänglich sei, um all den Flüchtlingen, die nach Imbrilim kamen, eine Unterkunft zu bieten. Es gab bereits zu viele davon, um sie einigermaßen ausreichend unterzubringen, und es war klar, daß diese Leute nach und nach unabhängig werden mußten von fremder Hilfe. Der Plan schien alle zu begeistern, und es mangelte nie an Arbeitskräften für den Bau. Ashmael war mit dem Unternehmen betraut, und manchmal machte ich mich zusammen mit ihm auf den Weg zu der entstehenden Stadt, um ihm zu helfen. Ich fand die Sache sehr interessant. Ich hatte immer angenommen, eine Stadt würde einfach durch das Errichten einer Menge Häuser und Läden an einem Ort entstehen, doch Ashmael erklärte mir, daß die präzise Lage dieses Ortes im Hinblick auf Wasserversorgung, Kanalisation und das fruchtbare Land, das man für die Anlage von Feldern benötigte, von großer Wichtigkeit sei. Dazu hatte man Architekten aus Immanion geholt, und ich konnte bereits sehen, daß die neue Stadt ein Ort eleganter, großzügiger Symmetrie sein würde.

Ich hatte vor, am Nachmittag mein Pferd Tulga zu besteigen und zum Baugelände hinauszureiten, um mit Ashmael zu sprechen. Vielleicht würde er einige meiner Zweifel zerstreuen können, denn er verstand es mit großem Geschick, mich soweit zu bringen, daß ich mich wichtig fühlte. Ihm hatte ich auch die Einladung zu verdanken, vor dem Tigrina zu erscheinen. Kurz nachdem ich die niedrige, ausladende Hütte betreten hatte, die ihm als Büro diente, klopfte ein fremder Har an die offene Tür. Ich hatte soeben zu Ashmael gesagt: »Ich habe gehört, der Tigrina ist hier!«, als der Fremde uns unterbrach, indem er Ashmael einen weißen Umschlag überreichte.

»Was ist das?« fragte Ashmael.

»Der Tigrina bittet dich höflich um deine Anwesenheit bei einer formlosen Zusammenkunft im Pavillon der Hegemonie heute abend, Tiahaar.«

»Wie reizend, ich wohne dort. Ich hoffe, ich kann es einrichten.«

Der Bote verneigte sich und wandte sich zum Gehen.

»Nein, warte!« rief Ashmael. »Hast du noch mehr von diesen Einladungen?«

»Die meisten wurden bereits zugestellt ...« Der Bote zauderte; er war sich offenbar über Ashmaels Motive nicht im klaren, jedoch zweifellos vertraut mit seiner leicht boshaften Natur.

»Hast du eine für Swift, den Varr?« fuhr Ashmael fort. Ich wand mich.

Der Bote wußte nicht, wer ich war. Er sagte in ätzendem Tonfall: »Ach ja, ich glaube schon! Und ich glaube, ich habe auch eine für deinen Hund, Tiahaar Ashmael. Vielleicht erhalten die beiden eine gemeinsame Einladung, ich sehe nach ...«

Ashmael riß das Bündel Umschläge an sich, das der Bote aus seiner Schultertasche geholt hatte, und blätterte sie ungeduldig durch. »Ah ja, hier ist sie. Da hast du sie, Swift! Vergiß nicht, dem Hund zu sagen, er braucht keine Abendkleidung anzulegen.«

Ich nahm die Einladung und verbeugte mich tief vor dem Boten. »Sag dem Tigrina, ich nehme mit Vergnügen an«, sagte ich, »doch was den Hund betrifft, so fürchte ich, kann ich nicht für ihn sprechen ...«

Ashmael und ich begannen zu lachen, als der Bote verlegen davoneilte.

»Ich will dort nicht hingehen«, sagte ich.

»Warum nicht, um Himmels willen? Was für eine Gelegenheit, sich zur Schau zu stellen, mein Lieber!« entgegnete Ashmael. »Du mußt lernen, deine Eitelkeit zu kultivieren, Swift. Das erst ist es, was dich absolut überzeugend zum Gelaminger machen wird!«

Ich seufzte tief. »Ich weiß, was sie über mich denken, Ashmael. Ich bin ein Varr. Weniger als ein Hund.«

Ashmael zuckte die Achseln und legte die Arme um mich – eine Berührung, die es stets fertigbringt, mich in Erregung zu versetzen, so kurz sie auch sein mag. »Dann zeig es ihnen, Swift. Laß sie doch denken, was sie wollen, aber wir wissen es besser, nicht wahr? Und an wessen Tisch wirst du sitzen?«

Als ich spät nachmittags in meinen Pavillon zurückkehrte, fand ich am Eingang ein sorgfältig verschnürtes Päckchen vor, in dem neue Kleider lagen. Später kamen von Arahal gesandte Hara, die mir beim Ankleiden halfen. Das Ergebnis war äußerst erfreulich. Der vornehme, elegant herausgeputzte Har, der mir aus dem Spiegel entgegensah, war mein fleischgewordenes innerstes Selbst. Früher einmal hätte ich das nicht für möglich gehalten. Die Kleider, das geschminkte Gesicht, das kunstvoll frisierte Haar – das alles war eine Maske, hinter der ich versuchen konnte, meine Befangenheit zu verbergen. Niemand würde merken, wie schnell mein Herz schlug.

Bei Sonnenuntergang kam Arahal, um mich zu holen. Auch er schien angetan von meiner Erscheinung. »Es ist mir eine Ehre, dich zu begleiten, Tiahaar«, sagte er und nahm artig meinen Arm, während wir durch den Abend schlenderten.

»Er hat entschieden danach verlangt, dich zu sehen«, berichtete Arahal.

»Wer, der Tigrina?«

»Ja, leider.«

»Aber weshalb?«

»Als Tigrina muß er mir, einem kleinen Handlanger, keine Erklärungen geben. Doch es steht uns selbstverständlich frei, uns unsere eigenen Gedanken darüber zu machen.« Woraus ich schloß, daß sich der Tigrina bei den Gelamingern nicht ungeteilter Beliebtheit erfreute.

Der Pavillon der Hegemonie war ein einziges Farbenmeer aus bunten Lampen; laute Musik drang an unsere Ohren, bevor wir in seine Nähe kamen. Er schien zum Bersten voll mit einem Gewühl durcheinanderdrängender Hara, alle in die ausgefallensten Gewänder gekleidet, die man sich vorstellen kann. Ein betäubender Duft von Parfüms hing in der Luft. Wie sehr hätte Cobweb es geschätzt, wenn Terzian solche Abendgesellschaften gegeben hätte, dachte ich. Er wäre in seinem Element gewesen, wäre durch das Gedränge der gesellschaftlichen Elite geschwebt, mit allen gut bekannt, die diese Bekanntschaft wert waren, und hätte sich in ihren Komplimenten gesonnt. Alle Festlichkeiten, an denen ich daheim teilgenommen hatte, schienen mir rückblickend glanzlos und schleppend.

Die Möglichkeit, daß ich mit dem Tigrina würde sprechen müssen, machte mich sehr nervös, obwohl ich Arahal gegenüber nichts davon erwähnte, und ich nahm es als schlechtes Omen, daß die erste Person, die ich nach dem Betreten des Pavillons erblickte, Seel war. Er kam zu uns herüber, sah Arahal an und zog eine Grimasse. Seine Lebhaftigkeit überraschte mich; ich nahm an, er hatte getrunken. »Arahal, ich habe den bohrenden Blick des Erlauchten auf mich gezogen!« grinste er.

Arahal lachte. »Dann hoffe ich doch, daß du dich zutiefst schämst!«

»Wofür?«

»Ach, welche Einfalt! Du weißt verdammt genau, wofür! Zu deiner Erinnerung: er ist Pells Gemahl!«

Seel lächelte; was für ein geheimnisvolles, sinnliches Lächeln; ich hätte am liebsten geweint. Arahal legte die

Hand auf meine Schulter. »Seel, würdest du mich für einen Moment bei Swift vertreten? Ich möchte Seine Hochwohlgeboren fragen, ob er vor oder nach dem Mahl mit unserem varrischen Schützling zu sprechen wünscht.«

Er ging so rasch davon, daß Seel und ich einander nur noch erschrocken anstarren konnten. Meine Gründe dafür kannte ich nur zu gut (und ich fürchtete, sie könnten in mein ganzes Gesicht geschrieben sein) – aber die seinen? Ich wußte nicht, weshalb Seel mir dauernd aus dem Weg ging. Daß er mich als weit unter ihm stehend ansah, war naheliegend, aber ich hegte den Verdacht, daß er dies nicht eingestehen würde, nicht einmal sich selbst. Er machte den Versuch eines Lächelns (welch ein Strahlen!), und wir begannen beide zugleich zu sprechen. Ich entschuldigte mich.

»Also, was hältst du von Imbrilim?« fragte er mechanisch und sah über meine Schulter, wobei er ein anmutiges Schlückchen aus seinem Glas nahm.

Es drängte mich so sehr danach ihn zu berühren, daß ich meine zu Fäusten geballten Hände fest an mich pressen mußte. Ich wollte sagen: »Imbrilim? Recht interessant, in der Tat, aber ich bin von Galhea her an diese Lebensweise gewöhnt. Ponclasts Leute kamen häufig aus dem Norden herab, und unser Haus war immer voll. Hol mir ein Glas, und ich erzähle dir mehr darüber …«, doch alles, was ich herausbrachte, war: »Nun, ja… Ich… ich finde es… hmhm, wundervoll hier.« Worauf er mich mit einem ironischen Lächeln bedachte und mich in meiner Banalität schmoren ließ. Ich wollte den Blick abwenden, aber es ging nicht; seine Augen wirkten hypnotisch. Vielleicht hingen unsere Blicke einen Hauch zu lang aneinander. In Gedanken schrie ich nach dieser legendären inneren Stärke, doch sie schien mir plötzlich abhanden gekommen zu sein. Mir fiel nichts ein, was ich hätte sagen können. Das Schweigen war mir unerträglich, und ich wäre am liebsten im

Boden versunken. Eines Tages, o du wundersamer Seel, wirst du mich so sehen, wie ich wirklich bin, und dann wirst du mich nicht verabscheuen! Es war ein schwacher Trost, aber alles, woran ich mich klammern konnte.

»Soll ich dir etwas zu trinken holen?« fragte er, und ich nickte und stammelte: »Ja. Bitte. Irgendwas.«

Es war Chrysm, der mir den Drink brachte. »Seel sagte, ich solle dir das hier geben«, erklärte er mit einem wissenden Lächeln. »Unser Spaziergang gestern abend hat mir wirklich gefallen«, fuhr er fort.

»Die Sache tut mir leid«, sagte ich.

»Weshalb? Du bist zu streng mit dir. Du mußt erst lernen, mit Seel umzugehen. Er ist auch nur ein Har, weißt du.«

»Nur!«

»Er weiß nicht, was er versäumt; mehr kann ich dazu nicht sagen. Es wäre mir lieber gewesen, du hättest dir gewünscht, ich wäre ich und nicht er.«

»Chrysm, hör auf damit!«

Er lachte über mein Erröten. »Nun gut. Hast du den sagenhaften Tigrina schon zu Gesicht bekommen, Swift?«

»Nein, noch nicht.«

»Ich fürchte, du wirst dich auf ein eingehendes Verhör gefaßt machen müssen.«

»Ein Verhör? Worüber?«

Chrysm legte die Hand leicht auf meinen Arm. »Schau nicht so drein! Nicht diese Art von Verhör! Es wird sich vermutlich um Cal drehen. Wahrscheinlich wird sein Name kein einziges Mal erwähnt werden, aber ich schwöre dir, du wirst plötzlich feststellen, daß du ohne Unterlaß über ihn redest.«

»Ich glaube nicht, daß ich verstehe, was du meinst«, sagte ich.

»Wann hast du zum letztenmal mit jemandem Aruna gehabt?«

»Weshalb? Was hat das damit zu tun?«

»Überhaupt nichts.«

»Du spottest über mich!« Ich wollte schon von ihm weggehen, doch als ich mich umsah, merkte ich, daß ich niemanden sonst kannte. Mein Glas war leer.

»Arahal ist entschlossen, deine Keuschheit zu bewahren.« Chrysm drehte eine Flasche aus lilafarbenem Glas in den Händen. »Dein Leib ist heilig, Swift.«

»Das ist er allerdings«, antwortete ich eisig. Wenn ich ihm Fragen stellte, so antwortete er mir darauf – ja er versuchte sogar zu antworten, ohne daß ich eine Frage gestellt hätte. Doch diesmal wollte ich es nicht wissen. Entweder hatte ich Angst davor, oder es war mir einfach egal. Schwer zu sagen.

Es stellte sich heraus, daß mein Platz nicht an der allerhöchsten Tafel war, wie Ashmael hatte durchblicken lassen, sondern neben Arahal an der nächstniedrigeren. Die Tische waren beladen mit duftenden Speisen, der Dampf stieg auf von gebratenen Vögeln, deren Haut von der Würze und der Sauerbeerenmarinade scharlachrot gefärbt war. Es gab zahllose Schüsseln mit kräuterbestreuten Gemüsen, Salaten und gebackenen Früchten, die in einer salzigen Sauce brutzelten. Die Gelaminger lieben gutes Essen; ihre Mahlzeiten sind stets auserlesen. Dennoch fiel es mir schwer, meine Augen vom prachtvollen Anblick des Tigrina abzuwenden, der wie ein Gott auf seinem Stuhl dasaß und soeben den Kopf neigte, um dem zu lauschen, was Ashmael zu seiner Rechten zu sagen hatte. Ich hatte mir den Tigrina mit kohlschwarzem Haar wie jenem von Pellaz vorgestellt, doch es hatte die Farbe von hellem Gold und wellte sich über Kopf und Schultern wie eine gewaltige Mähne. Ich fand, er sah seltsam verletzlich aus – auf eine durchaus weibliche Art –, doch Arahal wischte meine diesbezügliche Bemerkung mit einer unwirschen Handbewegung zur Seite. »Unter all diesem Samt befindet sich Stahl«, sagte er. »Das geht gar nicht anders!«

»Habe ich meine Lektionen gelernt, Arahal?« fragte

ich. Weiß Gott, was mich in diesem Moment daran denken ließ.

Arahal hob erstaunt die Brauen. »Allzuviel habe ich dir noch nicht beigebracht, aber bisher bin ich mit deinen Fortschritten nicht unzufrieden.«

»Gibt es mehr als einen Grund für meine Ausbildung?«

»Was meinst du?«

Ich zuckte die Achseln, sagte aber nichts mehr. Ich spürte, wie Arahal mich nachdenklich ansah, spürte, wie ihm die Worte auf der Zunge lagen. Er zügelte sie.

»Es gibt mehr als einen Grund dafür«, sagte er.

Bald nach dem Ende des Mahles, als ich bereits entspannt genug war, um zu vergessen, weshalb ich mich hier befand, sandte der Tigrina jemanden, der mich an seine erlauchte Seite geleiten sollte. Glücklicherweise hatte ich zu diesem Zeitpunkt bereits genug getrunken, so daß mich keine allzu große Schüchternheit mehr plagte. Ashmael zwinkerte mir zu, als ich mich setzte. Aus der Nähe betrachtet, stellte der Tigrina einen geradezu elektrisierenden Anblick dar. Sein Parfüm wirkte überwältigend, er war ganz in enganliegendes Schwarz gekleidet und trug schwarze Juwelen um den Hals, an den Ohren und im Haar. Seine Nägel waren unglaublich lang, glänzend schwarz lackiert und besetzt mit Brillanten. Nie zuvor hatte ich eine so lange, so elegant geschwungene und schlanke Kehle gesehen und Schultern von so perfekten Proportionen. Caeru war ein wahrgewordenes Traumbild, und er wußte es.

Wie erwartet sprach er mit kühler, maßvoller Stimme. »Du bist also Terzians Sohn«, sagte er. Ich lächelte schwach. »Du hast eine weite Reise auf dich genommen, um zu uns zu stoßen.«

»So sieht es wohl aus«, pflichtete ich ihm bei.

»Der Tigron hat von dir gesprochen und auch von der

Zeit, die er in Galhea verbracht hat. Natürlich warst du damals erst ein Baby.« Die stählerne Härte hinter all diesen Worten war nicht zu überhören. Er wandte das Gesicht von mir ab. »Ashmael hat mir von den Plänen berichtet, die für deine Zukunft bestehen... Welch ein Privileg für dich, Varr Swift.«

Ashmael bedachte ihn mit einem grimmigen Lächeln. Es folgte ein verlegenes Schweigen, während dessen der Tigrina viermal seufzte. Ich zählte mit, unfähig, meine Augen von ihm loszureißen. Ich fragte mich, wie es sich wohl lebte in seiner Position; so hoch oben. Jeder wußte, wer er war. Seine Kleider, sein Schmuck waren nur vom Besten. Jeder seiner kleinsten Launen wurde entsprochen. Er sah mich mit dunkelblauen Augen an. »Bist du allein hierhergekommen?« fragte er.

Ich schüttelte den Kopf. »Nein, wir waren zu dritt.«

Der Tigrina starrte über meine Schulter hinweg auf das Gedränge hinter mir. »Oh, und wo sind deine Freunde jetzt? Du mußt sie mir zeigen. Ich finde Varrs faszinierend.«

Ich sah Ashmael flehentlich an, weil ich nicht wußte, wie ich diesem Verlangen nachkommen sollte, aber er weigerte sich mir zu helfen, indem er sein Lächeln in einem Weinkelch versenkte, über dessen Rand hinweg er den Blick unbekümmert durch den Raum wandern ließ.

»Nur zwei von uns befinden sich noch in Imbrilim, Gebieter«, sagte ich. »Leef und ich. Der dritte ist verschwunden, ich weiß nicht, wohin.«

»Soso.« Er schnalzte mit den Fingern, und Velaxis, der reglos hinter Ashmaels Stuhl gestanden hatte, stürzte an Caerus Seite. »Mehr Wein!« befahl der Tigrina. »Und zwar rasch!« Wiederum wandte er seine eisige Aufmerksamkeit meiner Person zu. »Und nun erzähl mir von deiner Heimat«, sagte er.

Er hörte mir etwa zwanzig Minuten lang zu, in denen ich zwei volle Kelche Wein konsumierte. Dann hob

Caeru plötzlich die Hand und brachte mich mitten im Satz zum Schweigen.

»Das reicht«, sagte er und wandte sich Ashmael zu. »Laß den Varr von einem deiner Leute später in meinen Pavillon bringen.« Ich spürte, daß ich entlassen war und stand auf. Der Tigrina lächelte mir zu, aber seine Augen waren immer noch kalt. Er hob sein funkelndes Glas. »Bis später, Sohn des Terzian.«

»Nun?« drängte Arahal, als ich wieder neben ihm saß.

»Der Tigrina wünscht mich später noch einmal zu sprechen«, sagte ich kläglich.

Arahal gab einen irritierten Ton von sich. »O nein«, murmelte er.

Ich beugte mich zu ihm und trank aus seinem Weinkelch, den er mir jedoch nachdrücklich entwand. Das Leinentischtuch war bereits übersät mit Krümeln und ringförmigen Flecken. »Du bist besorgt um mich«, stellte ich lustlos fest.

Arahal lächelte. »Ganz recht ... Dir wird nichts anderes übrigbleiben, als seine Neugier zu befriedigen. Ist dir klar, weshalb er dich sehen will?«

»Wegen Cal?«

»Nicht nur. Caeru weiß, weshalb du hier bist, und er wird versuchen, durch sein ungebührliches Benehmen deinen Aufstieg zu stören. Dennoch nehme ich nicht an, daß es von Bedeutung ist. Gib einfach nicht zu viel von dir selbst preis, Swift.«

»Diese Warnung gefällt mir aber gar nicht, Arahal!«

»Meine einzige Sorge ist, daß du sie vergessen könntest«, sagte er und trank lächelnd auf meine Gesundheit.

Lange nach Mitternacht, als alle bereits beträchtlich lauter sprachen als sonst und die Musikanten sich voll Hingabe in ihren Melodien verloren, fragte ich Arahal: »Dieser andere Grund, weswegen ich hier bin: verrate ihn mir!«

Er verzog das Gesicht. »Glaubst du an die Vorsehung?«

»Was weiß ich, woran ich jetzt noch glaube!«

»Hmmm ... Nun, aber damit hat es etwas zu tun. Mit dem Unvermeidlichen; mit dem, was kommen muß. Stell dir einen Brennpunkt in der Zeit vor; und zwei Leben befinden sich an diesem Punkt. Oft entwickeln sich bedeutsame Dinge aus solchen Ereignissen.«

»Du gibst mir nie eine echte Antwort, stimmt's?« beschwerte ich mich.

»Nun, du mußt dir darüber im klaren sein, daß zuviel Wissen in deinem Fall den Lauf der Dinge beeinflussen könnte. Wir müssen behutsam vorgehen.«

»Wird bald etwas geschehen?«

»Heute nacht schon wird etwas geschehen«, antwortete er ausweichend.

Nach Gelaminger Maßstäben zog sich der Tigrina bereits ziemlich früh zurück. Etwa eine halbe Stunde, nachdem er die Tischgesellschaft verlassen hatte, stahl sich Velaxis an meine Seite und erklärte mir leicht schmollend, daß er gekommen sei, um mich zum Pavillon des Tigrina zu begleiten. Keiner von uns beiden sprach ein Wort, während wir durch die kühle Nachtluft schritten. Nachtfalter flatterten blind umher, und die Luft roch dumpf nach Gras. In einigen Zelten glühte noch gedämpftes Licht; man hörte leises Lachen und Stimmen, und Schatten warfen sich an die Wände aus Stoff. Ich war nicht nervös, denn ich hatte so eine Ahnung, was mich erwartete. Sowohl Arahal als auch Chrysm hatten es angedeutet.

Der Pavillon des Tigrina war etwa eine Minute von jenem der Hegemonie entfernt, doch jeden Augenblick davon dachte ich an Seel. Seit unserem gezwungenen Gespräch, als Arahal uns alleingelasssen hatte, war es Seel gelungen, mir den ganzen Abend lang aus dem Weg zu gehen. Doch vielleicht legte ich zuviel Bedeutung in sein Verhalten, schließlich waren so viele Hara dagewesen, von denen er gewiß die meisten kannte.

Der Pavillon des Tigrina bestand aus funkelndem mitternachtsblauem Tuch und war mit Silberquasten verziert, die reglos in der stillen Nachtluft hingen. Eine einzige Fackel übergoß den Eingang mit ihrem blauweißen Lichtschein. Im Inneren des Pavillons stammte die Beleuchtung von einem Bündel hoher schwarzer Kerzen in einem silbernen Halter. Lichtreflexe huschten über herumliegende Juwelen, seidige Stoffe und Metallgegenstände. Der Tigrina war bereit; er lag sorgfältig hingegossen auf einer Unzahl dunkler, glänzender Kissen. Er war allein und blickte auf, als Velaxis und ich uns zwischen den Vorhängen am Eingang hindurchschoben. Er entließ Velaxis mit einer majestätischen Handbewegung; wortlos und beleidigt rauschte Velaxis aus dem Raum.

Ich fragte mich, was diesem auf Rosen gebetteten Wesen während des Wartens durch den Kopf gegangen war, welche Pläne er für mich geschmiedet hatte. Ich konnte nicht feststellen, ob er aus Absicht oder Verlegenheit kein Wort sprach, und so sah ich verzaubert zu, wie Cacru schweigend und langsam seinen schweren Schmuck ablegte. Er ließ die glitzernden Steine auf ein niedriges Tischchen in seiner Reichweite gleiten, wo sie klingelnd zu einem kostbaren Häufchen zusammenfielen. Dann reckte er den Hals und rieb ihn sinnlich. Ich konnte die Narbe am Arm sehen, die von seiner Initiation stammte. Arahal hatte mir erzählt, daß der Tigrina seine Haut mit Zitronensaft bleichte; das glaubte ich ihm aufs Wort, denn sie war so weiß und schimmernd wie eine Perle. Ich glaube, er hegte die Hoffnung, ich würde Angst vor ihm haben, aber das war nicht die Wirkung, die er auf mich hatte. Es war eine Art morbide Faszination, die mich geradezu zwang, ihn anzustarren.

Er bot mir Kaffee an und goß mir aus einer hohen, schlecht zu handhabenden Kanne ein, die auf dem

Tischchen gestanden hatte. »Ich nehme an, du fragst dich, weshalb ich dich hergebeten habe«, sagte er – ein vorhersehbarer Beginn, fand ich. Vielleicht bekundete dies mehr als alles andere, daß er kein echter Gelaminger war.

»Ich könnte mir denken, daß du mich nach Cal fragen willst«, sagte ich. Der Tigrina unterdrückte seine Überraschung. Womit hatte er denn gerechnet? Ich fand es ärgerlich, daß er so offensichtlich erwartet hatte, ich würde in seiner Gegenwart vor Ehrfurcht in den Boden versinken, was auch bei Ashmael und den anderen keineswegs der Fall war. Glaubte er wirklich, keiner hätte je zuvor mit mir über ihn gesprochen, und nahm er dazu noch an, daß diese so vernommenen Meinungen, egal wie unterschwellig eingeflochten, keinerlei Spuren bei mir hinterlassen hatten? Ich mochte Velaxis zwar nicht besonders gern, aber die verletzende Art des Tigrina ihm gegenüber hatte mir nicht gefallen. Ashmael, den ich zutiefst respektierte, behandelte nie jemanden so, gleichgültig, wie tief er rangmäßig unter ihm stand.

»Du wiederholst natürlich nur das, was man dir vorgesagt hat«, erklärte Caeru unvermutet. Ich erschrak und dachte, er würde meine Gedanken lesen, aber er sprach über Cal.

»Stimmt es etwa nicht?«

»Mir scheint, Ashmael hat dir beigebracht, respektlos zu sein.«

Ich hätte gern geantwortet: »Will Respekt nicht verdient sein?«, erkannte aber rechtzeitig, daß dies zu weit gegangen wäre. Was die Gelaminger auch von ihm hielten, er war der Tigrina, und schon dafür stand ihm Ehrerbietung zu.

»Ich möchte keineswegs respektlos klingen«, sagte ich.

Er lächelte und lehnte sich zurück auf die Kissen. Das Gewand glitt ihm über die Schulter hinab und enthüllte mehr von dieser Haut, die so hell war und so makellos.

»Hast du kein Verständnis für meine Faszination?« fragte er. Ich lächelte innerlich; die Zweideutigkeit dieser Bemerkung amüsierte mich, obwohl sie ganz sicher unbeabsichtigt war.

»O ja, ich verstehe dich.«

»Gut ... Du siehst so nervös aus, Varr Swift, wie du so dasitzt, zusammengekauert auf der äußersten Kante deines Stuhles!« (Was nicht stimmte.) »Was haben sie dir über mich erzählt?«

»Gar nichts.«

»Überhaupt nichts?« Er lachte gezwungen auf und warf den Kopf zurück, wobei er diese Kehle wieder entblößte, die wirkte, als stünde darauf geschrieben: »Beiß mich!«

»Nun, ein wenig«, räumte ich ein. »Aber ich würde es vorziehen, wenn du selbst mir von dir erzählst. Falls du fürchtest, man hätte dich mir gegenüber nicht ganz richtig dargestellt ...«

Vor Verblüffung fiel ihm beinahe die Kinnlade hinab. »Wie keck du bist! Ein echter Varr! Möchtest du wirklich etwas über mich erfahren?«

»Ja.«

»Wie ungewöhnlich. Nun gut, setz dich hierher zu mir, und ich werde dir etwas erzählen.«

Ich stand auf und streifte Arahals weiche Lederjacke ab, die ich mir als Schutz vor der taufeuchten Nachtkühle über die Schultern geworfen hatte. Der Tigrina sah mir interessiert dabei zu. Wie ich mich verändert habe, dachte ich; Caeru entgeht, daß ich mir selbst mindestens ebenso fremd bin wie ihm. Ich ließ mich neben ihm auf die Kissen sinken, und er rückte ein wenig von mir ab, als wäre es ihm unangenehm, jemanden so nahe bei sich zu haben. Er bemühte sich zwar, spröde und reserviert zu wirken, aber nun konnte ich das schwermütige, verbitterte Geschöpf erkennen, das er in Wirklichkeit war. Seine Augen konnten es nicht verbergen.

»Und was möchtest du gerne hören?« fragte er.

Ich glaube ehrlich, daß es ihm zu diesem Zeitpunkt bereits leid tat, mich eingeladen zu haben. Die Unterhaltung zielte ganz und gar nicht in die Richtung, die ihm vorgeschwebt hatte, obwohl auf der Hand lag, daß er irgendeine Art von Verführung geplant hatte. Soweit hatte ich Arahals Anspielungen bereits zu deuten gelernt.

»Erzähl mir, wo du lebst.«

»In Immanion. In Phaonica, dem Palast des Tigrons. Er steht auf einem Hügel. Man kann ihn von jedem Punkt der Stadt aus sehen.«

»Gefällt es dir dort?«

»Es ist sehr schön, ja. Und es ist immer warm in Immanion.«

»Wie viele Diener hast du?«

»Das weiß ich nicht. Viele. Einige von ihnen kenne ich gar nicht.«

»Du kennst nicht einmal ihre Namen?«

»Nein. Sollte ich sie kennen?« brauste er auf. Ich nahm an, er haßte seine Diener, wie sie ihn ihrerseits verabscheuten.

»Beschreib mir dein Schlafzimmer.«

»Es ... es ist groß.«

»In Schwarz und Silber gehalten?«

Er lachte nervös auf. »Ja. Ich liebe diese Farben. Der Mond und die Finsternis.«

Ich beugte mich zu ihm, und er rückte eine Handbreit weg von mir. »Was siehst du, wenn du aus dem Fenster blickst, Tigrina?«

»Die Lichter der Stadt und dahinter das Meer. Es ist immer in Bewegung. Nachts betrachte ich es oft.«

»Ist das Meer schwarz und silbern?«

»Manchmal.«

Meine Lippen berührten seinen Hals. Er war so verkrampft, daß er es kaum schaffte, sein Zittern zu unterdrücken, aber er wies mich nicht ab.

»Schläfst du allein, Tigrina, in deinem großen schwarzen Zimmer?«

»Wie?«

»Schläfst du allein?« Ich hob den Kopf. Zwischen uns war kaum mehr Abstand. Seine Augen blickten überallhin, nur nicht in die meinen. »Nun?«

Er schloß die Lider, und seine langen Wimpern senkten sich auf die Wangen. »Das ist eine unverschämte Frage. Warum hast du sie gestellt?« Ich konnte seine Kapitulation riechen – einen Duft wie frisch gemähtes Gras. Ich hatte ihm jene Frage gestellt, von der er immer gehofft hatte, jemand würde sie stellen, weil er dann darauf antworten konnte.

»Allein, Tigrina? Schläfst du ...?«

»Ja!« sagte er. »Ja. Ja!«

Ich spürte nur einen Hauch von Widerstand, als ich ihn an mich zog. Als ich mit meinen Lippen über die seinen strich, öffnete er den Mund und preßte sich an mich. Ich hob den Kopf und lächelte sanft. Dann griff ich nach seinem Kinn und drückte es nach hinten. Seine Finger krallten sich ängstlich um mein Handgelenk. »Ist es das, was du möchtest?« fragte ich, senkte die Zähne auf seine weiße Kehle und biß zu. Fest.

Sein Körper krümmte sich mir entgegen, aber er gab keinen Laut von sich.

Es kam kein Blut, aber die Spuren in seinem Fleisch waren deutlich erkennbar, als ich den Kopf wieder hob. »Die Varrs machen solche Dinge«, sagte ich. »Das hast du sicher schon gehört. Wir sind Barbaren.« Er lachte, und ich hielt ihn fest an mich gepreßt.

»Jetzt werde ich dich fragen«, sagte er. »Jetzt werde ich dich nach Cal fragen ...«

»Er ist verschwunden, und ich weiß nicht, wohin«, erwiderte ich. Caeru erstarrte in meinen Armen. Er sagte nichts darauf. »Eines weiß ich jedoch, und ich bin dessen ganz sicher: Entweder der Tigron oder Thiede ist für sein Verschwinden verantwortlich.«

»Du hast ihn gern, diesen Cal?«

Ich drehte sein Gesicht zu mir. »Dagegen kann man nichts tun. Er wirkt auf alle Leute so. Man muß ihn gernhaben.«

»Ich weiß!«

»Welch eine schmerzliche Bitterkeit!«

»Welch eine schmerzliche Bitterkeit«, nickte er wehmütig. »Ich möchte ihn dennoch kennenlernen.«

»Wirklich?«

»Ja. Wirklich. Er kann mir nichts wegnehmen. Ich bin Tigrina. Thiede hat mich dazu gemacht. Das kann mir niemand wegnehmen, und sonst habe ich nichts.« Es klang keineswegs nach Selbstmitleid, nur nach Fatalismus. Cal hätte ihn unwiderstehlich gefunden.

Er hielt mein Gesicht fest und bot mir seinen Atem, den ich gierig trank. Er keuchte, als wir uns voneinander lösten. »Wir sind einander so ähnlich«, sagte er. »Parias im Lager der Gelaminger.«

»Nein, ich nicht!« widersprach ich heftig. »Ich werde nicht zulassen, daß sie so über mich denken!«

Caeru lächelte. »Nein… Ich kann deinen Vater in dir spüren.«

»Das hoffe ich nicht!«

Er runzelte die Stirn und schüttelte den Kopf. »Damit habe ich… nichts Böses gemeint, nur Kraft und Stärke, die in dir entstehen.«

»Ganz besonders in den letzten Minuten«, bemerkte ich leichthin.

Er lächelte wieder und legte die Finger sachte auf meine Brust. »Hast du Seel schon kennengelernt?«

Der Klang seines Namens durchfuhr mich wie ein Speer. »Warum?« Ich war zu wortkarg, und so nickte Caeru und verzog den Mund. »Ja, wie ich sehe, hast du ihn schon kennengelernt. Er steht Pell sehr nahe.«

»Ich weiß.«

Seine Hand glitt unter mein Hemd. »Glaubst du, ich

habe dich nur deshalb hierherbringen lassen? Um dich zu berühren?«

Ich hob die Schultern und schwieg.

»Nun, wenn du das glaubst, dann hast du recht. Aber es ist mehr als das. Ich biete dir Schutz an. Sie haben dich bisher von den anderen Hara ferngehalten, nicht wahr? Nichts ist Zufall, gar nichts!« rief er. »Du bist ein Gefangener, Swift, doch du merkst es nicht einmal! Ich kenne diese Leute. Ich weiß, was ihr Zauber bewirken kann. Du hast einen starken Willen, und du wirst wütend sein, wenn du herausfindest, wie sie dich manipuliert haben! Doch den anderen bedeuten deine Gefühle gar nichts!«

Die Heftigkeit, mit der er sprach, ängstigte mich, und so legte ich ihm die Hand über den Mund und machte: »Schsch!« Ich glaubte ihm kein Wort. Er gab einen gedämpften Laut von sich und begann an meinen Fingern zu zerren.

»Ich bin kein Idiot«, sagte ich und nahm die Hand weg.

»Doch, das bist du!« beharrte er, aber er wußte, ich würde nicht auf ihn hören.

»Nein. Vergiß mich; ich möchte über dich sprechen. Du bist ein Soume-Har. Ich möchte in dich eindringen.«

»Ich bin der Tigrina! Du bist unverschämt!« (Ein verkümmerter Überrest von Stolz?)

»Warum lächelst du dann?«

Er schüttelte den Kopf, seufzte und legte sich zurück. »Also gut, Varr Swift …«

»Ist das eine Einladung?«

Er lachte, das erste ehrliche Lachen, ohne Einschränkung. »Einladung? Nein, nein! Es ist ein Befehl!«

Eine Sekunde lang war ein kleiner, noch nüchterner Teil von mir völlig entgeistert. Dieses Wesen, dieses strahlendschöne Wesen gehörte Pell; er war an meiner Stelle gewesen. Der Tigron von Immanion hatte dies getan, hatte dieses Wesen in den Armen gehalten, und ich war doch bloß Swift, der sich bis vor kurzem nur mit sehr wenigen großartigen Ambitionen belastet hatte. Wann hatte ich mich so verändert? Wann nur? Ich entsinne mich an den Gedanken: Warum kann es nicht mit Seel so sein? Was hat er an sich, das mich so lähmt? Heute, mit Caeru, habe ich stets die rechten Dinge zur rechten Zeit gesagt; ich war kraftvoll, entschlossen. Ist es nur der Wein, der mich so kühn macht? Warum nur, warum, warum kann ich mit Seel nicht so sein?

Als wir uns in einem Durcheinander von Schweiß und ineinander verflochtenen Gliedmaßen wanden und krümmten, sagte Caeru: »Du wirst dieses Wissen brauchen.« Ich lernte eine Menge von ihm. Ich lernte, wie man Lust so lange hinauszögert, bis sie aufhört, Lust zu sein und die Erlösung schließlich fast zum Schmerz wird und zum kleinen Tod. »Eines Tages wirst du dich dankbar an mich erinnern«, sagte er, und in einem Winkel meines Inneren konnte ich diesen Tag bereits kommen spüren; formlos und vage, eine aufreizende, verlockende Vorahnung.

Hinterher wollte ich ihn nicht schlafen lassen. »Jetzt ist die Zeit gekommen«, sagte ich.

»Die Zeit wozu?« fragte er schläfrig.

»Um mir etwas über dich zu erzählen. Ich möchte dir auch etwas schenken. Ich möchte dir meine Aufmerksamkeit schenken.«

Er lächelte träge. »Du hast mir schon genug geschenkt ...«

»Nein, Caeru. Erzähle. Erzähl mir, wie es dazu gekommen ist, daß du Tigrina wurdest, weshalb es dazu kam und was dann schiefgelaufen ist.«

Er legte sich den Arm über die Augen. »Sag nicht Caeru zu mir. So nennen *sie* mich. Es stimmt, das ist der Name, den ich von Geburt an trage, aber meine Freunde nennen mich Rue.« Er seufzte. »Rue steht für Traurigkeit, aber Rue existiert nicht mehr, denn Rue war einst glücklich. Caeru ist es nicht. Caeru ist ein Sklave, weil Rue einen schlimmen Fehler gemacht hat.«

»Sprich weiter.«

Wiederum seufzte er. »Nun ja, wenn du unbedingt willst. Halt mich fest, Swift.« Er rollte sich an meiner Seite ein, und ich hörte mir seine Geschichte an – die andere Seite der Geschichte. Er begann:

»Vor langer Zeit lebte ein Har namens Rue an einem sehr hübschen Ort namens Ferelithia, wo es immer warm war. Die Stadt war fröhlich und reich, und Menschen und Hara lebten friedlich nebeneinander. Rue fühlte sich dort zufrieden. Er verdiente sich seinen Lebensunterhalt mit seiner Stimme; er sang. Er hatte eine Menge Freunde, und das Leben war gut zu ihm. Doch eines Tages verliebte er sich in ein schönes Gesicht und einen schönen Körper, die beide einem unvergleichlichen, geheimnisvollen Har namens Pellaz gehörten. Pell war nur auf der Durchreise in Ferelithia, und seine Beziehung zu Rue war als eine vorübergehende, kurze gedacht. So hätte es sich auch zugetragen, wenn Rue nicht so dumm und naiv gewesen wäre zuzulassen, daß Pellaz den Aruna mit ihm bis zum äußersten vollzog. Ein Kind war das Ergebnis, doch zu dem Zeitpunkt, als ich es merkte, war Pell schon lange abgereist. Es war so lächerlich, weil ich anfangs nicht einmal wußte, was mit mir los war. Ich verspürte sonderbare Gefühle in meinem Bauch, seltsame kleine Bewegungen und Schmerzen. Ich dachte an eine Krankheit und bemühte mich, sie nicht weiter zu beachten. Kate wußte, worum es sich handelte, aber sie sagte mir nichts. Sie hatte nicht den Mut dazu! Kate ist, nebenbei bemerkt, eine wahre Freundin für mich. Sie ist eine Frau und mein einziger Freund. Vor seiner Abreise beichtete Pell ihr, was er mir angetan hatte. Kannst du dir vorstellen, daß ich das überhaupt nicht wahrgenommen hatte? Unglaublich, nicht wahr? Eines Tages brach ich dann auf der Straße zusammen. Ich dachte, ich würde sterben, so starke

Schmerzen hatte ich. Da gestand sie mir endlich, was sie wußte. Wir hatten einen wilden Streit, der während der ganzen Entbindung der Perle andauerte. Ich nehme an, das war gut für mich, denn das lenkte meine Gedanken von den Schmerzen ab. ›Ach, Rue, ich wollte es dir schon die ganze Zeit sagen!‹ flennte sie. Als ob mir das ein Trost gewesen wäre!

Ich konnte nicht verstehen, warum Pell das getan hatte – mir ein Kind zu machen und dann zu verschwinden. Wo lag da der Sinn? Unser Sohn geriet außerordentlich schön und geradezu unheimlich klug. Ich gab ihm den Namen Wolf, weil dieser von Kraft zeugte – und von meiner damaligen Einstellung zu seinem Vater. Doch als er heranwuchs, merkte ich, daß er … anders war. In meinem tiefsten Inneren wußte ich, daß er zu seinem Vater gehörte, weil Pell auf dieselbe Weise anders gewesen war. Was konnte ich ihm schon bieten? Ich liebte mein Leben in Ferelithia, aber für Wolf würde das nicht genug sein; er verdiente Besseres. Damals wußte ich noch nicht, daß Pell Tigron geworden war. Vielleicht wäre ich nicht zu diesem Entschluß gekommen, wenn ich es gewußt hätte. Aber auch Kate war der Meinung, daß ich Wolf zu Pell bringen sollte. Sie sagte, Pell hätte ihr Geld dagelassen, so daß sie ihn eines Tages in Immanion würde besuchen können. Wir kratzten noch ein bißchen mehr zusammen, und dann machten wir drei uns auf eine wunderbar romantische Reise über das Meer, um Wolfs Vater zu suchen. Ich glaube, das war das letztemal, daß ich mich wirklich glücklich gefühlt habe.

Als wir nach Immanion kamen und herausfanden, was aus Pell geworden war, hielten mich natürlich alle Gelaminger für einen berechnenden Abenteurer, der bloß deshalb aufgetaucht war, um aus Pells Berühmtheit und Reichtum Kapital zu schlagen. Das glauben sie immer noch, zumindest einige von ihnen. Aber ich habe es nur wegen Wolf getan. *Ich* wollte nicht dort bleiben.

Thiede erkannte sofort, daß Wolf ein ganz besonderes Kind ist, und er war es dann auch, der sich um alles kümmerte. Pell wollte uns nicht einmal sehen. Er dachte, ich wäre um meinetwegen hinter ihm her. In Pells Herzen gibt es nur Platz für einen, und dieser Platz ist für Cal reserviert und wird es auch immer bleiben. Ich wußte das. Ich habe es immer gewußt. Ich wollte wirklich nicht dortbleiben, es war mir peinlich. Dann hatte Thiede die schlechteste Idee, die er je gehabt haben kann. Als ich wieder einmal vorhatte wegzugehen, kam er abends zu mir, hieß mich hinsetzen und sagte: ›Caeru, du bist ein kluger Har, du denkst vernünftig und du bist so schön, daß jeder Gelaminger an dir Gefallen finden müßte. Ich will, daß Pell einen Gemahl nimmt, die Leute erwarten das. Ich suche bereits seit geraumer Zeit nach jemand Passendem, und jetzt habe ich das Gefühl, meine Suche ist zu Ende. Mein Wunsch ist, daß du es sein sollst, Caeru; ich möchte, daß du Tigrina von Immanion wirst.‹ Er hatte gewußt, ich würde ablehnen, lauschte aber dennoch geduldig meinen Worten. Dann entgegnete er: ›Ich hoffe, du hast alles gesagt, was du zu sagen hast, Caeru, denn ich will so etwas nie wieder von dir hören. Du weißt, wer ich bin, du weißt, daß ich meinen Wunsch klar und deutlich ausgedrückt habe. Aus Höflichkeit habe ich deinen Einwänden mein Ohr geliehen, doch nun vergißt du sie besser. Es ist bedauerlich, daß du auf die Lebensweise verzichten mußt, die du liebst und an die du gewöhnt bist, aber du bist zu Größerem bestimmt, fürchte ich. Du wirst Pells Gemahl, und ich selbst werde die Zeremonie eurer Blutsverbindung durchführen.‹

Eine Obszönität, nicht wahr? Das Heiligste, Intimste, was zwei Hara miteinander erleben können: die Verbindung ihres Blutes; ein unauflöslicher Bund. Und aus diesem Grund für mich die Hölle auf Erden. Natürlich war Pell rasend vor Wut, als er es erfuhr. Er stürmte in die elegante Suite, in der Thiede uns einquartiert hatte, und das war das erstemal, daß ich ihn zu Gesicht bekam, seit wir uns in Immanion befanden. Sein Anblick machte mich ganz schwach, ich kam nicht dagegen an. Ein selbstsüchtiger Gedanke fuhr mir durch den Kopf: Ich werde alles tun, was Thiede von mir verlangt, dann kann ich für immer in Pells Nähe sein. Ich wollte ihn nicht wieder verlieren. Wie dumm von mir! Pell warf mir jeden Schimpfnamen an den Kopf, der ihm einfiel. Wie konnte ich das nur tun? wollte er von mir wissen. Hatte er mir denn nicht bereits früher einmal gestanden, wie seine Gefühle Cal gegenüber aussahen? Wollte ich ihn lächerlich machen? Er bot mir eine große Summe Geld an, wenn ich nur wieder verschwinden würde. Das lehnte ich ab mit der Begründung, Thiede würde mich nicht weglassen. Pell nannte mich einen Lügner und warf mir vor, mich mit Thiede gegen ihn verbündet zu haben. In diesem Moment trat Kate ins Zimmer und wollte vermitteln, weil sie merkte, daß uns die Sache aus der Hand zu gleiten drohte. Pell brüllte auf, nannte sie Menschenschlampe und schrie, sie solle sich nicht einmischen. Kate war entsetzt. Sie kannte Pell schon sehr lange, und dieses Benehmen sah ihm so gar nicht ähnlich. Aber er war außer sich vor Wut. Ich habe noch nie jemanden in so schäumender Wut gesehen. Es war fast wie eine verzweifelte Panik. Und dann, während er noch herumbrüllte, nahm er ein Obstmesser vom Tisch, schnitt sich damit in den Arm und zischte mir zu: ›Hier! Da hast du mein Blut! Nimm es! Trink es, wenn du willst! Hol Thiede, er soll die Prozedur absegnen!‹ Dann schmierte er mir Blut übers ganze Gesicht, es war schrecklich. Doch das machte mich schließlich genauso zornig wie Pell. Ich hatte genug. Ich sagte, ich würde auf der Stelle abreisen, bat ihn aber, Wolf als seinen Sohn anzunehmen und ihn in Phaonica zu behalten. Pell antwortete nichts, er starrte nur seinen Arm an, als würde er sich fragen: Du lieber Himmel, was habe ich da angerichtet?

Ich versuchte tatsächlich, mich davonzustehlen, aber natürlich wartete Thiede bereits auf mich. Thiede weiß alles. Er sagte, ich solle nicht dumm sein, Pell würde sich bald beruhigen und sich an den Gedanken gewöhnen. ›Du wirst sein Tigrina, Caeru, und damit hat es sich! Geh zurück in dein Zimmer.‹ Er war keinem Argument zugänglich.

Nun, wie du siehst, willigte Pell schließlich ein, aber es gibt keine Zuneigung zwischen uns. Wir sind für immer durch die Bande des Blutes aneinandergekettet, und diesen Gedanken verabscheuen wir beide. Irgendwo glaubt Pell noch immer, ich hätte mich nur deshalb auf die Suche nach ihm gemacht, weil ich gehört hatte, daß er Tigron geworden war. Das ist nicht wahr. Wir hatten eine schöne Zeit miteinander, damals in Ferelithia, Pell und ich. Ich hatte ihn sehr gern. Ich habe ihn immer noch sehr gern. Jetzt behandelt er mich wenigstens mit Zuvorkommenheit. Meist kommt er abends und spricht mit mir. Er sagt, er gibt mir keine Schuld für das, was geschehen ist, er wüßte, daß Thiede dafür die Verantwortung trägt. Wenn er so redet, sage ich immer, er wäre ein Lügner, aber er lächelt nur darauf. Manchmal steht ihm sogar der Sinn nach Aruna mit mir. Er bewundert mich, wie er eine wohlgelungene Statue bewundern würde. Das ist alles, was ich für ihn bin: ein Leib ohne Seele. Aber ich kann ihn nicht abweisen. Krankhaft, nicht wahr? Hingegen glaube ich, daß er Wolf wirklich in sein Herz geschlossen hat. Sie haben ihm jetzt einen anderen Namen gegeben, einen, der einem Prinz besser ansteht, aber für mich ist er immer noch Wolf. Zumindest das hat sich zum Guten gewendet. Ach ja, ich habe unvorstellbare Reichtümer zu meiner Verfügung, ich lebe in einem Palast und muß keinen Finger rühren, wenn mir nicht danach ist. Und gelegentlich faßt er mich sogar an … Ich sollte eigentlich glücklich sein, oder etwa nicht?«

So viele Leute habe ich sagen hören, Pellaz, der Tigron von Immanion, sei die liebenswerteste, mitfühlendste Persönlichkeit, die man sich vorstellen kann. Er erscheint allen so vollkommen, und in gewisser Weise finde ich es tröstlich, daß er es nicht ist.

Schweigend hörte ich Rues Erzählung zu und sagte auch nichts, als er geendet hatte. Früher einmal hätte ich geweint, wie damals, als ich Cals trauriger Geschichte lauschte, aber nun drückte ich meine Emotionen anders aus: Ich liebte ihn heftig, den schwermütigen Caeru; es war nicht Aruna, sondern tatsächlich die Wärme der Liebe, die ich ihm gab, weil er sie so dringend brauchte und weil ich, der schmutzige Varr mit dem keineswegs perfekten Charaker, wußte, wie man sie schenkt.

Bei Morgengrauen bat er mich zu gehen. Verlegen nahmen wir voneinander Abschied; der Zauber des vorangegangenen Abends war dahin. Solche Geschichten waren dazu bestimmt, nur kurz zu währen. Ich fragte mich, ob Caeru, Tigrina von Immanion, in Imbrilim gefunden hatte, weswegen er hergekommen war. Ich würde es niemals erfahren. Zur Mittagsstunde war sein dunkler Pavillon leer.

KAPITEL 5

Das Axiom.
Läuterung durch das Umfeld,
Respekt, den das Schicksal vermittelt.
Sinnliche Begierde
nach der Feuerbestie.

Tagelang konnte ich den Tigrina nicht aus meinen Gedanken verbannen. Er hatte mir soviel mehr geschenkt als nur eine Nacht der Freude; er hatte mir Selbstachtung gegeben. Jetzt spürte ich, daß ich mich unter den Gelamingern frei bewegen und mich ihnen ebenbürtig fühlen konnte. Ich hatte den Eindruck, gewachsen zu sein – sowohl geistig als auch körperlich. Arahal bemerkte den Wandel in mir, das sah ich an der Art, wie er mich betrachtete, doch er zog es vor, keinen Kommentar darüber abzugeben. Meine Nacht mit Caeru wurde mir gegenüber niemals von irgend jemandem in Imbrilim erwähnt, aber da ich genau wußte, wie Neuigkeiten sich blitzartig im Lager verbreiteten, war ich sicher, daß alle davon wußten.

Während der folgenden Wochen widmete ich mich meinem Aufstieg in die nächste Kastenebene und entdeckte, daß der Vorgang ähnlich ablief wie das Reitenlernen: Sobald man die grundlegenden Techniken beherrscht, scheint sich der kompliziertere und schwierigere Teil fast wie von selbst einzustellen. Arahal lobte meine Fortschritte mit unverblümter Selbstzufriedenheit. »Für diejenigen von uns, die als Menschen zur Welt kamen, war es sehr schwer«, sagte er, »denn die übernatürlichen Kräfte waren uns nicht angeboren. Wir hatten so viel zu lernen. Ich habe noch nie zuvor einen reinblütigen Har unterrichtet, aber es ist ganz offensichtlich leichter für dich, weil du eben ein solcher bist.«

»Nun, Cobweb hat mir diese Sachen beigebracht, seit ich sprechen konnte«, entgegnete ich mit dem Gefühl, es wäre nicht richtig, das ganze Verdienst für mich allein zu beanspruchen, »obwohl wir nie offen darüber reden konnten, weil Terzian das nicht geduldet hätte. Er wollte, daß sein Sohn zu einem Krieger heranwuchs wie er und nicht zu einem undurchsichtigen Hexenmeister, als den er Cobweb betrachtete. Jedenfalls hielt er das alles für puren Aberglauben.«

»Eine Dummheit, die er, wie ich glaube, bereits bereut«, lachte Arahal auf. Doch sein Lachen schwand dahin und wurde zu einem Stirnrunzeln, als er mein Gesicht sah.

»Wo ist er?« fragte ich.

Nach einem kurzen Schweigen schüttelte Arahal den Kopf. »Ich habe es dir schon gesagt, Swift, ich weiß es nicht. Ich habe damit nichts zu tun.«

Ich hätte ihm gern geglaubt, denn ich betrachtete Arahal in jenen Tagen als Freund, aber ich wußte, daß er log.

Eines Morgens wachte ich auf und erkannte, ich war Ulani. Es war ein instinktives Wissen. Die Zeremonie selbst erschien mir da nur noch als nichtssagendes Ritual, denn ich hatte den Aufstieg in die nächste Kaste bereits vollzogen, und keine Worte oder Gesten konnten diese Gewißheit verstärken. Doch weil die Gelaminger Feiern lieben, organisierte Arahal eine großartige Veranstaltung, um meinen Aufstieg öffentlich zu verkünden. Mein Erlangen der Kaste Ulani bedeutete, daß die Gelaminger ihren Angriff auf Ponclast nun konkret planen konnten, und so wurde daraus für ganz Imbrilim ein großer Festtag. Die Atmosphäre war berauschend. Obwohl die eigentliche Zeremonie eher kurz war und im

Pavillon der Hegemonie in kleinem Kreis abgehalten wurde, verschrieb man sich für den Rest des Tages dem Tafeln, dem Trunk und dem Tanz. Leef kam, um mir mit eisiger Stimme zu gratulieren, was mich so ärgerte, daß ich mich ihm gegenüber ziemlich überheblich benahm. Das wiederum entlockte ihm ein grimmiges Lächeln, als hätten sich seine schlimmsten Befürchtungen soeben bestätigt. Seel bekam ich den ganzen Tag über nicht zu Gesicht.

Abends sagte Arahal zu mir: »Ashmael wird morgen mit dir reden, Swift.«

»Er redet oft mit mir«, bemerkte ich leichthin und spürte, wie sich mein Herzschlag beschleunigte.

»Er wird mit dir *reden,* Swift.«

»Ist es… Ist es an der Zeit, daß ich es *erfahre?*« fragte ich. »Aus welchem Grund ich noch hier bin? Ist es das?« Einige meiner vergessenen Ängste flackerten in einem Winkel meiner Seele auf.

»Es ist an der Zeit«, bestätigte Arahal erbarmungslos.

In jener Nacht träumte ich seit Ewigkeiten zum erstenmal wieder von den Augen. Ich bewarf sie mit Händen voll Traumnebel, aber sie zuckten kein einziges Mal. Als ich am Morgen erwachte, war ich erschöpft.

»Du bist ein Prinz, Swift«, sagte Ashmael zu mir. Ich schaute in seinen Spiegel und sah ihn hinter mir stehen, größer als ich, die Hände auf meinen Schultern.

»Ich bin Cobweb«, entgegnete ich, und er lächelte.

»Nein, nicht er. Etwas anderes.«

Meine Haut wird sich nie bräunen, meine Augen werden immer umschattet sein; das ist Cobwebs Vermächtnis, ich weiß. Ich werde nie so hochgewachsen sein wie mein Vater, und ich werde nie seinen furchterregenden Blick haben. Ich bin Swift, durch und durch, und nicht mehr. Ich bin Swift, und ich habe gelernt, mich zu mögen.

»Megalithika ist reif, wir können die Ernte einbringen«, sagte Ashmael, und ich wartete darauf, daß er fortfuhr. »Wir werden unsere Kraft mit uns führen. Sie wird in einem Kristall wohnen und blaugrün leuchten. Es wird deine Kraft sein.«

»Und woher stammt sie?« fragte ich.

»Aus deinem Inneren.«

Ich wandte mich vom Spiegel ab und sah, daß ein fremdes, schreckliches Licht aus Ashmaels Augen strahlte, denn er kannte die tiefere Bedeutung seiner Worte, die mir noch vorenthalten war.

»Wie werdet ihr Megalithika einnehmen?« fragte ich. »Wie werdet ihr es *wirklich* bewerkstelligen?«

»Je unerreichbarer etwas ist«, erwiderte er, »desto erstrebenswerter erscheint es uns.« Die typische Antwort eines Gelamingers: ausweichend und nichtssagend.

»Daran werde ich mich nie gewöhnen!« rief ich und wandte mich zum Gehen.

Er folgte mir durch die bunten Stoffalten und holte mich am Pavillonausgang ein. »Es ist die Wahrheit«, sagte er.

»Wenn sie es ist, dann sprich sie offen aus! Ich bin ein Varr und kein Gelaminger. Ich verstehe es nicht, wenn du mit Worten spielst!«

»Grissecon«, sagte er.

Ich zuckte zusammen und machte einen Schritt weg von ihm. »Ich?« (Der andere Grund; natürlich! Kein Wunder, daß sie zögerten, es mir zu sagen!)

Ashmael nickte schweigend.

»Nein!« schrie ich auf; schon fühlte ich mich nackt in aller Öffentlichkeit.

»Du bist gehemmt.«

»Ja, das bin ich. Das hat man mir bereits früher einmal vorgeworfen. Ich kann das nicht tun, Ashmael!«

Er seufzte. »Mein Gott, müssen wir denn diese Probleme haben? Dieser Grissecon ist von essentieller Bedeutung. Damit er Wirkung hat, können nur zwei ganz bestimmte Hara ihn durchführen, und in gewisser

Weise wehrt ihr euch beide mit Händen und Füßen dagegen. Alle beide!« Er warf die Hände hoch.

Plötzlich war mir ganz kalt, und meine Arme krampften sich um meinen frierenden Leib. Du lieber Himmel, nein! sagte ich lautlos, ganz schwach vor Erleichterung und krank vor Verzweiflung. In einem einzigen Augenblick waren mir so viele Dinge so klargeworden!

Ashmael stand reglos vor mir. »Du weißt, wer es ist, nicht wahr«, stellte er rundweg fest.

Ich nickte und richtete mich wieder auf, aber die Arme hielt ich weiterhin fest um mich geschlungen. »Ja.«

»Es ist Thiedes Wunsch.«

»Was für eine allgegenwärtige Ausrede diese Phrase ist! Alles, so scheint es, ist Thiedes Wunsch! Warum denn ausgerechnet *ich*, Ashmael? Warum nicht jemand anderer? Ich habe noch nie einen Grissecon durchgeführt!«

»Es ist wie ein Brennpunkt, in dem zwei Essenzen sich vereinigen sollen. Wenn Thiede das Schicksal einmal manipuliert hat, dann ist es unausweichlich. Was immer auch geschieht.«

»Und nichts ist Zufall, oder?« fügte ich hinzu und erinnerte mich dunkel an etwas, das Caeru zu mir gesagt hatte. Er hatte selbstverständlich von alldem gewußt... »Das alles war natürlich von Anfang an geplant, nicht wahr? Alles!«

Ashmael besaß soviel Taktgefühl, um wenigstens beleidigt dreinzusehen. »Nein, nicht alles.«

Nun verstand ich. Thiede hatte gesagt: »Das soll geschehen!«, Pellaz war mit der Ausführung beauftragt worden, und Einwände existierten nicht. Ich sollte der eine, Bestimmte sein, aber alles an mir erregte ihr Mißfallen: Ich war Cals Freund, Terzians Sohn, ein Varr. Mit anderen Worten, verdorben bis ins Innerste. Mein Vater aß Menschenfleisch und beging Pelki gegen seine eigenen Artgenossen. Und sein Blut rann in meinen

Adern. Niemand konnte Gewißheit haben, daß solche Charakterzüge nicht auch in mir schlummerten. Abgesehen von Thiede vielleicht, aber Thiede setzte ohnedies stets seinen Willen durch.

»Wann soll das vor sich gehen?« fragte ich mit eiskalter Stimme, die nicht mir zu gehören schien. Ich war in diesem Moment wie betäubt und völlig ohne Gefühl.

»Oh, bald, bald«, antwortete Ashmael. »Alles wird vorbereitet, und sobald wir die Einzelheiten kennen, werden wir dich informieren. Swift, ich sehe, wie durcheinander du bist, und ich sage dir, du brauchst dich nicht so schlecht zu fühlen.«

»Du meinst damit, ich sollte am besten überhaupt nichts fühlen«, ergänzte ich kaltschnäuzig.

»Nein, das meine ich nicht damit. Ich kann nur deine Aufregung nicht verstehen. Der Grissecon wird nicht öffentlich durchgeführt, das wird dir erspart. Betrachte es einfach als Aruna ... obwohl es doch mehr ist, fürchte ich.«

»Mehr?« fragte ich mit ausdrucksloser Stimme. Ich spürte, wie Ashmael sich innerlich wand. Das bereitete mir Vergnügen, denn ich war der Meinung, von ihm könnte nichts mehr kommen, was die Sache noch unerfreulicher machen konnte. Ich irrte mich.

»Thiede möchte, daß aus dieser Vereinigung ein Kind entsteht«, sagte er schnell, und ich muß irgendeinen Laut ausgestoßen haben, einen Schrei oder ein Kreischen, denn Ashmael zuckte zusammen und begann fast zu lachen.

»Kann denn aus Haß ein Kind entstehen?« schäumte ich.

»Nein«, sagte er. »Natürlich nicht. Aber was bringt dich auf die Idee, daß Haß im Spiel ist?«

»Wenn es nicht Haß ist, dann ist es etwas noch Schlimmeres: Gleichgültigkeit.«

»Das glaubst du nur.«

»Nein! Ich weiß es!«

»Du weißt es nicht! Du bildest dir zu viele Dinge ein. Chrysm hat mir das gesagt.«

Und was hatte Chrysm ihm sonst noch gesagt? Ich konnte das alles nicht mehr hören. Ohne ein weiteres Wort verließ ich Ashmaels Pavillon und ging zurück durch das Lager. Es hatte zu regnen begonnen, ein feines Nieseln nur. Ashmael rief mich nicht zurück.

Arahal blickte überrascht auf, als ich entschlossen und ohne mich anzukündigen in seinem Pavillon auftauchte. Er sah meinen Gesichtsausdruck und wurde sofort von bösen Vorahnungen heimgesucht. »Also hat Ashmael es dir mitgeteilt?« fragte er und stand auf.

»Der Teufel soll dich holen, Ashmael!« rief ich und hielt ihm einen bebenden Finger unter die Nase. »Der Teufel soll euch alle holen! Ihr hebt mich nur empor, um mich dann zu demütigen! Dieser Grissecon… Diese Person, mit der ich meinen Körper vereinigen muß, meinen Samen vereinigen muß – es ist Seel, nicht wahr?«

Irgendwann hatte irgend jemand Seel zur Seite genommen, ihn auf einen Stuhl gedrückt und ihm alles gesagt. Und so hatte er erfahren, daß Cal noch lebte, wo er lebte und wie er lebte, und dann hatte er gehört, daß Terzians Sohn nach Imbrilim kommen würde und daß Thiedes Entschluß feststand, welches die Werkzeuge für den elementaren Grissecon sein sollten; für die Erlangung der Macht über die Welt. Die innere Kraft, die blaugrün schimmernde, kaum zu beherrschende Kraft, die den Geschlechtsakt zur Magie machte, um zu erobern und zu herrschen, sie sollte aus Seel und Swift kommen, den beiden Teilchen eines großartigen Planes. Unsere Körper sollten sich verbinden wie die Enden zweier Drähte, so daß der Strom durchfließen kann. Vermutlich hatte Seel anfangs nur ungläubig den Kopf geschüttelt; hatte gelächelt – dieses flüchtige, strahlende Lächeln – und vielleicht gesagt: »Terzians Sohn? Einen Varr? Meint ihr das ernst?« Und dann war ihm vermutlich die Erkenntnis gekommen, wie ernst sie es meinten; worauf er wohl aufgesprungen war und einen Schwall bitterböser Worte über die anderen ergossen hatte: Terzian, die Varrs, Cal – alles, was nicht in Ordnung war mit dieser Welt, was faul war an dieser Welt. Möglich auch, daß er ihnen ins Gesicht geschleudert hatte: »Verachtet ihr mich so sehr, daß ihr euch meines Körpers auf eine solche Weise bemächtigen und ihn derart mißbrauchen wollt?« Vielleicht war es Pellaz gewesen, der es ihm gesagt hatte. Ich würde es gern annehmen. Seine Stimme hätte beschwichtigend geklungen, hätte Seel soweit beruhigt, daß er seine Entrüstung wohl nach und nach tief in sein Inneres zurückgedrängt und schließlich zustimmend genickt hatte: »Also gut, wenn es sein *muß.*« (Schlug das eine bestimmte Saite bei Pellaz an?) Und Seel hatte vermutlich bei sich gedacht: Pell, ich habe dir vertraut. Ich konnte ihn fast vor mir sehen, wie er die Augen auf Pells Rücken heftete, enttäuscht und niedergeschlagen. Und dann hatte er wohl zum Trost dafür gedacht: Ich werde mit dieser Kreatur kein Wort reden! Keine Sympathie für ihn empfinden! Er steht tief unter mir, und so, wie es scheint, muß ich seinen Sohn tragen, aber ich werde ihn nie mögen! Dazu kann mich niemand zwingen!

Und so würde ich, Swift, ihn eines Tages berühren müssen – sein Blick würde verschleiert sein wie der einer Katze und sein Gesicht abgewendet. Niemand mußte mir diese Dinge sagen und niemand sagte sie mir, aber ich wußte es mit solcher Gewißheit, als hätte Seel selbst es mir gesagt.

Arahal stand auf. Er packte mich an den Schultern und schüttelte mich leicht. »Hör auf damit, du bist hysterisch«, stellte er mit sanfter Stimme fest. Vielleicht wirkte der Ausdruck in meinen Augen tatsächlich hysterisch. Ich sagte nichts darauf. Wie hätte ich Arahal von den Träumen erzählen können, die ich seit Jahren immer wieder hatte und die mir das Kommen einer bestimmten Person ankündigen wollten? Diese Person war Seel, das wußte ich jetzt. Von dem Moment an, als ich ihn zum erstenmal gesehen hatte, war das Wiedererkennen in mir gedämmert, und nun war das Eine, Einzige, wonach ich mein ganzes Leben lang unbewußt gestrebt hatte, zu etwas unbeschreiblich Schrecklichem geworden, vor dem ich davonrennen wollte. Was auf ganz natürliche Weise hätte geschehen sollen, war zu einem listig geschmiedeten Ränkespiel geworden – Thiedes Ränkespiel –, und durch sein Drängen war alle Harmonie dahin. Ich war wie betäubt. Ohne das alles, dachte ich, hätte Seel mich eines Tages vielleicht sogar sehr gernhaben können; es wäre mir gewiß nicht allzu schwer gefallen, ihn soweit zu bringen. Doch nun war er wütend und zutiefst beleidigt.

Arahals Stimme drang durch mein Grübeln. »Swift, sei vernünftig, um Himmels willen!« Ich sah rasch auf und spürte meinen Blick wie einen Pfeil in seine Augen fahren. Er wandte sich ab und goß Wein in ein hohes, dünnes Glas, das sich verlockend zerbrechlich anfühlte, als er es mir reichte. Ich trank daraus; es schmeckte sauer. Die Weine der Gelaminger sind selten sauer. »Deine Reaktion ist völlig irrational«, fuhr er überzeugend fort. »Du denkst, du bist besessen von dem Gedanken an Seel, aber das ist nur die Folge eines starken Zaubers, der bewirkt hat, daß du jetzt so empfindest! Die Zeit wurde knapp. Und nun kannst du dich zurücklehnen und die Dinge in aller Ruhe auf dich zukommen lassen.«

Seine Worte schwappten über mich wie eine Welle Schmelzwasser. Ein Zauber, der bewirkt hat, daß ich besessen bin von dem Gedanken an Seel? Lächerlich. Den Zauber hätten sie sich sparen können, dachte ich; ich war schon zu einer Zeit von Seel besessen, als die Gelaminger von ihren Plänen noch nicht einmal träumen konnten.

»Ich… ich bin ganz durcheinander«, sagte ich, denn ich konnte mich nicht überwinden, ihm meine Gedanken preiszugeben. Einen Moment noch blieb seine Hand auf meiner Schulter liegen.

»Besessenheit ist sinnliche Begierde«, sagte er. »Begierde ist die Saat übersinnlicher Kräfte. Du mußt deine Gedanken zu einer glatten Klinge schmieden, Swift. Konzentriere deine Energien.«

»Du redest von mir und meinem Verhalten«, entgegnete ich. »Aber was ist mit Seel?«

»Was soll mit ihm sein?« erwiderte Arahal mit einer Gegenfrage. »Hast du überhaupt schon mit ihm gesprochen?«

»Nein«, antwortete ich gereizt, »aber ich spüre, wie die Dinge liegen. Er mag mich nicht.«

Arahal gab einen unwilligen Ton von sich. »Denk daran, Seel ist ein Gelaminger«, sagte er nicht ohne Sarkasmus. »Er ist sich seiner Pflichten bewußt. Er ist dazu erzogen, persönliche Vorlieben hintanzustellen.«

»Aber das ist doch krank! Dieser Grissecon wird nicht durchführbar sein, und sollte er dennoch durchgeführt werden, dann wird er sich als entsetzlich demütigend für uns beide erweisen!«

»Ach, Swift, beruhige dich! Es gibt Mittel und Wege, alle Schwierigkeiten, die sich ergeben könnten, zu überwinden.«

Ich scheute mich, ihn zu fragen, welche das wohl wären. Als ich mein leeres Glas auf den Tisch zurückstellte, bemerkte ich in einer Schüssel eine schimmernde Haarlocke, eingerollt wie ein schlafendes Kätzchen. Arahal sah, daß ich sie anstarrte.

»Geh jetzt zurück in deinen Pavillon«, sagte er.

Als ich allein auf meinem Bett saß, wurde mir bewußt, daß meine Gedanken immer mehr um meinen Vater und Cal zu kreisen begannen. Beides Opfer der Gelaminger, dachte ich mit brutaler Offenheit. Vielleicht fürchtete ich, auf ähnliche Weise verlorenzugehen, zu verschwinden. Ich versuchte mich zu entsinnen, welche Gefühle ich Cal gegenüber gehegt hatte, als meine Feybraiha unmittelbar bevorstand, aber die Erinnerung daran entzog sich mir. Für gewöhnlich verbannte ich alle erotischen Gedanken an Seel aus meinem Hirn, weil ich sie als allzu schmerzlich empfand, doch nun bemühte ich mich, mir vorzustellen, welche Gefühle er wohl in mir hervorrufen mochte. Aber alles, was vor meinem geistigen Auge erschien, waren diese unergründlichen, kalten, abweisenden Augen. Ich stellte mir Grissecon vor und unsere ineinander verschlungenen Körper, sein heißes Fleisch unter meinen Lippen, das feucht war von schimmerndem Schweiß; unser Verlangen, unsere Beharrlichkeit. Dann legte ich in Gedanken die Hände an seine Schläfen und drehte sein Gesicht zu mir. Seine Augen waren tot, sein Inneres nicht im mindesten berührt, während sich sein Körper um den meinen wand. Konnten wir auf diese Weise einen Zauber entstehen lassen?

Ich legte die Arme hinter meinen Kopf und ließ mich zurücksinken in die weichen Kissen, immer tiefer, immer tiefer. Es wurde mir bewußt, daß mein Körper sich sonderbar anfühlte, daß ich Aruna brauchte. Er war mir noch selten verwehrt worden, nicht, wenn ich ihn nötig hatte. Caeru fiel mir ein; noch eine von Thiedes Marionetten. Ob ich ihn je wiedersehen würde? Wußte Pell, was zwischen uns vorgefallen war? Ich drehte mich auf die Seite und dachte, ich würde einschlafen, doch plötzlich vernahm ich das unheimliche Schrillen, das mir anzeigte, daß jemand darum ersuchte, meinen Pavillon betreten zu dürfen. Ich formte die Gedankenschablone, die den Eingang öffnete, und kurz darauf kam jemand in den innersten Raum und hob den Vorhang. Ich blickte auf und sah ihn vor mir stehen. Er sagte: »Wir müssen miteinander sprechen, glaube ich.«

»Das glaube ich auch«, pflichtete ich ihm bei, überrascht, daß ich nicht im geringsten nervös war.

Er setzte sich ans Ende des Bettes und betrachtete seine Hände. Ich wollte sagen: »Seel, du bist das allerschönste Geschöpf, das ich je gesehen habe«, doch alles, was ich hervorbrachte, war: »Nun, und worüber?«

»Ich glaube, das wird schwierig«, antwortete er, und ich war nicht sicher, ob er dieses Gespräch meinte oder das, was auf uns zukam.

»Ich habe es heute erfahren«, erklärte ich. Er sah mich nicht an, nickte nur. Dieses Haar! Es wirkte fast unnatürlich, so, als würde es ein Eigenleben führen und nur aus eigener Bequemlichkeit über seine Schultern und den Rücken hängen. Vielleicht würde es sich strecken und in alle Richtungen davonkrabbeln, wenn ich es berührte. Er muß sich meiner Gefühle bewußt gewesen sein. Cal hatte ihn einst einen wahren Adepten genannt; Gedanken erreichten ihn wie ein Schrei.

»Du mußt verstehen«, sagte er, »daß mir dieser … *Zustand* völlig fremd ist. Ich weiß nicht, was Thiede mit mir gemacht hat. Ich weiß es nicht … ich weiß nur, daß es mir überhaupt nicht gefällt!«

Ich faßte einen raschen Entschluß und sprach offen. »Anscheinend weißt du von dieser Sache, seit ich hier bin. Du bist mir aus dem Weg gegangen. Ich kann mir vorstellen, was du dir gedacht hast.« Er machte keinen Versuch, mich zu unterbrechen. »Zuerst haben sie mit dir sicher über Cal gesprochen.« Sein Rücken wurde steif, und er hob den Kopf, sah mich aber immer noch nicht an. »Glaub nicht, daß ich nicht wüßte, was ich für dich darstelle! Die verderbte, entartete Seite der Wraeththu, das ist es! Du willst dich nicht mit mir beschmutzen. Habe ich recht?«

»Ja«, antwortete er verblüfft.

Es folgte ein verlegenes Schweigen, und dann sagte ich leise: »Du hättest Cal besuchen sollen, als er noch hier war. Du hättest mit ihm reden sollen.«

Da fuhr er herum. »Für dich ist Mord und Totschlag natürlich etwas ganz Alltägliches!« zischte er aufgebracht. »Das war zu erwarten. Und wenn ich dich anschaue, dann sehe ich nichts als Orien und Oriens Blut auf dem Boden und seine Gedärme, die ihm aus dem Bauch hängen! Das ist es, was ich sehe!« Er sprang auf und fuchtelte mit den Armen herum. »Oh, die Varrs! So voll Mitgefühl, diese Leute – das waren sie doch, oder? Wohin hätte er sonst gehen können als zu ihnen, winselnd und erledigt, wie er war? Habt ihr ihn getröstet? Habt ihr gesagt: ›Ach Cal, denk nicht mehr daran, was ist ein Toter mehr oder weniger? Gar nichts.‹ Ist es das, was ihr gesagt habt, alle miteinander? Als der Schlächter Terzian, dein teurer Vater, um diesen perfekten Dämonenkörper scharwenzelte, hieß es da nur: ›O Cal, du bist so wunderbar, so ganz wie einer von uns!‹ Ach ja, und du warst auch noch da, nicht wahr? Ich nehme an, bei dir ließ Cal die Katze aus dem Sack! Hat er dich gebissen? Hat er dich gekratzt? Tut gut, diese Perversion, nicht wahr? Man genießt es irgendwie auf krankhafte Weise, während es passiert, doch hinterher empfindet man Ekel darüber. Ausgenommen du und dein Vater, vermute ich.«

Er funkelte mich an, und die Röte pulsierte über seine Wangenknochen. Ich stützte mich auf einen Ellbogen und starrte zurück. Er hatte mich tatsächlich wütend gemacht; das hätte ich nicht für möglich gehalten. »Setz dich hin, Seel!« Er reagierte nicht. »Setz dich hin! Es gibt einiges, was ich dir erklären will.« Er zögerte einen Augenblick und ließ sich dann halb zurückfallen auf das Bett. »Meine Kindheit in Galhea verlief keineswegs so, wie du denkst«, sagte ich. »Ich möchte dir davon erzählen.«

Ich begann mit jenem Tag, als mein Vater mit der Wunde an seinem Bein nach Hause gekommen war. Ich sprach liebevoll von meiner Familie und meinem Volk. Ich mußte ihm unsere Lebensart verständlich machen und die Tatsache, daß unsere Existenz nicht so voller Tod und Grausamkeit war, wie er dachte. Ich rief meine

Erinnerung an Immerdar im Frühling wach und an die Fröhlichkeit von Bryonys Lachen, das das Haus erfüllte, und an die glücklichen Zeiten, die wir alle zusammen erlebt hatten. Ich ging noch weiter zurück und erzählte von den Neujahrsfesten und dem Schnee, der dann stets alles bedeckte. Es war die Geschichte von den beiden kleinen Harlingen, die die Grenzen von Immerdar sicherten, um den Fremdling am Eindringen zu hindern. Dann machte ich von neuem die Qualen durch, die Cals Ankunft bei uns hervorgerufen hatte, und ließ Seel daran teilhaben und an allem, was folgte, bis zu meiner Feybraiha. Seel wollte nichts davon hören, aber ich erzählte es ihm trotzdem. Ich schilderte, wie Cal und ich nackt auf der Fensterbank in meinem Zimmer in Immerdar gesessen und in den finsteren Park hinausgesehen hatten, während er mir über Orien, Pell und Saltrock berichtete. Dann sprach ich von Cobweb und wie Cal ihn aus einem Kerker befreite, den er für sich selbst geschaffen hatte. »Das Gute ist als Böses verkleidet«, sagte ich, »weil so manches Böse geschehen muß, um das Gute zum Vorschein kommen zu lassen. Dem kann man nicht entgehen. Unsere Welt kann nie sein, denn dann wäre sie aus dem Gleichgewicht und würde dahinschwinden. Was Orien zustieß, war abscheulich, denn er hat sein Leben verloren, aber Cal hat auch etwas von seinem verloren. Er war ein gemartertes Geschöpf und ist es vielleicht immer noch.«

Als ich geendet hatte, sagte Seel: »Cal hat Glück. Er hat Glück, weil ihr alle euch seiner angenommen habt.«

»Ach, ich dachte, unser Mitgefühl sei etwas Wertloses?«

Seel lächelte und schüttelte den Kopf. Dabei fiel ihm die Haarmähne über das Gesicht, so daß ich es nicht mehr sehen konnte. »Ihr seid stürmische Geschöpfe«, sagte er. »Ihr liebt und haßt, wie es einst die Menschen taten. Ich bemitleide euch.«

Ich lachte. »Uns bemitleiden? Warum denn? Vielleicht hättet ihr früher kommen sollen, du und dein Volk. Ihr hättet mit eurer blutlosen Gewalt nach Norden kommen und dort alle Waffen beschlagnahmen sollen. Warum habt ihr das nicht getan? Ihr habt Mord und Totschlag geschehen lassen, weil ihr nicht gekommen seid und all dem Einhalt geboten habt! Ich bin ein reinblütiger Har und habe meine Gefühle, und die einzige Möglichkeit, die den Gelamingern bleibt, das zu ändern, ist, diese Gefühle aus mir hinauszuprügeln. Ich schäme mich ihrer nicht; ich bin bereit, das Böse in mir zu bekämpfen. Das kann man auch ohne emotionelles Vakuum tun.«

»Das stimmt nicht!« Seel sprang wieder auf. »Da gibt es einen feinen Unterschied. In unserer Seele wohnt die Liebe, aber sie ist nicht selbstsüchtig. Das ist der Unterschied.«

»Da solltest du meine Leute sehen!« sagte ich.

»Oh, das werde ich!« entgegnete er. »Ganze Horden von ihnen, mit Ponclast an der Spitze und dem festen Vorsatz, ihren Durst mit Gelaminger Blut zu stillen! Das tun sie doch, nicht wahr? Sie trinken doch Blut?«

Darauf wollte ich nicht antworten. »Wo ist mein Vater, Seel?«

Das Zögern war kaum wahrnehmbar. »Er lebt.«

»Hat Thiede ihn in seiner Gewalt?«

Seel fuhr sich mit allen zehn Fingern durchs Haar. Er nickte und sagte: »Ja. Ja, Thiede hat ihn. Terzian ist in Immanion.«

Ich wollte mehr wissen, aber er schüttelte nur den Kopf.

»Ich kann nicht. Das ist alles, was ich weiß. Mehr kann ich dir nicht sagen.«

»Ich glaube dir nicht.«

»Weshalb nicht? Weshalb sollte ich dich anlügen?«

»Weil ich ein Varr bin und weil du mich nicht allzusehr schätzt.«

Er hob die Schultern. »Hmm, vermutlich hast du

recht. Aber es ist die Wahrheit. Früher oder später wirst du alles über Terzian erfahren, aber nicht von mir.«

Er ging zum Ausgang. Er war dabei zu gehen, und ich wollte, daß er blieb, obwohl ich wußte, daß sich dadurch die Schlinge um meinen Hals immer weiter zusammenzog. Er hielt inne und drehte sich zu mir um. »In einem hattest du recht, Varr Swift«, sagte er. »Ich hätte herkommen und mit Cal reden sollen. Darin hattest du recht. Jetzt ist es zu spät dazu.« Er bückte sich unter den Vorhängen hindurch und war verschwunden.

Mein Herz begann heftig zu klopfen. Ich durchlebte die vergangene Stunde noch hundertmal und suchte nach Zeichen der Hoffnung, bis ich sicher war, daß es keine gab. Was hatte er mir eigentlich sagen wollen, weshalb war er gekommen? Er hatte nichts anderes getan als mir zugehört. Und so lag ich auf meinem Bett, nachdenklich und wehmütig und innerlich jauchzend zugleich, und ließ zu, daß sich ein Eingeständnis wohltuend in mein Hirn und in mein Herz schlich; es war eine Erleichterung, eine Last, die plötzlich von mir genommen wurde. Ich fühlte mich, als hätte ich mich geschüttelt, und eine Hülle aus Staub, die so alt war wie mein Leben, wäre abgefallen von mir. Ich fühlte mich leichter und gewappnet für die Zukunft. Ich verspürte keine Scham. Das Eingeständnis lautete: Ich liebe ihn.

Am nächsten Abend kam Chrysm zu Besuch. »Du versteckst dich schon einen ganzen Tag hier drinnen!« sagte er. »Hast du schon gegessen? Ich habe dir etwas mitgebracht.«

Ich war nicht sehr hungrig, aß aber trotzdem ein bißchen davon, um ihn zu beschwichtigen. Ich war so glücklich gewesen in meinem Alleinsein, daß ich überhaupt nicht ans Essen gedacht hatte.

»Was hast du hier gemacht, so einsam und verlassen?« fragte er.

»Oh, gar nichts; bloß nachgedacht.«

Sorgfältig zerlegte er eine Orange und reichte mir die Hälfte. »Ach, nachgedacht. Ashmael hat mir gesagt, daß der Grissecon in der nächsten Vollmondnacht stattfinden soll. Schon in vier Tagen!« Er schüttelte den Kopf. »Hat das etwas mit dem zu tun, worüber du nachgedacht hast?«

»Nein, nein!« log ich, und wir lachten beide. Ganz früh am Morgen war Arahal bereits bei mir gewesen, um mir die Nachricht zu überbringen; den ganzen Tag lang hatte ich an nichts anderes gedacht!

»Ist es nicht das, was du immer gewollt hast?« fragte Chrysm.

»Teils, teils … Hat dich denn Arahal hergeschickt, Chrysm?«

Er schüttelte den Kopf. »Nein. Sie haben aufgehört, dein Unterbewußtsein zu mißhandeln. Ich bin aus eigenem Entschluß gekommen. Und jetzt brauchst du nichts anderes zu tun als zu warten; warten und nachdenken. Sie wollen, daß du allein bist. Sie wollen, daß du fastest. Vermutlich wollen sie, daß du überschnappst. Noch Käse?«

»Ja, bitte! Plötzlich habe ich einen wahren Bärenhunger!«

Ich erzählte ihm von Seels Besuch bei mir, und er schnaubte ärgerlich. »Seel! Ich hoffe, du schaffst es, ihm etwas von seiner frömmelnden Überheblichkeit auszutreiben! Dennoch scheinst du dich besser im Griff zu haben als noch vor kurzer Zeit. Es muß ihn fast in den Wahnsinn treiben, so verrückt nach dir zu sein!«

»Chrysm!«

»Er hat wohl das Gefühl, der Teufel selbst würde ihn in Versuchung führen!«

»Sag das nicht!«

»Warum nicht?«

»Weil es nicht stimmt! Ich kann darüber nicht scherzen!«

Chrysm setzte ein geheimnisvolles Lächeln auf. »Es

stimmt«, sagte er. »Du tätest gut daran, es zu glauben, Swift. Aber überschätze dich deswegen nicht. Thiedes Holzhammermethode, anderer Leute Unterbewußtsein zu traktieren, könnte sich auch auf Seel beziehen, verstehst du? Leidenschaft, Begierde! Denk einmal daran, wie köstlich sich Thiede dabei amüsiert, euch beiden zuzusehen, wie ihr euch in einem Strudel von verwirrenden Empfindungen windet und krümmt und umeinander herumschleicht. Das hätte ich dir schon vorher sagen können.«

Seine Worte hätten mich wohl wütend machen sollen, denke ich; geduldig hatte Chrysm meinem pathetischen Geplapper über mein unerwidertes Verlangen nach Seel sein Ohr geliehen und dabei die ganze Zeit gewußt, daß Seel ähnliche Seelenqualen dunkler, ungewollter Leidenschaften durchlitt.

»Dann hättest du es mir auch sagen sollen«, stellte ich abrupt fest.

»Das konnte ich nicht. Es hätte sich störend auf den Werdegang der ... nun, sagen wir: Bezauberung auswirken können.«

Ich aß ein Weilchen schweigend weiter, während ich der aufwühlenden Stimme meines Herzens lauschte. Ich spürte, daß Chrysm mich ansah. »Die Kraft, die ihr beide hervorbringen werdet, könnte die Welt in die Luft fliegen lassen«, sagte er hoffnungsvoll. Ich lächelte grimmig, und er fügte hinzu: »Tut mir leid, Swift.«

»Braucht es nicht. Danke jedenfalls, daß du es mir gesagt hast. Ich bin nicht böse, nur etwas benommen. Ich kenne dieses Gefühl schon.«

»Hat es irgend etwas leichter gemacht, daß ich es dir gesagt habe?«

»Schwer zu beurteilen.«

»Du mußt Mitgefühl mit ihm haben.«

»Während ich ihm die Überheblichkeit austreibe?«

»Er ist unglücklich.«

»Wirklich?«

»Hast du schon angefangen, ihn zu hassen?« Chrysm fürchtete, dafür verantwortlich zu sein.

Ich beruhigte ihn in dieser Hinsicht, um ihn in anderer noch mehr zu beunruhigen. »Nein. Ich bin mir darüber klargeworden, daß ich Seel liebe.«

Chrysm zuckte zurück, unsicher, ob er lachen oder mir Vorhaltungen machen sollte. »Swift!« rief er aus und sagte dann leise und bedeutungsschwanger: »Du bist ein Varr.«

»Ja«, nickte ich und lächelte sanft. »So scheint es.«

Der Tag kam, an dem der Morgen rosa und zitronengelb dämmerte, die Luft süßer duftete und das Gefühl, daß sich erstes Leben rührte, noch spürbarer war als sonst. Noch ehe Imbrilim wirklich erwachte, kam Arahal, in Gold und Purpur gekleidet, zu mir; er brachte einen Silberteller mit, auf dem eine weizenblonde Haarlocke lag, umgeben von sieben Knospen der Putiripflanze. Ein verschleierter, schweigender Diener an seiner Seite trug einen Krug mit Wasser.

»Heute nacht«, sagte Arahal unbekümmert.

»Ja.«

Seine Augen wirkten freundlicher als das letzte Mal. »Ich sehe, du hast dich gut vorbereitet.«

Ich antwortete nicht. Er zeigte auf den Silberteller. »Diese Knospen mußt du in regelmäßigen Abständen über den Tag verteilt essen, Swift. Ihr Geschmack ist nicht besonders angenehm, aber wir haben genug Wasser mitgebracht, um sie hinunterzuspülen.« Er nahm eines der matt graugrünen Kügelchen zwischen Daumen und Zeigefinger. »Du kannst gleich die erste nehmen.«

»Was für eine Wirkung haben sie?«

»Eine leicht betäubende; eine Hilfe zur Entspannung der Nerven ... Es wird dir guttun.« Aus der Art, wie er meinem Blick auswich, schloß ich, daß es da noch etwas gab, was er für sich behalten wollte. Es war mir egal.

Folgsam nahm ich eine der Knospen in die Hand. »Du mußt sie gut kauen, Swift.«

Sie schmeckte bitter und widerlich und erinnerte mich an hundert eklige Sachen. Selbst anhaltendes Kauen konnte die Fasern darin nicht zu etwas zerkleinern, was leicht zu schlucken gewesen wäre. Arahal bot mir Wasser an. Meine Augen tränten.

»Nun, das war doch nicht allzu schlimm, oder?« fragte er unbeschwert.

Ich zog eine Grimasse äußersten Widerwillens. »Deliziös«, sagte ich.

Er lächelte. »Wir werden dich später holen. Verbringe diesen Tag in Gelassenheit und Stille. Reinige deine Gedanken. Besänftige deinen Körper. Sei ruhig.«

Es dauerte lange, lange Zeit bis zum Sonnenuntergang.

Zu Mittag würgte ich wieder eine der übelkeiterregenden Putiriknospen hinunter und betrachtete meinen schwindenden Wasservorrat mit bösen Befürchtungen. Ich sollte also meinen Pavillon nicht verlassen und die Zeit mit ruhig-heiterer Meditation verbringen; das tat ich eine Weile, doch dann wurde mir langweilig und ich begann zu lesen. Mein Magen schrie nach Nahrung, doch nach der dritten Knospe schmerzte der Hunger nicht mehr so sehr. Ich fühlte mich benommen und konnte mich nicht länger auf mein Buch konzentrieren. Also legte ich mich auf das Bett und starrte auf den schwankenden Baldachin über mir; herrliche Schauer liefen mir über die Haut, und als ich die Hand an meine Wange legte, spürte ich den Kontakt jeder Pore, jedes Atoms. Ich seufzte und sah die Vision meines eigenen Atems. Zwei Stunden später aß ich die nächste Knospe.

Am späten Nachmittag, als ich zufrieden und bereits völlig stumpfsinnig auf dem Bett lag, bekam ich plötzlich das vage Gefühl, daß draußen jemand stand, der in meinen Pavillon eingelassen werden wollte. Ich konnte kaum die Energie aufbringen, die Gedankenformeln zu bilden, um den Eingang freizugeben. Ich fragte mich, ob es wohl Seel sei, doch der hochgewachsene Har, der zwischen den Vorhängen erschien, war mir unbekannt. Es wäre mir gewiß in Erinnerung geblieben, wenn ich ihm schon zuvor begegnet wäre, denn er wirkte auf mich wie ein Etwas aus einem Traum, aus einer Vision, oder, das muß erwähnt werden, aus einem Alptraum. In meinem berauschten Zustand konnte ich ihn kaum sehen. Er schien mir ohne Substanz, ein flackerndes, strahlendes Schattenbild. Sein Kopf schien mit Flammen umkränzt, doch dann erkannte ich, daß das sein Haar war, sein helles, lebhaft orangefarbenes Haar. Ich kam zu dem Schluß, daß es nur eine Halluzination war, und starrte sie mit offenem Mund an.

Und dann sprach die Vision. »Nun, willst du mich nicht begrüßen, Sohn des Terzian?« Solch ein Klang kann nur als die Stimme der Welt beschrieben werden. Also war mein Besucher Realität; vielleicht ein weiteres Mitglied der Hegemonie.

»Willkommen, Fremdling!« lallte ich und versuchte, die Hand zu heben. Die bemerkenswerte Gestalt glitt vollends in den Raum. »Ich fürchte, ich bin nicht auf Besuch eingestellt«, fuhr ich mit unsicherer Stimme fort. »Ich kann dir gar nichts anbieten ...«

»Ein Stuhl reicht durchaus.«

»Entschuldige. Setz dich doch, bitte.«

Er tat es, kreuzte die Beine und legte die Fingerspitzen seiner Hände aneinander.

»Du mußt verzeihen, aber niemand hat mir gesagt, daß du kommen würdest. Ich kenne nicht einmal deinen Namen ...«

Der Fremde lächelte. Ein Raubtierlächeln, das dennoch unheimlich anziehend wirkte und mir eine Sekunde lang Cals Züge ins Gedächtnis rief.

»Ich denke, du könntest schon von mir gehört haben«, sagte er. »Mein Name ist Thiede.«

Er wartete ein, zwei Sekunden, um das Gewicht dieser Enthüllung voll zur Wirkung zu bringen. Mit sichtlicher Genugtuung bemerkte er meinen offenstehenden Mund und die Überraschung in meinen Augen – alles Reaktionen, die nie aufhören werden, ihm Vergnügen zu bereiten.

»Ich nehme an, du fragst dich jetzt, weshalb ich gekommen bin«, sagte er, und es klang nicht im entferntesten so vorhersehbar wie bei Caeru, als dieser etwas Ähnliches gesagt hatte. »Der Grund ist ganz einfach: Ich möchte mit dir sprechen. Du brauchst nichts zu sagen, Swift, denn nichts, was du sagen könntest, möchte ich hören. Das soll keine Grobheit sein, aber die Zeit ist sehr kostbar für mich. Verstehst du das?« Ich nickte heftig, wobei ich wahrnahm, daß meine stumpfe Benommenheit wie weggeblasen schien. »Nun, also.« Er lehnte sich zurück. »Du weißt, daß ich dich nach Imbrilim holen ließ, um dich für die Rolle vorbereiten zu lassen, die du künftig in Megalithika spielen sollst. Du bist noch jung, Swift, aber sehr anpassungsfähig. Ich bewundere dein Feuer und deinen gesunden Sinn für die Realität. Doch nicht darüber wollte ich sprechen. Damit wird Ashmael sich beschäftigen, wenn die Zeit dazu gekommen ist. Mir ist das unmittelbar Bevorstehende wichtiger. Dieser Grissecon, den du ausführen sollst, ist von großer Bedeutung, und du mußt dabei dein Bestes geben. Es ist mir klar, daß ich mir vermutlich die Worte sparen kann, aber versuche, dich nicht von deinen Emotionen überwältigen zu lassen. Es gibt zwei äußerst entscheidende Kriterien für den Grissecon. Zum ersten die Kraft der Essenz. Ihre Stärke erhöht sich mit der wachsenden Intensität deines Genusses. Dafür wird Seel sorgen. Es ist aber auch deine Aufgabe, ihm höchste Lust zu bereiten! Denk daran. Es mag selbstverständlich klingen, aber laß dich nicht dazu verleiten, Seel die gesamte Kontrolle in die Hand zu geben. Überwältige ihn, Swift, überflute ihn mit seiner eigenen Begierde, laß den Geist des Grissecon zum Leben erwachen ...!« Er grinste, als er sah, welche Wirkung diese Worte auf mich hatten. »Nein, es ist wirklich nicht nötig, daß ich dir dies alles sage, oder? Du hast ohnedies den Wunsch, ihm dein Bestes zu geben! Wie gut mein Plan funktioniert hat! Nun höre zu, du mußt genau verstehen, was jetzt kommt. Kurz bevor es soweit ist, daß du deinen Samen in ihm aussäen willst, müßt ihr diese Ebene verlassen und aufsteigen in die höheren Sphären. Das sollte euch ganz leichtfallen. Wenn du den Drang dazu spürst, gib ihm nach. Du und Seel, ihr seid dann ein einziges Wesen. Erst wenn ihr dort oben seid, dürft ihr euch trennen. Ihr müßt die Felder suchen, auf denen das zitronengelbe Gras wächst. Am Horizont werden die goldenen Pyramiden von Shekh zu sehen sein; daran werdet ihr den Ort erkennen. Vollzieht den Aruna in diesem höheren Raum und ruft den Geist eures Sohnes an. Er wird euch hören. Er muß dort oben empfangen werden. Verstehst du?«

Endlich fand ich meine Stimme wieder. »Ich weiß nicht, ob ich es verstehe ... Aber ich werde mich an deine Worte erinnern.«

»Gut. Das wird reichen.« Er stand auf. »Ich gehe jetzt, denn für den Moment gibt es nichts mehr zu besprechen, aber ich freue mich schon auf unser nächstes Zusammentreffen. Auf Wiedersehen, Swift.«

Noch ehe ich meinen eigenen Abschiedsgruß beendet hatte, zeugte bereits nichts mehr von seiner Anwesenheit in meinem Pavillon. In einer Sekunde war er da, in der nächsten nicht mehr – verschwunden von einem Augenblick zum anderen, so daß ich zweifelte, ob ich ihn überhaupt je gesehen hatte. Aber ich erinnerte mich genau an jedes seiner Worte.

Ich nahm eine weitere Knospe und dachte über das nach, was der mächtige Thiede gesagt hatte. Ich fühlte mich so voller Kraft, daß es mich am ganzen Körper kribbelte, und ich lachte laut auf. Thiede hatte zu mir gesprochen! Mein Vorhaben, meine Wichtigkeit erfüllte die ganze Welt. Draußen senkte sich die Sonne einem purpurroten Horizont zu, und die abendlichen Rufe der Vögel erklangen über den Baldachinen von Imbrilim. Die Luft war durchdrungen von dem, was bevorstand, angespannt wie straffe Fäden, die mich in sie hineinzogen. Hier begann meine Zukunft! Dies war der Beginn. Dies war der Ort, von dem aus alles seinen Anfang nehmen würde.

Zwei Hara kamen, um mich zu baden, und mit ihnen kam Arahal, sanft, leise und schwermütig. Während die beiden meine Haut mit Salz und duftendem Wasser wuschen, murmelte Arahal unverständliche Gebete über mir und warf Staub in die Luft, der aussah wie Asche. Ich wurde abgetrocknet und in weißes Leinen gekleidet; man steckte mir das Haar zu einer losen Rolle auf und rieb meine Hände mit Öl ein. Arahal sagte: »Nimm die Haarlocke«, und zeigte auf den Silberteller, auf dem nur noch die Locke und zwei Putiriknospen lagen. Ich nahm sie. »Das ist Seels Haar«, erklärte Arahal. »Nimm seine Lebenskraft daraus auf, stimm dich ein auf seine Schwingungen.«

»Hat er auch etwas von meinem Haar?«

»Selbstverständlich.«

»Und wie seid ihr dazu gekommen?«

»Vor einigen Tagen hat mein Diener dein Haar frisiert. Dabei wurde es abgeschnitten.«

»Davon habe ich nichts bemerkt.«

»Nein, natürlich nicht.«

Ich schloß meine Finger um diesen kleinen Teil von Seel, und plötzlich schien mich sein Geruch zu umgeben wie ein lockendes, aufreizendes Gespenst. Ein Geruch nach Gewürzen und sauberer Haut.

»Werden wir allein sein?« fragte ich.

»Zumeist. Selbstverständlich müssen eure Essenzen augenblicklich eingesammelt werden, doch auf eure Privatsphäre wird dabei Rücksicht genommen. Beim ersten

Mal darfst du nicht zu weit gehen, denn das Vorhandensein von Yaloe in der Essenz könnte ihre Wirksamkeit zerstören. Du wirst versucht sein, das Siegel zu durchbrechen, aber das darfst du nicht tun. Das kommt später und gehört nicht zum Grissecon. Ich hoffe, du verstehst.«

»Ja, Thiede hat es mir erklärt«, sagte ich.

Arahal äußerte sich nicht dazu; er hatte nicht die Absicht, sich davon beeindrucken zu lassen. »Komm«, sagte er statt dessen. »Wir müssen gehen. Der Mond ist aufgegangen.«

Abgesehen von dem gespenstischen Schein des Mondes, lag Imbrilim im Dunkeln. Alle Lichter waren erloschen, und alles war in unheimliche Stille getaucht. »Sie beten für dich«, erklärte Arahal. Im Zentrum des Lagers, das sonst aus einem offenen, grasbewachsenen Platz bestand, hatte man einen taubengrauen Pavillon errichtet. Unzählige Falten und Fältchen bewegten sich schlaff in der leichten Brise. »Dies ist der Ort«, sagte Arahal. »Möge der Geist des Aghama mit dir sein.« Er legte mir zwei Finger auf die Stirn. »Möge dieser Körper zu Kraft, möge dieser Geist zu Überlegenheit werden.«

Ich sah zu, wie er und seine Diener sich zurückzogen; sie bewegten sich nicht dabei, sondern schwanden dahin, indem sie schrumpften. Eine Sekunde lang hatte ich Angst; ich war plötzlich stocknüchtern und zitterte in der kühlen Nachtluft. Es schien mir, als wäre ich von einer realen Welt in eine völlig unbekannte getreten, die ich als bedrohlich empfand. Im Inneren des Pavillons wartete ein verführerisches Wesen auf mich, und ich würde ihm völlig schutzlos ausgeliefert sein, wenn man von den Waffen absah, die der Aghama mir hinterlassen hatte und die das Monster, als welches sich die sinnliche Begierde des wundervollen Seel erweisen würde, bezwingen sollten. Mein Körper war alles, was ich hatte, und jetzt erschien er mir viel zu schwach, zu unberechenbar, um mich auf ihn verlassen zu können. Ich starrte auf die Stelle, wo ich eintreten sollte, auf jene Stelle, wo die hauchdünnen Stofffalten sich wiegten und bauschten. Imbrilim hielt erwartungsvoll den Atem an. Ich tat den ersten Schritt.

Nachdem ich die Vorhänge zur Seite geschoben hatte, betrat ich einen engen Korridor aus herabhängenden Stoffbahnen, an dessen Ende mich ein weiterer Vorhang am Weitergehen hinderte. Ich mußte meine Hände zwingen, danach zu greifen. Meine Handflächen waren feucht und mein Herz schlug schmerzhaft schnell.

Der Raum war erfüllt vom weichen gelbgrünen Schein zweier Lampen, die auf dem mit weißen Fellen bedeckten Boden standen. In der Mitte des Raumes befand sich ein Bett aus prallen Kissen, auch sie bedeckt mit Fellen. Ich ging geradewegs darauf zu. Er sah mich nicht an; seine Augen waren geschlossen und das Haar lag ausgebreitet wie wogendes Seegras rund um seinen Kopf. Von der Taille abwärts verbargen die Felle seinen Körper, aber als ich seine Brust, die Schultern und die Arme betrachtete, sah ich, daß er so schlank war, wie ich erwartet hatte. Nicht dünn, sondern gertenschlank, mit Muskeln, die, obwohl sanft geschwungen, einen Anflug von Weiblichkeit trugen. Ich dachte, o Gott, ich kann ihn nicht berühren! Ich kann nicht! Und dann öffnete er die Augen, drehte das Gesicht langsam in meine Richtung, und ich fiel buchstäblich auf die Knie neben ihm.

»So sehen wir uns wieder, Varr Swift«, sagte er leise; ich merkte, daß seine Augen von der Wirkung der Putiriknospen noch glasig waren. Eine Haarsträhne klebte an seinem Mund, und ich griff danach, um sie wegzustreichen. Meine Finger berührten seine Lippen, und ein Schauer durchzuckte meinen Arm. Er fing meine Finger mit den seinen ein und küßte sie. Ich sagte nur seinen Namen.

»Du bist voller Geheimnisse«, flüsterte er.

»Geheimnisse? Ich dachte, Verderbtheit wäre das Wort.«

Er runzelte die Stirn. »Sag das nicht. Nicht hier. Nicht jetzt.«

Ich hatte das Gefühl, noch nie zuvor mit ihm gesprochen zu haben und ihn dennoch ganz genau zu kennen. Es fiel mir mit einemmal so leicht, die Hand auszustrecken und ihm übers Gesicht zu streichen. Er rieb sich an mir wie ein Kätzchen. Ich vergrub die Hände in seinem Haar, wie ich es so oft schon ersehnt hatte. (Ist das alles Wirklichkeit? Realität?) »Noch nie zuvor habe ich etwas wie dich gesehen«, sagte ich.

»Dann sollst du alles davon sehen«, antwortete er und schob die Felldecke zur Seite, als wäre es seine eigene Haut. Wie verzaubert starrte ich ihn an: Er schien von innen heraus zu leuchten. (Ich träumte wohl. Es mußte ein Traum sein!)

»Haßt du mich, Seel?«

»Mußt du mich das fragen?«

»Ja.«

Er schüttelte den Kopf, und seine Augen funkelten wie weit entfernte Sterne. »Nein, ich hasse dich nicht.« Er streckte die Arme nach mir aus; der Ausdruck auf seinem Gesicht erinnerte mich an jemanden, der durch einen Sturm irrte, und dem endlich die hellerleuchteten Fenster seines Hauses entgegenblitzten. »Hast du schon lange darauf gewartet?« fragte er.

»Ja, schon lange.«

»Und danach gesucht?«

»Ich wußte nicht, daß ich danach suchte.«

Er lächelte. »Doch, das hast du getan. Und nun hast du es gefunden.«

Er legte die Hand an meine Wange und seine Lippen auf die meinen. Was in mir vorging, während ich seinen Atem trank, ist nicht in Worte zu fassen. Hinterher rang ich nach Luft wie ein Ertrinkender, und dennoch wollte ich mehr davon. Ich brauchte ihn so sehr, daß es fast schmerzte.

Er lachte, setzte sich auf, warf sich das Haar über die

Schulter und löste mir die Arme aus meinem Gewand. »Wir sind die Schönsten, wir sind vollkommen!« sagte er und beugte sich vor, um den Mund auf meine Kehle zu legen. Sein Haar fiel mir übers Gesicht, und ich sog seinen Duft gierig ein. Die Berührung seiner Hände auf meinen Schultern erschien mir glühend heiß; ich spürte fast die Funken stieben. Seel, die fleischgewordene Herrlichkeit, bedeckte meinen Körper mit Küssen, wobei dieses Wunder an prachtvollem Haar über meine Brust strich, über meinen Bauch, meine Lenden. Wie ein Reptil auf der Suche nach Beute schlängelte sich seine Zunge über meiner Haut und erforschte jede Pore darin. Als ich in Wonneschauern dalag, hob er plötzlich den Kopf und sagte: »Es muß das Allerbeste sein.« Ich öffnete die Augen. Er sah so ernst drein, während er sich auf die Hände stützte und auf mich herabschaute.

»Das wird es auch«, antwortete ich. »Wie könnte es anders sein? Du bist das Allerbeste für mich auf der Welt.«

Ich zog ihn an mich und drückte ihn zurück in die Kissen. Sein Gesicht war hinter all dem Haar verborgen; ich versuchte, es wegzustreichen. »Öffne die Augen, Seel. Ich möchte sie sehen.«

»Weshalb ...? Jetzt?«

»Ja, in diesem Moment!«

Ich zögerte, fast ängstlich angesichts dessen, was ich tun mußte, und immer noch halb davon überzeugt zu träumen. Wo würde ich aufwachen? Ein kleiner Druck nur, und er nahm mich auf. Farbsterne zerplatzten rundum, während sich seine Pupillen weiteten, doch seine Gesichtszüge blieben ganz still. Dann sagte er. »O Gott!« und lachte.

»Sch!« zischte ich und fügte hinzu: »Das ist von großer Tragweite!« Und das war es auch – außerdem etwas Angenehmes, Einfaches, als würde man sich in seinen Lieblingssessel fallen lassen und es sich dort gemütlich machen. Wir paßten perfekt zusammen,

Thiede hatte es gewußt; wir kamen einander zuvor in unseren Gedanken und Wünschen. Für gewöhnlich entflieht uns beim Aruna die Realität, und alles wird zu einer Welt aus Träumen, doch diesmal war mir die ganze Zeit über deutlich bewußt, wo ich mich befand, und die Empfindungen waren rein körperliche. Wir hörten nie auf, einander anzusehen. Ich hatte noch nie zuvor einem Har im Moment des Orgasmus in die Augen geblickt, niemals. Und wie sehr ich ihn darauf warten ließ! Ich gebrauchte alles, was Caeru mich gelehrt hatte, und als der Höhepunkt kam, sah ich die Farben im Inneren seiner Augen pulsieren, im Rhythmus seines Herzschlages pochen, und tief drinnen sah ich das Feuer brennen. Er flüsterte meinen Namen, und unsere Gedanken schwiegen ganz still, während all diese wilden Empfindungen unsere Körper durchfluteten.

Wir wollten uns noch nicht trennen, aber plötzlich ging ein Hagel aus funkelndem Staub über uns nieder und legte sich auf das Bett, auf unsere Haut und unser Haar; dann hoben sich die Vorhänge hinter uns, und Arahal stapfte in den Raum, begleitet von seinen Dienern. Ich war so erschöpft, daß ich mich kaum bewegen konnte, und es erschien mir so kalt und gefühllos, als sie meinen dampfenden Körper von Seel hochhoben und zur Seite legten. In ihren Augen hatte ich wohl meinen Zweck erfüllt. Seel wimmerte, als Arahal unsere vermischten Essenzen aus seinem Leib drückte, und ich ergriff seine Hand. Seine Nägel gruben sich in meine Haut.

Arahal erhob sich und warf einen prüfenden Blick auf die leuchtende Flüssigkeit, die er in einem Glasgefäß aufgefangen hatte. »Gut gemacht«, sagte er, was mir unter den gegebenen Umständen irgendwie unpassend erschien. Aber Seel und ich waren nicht in der Stimmung für Konversation und daher froh, als Arahal dies merkte und uns beleidigt wieder alleinließ.

»Er hat mich verletzt, und ich blute!« klagte Seel.

»Tut es weh?« fragte ich, wohl wissend, daß in dieser Nacht noch mehr von uns erwartet wurde.

Er schüttelte den Kopf. »Eigentlich nicht. Aber Arahal hat keine Übung darin! Er sollte nicht so grob sein!«

Ich nahm ihn in die Arme und hatte das Bedürfnis, alles Leben aus ihm herauszuquetschen; manchmal geht mir seine Schönheit durch Mark und Bein. Er entwand sich meiner Umarmung.

»Ich habe so lange dagegen angekämpft«, sagte er.

Ich lockerte meinen Griff. »Wogegen?«

»Gegen dich. Einmal habe ich mich schon fast verloren gegeben. Erinnerst du dich?« Ich schüttelte den Kopf. Es schien mir, als hätte Seel nie zuvor auch nur das leiseste Interesse an mir gezeigt. »Auf dem Feld draußen vor Imbrilim; du hast mich damals beobachtet. Ich konnte es immer spüren, wenn du mich beobachtet hast. Ich wußte, daß du mir folgtest. Und damals dachte ich: ›Jetzt ist es soweit. Ich werde zu ihm gehen. In einer Minute werde ich zu ihm gehen, und wir werden miteinander reden.‹ Aber als ich wieder hinsah, warst du verschwunden. Du hast ausgesehen wie ein Wesen aus Rauch, so durchsichtig. Dennoch konnte ich deine Kraft spüren. Da dachte ich nicht an Terzian, weder an Cal, noch an die Varrs; nur an dich.«

»Nichts lag mir damals entfernter, als Kraft zu zeigen!« sagte ich.

Er lächelte und legte den Kopf auf meine Brust. »O Swift, schon bei unserer ersten Berührung war mir klar, daß es kein Zurück geben würde. Es ist etwas, vor dem ich mich schon so lange fürchte. Wann auch immer ich mir den Har vorstellte, der das hier mit mir tun würde, sah er nicht aus wie du. Eher wie Cal, denke ich …«

»Offenbar der Traum der meisten«, unterbrach ich ihn ironisch.

Arahal hatte uns ein Tablett mit Essen und Getränken

mitgebracht. Wir zogen uns die Felldecken eng um die Schultern, denn es begann kühl zu werden, und aßen und tranken. Ich war voller Neugier, was Seel betraf; ich wollte so viel von ihm wissen, wußte aber nicht, was er mir davon würde erzählen wollen. Und ich wollte es keineswegs riskieren, ihm zu nahe zu treten. Vorsichtig erwähnte ich, daß ich gehört hatte, er stünde dem Tigron sehr nahe. Seel schien vor einer Erklärung keineswegs zurückzuschrecken. »Ich habe von Anfang an mit Pell zusammengearbeitet, seit er nach Immanion ging«, sagte er. »Und vorher haben wir einige Zeit zusammen in Saltrock verbracht ...«

Dieses Thema wollte ich vermeiden. »Erzähl mir von Immanion«, bat ich. »Erzähl mir von Phaonica und von den Leuten, die dort leben.«

Seel lachte angesichts meines Wissensdurstes. »Ich bin sicher, du wirst das alles eines Tages mit eigenen Augen sehen«, erwiderte er. »Es ist tatsächlich genauso schön dort, wie man erwarten würde. Phaonica ist ein unglaublich großes Gebäude. Und von allen Hara dort geht ein übernatürliches Leuchten aus ... Ach, Swift, ich mag nicht *darüber* reden. Ich möchte lieber etwas von dir wissen! Weißt du, mich fasziniert das Leben, das du früher geführt hast, und all die Leute, denen du begegnet bist. Erzähl mir etwas davon!«

»Dir ergeht es wohl genauso wie mir«, lachte ich. »Und ich will auch nicht *darüber* reden.«

»Außerdem haben wir die ganze Ewigkeit, um uns über solche Sachen zu unterhalten. Ein andermal also.«

Als er das sagte, breiteten sich Wärme und Freude in mir aus wie ein Feuer. Ich nahm ihn wieder in die Arme. Er seufzte an meiner Brust und flüsterte dann zögernd: »Ich habe noch nie ein Kind getragen, Swift. Als du mir von Cal und deinem Vater erzähltest, konnte ich es gar nicht glauben. Ausgerechnet Cal, von allen Hara! Aber wenn er es durchstehen konnte, dann gibt es keinen Grund, weshalb ich es nicht sollte. Doch du mußt verstehen, daß es jenen von uns, die noch nicht als Wraeththu geboren wurden, schwerfällt, uns an den Gedanken zu gewöhnen, Leben in sich zu tragen. Es ist keine Bestimmung, die mir in die Wiege gelegt wurde!«

In den ersten Stunden des neuen Tages, während Imbrilim schlief und alle Lampen erloschen waren, nahm ich Seel in die Arme und trug ihn mit mir hinauf in die höheren Sphären. Wir befanden uns in einer Welt zitronenfarbenen Lichts, und ringsum erstreckten sich weite Felder mit blaßgelbem Gras in alle Richtungen. Wie von Thiede vorausgesagt, schimmerten am Horizont die vagen Umrisse geisterhafter Pyramiden, deren Anblick uns in den Augen schmerzte. Seel und ich setzten uns auf den Rasen, verbunden nur durch meine Hand in der seinen. Seine Haut leuchtete, und sein Haar bewegte sich wie Federn. Er legte sich zurück, breitete die Arme aus, und ich drang durch Körper und Seele in ihn ein. Gemeinsam riefen wir die Welt der Geister an. Augenblicklich erschien ein Trichter aus hellem Licht über uns und begann langsam zu rotieren. Er senkte sich auf uns, und wir waren erfüllt von der Gegenwart des Kindes, das entstehen würde. Ganz sanft drückte ich gegen das besondere Siegel im Inneren von Seels Körper, das ihn mir ganz öffnen sollte. Willfährig gaben seine Muskeln nach, und ich suchte den Stern seines Daseins, wo das Leben seinen Anfang nehmen würde. Nichts konnte uns jetzt auseinanderbringen; nichts. Wir waren untrennbar miteinander verbunden, in Zuckungen leuchtenden Fleisches: wir waren ein einziges Wesen. Eine Sekunde lang schrien wir – gemeinsam, denn die Ekstase war fast nicht zu ertragen –, und dann schimmerte Licht um uns her. Als nächstes fanden wir uns in einem silbrig verhängten Raum wieder, der erfüllt war vom bleichen Schein, der dem Morgengrauen vorangeht; ich lag über Seel, und unsere Haut fühlte sich kühl und feucht an, wo wir einander berührten. Und jetzt wußten wir tief in unseren Herzen, daß wir die Meister wahrer Magie waren und das Geschenk des Schöpfers in Empfang genommen hatten, das unvergleichliche, einmalige Geschenk, das Geschenk des Lebens.

Kapitel 6

Schicksal der Perle.
Prächtig gedeiht das Barbarentum;
solche Süchte erstarren in der Zeit.
Perversion verschluckt die Welt
und sonnt sich wohlgefällig im Spiegel
des Verbrechens.

Seel und ich verbrachten zwei glorreiche Tage zusammen und verabschiedeten uns dann, als wir uns ausgeruht und erschöpft zugleich fühlten, von dem kleinen grauen Pavillon, in dem wir zu Magiern geworden waren. In Befolgung einer unausgesprochenen Übereinkunft zog ich noch am selben Tag in Seels Pavillon ein. Innerhalb von zwei Tagen waren wir von Fremden zu Chesna geworden – wir standen einander so nahe, wie Wraeththu einander nur nahestehen können. Das hat sich seither nicht geändert und wird sich auch nie ändern.

Als ich dabei war, meine eher spärlichen Habseligkeiten in einen Schrank in Seels Schlafzimmer zu räumen, kam Arahal und ersuchte mich um meine Anwesenheit im Pavillon der Hegemonie. »Komm auch mit, Seel«, sagte er. »Ich hoffe sehr, ihr habt euer Fest genossen, denn mit Festen ist es jetzt vorbei – für alle von uns.«

Alle hochrangigen Gelaminger waren anwesend und saßen um den langen Tisch im Hauptraum des Pavillons. Seel und ich waren die letzten Ankömmlinge. Unbezähmbarer Stolz wollte mich schier überwältigen, als wir gemeinsam unsere Plätze neben Ashmael am Kopf des Tisches einnahmen. Sie alle wußten, daß Seel, dieses prachtvolle Wesen, mir gehörte – und ich ihm. Wie immer es die Gelaminger auch nennen wollten, wir wußten, daß wir uns liebten und wußten auch, daß der Glanz dieser Gefühle, der uns umgab, für alle ersichtlich sein mußte.

Ashmael wandte sich an mich. »Nun, Swift, der Zeitpunkt, die Dinge ins Rollen zu bringen, steht unmittelbar bevor. Der Kristall ist geformt, und du und Seel, ihr habt den Stoff geliefert, der ihn antreiben wird. Bald werden wir nach Norden reiten und uns dieses gottverlassene Land ein für allemal vornehmen.« Er lächelte in die Runde. »Und jetzt wird Cedony jene von uns, die nicht bei allen Zusammenkünften anwesend waren, auf den neuesten Stand bringen, was dieses Thema betrifft.« Er lehnte sich zurück und machte eine Handbewegung Richtung Cedony, der zu seiner Rechten saß.

Cedony erhob sich, wobei er den Versuch machte, ein ziemliches Durcheinander von Notizblättern vor sich auf dem Tisch zu einem ordentlichen Stoß zusammenzuschieben. »Zentral- und Nordmegalithika standen, wie ihr sicher alle wißt, in letzter Zeit unter genauester Beobachtung«, begann er. »Dabei haben wir herausgefunden, daß der Großteil der Wraeththuniederlassungen unter die Herrschaft der Varrs gefallen ist – oder unter ihre Tyrannei, eine Bezeichnung, die vielleicht zutreffender wäre. Jene Stämme, die ihre Unabhängigkeit bewahren konnten, haben entweder ein Handelsabkommen mit den Varrs geschlossen oder sie werden von Ponclast als belanglos angesehen, weil die Übernahme ihres Eigentums den Varrs nicht zu mehr Reichtum und Macht verhelfen würde. Es hat uns zu Recht beunruhigt, in welch kurzer Zeit es Ponclast gelungen ist, sein Reich in Megalithika zu etablieren. Bekanntlich herrscht er, indem er Angst und Schrecken verbreitet. Die stumpfe Brutalität der Varrs ist ja berüchtigt, aber es wurde stets angenommen, daß die Varrs sich ohnedies schon lange zuvor vom rechten Wege abgewandt und einen Großteil ihrer übernatürlichen Fähigkeiten verloren hatten. Doch jetzt konnten wir in Erfahrung bringen, daß dies nicht ganz der Fall ist. Denn obwohl Ponclast nie an einer Weiterentwicklung seiner unteren Kasten gelegen war, hat er die okkulten Kräfte bei sich und seinen Generälen sehr wohl gehegt und gepflegt. Und so hat er eine Elitetruppe aus gefährlichen, mordgierigen Verrückten geschaffen, von denen Terzian, Ponclasts Verbündeter, wohl der berüchtigtste ist.«

Unter dem Tisch ergriff Seel meine Hand. Durch Gedankenberührung fragte ich ihn: »Ist sie denn so deutlich zu sehen, meine Qual?«

»Nein, nein«, besänftigte er mich. »Nur für mich.«

Ganz so, als hätte er unsere kleine Konversation wahrgenommen, wandte Cedony sich mir zu. »Es ist uns durchaus bewußt, daß einiges von dem, was hier ausgesprochen werden muß, dir unangenehm ist, Swift«, sagte er. »Terzian ist dein Vater, aber nicht allen hier sind sämtliche Sachverhalte, die ihn betreffen, bekannt. Wir bitten dich um Nachsicht.«

Ich nickte. »Schon gut. Bitte fahre fort.«

Cedony legte die Hand auf den Stoß von Papieren, der vor ihm lag. »Im äußersten Norden befindet sich Ponclasts Zitadelle Fulminir. Das ist ein Ort, den sowohl Menschen als auch Hara in jenem Teil der Welt voll Angst und Grauen betrachten. Dort war es auch, wo Ponclast und Terzian einige ihrer schlimmsten Greueltaten begingen.

Es ist der Hegemonie bekannt, daß es einige unter uns gibt, die meinen, daß die Gelaminger nicht danach trachten sollten, die Herrschaft über die Varrs zu erlangen, weil dies nichts anderes wäre, als eine Tyrannei durch eine neue zu ersetzen. Andere wiederum finden, daß man den Varrs irgendein Abkommen vorschlagen sollte, das für beide Seiten akzeptabel ist, denn wie auch immer wir zur varrischen Kultur stehen, wir haben bis zu einem gewissen Ausmaß kein Recht, uns einzumischen. Man hört auch die Ansicht, daß nun, da die Varrs sich fast ganz Megalithika unterworfen haben, die Zeit des Blutvergießens und des Kampfes vorüber sein müßte und wir dem Kontinent zugestehen sollten, von sich aus zur Ruhe zu kommen. Doch was ich euch jetzt enthüllen werde, könnte diese Meinung von Grund auf ändern.

Die Varrs, oder, genauer gesagt, die varrische Regierung, wird *niemals* ihre Blutrünstigkeit verlieren. Wir wissen das, weil wir Kenntnis davon haben, daß der Pfad, den sie erwählt haben, okkulte Praktiken der schwärzesten, übelsten Art zum Gegenstand hat. Von Opfern, die überlebt haben, wissen wir, daß die Elite der Varrs sich am Fleisch ihrer eigenen Art ergötzt und daß sie jene Fässer in ihren Weinkellern am höchsten schätzt, die Wraeththublut enthalten. Diese Praktiken haben sie anfangs mit menschlichem Material durchgeführt, denke ich, doch dann entdeckten sie, daß sich aus dem Verzehr von Harafleisch weitaus größere Kräfte gewinnen lassen. Ein weiterer kleiner Zeitvertreib der Varrs besteht aus rituellem Pelki, für gewöhnlich gleichzeitig mit dem langsamen Gifttod der Opfer. Womit wir es hier zu tun haben, Tiahaara, ist nicht eine Wraeththukultur, die auf einer tieferen Stufe steht als unsere eigene, sondern das sind dämonische, grausame Bestien, die einmal Blut geleckt haben und nun nach immer mehr lechzen. Es ist jetzt nicht der rechte Zeitpunkt, um euch Details weiterer Verbrechen zu enthüllen, von denen wir wissen, daß sie regelmäßig in Fulminir begangen werden – wir besitzen ein ganzes Dossier an Beweisen, die wir gesammelt haben –, aber ich möchte euch alle dringend ersuchen, nicht gegen Thiedes Plan zu stimmen, Megalithika gründlich von Ponclast und seinen Gefolgsleuten und allen Spuren, die sie hinterlassen haben, zu säubern. Der Name der Varrs muß ausgemerzt werden aus dem Gedächtnis der Wraeththu!«

Cedony ließ sich schwer auf seinen Stuhl fallen, und

ein, zwei Sekunden lang lag absolute Stille über dem Raum. Ich fühlte mich so schwindlig, als hätte Terzian selbst hier gestanden und sich zu seinen Verbrechen bekannt. Dann stand jemand am unteren Ende des Tisches auf.

»Das waren eindrucksvolle Worte, Tiahaar Cedony. Später einmal möchte ich das Dossier, das du erwähnt hast, gern selbst sehen. Im Augenblick jedoch bin ich sicher, für all jene zu sprechen, die, wie du uns zu verstehen gegeben hast, Einwände gegen die Pläne der Hegemonie haben könnten, wenn ich sage, daß wir auf unser Privileg, Einspruch zu erheben, verzichten. Bitte erkläre uns Thiedes Vorhaben näher ...«

Cedony blickte zu Ashmael, und Ashmael nickte. »Jetzt bin ich dran, denke ich«, sagte er ironisch, stand aber nicht auf. »Wir schlagen vor, einen Verband von fünf Hundertschaften nach Galhea zu entsenden, in jene Stadt, wo sich früher Terzians Stützpunkt befand, die jetzt aber mehr oder weniger ohne Verteidigung ist. Dort wollen wir eine Gelamingerbasis errichten, denn von Galhea aus können wir den Angriff auf Fulminir starten. Sobald Ponclast bezwungen ist, sollten wir mit den restlichen Varrs keine Schwierigkeiten haben. *Er* ist ihre treibende Kraft und unser Hauptproblem.«

»Und was ist mit Terzian?« fragte jemand, der sich offenbar in völliger Unkenntnis befand, was den letzten Stand der Dinge betraf. »Hat ihn Thiede nun oder nicht? Welchen Platz nimmt er in diesen Plänen ein?«

»Terzian stellt keinen Teil der Zukunft Megalithikas dar«, erwiderte Ashmael kalt, vermied es aber, mich anzusehen. »Gibt es noch Fragen?«

»Ja«, sagte ich.

Argwöhnisch ließ Ashmael seinen Blick zu mir gleiten. »Swift?«

»Ein Problem wurde noch nicht angeschnitten. Die Kakkahaaren, die Verbündeten der Varrs. Was soll mit ihnen geschehen?«

Ashmael sah überrascht drein und erschien mir dann geradezu widerlich mitfühlend. »Das Problem der Kakkahaaren ist bereits bereinigt, Swift«, sagte er.

Ich wand mich vor Verlegenheit. »Ach so... Ich wußte gar nicht...«

Chrysm kam mir taktvoll zu Hilfe. »Als wir zum erstenmal den Fuß auf Megalithika setzten, verlangte Thiede ein Treffen mit Abgesandten der Kakkahaaren, bei dem ein Abkommen geschlossen wurde. Es ist bekannt, daß sie an den dunkleren Seiten des Okkulten interessiert sind, und unter normalen Umständen wären die Gelaminger vielleicht bemüht gewesen, diesen Stamm ebenso aufzulösen wie jenen der Varrs, doch Thiede beschloß, ihnen als Gegenleistung für bestimmte Gefälligkeiten die Autonomie zu gewähren und einen Sitz beim Rat der vereinigten Stämme in Immanion anzubieten. Er unterstrich, daß Mord und Totschlag vor Gott und den Hara nach wie vor strafbare Handlungen sind, und daß jeder eines solchen Verbrechens überführte Kakkahaar den Preis dafür zahlen müßte, doch würde er, Thiede, über vergangene Fehltritte hinwegsehen, falls Lianvis, der Anführer der Kakkahaaren, den ernsthaften Versuch machte, die *allerscheußlichste* Seite ihres Treibens einzudämmen. Thiede und Lianvis hegen einen gewissen Respekt füreinander, aber wir können den Kakkahaaren nicht gestatten, mit ihren üblen Praktiken fortzufahren, ohne wenigstens den leisen Versuch zu machen, diese einzuschränken. Und unter keinen Umständen dürfen wir den Anschein erwecken, sie zu *billigen*, obwohl wir befürchten, daß dies etwas ist, über das wir niemals völlige Kontrolle erlangen werden. Jedenfalls ist Lianvis sich Thiedes Macht bewußt, und er will sicher nicht die Zukunft seines Stammes gefährden...«

»Und was waren die ›bestimmten Gefälligkeiten‹, die Thiede von ihnen verlangte?« warf ich hitzig ein. Natürlich hatte ich kein Recht, wütend zu werden, denn ich hatte meinen Stamm im Stich gelassen, aber Verrat schlägt in jedem Fall eine tiefe Wunde.

»Sie sollten den Anschein erwecken, ein Bündnis mit den Varrs einzugehen, das ist doch offensichtlich«, antwortete Ashmael glattzüngig. »Wie sonst, denkst du, sind wir an so viele Informationen gekommen?«

»Also hatte Terzian recht«, sagte ich leise.

Ein Gemurmel lief rund um den Tisch, und leichte Unruhe machte sich breit. Mein Zorn verursachte ihnen Unbehagen: War ich jetzt nicht einer von ihnen, ein Gelaminger?

»Ich habe einige von den Kakkahaaren kennengelernt«, fuhr ich fort. »Ich mochte sie nicht. Damals war ich jünger, und ich hatte Angst vor ihnen.«

»Die gesunde Einstellung eines vernünftigen Harlings!« stellte Ashmael beifällig fest. »Wie dem auch sei, jene von euch, die in den Norden nach Galhea ziehen sollen, werden davon innerhalb der nächsten beiden Tage in Kenntnis gesetzt. Ihr könnt eure Hara schon darauf vorbereiten. Vorsorglich sollten wir annehmen, daß Ponclast von unseren Aufbruchplänen weiß. Die Sicherheitsmaßnahmen in Imbrilim müssen daher verstärkt werden. Cedony, ich glaube, das fällt in deine Kompetenz; ich überlasse dir alle Vorkehrungen. Und jetzt, denke ich, ist es an der Zeit, eine Pause zu machen und uns zu erfrischen, nicht wahr? Velaxis! Wein und ein üppiges Mahl stehen auf der Tagesordnung!«

Während wir aßen, sagte ich zu Ashmael: »Dann hast du also Angst vor Ponclast?«

Er sah mich von der Seite an. »Unterschätze ihn nicht, Swift. Er könnte uns ziemlichen Schaden zufügen. Aus diesem Grund benötigen wir auch das Elixier, das du und Seel bei eurem Grissecon produziert habt.«

»Kann ich den Kristall sehen?« fragte ich.

»Natürlich, aber jetzt noch nicht«, antwortete er.

Die Gespräche wurden bis weit in den Abend hinein

fortgesetzt und drehten sich zumeist um Einzelheiten der Reise nach Norden, doch kaum etwas verlautete davon, was wir tun würden, sobald wir dort ankamen. Ich war leicht benommen und erinnere mich, zu Seel gesagt zu haben: »Mein Gott, ich kehre nach Hause zurück. Gerade ist es mir klargeworden: Ich kehre nach Hause zurück! Ob sie wohl daheim schon davon gehört haben?«

Seel hob die Schultern. »Das solltest du besser Ashmael fragen. Aber ich würde es fast annehmen, denn es könnte Probleme geben, wenn plötzlich eine große Anzahl Gelaminger aus dem Nichts auftaucht. Als Ashmael sagte, Galhea sei mehr oder weniger ohne Verteidigung, hat er damit vermutlich übertrieben. Was denkst du?«

»Du hast recht, es befindet sich dort immer noch ein genügend großer Teil der varrischen Armee, um auf die Stadt aufzupassen. Ich nehme an, Ithiel hat nach wie vor den Oberbefehl. An Ashmaels Stelle würde ich mich mit ihm in Verbindung setzen, er denkt sehr praktisch.«

»Eigentlich wollen wir das dir überlassen, Swift!« warf Ashmael ein, der unbemerkt zugehört hatte. »Aber lassen wir das Thema, bis wir dort sind. Du bist unser Geleitbrief, mein Lieber!«

Wir lachten alle; eine allgemeine Erregung fing an, sich aufzubauen.

»Wahrscheinlich werden wir uns fürs erste ganz still verhalten in Galhea«, fuhr Ashmael fort. »Weil auch Seel bei uns sein wird und zu dieser Zeit niederkommen sollte – ein äußerst wichtiges Ereignis, wie Thiede nicht müde wird, uns zu versichern.«

»Aus dir spricht die Blasiertheit desjenigen, der keine Perle in sich trägt!« bemerkte Seel bissig. »Ashmael, manchmal widerst du mich an!«

In jener Nacht, als ich in Seels Armen wachlag, dachte ich laut darüber nach, wie es wohl sein würde, nach Immerdar zurückzukehren.

»Ich bin doch jetzt ein Gelaminger«, überlegte ich. »Was wird Cobweb dazu sagen?«

»Ich könnte mir vorstellen, daß er froh ist, dich lebendig wiederzusehen!« erwiderte Seel.

»Ach, ich weiß nicht. Für einen Varr ist es besser, tot als ein Gelaminger zu sein.«

»Ich freue mich schon auf Galhea, Swift. Und laß du dir dieses Gefühl nicht von voreiligen Befürchtungen verderben. Ich weiß, wie sehr du Immerdar liebst und Cobweb und alle anderen! Denk einfach nur daran, sie nach so langer Zeit wiederzusehen. Ganz gewiß wird alles glattgehen.«

Ich war dankbar für seine Zuversicht, aber keineswegs überzeugt.

Cedony und Chrysm sollten in Imbrilim zurückbleiben, doch Arahal und Ashmael würden nach Norden reiten. Als Teil meiner Vorbereitung auf die Reise erklärte Arahal mir die Eigenschaften der Gelaminger Pferde. Ich hatte sie immer schon für geradezu überirdisch gehalten, und so überraschte es mich keineswegs, als ich hörte, daß sie die Fähigkeit besaßen, in Zeit und Raum zu reisen, und zwar auf völlig andere Weise, als ich mir vorgestellt hätte. Ich hatte stets den Versuch gescheut, eines dieser Tiere auf diese Art zu reiten, aber nun sagte mir Arahal, daß ich es würde lernen müssen. Es wäre undenkbar, erklärte er mir, daß ich den Weg auf Tulga zurücklegte und Monate später ankam als alle anderen! Ich wußte bereits, daß diese fabelhaften Wesen imstande sind, uns aus dieser Welt zu tragen und durch eine wilde Wirrnis von Sternenbahnen und Äther zu fliegen. Ich wußte, daß man auf diese Weise eine Distanz von Hunderten von Meilen in Sekunden zurücklegen konnte. Ich wußte, daß man sich noch Stunden, nachdem man wieder festen Boden unter den Füßen erreicht hatte, trunken fühlte von dem unheimlichen Erlebnis dieser

Reise. Daher wird man verstehen, wenn ich etwas nervös war.

Das erstemal, als Arahal mich auf einen Ritt über die Alternativroute mitnahm und ich erfuhr, wie es war, mit einem Pferd einen regen Gedankenaustausch zu pflegen, erlebte ich alles vage und lebhaft wie einen Traum, doch insoweit verwirrend, als ich nicht daraus aufwachen konnte. Und es verursachte mir Schmerzen im Kiefer. Arahal lachte mich aus. Sein Haar sprühte immer noch Funken statischer Aufladung, als wir wieder auf die Erde zurückkehrten. Ich saß auf einem Pferd, das strahlend weiß war und unruhig umhertänzelte. Arahal sagte: »Sie gehört jetzt dir, Swift.« Ihr Name ist Afnina, und ich habe sie immer noch. Kein Har unter der Stufe Ulani kann auf diese Art reisen, denn es setzt eine starke Beherrschung des Geistes voraus, um soweit zu kommen, und der Verlust dieser Kontrolle mitten im Flug wäre verhängnisvoll. Das Pferd könnte einen in der Weite der Unendlichkeit verlieren, und es wäre ganz und gar unmöglich, wiedergefunden zu werden. Doch das sagte mir Arahal erst, als wir wieder festen Boden unter den Füßen hatten. Ich war ihm sehr dankbar dafür.

Seel machte sich Sorgen wegen der Reise, denn er fürchtete, der Ritt über die Alternativroute könnte der Perle in seinem Inneren schaden. Ashmael fand, Seel wäre übertrieben ängstlich, dennoch setzte er sich mit Immanion in Verbindung, um uns zu beruhigen.

»Weshalb ist Pell noch nie hergekommen?« fragte ich, während wir auf die Antwort warteten.

»Hältst du dich für so bedeutend, Swiftling?« schnauzte Ashmael mich gutmütig scherzend an.

»Nein, nicht mich. Aber Cal war bei mir!«

»Doch jetzt ist er nicht mehr bei dir.«

Das war natürlich richtig, aber ich verspürte dennoch große Enttäuschung, daß Pellaz keinen Kontakt mit mir gesucht hatte. Selbst Seel hatte ihn seit einiger Zeit nicht zu Gesicht bekommen. Ich fragte mich, ob das etwas mit Cal zu tun haben könnte, scheute mich aber, die Sache mit Seel zu besprechen. Er war gereizt und unruhig, und ich wußte, daß jede Erwähnung von Cal ihn bedrückte. Manchmal hielt ich ihn nachts in meinen Armen – immer noch ungläubig, daß mir das wirklich vergönnt war –, und legte die Hand auf seinen flachen, harten Bauch. »Keine weibischen Schwellungen!« bemerkte er dann nervös und bemühte sich, seinen Schmerz zu verbergen, wenn ich ihn zu heftig anfaßte. »Wo ist es? Was macht es?« fragte er mich einmal, in plötzliche Panik geraten.

»Es wächst heran«, antwortete ich.

»Ist es wirklich da drin?« sagte er in Gedanken versunken, als hätte er mich nicht gehört.

Wir erhielten Nachricht aus Immanion, daß es ratsam wäre, im Hinblick auf Seels Zustand unsere Reise so bald wie möglich anzutreten. Niemand wußte wirklich, welche Auswirkungen das Benutzen der Alternativroute auf einen ungeborenen Harling haben könnte, aber Thiede behauptete, im frühen Stadium bedeute es kein Risiko, und niemand hatte Lust, ihm zu widersprechen.

Am Abend vor unserer Abreise sagte Seel: »Es geht nach Hause, Swift. So ist es doch. Ich nehme an, deine Familie wird mich hassen.«

»Meine zweiköpfige Familie!« entgegnete ich ziemlich verdrießlich. »Wie fürchterlich beeindrukkend!«

»Unsinn, Swift. Nach allem, was du mir erzählt hast, ist deine Familie in Immerdar ziemlich groß. Ihr mögt vielleicht nicht blutsverwandt sein, aber ihr seid ganz gewiß eine Familie! Ich kann kaum glauben, daß ich den hektischen, zimperlichen Moswell kennenlernen werde, den verträumten, romantischen Swithe und die melodramatische, wilde Schönheit Cobweb.«

»Ich glaube, du spottest über mich, Seel!«

»Nein, es ist mir Ernst damit! Es ist, als würde man

Gestalten aus einem Roman treffen, den man gelesen hat. Ich kann es gar nicht erwarten!«

Seel hatte ein barbarisches Glitzern in den Augen, als er das sagte. Eine boshafte Seite an ihm freute sich wohl schon auf die Aufregung, die es in meinem Haushalt geben würde, wenn bekannt wurde, daß ein Gelaminger eine Perle von mir trug, ganz besonders, wenn sie ihn zu Gesicht bekamen. Ich wußte bereits jetzt, daß Cobweb ihn vom ersten Moment an verabscheuen würde.

Am Ende unserer Reise, die so rasch verging wie ein flüchtiger Traum, stießen wir in einem Gischt aus dampfenden Mähnen und wehenden Schweifen wieder hernieder auf die Erde und landeten auf den blütenübersäten Feldern außerhalb von Galhea. Aufgeregt drängten sich die Pferde aneinander, und ich lachte über Afninas Übermut. Sie riß an den Zügeln und bäumte sich unvermutet auf, wobei ihre üppige Mähne über meine Finger fiel.

Die Luft roch feuchter hier; es war Frühling in den Fluren von Galhea. Ich wußte nicht genau, wie lange ich eigentlich weg gewesen war – mindestens ein Jahr; allermindestens. Cal, Leef und ich waren vielleicht Monate in diesem Wald unterwegs gewesen, niemand konnte das wirklich feststellen. Leef war jetzt wieder mit dabei, er benahm sich kurz angebunden und unfreundlich mir gegenüber. Ich wußte, daß er mit sich selbst nicht ganz einig gewesen war, ob er Imbrilim verlassen sollte oder nicht; besonders viel war es nicht, was ihn zu Hause in Galhea erwartete. Doch ich hatte ihn persönlich gebeten, uns zu begleiten, weil ich wußte, es würde besser wirken, wenn zumindest zwei von uns dreien wieder zurückkehrten. Leef ließ mich zwei Tage auf seine Antwort warten, die natürlich ein Ja war. Ich glaube, es hatte ihn selbst überrascht, wie mühelos er sich an das Leben in Imbrilim gewöhnte. Bei ihm hatte es zwar ein wenig länger gedauert als bei mir, aber nun, dachte ich, war er ebenso eifrig bestrebt wie ich zu vergessen, daß er je ein Varr gewesen war.

Ich konnte die Silhouette von Immerdar auf dem Hügel erkennen; in allen Fenstern spiegelte sich die Morgensonne. Seel kam an meine Seite. Sein Gesicht war bleich. »Dies ist also dein Zuhause«, sagte er mit einem tapferen Versuch zu lächeln.

»Du bist müde.« Ich beugte mich hinüber und legte die Hand an seine Wange. Die Reise hatte zwar nur wenige Minuten gedauert, dennoch fühlte ich mich, als hätte ich einen tagelangen Ritt hinter mir. Seel sah erschöpft aus.

»Ja, ich bin müde«, sagte er. »Ich muß mich ausruhen.« Er ließ sich aus dem Sattel gleiten und lehnte sich an die Flanke seines Pferdes. Das Tier wandte den Kopf und schnüffelte neugierig an ihm herum. Er streckte die Hand aus, um ihm über die Nase zu streichen.

»Swift!« Neben mir tauchte Ashmaels Pferd auf und kam ruckartig zum Stehen.

»Was kann ich für dich tun?«

»Dein Träger ... Setze dich mit ihm in Verbindung!«

Jetzt war ich zu Hause. Wie ein riesiges brütendes Tier hockte Immerdar auf seinem Hügel und beherbergte in seinem Inneren all die Leute, mit denen ich großgeworden war, mit denen ich gelebt hatte und die ich liebte. Ich hatte Angst. Ich hatte Angst, daß ich durch meine Rückkehr den Traum meiner Kindheit zerstörte, daß Immerdar jetzt ganz anders sein würde und all meine Lieben zu Fremden geworden sein könnten.

Ich stieg vom Pferd. Seel neben mir konnte sich kaum auf den Beinen halten; sein Gesicht sah spitz und verhärmt aus, und seine Haut fühlte sich kalt an. Ich legte die Finger an seinen Hals, direkt unter das Ohr, und bemühte mich, etwas von meiner Kraft auf ihn zu übertragen. Augenblicklich verspürte ich das Ziehen: Er brauchte mehr, als ich ihm geben konnte. Ich blickte zurück auf Galhea.

Niemand sagte auch nur ein Wort. Sie warteten. Ich schloß die Augen und rief ihn: »Cobweb …!«

Einmal reichte aus. Eine Druckwelle aus Energie knallte in mein Hirn, so mächtig wie ein Wirbelsturm und ebenso ungezähmt. Ich konnte mir keinen Reim darauf machen, aber ich wußte, das war Cobweb. Als ich so dastand in dem kniehohen Gras, konnte ich ihn fast riechen. »Cobweb, ich bin wieder daheim.« Er zog sich ein wenig zurück und begann zart über meine Gedanken zu streichen. Es würde ihm augenblicklich klarwerden, wie ich mich verändert hatte, was aus mir geworden war. Ich fühlte seine vage Verwirrung. Ich formte die Worte: »Du mußt mir Ithiel schicken …«

»Du bist nicht allein …«

»Nein.«

»Fremde sind bei dir. Viele Fremde. Wer sind sie?«

»Freunde.«

»Freunde? So viele Freunde?«

»Es sind Gelaminger, Cobweb.«

»Du hast sie hierhergebracht. Ich habe erwartet, daß du das tust.« Er wirkte müde und resigniert; sein Zorn würde später kommen. Er fragte nicht nach Terzian oder Cal. Bevor er sich ganz zurückzog, um Ithiel zu suchen und ihn herauszuschicken, damit er uns nach Galhea geleitete, sagte er noch etwas. Er sagte: »Danke, Swift.« Es konnte alles bedeuten oder nichts.

Zusammen mit Cobweb ging ich im Garten spazieren. Wir hatten zu essen bekommen, wir hatten uns ausgeruht, und nun sprach Ashmael mit Ithiel. Ithiel sah jetzt um einiges älter aus; das überraschte mich. Ich führte meinen Träger zum Sommerhaus beim See.

»Erinnerst du dich …?« begann ich, konnte es aber nicht aussprechen.

Cobweb lächelte und wandte den Blick ab. »Deine Impertinenz hast du nicht abgelegt, wie ich sehe.«

Wir gingen schweigend weiter; es wurde Abend rundum. Cobweb war so voller Fragen, daß er nicht wußte, wo er anfangen sollte, und so blieb er stumm und griff nur nach meiner Hand.

»Ich hatte fast vergessen, wie herrlich, wie sündhaft schön du bist«, sagte ich leichthin.

Er lachte laut auf. »Ich? Ich soll all das sein? Es überrascht mich, daß du das ausgerechnet jetzt sagst, nachdem du so lange bei den Gelamingern warst, die aussehen wie ... so wie ..., nun, so, wie ich sie mir immer vorgestellt habe.«

Die Tür des Sommerhauses stand offen; einige Scheiben waren zerbrochen, andere mit grünen Flechten bedeckt. »Wir hatten einen argen Sturm«, sagte Cobweb. »In der Stadt gingen alle Lichter aus, und es gab etliche Tote. Die ganze Nacht hindurch lauschte ich dem Heulen, es hörte sich an wie bitterböse Geister. Ich hörte auch, wie im Park ein Baum umstürzte. Wie das ächzte und stöhnte! Ein paar Äste müssen wohl hier ins Glas gefallen sein.« Starres, blattloses Holz lag wie schwarze zersplitterte Knochen auf dem Boden.

»Du solltest es reparieren lassen«, sagte ich, hob ein paar Äste auf und warf sie zur Tür hinaus.

Cobweb zuckte die Achseln. »Vielleicht. Aber ich glaube, es gefällt mir so. Es wirkt irgendwie symbolisch.«

»Du kommst oft hierher, nicht wahr?«

Er antwortete nicht, sondern ging zum Springbrunnen und setzte sich auf den Rand des Beckens. Ich erlebte eine kurze, schmerzliche Rückblende zu jener Nacht, als ich ihn hier sitzen gesehen hatte und Cal wie ein wiederauferstandener Leichnam zur Tür getaumelt war. Unmengen von faulen Blättern schwammen jetzt im Wasser, und die orangeroten Goldfische waren längst eingegangen. Cobweb hatte sich nicht verändert;

für ihn hätte das alles erst gestern gewesen sein können.

»Ich habe sie beide verloren«, sagte er, den Blick zum Boden gesenkt. Dann sah er mich an. »Gott sei Dank, daß du zurückgekommen bist.«

Ich trat zu ihm, legte den Kopf in seinen Schoß, und er strich mir über das Haar. Aber ich konnte nie wieder Kind sein, und in gewisser Weise war auch ich nicht zurückgekommen – jedenfalls nicht der Swift, den Cobweb gekannt hatte.

Als wir in Immerdar angekommen und durch die großen Türen ins Haus geschritten waren, hatte Cobweb uns bereits erwartet. Er stand auf der Treppe, eine schlanke, tragische Gestalt. Sein Haar war noch länger als früher, und er schien eingehüllt darin. Ich hatte gefürchtet, das Haus würde anders aussehen, aber das bewahrheitete sich nicht. Es wirkte vielleicht etwas kleiner, aber ich war in der Zwischenzeit gewachsen. Hier war ich einst ein Kind gewesen, hatte beim Fest zusammen mit Leef in dieser Halle auf den Stufen gesessen, hatte jene schicksalhafte Mitteilung über Gahrazel in die Tasche des Boten gesteckt und auf dem Weg zum Vormittagsunterricht bei Moswell durch sonnenbeschienene Stäubchen getanzt. Das alles schien so unvorstellbar lange her.

Ich fühlte mich riesengroß und klobig, als ich so dastand, ganz in Leder gekleidet, Waffen an den Hüften, den Kopf nach Gelamingerart an den Seiten glattrasiert und eine schwarze Zigarette zwischen den Lippen, weil ich nervös war. Cobweb hatte mich angesehen; er erkannte mich augenblicklich wieder, obwohl ich wußte, daß ich mich fast bis zur Unkenntlichkeit verändert hatte. Ich merkte, wie seine Kiefermuskeln arbeiteten; vielleicht sah er in diesem Moment etwas von Terzian an mir. Doch er unterdrückte alle Emotionen, die ihn in dieser Sekunde durchbebten, und fiel augenblicklich in seine Rolle als perfekter Gastgeber, bereit, all die brennenden Fragen auf später zu verschieben. Das war die Rolle, die Terzian ihm zugedacht hatte. Ich war Terzians Sohn, und aus diesem Grund würde Cobweb mein Ermessen, wen ich in dieses Haus brachte, nie in Frage stellen. Mein Vater war nicht bei uns; daher gehörte Immerdar nun mir. Cobweb ließ Erfrischungen bringen und führte uns in den Salon.

Ich hatte Ashmael, Arahal und noch fünf andere mitgebracht. Alle übrigen Gelaminger wurden von Ithiel, dem ich aufgetragen hatte, sie in den leerstehenden Armeequartieren unterzubringen, nach Galhea gebracht. Genau wie Cobweb stellte auch Ithiel meine Anordnungen nicht in Frage, aber seine Augen waren kalt. Er billigte es nicht, daß Gelaminger in varrischen Kasernen Unterkunft finden sollten. Also lud ich ihn ein, uns so bald wie möglich Gesellschaft zu leisten, und er dankte mir mit einem grimmigen Lächeln. Vermutlich fand er es absurd, ihn in ein Haus einzuladen, das ihm seit Gott weiß wie lange schon ein Zuhause war.

Cobweb umarmte mich flüchtig und bedachte Seel, der an meinem Arm hing und gelegentlich den Kopf auf meine Schulter legte, mit einem eisigen Blick. Ich spürte, wie er zitterte. »Ich muß mich jetzt hinlegen«, flüsterte er. »Sonst bringe ich dich noch in Verlegenheit, indem ich umfalle vor Müdigkeit.«

Cobweb rümpfte die Nase und holte mit einem Fingerschnalzen einen der Haushara herbei. »Wir werden sogleich eine Unterkunft für deinen Freund finden«, sagte er. »Ist er krank? Möchtest du, daß ich Phlaar kommen lasse?«

»Ja, wenn es möglich ist«, sagte ich. »Ich hätte euch beide schon miteinander bekannt machen sollen. Cobweb, das ist Seel. Jemand soll ihn in mein Zimmer führen.«

»Ty schläft jetzt dort«, entgegnete Cobweb frostig.

»Dann in das Zimmer meines Vaters«, sagte ich gereizt.

Cobweb hob die Augenbrauen und starrte mich mit steinernem Gesichtsausdruck an. »Es ist nicht gelüftet. Seit Ewigkeiten war niemand da drinnen.«

»Das macht nichts. Laß ein Feuer im Kamin machen.«

»Wie du wünschst, Swift.« Er wandte sich an den Haushar. »Mein Sohn wird in Terzians Zimmer wohnen. Laß es bereitmachen und begleite Tiahaar Seel hin.« So, wie er das sagte, klang es, als würden wir nicht lange dort bleiben. Ich hatte nicht gewollt, daß es so kam, aber mit Cobweb ging es wohl nicht anders. Voll varrischer Eifersucht; wieder etwas, das mir fremd geworden war.

»Du hast dich verändert«, sagte er, als Seel uns verlassen hatte.

»Natürlich habe ich mich verändert!«

»Dieser Har trägt deine Perle, nicht wahr?«

»Ja. Es ist immer noch unmöglich, dir etwas zu verheimlichen, stimmt's?« fragte ich mit einem hoffnungsvollen Lächeln.

Cobweb gab es nicht zurück. »Wo ist dein Vater, Swift?«

Ich blickte zur Seite. »Nicht jetzt, Cobweb. Bitte. Wir kommen später zu den Fragen.«

Er schnaubte ärgerlich und fegte hinweg, wobei er Arahal ein wildes Grinsen schenkte, als er an ihm vorbeirauschte. Arahal wandelte wie benebelt an meine Seite. »Ein erstaunliches Geschöpf!« bemerkte er. »Der Stoff, aus dem Mythen entstehen!«

»Erstaunlich, ja, Geschöpf, ja«, nickte ich. »Arahal, du wirst ihm alles über Terzian berichten müssen. Wenn du es schon mir nicht sagst, dann mußt du es wenigstens Cobweb sagen. Ich habe sonst keine ruhige Minute mehr.«

Arahal fühlte sich sichtlich nicht wohl in seiner Haut. »Das wird sich alles aufklären, sobald die Zeit reif dazu ist«, entgegnete er schroff.

Ich ging zu Seel, der bereits im Zimmer meines Vaters auf mich wartete. Es roch ein wenig modrig darin, aber im Kamin brannte ein angenehmes Feuer, das die Luft bereits von der ersten Kälte befreit hatte. Das Himmelbett sah uralt und unbequem aus; ich hoffte nur, es würde sich nicht allzu feucht anfühlen. Hinter einem Wandschirm wusch sich Phlaar in einem Becken die Hände.

»Seel, wie geht's dir?« fragte ich. Er lag halb angekleidet auf dem Bett; Gesicht und Haar sahen triefend naß aus. Er lächelte schwach.

»Offenbar sind mir alle Energien abhanden gekommen«, sagte er.

»Wird es vorübergehen?« fragte ich Phlaar, der uns beobachtete, während er sich die Hände abtrocknete.

»Die Reise hierher hat ihm zuviel abverlangt«, erklärte Phlaar. »Die Perle kostet ihn schon genug Kraft. Es war unklug, in deinem Zustand so weit zu reisen!« Seel wandte den Kopf ab, als Phlaar seinen Vorwurf an ihn richtete. »Du brauchst jetzt absolute Ruhe und Schonung«, fuhr Phlaar fort.

»Daß ich nicht lache!« unterbrach Seel ihn barsch. »Ich brauche einen Schuß Kraft, das ist alles! Sag es Ashmael, Swift, er kann es tun.«

Phlaar räusperte sich. »Nun, da ihr meine Dienste nicht mehr benötigt...« Er wandte sich zur Tür. Ich dankte ihm, und er antwortete mir mit einem dünnlippigen Lächeln. Später würde er seinen Freunden von den Marotten der eingebildeten Gelaminger erzählen.

Seel gab einen abfälligen Ton von sich. »Varrs!« zischte er. »Sie haben keine Ahnung von irgend etwas!«

»Und du als Gelaminger weißt natürlich alles!« Aber ich konnte nie wirklich böse auf ihn sein.

Er streckte die Hand aus, und ich nahm sie. »Entschuldige, Swift. In letzter Zeit kann ich mein Maul nicht halten.«

Ich setzte mich auf die Bettkante und nahm ihn in die Arme. »Das macht nichts.« Er lachte an meiner Brust. Meine Hände konnten nicht aufhören, über seine Haut zu streichen; sie schien wie gemacht für meine Berührung. »Hat dieses Monster da unten dich wirklich in diese Welt getragen?« fragte er.

Während ich unter den Gelamingern lebte, nahm ich nicht wirklich wahr, wie sehr ich mich veränderte; doch nun, zu Hause, schien mir jeder Spiegel mein Anderssein entgegenzuschreien, und jedes Auge, das ich kannte, war zu einem Spiegel geworden. Ich glaube, Tyson erkannte mich nicht wieder. Das letztemal, als ich ihn gesehen hatte, war er noch ein Baby gewesen, und jetzt war er ein gertenschlanker Harling mit Cals einprägsamen, knochigen Gesichtszügen und einem glänzenden Haarschopf. Ich bemerkte einen Anflug von Terzian in seinen Augen, denn sie konnten einen sehr, sehr hart ansehen, aber sein Temperament hatte er zweifellos von Cal; es konnte wild und unheimlich sein. Mich begrüßte er mit Zurückhaltung, und wir umarmten uns nicht. Er sagte bloß: »Du warst sehr lange weg.« Zweimal war der Frühling gekommen und gegangen, seit ich Galhea verlassen hatte.

Nach meinem Spaziergang mit Cobweb an jenem ersten Abend ging ich in das Arbeitszimmer meines Vaters. Es wirkte geradezu unbehaglich aufgeräumt; Ithiel hatte es in der Zwischenzeit benutzt. Auf dem Schreibtisch lagen Verzeichnisse, in denen Ernteerträge und vorrätige Güter aufgelistet waren, stellenweise mit Bleistift dick unterstrichen. Ich setzte mich in den Sessel meines Vaters, lehnte mich zurück und blickte zum Fenster hinaus. Ich hatte das Gefühl, nie weggewesen zu sein von Immerdar, hatte das Gefühl, Cal wäre im Haus und wir warteten immer noch auf Nachricht von meinem Vater. Vielleicht würden morgen sogar die Zigane zurückkommen …

So oft hatte Cobweb sich an diesem Tag bei mir nach Terzian erkundigt.

Mehr und mehr fragte ich mich, wieviel mein Träger tatsächlich von Terzian wußte. Ich glaubte nicht, daß ihm klar war, welches Schicksal Gahrazel erlitten hatte, und auch nicht, wie eng Terzians Verbindung zu Ponclast gewesen war. Wie konnte ich ihm auf seine Fragen antworten, ohne ihm zu sagen, was ich wußte? Wie konnte ich mich hinstellen und sagen: »Der Har, den du geliebt hast, für den du dein Leben gegeben hättest, er ist eine Bestie!« Andererseits mußte Cobweb all diese Dinge wissen, er wußte immer alles von denen, die er liebte! Waren unsere Gedanken nicht offene Bücher für ihn, in denen er nach Belieben blättern konnte? Ich wollte nicht über Terzian sprechen, weil es mir Pein verursachte; das war etwas, was ich vergessen wollte. Natürlich hätte mein Vater mich gehaßt, wären ihm die Vorgänge bekannt gewesen, und er hätte mich einen Verräter genannt. Hätte er mir dasselbe Schicksal wie Gahrazel zugedacht? Mir schauderte.

Draußen färbte sich der rote Abendhimmel purpurn, und die kahlen Bäume hoben sich schwarz dagegen ab. Im Inneren des Hauses kroch die Wärme von den gut beheizten Feuerstellen durch die langen Korridore, man hörte geschäftige Schritte, und es duftete nach Küche. Ich liebte diesen Ort. Ich war froh, daß mein Vater ihn verlassen hatte.

Von Cobweb hatte ich erfahren, daß die Zigane damals nur bis in den Herbst hinein geblieben waren. Telan-Kaa hatte sich als große Trösterin erwiesen, als Cal, Leef und ich Immerdar den Rücken kehrten, denn ihr Optimismus, was meine Zukunft betraf – eigentlich, was unser aller Zukunft betraf –, war unerschütterlich gewesen. Als Cobweb um mein Leben bangte, widersprach sie seinen Ängsten ruhig und vernünftig, und er war betrübt, als sie weiterzog. Sie hatte ihm keinen Grund dafür genannt; vielleicht hatte ihr Meister sie gerufen, oder es wartete eine neue Aufgabe auf sie – eine weitere Botschaft vielleicht, die es zu überbringen galt.

»Ich glaube, ich habe viel von einer Frau an mir«, stellte Cobweb ernsthaft fest. »Ich konnte sie so gut verstehen. Als sie wegging, überraschte mich das gar nicht.«

»Du hast wirklich viel von einer Frau an dir, Cobweb«, sagte ich und unterdrückte ein Lächeln.

Er hob die Schultern. »Mein großer Fehler, nehme ich an: Trägheit. Was glaubst du, sind Frauen faul?«

»Das glaube ich nicht. Ich glaube, je männlicher die Leute wirken, desto fauler sind sie. Aber das ist natürlich nur meine persönliche Meinung.«

Bryony war die einzige im Haus, die nicht auf der Hut war vor mir; ja, sie kam sogar und warf die Arme um mich. »Willkommen, Swift!« rief sie. »Willkommen zu Hause!« Ich hatte mich in die Küche begeben, sobald es mir möglich war – wieder einmal etwas nervös vor dem, was mich dort erwartete. Es krampfte mir das Herz vor wehmütiger Erinnerung zusammen, als ich den Raum wiedersah: den alten Tisch, die weitausladende, glänzende Spüle, den altmodischen Herd, der bedeckt war mit riesigen Kesseln voll blubbernder, duftender Kreationen des unvergleichlichen Yarrow. Er war immer noch der gleiche: Haarsträhnen überall, wohin man blickte. Wir tranken alle eine Flasche Sheh miteinander, und ich erzählte voll trunkener Begeisterung von meinen Abenteuern. Merkwürdigerweise erschien mir all das nicht mehr real, ja, ich merkte, daß ich selbst von Seel nur zögernd sprach, aber Bryony hatte bereits von ihm gehört und deckte mich mit Fragen ein. Um sie nicht beantworten zu müssen, versprach ich ihr, sie gleich am nächsten Morgen mit ihm bekannt zu machen. Bryony: sie war jetzt kein Mädchen mehr, sondern eine starke, schlanke junge Frau. Von allen Leuten, die ich von früher her kannte, hatte sie sich am meisten verändert. Sie war ein Mensch; sie war älter geworden.

Ich schlief mit Seel im Bett meines Vaters; das Zimmer barg keine Geister für mich. Als ich im Finstern dalag, suchte ich mit den Augen die Decke ab, um jene Stelle ausfindig zu machen, durch die man aus dem Raum darüber hereinspähen konnte. Ich unterdrückte ein Schaudern, als mir Gahrazel einfiel. War er immer noch da oben? Seel bewegte sich leicht im Schlaf. Ich hätte gern mit ihm geredet.

Ich legte meinen Mund an sein Haar, und er verzog das Gesicht und murmelte irgend etwas Unsinniges. So starrte ich in die Finsternis und lauschte nach einem unterdrückten Atmen, nach irgend etwas. Doch alles, was ich hören konnte, war Seel. Ich weckte ihn nicht.

Abgesehen von den Sturmschäden am Sommerhaus schien die Zeit nicht an Immerdar gerührt zu haben. Vielleicht war es der Name, der das Haus schützte. Wir leben in Immerdar. Der Verfall konnte ihm nichts anhaben. Dem Haus hatte mein Vater nicht gefehlt und ich selbst auch nicht. Es nahm Hara nur wahr, wenn sie sich innerhalb seiner Mauern befanden. Draußen ist der Tod; mit dieser Vorstellung war ich großgeworden.

Ich war eifrig um einen Kontakt mit Tyson bemüht, doch er schien sich kaum für mich zu interessieren. Auch ich hatte mich als Kind damit begnügt, nur meine eigene kleine Welt zu erleben, und hatte es jedem übelgenommen, wenn er sie betreten wollte. Mein Bruder ähnelte mir in vielerlei Hinsicht; und er betrachtete Cobweb ganz offensichtlich als seinen Träger. Er stellte nie Fragen über Cal. Das war eines der wenigen Dinge, in denen wir uns deutlich unterschieden: Ich war stets voller Fragen gewesen. Seel bemerkte zu mir, daß Tyson ihn an Cal erinnerte; eines Tages würde mein kleiner Bruder erkennen, wie man an Seelen rührt und Herzen bricht. Schon jetzt lag der Anflug des Wissens in seinen Augen.

Die Varrs akzeptierten die Anwesenheit der Gelaminger in ihrer Stadt mit vorsichtiger Zurückhaltung. Über die Monate hinweg hatten sie sich von ihren Brüdern im Norden abgekapselt und waren lediglich an ihrem eigenen Überleben interessiert und an dem Brot auf ihren Tischen. Dem Kriegführen schenkten sie keine Beachtung mehr. Außerdem waren die meisten Soldaten ohnedies mit Terzian nach Süden gezogen. Und so mußte Ithiel jetzt entdecken, daß seine Zeit plötzlich ausgefüllt war mit den Problemen der Verwaltung, mit dem Schlichten unbedeutender Händel und einer Neuorganisation der Art und Weise, wie wir unser Land nutzten. Fremde in unserem Bereich zu haben bedeutete, zusätzliche Mäuler füttern zu müssen – Mäuler, die uns nicht willkommen waren, aber die wir auch nicht mehr als jene Bedrohung empfanden, die sie zuvor einmal dargestellt hatten. Es überraschte mich zu erfahren, daß nach dem Abziehen der Zigane noch weitere Menschensippen durch Galhea gekommen waren. Manche von ihnen, die entweder über größere Lebensmittelvorräte, über Gerätschaften oder besondere Fertigkeiten verfügten, die den Varrs gelegen kamen, hatte man zum Bleiben bewogen und ihnen leere Häuser im südlichen Teil der Stadt zugewiesen. Dort hatten sich einst die Unterkünfte der Armeeangehörigen befunden, und das Viertel war nun überwiegend unbewohnt. So spielten nun Harlinge und Menschenkinder im Schatten der verlassenen Gebäude, wo sich früher glänzend gestriegelte Pferde gedrängt und in ungeduldiger Erwartung der großen Reise nach Süden unruhig gestampft hatten. Keines von ihnen war bisher zurückgekommen; unter den Hara galt es als unausgesprochene Gewißheit, daß sie auch nie zurückkommen würden.

Eines Nachmittags, als wir uns seit etwas mehr als einer Woche in Galhea befanden, führte ich Seel zu einer Besichtigungstour in den Park. Das Leben erwachte wieder; über Nacht hatten sich die kahlen Bäume mit Girlanden aus hellgrünen Knospen geschmückt. Ich führte Seel zum See, und er ließ mich wieder einmal die Geschichte von Cal, Cobweb und dem Sommerhaus erzählen. Während ich sprach, schien mich das Sommerhaus von der anderen Seite des Sees aus trauervoll zu beobachten; vielleicht erinnerte es sich auch.

In Gedanken versunken starrte Seel auf das Wasser. »Ist es wirklich hier geschehen?« fragte er.

Ich sah mich um. »Das war der Schauplatz, ja … Aber heute wirkt er völlig anders als damals.«

Wir gingen hinüber zu den zerfallenen Steinen, wo ich Cal gefunden hatte. Sie waren jetzt bedeckt von Efeu (wie beziehungsvoll!). Ich erinnerte mich an die Gerüche, an die Geräusche und an das Gefühl, das Cals Arm um meine Schultern hervorgerufen hatte, und an dieses erste magische Kosten vom Atem eines anderen Har. Ich sah Seel an, wie er seine Hand auf den Stein legte und über die Flechten und die Efeublätter strich, und fühlte mich plötzlich, als hätte ich mein halbes Leben versäumt, als läge jener Sturm und Cobwebs lodernder Zorn nur kurze Zeit zurück; ich befand mich wieder hier, erwachsen und mit einem Har zusammen, der in jeder Hinsicht bemerkenswert war und der mich nie unberührt und zitternd wie Espenlaub kennengelernt hatte. Was war nur mit mir geschehen? Ich fühlte mich ziellos, wie abgehoben von der Realität. Ich setzte mich hin. Seel kam an meine Seite, lächelte und warf sein prachtvolles Haar zurück.

»Ach ja, die Zeit«, seufzte er. »Wenn das Morgen kommt, fühlt es sich manchmal so an, als hätte es nie ein Gestern gegeben.«

Ich nahm seine Hand. Er wußte immer, was ich dachte. »Sobald es einmal an uns vorbeigegangen ist, ist es ganz dasselbe wie eine Geschichte«, sagte ich, »wie etwas, das wir nur aus der Ferne gesehen oder aus zweiter Hand gehört haben. Wie kann ich das erklären?«

Er schüttelte den Kopf. »Das brauchst du nicht. Denk daran, vor dir steht ein Har, der einst den Leichnam eines Freundes gefunden hat, der kaltblütig ermordet wurde. Ist das wirklich geschehen? Und jetzt bin ich hier, und es ist eine ganz andere Geschichte, das Leben einer ganz anderen Person. Ich kann gar nicht glauben, daß mir dies widerfahren ist. All die Fäden, die sich verflechten und wieder entwirren und mich hierher zu dir geführt haben ...«

»Seel«, sagte ich, »du hast mir nie ... Du hast mir nie von Cal erzählt, von dir und von ihm. Ich möchte es wissen.«

Er war vor mir auf den Fersen gehockt, und nun setzte er sich hin und drehte mein Gesicht so, daß ich ihm in die Augen sah. »Ich erinnere mich an unser erstes Zusammentreffen«, begann er. Ich sagte nichts, und er wandte die Augen ab und blickte über das Wasser. »Damals waren wir noch Kinder. Er war immer ... sonderbar. Bei allen beliebt, obwohl die anderen Kinder Angst vor ihm hatten. Er faszinierte mich, er verzauberte mich ... In frühen Jahren wurden wir har, hatten aber schon zuvor ein Liebesverhältnis. Er ging zu den Uigennas, ich wurde in den Stamm der Unneahs aufgenommen. Ich dachte, ich würde ihn nie wiedersehen, aber er blieb nicht lange bei den Uigennas. Als er bei den Unneahs auftauchte, dachte ich törichterweise, er wäre meinetwegen gekommen, aber dagegen sprach, daß er Zack bei sich hatte. ›Du bist zu gut, Seel‹, sagte er des öfteren zu mir, als wäre das etwas Verächtliches. Zack hingegen war nicht gut. Er war verrückt und böse und schön. Nachdem ich den Norden verlassen und angefangen hatte, die Saltrockgemeinde aufzubauen, kamen die beiden mich manchmal besuchen. Ein einziges Mal praktizierten wir gemeinsam den Aruna, es war entsetzlich. Sie liebten es, einander weh zu tun. Aber sie *liebten* sich, da bin ich ganz sicher.« Es überraschte mich, Seel das sagen zu hören, da ich wußte, was die Gelaminger von solchen Emotionen hielten. »Jetzt denke ich nicht mehr oft an diese Zeit«, fuhr er fort und stand auf. Er ging ans Wasser. »Die Dinge nehmen ihren Lauf,

Swift, und die Zeiten ändern sich. Wir sind so selbstgefällig, daß wir denken, wir können verstehen, was uns die Zukunft bringen wird, sogar hineinsehen in sie, aber …«

Wir sahen uns an, und wie ein Blitz zuckte eine unglaubliche Scharfsichtigkeit von ihm zu mir und wieder zurück. Es war ein verstandesmäßiges Eindringen in etwas Unermeßliches. Doch innerhalb von Sekunden war es vorbei, und ich streckte die Hand aus. Gemeinsam gingen wir zum Haus zurück.

Wir bereiteten uns auf das letzte Stück unserer Reise nach Norden vor. Arahal führte mich in sein Zimmer und zeigte mir den Kristall, der in einer Hülle aus tief indigoblauer Seide lag. Rastloses Leben pulsierte darin, und die pochenden Farben schmerzten beinahe in den Augen, wenn man sie ansah. »Er ist gut gelungen«, sagte Arahal und lächelte mir zu. »Welch eine Kraft!«

»Ich versichere dir, es ist ein rein zufällig zustande gekommenes Nebenprodukt«, erklärte ich.

Arahal lachte. »Es klappte besser, als Thiede sich je erträumt hätte!«

»Das bezweifle ich.«

»Und bald wird dein Kind auf die Welt kommen.«

»Ja.« Ich beschloß, eine Befürchtung loszuwerden, die mich schon seit einiger Zeit verfolgte. »Arahal, Thiede wollte, daß wir dieses Kind aus einem ganz bestimmten Grund zeugen. Aus welchem? Will er es uns wegnehmen, sobald es geboren ist?«

Arahal faßte mich an der Schulter. »Mach dich nicht lächerlich! Er wird euch den Harling nicht wegnehmen!«

»Nein, vielleicht nicht den Harling … Aber den Har.«

Arahal schüttelte den Kopf. »Eine Kindheit. Sieben Jahre. Danach mußt du diese Fragen noch einmal stellen. Ich kenne seine Gründe nicht, das alles sind Thiedes Angelegenheiten. Wir haben näherliegende Probleme.«

»Ich möchte, daß Seel hierbleibt, wenn wir abziehen.«

»Unmöglich! Damit wird er niemals einverstanden sein!«

»Aber das Kind!«

»Es wird leben, was immer auch geschieht.«

Man war bereits an meinen Träger herangetreten mit dem Ersuchen, den Harling in seine Obhut zu nehmen, solange Seel und ich weg waren. Dies bedeutete eine Aufgabe, die ihm Freude machte, glaube ich, und eine, die ihm wie auf den Leib geschneidert schien. Ich hatte keine Einwände.

Wenn ich jetzt Seels Bauch massierte, spürte ich schon die steinharte Beule darin – die Perle in seinem Inneren. Gelegentlich klagte er über Schmerzen, und er wurde zunehmend nervöser, aber für gewöhnlich konnte ich ihn beruhigen, indem ich ihm über den Rücken strich oder sein Haar bürstete. Sobald er sich entspannte, verschwand auch der Schmerz.

Ashmael ordnete an, den Exerzierplatz vor den Stallungen gründlich sauberzumachen und die Wände neu zu streichen, was umgehend geschah. Er ließ ein Pentagramm auf den Boden ziehen und schrieb seltsame Worte rundum. Nachts versammelten wir uns dort, und Ashmael, der als Schamane fungierte, begann die einleitenden Bittgesänge an die siebzig Amulettengel, die zum Zeitpunkt der Geburt angerufen werden. Cobweb mischte sich nie unter uns, aber ich sah ihn oft aus einem der oberen Fenster herabblicken. Seel wurde gesalbt und geweiht; er strahlte ein inneres Leuchten aus, das in mir den Wunsch weckte, den Kreis zu durchbrechen und ihn in die Arme zu nehmen. Später, wenn ich mit ihm in Vaters Bett allein war, sagte ich ihm, wie vollkommen er war, wie perfekt. Immer und immer wieder, bis er mich aufforderte, endlich den Mund zu halten. »Wäre ich vollkommen, würde ich nicht solche Gefühle haben«, sagte er.

»Was für Gefühle? Was für Gefühle?« fragte ich ungeduldig und zog ihn an mich, wobei ich spürte, wie sich sein heißer Bauch an den meinen drückte.

»Das Gefühl, daß ich immer so mit dir zusammen sein möchte«, antwortete er. »Das Gefühl, daß ich dich egoistisch für mich haben will. Und ich mache mir Sorgen, daß diese Gefühle die Perle infizieren könnten.«

»Das müssen sie tun!« rief ich.

»Denk daran, Thiede hat mich auch wegen meines kühlen Kopfes ausgewählt.«

»Dann wird das die Geheimwaffe unseres Sohnes gegen Thiede sein«, behauptete ich triumphierend.

»Das ist wohl kaum der Sinn der Sache«, erwiderte er nicht ohne Zynismus.

Ich bin froh, daß es nachts geschah; Tageslicht wäre zu hart gewesen. Ashmael hatte gewollt, daß Seel die Perle auf dem Hof, innerhalb des Pentagrammes, zur Welt brachte, aber wir protestierten beide heftig gegen diese Idee. »Ich bin doch kein Tier«, rief Seel, »das auf einem Exerzierplatz sein Junges wirft! Ich lasse mir nicht dabei zusehen, wenn ich mich winde und herumwerfe!«

»Seit wann hast du solch einen übertriebenen Sinn für Eitelkeit entwickelt?« fuhr Ashmael ihn an.

»Oh, und wer von uns ist ohne Eitelkeit?« gab Seel unbarmherzig zurück. »Für jemanden, der so innig befreundet ist mit seinem Spiegel, Ashmael, überrascht es mich, daß du den Mut hast, so etwas zu sagen!«

»Früher hast du nie solche Scherereien gemacht, Seel!«

»Früher war ich auch nie in so einem abnormalen Zustand!«

Widerwillig gab Ashmael sich geschlagen, bestand jedoch darauf, daß das Zimmer meines Vaters so vorbereitet wurde, wie es sich gehörte. Die Hälfte der Einrichtung wurde entfernt, worüber Cobweb nicht sehr glücklich war; er verfolgte das Unternehmen mit zusammengekniffenen, mißbilligenden Augen.

Ich hatte mich bemüht, jeden Tag einige Zeit mit meinem Träger zu verbringen, doch er benahm sich immer noch sehr zurückhaltend. Ich nahm an, daß Cal, als er und Cobweb zusammen gewesen waren, mit ihm über Seel gesprochen hatte, und nun konnte Cobweb nicht genug davon bekommen, seine Treue zu Cal und meinem Vater zu bekunden; ich hingegen stand da als skrupelloser Verräter an meinem Stamm. Aber da Cobweb im Innersten kein hartes Herz besitzt, besänftigte er sich nach und nach, und ganz besonders in jenem Moment, als Seel mit Ashmael darüber stritt, wo die Perle zur Welt kommen sollte.

»Ich sehe wirklich nicht ein, in welcher Hinsicht es für Träger oder Harling zuträglich sein soll, wenn man Seel damit quält, daß er zu einem öffentlichen Spektakel gemacht wird«, sagte Cobweb zu Ashmael.

»Wir respektieren selbstverständlich deine Meinung, Tiahaar«, erwiderte Ashmael. »Aber ich finde, du hast deine Ausdrucksweise nicht ganz im Griff.«

»Möglich. Was ich jedoch völlig im Griff habe, ist die realistische Einschätzung des Gedankens, auf hartem Stein eine Perle zu entbinden, während einem ein Haufen gaffender Idioten dabei zusieht!«

Eines Abends verließ Seel ohne jede Erklärung mitten unter der Mahlzeit das Speisezimmer. Ich eilte ihm hinterher und holte ihn am Fuß der Treppe ein, wo er halb über dem Geländer hing und versuchte, nach oben zu kommen.

»Mußt du es ihnen sagen?« bettelte er.

Ich trug ihn in unser Zimmer und legte ihn aufs Bett. Augenblicklich rollte er sich ein.

»Ich muß dir das Gesicht waschen«, sagte ich.

»Weswegen, zum Teufel!« Er streckte sich aus, jaulte auf und rollte sich wieder ein.

»Du schwitzt.«

»Na und? Binde mir lieber das Haar zurück.«

In meiner Aufregung fand ich nichts Geeignetes. »Ich muß jemanden holen!« rief ich. »Ich weiß nicht, was ich tun muß! Was ist, wenn es Komplikationen gibt?«

»Nein!«

Ich erinnerte mich, daß Cal einst in demselben Zustand gewesen war, und auch daran, daß ich mich nicht bei ihm im Zimmer befunden hatte, als er die Perle ausgestoßen hatte. Ich zögerte einen kurzen Moment, während Seel leise stöhnte, und rannte dann zur Tür. »Swift!« schrie Seel mir nach, aber ich ließ mich nicht aufhalten.

Ashmael übernahm die Kontrolle. Er stürmte in unser Zimmer und befahl Seel: »Setz dich auf!« Aber Seel preßte sich nur die Hände auf die Ohren. Ashmael zeigte auf mich.

Cobweb war mitgekommen, und gemeinsam hoben wir Seel hoch und lehnten ihn in die Kissen. Er war beinahe bewußtlos und wehrte sich nicht, als wir ihn entkleideten. Ashmael schritt währenddessen unruhig am Fußende des Bettes auf und ab.

Bryony brachte heißes Wasser und ein Tuch. Ich bat sie um ein Band und knüpfte es um Seels Haar. Er öffnete die Augen und sah mich an. »Meine Güte, ist das gräßlich! Ist das gräßlich!« sagte er. »Halt mich fest, Swift! Bitte!«

»Sei uns jetzt nicht im Weg, Swift«, warnte Ashmael.

Draußen war Wind aufgekommen und fegte mit einem unheimlich schrillen Heulen um die verwitterten Mauern von Immerdar. Seel preßte knirschend die Zähne aufeinander und wimmerte an meiner Schulter. Arahal hatte einen Dreifuß aufgestellt, auf dem eine flache Metallschüssel ruhte. In diese Schüssel warf Ashmael ein dunkles, beißend riechendes Pulver, an das Arahal eine Flamme hielt. Nach einem wilden Auflodern fing das Pulver an, einen silbrigen Rauch zu verströmen, dessen Duft so intensiv war, daß Bryony, die neben dem Dreifuß stand, einen Hustenanfall bekam.

Ashmael begann mit den Anrufungen. »Yezriel! Azriel! Lahal!« Cobweb und ich hielten Seels Arme fest, während sich sein Leib vor Schmerzen wand. »Chaniel! Malchiel! Ygal…!«

Als hätte sein Körper verstanden, daß es sich hierbei in erster Linie um eine weibliche Funktion handelte, zogen sich Seels maskuline Organe taktvoll zurück, wie beim Aruna, wenn ein Har Soume ist. Er biß mich in den Arm. »Es bringt mich von innen heraus um«, flüsterte er.

»Du mußt dir den Vorgang vergegenwärtigen«, riet ihm Arahal über Ashmaels Anrufungen hinweg.

Das hier wird auf zwei Ebenen durchgeführt, dachte ich; auf einer Ebene haben wir Ashmael und die Geister, auf der anderen haben wir uns selbst und Seels Körper.

»Sag Ashmael, seine Stimme tut mir in den Ohren weh!« beklagte sich Seel bei mir.

Es dauerte nicht allzulange, fünfzehn Minuten vielleicht, aber es kam mir vor wie eine Ewigkeit. Das Zimmer war voller Weihrauch, durchzogen von den silbrigen Schwaden, als Cobweb die Perle von dem feuchten Bett hob und sie hochhielt. Seel war nichts als ein lebloses Gewicht in meinen Armen. Ich hielt ihm einen Becher mit Wasser an die Lippen, und er sagte: »Eines Tages lasse ich dich das alles auch durchmachen!« Wir lächelten beide über die wundervolle Tatsache, daß dies im Bereich des Möglichen lag.

Sieben Tage später zersprang die Schale der Perle, und unser Sohn war atmende Realität; er schrie und quäkte wütend in die Welt.

Ich war enttäuscht, weil ich es nicht miterlebt hatte. Bald würden wir nach Norden ziehen, und ich befand mich unten in der Stadt, um an den Vorbereitungen teilzunehmen. Also sandte man jemanden, der mich holte.

Ich rannte ins Haus und die Treppe hoch. Bryony und Cobweb saßen auf dem Bett, links und rechts von Seel, und Tyson strich durchs Zimmer, bemüht, nicht allzu interessiert auszusehen.

Seel strahlte, als ich eintrat. »Sieh her, Swift! Sieh her!« rief er. Cobweb stand auf, um mir Platz zu machen, und ich starrte ungläubig auf das, was Seel im Arm hielt.

»Unfaßbar!« sagte ich, weil das alles war, was mir in diesem Moment einfiel.

Noch unsicher in seinen Bewegungen drehte der Harling beim Klang meiner Stimme das Köpfchen. Er hatte riesengroße Augen; Cobwebaugen. Dunkles Haar ringelte sich über den Nacken. Seine Haut war makellos. Cobweb beugte sich zu mir und legte mir den Arm um die Schulter.

»Du hast genauso ausgesehen«, sagte er.

»Nimm ihn!« Seel hielt mir den Harling hin. Er fühlte sich so warm an! Seine Händchen faßten ins Leere, und er begann sofort zu wimmern, als Seel ihn losließ.

»Er kann noch nicht gut sehen«, erklärte Cobweb.

Tränen standen in Bryonys Augen; immer wenn sie glücklich war, schien sie zu weinen! Seel merkte es und griff nach ihrer Hand. Er wußte, daß sie sich fragte, ob auch sie je ein Kind haben würde. Es gab keinen Mann in ihrem Leben, soweit ich wußte. Sie mischte sich nie unter die Menschen in Galhea. Doch selbst mit einem geeigneten Mann blieb die Frage, ob sie überhaupt fruchtbar war. Viele Frauen waren unfruchtbar. Ich legte meinen Sohn in ihre Arme, und dort schien er sich viel wohler zu fühlen.

»Du bist so rasch erwachsen geworden, Swift«, sagte sie.

»Mir ist das keineswegs so vorgekommen.«

Tyson schlenderte herbei. »Ich erinnere mich daran, wie du geboren wurdest«, sagte ich zu ihm.

Sein ernstes kleines Gesicht blieb unbeweglich. »Ich

erinnere mich an *dich,* Swift. Ich habe dir einmal Bänder gegeben und Steinchen.« Es war das erstemal, daß er eine Anspielung darauf machte, mich je zuvor gekannt zu haben. Ich legte ihm die Hand auf die Schulter, und er rührte sich nicht von der Stelle.

»Ich bin froh, daß dein Sohn hier in Immerdar geboren wurde«, sagte Cobweb an diesem Abend zu mir. »Ich bin froh, daß du nach Hause gekommen bist.«

Ich beschloß, ihm zu verschweigen, daß dies nicht auf meine eigene Entscheidung zurückging. »Sag mir jetzt, was du von Seel hältst.«

Cobweb senkte die Augen. »Er ist genau so, wie Cal ihn mir geschildert hat. Ich weiß, daß ich ihm nicht die Schuld an dem geben kann, was geschehen ist…«

»Soll das eine Antwort sein?«

»Ich weiß nicht. Soll es?«

Kurz darauf kam Arahal zur Tür herein. »Ashmael und ich möchten mit dir sprechen«, sagte er zu Cobweb.

Ich wußte sofort, daß es um meinen Vater ging. Ich erhob mich in dem plötzlichen Drang, die Flucht zu ergreifen.

»Setz dich, Swift«, befahl Arahal streng. »Wir möchten, daß du dabei bist. Wir möchten, daß du alles hörst.«

Die Varrs waren damals nach Süden in den Nebel geritten, weit über Astigi hinaus. Sie kamen in jenen Zauberwald, wo sie sich trennten, sich verirrten und wo ihre Gedanken zu wandern begannen, bis sie völlig hilflos in Panik gerieten. Ihre Waffen verrosteten innerhalb von Stunden. Die Pferde brachen unter ihrem Gewicht zusammen und zerfielen in Sekundenschnelle, bis nur noch ihre Skelette übrig waren. Ihre gequälten Schreie hallten zwischen den Wipfeln der Bäume wie das Kreischen der Aaskrähen.

Inmitten des Waldes steht auf einer Lichtung ein flechtenbewachsener weißer Schrein, der dem Aghama geweiht ist. Es ist zu bezweifeln, daß je irgend jemand dort betet, doch es war die Stelle, wo Thiede und Pellaz auf meinen Vater warteten. Es kostete ihn Tage, auf sie zu stoßen. Ich fragte mich, woran er wohl gedacht hatte, als er aus dem dichten Wald auf diese heilige Lichtung trat und die beiden dort sitzen sah. Hatte er den Geschmack von Blut im Mund? Kam ihm Gahrazel in den Sinn? Ashmael erzählte mir, daß Thiede und Pellaz mit Würfeln gespielt hatten, um sich die Wartezeit zu verkürzen. Vielleicht hatten sie um die Seelen meines Volkes gewürfelt wie der Tod und die Gerechtigkeit und erst aufgesehen, als Terzian zwischen den Bäumen hervortaumelte, während sie die Würfel zum letzten Mal fallen ließen. Ihr Ultimatum hatte schlicht gelautet: Ändere deinen Lebenswandel, Terzian, gestehe deine Verbrechen und bitte um Vergebung, oder es ist dein Untergang. Seine Antwort war unausbleiblich gewesen: Fahrt zur Hölle! Es war sein Pech, daß er nicht begriff, welche Form sein Untergang annehmen würde. Hatte er ein Schwert erwartet, das ihm die Brust durchbohrte? Einen Becher mit Uigennagift? Eine Kugel ins Gehirn? Aber es war nicht der Tod; das nicht. Keine dieser passenden Strafen.

Sie hatten ihn nach Immanion gebracht, in die Hauptstadt von Almagabra, des üppig grünenden Gelamingerlandes. Dort, an einem bestimmten Ort, den uns Ashmael nicht näher beschrieb, hatten die Gelaminger die Seele meines Vaters entblößt, ihn zurückgeführt in seine schwärzesten, blutigsten Zeiten und ihn gezwungen, sich selbst zu sehen: seine Schwächen, seine Fehler, seine Sünden. Oh, sie hatten sehr wohl gewußt, welcher Varr der Geeignetste gewesen wäre, um ihn zu einem Gelaminger zu machen und gegen Ponclast einzusetzen – *ich* nicht! Zumindest nicht von Anfang an. Es zeigte mir, daß Terzian nicht jenseits aller Errettung, nicht völlig verloren gewesen war; sonst hätte man sich nicht mit ihm abgegeben. Aber er wollte nicht nachgeben; er wollte nicht umkehren. Statt dessen tobte er, flennte er, stemmte sich hilflos gegen die Wahrheit, aber er wollte nicht Abbitte tun. Und ich mußte nun in dem stillen, goldenen Salon in seinem Haus hören, wie Ashmael davon sprach, daß mein Vater schließlich Thiedes Leute angefleht hatte, ihn zu töten. So weit war es mit ihm gekommen. Er selbst hätte nie den Versuch gemacht, sich zu töten, das wußten sie. Und sie hatten nicht vor, es für ihn zu tun.

»Suche Vergebung von den Seelen, denen du Unrecht getan hast!« verlangten sie von ihm, aber er weigerte sich. Dann sprachen sie von Gahrazel. Tückische Stimmen. »Hast du nicht irgendwann einmal liebevolle Gedanken für Ponclasts Sohn gehegt? Erinnerst du dich an eure erste Reise nach Süden, und was du damals zu ihm sagtest? Hast du ihm nicht Schutz versprochen? Du wußtest, daß er anders war, nicht wahr, Terzian? Du wußtest, daß er tief in seinem Inneren den Drang hatte davonzurennen. Du hättest ihn unter deinen Schutz stellen können, du hattest die Möglichkeit dazu. Statt dessen entschiedest du dich dafür, dich an seinem Tod zu ergötzen. Hast du dich daran ergötzt, Terzian?«

Da hatte Terzian den Kopf geschüttelt. »Nein. Ich habe ihn nicht getötet. Es war Ponclast. Ponclast hat es getan!«

»Du gibst dich einer Täuschung hin!«

»Ich lüge nie!«

»Du hast dich an seiner Ermordung beteiligt.«

»Ich mußte es tun!« Es war ein Verzweiflungsschrei gewesen. Er hätte nie gedacht, diese Worte aussprechen zu müssen, denn sie verrieten seine Schwäche – eine Schwäche des Herzens. »Mein Sohn war darin verwickelt«, erklärte er ihnen. »Die beiden waren eng befreundet. Ponclast dachte, Swift hätte etwas zu tun gehabt mit Gahrazels Treubruch. Der einzige Weg, meinen Sohn zu schützen, war, mich Ponclasts Wünschen zu beugen. Ich mußte mich immerzu Ponclasts Wünschen beugen! Er konnte mir auf zu vielerlei Art und Weise Schaden zufügen. Ich liebe meine Familie!«

Verschaffte es mir Erleichterung, das zu hören? Es war nur eine Ausrede, oder? Eine Ausrede für all das Blutvergießen, all die bestialischen Grausamkeiten. Er hatte es aus Liebe getan, zu mir und Cobweb! Mir wurde übel. Wenn Terzian tatsächlich all das verspürt hatte, weshalb, in Gottes Namen, hatte er dann nicht Ponclast die Stirn geboten, als er die Gelegenheit dazu bekam? Ich hatte es damals nicht verstanden und ich werde es nie verstehen. Ashmael fuhr fort mit dem Bericht von der Gefangenschaft meines Vaters, und mein Träger und ich saßen jeder in einer Ecke des Sofas und lauschten mit erstarrter Miene.

Wir hörten, daß Terzian zumeist das Essen verweigerte und nicht schlafen konnte. Er zögerte, das Wasser zu trinken, das man ihm brachte, weil er fürchtete, es könnte mit Drogen versetzt sein. Pellaz hatte allein mit ihm gesprochen. »Terzian, laß ab vom Bösen! Um deines Sohnes willen!« hatte er ihn inständig gebeten.

Doch mein Vater antwortete: »Ich bin nicht böse. Ich habe nur getan, was ich tun mußte.«

Schließlich erkannten sie, daß Terzian es tatsächlich vorzog zu sterben, anstatt sich den Gelamingern anzuschließen. Er wollte ihre Absolution nicht, denn sie konnten ihn nicht aus jener ganz persönlichen Hölle befreien, in die er sich selbst gestürzt hatte. Er wollte sterben und sonst nichts. Eine andere Zukunft sah er nicht für sich. Und so brachten sie ihn von dem Ort, an dem sie ihn so lange gefangengehalten hatten, weg und verlegten ihn in eine Suite im Palast Phaonica. Er bekam Diener, die sich um seine Bedürfnisse kümmern – ihn bewachen – sollten, und man ließ ihn in Ruhe. Thiede hatte dazu bemerkt: »Terzian ist am Ende. Es ist belanglos, wenn er sich etwas antut.« Und das war es.

Es folgte ein Moment der Stille, als diese Worte sich

schwer über den Raum legten. Cobweb hatte zu weinen begonnen, als Ashmael schwieg. »Und was jetzt? Was jetzt, um Himmels willen?«

Ashmael hob die Hände. »Sei ruhig, Tiahaar«, sagte er. »Terzian wird jetzt zu dir zurückgebracht.«

»Was wird zu uns zurückgebracht?« fragte ich mit scharfer Stimme.

Ashmael warf erst mir und dann Cobweb einen raschen Blick zu. »Terzian. Dein Vater.«

»Terzian ist am Ende. Das hast du selbst gesagt. Was wird zu uns zurückgebracht, Ashmael?«

Der Raum erfüllte sich mit Dunkelheit. Mir wurde kalt. Niemand sagte ein Wort. Ashmael senkte die Augen, während Arahal bereits seit einigen Minuten eingehend seine Hände betrachtete. »Es ist recht und billig, daß dein Vater zu seiner Familie zurückkehrt«, murmelte er verlegen. Doch dann blickte er mir tapfer ins Auge. »Es ist recht und billig. Er stirbt, Swift.«

Sie verließen uns. Ich legte den Arm um Cobweb, und wir sahen zu, wie draußen das letzte Tageslicht vom Himmel schwand. Keiner von uns beiden weinte. Als es fast finster war, sagte Cobweb: »Ich wußte nichts von der Sache mit Gahrazel.« Seine Stimme klang klar, aber nachdenklich.

»Leef hat es mir erzählt«, erwiderte ich mit heiserem Tonfall. Ich konnte Cobweb nicht von dem Wald berichten. Vielleicht irgendwann einmal, aber nicht jetzt.

»Es ändert einiges, wenn man das weiß, nicht wahr?«

(Wenn man *was* weiß, Cobweb? Wieviel weißt du eigentlich?)

»Für mich ja, für mich hat es einiges geändert, als ich es herausfand«, sagte ich. »Zumindest eine Zeitlang …«

Cobweb stand auf und ging zum Fenster. »Ich bin nicht sicher, ob ich damit fertigwerden kann, Swift. Ich weiß gar nicht, ob ich es überhaupt will. In gewisser Weise hatte ich mich an den Gedanken gewöhnt, daß Terzian ein für allemal weg ist. Ich glaube, ich möchte mich so an ihn erinnern, wie er einmal war. Ich habe Angst vor dem, was sie uns zurückbringen.«

»Wir werden es gemeinsam durchstehen. Ich werde dir helfen.«

»Du gehst nach Norden.«

»Dann werde ich Ashmael sagen, er soll nichts unternehmen, ehe ich wieder zurückkehre.«

»*Falls* du wieder zurückkehrst.« Er verschränkte die Arme und seufzte. »Du sagst mir, ich soll diesen Leuten vertrauen, Swift? Du sagst mir, ich soll sie in meinem Haus wohnen lassen, nach alldem, was sie …« Er war außerstande weiterzusprechen.

»Du hast gehört, wie sie sich bemüht haben.«

»Swift! Das macht es doch nicht besser … oder?«

»Ich weiß es nicht. Ich weiß nicht, was ich denken soll, außer daß es etliches an Terzian gibt, was du nicht kennst, Cobweb.«

Er wandte mir das Gesicht zu und fletschte wütend die Zähne. »Wage nicht, das zu denken, Swift! Denk nie, daß du ihn besser kennst als ich! Ich weiß, worauf du anspielst, ich weiß alles darüber! Ich werde nie über diese Dinge sprechen, Swift, aber deshalb darfst du nicht annehmen, daß ich nichts davon weiß!«

»Dennoch hast du ihn geliebt!«

»Du hältst das für unbegreiflich?«

»Ja. Du wußtest, was er war, und doch hast du ihn geliebt.« Ich schüttelte ungläubig den Kopf.

»Du weißt nicht, was er war, Swift.« Er starrte hinaus in die Nacht, und einen Augenblick lang lag absolute, reglose Stille über uns. Ich war immer noch nicht überzeugt, daß Cobweb alles wußte.

»Ich kann nicht glauben, daß Pellaz das getan hat«, sagte er. »Ich habe mich so oft geirrt, nicht wahr? Von Anfang an. Pell und Cal. Das Lichte und das Dunkle … Welcher ist was? Haben sie nicht beide ein wenig von beidem? Die Gelaminger haben deinen Vater zugrunde gerichtet, Swift; denk daran. All diese Kraft … Und nun wollen sie uns nicht einmal erlauben, unsere Erinnerung an ihn unversehrt im Gedächtnis zu behalten. Sie werden uns eine zerbrochene Hülse zurückbringen, die wahrscheinlich nicht einmal mehr aussieht wie Terzian. Nicht einmal zum Schluß gönnen sie ihm seine Würde. Sie könnten doch alldem ein Ende setzen! Das könnten sie! Ganz leicht. Schmerzlos, barmherzig. Aber nein! Sie müssen … sie müssen …«

Er legte den Arm auf die Scheibe und preßte die Stirn darauf. Ich hatte ihn noch nie so weinen hören: Sein ganzer Körper erbebte unter diesem lauten, wilden, tierischen Schluchzen. Nein, noch nie hatte er so geweint.

Ich trat zu ihm; jetzt waren wir gleich groß. Ich hielt ihn fest und küßte ihn, aber mit ihm weinen, das konnte ich nicht.

»Die Gelaminger töten nicht gern«, sagte ich.

KAPITEL 7

Der Fall.
Abweichung ist das unbemerkte
Erwachen von Entmutigung.
Ganze Phalangen lauern im
Kismet von List und Tücke,
lasterhaftes Gefolge der Freiheit
aufgeboten vom blutdürstigen Bösen.

Im Norden ist der Himmel dunkler; lepröse Wolken dräuen über ihn dahin. Wenn Regen fällt, riecht es übel, oder es sind nur die kranken Ausdünstungen des nassen Erdreichs. Nichts ist dort so, wie man es sich vorstellen würde. Für gewöhnlich ist es schlimmer, manchmal auch besser. Ponclasts Reich hatte nichts gemein mit dem geistigen Bild, das ich mir gemacht hatte, wenn ich Gahrazel zuhörte, nur die Greuel, die Finsternis und die unverhüllte rohe Grausamkeit erfüllten meine Erwartungen.

Auf einer ausgedörrten Ebene verließen wir die Alternativroute; nichts wuchs dort. Die Erde war blatternarbig und aufgerissen wie nach einer großen Schlacht. In der Ferne erhoben sich die hohen schwarzen Mauern von Ponclasts Zitadelle zum sturmdurchtobten Himmel: Fulminir, ein hageres, skelettartiges Phantom, dessen Gift sich nach allen Richtungen auszubreiten schien und das Land besudelte. Über uns grollten und knisterten gebündelte Blitze in den Wolken; über Fulminir war der Himmel dunkelrot. Wir ritten auf eine Entfernung von etwa einer Meile an seine Mauern heran, und von da konnten wir den Lichtschein nackter Flammen auf den Zinnen sehen und die dunklen Schemen, bei denen es sich vermutlich um wachhabende Hara handelte. Ashmael führte uns an; wir zählten etwa dreihundert. Er brachte sein prachtvolles Pferd (so fehl am Platz in diesem Land!) zum Stehen und hob die Hand. Die einzigen Geräusche kamen vom Klingeln der Trensenringe und einem leisen Schnauben der Pferde. Keiner von uns verspürte Lust nach Unterhaltung. Beim Anblick von Fulminir wurde uns klar, wie wenig dreihundert Hara waren. Womöglich warteten schon Tausende in Höchstform befindliche, rachsüchtige Varrs in der Dunkelheit auf uns, und wir hatten immer noch keine Möglichkeit, Ponclasts Stärke abzuschätzen. Ein beißender Wind riß an unseren Kleidern, an unserem Haar, an den Mähnen der Pferde. Neben mir saß Seel hochaufgerichtet im Sattel und starrte mißmutig geradeaus. Ich hatte den Wunsch, ihn zu berühren, aber das erschien mir unpassend an diesem Ort.

»Das ist nahe genug!« rief Ashmael, und der Wind trug seine Stimme fort.

Vor mir hielt Arahal sein Pferd an, bis wir auf gleicher Höhe waren. »Wir möchten nicht länger hierbleiben als unbedingt nötig«, sagte er.

»Das ist selbstverständlich«, antwortete ich. »Aber wie lange, denkst du, werden wir brauchen? Wird es einfach darum gehen, die Kraft des Kristalls auf die Varrs loszulassen und zum Abendbrot wieder in Galhea zu sein, oder werden wir tagelang hier festsitzen?«

Arahal hob die Schultern und bedachte mich mit einem durchdringenden Blick; mein Sarkasmus war ihm nicht entgangen. »Ponclast wird bereits wissen, daß wir hier sind. Er muß unser Kommen gefühlt haben. An sich ist es ein gutes Zeichen, daß uns kein Empfangskomitee erwartet hat. Er ist sich nicht sicher, was uns betrifft. Er hätte uns ganz leicht erledigen können, als wir aus der Alternativroute herauskamen.«

»Wir müssen uns jetzt bereitmachen!« rief Ashmael.

»Wir verlieren zuviel Zeit!« Er rief einen Befehl, und einige Mitglieder der Kompanie stiegen von den Pferden. Wir benötigten einen Schutz, und sie sollten ein Netz aus übernatürlichen Kräften über uns werfen, um kleinere Angriffe, mit denen uns die Zitadelle überraschen könnte, abzuwehren.

Ich hörte Seel seufzen. »Schau nur, Swift, schau dich um!« sagte er bekümmert.

»Mhm, schrecklich, nicht wahr?«

»Das hier war einmal eine große Stadt. All diese schwarzen, kahlen Bodenflächen. Ich kann mich an die vielen hohen Gebäude erinnern und an die Tausende von Bewohnern, an ihre Autos und Fernseher, die Kinos die Bars und … Ach was, es hat gar keinen Sinn, sich daran zu erinnern; es hätte genausogut nie existieren können.«

»Seel, wie alt bist du?«

Er lachte. »Ich habe gefürchtet, daß du mich einmal danach fragen würdest! In der früheren Zeit alt genug, um dein Vater zu sein … Jetzt …«, er zuckte gleichgültig die Achseln, »alterslos genug, um dein Liebhaber zu sein.«

Ich hob eine Braue – eine Angewohnheit, die ich von meinem Vater geerbt habe, und die den Worten eine willkommene Betonung verleihen kann. »Ketzerischer Gedanke!« rief ich.

»Du hast mich verdorben, scheint es.«

»Bin ich dir manchmal zu jung, zu kindisch?«

»Mein Gott! Was für ein Ort für so eine Konversation!«

»Antworte mir, Seel!«

»Oft!« Er lächelte und streckte die Hand nach mir aus. »Aber es ist nicht Naivität, die ich an dir empfinde, sondern nur Überschwang. Ich kann solch ein langweiliger, verbitterter Kerl werden, wenn ich mich zu sehr in der Vergangenheit treiben lasse. Ich bin immer noch achtzehn, mein Haar ist rot gefärbt, ich rauche zuviel …«

»Du rauchst nie!«

»Ja, jetzt. Wie bin ich dir lieber – damals oder heute?«

»Sei still. Du bist verrückt.«

»Nein, das hier ist verrückt!« Mit einer weitausholenden Gebärde zeigte er auf das Land, auf dem wir standen. Einst eine Stadt; jetzt ein Ruinenfeld aus Hoffnungslosigkeit. Hier war die Hölle vorbeigezogen.

Ich fragte mich, ob Ponclast auf den Zinnen seiner Zitadelle stand und uns auslachte. Dreihundert Gelaminger. Wartete er bloß ab, was wir tun würden, ehe er seine Horden von der Leine ließ? Wußte er von dem Kristall?

Sobald die Hülle aus magischer Kraft um uns errichtet war, roch die Luft viel sauberer. Die Hara begannen einen hohen Dreifuß aus mattem schwarzen Metall aufzustellen, an dessen Spitze eine flache Schale darauf wartete, den Kristall aufzunehmen. Ich sah Arahal die einfache, samtgefütterte Holzschachtel aus seiner Jacke holen. Darin lag, eingehüllt in dunkle Seide, unsere einzige Hoffnung. Ich konnte sehen, wie sie durch das Gewebe leuchtete – smaragdgrün, marineblau, feuerrot. Dünne Rauchfäden stiegen auf wie von Eis, das in warmer Luft verdampft. Arahal hatte Lederhandschuhe übergezogen, denn er scheute sich, den Kristall mit bloßen Händen zu berühren.

Wir sprachen die Gebete, intonierten die Anrufungen an die Schutzgeister; der Kristall wurde hochgehoben an seinen Platz in der Schale, und unsere Gesichter begannen im Schein seines hellen, fluktuierenden Lichts zu leuchten. Ashmael hielt sich an zwei Beinen des Dreifußes fest und starrte nach oben. Seine Augen glühten grün wie die eines Tieres. Mit leiser, aufmunternder Stimme fing er an, zu dem Kristall zu sprechen, der sein Flackern einen Augenblick lang unterbrach: *Er hörte ihm zu!* Ashmaels Stimme war ein summender Singsang; er verwendete wenige Worte, aber was er ausdrücken wollte, war klar. Innerhalb der funkelnden Ecken des

Kristalls begann etwas zu zucken, die zum Leben erwachte Essenz zweier Körper, empfangen in Leidenschaft und vom Willen geleitet.

»Wende den Blick diesen Mauern dort zu, Wohlgesinnter! Sie sind schwach. Sie sind schwach, und doch behindern sie uns. Was sich dahinter befindet, wird dich verbrennen, wenn du ihm darin nicht zuvorkommst. Es beleidigt dich und fügt dir Schmerz zu. Greife danach und entferne es. Laß es verschwinden. Durchbrich die Mauern und erfülle den Raum dahinter mit deinem Sein. Laß diejenigen dahinter deine Macht verspüren, Wohlgesinnter. Dringe ein in ihren Geist und versetze sie in Schlaf. Nimm ihnen das Feuer, und alles wird ruhig sein. Das Unheil, das dir Schmerz zufügt, wird absterben. Doch zuallererst mußt du die Mauern durchbrechen ...«

Langsam und träge begannen Lichtstrahlen in den Farben von Frühlingsblättchen und Morgenrot über uns in der Luft zu rotieren. Pulvriger azurheller Rauch fiel zu Boden. Der Kristall fing an zu singen – ein unbekümmertes Summen zuerst. Die Strahlen bewegten sich etwas rascher und wurden länger. Wir fielen in das Lied ein, und es schien, als würden sich tausend Stimmen zum Himmel erheben. Ich bedeckte mir die Augen mit der Hand, denn die Helligkeit blendete mich.

»Auf, zur Zitadelle!« gebot Ashmael, doch die Kraft hatte jetzt keine Ermutigung mehr nötig. Sie handelte unabhängig von Ashmaels Wünschen, blind, jedoch bestrebt, ihr Lied jedem Hirn einzuflößen, dem sie begegnete. Wir waren immun dagegen, wir kannten das Lied bereits. Einen kurzen Moment lang bündelten sich die Lichtstrahlen und bildeten eine hohe, um die eigene Achse wirbelnde Säule, wobei schwarzer Staub von der Erde in dunklen Streifen in das Innere der Säule gezogen wurde; dann schoß die Kraft mit einem machtvollen, ohrenbetäubenden Aufheulen auf die Zitadelle zu.

Sie rollte in Wellen dahin, bildete etwas, das aussah wie Stromschnellen, und auf den Schaumkronen schienen hüpfende, halb unsichtbare Wesen zu reiten; man konnte Umrisse von riesigen Flügeln erkennen, langgezogene, lidlose Augen und mitten darin elegante klauenbewehrte Finger. Ein Plätschern wie von Wasser oder von Gelächter war zu vernehmen.

Mit einem Dröhnen, als würde die Erde sich auftun, traf die Kraft auf den schwarzen Mauern auf, und ein breiter Riß kroch träge über den Stein. Fast erwartete ich, daß sich faulig stinkende Jauche oder schwarzes Blut durch die breiter werdende Öffnung ergoß, aber keine Spur davon. Als das blaugrüne Licht unserer Kraft über die Mauern von Fulminir strich, stieg dahinter etwas auf, etwas Blaßgelbes, das sich hoch in die Lüfte erhob. Es neigte sich dem Licht zu – eine böse, giftige Rauchsäule; in dem Augenblick, als sie den Geist des Kristalls berührte, rief ein grauenhaftes Geräusch den Geschmack von Blut auf unseren Zungen hervor.

Ashmael schrie etwas. Seine Augen zuckten wirr. Unsere Nerven waren angespannt, die Blicke wie gebannt auf Fulminir gerichtet. Seel stand neben mir, er war ganz ruhig. Er sagte: »Und jetzt gerät Ashmael in Panik.« Ich konnte ihn nur entsetzt anstarren. In der Luft über der Zitadelle umschlangen einander das Licht, das Produkt unseres Kristalls, und der jetzt ölig schwarze Rauchdämon, der das Produkt von Ponclasts Hexenkünsten war, in schrecklichem Kampf. Ein gräßlich schmerzhaftes Kratzen und Kreischen zerriß die Luft.

»Es wird uns bezwingen!« rief ich. »Es wird uns besiegen!«

Ich spürte, wie Seels Hand nach der meinen suchte. »Niemals. Komm mit mir.«

Wir standen unter dem Dreifuß und blickten nach oben. Der Strahl wurde deutlich erkennbar schwächer. Ich zitterte. Seel legte die Hände auf meine Arme und drehte mich herum, so daß ich ihn ansah. Seine Augen waren die eines Fremden. Sein Haar bewegte sich völlig eigenständig, etwas, das ich ihm immer zugetraut hatte.

»Das ist eines unserer Kinder«, sagte er und deutete mit dem Kopf nach oben. »Das Kind des Grissecon.«

Ich war wie betäubt. »Sag das nicht… es *leidet!* O Seel, ich kann es spüren!« Es stimmte, es war, als risse mich etwas entzwei. Seel ließ das geschehen, er rief diese Übereinstimmung zwischen uns und diesem Kind des Grissecon hervor! Ein Anfall von Hysterie trieb meine Stimme zu einem schrillen Winseln hoch.

Seel schüttelte mich heftig. »Sei still! Hör mir zu! Wir haben die Macht; nur wir beide. Tu, was ich dir sage! Hörst du mich?« Er sah unglaublich zügellos aus, ein Seel, den ich bislang noch nicht gekannt hatte. Ich nickte.

»Dann sei nackt, Swift.«

»Wie?«

»Tu es, Swift!« Es hatte keinen Sinn zu argumentieren. Er erschreckte mich. Er war so anders, dies war ein Seel, der töten konnte. Ashmael starrte uns mit weit aufgerissenen Augen und dem Ausdruck eines Wahnsinnigen durch die Beine des Dreifußes hindurch an. »Seel!« schrie er. »Seel! Seel!«

»Schon gut.« Das war alles, was er sagte, alles, was er sagen mußte. Ashmael ließ den Kopf nach vorn fallen. Meine Finger nestelten an meinen Kleidern herum. »Helft ihm doch!« befahl Seel, und schon spürte ich Hände an mir, die an meinen Sachen zerrten und sich nicht um Verschlüsse kümmerten. Ich hatte schon von Pelki gehört und dachte jetzt daran. So mußte es wohl sein, wenn einem die Herrschaft über seinen Körper entrissen wird, wenn andere ihn bewegen und damit hantieren. Ich unterdrückte den Drang, mich zu wehren. Zitternd und bebend kniete ich auf der schwarzen Erde, nackt und hilflos, während dreihundert Augenpaare auf mich gerichtet waren und Gott weiß, wie viele, hinter diesen Mauern noch warteten.

Seel zog mich zu sich, und wir saßen neben dem Dreifuß auf dem Boden. Das Haar hing ihm über das Gesicht; ich erkannte ihn nicht wieder. »Vertrau mir, Swift!« Mein Bein war verdreht unter mir, aber ich konnte mich nicht rühren. Seel richtete es gerade.

»Dies ist der folgenschwerste Grissecon, den wir beide je vollziehen werden«, sagte er. »Tu, was ich dir sage. Es ist nicht viel. Aber konzentriere dich darauf.«

Wir saßen einander gegenüber. Er nahm mich an den Armen und zog mich auf seinen Schoß. Ich war völlig unvorbereitet, und es tat höllisch weh. Rote Blitze zuckten in dem Lichtschein auf, der uns umgab. Seel hielt mich an sich gepreßt, und ich spürte das Klopfen seines Herzens und vergrub das Gesicht in seinem Haar, um nicht zu sehen, wie sie uns beobachteten. Aber ich hörte den leisen Singsang. Seel warf den Kopf zurück und schrie etwas in einer Sprache, die ich nicht kannte. Es war zwar unverständlich, aber ich wußte, was es bedeuten sollte: Er rief den Kristall an, gebot ihm, sich an uns zu laben, unsere Kraft der seinen zuzufügen. Seels Finger preßten sich gegen das untere Ende meines Rückgrats, während er sich in mir bewegte und jene ganz bestimmten Punkte suchte, die mein leidenschaftliches Begehren aufflammen ließen. Ich hatte keinerlei Einfluß darauf, ich war blind wie die Kraft, nur Körper, nur Essenz. Der Schmerz, den ich dabei empfand, machte es zu einer Qual. Ich machte Geräusche, von denen ich nicht wußte, woher sie stammten, als sie an meine Ohren drangen. Ich öffnete die Augen und sah ein Dutzend grünliche Lichtfinger aus dem Kristall nach uns tasten. Seel biß mich ins Ohr, und ich zuckte zusammen.

»Konzentriere dich! Kraft!« rief er. »Kraft!«

Ich warf den Kopf zurück, riß die Augen noch weiter auf, und etwas Glühendes strahlte auf in mir. Brüllend spürte ich, wie der Kern aus Hitze sich ausbreitete in meinem Inneren. Ich wuchs; ich wurde stärker und stärker; größer, höher. Wir waren so groß, daß wir den Himmel ausfüllten. Wie Götter, wie Engel; reines Feuer, nichts sonst.

Der Augenblick kam.

Tief in mir zerbiß die glühende Schlange den Stern, und mit einem lautlosen Schrei brach eine hohe Woge aus Energie hervor wie eine explodierende Sonne. Rundum ließen die Gelaminger sich zu Boden fallen und verhüllten ihre Gesichter. Ich entflammte erneut (es geschieht so selten auf diese Weise), und in einem grandiosen Auflodern des Lichtscheines streckte das Kind unserer Essenzen, eine hochaufgerichtete Gestalt mit Flügeln an den Schläfen, an den Füßen, am Rücken, lichterfüllt und wunderbar, einen trägen Arm aus und berührte die Mauern von Fulminir. Ponclasts Dämon erschien dagegen jämmerlich klein, er erbebte und schrumpfte noch weiter.

Ich lachte hemmungslos wie ein Verrückter, bis mir die Tränen kamen. Durch sie hindurch sah ich, wie die Mauern von Fulminir zerfielen, als würde Regen den Stein davonschwemmen. Große Trümmer brachen heraus und entblößten das düstere Innenleben der Zitadelle, die spitzen Türme, die zusammengekauerten, rußgeschwärzten Gebäude und die Gehwege, die sich dazwischen hindurchschlängelten. Über dem Ganzen lag das blaugrüne Strahlen der Macht des Aruna, ehe das Kind des Kristalls zischend zum Himmel hochfuhr und zu einer Million funkelnder Tröpfchen explodierte, die als Bläschen herabtrieben und sich lautlos wie Schlaf auf die Straßen von Fulminir senkten.

Seel und ich zitterten vor Kälte; erschöpft lagen wir auf der nackten Erde. Das Licht hatte uns verlassen. Die Schale auf dem Dreifuß war leer. Irgend jemand kam und wickelte uns in Decken oder Umhänge; es begann zu regnen, und ich hob blinzelnd das Gesicht.

Hoch oben, über den fallenden Wassermassen, hatte sich ein Riß zwischen den Wolken gebildet. Dahinter war der Himmel blau.

Ich blättere in einem Märchenbuch. Es ist alt, die Seiten abgegriffen von den Fingern vieler Menschenkinder. Ich komme zu der Stelle, wo der Prinz eine Dornenhecke durchbricht und einen schlafenden Palast vorfindet. Dornen überall. Vielleicht hat er Schwierigkeiten, die Menschen zu sehen, denn sicher wirken die Gestalten irreal, staubbedeckt, wie sie sind, und erstarrt für alle Zeiten in dem Moment, als der Zauber sich über sie legte. Vögel hängen mitten in der Luft: unmöglich! Eine Biene sitzt reglos am Rand einer Blüte. All die leblosen Körper – sehen ihre Gesichter beunruhigt aus? Blicken sie nach oben, von wo die furchtbare Kraft herabzusinken scheint – in einem letzten Moment schrecklicher Angst, ehe ihr Bewußtsein schwindet? Darüber berichtet das Buch nichts.

Im Märchen schläft die Prinzessin im höchsten Turm, und nur der Kuß des Prinzen kann sie erwecken. In diesem Palast hingegen, der hier vor mir steht, der mir die Erinnerungen an die Märchen meiner Kindheit zurückbrachte, ist die einzig mögliche Prinzessin, das einzige Kind des Königs, schon lange tot. Nicht durch den Stich einer Spindel, nicht durch unschuldige Unwissenheit, sondern durch die Hand seines Vaters, die ihm den tödlichen Becher reichte.

Es gibt einen Turm in Fulminir. Er ist hoch, und in seinem Inneren ist es immer finster. Ich bin sicher, keine Prinzessin schlief je darin. Dennoch ordnete ich an, daß er für immer versiegelt werden sollte, und an seinem Fuß ließ ich wilde Rosen pflanzen, auf daß eines Tages Dornen und Blüten seine Mauern bedecken. Es ist ein Grab ohne Leichnam. Es gehört Gahrazel, um ihm zu zeigen, daß ich nichts vergessen habe.

Als sich die Pferde vorsichtig ihren Weg durch das

herabgefallene Geröll von Fulminirs Mauern bahnten, wußte ich nicht, was wir dahinter vorfinden würden. Ich wollte es gar nicht wissen. Ich war hundemüde, mein ganzer Körper tat mir weh, und ich schwebte in einem Zustand halber Tagträumerei dahin, in den nur wenig eindringen konnte. Starren Blicks sah ich mich um in der Stadt, und es war, als würde ich ein Gemälde durchschreiten. Ein kindliches Bild von der Hölle: rot und schwarz; ausdruckslose, gaffende Gesichter überall. Absurderweise stammten die einzigen Geräusche, die zu hören waren, vom gierigen Prasseln der Flammen und dem gelegentlichen Aufschlagen herabfallenden Gerölls. Wir ritten an varrischen Hara vorbei, die dastanden, ohne sich zu rühren, und mit einem Gesichtsausdruck, als hätten sie den Verstand verloren, hinaufstierten zu den geborstenen Zinnen. Sie nahmen uns nicht wahr. Wie bei den Menschen aus dem Märchen war ihr Verstand in jenem letzten kurzen Moment erstarrt, ehe der Zauber sich herabsenkte auf sie und ihre Stadt. Fäden aus blaugrünem Licht durchforschten immer noch das dunkle Labyrinth der Straßen – Straßen, die fast Tunnels waren und von denen manche im Untergrund verschwanden wie offene Kanäle. Feuchtigkeit und Stille lagen über allem.

Versteinerte Hara standen in den verschiedensten Stellungen in offenen Haustüren, Schrecken im Gesicht und die Arme erhoben, wie um einen Schlag abzuwehren. Wir kamen an einem jungen, in feine weiße Seide gekleideten Har vorbei, der zusammengekrümmt in der Gosse lag; er trug Gold um den Hals und an den Ohren, und sein Rücken war mit Brandmalen und Striemen übersät. Auf einem Platz hingen drei verfaulende Leichname von einem Schafott, die blicklosen weißen Augen unerbittlich auf die verhexten Varrs gerichtet, die zu ihren Füßen auf den Pflastersteinen lagen. An einem anderen Ort fanden wir eine Anzahl wunderschöner Hara, die man mit ihrem eigenen Haar gefesselt hatte; ihre

Körper waren nackt und wundgeschlagen. Ihre varrischen Folterknechte standen mit steinernem Grinsen neben ihnen, während andere, die vermutlich nur zufällig vorbeigekommen waren, innegehalten hatten, um zuzusehen. Ihre Mienen zeigten nur mildes Interesse.

Arahal brachte sein Pferd zum Stehen; es machte einen nervösen kleinen Sprung zur Seite. Er stieg ab und starrte die gefesselten Opfer an.

»Werden sie je wieder aufwachen?« fragte ich, aber der Wind trug meine Stimme fort.

Arahal holte ein Messer aus dem Gürtel und begann, an ihren glänzenden Haaren herumzusägen. Er sprach drei Worte, und der Wind seufzte. Drei schlaffe Leiber fielen lautlos zu Boden und blieben schwach zuckend liegen. Arahal rieb sich die Augen, hockte sich mit einem Stöhnen hin und hob einen der Hara auf seinen Armen hoch.

Und dies war erst der Anfang. Fulminir hatte noch viele andere, weitaus düsterere, widerlichere Geheimnisse zu offenbaren.

Ashmael brachte sein Pferd neben das meine – eine merkwürdig absurde Bewegung in diesem Grab. »Wach auf, Swift«, sagte er mit geradezu obszöner Fröhlichkeit. »Hier lang. Folge mir.« Er streckte die Hand herüber und griff nach Afninas Trensenring. Ich klammerte mich am Sattel fest, und wir ritten im leichten Galopp durch die verhexten Straßen von Fulminir.

Nicht einmal von einer Person, die sich eines extrem bizarren Architekturgeschmacks erfreut, könnte Fulminir als ansprechende Stadt bezeichnet werden. Doch seine schiere Größe und Häßlichkeit flößen dem Betrachter eine gewisse heilige Scheu ein. Die Gebäude stehen sehr eng beieinander, und die Mehrzahl davon sind hoch; schmal, doch mit vielen Stockwerken. Die Anzeichen äußerster Armut waren überall zu sehen, und je weiter wir in das Innere der Stadt vordrangen, desto schrecklicher wurden die Szenen, denen wir begegneten. Wenn ich je daran gezweifelt hatte, daß die Varrs Menschen- und Wraeththufleisch aßen, dann bekam ich jetzt reichliche Beweise dafür. In einem finsteren Gäßchen trafen wir auf einen zusammengekauerten Harling, dessen Augen glasig aussahen und der einen abgerissenen Arm zwischen den Zähnen hielt.

Ponclasts Palast hockte wie ein hagerer Geier im Herzen von Fulminir. Wir ritten direkt in sein Inneres; noch mehr abscheuliche Szenerien, noch mehr Bilder der Verzweiflung. Ich bemühte mich, mir vorzustellen, wie der lebhafte Gahrazel in solch einer Umgebung heranwuchs, doch es gelang mir nicht. Der Thronsaal war riesig, schwarz und hoch gewölbt. Seel und einige andere warteten bereits auf uns.

»Gibt es hier irgendwo heißen Kaffee zu kaufen?« fragte Ashmael mit unergründlicher Heiterkeit.

Seel verzog das Gesicht. »Spare dir deine Gedanken an eine Stärkung, bis wir wieder sicher nach Galhea zurückgekehrt sind«, sagte er. »Wir müssen Ponclast finden.«

Ashmael nickte. »Das werden wir.«

Wir trieben unsere Pferde breite, ausgetretene Treppen hoch, über denen schattenhafte, reglose Banner hingen. Als wir mit den Pferden nicht mehr weiterkonnten, setzten wir unsere Suche zu Fuß fort. Ashmael mußte mich hinter sich herziehen; ich hatte nur einen wollenen Umhang an, meine Füße waren nackt, meine Haut war immer noch naß. Ich erinnere mich, daß ich sagte: »Das hier soll also mein Reich sein? Das hier ist es, was Thiede mir geschenkt hat?«

»Wir müssen Ponclast finden«, wiederholte Ashmael Seels Worte und zerrte mich am Handgelenk weiter. Wir eilten durch endlose finstere Korridore und an zerfetzten Türen vorbei; keine Fenster, kein Licht; nur furchterregende Stille. Ein junger Har, in durchscheinende Schleier gehüllt, die von einer unsichtbaren Brise hochgehoben wurden, stand mit dem Rücken zur Wand und blickte über seine Schulter. Er sah uns nicht. Ich weiß nicht, *was* er sah, aber sein Gesicht war starr vor Entsetzen.

Schließlich kamen wir hinauf zu den Zinnen, und dort oben, im Freien unter einem wogenden Himmel, der durchbrochen war von klarem Blau, fanden wir sie, Ponclast und seinen Stab. Sie lehnten an den steinernen Brüstungen und sahen hinunter auf die Straßen der Stadt – vielleicht auch darüber hinweg zu den Stadtmauern. Auf dem Steinboden war ein unregelmäßiges Pentagramm gezogen, und magische Utensilien lagen unachtsam hingeworfen herum. Von dieser Stelle aus war der Dämon aus öligem Rauch aufgestiegen. An den Außenmauern des Palastes zogen sich schmierige Spuren entlang, die aussahen wie die Überreste von Ruß und einer schwarzen Flüssigkeit. Ein Gestank, der entfernt an ein Leichenhaus erinnerte, lag in der Luft. Ponclasts weiter schwarzer Umhang war erhoben wie gespreizte Flügel, erstarrt in dieser Stellung. Ich erkannte ihn augenblicklich wieder. Mein erster Gedanke war: Gahrazels Mörder; als weitere unangenehme Gedanken in meinen Kopf drängten: der Verführer meines Vaters.

Ashmael drehte mich herum. »Es ist dir doch klar, Swift, daß ich ihn aus der Erstarrung holen muß.«

Ich nickte. »Das mußt du wohl.«

Er sprach langsam drei Worte, die nach Asche und Kalk klangen und rochen, und plötzlich fuhr Ponclast hoch. Er war so überrascht, daß er beinahe vornüber über die Zinnen fiel. Nach einem verdutzten Ausruf drehte er sich um. Ich war ein Fremder für ihn. Er erkannte mich nicht wieder, aber er wußte augenblicklich, daß wir Gelaminger waren und daß wir ihn geschlagen hatten. In einer raschen, geschmeidigen Bewegung griff er nach der Waffe an seiner Hüfte, aber Ashmael hatte das erwartet und hob ruhig, fast gelangweilt die Hand. Das war genug. Ponclasts Arme waren wieder erstarrt, seine Beine gelähmt. Nur seine Augen funkelten wild.

Bei erster Gelegenheit würde er versuchen, uns zu töten, und dann weiter töten ohne Ende. Er genoß es, und er hatte auch keine Angst, getötet zu werden.

Zorn durchfuhr mich in einer schnellen, heißen Woge. »Was wollt ihr denn mit ihm tun?« rief ich. »Ihr müßt ihn töten! Nur so könnt ihr ihm Einhalt gebieten!«

Zum erstenmal sah Ponclast mich an. Er lächelte beinahe.

»Ja, ich bin es, Swift«, sagte ich mit kalter, leiser Stimme. »Terzians Sohn. Ich komme mit den Gelamingern. Dein Reich gehört jetzt mir.«

Einen Moment lang sah er mich ausdruckslos an. Dann lachte er. Es war das freudloseste Lachen, das ich je gehört hatte. War dies sein Lachen gewesen, als sein Sohn sich in Todesqualen wand? »Terzians Schnösel!« dröhnte er, während er Tränen lachte, die ihm über sein rußgeschwärztes Gesicht rannen. »Ich habe mich nicht geirrt in dir! Eine Nachlässigkeit von mir, dich nicht zu erledigen, solange ich die Möglichkeit dazu hatte! Und jetzt schäkerst du also mit jenen herum, die deinen Vater auf dem Gewissen haben …«

»Nein!« unterbrach ich ihn. »Du hast ihn auf dem Gewissen! Du!«

»Findest du?« brauste er auf. »Ich habe ihm alles gegeben!«

»Auch das Böse!«

»Auch den Hunger nach Bösem! Er liebte die Macht, und er liebte das, was wir zusammen taten. Du kanntest ihn nie, Schnösel; er hat immer nur mir gehört.«

Dich werde ich zum Schweigen bringen, du Schwein! dachte ich. Ich konnte den Klang seiner Stimme nicht mehr ertragen. Bevor Ashmael mir in den Arm fallen konnte, machte ich einen Satz vorwärts, riß Ashmael das Messer aus dem Gürtel, fuhr herum und hieb damit auf dieses verhaßte Lächeln ein; ein zweites Lächeln erschien auf Ponclasts Gesicht, diesmal in klaffender, zahnloser Röte. Er starrte mich verblüfft an.

»Swift!« Ashmael riß mich zurück. »Das ist nicht der rechte Weg! Hör auf!«

Ich taumelte zurück und schleuderte das Messer zu Boden. »Es *gibt* keinen Weg, keinen falschen und keinen richtigen!« entgegnete ich aggressiv. »Nicht hier!«

Ich drehte mich um und ging wieder in den Palast. Ponclast brüllte mir leere Drohungen nach, aber ich blickte nicht zurück.

Es schien mir, als dauerte mein Fußmarsch stundenlang, während ich immerzu nach unten ging und nach dem Thronsaal suchte, wo sich Seel möglicherweise noch befand. Ich wußte nicht genau, was ich nach Thiedes Ratschluß mit Fulminir anfangen sollte, im Moment jedenfalls hatte ich tausend Pläne, wie es am schnellsten dem Erdboden gleichgemacht werden konnte. Ich wollte alles verbrennen und Ponclasts auserlesene Elitehunde erschlagen. Es war eine solche Ernüchterung, Ponclast so vorzufinden; wir hätten kämpfen sollen, dachte ich. Ich hätte ihn über die Zinnen stoßen und ihm einen blutigen, grausamen Tod bereiten sollen! Denn Gelaminger töten nicht gern …

Schließlich kam ich über eine enge, gewundene Treppe in einen Hof. Ich sah mich um; ich hatte mich verlaufen. In der Mitte des Hofes stand ein Brunnen, auf dessen Rand eine herrliche Erscheinung saß: Thiede. An diesem Ort tiefer Finsternis leuchtete er wie ein Engel. Er war ein Engel: Uriel für die Rache, gekleidet in Stahl und Seide, das Haar ein Strahlenkranz, die Augen tiefschwarz. Seine schmalen Füße steckten in Sandalen, die Zehennägel waren gebogen wie Krallen und perlmuttfarben lackiert. Wenn ich je gedacht hatte, unsere Rasse ähnele der menschlichen, dann genügte ein Blick auf Thiede, um diese Illusion zunichte zu machen. Er lächelte mir entgegen. Für ein so makellos schönes Gesicht sind seine Zähne ziemlich lang.

»Einst, vor langer Zeit«, sagte er, »lebte auch ich in

einer solchen Stadt. Es könnte sogar diese Stadt gewesen sein. Hörst du gern Geschichten, Swift?« Ich hinkte zu ihm hin; meine Fußsohlen waren zerschnitten.

Thiede beugte sich vor und holte den Eimer aus dem Brunnen. »Komm«, sagte er. Ich setzte mich neben ihn auf den Brunnenrand, und er riß einen Streifen von seinem seidenen Hemdärmel ab und tauchte ihn ins Wasser, ehe er das Blut und den Staub von meinen Sohlen wischte.

»Jedes Leben ist eine Geschichte«, sagte ich. »Für jemand anderen ist es eine Geschichte.«

Er nickte nachdenklich. »Das ist richtig. Aber ich fertige gern meine eigenen Geschichten an.«

»So wie du meine angefertigt hast?«

»Genau. Ich setze die Handlung fest und weise den Personen ihre Rollen zu, doch dann neigen sie mehr und mehr dazu, eigenständig zu werden und mir davonzulaufen. Ich verliere die Kontrolle über sie. Für gewöhnlich ist der Grund dafür die Liebe, etwas, was ich einst zum Besten der Wraeththu ausmerzen wollte. Aber jetzt bin ich nicht mehr überzeugt davon, daß ich das kann – oder auch nur will.«

»Es überrascht mich, wenn du das sagst.«

»Es überrascht auch mich, Varr Swift.«

Ich erschauerte. »Nach dem heutigen Tag soll der Name der Varrs nie mehr ausgesprochen werden. Der Stamm soll untergehen, die Erinnerung an ihn soll begraben sein …«

»Ist dies dein erstes Dekret?« Mit größter Sorgfalt wischte er sich die Hände ab.

»Was wirst du mit den Leuten von Fulminir anstellen?« fragte ich. »Und mit der Stadt selbst? Was hast du mit ihr vor?«

»Hängt das jetzt nicht von dir ab, Swift?«

»Nein, das glaube ich nicht.«

Thiede sah über mich hinweg auf die dunkle Masse von Ponclasts Palast, der sich rund um uns erhob. Wir befanden uns hier immer noch nicht zu ebener Erde. Der Wind blies eisig.

»Mit ihnen anstellen?« sann er. »Nun, das ist ein Problem. Eines ist sicher, sie sind für uns von keinerlei Nutzen auf dieser Welt, aber es bliebe gewiß unbedankt, würden wir diese schwarzen Seelen in die nächste schicken! Also komm, was schlägst *du* vor?«

»Ich schlage vor, Thiede, mein Gebieter, daß wir sie für alle Zeiten in einen erstarrten Zustand versetzen, eine tiefe Grube graben und sie alle hineinwerfen. Dann schütten wir das Loch wieder zu. Ich persönlich würde mit größter Freude die Erde darüber feststampfen.«

»Aber nichts würde mehr wachsen an dieser Stelle.«

»Wir könnten sie mit Steinen pflastern.«

»Hmm... eine Möglichkeit, denke ich.« Er lächelte, und ich lächelte zurück. »Doch es gibt einen Ort, an den du nicht gedacht hast, Swift.« Er stand auf und begann den Hof zu überqueren, wobei er mir bedeutete, ihm zu folgen.

»Einen anderen Ort...?«

»Ja.« Er legte mir den Arm um die Schulter. »Einen anderen Ort. Meinen Wald, den Wald der Spiegel, die man am besten vergißt.«

»Aber wäre man dann vor ihnen sicher?«

»Das solltest du doch wissen! Du bist selbst dort gewesen!«

»Dann müßte man ihm auch einen entsprechenden Namen geben.«

»Natürlich. Ich habe darüber nachgedacht, während ich hier auf dich wartete. Was sagst du zu ›Gebaddon‹? Eine Vermählung der Reiche der Hölle. Nicht diese Welt, nicht die nächste, sondern irgendwo dazwischen, wo sie niemandem Schaden zufügen können, außer sich selbst. Natürlich existiert die – wenngleich schwache – Möglichkeit, daß ihnen dort die Erleuchtung zuteil wird.«

»Die Möglichkeit, richtig«, pflichtete ich ihm bei, »aber es wäre unsportlich, sie ihnen zu versagen.«

Thiede lachte und drückte meine Schulter. »Ich habe eine gute Wahl mit dir getroffen, mein Lieber.«

»Und wofür genau hast du mich erwählt, Gebieter? Ich habe immer noch nicht erfahren, was du von mir erwartest.«

Die Dunkelheit des Palastes hatte uns erneut verschluckt. Wir gingen einen schmalen Gang entlang, in dem zu beiden Seiten Türen offenstanden. Aber ich wollte gar nicht hineinsehen in die Räume dahinter. Nirgendwo ein Laut.

»Deine Aufgabe, Swift, wird es sein, an Pellaz' und meiner Stelle in Megalithika zu herrschen. Selbstverständlich benötigst du dazu einen kompletten Mitarbeiterstab, der rechtzeitig zu deiner Verfügung stehen wird. Darüber hinaus wirst du, fürchte ich, noch einiges zu lernen haben. Seel wird dir dabei eine große Hilfe sein; er versteht viel von diesen Dingen.«

»Werden wir in Fulminir leben müssen?« fragte ich entsetzt. Es war schließlich die Hauptstadt von Megalithika!

»Nein«, beruhigte mich Thiede. »Galhea muß sich entfalten. Wir stellen uns vor, daß es bald die wichtigste Stadt von Nordmegalithika sein wird. Fulminir soll der Vergessenheit anheimfallen. Ich denke, du wirst für ein Weilchen nach Immanion kommen müssen. Dort kannst du dann auch mit Pellaz reden …«

»Thiede«, unterbrach ich ihn, »wer bist du?«

Überrascht blieb er stehen und legte fragend den Kopf schief.

»Was ich meine: Pell ist angeblich der Tigron aller Wraeththu. Und wo stehst du? Er hört auf dein Wort, das ist augenfällig. Doch welche Position ist höher als jene des Tigrons?«

Thiede lächelte. »Nur eine«, antwortete er, legte mir die Hand auf den Rücken und schob mich weiter. »Nur wenige kennen meine Identität«, fuhr er nach einer kurzen Pause fort. »So ist es am besten.«

»Höher als der Tigron?«

»Wraeththu, das bin ich. Die Wraeththu *gehören mir!* Ich bin schon lange dabei, Swift. Seit dem Anfang.«

»Dem *allerersten* Anfang?« quäkte ich, während mir die Erleuchtung dämmerte.

»Gewiß doch!« antwortete er.

»Aber ...«

»Nichts mehr davon!« befahl er. »Du mußt lernen, in der Gegenwart des Aghama den Mund zu halten.« Er lächelte wieder. »Nimm das nicht ernst, ich habe mir den Titel nicht selbst verliehen. Und nun habe ich eine gute Nachricht für dich. Ich habe mich entschlossen, dir Seel zu geben. Wenn du möchtest, werde ich die Zeremonie der Verbindung eures Blutes selbst durchführen.«

»Thiede, mein Gebieter!« rief ich aus. »Was wird Seel dazu sagen?«

Thiede tätschelte mir leicht die Schulter. »Mach dich nicht lächerlich, Swift! Das ist doch nichts als eine Lappalie - ich dachte, wir würden einander verstehen.«

Endlich erreichten wir den Thronsaal, wo die Gelaminger warteten. Wir standen an einer Balustrade hoch über ihren Köpfen. Seel blickte herauf, als er meine Anwesenheit spürte, und winkte. Thiede hob die Hand, und die Schatten verschwanden. Staub fiel von den zerfetzten Bannern. Das Licht war mit uns.

Kapitel 8

Lodernde Flammen des Hasses.
Pilger der Liebe, dem
Zurückweisung zuteil wird,
als hätte er sich mit der Bestie
verschworen.
Listige Schachzüge im Vorhof des Herzens
zerfallen zu Staub in der Hand der Allüre.

Die Reise über die Alternativroute zurück nach Galhea war ein Alptraum; ich hatte nur den Wunsch, eine Woche lang zu schlafen, und unter diesen Umständen war das Beibehalten der notwendigen Konzentration eine übermächtige Anstrengung. Die meisten Gelaminger blieben in Fulminir zurück; sie hatten die unangenehme Aufgabe, zu säubern und zu sichten. Außer der Zitadelle gab es noch zahlreiche varrische Enklaven, als Siedlungen und Kleinstädte über das Land verstreut. Kaum anzunehmen, daß von ihnen großer Widerstand zu erwarten war, aber ebensowenig würden sie die Gelaminger mit offenen Armen willkommen heißen. Ich bezweifelte, ob es klug war, solch ein Unternehmen mit nur dreihundert Hara erfolgreich durchführen zu wollen, aber Thiede erklärte, daß der Einsatz von mehr Gelamingern an eine Armee gemahnen könnte, und das war ein Eindruck, den sie gern vermeiden wollten. Ich erfuhr, daß demnächst noch weit mehr Gelaminger aus Immanion zu erwarten waren, doch auch dann würden sie nicht in großer Zahl durch das Land reisen.

»Es ist unvermeidlich, daß sich uns einige versprengte Varrs entgegenstellen werden«, sagte Ashmael mit müder Stimme. »Außerdem haben wir das Problem der Uigennas, die, wie wir erfahren haben, in den äußersten Norden des Kontinents geflohen sind. Es wäre weise Voraussicht, sie jetzt auszurotten, solange ihre Situation vergleichsweise mißlich ist. Zum jetzigen Zeitpunkt haben sie wohl die Nachricht von Ponclasts Niederlage bereits erhalten.«

Thiede begleitete uns zurück nach Galhea. Als wir das Haus durch die große Eingangstür betraten, warteten alle Haushara und Bryony bereits darauf, uns zu begrüßen und zu unserem Erfolg zu beglückwünschen. Cobweb rannte die Treppe herab, um mich zu umarmen, blieb jedoch wie erstarrt stehen. Thiede hat diese Wirkung auf die Leute. Er sieht aus, als wäre er drei Meter groß – was weit entfernt ist von der Wirklichkeit –, und trägt seine furchteinflößenden übernatürlichen Kräfte wie eine zweite Lage Kleider.

Ich stellte ihn Cobweb vor, und er lächelte freundlich. Cobweb sah sprachlos zu, wie diese Erscheinung in unserer Halle umherwanderte, die Ornamente betrachtete und den mächtigen Bogen der dunkel glänzenden Treppe entlangblickte. »Du bist so rasch wieder zurückgekommen«, sagte mein Träger schließlich, »viel früher, als wir erwartet haben.«

»Fulminir war kaum mehr als ein Jucken auf der Haut der Gelaminger, welches dein Sohn entgegenkommenderweise ausgiebig gekratzt hat«, erklärte Thiede.

Unser mitgenommenes Erscheinungsbild muß bei Cobweb wohl Zweifel an diesen Worten geweckt haben, aber er enthielt sich jeglicher Bemerkung.

Seel und ich gingen sofort zu Bett, ohne zu baden, ohne zu essen, ja selbst ohne uns völlig zu entkleiden. Doch ehe wir einschliefen, bestand er darauf, sich bei mir zu entschuldigen. »Ich habe dir weh getan; es tut mir leid.«

»Du tust mir niemals weh, Seel. Ich liebe dich.«

Er dachte kurz darüber nach und lächelte. Ich hätte

ihm gern erzählt, was Thiede über die Verbindung unseres Blutes gesagt hatte, doch irgend etwas hielt mich davon ab. Es muß mein Schutzengel gewesen sein.

Seel streichelte mein Gesicht. »Wenn ich dich jetzt anschaue«, sagte er, »sehe ich so viele Dinge. Nicht den Tod, nicht Bitterkeit oder Rache oder sonst etwas Böses. Wenn ich dich jetzt anschaue, spüre ich einen bestimmten Schmerz, und ich weiß, das war schon einmal der Fall, vor langer Zeit...«

»Schmerz?« fragte ich betrübt, »ich verursache dir Schmerz?«

»Ja«, erwiderte er. »Es ist eine Krankheit, die, soviel ich weiß, nur mit einer weiteren Dosis derselben Sache zu heilen ist. Es ist eine Seuche, die diesen kleinen, hilflosen Planeten heimsucht, seit das erste Leben aus dem Schlamm gekrochen ist. Ein Phänomen, das man nicht erklären kann.«

»Wovon redest du?«

Ich wußte, wovon, und wußte auch, daß er Mühe hatte, es auszusprechen. Einem Gelaminger fiel das aufgrund seiner Erziehung und seiner Überzeugungen schwer.

»Du hast mich angesteckt«, sagte er.

Ich lachte, stieß ihn zurück in die Kissen und packte ihn an den Handgelenken. »Sag es, Seel! Sag es, oder ich breche dir den Arm!«

Er heulte auf, schlug um sich und lachte und sagte es. »Na gut, na gut! Ich liebe dich auch, Swift!«

Wir schliefen bis weit in den nächsten Vormittag hinein, und erst der Duft des Mittagessens weckte mich. Ich verbrachte ein paar kostbare Momente damit, Seel anzuschauen, der noch tief schlief und weiterschlafen würde. Sein Gesicht war schmutzig, das Haar zerrauft und die Kleider zu Knäueln zusammengedreht. Er war so schön, daß ich wußte, ich würde nie müde werden, ihn zu betrachten, niemals. Jedesmal, wenn ich ihn ansah, war mir, als würde ich ihn zum erstenmal erblicken.

In Hochstimmung und mit jauchzendem Herzen nahm ich ein Bad und rannte dann die Treppe hinab zur Quelle dieser Wohlgerüche. Das Mittagmahl war soeben zu Ende gegangen. Zu diesem Zeitpunkt hatte Thiede sich bereits gründlich in meinem Heim eingelebt, und nun saß er da, die Füße auf dem Eßtisch, und erfreute sich an einem beschaulichen Gespräch mit Arahal und Ashmael. Moswell und Swithe saßen mit einem benebelten, unterwürfigen Ausdruck im Gesicht daneben und leckten gierig die Perlen von Thiedes Weisheit auf.

Thiede lächelte breit, als er mich sah, wobei er dieses strahlende Raubtiergebiß entblößte. »Wieder bei Kräften, Swift? Ich hoffe es. Es wartet so viel auf uns: Unangenehmes ist zu erdulden, Begeisterndes zu genießen!«

Ich verzog das Gesicht. »Gibt es Kaffee?« Ich beäugte die Überbleibsel des Mahles auf der Anrichte.

»Wir dachten an morgen...«, begann Ashmael vorsichtig, indem er die Stimme hob, sich zurücklehnte und mich ansah.

Ich häufte Fleisch und kaltes Gemüse auf einen Teller. Es war nicht mehr viel da, von dem ich hätte wählen können. »Ihr dachtet an morgen – was?« Wenigstens die Kaffeekanne war noch warm. Ich begann mir einzugießen.

»Dein Vater. Wir dachten, er sollte morgen früh hier eintreffen.«

Ich ließ alles fallen, was ich in Händen hielt. Lauwarme Flüssigkeit rann mir über die Hände. Ich wandte mich an Thiede. »Ist das denn wirklich notwendig?«

Mit einer eleganten Bewegung hob er die Hand. »Nein, natürlich ist es das nicht, Swift. Ich kann deine Gefühle verstehen. Wenn du es vorziehst, werde ich es so einrichten, daß dein Vater seine Tage in Phaonica beschließt oder auch in Gebaddon, zusammen mit allen seinen Freunden. Mir ist es gleichgültig. Du brauchst es nur zu sagen.«

Irritiert wandte ich mich wieder der Zusammenstellung meiner Mahlzeit zu. »Nein... das hier ist sein Zuhause; deine Begründung hat gesessen. Aber ist es nicht schade, daß alles so kommen mußte?«

Thiede warf mir ein wehmütiges Lächeln zu. »Ich hoffe, daß du nicht gefühllos wirst, Swift?«

»Gefühllos? Gibt es denn eine andere Möglichkeit, dem ins Auge zu sehen, was aus meinem Vater geworden ist?«

Selbst Thiede wußte darauf keine Antwort.

Am nächsten Vormittag kamen die Flöße aus dem Dunst. Es war etwas, das ich noch nie zuvor gesehen hatte, das mir völlig unvorstellbar war. Sie kamen aus Almagabra, getragen von Kristallen, die mit Arunaenergie angetrieben wurden, schwebten fremdartig und anmutig über den Rasen von Immerdar, gefolgt von ihren langen Schatten. Unscharfe Sonnenstrahlen begannen soeben, sich durch die feuchte Luft zu kämpfen. Es hatte geregnet, und bald würde Dunst vom Gras aufsteigen. Von einem Fenster im Obergeschoß aus sahen wir die zusammengekauerten Gestalten vieler Hunderter Hara, die sich auf den Flößen drängten. Kein Laut drang von unten herauf. Das war alles, was von der varrischen Armee geblieben war, aufgelesen in Gebaddon. Kriegsveteranen, die keine Schlacht gesehen hatten, deren Kampfversuche im dichten Blattwerk des Waldes sich als vergeblich herausgestellt hatten. Mit unheilbar geschädigtem Verstand und zerstörten Körpern blickten sie aus Augen, die in Abgründe geschaut hatten – Abgründe, deren Anblick für immer in ihre Hirne eingebrannt war. Wenn sie froh waren, wieder zu Hause zu sein, dann zeigten sie es nicht. Vielleicht war ihnen noch nicht klargeworden, daß ihr Martyrium nun vorbei war.

Cobweb, Seel und ich befanden uns in Cobwebs Zimmer. Tyson spielte selbstvergessen auf dem Boden. Wir sprachen mit leiser Stimme. Cobweb rief Tyson. »Dein Vater ist hier!« Der Harling sah kurz auf, warf den anderen Anwesenden ein kurzes, von Cal geerbtes Strahlelächeln zu und war augenblicklich wieder versunken in seinem Spiel. Cobweb hatte das Haar hochgebunden und sich in feines dunkles Rehleder gekleidet. Er bemühte sich, stark zu sein.

Bryony kam ins Zimmer, meinen Sohn in ihren Armen; Besorgnis lag über ihrer gerunzelten Stirn. Sie blieb dicht neben Cobweb stehen. Keiner von uns allen war fröhlich an diesem Tag, ausgenommen Tyson, und er stammte zur Hälfte von Cal, also war das nicht wirklich überraschend.

Ich sagte: »Seel, er braucht einen Namen.«

Seel war in seiner eigenen Welt gefangen und starrte aus dem Fenster. Er sah mich verständnislos an. »Wie?«

»Unser Sohn«, sagte ich. »Er braucht einen Namen. Jetzt. Für meinen Vater.«

Seel nickte langsam. »Ja. Ich habe auch schon darüber nachgedacht.« Er streckte langsam die Beine aus, stand auf und nahm den Harling aus Bryonys Arm. »Weißt du, während ich die Perle austrug, fiel mir nur ein einziger Name ein, ein einziger Name unter all diesen jämmerlichen Namen, den ich mochte. Als Ashmael ihn aussprach – ich glaube, damals wußte ich schon, daß es dieser Name sein mußte. Azriel.«

»Azriel – ein Gelaminger Name?«

Seel schüttelte den Kopf. »Eigentlich nicht. Es ist ein sehr alter Name ...«

»Aha, ich verstehe. Ein Engel«, sagte ich gottergeben.

»Nun, ja.«

Ich betrachtete den Harling, wie er fröhlich Seels Gesicht betatschte. So unschuldig. Vielleicht brauchte er einen starken Namen. Noch hatte ich keine Ahnung, was die Zukunft für ihn bringen mochte, aber ich hegte den starken Verdacht, daß ihm in dieser Hinsicht keine Wahl blieb.

»Ja, er gefällt mir auch«, sagte ich, »hallo, Azriel!«

Die Flöße senkten sich auf den Rasen, ihre überirdischen Mechanismen seufzten und schwiegen. »Ich denke, wir müssen hinuntergehen«, sagte Cobweb bedrückt.

Ich griff nach seiner Hand; sie war kalt und feucht. Seel gab den Harling zurück an Bryony, und zusammen gingen wir die Treppe hinab; sie schien mit einemmal unendlich lang zu sein. Während ich absichtlich hinter den anderen zurückblieb, blickte ich in die Vergangenheit und erinnerte mich daran, wie ich diese Treppe hinauf und zum Zimmer meines Vaters gelaufen war, damals, an jenem Tag, als man Cal im Schnee gefunden hatte. Und dann der Tag meiner Feybraiha, als ich wieder herunterkam mit Blumen im Haar und dem Duft nach Herbst rundum. Ich riß mich zusammen. Cobweb wartete unten auf mich. »Wir sind immer noch alle beisammen«, stellte er fest.

»Das waren wir doch immerzu!«

»Ja«, sagte er mit einem traurigen Lächeln. »Immerzu.«

Ich fragte mich, wie es den Gelamingern gelungen war, alle Hara meines Vaters zusammenzutreiben. Waren sie tatsächlich die ganze Zeit über in Gebaddon herumgeirrt? Mich schauderte. Was mich zuallererst und am meisten verblüffte, war ihr absolutes Schweigen, ein Schweigen, dessen Eindruck sich noch verstärkte, sobald wir ins Freie gelangten. Völlig erschöpfte, armselige Kreaturen, zusammengepfercht wie Gefangene auf diesen schlanken, magischen Gefährten, zitternd, als fröstelte sie. Dabei war es ein heißer Tag, feucht und drückend schwül.

Als er uns auf den Stufen von Immerdar stehen sah, kam Ashmael geradewegs herüber zu uns. Maßlos verwundert starrte er Cobweb an – eine unbewußte Würdigung seiner Schönheit, die an diesem Tag geradezu überirdisch war. Mein Träger fühlte sich als tragische Gestalt, und das verlieh ihm stets eine ganz besondere Art von jugendlichem Schmelz.

»Wir werden ihn ins Haus bringen«, sagte Ashmael in vertraulichem Tonfall. Cobweb nickte kurz und ging wieder hinein. Ich wußte, er würde in den Salon gehen, sich mit dem Rücken ans Fenster lehnen und erst wieder herauskommen, wenn Terzian bereits nach oben geschafft war.

Die Gelaminger wirkten nervös, was ich als Beweis für ihr schlechtes Gewissen ansah. Wer sonst als sie hatte denn zugelassen, daß diese verwirrten Hara von der übrigen Welt vergessen in Thiedes Höllenwald umherirren mußten? Nur mit Mühe konnte man sich vorstellen, daß diesen gebrochenen Geschöpfen auf den Flößen je nach dem Blut ihrer Feinde gedürstet hatte. Sie würden nie wieder kämpfen. Aus Galhea waren Hara gekommen, um nach ihren vermißten Lieben zu suchen; sie schlichen ziellos und verlegen umher und starrten auf die Flöße wie in offene Gräber.

»Komm mit mir«, sagte Ashmael. Seel legte den Arm um mich, und wir schlenderten zu den Flößen. Mein Herz klopfte, und ich ertappte mich dabei, wie ich Worte der Kraft vor mich hersagte, die ich seit Jahren nicht verwendet hatte. Ich wurde mir der matten Feindseligkeit in den Augen bewußt, die auf mich gerichtet waren. Köpfe hoben sich, wenn wir vorbeikamen. Die Gedanken darin konnte ich mir lebhaft vorstellen. »Da geht er, Terzians Sohn, der Verräter, der uns an die Gelaminger verkauft hat!« Wäre ich allein gewesen, hätten sie vielleicht sogar die Energie aufgebracht, mich anzuspucken. Die Hara aus der Stadt hingegen starrten mich mit unverblümter Neugier an. Für sie war ich eine Berühmtheit, und das einzige, was ich mit den gegenwärtigen Vorgängen zu tun hatte, war, daß ich den Anstoß dazu gegeben hatte. Die Varrs von Galhea sind tatsächlich wie die Schafe: Sie brauchen Führung, und nun waren sie es zufrieden, mir zu folgen. Schließlich bringen Kriege Unannehmlichkeiten mit sich. Würde der Friede nicht Wohlstand bringen? Außerdem war es das erstemal, daß sie einen Blick auf Seel werfen konnten, und wären die Umstände anders gewesen, hätten sie uns vermutlich hochleben lassen.

Seel sagte: »Eure Soldaten sind von einem Krieg heimgekehrt, der niemals stattgefunden hat. Das sollte doch ein Festtag sein, oder? Die Stimmung erinnert eher an eine Beerdigung.«

Terzian befand sich auf dem kleinsten Floß – klein, aber ausgestattet mit größerem Komfort als die anderen. Nur wenige Hara waren bei ihm. Ich dachte: In ein paar Sekunden muß ich meinen Vater ansehen; da sank mir der Mut, und ich blickte statt dessen den Har an, der Terzian in den Armen hielt. Er hatte glattes schwarzes Haar und ein weißes Gesicht. Ich kannte ihn nicht. Seine Kleider waren zerrissen und farblos, und an der Schulter hatte er Narben, die aussahen wie von Krallen verursacht. Sein Gesichtsausdruck war der eines Wesens, das am Ende angelangt ist, dessen Kräfte erschöpft sind und dem das Entsetzen noch bevorsteht – eines Wesens, das dennoch bis zum letzten Atemzug das, was es liebt, beschützen würde. Als wir näher kamen, versuchte er krampfhaft, Terzian mit seinem eigenen Körper abzuschirmen. Er konnte nicht wissen, wer wir waren, nur, daß es sich bei uns um Gelaminger handelte – um den Feind.

Mir hatte davor gegraut, meinen Vater so vorzufinden, daß er nicht wiederzuerkennen war – gealtert etwa und zahnlos, oder auf irgendeine andere Weise verfallen und verwelkt. Nichts davon entsprach der Wirklichkeit, doch es wirkte mindestens ebenso schockierend. Er war sehr dünn, wie er so in den Kissen lag, den Kopf auf dem Schoß des fremden Har. Sein einst so dichtes Haar war glatt und glanzlos, das Gesicht grau, und die Haut spannte sich über den Knochen. Doch es war immer noch Terzian. Er sah immer noch aus wie der Vater, den ich gekannt hatte. Und das war vielleicht das allerschlimmste. Ich legte die Hände auf den Rand des Floßes, und er starrte an mir vorbei. Dorthin, wo Seel stand. Er sah Seel an! Ich sagte: »Terzian.«

Sein Blick flackerte über mich hinweg, überraschend flink. Er blinzelte.

»Ich bin es ... Swift«, sagte ich.

Da wollte er sich erheben, schaffte aber nur eine ausgestreckte Hand, deren Adern blau durch die weiße Haut hervortraten. Sein Gefährte knurrte mich wütend an.

Terzian sagte: »Mein Sohn. Es ist mein Sohn«, mit schwacher, tonloser Stimme. Dann sah er mich nur an, und ich konnte nicht feststellen, was er dachte. Erinnerte er sich, so wie ich, an damals, als er in seinem Arbeitszimmer mit mir gesprochen hatte? In der Nacht, als man Gahrazel in Gewahrsam genommen hatte – etwas, das ich nie vergessen werde. Ich entsann mich, daß Terzian mir damals das Versprechen abnahm, mich um seine Familie zu kümmern, um unser Zuhause, ganz so, als fürchtete er, nicht mehr zurückzukehren. Nun dachte ich, daß seine Heimkehr kein Teil jener Zukunft war, die er damals gemeint und die er nie gewollt hatte.

Terzian ließ sich wieder zurücksinken in die Kissen, schloß die Augen und hob eine bebende Hand an seine Stirn. Alles schwieg, wir alle sahen ihn nur an. Ich spürte Seels Hand an meinem Nacken. »Bringt ihn ins Haus!« befahl Ashmael.

Ich konnte ihnen nicht dabei zusehen. Ich konnte nicht hinsehen, als sie ihn hochhoben wie einen Krüppel, während seine Gliedmaßen hilflos hin und her schlenkerten. Nur widerstrebend ließ Terzians Gefährte sich von ihm trennen. Ich hörte, wie es zu einer Auseinandersetzung kam, und ohne mich auf meinem Weg zurück ins Haus umzudrehen, ordnete ich an, daß man den Har in die Küche führen und ihm etwas zu essen geben sollte. Ich verstand ihn, verstand, daß er offenbar seit geraumer Zeit für Terzian sorgte und jetzt bei ihm bleiben wollte, aber ich konnte es nicht wagen, Cobweb zu beleidigen. Sie trugen ihn weg, schleppten ihn zum Haus, und ich hörte ihn rufen: »Terzian! Terzian!«

Sein qualvoller Kummer jagte mir Schauer über den Rücken. Hatten diese Leute nicht schon genug durchgemacht? Es tat mir weh, meinen Vater von seinem Gefährten zu trennen, aber ich spürte, ich hatte keine andere Wahl.

Seel sagte nichts; es gab kaum etwas zu bereden, alles war so häßlich. In der Halle von Immerdar zwang er mich stehenzubleiben. Ich sah ihn mit grimmigem Blick an, und er drückte mich an sich. Ich preßte mich an ihn, ich sehnte mich nach seinem Mund, seinem Atem und nach dem süßen, duftenden Vorgeschmack des Lebens, um damit den Gestank des Todes in meiner Kehle auszumerzen. Keiner von uns beiden sprach ein Wort.

Ich hatte bereits für eine andere Unterkunft für Seel und mich gesorgt, so daß Terzian sein altes Zimmer beziehen konnte. Wir hätten Cals Zimmer nehmen können, aber ich entschied mich für eine kleinere Suite, weil ich Angst hatte vor den Geistern der Vergangenheit. Seel führte mich dorthin. Sachte zog er mir die Kleider aus und massierte mir die Haut mit Öl. Sie fühlte sich überempfindlich an, ich war überall kitzlig, und alle Muskeln waren schmerzhaft verspannt. Das Wiedersehen mit meinem Vater hatte in mir sichtlich die Furcht aufkeimen lassen, daß ich nicht wirklich erwachsen wäre. Vielleicht war sie nur Illusion, diese Macht, die man mir verliehen hatte. Konnte ich tatsächlich Anordnungen geben in diesem Haus, jetzt, da Terzian wieder daheim war?

Seel merkte, wie tief in Gedanken versunken ich war. Er spürte meine Bedrängnis. »Du wirst stark sein müssen«, sagte er. Das wußten wir beide ohnedies, aber es hilft, wenn es jemand ausspricht.

Ich wartete, bis ich sicher war, daß die Haushara Terzian in seinem Zimmer versorgt hatten, ehe ich ihn besuchte. Es war bereits später Nachmittag, und ich fühlte mich schläfrig und voll innerer Ruhe nach einer langen Abfolge von Seels erlesenen Bemühungen, meine Stimmung zu heben. Terzian lag im Bett und starrte die Decke an. Schräge Sonnenstrahlen fielen auf seine Hände, die auf dem Überwurf ruhten. Es schien mir, als könnte ich zusehen, wie das Leben aus ihm sickerte. Ich sah ihn an, während ich zum Bett ging, aber ich hatte mein Herz gestählt.

Er wandte mir den Blick zu. Ich fürchtete, sein Verstand könnte gelitten haben, aber seine Augen blickten so lebhaft wie immer. Das Zimmer war dunkel und erfüllt vom Duft eines schweren Parfüms, das den entfernten Geruch nach Krankheit nicht völlig übertönen konnte.

»Komm nicht hier herein«, sagte er. Seine Stimme klang etwas gedehnt und sachlich, fast emotionslos.

Ich setzte mich auf das Bett und sagte: »Vater.«

Er wandte das Gesicht ab. »Ich habe von deinem Verrat gehört. Geh weg! Du bist nicht mehr mein Sohn! Geh weg!« Er sah mich wieder an, und in seinen Augen lag Verachtung. Ich brachte kein Wort heraus. »Sie haben dich dazu verleitet, nicht wahr?« Er nickte in sich hinein, eine sonderbar greisenhafte Bewegung. »Ja … Doch zugegeben, der Lohn dafür war es wert. Ich habe ihn gesehen.« Er meinte Seel. Ich versuchte, ihn zu unterbrechen, aber er sprach weiter. »Dazu noch mein Land, wie? Mein Haus, meine Stadt, mein Volk. Oh, auf deinem dürren Körper sitzt ein geschäftstüchtiger Schlaukopf, Swift!«

Ich hatte so großes Mitleid mit ihm, daß ich es nicht schaffte, in Wut zu geraten, was ich als grausam ihm gegenüber empfand, denn das war es, was er bezweckte. Wenn ich ruhig blieb, würde er denken, er hätte nicht einmal mehr die Kraft, mich in Rage zu bringen. Ich wußte, ich sollte einen Disput beginnen, aber mein Kopf war leer.

»Wo ... wo ist Cal?« fragte er. Ich hörte die Verzweiflung aus seiner Stimme heraus, als würde er bereits ahnen, daß ich die Antwort nicht kannte.

»Cal? Ach, den habe ich auch verraten, Vater. Ich habe ihn geradewegs zu den Gelamingern gebracht. Sie haben ihn. Hat man dir denn *das* nicht gesagt?«

Terzian versuchte zu lächeln; der Effekt war grauenvoll. »Mein Sohn, ein echter Varr. Du weißt nichts von Loyalität, nicht wahr? Nur von Selbstsucht. Ponclasts Gesicht hätte ich gern gesehen, als er merkte, wer es war, dem er seine Niederlage zu verdanken hat. Du hättest das meine sehen sollen, als ich es erfahren habe!«

Diese Worte schließlich gingen mir unter die Haut. »Ich, ein echter Varr?!« rief ich entrüstet aus. »Laß mich dir eines sagen, Vater! Ich habe erst vor kurzem richtig erkannt, was es heißt, ein echter Varr zu sein! Ich habe die Wahrheit über viele Dinge erfahren, darunter nicht zuletzt die varrische Auffassung von Loyalität und die Details gewisser Hinrichtungen. Jener von Gahrazel, zum Beispiel.«

Es verursachte mir fast Übelkeit zuzusehen, wie hinterhältige Wachsamkeit in meines Vaters Augen schlich. Er konnte mich nicht anschauen. »Und wer hat dir das weisgemacht? Die Märchenerzähler der Gelaminger, nehme ich an. Welche Lügen haben sie dir in den Kopf gesetzt?«

»Eigentlich hat es mir niemand erzählt«, erwiderte ich. »Im Wald war es mir klargeworden.«

Er wußte, welcher Wald, ich mußte ihm nichts erklären. Er schien vor meinen Augen zu schrumpfen. »Ich muß keine meiner Handlungen vor dir rechtfertigen, Swift«, sagte er gereizt. »Du weißt nicht alles. Du warst nicht dabei. Du kannst es gar nicht verstehen.«

»Das will ich auch nicht. Ich möchte nicht über ein Hirn verfügen, das so etwas verstehen könnte.«

»Hast du mich deshalb verraten?« Es klang so pathetisch, daß ich die Zähne zusammenbeißen mußte.

»Ich habe dich nie verraten, Terzian«, sagte ich. »Du kanntest das Risiko, als du nach Süden gingst. Ich habe nur getan, worum du mich gebeten hast. Deine Familie ist in Sicherheit, und auch ihre Zukunft ist gesichert. Dafür habe ich gesorgt. Immerdar steht nach wie vor und ist unversehrt. Dein Blut wird weiterhin in den Adern all jener fließen, die hier wohnen. Durch die Festigung unserer Position habe ich dich in gewisser Weise unsterblich gemacht. Was du nicht verdienst.«

»Ach, hör auf damit! Das ist Cobwebgerede!« stieß er heftig hervor. »Die Wahrheit ist, mein Sohn, daß du aus all dem recht vorteilhaft hervorgegangen bist, während mir der Dämon Thiede die Seele durchbohrt hat. Und mein Leben rinnt aus durch dieses Loch ...«

»Ich weiß, was sie mit dir getan haben. Ich weiß, was sie erreichen wollten.«

»Tatsächlich? Tatsächlich? Das glaube ich nicht!« Er schloß die Augen, und ich dachte, wie durchsichtig er aussieht, wie vergänglich. Das Sprechen hatte ihn viel mehr geschwächt, als ihm in meiner Gegenwart lieb war.

»Was vergangen ist, ist vergangen«, sagte ich. »Es ist nicht mehr zu ändern. Nur die Zukunft ist jetzt wichtig. Du hast einen Enkel.«

Terzian rührte sich nicht. »Er heißt Azriel«, fuhr ich unbeirrt fort. »Seel hat ihn für mich getragen. Meine Belohnung, erinnerst du dich?« Immer noch keine Reaktion. Ich stand auf. »Ich werde Cobweb zu dir schicken.«

»Nein!« Ein schwacher Aufschrei. Seine Augen waren immer noch geschlossen. »Noch nicht ... Swift, komm später wieder!« Das Betteln eines Kindes.

»Natürlich, ich werde kommen.«

»Dann kannst du Cobweb mitbringen.« Die Vorstellung, mit Cobweb allein zu sein, ertrug er nicht.

Bryony wartete an der Treppe auf mich. Sie war aufgebracht, weil der Reisegefährte meines Vaters alle angebotenen Köstlichkeiten lauthals abgelehnt hatte und gerade drohte, das Haus nach Terzian zu durchsuchen. »Cobweb darf ihn nicht zu Gesicht bekommen!« jammerte sie; sie teilte meine Sorge um Cobwebs Gemütsverfassung, über die wir noch immer keine Gewißheit erlangt hatten. Ashmael und Arahal waren noch draußen und überwachten den Weitertransport der verwirrten Varrs. Da Thiede mit diesen banalen Angelegenheiten nicht behelligt werden wollte, würde es an mir liegen, mich damit beschäftigen zu müssen, so unangenehm mir das auch war. »Sein Name ist Mengk«, sagte Bryony ärgerlich zu mir. »Er will nicht gehen, Swift! Was ist, wenn …«

»Schon gut, schon gut«, unterbrach ich sie. »Ich erledige das.«

Mengk drückte sich in der Halle herum. Mit, wie ich hoffte, durchschlagender Autorität schritt ich auf ihn zu. »Terzian ist bestens untergebracht«, sagte ich. »Du mußt jetzt hinuntergehen nach Galhea.«

Er fuhr herum wie ein rasendes Tier, stieß jeden Fluch aus, der ihm geläufig war, und krümmte seine Klauenfinger gefährlich nahe an meinem Gesicht. Er hatte sichtlich nicht vor zu gehen. Entsetzt sah ich Cobweb durch die Tür zum Salon kommen. Bryony sah ihn auch und versuchte, Mengk in die Küche zu drängen, doch er leistete heftigen Widerstand.

»Was geht hier vor?« erkundigte sich Cobweb und kam mit verschränkten Armen auf uns zu. Schuldbewußt erstarrten wir. Er sah Mengk an. »Was genau ist es, was du möchtest?«

Auge in Auge mit der dunklen, überirdischen Schönheit dieser imponierenden Erscheinung, von der er wußte, daß es sich um Terzians Gemahl handelte, verschlug es Mengk für einen Moment die Sprache.

»Nun?« Cobweb sah mich an. Ich hob ratlos die Schultern. Nur Bryony hatte den Mut zu reden.

»Dieser Har hat die Reise nach Galhea zusammen mit Terzian verbracht«, erklärte sie. »Und jetzt sorgt er sich um das Wohlergehen seines Gebieters. Swift hat versucht, ihm klarzumachen, daß es Terzian gutgeht… und…«

Mengk richtete sich auf und schüttelte Bryonys Hand von seinem Arm ab. »Ich muß meinen Gebieter sehen«, sagte er. »Ich betreue ihn schon seit langem. Und nur ich weiß, was er benötigt.« Sein Mut rang mir Hochachtung ab.

Cobweb hob die Brauen, und ich dachte, wie schon so oft, daß es einfach nicht möglich ist, die Reaktionen meines Trägers vorherzusehen. »Du hast vermutlich recht«, sagte er. »Swift, führe diesen Har zu Terzian.«

Ich setzte zu einem Protest an, doch aus Cobwebs Miene konnte ich auf die Vergeblichkeit dieses Unterfangens schließen. Mürrisch brachte ich Mengk zu Terzians Tür und überließ ihn sich selbst. Ich fühlte mich bloßgestellt, weil Cobweb sich über meine Anordnung hinweggesetzt hatte. Wieder unten angekommen, sah ich, wie er sich besorgt über Bryony beugte, deren Wange am Kiefer entlang anzuschwellen begann.

»Er hat sie geschlagen!« sagte Cobweb überrascht zu mir.

»Warum hast du das zugelassen?« fragte ich ärgerlich. »Warum hast du ihn nicht hinauswerfen lassen? Er hat dich beleidigt!«

Cobweb vermied es, mich anzusehen. »Das glaube ich nicht, Swift. Zumindest habe ich keine Beleidigungen gehört.«

Ich ließ nicht locker. »Allein seine Anwesenheit war eine Beleidigung für dich!«

»Versetz dich doch einmal in seine Lage, Swift, und dann denk daran, daß alles, was wir für Terzian tun können, darin besteht, ihn in Kleinigkeiten froh und zufrieden zu machen. Dieses tückische kleine Scheusal hat sich um ihn gekümmert. Terzian hat sich vermutlich an ihn gewöhnt. Ich sage nicht, er hätte ihn liebgewonnen, weil Terzian kaum je irgend etwas liebgewinnt. Wir müssen Geduld haben in dieser Zeit und lernen, unsere Zunge im Zaum zu halten. Wir dürfen unsere Stimmen nicht erheben und müssen lächeln und Terzian in dem Glauben lassen, daß er immer noch Herr in diesem Haus ist. Und nun wollen wir in die Küche gehen und nachsehen, ob Yarrow für das Abendessen genug Sheh vorbereitet hat. Eigentlich sollten wir ihn gleich jetzt probieren, finde ich. Und abends werde ich mich schwarz kleiden und mich an den Versuchen des Gelamingers Ashmael, mein Interesse zu wecken, ergötzen. Kommt mit.«

Wir folgten ihm.

Das Zusammentreffen zu schildern, das schließlich zwischen Cobweb und Terzian stattfand, ist fast zu schmerzhaft für mich. Es erlaubte mir einen kurzen Einblick in die Privatsphäre meiner Eltern, etwas, das den meisten Kindern verwehrt bleibt oder das sie gar nicht kennenlernen wollen, wenn sie klug sind. Ich glaube, die ganze Angelegenheit wurde noch dadurch verschlimmert, daß sie solch einen Gegensatz zu dem geselligen, fröhlichen Mahl bildete, das wir alle an diesem Abend genossen hatten. Hara waren aus Galhea gekommen, und Immerdar zeigte sich ganz so wie in der Vergangenheit, als Festlichkeiten noch an der Tagesordnung gewesen waren – behaglich und entspannt.

Gewappnet mit Alkohol, besänftigt von gutem Essen und guten Gesprächen, hatten Leef und ich die seit langem anstehende Unterredung über unsere Differenzen. Mir wurde klar, daß er in gewissen Dingen (beim Thema Cal und dessen Schicksal) nie einer Meinung mit mir sein würde, doch sobald er sich davon überzeugt hatte, daß mir die Macht nicht in den Kopf gestiegen war, ließen wir unsere Freundschaft wieder herzlich aufleben. Nun konnten wir endlich lachen über gewisse Vorfälle aus der Vergangenheit. Ich hatte so sehr jegliche Nervosität abgelegt, daß mir völlig entfallen war, wer oben im Bett meines Vaters lag. Dann fing Cobweb meinen Blick ein und hauchte mir ein »Jetzt« zu, worauf ich spürte, wie mir plötzlich ein Großteil meines Übermuts abhanden kam.

Auf Cobwebs gebieterisches Klopfen öffnete Mengk die Tür, und wir traten ins Zimmer. »Es ist an der Zeit, daß du etwas zu dir nimmst«, sagte Cobweb zu Mengk. »Wenn du dich in die Küche bemühst, wird unsere Haushälterin dir eine Mahlzeit vorsetzen, die sie für dich vorbereitet hat.« Mengk nickte respektvoll und verließ uns.

Und dann mußte ich das Gesicht meines Vaters betrachten, als er zusah, wie dieses strahlend schöne, zauberhafte Geschöpf, das mein Träger immer noch ist, auf ihn zuglitt. Er muß sich augenblicklich an Momente in der Vergangenheit erinnert haben, an Cobwebs kühle Haut und die Liebkosung seiner kühlen Augen. Doch jetzt wußten sie beide, daß jener Raum in ihrer Seele, wo die Wonnen ihrer Vereinigung einst geblüht hatten, ein für allemal verschlossen und versperrt war. Terzian, der Schatten, betrachtete das Licht. Und Cobwebs Gesicht zeigte nur ungläubiges Mitleid. Ich wußte, daß er diesen anderen, verwelkten Terzian eigentlich nicht sehen und noch viel weniger sprechen wollte. Es sah fast so aus, als würde er sich seiner sprühenden Lebendigkeit schämen, was ich lächerlich fand angesichts des Unrechts, das Terzian ihm in der Vergangenheit so oft angetan hatte. Cobweb war stets bestrebt gewesen, meinen Vater mit Liebe zu überschütten, wogegen Terzian die Kunst, Cobweb aus seinem Herzen auszuschließen, wann immer es ihm beliebte, zur Perfektion entwickelt hatte. Und nun hatte sich der Spieß umgedreht. Wer war jetzt der Hilflose? Ich merkte, daß mit der Liebe, die

Cobweb einst für Terzian empfunden hatte, etwas Grundlegendes geschehen war. Sie hatte sich verändert; zwar handelte es sich noch immer um eine leidenschaftliche Liebe, doch sie war nicht mehr die Hauptsache in Cobwebs Leben. Ich vermutete, daß Cal daran nicht unschuldig war, aber es konnte auch daher kommen, daß Cobweb so lange allein gewesen war und sich an die Vorstellung eines Lebens ohne meinen Vater gewöhnt hatte.

»So haben wir dich also wieder«, sagte Cobweb verlegen.

Terzians Gesicht wirkte düster. Es lag zwar im Schatten, aber in diesem Zimmer war es immer dämmrig. »Du *hattest* mich niemals, Cobweb«, entgegnete er unergründlich, »niemals.«

Ich fand, unmittelbar nach diesen Worten hätte Terzian eigentlich sterben sollen; es wären sehr tiefschürfende letzte Worte gewesen. Abgesehen davon verdiente er es, dafür zu sterben, denn er wollte uns bestrafen, weil wir leben durften, ganz besonders Cobweb, der so schön war und den er zurücklassen mußte. Terzian betrachtete Cobweb immer noch als sein Eigentum, und es hätte ihn zweifellos mit größter Genugtuung erfüllt, hätte mein Träger Anstalten gemacht, Terzian ins Grab zu folgen, wenn es soweit war. So hingegen betrachtete Terzian es als persönliche Beleidigung, daß es für Cobweb ein Leben nach ihm geben sollte.

»Gibt es irgend etwas, das du brauchst?« fragte Cobweb steif, obwohl er wissen mußte, daß Terzian jeder Wunsch von den Augen abgelesen wurde. Es zeigte, daß die Worte meines Vaters ihn nicht mehr berühren konnten; es war unglaublich.

»Etwas brauchen?« Terzians Augen wurden zu Schlitzen; die Versuchung war unwiderstehlich: »In meinem ganzen Leben hat es nur eines gegeben, was ich wirklich gebraucht habe ...«

Cobweb und ich sahen einander an, wohl wissend, was er meinte. Hätte Terzian bloß erkannt, daß die Andeutung in seinen Worten, der Stachel, in dem das Gift sitzen sollte, uns nichts anhaben konnte. Vielleicht würde Cobweb es ihm klarmachen. Vielleicht würde er sagen: »Oh, du sprichst von Cal. Natürlich. Von dem einen, einzigen, der deinem Leben Sinn gab und der an mein Bett kam, nachdem du Galhea verlassen hattest«, aber nein, unvorhersehbar wie immer kniete mein Träger an Terzians Seite nieder und nahm seine Hand. (Gewiß mußte mein Vater in der Lage sein zu erkennen, wie Cobweb sich verändert hatte! Er war nicht mehr der gebändigte Halbhar, dem Terzian ganz offenkundig weibliche Züge zu geben versucht hatte. Er mußte doch den Unterschied sehen!)

Mein Träger lächelte. »Terzian, wenn ich das für dich tun könnte, so würde ich es versuchen«, sagte er leise. »Könnte ich dir Cal zurückbringen, würde ich es tun.« Er strich meinem Vater über das Gesicht. Ich konnte es nicht ertragen; meine Zehen rollten sich ein vor Verlegenheit. Aus Terzians Augen begannen Tränen zu rinnen und wanden sich über seine hageren Wangen. Sein Körper begann zu zucken; er schluchzte. Cobweb umfaßte ihn mit den Armen und küßte ihn.

»Cobweb, ich... Ich habe dich nie geliebt...«, sagte Terzian mit einer gräßlich würgenden, krächzenden Stimme. Ich wünschte, es wäre endlich vorbei, aber ich konnte mich nicht von der Stelle rühren, eine krankhafte Faszination ließ mich wie versteinert dastehen. Vom Hals abwärts sah mein Vater aus wie tot. Konnte er überhaupt Cobwebs Hände auf seiner Haut spüren?

»Schsch«, murmelte mein Träger. »Du brauchst nichts zu sagen. Wirklich nicht. Ich werde es an deiner Stelle tun.«

»Nein!« schrie ich auf, ich weiß nicht, warum.

Cobweb warf mir ein schiefes Lächeln zu. »Es ist schon gut, Swift. Er will mir bloß sagen, daß er mir das

Bestmögliche gegeben hat, das ist alles. Ich habe das immer gewußt. Terzian hat sein Herz schon an Cal verloren, bevor er einem von uns beiden begegnet ist. Es war vorherbestimmt. Cal war eben der Richtige.«

»Mir scheint, Cal ist für eine ganze Menge Leute ›eben der Richtige‹«, sagte ich in schneidendem Tonfall. Man ignorierte es.

»Cobweb ...« Terzians Stimme war jetzt praktisch nicht mehr vorhanden. »Ich hätte nie gedacht, daß mir das widerfahren könnte. Ich sterbe, nicht wahr? Wirklich und wahrhaftig, ich sterbe ...« Bestürzung, ziellose Frustration, Mißgunst gegen die Lebenden – was charakterisierte ihn wirklich in diesem Augenblick? Verschlagenheit, dachte ich schonungslos. »Ich hätte auch nie gedacht, daß ich es sagen könnte, niemals«, winselte er und ließ eine Hand hilflos auf die Bettdecke fallen.

»Früher oder später müssen wir alle sterben«, sagte Cobweb beschwichtigend. (Wie ergreifend! Sollte ihn solch eine geistlose Bemerkung trösten?)

»Nein, nein, nein«, stöhnte Terzian. »Nicht das. Ich hätte nie gedacht, daß ich zu irgend jemandem auf der Welt sagen könnte ›ich liebe dich‹. Und nun sage ich es die ganze Zeit... nur ...« Er hob die Hand, schnappte nach Luft, bot seine ganze schwindende Kraft auf und verfing sich mit den Fingern in Cobwebs Kragen. »In Immanion habe ich an nichts anderes gedacht, es hat mich am Leben erhalten, nur ein Tag noch, nur ein Tag ...« Die Stimme versagte ihm, er welkte sichtlich dahin. »Ich kann nicht sterben, ohne ihn noch einmal zu sehen, ohne zu wissen, ob er in Sicherheit ist oder nicht. Dafür habe ich mich am Leben erhalten, für die Hoffnung, daß er hier sein könnte, wenn ich nach Hause komme ...« Er warf mir einen vernichtenden Blick zu, und ich wünschte mir, sagen zu können: »Nun, habt ihr beiden vielleicht noch ein paar so abgedroschene Phrasen? He, kommt schon, das kann nicht alles gewesen sein! Nehmt bloß keine Rücksicht auf mich, macht nur weiter!« Aber ich hielt mich zurück.

Cobweb drehte das traurige, kranke Gesicht herum, so daß sie einander wieder ansahen. »Terzian …«

Mein Vater begann zu zittern, seine Augen verdrehten sich wie bei einem Wahnsinnigen. »Cobweb, Cobweb«, jammerte er. »Dein Zauber … dein Zauber … wie ich dich unterschätzt habe! Was ich gesehen habe! Der Wald! Der Wald! O Cobweb!« Meinen Vater so in Tränen aufgelöst zu sehen, war eine solche Obszönität für mich, daß ich fast erbrach. Anscheinend hatten die Gelaminger (oder sein eigenes schlechtes Gewissen) alles in ihm zerbrochen und ihm nur seine Verbitterung und sein zwanghaftes Verlangen nach Cal gelassen. Ich fragte mich, ob Pellaz ihn je über dieses Thema verhört hatte.

Cobweb rief meinen Namen. Mein Vater lag in seinen Armen, ausgebrannt und schlotternd. Ich sagte: »Ja?«

»Du kannst uns jetzt alleinlassen«, antwortete mein Träger, und seine Verärgerung angesichts der Erleichterung, die mir seine Worte verschafften, war deutlich zu sehen.

Unten fand ich Thiede zusammen mit den anderen im Salon, geöffnete Flaschen mit Sheh standen auf dem Boden herum, die Luft war erfüllt von Zigarettenrauch und Lachen. Ich empfand die Szenerie als abscheulich und wollte zugleich ein Teil von ihr sein. Also setzte ich mich neben Thiede, und er drückte mir zuvorkommend ein Glas Sheh in die Hand.

»Schmerzlich?« erkundigte er sich leichthin. Er lächelte, doch ich wußte, daß er meine Gefühle genau kannte.

»Ja. Schmerzlich.«

»Aber jetzt hast du es hinter dir.«

»Ja«, seufzte ich. »Mein Vater braucht Cal, Thiede.«

Auch Thiede seufzte, jedoch begleitet von theatralisch ausholenden Armbewegungen. »O Himmel! Muß denn mein Dasein andauernd von liebeskranken Narren heimgesucht werden, die mich alle weinerlich um dasselbe anbetteln?« war seine Antwort.

Nur wenig bleibt mir jetzt noch zu sagen. Die Zeiten der Umwälzungen waren fast vorbei. Ich werde wohl vom Ende meines Vaters sprechen müssen, denn das wird auch das Ende meiner Erzählung sein. Mit seinem Dahinscheiden begann eine Art innerer Frieden für mich. Den größten Teil meiner Rolle auf Thiedes Bühne hatte ich bereits gespielt, und eine Zeitlang würde er mir Ruhe gönnen. Fulminir war ausgestorben, bevölkert nur von Wind und Staub; seine Opfer waren in Sicherheit gebracht und seine grausamen Bewohner in das düstere Phantasieland Gebaddon überstellt. Für sie war das Spiel vorbei, zumindest in dieser Welt.

Natürlich war es mit der Einnahme von Fulminir nicht getan. Megalithika ist ein riesiges Land, und die Varrs lebten darin weit verstreut. Was von meinem Stamm übriggeblieben war, fand plötzlich heraus, daß diejenigen, die stets als Verbündete gegolten hatten, zu Gegnern geworden waren, und daß Sklaven den Mut zur Rebellion aufbrachten, ja daß sogar die eigenen Liebsten, des Blutvergießens und der Grausamkeiten überdrüssig, das Weite suchten und zu den Gelamingern überliefen. Die Verluste waren freilich hoch; Kämpfe waren unvermeidlich, auch wenn Thiede und die Hegemonie dies noch so sehr verabscheuten. Nicht immer ist es mit Zauberei getan. Manch einer ist dem Reich der Finsternis bereits zu sehr verhaftet, um das Licht zu erkennen, selbst wenn es ihm direkt in die Augen scheint. Wahrscheinlich gibt es aus dieser Zeit tausendmal tausend Dinge, die von meinem Land zu berichten wären; von den Helden, die über sich selbst hinauswuchsen, von den Scheusalen, denen die Maske vom Gesicht gerissen wurde, von den Legenden, die entstanden. Eines Tages könnte ich mich auf die Suche machen nach diesen Geschichten, denn schon als Kind hat es mich danach verlangt zu schreiben, und wie ich bereits sagte: die Wraeththu haben noch nicht viel Zeit gefunden, ihre Geschichte in Bücher zu fassen.

Seel und ich vereinigten unser Blut unter den wuchtigen, schattenspendenden Bäumen im Park von Immerdar. Thiedes Zeremoniendolch machte die Schnitte, und Thiedes eigene Hand preßte blutendes Fleisch auf blutendes Fleisch. Er lächelte, zeigte seine langen Zähne und gab uns seinen Segen. Cobweb sah mit wehmütigen Augen zu und dachte offensichtlich daran, was alles hätte sein können ... Ein einziges Mal warf er einen kurzen Blick hinauf zu Terzians Fenster; das war alles. Mein Vater weigerte sich, meine Blutsbande mit Seel zu billigen; ich hatte ihm angeboten, ihm zu dem Stuhl am Fenster seines Zimmers zu helfen, aber er lehnte verächtlich ab.

Später dann konnte ich nicht widerstehen, ihm meine blutbefleckte Haut unter die Nase zu halten. »Schau, Vater, eine ganz andere Art von Weihe!«

Er zuckte vor mir zurück. »Und uns hat man einst den Vorwurf gemacht, die Menschen nachzuahmen!«

»Du tust mir leid. Du verstehst nichts.«

Gequält lächelte er in sich hinein. »Ach, Swift, muß ich auf meinem Weg zum Grab durch kleinliches Gezänk waten?« Seine Stimme klang, als würde er zu sich selbst sprechen.

Ich beobachtete, wie er an sich hinabsah, auf das, was von seinem Körper geblieben und unter der Bettdecke verborgen war. Einerseits hatte ich das Bedürfnis, ihn in die Arme nehmen, wie Cobweb es getan hatte, andererseits konnte er mir gar nicht gleichgültiger sein. Nach einem kurzen Schweigen sagte ich: »Warum, Terzian?«

Er seufzte. »Warum ...« Er blickte auf zu mir, die Augen jung und Bilder aus der Vergangenheit sprühend. »Was für ein bestimmtes Warum meinst du denn? Ist es, warum ich nicht sagte, was die Gelaminger hören wollten, oder warum ich überhaupt ein Wraeththu wurde? Oder aber ist es eines von den schwärzeren Warum, die besser unausgesprochen bleiben, hm?« Er lächelte, und da schien mir sein Gesicht ganz so, wie ich es von früher her kannte; ich entsann mich, wie es mich manchmal erschreckt und dann wieder mit Feuer erfüllt hatte. Natürlich habe ich ihn immer bewundert, immer sein Mißfallen gefürchtet, immer nach seiner Aufmerksamkeit gestrebt, immer seine Anerkennung gewollt. Und es war noch derselbe Har, der hier lag, nur die Machtverhältnisse hatten sich geändert.

Ich sagte: »Nein, nichts von alldem. Das ›warum‹ heißt: Warum bringst du dich selbst um?«

Ich dachte, er würde wieder zurückzucken, aber ich irrte mich. Im Zimmer wurde es ganz still, doch es war kein unbehagliches Schweigen. Die Wunde an meinem Arm hatte zu pochen begonnen, und so setzte ich mich auf das Bett und sog daran.

»Laß mich das sehen«, sagte Terzian. Seine Hände waren heiß und trocken – trocken wie Papier. Er zog die Linie des Schnittes mit einer Fingerspitze nach. »Mit diesem Zeichen hast du dich an einen anderen Har gebunden – für dein ganzes Leben. Sein Wohlergehen ist dein Wohlergehen. Ihr seid willens, einander Stütze zu sein, was immer auch geschehe. Das ist ein Schwur, den man nicht leichtfertig leistet.«

»Ich weiß.«

»Natürlich weißt du es. Das ist es nicht, was ich sagen will. Manche Schwüre leistet man, wenn man noch sehr jung ist, Swift, private Gelübde, über die man unter Umständen nie spricht. Ich kann ein Wort, das ich mir selbst gegeben habe, nicht zurücknehmen, egal, was die anderen von meinen Überzeugungen halten.«

»Ist es denn so einfach?«

Er schüttelte den Kopf. »Nein ... Nichts auf der Welt kann so einfach sein, oder? Ich habe viel geleistet für Galhea, Swift, schwer gearbeitet, um die Stadt zu dem zu machen, was sie heute ist. Vielleicht sind mir dabei Dinge unterlaufen, die ich nicht hätte tun sollen. Böse Dinge, schlechte Dinge, wie man es auch nennen will. Doch das kam daher, daß ich mich stets vor meine Leute gestellt habe; diese Stadt gehörte mir, und ich wollte sie mir von niemandem wegnehmen lassen. Ich war der Meinung, was auch immer ich außerhalb von Galhea tat, konnte der Stadt nichts anhaben. Vermutlich war das falsch. Ich kann keine Ausflüchte anbieten für mein Leben, Swift, und ich bitte nicht um Vergebung, aber ich möchte dir versichern, daß mir viele Dinge sehr wohl am Herzen lagen, auch wenn mich die Volksmeinung zu einem hartherzigen Monster abgestempelt hat.«

Ich lachte nervös auf, und er drückte meinen Arm. »Ich weiß, daß dir die Art, wie ich Cobweb behandelt habe, stets mißfallen hat«, fuhr er fort. »Hilft es dir, mich zu verstehen, wenn ich dir verrate, daß ich ihn seit jeher gefürchtet und aus eben diesem Grund beneidet habe? Ja, ich beneidete ihn auch in anderer Hinsicht. Ich weiß, daß ich mich bemüht habe, ihn schwach zu machen, was mir nie gelungen ist, weil Cobwebs Stärke rein ist, elementar. Hätte ich ein bißchen von Cobweb in mir, wer weiß, ob ich dann hier liegen müßte.« Er seufzte, legte sich zurück und blinzelte hinauf zur Decke. »Ach Swift, ich hielt mich für so stark! Niederlage – das war für mich ein Abgang mit Grandezza, mit einem spöttischen Lächeln und einem Fluch auf den Lippen. Natürlich wußte ich, daß wir nie siegen konnten, das war von Anfang an klar, aber genausogut wußte ich, daß ich nicht hier stillsitzen und darauf warten konnte, bis die Gelaminger kamen. Auch was du getan hast, hätte ich nicht tun können – mich ihnen anschließen. Vielleicht bin ich nicht so realistisch wie du oder einfach zu stolz. Vermutlich bin ich nur deshalb nach Süden gezogen, um einen ehrenhaften Tod zu finden, doch was dann geschehen ist…« Er drehte langsam den Kopf auf dem Kissen von einer Seite zur anderen, die Gesichtszüge schmerzverzerrt, als er sich erinnerte, als er zurückging in der Zeit.

»Nein«, sagte ich, »sag nichts mehr! Denk nicht mehr daran! Laß es warten bis zum nächsten Mal.«

»Nein! Möglicherweise gibt es kein nächstes Mal!« krächzte er voller Verzweiflung. »Ich muß mit dir reden, Swift! Ich muß es irgend jemandem sagen! Es ist alles da drinnen in mir und brodelt vor sich hin, ich muß es loswerden! Bringt dich mein Elend aus der Fassung? Ist es das?«

Ich hatte das Gefühl, ich müßte mich entschuldigen, konnte aber nur den Kopf hängenlassen.

»Haben sie dir gesagt, was in diesem Wald geschehen ist?« fragte er.

»Ja. Sie haben auf dich gewartet, nicht wahr?«

»Jahre, Swift, Jahre!« sagte er, während seine Gedanken vor und zurück sprangen. »In dieser Hölle, und dann in den Türmen von Immanion. Sie zerrten mich hierhin und dahin. Und ich konnte nichts tun, nur fragen: ›Weshalb bin ich so wichtig für euch? So tötet mich doch!‹ Aber sie wollten mich lebendig haben. Sie wollten, daß ich meine Sünden beichte und Vergebung suche. Aber weshalb? Was bin ich denn für sie?«

»Sie wollten deine Seele retten«, antwortete ich.

Terzian lachte auf. »Ach, das ist es? Deshalb ließen sie meine Gedanken Gestalt annehmen, deshalb zwangen sie mich, diesen Gedanken gegenüberzutreten? Deshalb mußte ich jeden Tag Tausende sterben sehen, Folter und Blut und Hoffnungslosigkeit mit ansehen? Um meine Seele zu retten?« (Aber hast du das alles nicht auch im wirklichen Leben mit angesehen, Vater?) »Ach, Swift, laß mich dir etwas erzählen: eines Tages ließen sie mich hungern und gaben mir nur Salzwasser zu trinken. Sie hinderten mich am Schlafen, ich wurde immer wieder aufgeweckt, immer wieder. Dann wurde ich zu Pellaz gebracht. Er scheint jetzt von innen zu strahlen; sie haben einen Gott aus ihm gemacht. Er ist umgeben von betörend schönen Hara, die alles herbeischaffen, wonach ihm der Sinn steht. In einem wunderbaren, kühlen Salon hat er, umgeben von Pflanzen und Vögeln, ein Becken, aus dem er die Zukunft liest. Er reichte mir einen Kelch Wein, eiskalten Wein, lächelte und berührte meine Wange. ›Terzian‹, sagte er, ›trink den Wein. Trink und schau mit mir in das Becken.‹ Ich trank. Ich schaute mit ihm in das Becken. Ich sah ein Zimmer. In Immerdar. Zwei Hara darin, die glühten vom Feuer des Aruna. Ich mußte den Blick abwenden; es war das Eindringen in etwas so Intimes … und dennoch … Pellaz, der Goldene, sprach zu mir. Er sagte: ›Du siehst, Terzian, sie haben dich schon vergessen.‹ Cobweb und Cal. Zusammen. Natürlich war mir klar, daß es sich nur um eine Illusion handelte, und ich lachte ihn aus. Auf diese Art konnten sie meinen Willen nicht brechen!«

Ich entzog ihm meine Hand und stand auf, weil ich fürchtete, meine Augen würden die Wahrheit verraten: Das war keine Illusion, Terzian! »Du überläßt dich einfach so dem Tod!« sagte ich. »Dafür hast du mir immer noch keinen Grund genannt!«

»Also gut – möchtest du, daß ich lebe, Swift?« fragte er ruhig. Das Schweigen, das daraufhin folgte, war zu lang. »Für mich gibt es nichts mehr«, fuhr er fort. »Auf dieser neuen Welt, die ihr aufbaut, gibt es keinen Platz für mich, keine Aufgabe …«

»Das ist nicht wahr!« widersprach ich schroff. »Sie wollten dich haben, Terzian! Du warst es, der in ihrem Namen über Megalithika herrschen sollte, nicht ich! Ich war nur die zweite Wahl. Galhea hätte dir für alle Ewigkeit gehört, und du hättest es größer machen können und besser; kein Wunsch wäre dir abgeschlagen worden. Du bist ein Narr! Wenn du sagst, es gäbe keine Aufgabe mehr für dich, dann ist das wehleidiges Geflenne! Selbstmitleid kannte ich bisher noch gar nicht an dir, Terzian!«

»Nun, vielleicht fange ich jetzt damit an!« antwortete

er mit Gift und Galle in der Stimme wie ich. »Du wirst doch nicht glauben, daß ich mich zum Kätzchen machen lasse, das glücklich den Wollfäden nachjagt, die Thiede freundlicherweise vor meinen Augen baumeln läßt? Nein, danke. Ich bin mein eigener Herr ...«

»Lügner!« rief ich. »Wie war das mit Ponclast?«

»Das war etwas anderes.«

»Unsinn!«

»Jedenfalls redest du so, als hätte ich die Wahl zu leben oder zu sterben. Wie sollte ich? Das ist Thiedes Werk. Er hat mich zerfetzt, er hat mir meinen Lebenswillen genommen. Ihm mußt du das alles zuschreiben! Deinem Freund Thiede! Oder gefällt dir das nicht?«

Es war sinnlos, mit ihm zu streiten. Auf diese Weise konnten wir nie aneinander herankommen. Wir hatten keine gemeinsamen Gesprächsgrundlagen. Vielleicht dachte er, sein Tod würde die höchste Schmähung für uns sein, die wir uns mit den Gelamingern verbündet hatten. Das war es wohl, was dahintersteckte. Er gab uns, mir im besonderen, die Schuld an seinem Tod. Wenn er mir vergab, dann hatte er keinen Grund mehr zu sterben.

»Ich kann das nicht zulassen«, sagte ich.

»Und was bringt dich zu der Annahme, daß einer von uns beiden irgend etwas daran ändern kann?« erwiderte er.

»Du, Vater! Du bringst mich zu dieser Annahme!« schrie ich. Ich rannte zur Tür hinaus, schlug sie hinter mir zu und lehnte mich dagegen, bebend am ganzen Körper.

Kapitel 9

Elysischer Gesang.
Die Säule hat sich zur
Unendlichkeit erhoben,
der Scheiterhaufen hat seinen Thron geformt,
an den Toren des Himmels schallt die Glocke
und ruft mich nach Hause.

Tage vergingen. Sonne schien auf die Felder, das Leben regte sich. Leute kamen aus allen Himmelsrichtungen; zum erstenmal wurden auf dem Land, das zu Galhea gehört, Nomadenstämme willkommen geheißen. Es war uns daran gelegen, die Erinnerung an die Varrs zu tilgen, und wir gaben unserem Stamm einen neuen Namen: Parasiel. Es ist der Name eines Engels, des Herrn und Meisters der Reichtümer. Wir hatten bislang verborgene Reichtümer in uns selbst entdeckt, und so schien uns der Name durchaus treffend.

Mein Vater hing am Leben, obwohl er von Tag zu Tag mehr zu verfallen schien. Ich besuchte ihn jeden Abend, aber ein Gespräch wollte nicht recht zustande kommen. Vielleicht war alles, was zwischen uns gesagt werden konnte, bereits gesagt. Mir schien, als wollte er so lang wie möglich in dieser Welt verweilen – und zwar in diesem elenden Zustand –, um mir und meinem Träger soviel Schmerz zuzufügen, wie er nur konnte. Doch jeden Tag ließ er ein wenig mehr von seiner Lebenskraft in die Unendlichkeit los. Mengk war die ganze Zeit bei ihm – noch ein glühender Verehrer, den er leiden ließ. Cobweb benahm sich wie ein gemarterter Heiliger, voll selbstquälerischer Gewissensbisse, besorgt Mengk gegenüber, ruhig und verständnisvoll mit Terzian, unerschütterlich.

Thiede verließ Galhea, um nach Immanion zurückzukehren, wobei er mir für die nächste Zukunft eine Berufung nach Phaonica als offizieller Vertreter Parasiels bei den bevorstehenden Gesprächen über die Zukunft Megalithikas versprach. Ashmael begleitete Thiede, und Arahal war bereits in den Osten gereist, um die Leitung der dortigen Gelaminger Besatzungstruppen zu übernehmen. Im Moment verblieb nur eine Handvoll Gelaminger in Galhea. Später würde sich das ändern, sobald ihre Architekten und Baumeister und Techniker sich in der Stadt an die Arbeit machten, doch für eine Weile gehörten wir nur uns selbst.

Es wurde zwar nie darüber gesprochen, aber allen im Haus war klar, daß wir nur auf Terzians Tod warteten. Vielleicht klingt das herzlos, aber ich sorgte mich in erster Linie um Tyson und Azriel, die beide unvermeidlich von der bedrückenden Atmosphäre angesteckt wurden. Alle Gespräche wurden im Flüsterton geführt, und die Harlinge konnten nicht herumrennen und laut sein, wie es sich für Harlinge gehört. Außerhalb von Immerdar schienen die Angehörigen meines Volkes durchaus bereit zu vergessen, daß sie einmal Varrs gewesen waren. Ithiel holte sich seine Anordnungen bei mir. Ich war der Herr von Galhea. Und Terzian lebte noch immer.

Eines Nachts erhob sich ein starker Südwind, der die Bäume im Garten durchschüttelte und schwere Wolken mitbrachte und einen schwachen, beißenden Brandgeruch. Bryony rannte durchs Haus und schloß alle Fenster, denn wir erwarteten Regen. Ich hatte bereits eine Renovierung des obersten Geschosses von Immerdar in die Wege geleitet, denn ich sah bereits den Tag vor mir, an dem das Haus bis zu seinem äußersten Fassungsvermögen genutzt werden würde; außerdem hatten diese beklemmenden Räume bereits zu lange vernachlässigt leergestanden. Bryony kam mit bleichem Gesicht zu uns ins Wohnzimmer. »Der zweite Stock will mir nicht gefallen«, sagte sie und rieb sich die Arme. »Irgend etwas scheint einen dort oben zu beobachten.« Wir lachten über ihre Ängstlichkeit.

Später in derselben Nacht, als der Sturm an den Mauern rüttelte und sein wildes, unverständliches Heulen ertönte, weckte mich ein Geräusch. Ein Geräusch aus dem Inneren des Hauses, dessen Echo bereits verklungen war, als ich erwachte. Seel ächzte, als ich ihn schüttelte.

»Was war das?« flüsterte ich heiser.

»Nichts«, antwortete er, rollte sich auf die andere Seite und zog sich die Decke über den Kopf.

Nichts. Ein Weilchen lag ich im Dunkeln wach, die Arme hinter dem Kopf verschränkt, und lauschte. Nichts. Vielleicht hatte ich mich geirrt. Vielleicht ein Traum... Ich begann wieder zurückzugleiten in den Schlaf, doch gerade als ich wieder eingeschlummert wäre, ertönte das Geräusch von neuem. Tief, dröhnend. Ich hatte mich also nicht geirrt! Diesmal war ich augenblicklich hellwach, kümmerte mich nicht um Seel, sondern sprang aus dem Bett, zog einen Morgenmantel über und schlich zur Tür.

Es war finster auf dem Korridor. Rundum, von allen Seiten, hörte ich den Wind. Ich tastete mich zur Treppe und griff nach dem Lichtschalter. Da kam der Laut wieder; ohrenbetäubend. Ein gewaltiges, hohles Donnern. Die Haustür unten. Jemand begehrte Einlaß. Wer...? Irgend jemand. Dreimal. Ich hatte es dreimal gehört.

So lichtdurchflutet wirkte die Halle unten spannungsgeladen und nackt, die große Eingangstür dunkel und massiv. Wieso war sonst niemand aufgewacht? Ich zögerte nur eine Sekunde, dann waren meine Hände an der Doppeltür und rissen sie auf. Der Sturm fuhr ins Haus wie ein wütender Dämon, eine Schleppe aus wirbelnden Blättern hinter sich her ziehend. Mein Haar wurde hochgeweht, und der Morgenmantel flatterte um mich herum wie ein lebendes Wesen. Atemlos kniff ich die Augen zusammen und starrte in den finsteren Garten hinaus. Nichts. Niemand war da, nur der heulende Wind.

Unter größter Anstrengung drückte ich die Tür wieder ins Schloß und drehte den schweren Schlüssel herum. Sie sollte immer verschlossen sein, dachte ich. Dann spürte ich plötzlich ein Kribbeln am Nacken, und das Haar stand mir zu Berge. In der Halle war es zu still. Ich kratzte mich am Nacken und wollte mich erst umdrehen, wenn mein Herz wieder halbwegs normal schlug.

»Swift.« Ein einziges Wort. Ein einziger Ton. Und hundert Erinnerungen, die auf mich eindrangen. Ich drehte mich um. In der Hand hielt er eine Leinentasche, die er jetzt zu Boden fallen ließ. Er fuhr sich mit den Fingern durchs Haar, das länger war, als ich es in Erinnerung hatte, und vom Wind zerzaust. Er sah sehr müde aus.

Ich sagte: »Cal«, und stellte fest, daß ich meinen Rücken sehr fest gegen die Eingangstür preßte. Doch da ging kein Weg für mich hinaus ... »Wie ...? Wie bist du hierhergekommen?« fragte ich.

»Du hast Angst!«

»Nein.« Ich zwang mich, auf ihn zuzugehen, und er machte einen Schritt zurück. »Wie bist du hier hereingekommen?« wiederholte ich. »Wie ...?«

»Nein!« Er ließ mich nicht weiterreden. »Ich bin hier. Das ist alles. Das ist alles, was du zu wissen brauchst. Ich habe Zeit bekommen, nicht viel, aber genug für das, was ich tun muß.« Er setzte einen finsteren Gesichtsausdruck auf, hielt ihn aber nicht durch. Seine Züge entspannten sich. »O Swift, wie sehr ihr mir alle gefehlt habt!«

Ich mußte lächeln. Wie auch nicht? »Du bist kein Gespenst? Bist du sicher, daß du kein Gespenst bist?«

Er schüttelte den Kopf. »Nein, nein, ich bin kein Gespenst! Sie werden mich nie töten, Swift, das weißt du. Und jetzt führe mich bitte zu Terzian.«

»Können wir nicht erst miteinander reden? Es ist so lange her ... Ich möchte wissen, wie es dir ergangen ist!«

»Tut mir leid ...« Er schüttelte wieder den Kopf.

Es gab so viel, was ich sagen wollte! Ich konnte ihn nur sprachlos anstarren.

»Bitte, Swift. Jetzt gleich.« Er hob seine Tasche vom Boden auf.

Ich ging voraus. »Fühlst du etwas, wenn du über diese Treppe gehst?« fragte ich. »Weckt es Erinnerungen?«

»Ja«, sagte er leise.

Auf der vorletzten Stufe drehte ich mich zu ihm um. »Cal, ist es schlimm? Geht es dir gut? Wohin haben sie dich gebracht? Haben sie dir weh getan? Bist du in Sicherheit?«

Mein Ausbruch überraschte ihn so sehr, daß er beinahe die Treppe hinunterfiel. »Stell mir keine Fragen, Swift. Bitte. Ich kann sie nicht beantworten.«

»Dann laß mich dich wenigstens anfassen!«

»Also gut. Aber nur für einen Augenblick.« Er streckte mir die Arme entgegen; ich stand eine Stufe höher als er, so daß wir vorübergehend gleich groß waren. Er fühlte sich kalt an, aber das kam nur vom Aufenthalt draußen, im eisigen Wind. Seine violetten Augen sahen mich unverwandt an. »Bring das deinem Liebsten«, sagte er. »Meinen Geschmack.« Wir teilten den Atem, aber ich konnte nur Dunkelheit schmecken wie einen Schleier; er gewährte mir keinen Einblick. »Ich habe nicht viel Zeit«, drängte er.

An der Tür zum Zimmer meines Vaters strich er mir über die Wange und sagte: »Geh nicht mit mir hinein, Swift.«

»Es gibt so viel, was ich dir sagen möchte. Werden wir dich wiedersehen?«

Er lächelte sein träges Lächeln. »Ach, kann ich jemals hierher zurückkommen? Wird man mich in Seels Haus willkommen heißen?«

Ich senkte die Augen; das hatte ich vergessen.

Cal lachte leise auf. »O Swift, du brauchst dich nicht zu schämen. Du bist glücklich, und ich bin glücklich für dich. Dein Leben wird vollkommen sein. Du hast alle Voraussetzungen dafür.«

»Du mußt wiederkommen!« sagte ich. »Was geschehen ist, ist geschehen, aber du gehörst immer noch zu uns! Dein Sohn ist hier! Schon seinetwegen mußt du zurückkommen!«

»Vielleicht, wenn ich kann. Doch ich glaube, es wäre besser für Tyson, wenn er nichts über mich weiß.«

Ich schüttelte den Kopf. »Keinesfalls!«

»Ich werde immer an dich denken, Swift, an dich und deinen verrückten Träger. In letzter Zeit habe ich ohnedies ziemlich viel an euch gedacht.«

»Wo bist du gewesen?«

»Hier und dort, mehr kann ich dir nicht sagen. Ich weiß, das klingt theatralisch, aber ich werde verfolgt. Von einem Har auf einem schwarzen Pferd. Wie symbolträchtig! Meine Prüfungen sind noch nicht zu Ende, fürchte ich. Immer noch gibt es Geister, die nach meinen Fersen schnappen. Sie kämpfen um meine Seele, weißt du. Terzian auf seinem Totenlager beizustehen, ist geradezu etwas Schicksalhaftes für mich, denke ich.« Er lachte wieder, und das erhellte sein Gesicht so wie früher. Ein Sommerlächeln.

»Niemand wird deine Seele je bekommen«, sagte ich. »Cal, was Pellaz betrifft: Er *lebt*, weißt du das?«

Nach einem kurzen Schweigen zuckte es in seinem Gesicht verdächtig auf. »Ja«, nickte er. »Ich weiß es, Swift.« Unglücklich verzog er den Mund und hob die Schultern, ohne etwas hinzuzufügen. »Ich muß mich jetzt verabschieden, Swift.«

»Ich kann dich nicht so gehen lassen! Bleib noch

ein wenig, was soll das schon ausmachen, es ist so viel ...«

»Nein! Du mußt mich gehen lassen. Es liegt nicht mehr in unseren Händen. Adieu.«

Er öffnete die Tür, trat hinein in die Finsternis und schloß sie hinter sich. Ich stand ein Weilchen da und dachte nach. Alles war still. Draußen hatte sich der Wind gelegt.

Am Morgen erfuhr ich, daß mein Vater tot war. Das Haus war erfüllt von Frieden. Als ich den Leichnam betrachtete, sah ich tiefe Ruhe auf seinem leblosen Gesicht. Ein schwaches Lächeln. Sein Geist war jetzt frei; er hatte eine neue Chance.

Ich ging mit Cobweb und Seel in der langen Galerie auf und ab und erzählte ihnen von dem Traum der vergangenen Nacht, in dem Cal zurückgekehrt war nach Immerdar. Ich hatte beinahe den Verdacht, daß Cobweb dafür die Verantwortung trug, denn er war ein Meister in der Sichtbarmachung bildhafter Phantasien, doch seine Überraschung wirkte ungekünstelt.

»Ein Traum, Swift?« fragte er.

»Vermutlich«, antwortete ich.

Wir beließen es dabei. Cobweb verhängte sämtliche Spiegel im Haus und gab den Auftrag, alle Uhren anzuhalten. Er wirkte heiter und gelassen. Wir verbrannten Terzians Leichnam auf einem großen Scheiterhaufen in den Feldern außerhalb von Galhea und verstreuten die Asche in alle vier Windrichtungen. Als sie davonstob, wußten wir, daß der letzte Varr dahingegangen war. Dieser Name würde von jetzt an nur eine düstere Erinnerung sein.

Tagsüber gehe ich gern im Park spazieren; ich kann dort gut nachdenken. Abends lockt mich das Sommerhaus, und ich gehe hin, obwohl es jetzt kaum noch als solches zu erkennen ist. Der Efeu hat es vollständig überwachsen, und das Lilienbecken ist für alle Zeiten begraben unter verfaulendem Laub. Das ist der Ort, wo ich am besten mit dir sprechen kann, Cal. Denn manchmal bin ich ganz sicher, daß du in der Nähe bist. Dort kann ich dir auch sagen, daß du zurückkehren sollst zu uns, daß der Haß für immer aus unserem Haus verbannt ist und selbst du ihn nicht wieder zurückbringen könntest.

Im Herbst werden Seel und ich nach Immanion reisen, aber es wird nicht für lange sein. Zum Neujahrsfest werden wir wieder hierher zurückkehren, und Ashmael wird mit uns kommen. Seel sagt, der Grund dafür wäre Cobweb, der ihn betört hätte, und ich bin sicher, du kannst das verstehen! Es wird ein schönes Fest werden, Cal. Wir werden Rückschau halten, aber ohne Betrübnis und Wehmut. Ich wollte, du wüßtest, daß das Schlechte, das du in dir selbst vermutest (und ich weiß genau, daß du das tust), nur Teil der schlußendlichen Harmonie der Welt ist. Diese Welt braucht dich! Ohne Schmerz kann es keine Freude geben, ohne Finsternis kann kein Licht leuchten. Wir brauchen den Gegensatz, und die einsamen Wölfe, die über diese Erde wandern so wie du, sie bringen Geradlinigkeit und Objektivität in unser Leben. Wir brauchen dich, Cal, wir alle. Engel oder Teufel, du hältst das Gleichgewicht. Du beginnst die Märchen, wir beenden sie. Und es wäre an der Zeit für dich, dein eigenes zu beginnen. Jeden Tag betrachte ich Tyson und sehe in deine Augen. Eines Tages wird er mich nach dir fragen, denn du wohnst in seinem Herzen. Das ist etwas, womit du dich beschäftigen mußt, denn deine Prüfungen sind nicht die seinen, und dein Sohn ist unschuldig daran.

Ich frage mich oft, ob ihr beide, du und Pell, wieder zusammen seid, oder ob ihr euch wenigstens getroffen habt. Wäre das Belohnung für dich oder Strafe? Vielleicht werde ich es herausfinden, wenn ich nach Immanion komme. Und wenn ich wieder zurückkehre... Denk daran, Cal, Cobweb und die Harlinge werden in

Immerdar allein sein, während Seel und ich weg sind. Das ist ein guter Zeitpunkt. Ich verlasse mich darauf. Wir werden durch den Schnee zurückkommen, und die gelben Lichter von Immerdar werden uns entgegenleuchten und uns begrüßen. Die Türen werden auffliegen, und das ganze Haus wird erfüllt sein von Feststimmung. Wir werden in die Halle eintreten, und ich werde dich dort erblicken. Ich denke, du wirst dein schiefes Grinsen aufsetzen, dich vor mich hinstellen und sagen: »Du siehst, ich konnte einfach nicht wegbleiben. Ich bin nach Hause gekommen.«

Es ist nicht mehr lange bis dahin, Cal. Hör mir zu. Der Bann von Liebe und Haß ist vielleicht der stärkste Zauber auf dieser Welt. Und es war ein Zauber, der dich ursprünglich zu uns geholt hat, davon bin ich überzeugt. Ich habe deinen Namen in einem Traum gerufen. Und nun rufe ich wieder nach dir. Horche hinein in die Schatten; ich bin es, der im Finstern pfeift.

ANHANG I

Das Kastensystem der Wraeththu

Die Hara der Wraeththu durchlaufen ein dreigeteiltes Kastensystem, wobei jeder der drei Teile seinerseits aus drei Stufen besteht:

KAIMANA
Stufe 1: Ara (Altar)
2: Neoma (Neumond)
3: Brynie (stark)

ULANI
Stufe 1: Acantha (dornig)
2: Pyralis (Feuer)
3: Algoma (Tal der Blumen)

NAHIR-NURI
Stufe 1: Efrata (vornehm)
2: Aislinn (Vision)
3: Cleatha (Ehre)

Bei ihrer Geburt gehören Hara keiner Kaste an; sobald sie die sexuelle Reife erlangen, werden sie durch ihre Initiation in die Kaste der Kaimana aufgenommen. Nur wenige von ihnen erreichen eine höhere als Pyralis, die Stufe 2 der Kaste Ulani. Wraeththu der Kasten Kaimana und Ulani werden stets mit ihrem Stufenrang angesprochen, d. h. ein Angehöriger der Stufe Acantha wird Acanthalid genannt, einer der Stufe Pyralis Pyralisit. Sobald jedoch Nahir-Nuri erreicht ist, werden die Unterteilungen der Kaste (deren Unterschiede den Angehörigen der niedrigeren Kasten ohnedies zumeist unverständlich sind) nicht mehr als Anrede verwendet. Wraeththu dieser Kaste werden einfach Nahir-Nuri genannt.

Der Aufstieg von Kaste zu Kaste

Um in eine höhere Stufe zu gelangen, ist das kontinuierliche Arbeiten an der eigenen spirituellen Weiterentwicklung unumgänglich. Okkulte Rituale schärfen die Sinne und führen einen Fortschritt herbei. Der Aufstieg wird erreicht durch das Entdeckten der Kenntnisse um die eigene Person und den Gebrauch der den Wraeththu angeborenen Fähigkeiten mit Hilfe dieses Wissens.

Anhang II

Die besonderen Eigenschaften der Wraeththu: Ein Vergleich mit dem Menschen

Die Unterschiede zwischen Wraeththu und Menschen sind nicht zahlreich und (zumeist) auf den ersten Blick nicht deutlich erkennbar. Die biologischen Funktionen gehen ganz ähnlich vonstatten, obwohl im Fall der Wraeththu etliche Defekte und Mängel im genetischen Grundmuster der alten Rasse ausgemerzt sind.

A. *Stoffwechsel*

Der Stoffwechsel der Wraeththu unterscheidet sich keineswegs grundlegend von jenem der menschlichen Rasse, jedoch ist beispielsweise Übergewicht bei den Hara unbekannt, ungeachtet der Nahrungsmenge, die sie zu sich nehmen; die Körperfunktionen sind so perfekt aufeinander abgestimmt, daß Überschüsse jeglicher Art als Ballast ausgeschieden werden. Auf diese Weise kommt es niemals zu einer Überschreitung des idealen Körpergewichtes. Dieses innere Reinigungssystem wirkt auch bei den meisten Drogen und Genußmitteln, wodurch es bei Rauschzuständen zu keinen Neben- und Nachwirkungen kommt. Aus diesem Grund existieren auch nur wenige Gifte mit für Wraeththu tödlicher Wirkung. Es gibt zwar Gerüchte, daß dem Stamm der Uigenna in Nordmegalithica Giftarten geläufig sind, die sich als tödlich für ihre eigene Rasse erweisen, aber ein Beweis hierfür steht noch aus.

B. *Die Sinne*

Gesichts-, Gehör-, Geruchs-, Geschmacks- sowie Tastsinn sind bei den Wraeththu etwas feiner als beim Menschen; der sechste Sinn hingegen ist weitaus höher entwickelt. Dies ist möglicherweise einzig darauf zurückzuführen, daß die Wraeththu mit dem Wissen aufwachsen (oder nach ihrer Initiation entsprechend unterwiesen werden), sich ihre Fähigkeit der übersinnlichen Wahrnehmung in vollem Ausmaß zunutze machen zu können. Diese Gabe ist beim Menschen im Lauf der Zeit abgestumpft.

Unter den Hara gibt es sogar einige, die einen kurzen Blick auf zukünftige Ereignisse oder Gemütszustände zu werfen vermögen – entweder mit Hilfe von Meditation oder in Träumen.

Wiederum muß betont werden, daß das Vorhandensein dieser perzeptiven Fähigkeiten keinen grundlegenden Unterschied zwischen Menschen und Wraeththu darstellt, da auch alle Menschenwesen die Voraussetzungen in sich tragen, ihre übersinnlich-seherische Begabung zu entfalten, jedoch meist ohne sich dessen bewußt zu sein.

C. *Okkulte Kräfte*

Okkulte Kräfte sind nichts anderes als eine durch stetige methodische Fortentwicklung entstehende Erweiterung des vertrauten Umganges mit den eigenen übersinnlichen Fähigkeiten.

Magie ist Willenskraft; Willenskraft ist Magie. Sich selbst genau zu kennen, ist der Schlüssel zu vollkommener Beherrschung des eigenen Willens.

Es ist klar, daß diese besondere Gabe sowohl zum Nutzen als auch zum Schaden anderer Lebewesen eingesetzt werden kann. Da die Wraeththu aber fest an

Reinkarnation und die Weiterentwicklung der Seele glauben (siehe ›Religion‹), sind sie sich im allgemeinen der Gefahren bewußt, welche ein ›Abweichen vom rechten Wege‹ bedeuten würde. Jene jedoch, die immer noch von den niedrigeren Instinkten ihrer menschlichen Vorfahren getrieben werden, neigen dazu, sich dieser Mittel auch aus rein eigensüchtigen Motiven zu bedienen.

D. *Lebenserwartung*

Im Vergleich zum Menschen erscheint der Wraeththu alterslos; dies ist jedoch strenggenommen nicht der Fall. Der Körper des Har unterliegt zwar nicht wie jener des Menschen einer Zellalterung, doch mit dem Erreichen eines Alters von etwa 150 Jahren beginnt er ›dahinzuschwinden‹; die Vitalität läßt nach, und ein würdiges Ende wird als Erlösung der Seele und Tor zur nächsten Inkarnation willig akzeptiert.

ANHANG III

Die Sexualität der Wraeththu

A. *Fortpflanzung*

Die Wraeththu sind zweigeschlechtige Wesen, die erst mit dem Erreichen der Kaste Ulani in der Lage sind sich fortzupflanzen; dies in erster Linie deshalb, weil den Hara niedrigerer Kasten die ausreichende Beherrschung des Geistes fehlt, welche Grundlage ist für das Erlangen jenes höheren Bewußtseinszustandes, ohne den eine Empfängnis nicht stattfinden kann. Erfahrene Hara hingegen sind in der Lage, eine Empfängnis zu garantieren, wann immer es wünschenswert ist.

Eine Empfängnis kann es nur während des Aruna, des Geschlechtsaktes der Wraeththu, geben; eine Selbstbefruchtung ist nicht möglich. Der befruchtende Har wird Ouana genannt, der Empfänger des Samens Soume. Dies stimmt im großen und ganzen mit den Rollen des Mannes und der Frau beim Menschen überein, jedoch sind diese Rollen bei den Wraeththu jederzeit austauschbar. Wenn die Bedingungen günstig sind (d.h., wenn der angestrebte Bewußtseinszustand mit Hilfe der beim Aruna entstehenden Ekstase erreicht ist), hat der Ouana die Chance, ›das Siegel zu brechen‹, indem er die Fortpflanzungshöhle im Körper des Soume behutsam dazu bringt, die Muskelstränge zu lockern, welche ihren Eingang verschließen, um dem Faden im Inneren des Ouanaphallus ein Einschießen zu erlauben. Dieser Akt muß mit größter Geduld unternommen werden, weil das innere Organ sich in fast übertriebener Art und Weise gegen ein Eindringen fremder Körper oder Substanzen sträubt. Aggressives oder hastiges Vorgehen seitens des Ouana würde dem Soume (oder auch beiden) Schmerz bereiten, verursacht von der krampfhaften Anspannung der Muskeln des Soume.

Nach der erfolgten Freigabe des Samens (Aren) versiegelt sich die Fortpflanzungshöhle von neuem und sondert ein befruchtendes Sekret (Yaloe) ab, das eine dünne Schicht um den Aren bildet. Diesen Vorgang können nur die kräftigsten Samenzellen überleben; schwächere werden aufgelöst oder von den stärkeren verschlungen. Während der nächsten zwölf Stunden kämpfen die Aren um die Vorherrschaft, bis nur einer von ihnen übrigbleibt. Dieser wird von nahrhafter Yaloe umhüllt, die sich um den Aren härtet und eine Schale formt. Ausgelöst durch die Wechselwirkung der positiven Arenelemente mit den negativen Yaloeelementen beginnt sich der Wraeththufötus im Inneren der Schale zu entwickeln.

Nach dem Ablauf von zwei Monaten wird die Schale aus dem Körper ausgestoßen; zu diesem Zeitpunkt beträgt ihr Durchmesser etwa fünfzehn Zentimeter, und sie ähnelt einer schwarzen, irisierenden Perle. In der Folge ist ein weiteres Ausbrüten erforderlich, das entweder durch den Träger der Perle selbst erfolgen kann oder durch einen beliebigen anderen Har, der sich dazu verpflichtet. Nach der ›Geburt‹ beginnt sich die Perle zu einer elastischen, ledrigen Hülle um das im Werden begriffene Harkind zu erweichen. Entwicklung und Wachstum gehen rasch vor sich; innerhalb einer Woche ›schlüpft‹ das Kind aus der Perle, und ein neuer Har tritt in die Welt.

Bereits beim Ausschlüpfen besitzt das Wraeththukind einen Teil der Körperbehaarung und ein ziemlich ausgeprägtes Sehvermögen. Nach einigen Tagen erkennt es vertraute Hara wieder. Obwohl der Körpergröße nach weit unterlegen, kann der Harling zu diesem Zeitpunkt hinsichtlich Intelligenz und Motorik mit einem bereits entwöhnten Menschenkind verglichen werden. Wraeththukinder brauchen keine Milch und können bereits Stunden nach dem Ausschlüpfen die gleichen Speisen zu sich nehmen wie Erwachsene. Während des ersten Lebensjahres geht die Entwicklung erstaunlich rapide vor sich. Unmittelbar nach dem Schlüpfen sind Harlinge imstande zu krabbeln und nur Tage später aufrecht zu gehen. Nach etwa vier Wochen sprechen sie die ersten einfachen Wörter; davor drücken sie ihre Bedürfnisse durch Summen und Plapperlaute aus. Die Geschlechtsreife erfolgt zwischen dem siebenten und zehnten Lebensjahr, wenn der Harling körperlich in der Lage ist, ohne Schaden am Aruna teilzunehmen. In dieser Zeit beginnt die Kastenschulung, und der junge Har wird auch in den Regeln und Umgangsformen unterwiesen, die beim Aruna zu beachten sind. Das Erreichen der sexuellen Reife ist erkennbar an auffallender Ruhelosigkeit, unberechenbarem, launenhaftem Benehmen und gelegentlich an einem heftigen Verlangen nach dem Licht des Mondes. Die Arunaschulung wird für gewöhnlich einem älteren Har übertragen, der vom Träger der Perle oder vom Erzeuger des Kindes ausgewählt wird, um unangenehmen Erfahrungen vorzubeugen, die der junge Har machen könnte, wenn er sich in den Händen einer Person befindet, der nicht ausschließlich an seinem Wohlergehen gelegen ist.

(Anmerkung: Jene Hara, die nicht als solche geboren, sondern erst später in die Gemeinschaft der Wraeththu aufgenommen wurden, werden unmittelbar nach dem Abklingen der Nachwirkungen der Althaia – der Wandlung – im Aruna unterwiesen. Dies ist unbedingt erforderlich, um die Wandlung in dem neuen Har zu ›fixieren‹.)

Ein reifer, erwachsener Har ähnelt in bekleidetem Zustand einem jungen Menschenmann. Hara benötigen weder Brüste für die Produktion von Milch noch breite

Hüften, um einem darin heranwachsenden Kind Platz zu bieten. Obwohl offensichtlich *maskulin*, sind sie zugleich unglaublich *feminin* – ein Umstand, der ohne Illustration schwer zu beschreiben ist.

B. *Der Aruna*

Beim Geschlechtsakt zwischen Hara unterscheidet man zwei gleichermaßen legitime Arten: zum einen wird der Aruna des sinnlichen Genusses wegen vollzogen und zum Zweck jener intimen Vereinigung von Körper und Geist, welche alle Hara zu ihrer spirituellen Erfüllung benötigen; zum anderen erfolgt der Aruna mit dem ausdrücklichen Ziel der Zeugung.

Obwohl für alle Wraeththu eine Notwendigkeit, variiert das Ausmaß des Verlangens nach körperlicher Vereinigung von Har zu Har. Der eine mag nur einmal im Jahr das Bedürfnis nach einem Partner haben, den anderen verlangt mehrmals pro Woche nach Aruna. Es hat keine Bedeutung, ob ein Har dabei lieber Ouana oder Soume ist; auch dies variiert von Har zu Har. Zumeist tauschen oder wechseln sie diese Rollen je nach Stimmung oder Umständen.

Der Phallus des Har ähnelt einem mit Blütenblättern versehenen Stab unterschiedlicher, manchmal intensiver Färbung. In seinem Inneren befindet sich ein Faden, der nur ein einziges Mal unmittelbar vor dem Orgasmus in körperlicher Vereinigung mit dem Soume hervorschnellen kann. Die Soumeorgane für die Fortpflanzung befinden sich im unteren Teil des Körpers – angeordnet nicht unähnlich jenen einer Menschenfrau – und werden durch einen fleischigen, gewundenen Gang erreicht, dessen Öffnung hinter den männlichen Fortpflanzungsorganen sitzt. Dieser sich selbst reinigende Gang führt auch zu den unteren Eingeweiden, wo weitere Muskelstränge einen wirksamen Verschluß bilden.

C. *Der Grissecon*

Grissecon ist die geschlechtliche Vereinigung zu okkulten Zwecken: sexuelle Magie. Während des Aruna werden enorme Kräfte freigesetzt, deren Wirksamkeit gezielt in eine bestimmte Richtung lenkbar ist. Jede weitere Erklärung verbietet der Große Schwur.

D. *Der Pelki*

Unter den Wraeththu existieren nur zwei legitime Arten von Geschlechtsverkehr. Die Existenz von Pelki wird zumeist geleugnet, obwohl er bei den verrohten Stämmen zweifellos ausgeführt wird. Pelki ist der Ausdruck für die Vergewaltigung sowohl eines anderen Har wie eines Menschen, wobei es sich in letzterem Fall im Grunde um Mord handelt, da der menschliche Organismus die Körpersäfte der Wraeththu nicht verträgt. Da diese Sekrete stark ätzend wirken, ist der Pelki für den Menschen immer gleichbedeutend mit dem Tod. Gerade weil der Aruna im Leben der Wraeththu einen so angesehenen und wichtigen Aspekt darstellt, ist schon der Gedanke an den Pelki für den normalen Har abstoßend und entsetzlich. Unglücklicherweise können solche Praktiken demjenigen, der sich ihrer bedient, gewisse dunkle Kräfte verleihen, was für Hara mit bösen oder moralisch dekadenten Neigungen eine kolossale Versuchung darstellt.

Anhang IV

Die Religion der Wraeththu

Zu jener Zeit, als der Tigron Pellaz in Immanion regierte, gab es bei den Wraeththu die unterschiedlichsten Religionen.

Der Glaube der Gelaminger war der weitest verbreitete und bestorganisierte. Er besagt, daß die göttliche Macht sich im Inneren jedes einzelnen Individuums manifestiert und daß die Führung eines religiösen Lebens gleichbedeutend ist mit dem Streben nach innerem Frieden, Toleranz gegenüber den anderen und der steten Fortentwicklung der den Wraeththu angeborenen Kräfte. Die Gelaminger dehnen ihren Glauben auch auf die Existenz einer unsichtbaren intelligenten Macht aus, die einen direkten Einfluß auf das Leben jeder Kreatur hat. Rituale spielen bei ihnen eine große Rolle.

Bei anderen Stämmen finden sich Pantheismus, Dualismus und Diabolismus, jeweils abhängig von Lebensraum und Lebensumständen. Ein eigener Band könnte mit den komplizierten Details dieser religiösen Praktiken gefüllt werden, zusammenfassend kann man jedoch festhalten, daß sämtliche Wraeththureligionen die okkulten Seiten der Wraeththurasse in ihren Mittelpunkt stellen.

Verzeichnis ausgewählter Begriffe und wichtiger Persönlichkeiten der Wraeththu

Afnina	Swifts Gelamingerpferd, ein Geschenk von Arahal; gehört zu jenen Tieren, die über die ›Alternativroute‹ reisen können
Aghama	Titel des ersten Wraeththu, der von manchen als Gott verehrt wird
Ahmouth	Siedlung des Wraeththustammes der Amahas
Aihah	kakkahaarischer Har, der als Abgesandter seines Stammes Galhea besucht und Swift, seine Feybraiha betreffend, berät
Almagabra	Land der Gelaminger; durch ein Meer von Megalithika getrennt
Amahas	Wraeththustamm in Megalithika, der mit den Varrs Handel treibt
Ara	s. Anhang I
Arahal	Gelaminger Har; einer der Generäle des Tigrons; wichtige Person in Imbrilim
Aralid	s. Anhang I
Aruna	Geschlechtsakt zwischen Hara
Ashmael	Mitglied der Hegemonie von Immanion
Astigi	das große Sumpfgebiet in Megalithika; Heimat der Froia
Azriel	Sohn von Swift und Seel
Braga	Anführer des Stammes der Froia
Bryony	Menschenfrau, die im Haushalt von Immerdar arbeitet
Caeru	Tigrina von Immanion; Gemahl von Pellaz

Cal	zweiter Gemahl von Terzian, dem Varr; vorher Geliebter von Pellaz
Cedony	Mitglied der Hegemonie von Immanion
Chelone	varrischer Krieger
Chrysm	Mitglied der Hegemonie von Immanion
Cobweb	ein Varr; Träger von Swift; Gemahl Terzians
Ferelithia	Wraeththusiedlung in Almagabra; Heimat des Stammes der Ferelither; Herkunftsort Caerus
Feybraiha	Feier der Geschlechtsreife eines Harlings
Froia	Wraeththustamm in Astigi
Fulminir	varrische Stadt in Megalithika; Ponclasts Hochburg
Gahrazel	Ponclasts Sohn; Freund von Swift
Galhea	varrische Stadt in Zentralmegalithika, regiert von Terzian
Gebaddon	ein Zauberwald in Megalithika, wohin Thiede die Varrs verbannt
Gelaminger	hochentwickelter Wraeththustamm, gegründet vom Aghama
Grissecon	Geschlechtsakt zwischen Wraeththu zur Ausübung okkulter Kräfte; sexuelle Magie
Har	Angehöriger der Wraeththu (Mz. Hara)
Harling	Wraeththukind bis zur Feybraiha
Haushar	Diener
Hiren	Anführer der Amahas
Hegemonie	regierende Körperschaft der Gelaminger
Imbrilim	Hauptquartier der Gelaminger Truppen in Megalithika
Immanion	Hauptstadt von Almagabra
Immerdar	Terzians Haus in Galhea
Ithiel	Terzians Oberstallmeister; stellvertretender Kommandeur von Galhea
Kaimana	s. Anhang I

Kakkahaaren	Wüstenstamm in Südmegalithika
Kate	Menschenfrau; Freundin von Caeru
Leef	ein Varr, der Cal und Swift nach Imbrilim begleitet
Lianvis	Anführer der Kakkahaaren
Limba	Swifts schwarzer Hund
Mawn	ein Varr; einer von Ponclasts Adjutanten
Mareta	zum Haushalt von Immerdar gehörende Katze
Megalithika	westlicher Kontinent; wird den Varrs von den Gelamingern genommen
Mengk	ein Gefolgsmann von Terzian
Moswell	einer von Swifts Lehrern
Nepopis	ein Theruna der Froia
Nahir-Nuri	s. Anhang I
Orense	Froiasiedlung
Orien	von Cal ermordeter Schamane aus Saltrock
Ouana	die männliche Seite der Wraeththu
Ouana-Lim	männliches Fortpflanzungsorgan der Wraeththu
Parasiel	neuer Name der Varrs nach dem Fall von Fulminir und dem Sieg über Ponclast
Pelki	Vergewaltigung
Pellaz	Pellaz har-Aralis, Tigron von Immanion, Anführer der Gelaminger
Perle	schalenartige, harte Hülle, die einen Wraeththufötus umgibt
Peter	Bryonys Bruder; s. ›Purah‹
Phaonica	Palast des Tigrons in Immanion
Phlaar	ein Varr; Terzians Arzt
Ponclast	Nahir-Nuri; Anführer der Varrs
Purah	Freund von Gahrazel; war einst ein Mensch; s. ›Peter‹

Putiri	natürliche Droge, die Geist und Libido beeinträchtigt
Pythia	Titel von Tel-an-kaa
Rue	s. Caeru
Saltrock	Wraeththusiedlung im Süden von Megalithika
Seel	Gelaminger Har; außerordentliches Mitglied der Hegemonie; Gemahl von Swift
Shara	Menschenfrau in Imbrilim; s. ›Tyrells‹
Sheh	varrischer Schnaps
Soume	die weibliche Seite der Wraeththu; das Passive in der Sexualität
Soume-Lam	weibliches Fortpflanzungsorgan der Wraeththu
Swift	ein Varr; Sohn von Terzian und Cobweb
Swithe	einer von Swifts Lehrern
Teilen des Atems	Kuß
Tel-an-kaa	Menschenfrau; Anführerin der Zigane
Terzian	ein Varr; Autarch von Galhea; Vater von Swift
Theruna	heiliger Har der Froia
Thiede	der erste Wraeththu; der mächtigste der Gelaminger
Throyne	ein Amaha; Sohn von Hiren
Tiahaar	respektvolle Anrede
Tigrina	Gemahl des Tigrons
Tigron	Herrscher der Gelaminger; Thiedes Schützling
Träger	Har, der eine Perle (Fötus der Wraeththu) trägt; der den Aren eines anderen Har empfängt
Tulga	Swifts Pferd auf der Reise nach Imbrilim
Tyrells	Menschenfamilie in Imbrilim
Tyson	Sohn von Cal und Terzian
Uigenna	kriegerischer Stamm in Megalithika, berühmt für seine Gifte

Ulani	s. Anhang I
Unneah	Wraeththustamm in Megalithika
Velaxis	ein Gefolgsmann von Ashmael; Gelaminger Har
Varrs	Wraeththustamm in Megalithika, berüchtigt für sein kriegerisches Verhalten
Wraeththu	Hermaphroditenrasse, die sich aus der Menschheit entwickelt hat
Yarrow	Koch in Immerdar; einer von Terzians Haushara
Zack	Har aus dem Stamm der Uigennas; früherer Begleiter von Cal
Zheera	moussierender Sheh
Zigane	ein Nomadenstamm, bestehend aus Menschen und Hara

HEYNE BÜCHER

Terry Pratchett

»Pratchetts Romane - der Stoff, aus dem Kultromane gewoben sind.«
PUBLISHERS WEEKLY

»Wirklich witzige Bücher sind rar. Und diese Romane sind nicht nur geistreich, sondern auch wunderbar erzählt. Terry Pratchett ist der Douglas Adams der Fantasy.«
THE GUARDIAN

Von Terry Pratchett sind im Heyne-Taschenbuch erschienen:

Das Licht der Phantasie
06/4583

Das Erbe des Zauberers
06/4584

Die dunkle Seite der Sonne
06/4639

Gevatter Tod
06/4706

Der Zauberhut
06/4715

Pyramiden
06/4764

Wachen! Wachen!
06/4805

MacBest
06/4863

Strata
06/4911

Die Farben der Magie
06/4912

Eric
06/4953

Trucker
06/4970

Wühler
06/4971

Flügel
06/4972

Die Scheibenwelt
06/5123

Die Teppichvölker
06/5124

Wilhelm Heyne Verlag
München